CHONGWENGUAN

读古人书　友天下士

百余年前，崇文书局于武昌正觉寺开馆刻书，成晚清四大书局之一。所刻经籍，镌工精雅，数量众多，流布甚广，影响巨大。为赓续前贤，昌明国学，弘扬文化，本社现致力于传统典籍的出版。既专事文献整理，效力学术，亦重文化普及，面向大众。或经学，或史论，或诸子，或诗词，各成系列，统一标识，名之为“崇文馆”。

中华经典全本译注评

诗经

译注评

杨合鸣 译注

长江出版传媒 崇文书局

图书在版编目（CIP）数据

诗经 ： 译注评 / 杨合鸣译注． — 武汉 ： 崇文书局，
2016.6（2022.1 重印）
（中华经典全本译注评）
ISBN 978-7-5403-3268-6

Ⅰ．①诗… Ⅱ．①杨… Ⅲ．①古体诗－诗集－中国－
春秋时代②《诗经》－译文③《诗经》－注释 Ⅳ．①I222.2

中国版本图书馆 CIP 数据核字（2016）第 108476 号

责任编辑　王重阳　程可嘉
责任校对　万山红
责任印制　李佳超

诗经 译注评

出版发行　长江出版传媒｜崇文书局
地　　址　武汉市雄楚大街 268 号 C 座 11 层
电　　话　(027)87677133　邮政编码　430070
印　　刷　中印南方印刷有限公司
开　　本　880 mm×1230 mm　1/32
印　　张　17.25
字　　数　550 千
版　　次　2016 年 6 月第 1 版
印　　次　2022 年 1 月第 3 次印刷
定　　价　49.80 元
（如发现印装质量问题，影响阅读，由本社负责调换）

前　言

《诗经》是我国最早的一部诗歌总集，共305首诗。它原名《诗》或《诗三百》，至汉代奉为经典，故称《诗经》，这一名称沿用至今。据史料记载，《诗经》属于乐歌。《墨子·公孟》篇说："诵诗三百，弦诗三百，歌诗三百，舞诗三百。"《史记·孔子世家》也说："三百五篇，孔子皆弦歌之。"这表明《诗经》除了用于吟诵外，还可配以乐舞演唱。《诗经》所反映的是距今二千五百年至三千年的上古社会生活。由于时代遥远，语言艰涩，是最难读的古书之一。汉代的学者就曾发出"诗无达诂"的浩叹。事实正是如此。无论是对《诗经》词语的解释，还是对《诗经》主题的说解，无不见仁见智，呈现出几千年纷纭无定解的局面，因而继续研读《诗经》很有必要。

《诗经》有"六义"，即风、雅、颂、赋、比、兴。风、雅、颂为《诗经》的体制，赋、比、兴为《诗经》的表现手法。风、雅、颂是音乐上的分类。风包括十五国风，是各地的土乐。雅包括"小雅""大雅"，是王都的正乐。"雅"含"正"意，上古"雅""夏"同音，西周王都在夏人旧地，故名"雅"。颂包括"周颂""鲁颂""商颂"，是宗庙的乐歌。上古"颂""镛(大钟)"通用，故名"颂"。因以大钟伴奏，故其声调舒缓。赋是"铺陈其事"，即直接地写景、叙事或抒情。比是"以彼物比此物"，即通过比喻来叙事抒情。兴是"先言他物以引起所咏之词"，兼有比喻、烘托、象征、协韵等作用。钟嵘《诗品序》说"若专用比兴，患在意深；但用赋体，患在意浮。若三者酌而用之，干之以风力，润之以丹彩"，便可达到"味之者无极，闻之者动心"的艺术效果。在这方面,《诗经》是一个榜样。

《诗经》收诗所涉地域相当辽阔,大致包括陕西、山西、河南、河北、山东、湖北等地区。周南、召南均属风诗,为何称“南”不称“风”?一般认为,“南”是一种很古老的乐器,后来演变成为一种地方曲调名。因这种曲调产生于南方,故“南”又是方位之称。“二南”的大部分诗来自江汉之间的一些小国。有少数诗篇远及周公旦和召公奭(shì)分治的地区,即河南洛阳一带。这些诗因受“南音”的影响,故命名为“周南”“召南”。邶、鄘、卫均是古国名。西周初年,邶与鄘就并入了卫国。因卫诗篇数过多,故将部分诗编入邶、鄘之下。其地旧说在今河南汤阴县东南、南汲县东北及南洪县附近。王即王畿(jī)的简称。所谓“王畿”,就是周王朝直接统治的地区。诗称“王风”而不称“周风”,这是因为周平王东迁洛邑,而洛邑也称“王城”之故。其地在今河南洛阳一带。郑是姬姓国。西周灭亡,郑武公与周平王东迁,建都新郑。其地在河南中部。齐本是姜尚(姜太公)的封国,春秋时期,已发展成为一个大国。其地包括今山东中部、东北部及河北沧州的南部。魏是周初所封的姬姓小国,后为晋所灭。其地在今山西芮城一带。唐是传说中帝尧的旧都。周成王时,封弟叔虞为唐侯。因南有晋水,故改国号为晋。称“唐风”不称“晋风”,是沿用始封的旧号。其地在今山西中部。秦本是周朝的附庸之国。秦襄公护送周平王东迁,建有功绩,始封为诸侯。其地包括陕西一带及甘肃东南部。陈是西周小国。周武王封妫满于陈,建都宛丘(今河南淮阳)。其地包括河南东部和安徽西北部。桧字又作“郐”,西周小国。其地在河南中部。曹是西周小国。周武王封振铎于曹。其地在山东西南部。豳(bīn)又作“邠”,古都邑名。周始祖后稷本封于邰(tái),至公刘迁居于豳。其地在今陕西栒邑、邠县一带。西周灭亡后,其地为秦占有。雅诗产生于西周都城镐京(西安)和东周都城洛邑(洛阳)。周颂产生于西周都城镐京。鲁颂产生于鲁国的首都曲阜。商颂产生于商代的都城殷(今河南安阳小屯村)。商汤灭夏后,建都于亳(山东曹县南),曾多次迁移。后盘庚迁都于殷,故商也被称为殷。

《诗经》的内容极为丰富，它可以说是西周初年至春秋中叶五百多年社会生活的一面镜子。保存在国风和小雅中的民歌是最有价值的作品。有的揭露贵族统治者的腐朽本质，有的描写徭役和战争所造成的灾难，有的表现被弃妇女的悲惨遭遇，有的歌咏美好纯洁的爱情等等。另一部分出自贵族文人之手的宫廷诗、祭祀诗、颂祖诗，虽然有一定的认识价值和史料价值，但思想性和艺术性都不高。《诗经》的民歌具有很高的艺术水平。主要表现在以下几个方面：一是情景交融的艺术境界。诗人将主观之情与客观之景互渗融合，达到了情与景的完美统一。二是风格多样。或豪放，或婉曲；或庄重，或诙谐；或富丽，或质朴；或深沉，或飘逸；或柔曼，或愤激，真可谓千姿百态。三是重章复沓，反复吟唱，使诗意回环往复，韵味无穷。四是酌用赋、比、兴，使诗意丰厚而含蓄，使语言生动而形象。五是善用联绵词、重叠词写景状物，收到了“以少总多，情貌无遗”的效果。六是句法灵活，节奏明快，韵律和谐，读来觉得有一种悠远的情韵贯注于其间。因此，《诗经》在我国文学史上占有重要的地位。后世诗人无不从中汲取丰富的营养，其影响是非常深远而巨大的。

《诗经》大约结集于春秋中叶。自此以后，《诗经》在历代广为流传，一些名篇常诵不衰。它流传的历史大致可划分为五个时期。（一）春秋战国为“赋诗言志”的时期。当时，无论是宗庙祭祀，还是婚姻宴饮，都要演奏相应的乐歌。无论是诸侯相会，还是外交场合，也常“赋诗言志”。应当指出的是，这种“赋诗言志”实为断章取义，而非诗的本意。（二）汉唐由四家诗转到毛诗独尊的时期。《诗经》遭秦火以后，至汉代传授《诗经》的有四家。齐人辕固生传授的叫齐诗，鲁人申培传授的叫鲁诗，燕人韩婴传授的叫韩诗，鲁人毛亨传授的叫毛诗。东汉以后，毛诗渐盛，三家诗渐废。齐诗到三国时失传，鲁诗到西晋时失传，韩诗到西晋以后也无人传授，于是毛诗独尊而流传至今。（三）宋元明为怀疑《诗序》修正《毛传》的时期。旧说《诗序》是孔子弟子子夏所作，是“圣人”之言。所以很长一个时期，它对解说《诗经》的主题起着决定的作用。宋人怀疑《诗序》，对它的权威性提出了勇敢的挑战。郑樵作《诗辨妄》，攻击《诗序》是

"村野妄人所作";王质作《诗总闻》,主张"去序言诗";朱熹作《诗序辨说》,说《诗序》是"后人杜撰",实不可信。至此,《毛诗》才逐渐失去了权威,而朱熹《诗集传》在元明两代影响尤大。(四)清代为《诗经》研究的发展时期。其间名家辈出,著述如林。尊崇《毛诗》的"汉学"派,注重考据、训诂,说诗以《诗序》为准。如陈启源《毛诗稽古编》、陈奂《诗毛氏传疏》、马瑞辰《毛诗传笺通释》等。尊奉朱熹《诗集传》的"宋学"派,注重发挥义理,力主三家诗而摒弃《诗序》。如魏源《诗古微》等。独立思考派,能突破汉宋诸家旧说,力求从诗文本推求意旨,具有创新精神。如崔述《读风偶识》、姚际恒《诗经通论》、方玉润《诗经原始》等。(五)现当代为《诗经》研究的繁盛时期。具有新思想、新精神的学者们,不再用"经学"的目光去看待《诗经》,而是用文学的、社会学的、民俗学的方法去透视这一古老的诗歌总集,并取得了辉煌的实绩。尤其在新中国成立以后,《诗经》研究出现了空前繁荣的局面。主要著作有:张西堂《诗经六论》、于省吾《诗经新证》、余冠英《诗经选》、陈子展《诗经直解》、金启华《诗经全译》、高亨《诗经今注》、黄焯《诗说》、向熹《诗经词典》、夏传才《诗经研究史概要》、王宗石《诗经分类诠释》等等。目前,《诗经》研究正方兴未艾。可以预料,在21世纪,《诗经》研究必将取得更加辉煌的成就。

本书是一部《诗经》的普及性读本。尽收《诗经》全部诗作,依据可靠版本,对有些诗的章节略作调整。每首诗进行翻译、注释和简析,以帮助读者阅读理解。

此书出版得到崇文书局领导和编辑同志的大力支持,在此谨致谢忱。由于本人学殖荒落,书中缺点错误在所难免,尚祈方家及读者批评指正。

杨合鸣

2015年10月

目　录

国　风

齐　风

魏　风

唐 风

秦 风

陈 风

雅

小 雅

大　雅

颂

周 颂

国　风

周　南

关　雎

关关雎鸠[1]，在河之洲[2]。
窈窕淑女[3]，君子好逑[4]。

叫声关关的鱼鹰，在黄河的沙洲上。
美丽善良的姑娘，是男子理想的对象。

参差荇菜[5]，左右流之[6]。
窈窕淑女，寤寐求之[7]。

长短不齐的荇菜，向左向右采摘它。
美丽善良的姑娘，男子日夜追求她。

求之不得，寤寐思服[8]。
悠哉悠哉[9]，辗转反侧[10]。

追求她啊追不上，男子日夜把她想。
夜太长啊夜太长！翻来覆去不能忘。

参差荇菜，左右采之。
窈窕淑女，琴瑟友之[11]。

长短不齐的荇菜，向左向右采摘它。
美丽善良的姑娘，弹奏琴瑟亲爱她。

参差荇菜，左右芼之[12]。
窈窕淑女，钟鼓乐之[13]。

长短不齐的荇菜，向左向右采摘它。
美丽善良的姑娘，敲击钟鼓娱乐她。

【注释】

①关关：鸟的和鸣声。雎(jū)鸠：鱼鹰。栖息水边，善于捕鱼。

②河：特指黄河。洲：水中的陆地。

③窈窕(yǎo tiǎo)：容貌美丽。淑：心地善良。

④好逑(qiú)：理想的配偶。

⑤参差(cēn cī)：长短不齐。荇(xìng)菜：又名“接余”。一种水草，浮在水上，其白茎、嫩叶可食。

⑥左右：向左边，向右边。流：通“摎（jiū）”。择取。

⑦寤寐（wù mèi）：睡醒为“寤”，睡着为“寐”。“寤”“寐”连用，犹言日夜。

⑧思服：思念。

⑨悠：长。

⑩辗转反侧：翻来覆去。

⑪琴瑟：古代乐器名。琴有五弦或七弦；瑟有五十弦、二十弦、十五弦等多种。友：亲爱。

⑫芼（mào）：择取。

⑬乐之：使她快乐。“乐”用作使动。

【评析】

这是男子爱恋女子之诗。全诗五章。一章以河洲上对对和鸣的鱼鹰，兴比淑女是君子的好配偶。二章以采摘长短不齐的荇菜，兴比君子对淑女的追求。君子因求之不得，故日夜思念，备觉长夜难熬，卧躺床上，翻来覆去，彻夜难眠。其眷念之情，苦闷之状，可想而知。三、四、五章仍以采摘长短不齐的荇菜，兴比君子对淑女的追求。君子终于求而得之，欣喜无限。在婚礼之上，琴瑟并奏，钟鼓齐鸣。君子以悠扬的琴瑟亲爱淑女，以和美的钟鼓使淑女欢娱，气氛显得十分和谐而热烈。

葛 覃

葛之覃兮①，施于中谷②，
维叶萋萋③。黄鸟于飞④，
集于灌木⑤，其鸣喈喈⑥。

紫葛的藤条啊，蔓延到谷中央。
它的叶儿郁苍苍。黄鹂飞来又飞往，
落在丛生的小树上，它的叫声清脆而响亮。

葛之覃兮，施于中谷，
维叶莫莫⑦。是刈是濩⑧，
为絺为绤⑨，服之无斁⑩。

紫葛的藤条啊，蔓延到谷中央，
它的叶儿绿汪汪。将藤割来将藤煮，
织成细布和粗布，穿在身上真舒服。

言告师氏⑪，言告言归。	向工头去请假，请假之后好回乡。
薄污我私⑫，薄浣我衣⑬。	快洗我的内衣，快洗我的外装。
害浣害否⑭，归宁父母⑮。	哪件洗来哪件藏，洗毕回家看爹娘。

【注释】

①葛：葛草。纤维可织葛布。覃（tān）：通“藤”。

②施（yì）：蔓延。

③维：代词。相当于“其”，指代“葛藤”。萋萋：茂盛的样子。

④黄鸟：黄鹂。于：语助词。无义，仅起凑足音节的作用。

⑤灌木：丛生的小树。

⑥喈喈（jiē）：鸟鸣声。

⑦莫莫：义同“萋萋”。

⑧刈（yì）：割。濩（huò）：通“镬”。煮。

⑨絺（chī）：细葛布。绤（xì）：粗葛布。

⑩斁（yì）：厌恶。

⑪言：语助词。无义。告：告假。师氏：工头或师傅。

⑫薄：语助词。无义。污：洗。私：内衣。

⑬浣（huàn）：洗。

⑭害：通“曷”。什么。否：不洗。

⑮归宁：回家探望（父母）。

【评析】

这是作坊女奴思归之诗。全诗三章。首章描写初夏山间的景色。此章不仅点明了季节，渲染了气氛，而且还交代了作坊的生产原料，即“葛覃”。次章写作坊生产的全过程。首先是割葛煮葛；接着是织成细葛布、粗葛布；最后是裁制葛布衣。这种葛布衣穿在身上舒舒服服 。此章生动地描绘出了女奴们在作坊紧张而忙碌的苦役生活。末章写女奴思归告假。紧张的劳动暂且告一段落，女奴们向“师氏”告假，准备洗完衣服回家探望父母。

卷 耳

采采卷耳①，不盈顷筐②。
嗟我怀人③，寘彼周行④。

茂盛的卷耳菜，采了许久还不满一浅筐。
唉！我怀念亲人啊，把筐儿抛在大路旁。

陟彼崔嵬⑤，我马虺隤⑥。
我姑酌彼金罍⑦，
维以不永怀⑧。

登上那高山巅，我的马儿已腿软。
我姑且斟满那酒壶，
为了不长久地怀念。

陟彼高冈，我马玄黄⑨。
我姑酌彼兕觥⑩，
维以不永伤。

登上那高冈，我的马儿已累伤。
我姑且斟满那牛角杯，
为了不长久地悲怆。

陟彼砠矣⑪，我马瘏矣⑫。
我仆痡矣⑬，云何吁矣⑭！

登上那高山，我的马儿已累瘫，
我的仆人也累病，我只得仰天而长叹！

【注释】

①采采：茂盛的样子。卷耳：又名“苍耳”“苓耳”。嫩苗可食。
②盈：满。顷筐：浅口筐。
③嗟(jiē)：叹词。相当于“唉”。
④寘(zhì)：放置。周行(háng)：大道。
⑤陟(zhì)：登上。崔嵬(cuī wéi)：高山。
⑥虺隤(huī tuí)：腿软无力。
⑦姑：姑且。金罍(léi)：饰金的壶形酒器。
⑧维：语助词。以：连词。表示目的，相当于“为了”。永：长。
⑨玄黄：疾病。
⑩兕觥(sì gōng)：犀牛角酒杯。
⑪砠(jū)：石山。

⑫瘏(tú):病。
⑬痡(pū):病。
⑭云:语助词。何:多么。吁(xū):通“忓”。忧愁。

【评析】

这是妇人思念征夫之诗。全诗四章。一章正面写妇人思念丈夫。卷耳易得,顷筐易盈,但这妇人采了许久竟然装不满一浅筐。原来是因为思夫殷切,无心采摘所致。于是她索性停止劳作,将顷筐抛在大路旁边。后三章侧面写妇人思念丈夫。这三章不是写妇人如何思念丈夫,而是写丈夫如何思念妻子。这种“以他思写己思”的手法的确高明。妇人想象丈夫在征途中思念自己的种种苦状。丈夫长年在外,翻山越岭,艰辛备尝,致使马儿累坏了,仆人也累病了。他忧痛至极,多次驻马饮酒,想借以排遣“永怀”“永伤”的愁绪。然而借酒岂能浇愁。万般无奈,他只好仰天长叹:“我是多么忧愁啊!”一股思亲怀归之情溢于言表。

樛　木

南有樛木①,葛藟累之②。	南方有弯曲的树木,葛蔓缠绕它。
乐只君子③,福履绥之④!	君子快乐啊,福禄安养他。
南有樛木,葛藟荒之⑤。	南方有弯曲的树木,葛蔓覆盖它。
乐只君子,福履将之⑥!	君子快乐啊,福禄扶助他。
南有樛木,葛藟萦之⑦。	南方有弯曲的树木,葛蔓萦裹它。
乐只君子,福履成之⑧!	君子快乐啊,福禄成就他。

【注释】

①樛(jiū)木:弯曲的树木。

②葛藟(lěi):藤蔓植物。累:缠绕。

③只:叹词。相当于"哉"。

④履:禄。绥:安养。

⑤荒:覆盖。

⑥将:扶助。

⑦萦(yíng):缠绕。

⑧成:成就。

【评析】

这是祝贺新婚之诗。全诗三章。每章意思大体相同。诗以"葛藟"缠绕、覆盖、萦裹"樛木",兴比新娘对新郎的相倚以及新郎对新娘的护持,并反复祝愿快乐的新郎,幸福将会安养他、扶助他、成就他,从而表达了人们对美好生活的期待。

螽 斯

螽斯羽[①],诜诜兮[②]!
宜尔子孙[③],振振兮[④]!

蝗虫的翅膀,密密聚一方。
你的儿孙,兴旺在一堂。

螽斯羽,薨薨兮[⑤]!
宜尔子孙,绳绳兮[⑥]!

蝗虫的翅膀,哄哄聚一方。
你的儿孙,不绝在一堂。

螽斯羽,揖揖兮[⑦]!
宜尔子孙,蛰蛰兮[⑧]!

蝗虫的翅膀,熙攘聚一方。
你的儿孙,拥挤在一堂。

【注释】

①螽(zhōng):蝗虫。产子多。斯:语助词。

②诜诜(shēn):众多的样子。

③宜：语助词。尔：代词。相当于“你”。

④振振：兴旺。

⑤薨薨(hōng)：虫群飞声。

⑥绳绳：绵绵不绝。

⑦揖揖：聚集的样子。

⑧蛰蛰(zhé)：繁盛。

【评析】

这是祝贺子孙众多之诗。螽是一种蝗虫，传说它生子最多，有人说它一次产子达九十九个。诗以“螽”兴比子孙众多非常贴切。全诗三章。每章意思平列，各有侧重。首章重在祝颂子孙众多；次章重在祝颂子孙昌盛；末章重在祝颂子孙团聚。前人评价说：“诗只平说，难六字炼得甚新。”六组叠词的巧妙运用，造成了音韵铿锵悠长的审美效果。

桃　夭

桃之夭夭①，灼灼其华②。	桃树真盛壮，它的花朵闪红光。
之子于归③，宜其室家④。	这个女子出嫁，使她家庭会兴旺。
桃之夭夭，有蕡其实⑤。	桃树真盛壮，它的果实圆又大。
之子于归，宜其家室⑥。	这个女子出嫁，使她家庭会发达。
桃之夭夭，其叶蓁蓁⑦。	桃树真盛壮，它的叶儿郁苍苍。
之子于归，宜其家人⑧。	这个女子出嫁，使她家人会安康。

【注释】

①夭夭：盛壮的样子。

②灼灼(zhuó)：鲜艳的样子。华：花。

③之子：这个女子。于：语助词。无义。归：出嫁。

④宜：和顺。

⑤有蕡（fén）：形容果实圆大。

⑥家室：义同“室家”。

⑦蓁蓁（zhēn）：树叶繁盛的样子。

⑧家人：合家之人。

【评析】

这是祝贺女子出嫁之诗。全诗三章。每章前二句皆为兴体，且具有象征的作用。每章后二句是对女子的祝愿与赞美。一章以桃树盛壮、桃花鲜艳，象征女子年轻貌美。这个女子出嫁，会使家庭和顺。二章以桃树盛壮、桃实圆大，象征女子体健多子。这个女子出嫁，会使家庭兴旺。三章以桃树盛壮、桃叶繁茂，象征女子品性笃厚。这个女子出嫁，会使家人幸福。由于前二句形象鲜明而生动，故而能引发出优美的联想，从而使得后二句的祝颂之词变得可感可触，给人以深刻的印象。此诗对后世影响很大。一些诗词中的“面如桃花”“艳若桃李”以及“人面桃花”的传奇故事皆源于《桃夭》一诗。

兔　罝

肃肃兔罝①，椓之丁丁②。	细密的捕虎网，丁丁地敲着桩。
赳赳武夫③，公侯干城④。	雄赳赳的武士，是国君的城墙。
肃肃兔罝，施于中逵⑤。	细密的捕虎网，设在大道上。
赳赳武夫，公侯好仇⑥。	雄赳赳的武士，是国君的臂膀。
肃肃兔罝，施于中林。	细密的捕虎网，设在林中心。
赳赳武夫，公侯腹心⑦。	雄赳赳的武士，是国君的亲信。

【注释】

①肃肃：细密的样子。兔罝（jū）：捕兔的网。另说兔即“於菟（wū tú）”。楚地称虎为“於菟”。

②椓（zhuó）：敲击。丁丁（zhēng）：敲击声。

③赳赳：勇武雄壮。

④干城：盾牌和城墙。比喻武夫。

⑤施（yì）：设置。逵：四通八达的道路。

⑥好仇（qiú）：好助手。

⑦腹心：可依靠和信任的人。

【评析】

这是赞美武士之诗。全诗三章。每章前二句均是兴而比。每章后三句是对武士由衷的赞美。首章以猎人敲牢木桩，张好虎网，比喻战士们做好了御敌的准备。这些勇武雄壮的战士，是国君的屏障。二章以猎人在九衢通道张好虎网，比喻战士们在交通路口设下防线。这些勇武雄壮的战士，是国君的栋梁。末章以猎人在密林中张好虎网，比喻战士们在山林中设下埋伏。这些勇武雄壮的战士，是国君的亲信。从这些“赳赳武夫”的身上，我们可以感受到爱国主义和英雄主义精神的闪光。

芣　苢

采采芣苢①，薄言采之②。	茂盛的车前子，妇女们呼伴去采摘它。
采采芣苢，薄言有之③。	茂盛的车前子，妇女们开始采到它。
采采芣苢，薄言掇之④。	茂盛的车前子，妇女们一颗颗地拾取它。
采采芣苢，薄言捋之⑤。	茂盛的车前子，妇女们成把成把地捋取它。
采采芣苢，薄言袺之⑥。	茂盛的车前子，妇女们手提衣襟兜着它。

采采芣苢，薄言襭之[⑦]。　　茂盛的车前子，妇女们掖起衣襟盛着它。

【注释】

①采采：茂盛的样子。芣苢(fú yǐ)：植物名。即车前子。

②薄言：语助词。无义。

③有：取得。

④掇(duō)：拾取。

⑤捋(luō)：成把地顺着茎条采下。

⑥袺(jié)：手提衣襟兜着。

⑦襭(xié)：掖起衣襟盛着。

【评析】

这是妇女们采摘芣苢之诗。芣苢，俗称车前子。关于芣苢的药用说法不一。一说“宜怀妊”，一说可“安胎”，一说可治妇女难产，一说可治男子“恶疾”。总之，芣苢是一种极有用的药草，无怪乎妇女们乐于去采摘。全诗三章。此诗描绘出妇女们采摘劳动的全过程。一章是劳动开始曲。“采之”、“有之”是说妇女们呼朋结伴去采摘芣苢，开始采得芣苢。二章是劳动进行曲。“掇之”“捋之”是说妇女们一颗一颗地拾取芣苢，成把成把地采下芣苢。三章是劳动结束曲。“袺之”“襭之”是妇女们手提衣襟兜着芣苢，掖起衣襟盛着芣苢。此诗层次井然，节奏明快，韵律和谐。情绪欢乐，意境优美，具有浓郁的生活气息。

汉　广

南有乔木[①]，不可休思[②]。　　南方有高树，不可去歇休。

汉有游女[③]，不可求思。　　汉水有神女，不可去追求。

汉之广矣，不可泳思[④]。　　汉水真宽广，不可去泳游。

江之永矣[5]，不可方思[6]。	长江真辽阔，不可去浮泅。
翘翘错薪[7]，言刈其楚[8]。	层层错杂的木柴，当割取其中的荆条。
之子于归，言秣其马[9]。	这个女子要出嫁，快把马儿去喂饱。
汉之广矣，不可泳思。	汉水真宽广，不可去泳游。
江之永矣，不可方思。	长江真辽阔，不可去浮泅。
翘翘错薪，言刈其蒌[10]。	层层错杂的木柴，当割取其中的艾蒿。
之子于归，言秣其驹[11]。	这个女子要出嫁，快把马儿去喂饱。
汉之广矣，不可泳思。	汉水真宽广，不可去泳游。
江之永矣，不可方思。	长江真辽阔，不可去浮泅。

【注释】

①乔木：高大的树木。

②休：休息。思：语助词。

③游女：神女。

④泳：游泳渡水或潜水而行。

⑤江：指长江。永：长。

⑥方：筏子。这里指乘筏子渡河。

⑦翘翘（qiáo）：突起的样子。错薪：错杂的木柴。

⑧言：语助词。无义。刈（yì）：割。楚：丛木。一名“荆”。

⑨秣（mò）：喂养。

⑩蒌（lóu）：蒿。

⑪驹（jū）：六尺高的马。

【评析】

这是男子求偶失望之诗。全诗三章。一章写女子不可追求。此章皆为兴体。诗以乔木不可休、神女不可求、汉广不可游、江永不可渡，兴比女子不可求。二、三章写幻想爱情实现。尽管求爱难得，但这男子并未放弃对女子的执着追求。每章首二句也为兴体。诗以层层错杂的草木，当割取其中的荆条与蒌蒿，兴比男子求偶就要选择最好的姑娘。此时男子想象爱情理想的实现：等到女子嫁给我时，我就喂饱马驹驾车去迎娶她。当然，这只是一种虚幻的梦想。于是他又只得发出“汉广不可游，江永不可渡”的悲叹。

汝　坟

遵彼汝坟①，伐其条枚②。 未见君子，惄如调饥③。	沿着那汝水堤岸，砍那树上的枝条。 未见丈夫归来，如同早上饥饿难熬。
遵彼汝坟，伐其条肄④。 既见君子，不我遐弃⑤。	沿着那汝水堤岸，砍那树上的枝条。 已见丈夫归来，没有把我远抛。
鲂鱼赪尾⑥，王室如毁⑦。 虽则如毁，父母孔迩⑧。	鲂鱼劳累成红尾，王室苛政如火烧。 虽然苛政如火烧，父母在堂要尽孝。

【注释】

①遵：沿着。汝：水名。坟：大堤。

②条枚：树木的枝条。

③惄(nì)：忧思。调：通“朝”。早晨。

④肄(yì)：砍后再生的枝条。

⑤遐(xiá)：远。

⑥鲂：鳊鱼。赪(chēng)尾：赤尾。

⑦王室：王朝；朝廷。毁(huǐ)：烈火。

⑧孔：副词。相当于“很”。迩(ěr)：近。

【评析】

这是妻子怀念丈夫之诗。全诗三章。一章写妻子未见丈夫归来的忧念之情。妻子沿着汝水大堤，正在砍伐那茂密的树枝，她未见丈夫归来，满腹的忧思如同朝饥思食一样急切难耐。二章写妻子见到丈夫归来的喜悦之情。妻子沿着汝水大堤，正在砍伐那茂密的树枝。她突然见到丈夫归来，心里无限惊喜，情不自禁地脱口而出：原来丈夫没有把我远远抛弃。三章写夫妻互倾情愫。丈夫慨叹地说：鳊鱼尾红是由于过度劳累，我久役不归是因为暴政如火。妻子则深情地说：虽然暴政如火，但是现在父母就在身边，要尽赡养之孝。这段对话，字里行间充溢着夫妻久别的思念与重逢的欣慰。

麟之趾

麟之趾①，振振公子②。	麒麟蹄儿不踢人，厚道的公子不欺人。
于嗟麟兮③！	啊，公子就像那麒麟！
麟之定④，振振公姓⑤。	麒麟额儿不抵人，厚道的公子不损人。
于嗟麟兮！	啊，公子就像那麒麟！
麟之角，振振公族⑥。	麒麟角儿不触人，厚道的公子不害人。
于嗟麟兮！	啊，公子就像那麒麟！

【注释】

①麒：麒麟。

②振振：诚实，厚道。

③于嗟(jiē)：叹词。表示赞美。

④定：额头。

⑤公姓：同姓子孙。

⑥公族：同祖子孙。

【评析】

这是歌颂仁厚公子之诗。相传麒麟是一种仁兽，说它“含仁怀义”，

“不履生虫，不折生草”。全诗三章。每章意思相类似。诗以麒麟有蹄不踢人，有额不抵人，有角不触人，兴比仁厚公子不欺人、不损人、不害人。用这种人格化的神兽来象征和赞美古代的贤者，可谓恰如其分。

召　南

鹊　巢

维鹊有巢①，维鸠居之②。	喜鹊树上筑个巢，斑鸠却来居住了。
之子于归，百两御之③。	这个女子要出嫁，百辆车儿迎娶她。
维鹊有巢，维鸠方之④。	喜鹊树上筑个巢，斑鸠却来占住了。
之子于归，百两将之⑤。	这个女子要出嫁，百辆车子护送她。
维鹊有巢，维鸠盈之⑥。	喜鹊树上筑个巢，斑鸠却来住满了。
之子于归，百两成之⑦。	这个女子要出嫁，百辆车子迎送她。

【注释】

①鹊：喜鹊。

②鸠：斑鸠。

③两：即“辆”。车有两轮，故称为两。御（yù）：迎。

④方：有，占有。

⑤将：送。

⑥盈：满。

⑦成：此处指举行礼仪成婚。

【评析】

这是贵族女子出嫁之诗。全诗三章。每章首二句皆为兴体。诗以鹊有巢鸠占有兴比女子出嫁后居住夫家。后世演变为“鸠占鹊巢”这一成语，并流传至今。每章后二句写婚礼隆盛。这个女子出嫁，夫家用一百辆车子迎娶她，娘家用一百辆车子护送她，男女双方各用一百辆车子迎送，写出了婚礼的隆重。

采　蘩

于以采蘩①？于沼于沚②。	在哪里采白蒿？在那池洲旁。
于以用之？公侯之事③。	在哪里用白蒿？公侯祭祀上。
于以采蘩？于涧之中④。	在哪里采白蒿？在那小山冲。
于以用之？公侯之宫⑤。	在哪里用白蒿？公侯宗庙中。
被之僮僮⑥，夙夜在公⑦。	采蒿女子一群群，为公侯早晚忙不停。
被之祁祁⑧，薄言还归⑨。	采蒿女子不间断，劳动收工把家还。

【注释】

①于：介词。相当于“在”。以：何，何处。蘩：白蒿。

②沼：水池。沚：小洲。

③事：祭祀。

④涧：夹在两山之间的水沟。

⑤宫：宗庙。

⑥被（bèi）：遮盖。僮僮（tóng）：众多。

⑦夙夜：早晚。公：公家。

⑧祁祁（qí）：众多。

⑨薄言：语气助词。无义。还归：返回。

【评析】

这是女子采蘩劳动之诗。蘩即白蒿，为养蚕所用之物。全诗三章。

一、二章采用问答体的形式，描绘出采蘩劳动的情景以及劳动的性质。三章写大规模采蘩劳动的场面。全诗组成了一幅完整的劳动图景。从诗意来看，其性质与《葛覃》相同，它当是写公侯养蚕作坊里女奴生活的诗篇。

草　虫

喓喓草虫①，趯趯阜螽②。	蝈蝈喓喓叫，蝗虫蹦蹦跳。
未见君子，忧心忡忡③。	未见丈夫归来，急得像火烧。
亦既见止④，亦既觏止⑤，	已看到丈夫，已见着丈夫，
我心则降⑥。	一颗悬着的心放下了。
陟彼南山，言采其蕨⑦。	登上那南山，采摘那野菜。
未见君子，忧心惙惙⑧。	未见丈夫归来，心似乱麻难解开。
亦既见止，亦既觏止，	已看到丈夫，已见着丈夫，
我心则说⑨。	一颗忧愁的心才痛快。
陟彼南山，言采其薇⑩。	登上那南山，采摘那豌豆。
未见君子，我心伤悲。	未见丈夫归来，心里真忧愁。
亦既见止，亦既觏止，	已看到丈夫，已见着丈夫，
我心则夷⑪。	一颗起伏的心才好受。

【注释】

①喓喓（yāo）：虫鸣声。草虫：蝗类昆虫。也叫蝈蝈。

②趯趯（tì）：跳跃的样子。阜螽（zhōng）：蝗虫。也叫蚱蜢。

③忡忡（chōng）：忧思的样子。

④止：语助词。

⑤觏(gòu):通“遘”。遇见。

⑥降(jiàng):放下。

⑦蕨(jué):野菜名。也叫蕨菜。嫩叶初生时卷曲如拳,可供食用。

⑧惙惙(chuò):忧愁的样子。

⑨说(yuè):同“悦”。高兴。

⑩薇(wēi):野菜名。茎叶似豆,后世称野豌豆。

⑪夷:平静。

【评析】

这是妻子思念丈夫之诗。全诗三章。一章写秋天思念丈夫。诗以草虫、阜螽兴起悲秋之感。二章写春天思念丈夫。诗以采蕨兴起思念之情。三章写夏天思念丈夫。诗以采薇兴起感伤之怀。此诗写了两年的事情。由秋天写到春天,又由春天写到夏天。随着时序的推移、景物的变换,妻子对丈夫的思念之情更加强烈,更加浓厚。读罢此诗,令人感动。

采　蘋

于以采蘋①?南涧之滨。	在哪里采青蘋?在南边溪水滨。
于以采藻②?于彼行潦③。	在哪里采水藻?在流水的沟中。
于以盛之?维筐及筥④。	用什么装青蘋?用方筐和圆筐。
于以湘之⑤?维锜及釜⑥。	用什么煮萍藻?用有脚和无脚的锅。
于以奠之⑦?宗室牖下⑧。	在哪里放置祭品?在宗庙的南窗下。
谁其尸之⑨?有齐季女⑩。	什么人主祭?是位庄敬的女娃。

【注释】

①蘋：一种水生蕨类植物，又叫“田字草”。

②藻：水底藻类。

③行潦(háng lǎo)：水沟。

④筐：方形竹器。筥(jǔ)：圆形竹器。

⑤湘：煮。

⑥锜(qí)：似锅，有足。釜：似锅，无足。

⑦奠：放置。

⑧宗室：指祖庙。牖(yǒu)：窗。

⑨尸：主祭。

⑩齐：庄敬。季女：少女。

【评析】

这是女子采摘蘋藻之诗。蘋藻这两种水草，均为祭祀所用。全诗三章。每章采用问答的形式，描绘了采摘劳动的情景以及准备祭祀的活动。此诗具有浓郁的民歌气息。其用语活泼多变。水草蘋藻以两地分咏；盛菜器物以方筐圆筐并列；煮菜炊具以有脚锅无脚锅对举。这些都显示出民间歌手的机智与幽默。

甘 棠

蔽芾甘棠①，勿翦勿伐， 召伯所茇②。	甘棠树高又大，不要剪它不要砍它， 召伯曾住在那树下。
蔽芾甘棠，勿翦勿败③， 召伯所憩④。	甘棠树高又大，不要剪它不要折它， 召伯曾休息在那树下。
蔽芾甘棠，勿翦勿拜⑤， 召伯所说⑥。	甘棠树高又大，不要剪它不要拔它， 召伯曾歇在那树下。

【注释】

①蔽芾(fèi):茂盛的样子。甘棠:棠梨树。

②召伯:召康公,名奭(shì)。茇(bá):通“废”。居住。

③败:折毁。

④憩(qì):休息。

⑤拜:攀折。

⑥说(shuì):止息。

【评析】

这是怀念召伯之诗。召伯当指召康公(名奭)。武王灭纣后,封召公于北燕,为燕的始祖。成王时为太保,与周公分陕(今河南陕县)而治。据《史记·燕召公世家》记载:“召公巡行乡邑,有棠树,决狱政事其下。”俗话说:“爱屋及乌。”此诗所写则是“爱人及物”。这棵甘棠树非同一般,它可说是召伯显赫政绩的见证。全诗三章。每章意思基本相同。诗中反复唱道:不要毁坏甘棠树,因为这是召伯曾歇息的地方。人们由爱人而及物,诗人则由咏物而怀人。借爱惜甘棠树以抒发对召伯敬仰、怀念、追思之情,是此诗在艺术上的鲜明特点。

行　露

厌浥行露①,岂不夙夜②, 谓行多露③。	道上露水湿淋淋,谁不想早点赶路程, 只怕露多道难行。
谁谓雀无角④,何以穿我屋⑤? 谁谓女无家⑥,何以速我狱⑦? 虽速我狱,室家不足⑧!	谁说雀儿没有嘴?凭什么穿透我房屋? 谁说你没有娶妻室?凭什么让我坐牢狱? 即使让我坐牢狱,要成夫妻理不足!
谁谓鼠无牙,何以穿我墉⑨?	谁说老鼠没有牙?凭什么穿透我墙壁?

谁谓女无家，何以速我讼[10]？虽速我讼，亦不女从[11]！

谁说你没有娶妻室？凭什么使我吃官司？即使让我吃官司，我也决不屈从你！

【注释】

①厌浥(yì)：潮湿。行：道路。

②岂：副词。难道。夙(sù)：早。

③谓：通“畏”。害怕。

④角：鸟嘴。

⑤何以：即“以何”，凭什么。

⑥女：代词。相当于“汝”，你。家：指妻室。

⑦速：招致。狱：诉讼，打官司。

⑧不足：指成婚的理由不充足。

⑨墉(yōng)：墙。

⑩讼：义同“狱”。

⑪亦：也。不女从：即“不从女”，不顺从你。

【评析】

这是女子争取婚姻自主而勇敢抗争之诗。全诗三章。一章全为兴体，二、三章首二句也为兴体。一章以谁不想早点赶路程，只怕道上露水湿淋淋，兴比女子谁不想早点就成亲，只怕所嫁不是意中人。二、三章以鸟雀有嘴可穿屋，老鼠有牙可穿墙，兴比男子已有妻室。但这男子还想娶一位未婚女子为妻，并要挟说如不顺从就要让她吃官司。这种蛮横的举动遭到女子的断然拒绝。这女子理直气壮地斥责道：即使让我吃官司，要想成婚理不足；即使让我吃官司，我也决不屈从你。不难看出，这是一位性格刚毅的女子。她面对威胁，毫不畏惧，而是勇敢地迎接挑战，实在难能可贵。

羔 羊

羔羊之皮①，素丝五紽②。 那人穿着羊皮袄，袄上缝着白丝绦。
退食自公③，委蛇委蛇④！ 在衙门吃得酒足饭饱，回家的路上晃摇摇。

羔羊之革⑤，素丝五緎⑥。 那人穿着羊皮袄，袄上缝着白丝绦。
委蛇委蛇，自公退食。 回家的路上晃摇摇，在衙门吃得酒足饭饱。

羔羊之缝⑦，素丝五总⑧。 那人穿着羊皮袄，袄上缝着白丝绦。
委蛇委蛇，退食自公。 回家的路上晃摇摇，在衙门吃得酒足饭饱。

【注释】

①羔羊：小羊。皮：此指皮袄。

②素：白色。紽（tuó）：丝数。五紽，即二十五丝。

③退食：就食而退。自公：从公府。

④委蛇（yí）：摇摇晃晃、悠闲自得的样子。

⑤革：兽皮。此指皮袄。

⑥緎（yù）：丝数。五緎，即一百丝。

⑦缝：通“鞸”。皮革。此指皮袄。

⑧总：丝数。五总，即四百丝。

【评析】

这是讽刺官吏悠闲安逸之诗。全诗三章。每章意思大体相同。此诗犹如一幅漫画，寥寥几笔，便将这位官吏饱食终日、悠闲自得的神态勾勒了出来。这位官吏身着一件羔裘。这羔裘非常讲究，上面绣有白丝花纹，所缝丝数由“五紽”而“五緎”，由“五緎”而“五总”，渐次加密，华丽美观。他吃得酒足饭饱，从官府踱着方步退了出来，行走在回家的路上，摇摇晃晃，悠闲自得，真是丑态百出。

殷其雷

殷其雷[1]，在南山之阳[2]。 何斯违斯[3]，莫敢或遑[4]？ 振振君子[5]，归哉归哉！	轰隆隆的雷声，在南山的南边。 为何此时离开家乡？是因为不敢偷闲。 忠厚的丈夫啊，望你早点回家园！
殷其雷，在南山之侧[6]。 何斯违斯，莫敢遑息[7]？ 振振君子，归哉归哉！	轰隆隆的雷声，在南山的旁边。 为何此时离开家乡？是因为不敢安闲。 忠厚的丈夫啊，望你早点回家园！
殷其雷，在南山之下[8]。 何斯违斯，莫或遑处[9]？ 振振君子，归哉归哉！	轰隆隆的雷声，在南山的下边。 为何此时离开家乡？是因为不敢空闲。 忠厚的丈夫啊，望你早点回家园！

【注释】

①殷：通“隐”，雷声。

②阳：山的南面。

③何斯违斯：为何此时离开这里。

④或：有。遑：空闲。

⑤振振：忠厚。

⑥侧：山的旁边。

⑦息：休息。

⑧下：山脚。

⑨处：安居。

【评析】

这是夫妻离别难舍之诗。全诗三章。每章首二句描写丈夫外出时的自然环境。轰隆隆的雷声由远而近，预示着一场暴雨就要来临。丈夫在此时外出，岂不让妻子揪心！每章三、四句点明丈夫此时外出之因。在风雨欲来之时离家外出，是因为公务在身，不敢偷闲。每章五、六句写妻子的心愿。妻子深知丈夫为人忠厚，办事认真，只盼丈夫快点办完公事早日回来。此诗选景典型，情景交融，语意恳切，感人至深。

摽有梅

摽有梅[①]，其实七兮[②]。	梅子开始坠落啊，它的果实还有七成。
求我庶士[③]，迨其吉兮[④]！	追求我的小伙子，就趁着这美好的时辰！
摽有梅，其实三兮[⑤]。	梅子开始坠落啊，它的果实只有三成。
求我庶士，迨其今兮[⑥]！	追求我的小伙子，就趁着今天来定情！
摽有梅，顷筐塈之[⑦]。	梅子开始坠落啊，全都装进了浅筐。
求我庶士，迨其谓之[⑧]！	追求我的小伙子，就趁着开口的好时光。

【注释】

①摽(biào)：坠落。有：名词词头。梅：落叶乔木，能开花结果。

②其：代词。指代“梅”。实：梅子。七：指梅子还剩十分之七。

③庶士：众多男子。

④迨(dài)：趁着。吉：吉日良辰。

⑤三：指梅子还剩十分之三。

⑥今：今日，即日。

⑦顷筐：浅口筐。塈(xì)：取。

⑧谓：说。

【评析】

这是女子亟待婚嫁之诗。全诗三章。每章意思并非平列，而是层层递进。每章首二句为兴体。梅子纷纷坠落，树上还有七成，树上只有三成，树上全都落光。诗以此兴比女子的青春由盛而渐渐转衰。每章三、四句为赋体。正因为女子深感青春易逝，故而求爱之心才更为急切。她大胆地表白道：追求我的小伙子，就趁着吉日，就趁着今天，就趁着开口之时，表明你的心迹吧！诗先说“其吉”，又说“其今”，再说“谓之”，恰似紧锣密鼓，敲响了女子急切求爱的心音。

小　星

嘒彼小星①，三五在东②。	明亮的小星星，三颗五颗在东方。
肃肃宵征③，夙夜在公④。	急急忙忙赶夜路，早晚为公事而奔忙。
寔命不同⑤！	这是命运不一样！
嘒彼小星，维参与昴⑥。	明亮的小星星，是参星昴星挂天上。
肃肃宵征，抱衾与裯⑦。	急急忙忙赶夜路，抱着被子和蚊帐。
寔命不犹⑧！	这是命运不一样！

【注释】

①嘒(huì)：明亮。

②三五：形容星稀少。一说分指参星和昴星。

③肃肃：疾行的样子。宵：夜晚。征：远行。

④夙夜：早晚。在公：在公府。

⑤寔(shí)：指示代词。此；这。

⑥参(shēn)：参星。二十八星宿之一。昴(mǎo)：昴星。二十八星宿之一。

⑦衾(qīn)：被子。裯(chóu)：帐子。

⑧犹：如。

【评析】

这是小吏自叹劳苦之诗。全诗二章。每章首二句描写夜景。那明亮的小星,稀稀疏疏挂在东方;那明亮的小星,就是参星和昴星。通过描写夜景巧妙地点明小吏远行的时间。每章后二句描写小吏行役之苦。就在明星高悬的夜晚,小吏匆匆地远行,还抱着被子和帐子赶路,日夜为公府奔忙。难怪他悲叹自己不如人。寥寥几笔的勾勒,就揭示出当时社会的不公。

江有汜

江有汜①,之子归,	长江支流翻波涛,这个女子出嫁了,
不我以②。	再也不同我相好。
不我以,其后也悔!	再也不同我相好,将定会悔恨懊恼。
江有渚③,之子归,	长江洲边水分流,这个女子出嫁了,
不我与④。	再也不同我相厚。
不我与,其后也处⑤!	再也不同我相厚,将定会独自忧愁。
江有沱⑥,之子归,	长江支流翻波浪,这个女子出嫁了。
不我过⑦。	再也不同我来往。
不我过,其啸也歌⑧!	再也不同我来往,将定会悲歌哀伤。

【注释】

①汜(sì):自干流分出又回到干流的河流。

②不我以:即“不以我”,不要我。

③渚(zhǔ):水中小洲。

④不我与:即“不与我”,不爱我。

⑤处：通“癙”。忧愁。

⑥沱（tuó）：水的支流。

⑦不我过：即“不过我”，不理我。

⑧啸（xiào）也歌：边哭边唱。

【评析】

这是男子失恋之诗。全诗三章。每章首句为兴体。诗以长江出现汉道支流，兴比女子情意不专，别有所爱。每章后四句写男子惆怅之情。这个女子出嫁了，再也不爱我了，这岂不令人惆怅满怀？然而这男子毕竟是一个自信而又善于自解的人。他坦诚地表白道：你不爱我了，将定会后悔莫及。如此反复咏唱，将其缠绵悱恻而又自我慰藉的心理表现得淋漓尽致。

野有死麇

野有死麇①，白茅包之②。 有女怀春③，吉士诱之④。	打死的獐子在荒郊，白茅草儿把它包。 有个姑娘春情动，小伙子故意把她撩。
林有朴樕⑤，野有死鹿。 白茅纯束⑥，有女如玉⑦。	野外长着小树苗，打死的鹿儿在荒郊。 白茅草儿都捆牢，有个姑娘如玉妙。
舒而脱脱兮⑧，无感我帨兮⑨， 无使尨也吠⑩！	你来时要轻悄悄，不要扯动我围腰， 不要使长毛狗汪汪叫。

【注释】

①麇（jūn）：獐子。

②白茅：丝茅草。

③怀春：向往爱情。

④吉士：男子的美称。此指猎人。诱：引诱。

⑤朴樕（sù）：小树。

⑥纯束：包捆。

⑦如玉：比喻貌美。

⑧舒：徐缓。脱脱（tuì）：轻轻。

⑨感（hàn）：同“撼”。触动。帨（shuì）：佩巾。

⑩尨（máng）：长毛狗。

【评析】

这是青年男女恋爱之诗。此诗描写了一个饶有兴味的爱情故事。全诗三章。一章写爱情的萌生。一位猎人在郊野打死一只獐子，正在用茅草将獐子包裹起来。这时一位少女从这儿经过，目睹了猎人高超的射艺，顿时萌生了爱慕之情。这猎人也心领神会，于是用多情的话语挑逗少女。就这样两人一见钟情。二章写爱情的发展。第二天，猎人在林中砍了一些小树，又在郊野打死一只鹿，正在用茅草将小树和鹿捆束起来。这时少女又来到郊野。猎人这时端详少女，不禁暗自赞叹道：她的容貌真美，就像白玉一般光彩照人。就这样两人更加相互爱慕。三章写约会的情景。傍晚时分，猎人主动上门邀约少女幽会。少女悄悄地走了出来，小声叮嘱说：“你要慢一点，轻一点，别触动我的佩巾，别使我家的长毛狗汪汪叫。”幽会自然是幸福的，但少女心存顾虑却给这幸福掺杂了一丝苦涩味。

何彼秾矣

何彼秾矣①，唐棣之华②！	怎么那样堂皇？是棠棣的花儿闪红光。
曷不肃雍③，王姬之车④！	怎么那样端庄？是公主所乘的车辆。
何彼秾矣，华如桃李！	怎么那样堂皇？是桃李花儿放光芒。

平王之孙⑤,齐侯之子⑥。	是那平王的外孙,是那齐侯的儿郎。
其钓维何⑦？维丝伊缗⑧。	那钓线是什么？是用丝合成的钓纶。
齐侯之子,平王之孙。	是那齐侯的儿郎,是那平王的外孙。

【注释】

①秾(nóng):繁盛。

②唐棣(dì):即棠棣。形似白杨,能开花结果。

③肃雍(yōng):庄重和谐。

④王姬:即公主。周王的女儿。

⑤平王之孙:周平王的孙女。

⑥齐侯之子:齐侯的儿子。即齐桓公。

⑦钓:钓鱼。这里用作名词,意为"钓线"。

⑧维丝伊缗(mín):是丝线合成的钓线。维、伊,皆语助词,无义。

【评析】

这是周王之女下嫁齐侯之诗。全诗三章。前二章以棠棣和桃李的芳华象征王姬的青春貌美;以庄重和谐描写王姬的车服之盛;又以"平王之孙,齐侯之子"点明他俩身份的高贵。三章以钓线是由丝纠合而成,象征男女婚姻之事。诗的结尾再次点明这对新婚夫妻地位的高贵。

驺 虞

彼茁者葭①,	那稠密的芦苇多茁壮,
壹发五豝②。	只发一箭就把五只大野猪都射伤。
于嗟乎驺虞③!	啊!驺和虞配合多得当!

彼茁者蓬[4]，	那稠密的蓬蒿多茁壮，
壹发五豵[5]。	只发一箭就把五只小野猪都射伤。
于嗟乎驺虞！	啊！驺和虞配合多得当！

【注释】

①茁：繁茂。葭(jiā)：芦苇。

②壹：即一。发：射箭。豝(bā)：两岁的野猪。

③于嗟乎：叹词。表示赞美。驺(zōu)：为王公贵族养马并管驾车的人。虞：管理苑囿的小官。

④蓬：蓬蒿。

⑤豵(zōng)：一岁的野猪。

【评析】

这是赞美诸侯田猎之诗。周代春秋时期，诸侯也辟有苑囿。据《孟子·梁惠王下》记载，梁惠王的苑囿方圆有四十里，可见诸侯苑囿范围之广。国君经常前往苑囿观赏娱乐，并追逐野兽，以显身手。全诗二章。每章首二句赞美国君精湛的射艺。在繁茂的芦苇中，在繁茂的蓬蒿中，潜藏着许多野兽。国君拉满弓弦，只发一箭，就射中五头大野猪，就射中五头小野猪。每章末二句赞美“驺虞”的配合之功。国君田猎须有“驺虞”相助。“驺”即“趣马”，“虞”即“虞人”。国君在田猎时，趣马御车，技艺娴熟；虞人驱兽，动作敏捷。由于配合默契，故而国君能“壹发五豝”“壹发五豵”。

邶　风

柏　舟

泛彼柏舟[1]，亦泛其流[2]。	小小的柏木舟，漂浮在河中流。
耿耿不寐[3]，如有隐忧[4]。	心中焦灼难入睡，掩不住深深的忧愁。
微我无酒[5]，以敖以游[6]。	并非我没有美酒，用来放怀遨游。
我心匪鉴[7]，不可以茹[8]。	我的心不是镜子，不可包容美丑。
亦有兄弟，不可以据[9]。	我也有同胞兄弟，依靠却不能够。
薄言往愬[10]，逢彼之怒。	我前去正想倾诉，却正碰上他们发怒。
我心匪石，不可转也。	我的心不是石头，哪能任人来转动。
我心匪席，不可卷也。	我的心不是席子，哪能任人来卷起。
威仪棣棣[11]，不可选也[12]。	人有尊严要保持，哪能随意屈从。
忧心悄悄[13]，愠于群小[14]。	烦恼沉沉压在心，小人把我当眼中钉。
觏闵既多[15]，受侮不少。	遭逢苦难说不尽，受到欺凌数不清。
静言思之，寤辟有摽[16]。	静下心来想一想，猛然惊醒捶胸又抚心。
日居月诸[17]，胡迭而微[18]？	太阳啊月亮啊，为何交替没有光？
心之忧矣，如匪浣衣[19]。	心中忧愁烦闷啊，就像搓洗着脏衣裳。
静言思之，不能奋飞[20]！	静下心来想一想，恨不能高飞展翅膀。

【注释】

①泛：漂浮的样子。柏舟：用柏木制作的船。

②流：指河流。

③耿耿：忧烦焦灼的样子。寐(mèi)：入睡。

④如：而。隐：通“殷”。大，深。

⑤微：非，不是。

⑥敖：通“遨”，游玩。

⑦匪：非，不是。鉴：镜子。

⑧茹：容纳。

⑨据：依靠。

⑩愬(sù)：同“诉”，诉说。

⑪威仪：仪表。棣棣(dì)：庄重的样子。

⑫选：通“巽”。退让。

⑬悄悄：忧愁的样子。

⑭愠(yùn)：怒；恨。于：介词。表示被动。群小：指众多小人。

⑮觏(gòu)：遭遇。闵：忧患。

⑯辟：用手抚心。有：通“又”。摽(biào)：用手捶胸。

⑰居、诸：皆语助词。

⑱胡：何，为什么。迭：更迭。微：昏暗不明。

⑲浣衣：洗衣。

⑳奋飞：展翅高飞。

【评析】

这是卫国同姓贤臣忧谗悯乱之诗。此诗当作于卫顷公之时。顷公在位期间，政治混乱，小人当权，贤臣遭祸，国势衰败。卫国同姓贤臣，目睹国事之非，心存危亡之虑，于是作此诗以抒泄满腔的幽愤。全诗五章。一章写忧愁深重，无法排除。二章写满腔幽愤，无处倾诉。三章写矢志不渝，威仪不变。四章写为群小侵侮，捶胸自伤。五章写身处困境，不能奋飞。此诗情深辞婉，细密工整。至今读到“耿耿不寐，如有隐忧”“我心匪鉴，不可以茹”“我心匪石，不可转也”“忧心悄悄，愠于群小”“静言思之，不能奋飞”等诗句，还能体会到它震撼心灵的艺术感染力。

绿　衣

绿兮衣兮[①]，绿衣黄里[②]。 心之忧矣，曷维其已[③]。	绿色的外衣，黄色的内衣。 心里忧伤，何时能停？
绿兮衣兮，绿衣黄裳[④]。 心之忧矣，曷维其亡[⑤]。	绿色的外衣，黄色的下裳。 心里忧伤，何时能够忘？
绿兮丝兮，女所治兮[⑥]， 我思古人[⑦]，俾无訧兮[⑧]。	绿色的丝线，是你亲手理过。 我思念亡妻，使我没有差错。
絺兮绤兮[⑨]，凄其以风[⑩]。 我思古人，实获我心[⑪]。	葛布有粗有细，穿在身上凉如风凄凄。 我思念亡妻，实在合我心意。

【注释】

①绿兮衣：即绿衣。兮：语助词。

②里：内衣。

③曷：何时。维其：语助词。已：停止。

④裳：下衣。

⑤亡：通“忘”。遗忘。

⑥治：梳理而编织。

⑦古人：即故人。指亡妻。

⑧俾（bǐ）：使。訧（yóu）：过错。

⑨絺（chī）：细葛布。绤（xì）：粗葛布。

⑩凄：寒凉。以：犹似，如。

⑪获：得，合。

【评析】

这是悼亡之诗。一对夫妻非常恩爱，然而天有不测风云，妻子先丈夫而去，致使梧桐半死，鸳鸯分飞，这给丈夫在心灵上造成极大的痛苦。全诗四章。前二章写睹物怀人。丈夫每当看到亡妻的遗物绿色的外衣和黄色的内衣，心中便涌起无限的悲伤。这悲伤之情何时才能停止！后二章写情意难忘。亡妻勤俭而贤惠。绿色丝线是她亲手梳理。她还常以善言相劝。我想起亡妻，就会使我无有过错。亡妻还心灵手巧。葛布衣裳是她亲手裁制，穿在身上凉爽如风。我想起亡妻，实在合我心意。此诗写得极为沉痛，令人不忍卒读。

燕 燕

燕燕于飞①，差池其羽②。	燕子双双飞翔，它的翅膀有前有后。
之子于归③，远送于野。	我的妹妹出嫁，远送到郊野不分手。
瞻望弗及④，泣涕如雨。	瞻望身影再不见，泪下如雨实难收。
燕燕于飞，颉之颃之⑤。	燕子双双飞翔，忽而降下忽而升。
之子于归，远于将之⑥。	我的妹妹出嫁，送了一程又一程。
瞻望弗及，伫立以泣⑦。	瞻望身影再不见，久久站立哭无声。
燕燕于飞，下上其音。	燕子双双飞翔，叫声忽下又忽上。
之子于归，远送于南。	我的妹妹出嫁，一直远送到南方。
瞻望弗及，实劳我心⑧。	瞻望身影再不见，真正使我心悲伤。
仲氏任只⑨，其心塞渊⑩。	妹妹为人很真诚，她心胸宽广能容人。
终温且惠⑪，淑慎其身⑫。	既温和又恭顺，立身善良又谨慎。
先君之思⑬，以勖寡人⑭。	叮嘱要我思先君，勉励寡人情意深。

【注释】

①燕燕：燕子。

②差（cī）池：参差不齐的样子。

③之子：这个女子。归：出嫁。

④弗：不。

⑤颉（xié）：向上飞。颃（háng）：向下飞。

⑥将：送。

⑦伫立：久立。

⑧劳：忧伤；愁苦。

⑨仲氏：次女。任：诚实。

⑩塞渊：厚道。

⑪终：既。惠：恭顺。

⑫淑：善良。

⑬先君：先父，前辈国君。

⑭勖（xù）：勉励。寡人：国君自称。

【评析】

这是国君送妹远嫁之诗。全诗四章。前三章写送别的情景。每章首二句以燕子飞翔忽上忽下，兴比国君与妹妹出行于道，或前或后相互倾谈，依依不舍。妹妹出嫁，他送了一程又一程，一直送到郊外，送到南边。迎亲的车队渐渐远去，再也见不到妹妹的身影，他不禁潸然泪下，久立饮泣，劳念伤心。四章写妹妹的品德。这位妹妹心地诚实厚道，为人既温和又谦恭，既贤淑又谨慎。临行前夕，妹妹还以要思念先君的遗训来勉励他。

日　月

日居月诸①，照临下土②。　　太阳和月亮，普照大地上。

乃如之人兮[3]，逝不古处[4]。	像他这种人，居然变心肠。
胡能有定[5]？宁不我顾[6]！	何时有定准，竟然把我忘。
日居月诸，下土是冒[7]。	太阳和月亮，把大地照耀。
乃如之人兮，逝不相好。	像他这种人，不再和我好。
胡能有定？宁不我报[8]！	何时有定准，竟然把我抛。
日居月诸，出自东方。	太阳和月亮，从东方升起。
乃如之人兮，德音无良[9]。	像他这种人，居然背道义。
胡能有定？俾也可忘[10]。	何时有定准，竟把我忘记。
日居月诸，东方自出。	太阳和月亮，从东方升起。
父兮母兮，畜我不卒[11]。	父亲和母亲，养我不到底。
胡能有定？报我不述[12]！	何时有定准，竟然把我弃。

【注释】

①居、诸：语助词。

②照临：照耀。下土：大地。

③乃：语助词。如之人：像这个人。指丈夫。

④逝：语助词。不古处：不像往日那样相处。

⑤胡：何。定：止。指不再变化。

⑥宁：副词。竟然。顾：眷念。

⑦冒：覆盖。

⑧报：报答；酬答。

⑨德音无良：品行不好。

⑩俾(bǐ)：使。

⑪畜：养育。卒：终。

⑫述：通“术”。道。不述，即不以道。

【评析】

这是弃妇之诗。全诗四章。前二章以日月照耀大地兴比丈夫应该呵护自己。然而丈夫变了心肠，没有定准，竟然把我忘记，把我抛弃。后二章以日月从东方升起兴比丈夫应该遵循常理。然而丈夫背离道义，没有定准，竟然把我忘记，把我抛弃。每当想到这些，她就禁不住内心忧伤，甚至埋怨父母抚养不终，致使自己遭受这种折磨与痛楚。

终　风

终风且暴①，顾我则笑。	既已刮风且猛狂，见我堆笑做怪样。
谑浪笑敖②，中心是悼③。	戏谑、调笑、傲慢又放浪，我的心里真悲伤。
终风且霾④，惠然肯来⑤。	既已刮风尘土扬，他有时和顺来身旁。
莫往莫来，悠悠我思⑥。	要是不来也不往，我又常常把他想。
终风且曀⑦，不日有曀⑧。	既已刮风日无光，太阳露面又躲藏。
寤言不寐，愿言则嚏⑨。	眼睁睁地躺床上，愿他喷嚏知我把他想。
曀曀其阴，虺虺其雷⑩。	天空阴沉沉，雷声轰轰响。
寤言不寐，愿言则怀⑪。	眼睁睁地躺床上，愿他把我想。

【注释】

①终：既。风：刮风。用作动词。暴：猛烈。

②谑(xuè)：调戏。浪：放荡。笑：调笑。敖：傲慢。

③悼：悲伤。

④霾(mái)：阴沉。

⑤惠然：和顺。

⑥悠悠：久长。

⑦曀：阴暗。

⑧不日：不几天。有：通“又”。

⑨愿：望。嚏（tì）：打喷嚏。

⑩虺虺（huī）：雷声。

⑪怀：伤怀，感怀。

【评析】

这是女子斥责男友之诗。每章皆以气象起兴。诗以狂风暴雨、阴沉的天空和轰轰的雷声，兴比男子性情暴躁，反复无常，鲁莽无礼。这男子对爱情很不严肃，对女友极不尊重。他一见到女友就嬉皮笑脸，而且对女友表现出戏谑、放荡、调笑、傲慢的态度。为此，女子的内心无比悲伤。这男子也偶尔前来相会，但离去之后又多日不来，使得女子思绪绵绵，难以入睡，忧思萦怀，感伤不已。这女子既恨男友，又爱男友，不忍遽然割舍，因而陷入一种矛盾和痛苦之中。

击 鼓

击鼓其镗①，踊跃用兵②。
土国城漕③，我独南行。

战鼓擂得咚咚响，士兵蹦跳着练刀枪。
别人在国都筑城墙，我独从军到南方。

从孙子仲④，平陈与宋⑤。
不我以归⑥，忧心有忡！

跟随统帅孙子仲，平定了小国陈与宋。
还是不让我回家去，忧愁的心儿多沉重。

爰居爰处⑦，爰丧其马⑧。
于以求之⑨？于林之下。

只好在郊野暂留停，不料战马离了群。
不知到哪里去寻找？一直找到那密林。

死生契阔⑩，与子成说⑪。
执子之手，与子偕老。

回想起和你共死生，那誓言耳里还留存。
我曾紧拉你的手，与你偕老无二心。

于嗟阔兮⑫，不我活兮⑬。
于嗟洵兮⑭，不我信兮⑮。

唉！相距遥远啊，叫我怎么活下去。
唉！我本诚信啊，叫我怎么守诺言。

【注释】

①镗(tánɡ):鼓声。

②踊跃:跳跃。用兵:操练兵器。

③土国:在国都兴建土木。城漕:在漕邑修筑城墙。

④孙子仲:军队统帅名。

⑤平:平定。陈、宋:皆国名。

⑥以:犹“使”。

⑦爰:语气助词。于何,在哪里。居、处:住下来。

⑧丧:丢失。

⑨于以:在何处。

⑩契阔:聚合。

⑪成说:订约。

⑫于嗟:叹词。叹息声。阔:遥远。

⑬不我活:不让我活。

⑮洵:诚信。

⑮不我信:不让我守信用。

【评析】

这是士兵厌战思归之诗。春秋时期,诸侯之间战争频仍。据《左传》记载,鲁宣公十二年,宋国攻打陈国,卫国出兵救援陈国。十三年,晋国不满意卫国救援陈国而出兵讨伐卫国。这可能就是此诗产生的历史背景。全诗五章。一章写应征入伍。二章写随帅出征。三章写驻守待命。四章写夫妻离别。五章写厌战思归。此诗全篇用赋。它从各个角度描写从军士兵的行为、心理和语言。文笔简练,形象传神,抒情真切动人。字里行间,充溢着对统治者的怨愤之情。

凯 风

凯风自南①，吹彼棘心②。 棘心夭夭③，母氏劬劳④。	和风从南方吹来，吹拂那枣树幼苗。 幼苗长得娇好，母亲非常辛劳。
凯风自南，吹彼棘薪。 母氏圣善⑤，我无令人⑥。	和风从南方吹来，吹拂那枣树成薪柴。 母亲圣明善良，我们一个个不成才。
爰有寒泉，在浚之下⑦。 有子七人，母氏劳苦。	有股寒冷的泉水，在浚邑下边流不停。 儿女有七人，母亲依然很艰辛。
睍睆黄鸟⑧，载好其音⑨。 有子七人，莫慰母心。	美丽好看的黄鸟，能唱出美妙的歌声。 儿女有七人，却不能安慰母亲的心。

【注释】

①凯风：温和的风。

②棘心：小枣树。

③夭夭：柔屈的样子。

④劬(qú)：辛劳。

⑤圣善：圣明善良。

⑥令：善。

⑦浚(xùn)：邑名。

⑧睍睆(xiàn huǎn)：美好的样子。

⑨载：则。载好其音：即“其音则好”。

【评析】

这是感戴母恩之诗。全诗四章。前二章写母亲辛勤抚养子女。诗以温暖的南风吹拂“棘心”、“棘薪”，兴比母亲把幼子抚养成人。母亲抚养子女该是多么辛劳！母亲为人又是多么圣明善良！而我们子女则不争气，都是些没有才德之人。后二章写子女自愧不能报答母恩。诗以浚邑之下的寒泉能滋润大地、美丽的黄鸟能唱出悦耳动听的歌声，反兴我们七个子女连“寒泉”、“黄鸟”也不如。因而使母亲辛劳，还不能安慰母亲的心，深感愧疚。

雄　雉

雄雉于飞[1]，泄泄其羽[2]。	野鸡在飞翔，舒展其翅膀。
我之怀矣，自诒伊阻[3]。	我怀念丈夫，自留那忧伤。
雄雉于飞，下上其音。	野鸡在飞翔，叫声忽下又忽上。
展矣君子[4]，实劳我心。	丈夫诚实啊，实在使我心忧伤。
瞻彼日月[5]，悠悠我思。	看那太阳和月亮，日日夜夜把他想。
道之云远，曷云能来[6]？	道路太遥远，何时才能回故乡？
百尔君子[7]，不知德行[8]？	所有你们君子，难道不知天良？
不忮不求[9]，何用不臧[10]！	只要不害人不贪求，干什么不吉祥！

【注释】

①雄雉：雄山鸡。有冠，尾巴很长，羽毛十分美丽。

②泄泄(yì)：舒散的样子。

③诒(yí)：遗留，留下。伊：代词。相当于“那”。阻：忧愁。

④展：诚实。

⑤日月：比喻丈夫。

⑥曷：何时。云：语助词。

⑦百尔：所有的。

⑧德行：品德。

⑨忮(zhì)：害人。求：贪求。

⑩何用：干什么。臧：善，吉祥。

【评析】

这是妻子怀念丈夫之诗。全诗四章。前三章写妻子怀念丈夫。一章写野鸡在天空飞翔，它的翅膀非常舒展。见此情景，她心中便泛起一层愁思。二章写野鸡在天空飞翔，它的叫声忽下忽上。见此情景，她不禁想起诚实的丈夫，心里又荡起忧伤之情。三章写岁月绵绵，情思悠悠，道路遥远，丈夫何时才能回来？诗至此，写离别之情已达极点。末章写妻子对丈夫的祝愿。她希望丈夫保持美好的德行，只要不害人不贪求，干什么都吉祥。这就突破了一般思妇诗的境界，而达到新的思想高度。

匏有苦叶

匏有苦叶①，济有深涉②。
深则厉③，浅则揭④。

葫芦叶儿已枯黄，济河渡口在深水旁。
水深连衣过，水浅提衣蹚。

有弥济盈⑤，有鷕雉鸣⑥。
济盈不濡轨⑦，雉鸣求其牡⑧。

济水茫茫缓缓流，野鸡咯咯叫不休。
济水涨满不过半轮高，母鸡鸣叫求配偶。

雝雝鸣雁⑨，旭日始旦。
士如归妻⑩，迨冰未泮⑪。

大雁不停雝雝叫，太阳一出普天照。
哥哥如果来迎妹，要趁河冰未融消。

招招舟子⑫，人涉卬否⑬。
人涉卬否，卬须我友⑭。

船夫摇动把船摆，别人过河我等待。
别人过河我等待，我等哥哥过河来。

【注释】

①匏(páo):葫芦。苦叶:枯叶。

②济:水名。涉:渡口。

③厉:连衣下水渡河。

④揭:提着衣裳。

⑤有弥:水势浩大的样子。济盈:济水涨满。

⑥鷕(yǎo):雌雉鸣声。

⑦濡(rú)轨:水淹至车轴。

⑧牡:雄性的鸟。

⑨雝雝(yōng):雁鸣声。

⑩归妻:娶妻。

⑪迨(dài):趁着。泮(pàn):融化。

⑫招招:身体摇动的样子。舟子:船夫。

⑬卬(áng):我,妇女的自称。否:不。

⑭须:等待。

【评析】

这是姑娘等待男友之诗。全诗四章。此诗想象瑰丽,构思奇妙,言短意长,令人回味无穷。前二章意象朦胧,飘忽不定。姑娘徘徊河边,看到葫芦的叶子已经枯黄,济水的渡口已经涨满。于是她产生联想:如果水深就系着葫芦过河,如果水浅就举着葫芦过河。这就好比婚事,也要顺应时节把它办成。她看到河水茫茫,她听见野鸡鸣叫,心中又泛起层层涟漪。济水虽满,但不濡车轨,男友完全可以蹚过河来;雌鸡尚且飞鸣求偶,男友岂不日夜想我。短短几句,写得真切而含蓄。后二章意象明朗,表达直白。姑娘听见鸿雁鸣叫,看到红日始升,心中充满着希望。这时她思念之情更为殷切,迫不及待地呼唤道:"男友如果要迎妻,就趁着河水没结冰。"她正想得出神,一只渡船出现在河边。船夫问姑娘过不过河?姑娘连声答道:"别人渡河我不渡,我在等待我男友。"诗至末尾,才点明主人公为谁。这种写法,在《诗经》中是很特出的。

谷 风

习习谷风[1]，以阴以雨[2]。	狂风呼呼吼不停，乌云刚起大雨淋。
黾勉同心[3]，不宜有怒。	夫妻共勉要同心，不该发怒太狠心。
采葑采菲[4]，无以下体[5]。	采了萝卜采蔓菁，别只要叶子不要根。
德音莫违[6]，及尔同死。	往日的誓言莫违背，跟你偕老共死生。
行道迟迟[7]，中心有违[8]。	我移动脚步慢腾腾，脚步移动心不忍。
不远伊迩[9]，薄送我畿[10]。	不愿送我远一些，只送我到门口也不肯。
谁谓荼苦[11]，其甘如荠[12]。	谁说苦菜味儿苦？它甜得如同荠菜心。
宴尔新昏，如兄如弟。	你俩新婚多欢乐，如同兄弟一般亲。
泾以渭浊[13]，湜湜其沚[14]。	泾河使渭河水变浊，渭河静时也清澈。
宴尔新昏，不我屑以[15]。	你只顾新婚多快乐，却不以我为清洁。
毋逝我梁[16]，毋发我笱[17]。	不要动我的鱼梁，不要动我捕鱼篓。
我躬不阅[18]，遑恤我后[19]！	我自身不能被容纳，哪有闲暇顾以后。
就其深矣，方之舟之[20]。	遇到深水，就用筏船渡。
就其浅矣，泳之游之。	遇到浅水，就和衣泅游。
何有何亡[21]，黾勉求之。	家里有啥缺啥，我尽力去寻求。
凡民有丧[22]，匍匐救之[23]。	左邻右舍有灾难，我设法去援救。
能不我慉[24]，反以我为雠[25]。	你竟然不爱我，反把我当成仇。
既阻我德[26]，贾用不售[27]。	既拒绝我的好意，好比货物难出售。
昔育恐育鞫[28]，及尔颠覆[29]。	过去的日子多穷困，我和你共同来承受。
既生既育，比予于毒[30]。	现在日子好过了，把我比作毒蛇和猛兽。

我有旨蓄[31]，亦以御冬[32]。
宴尔新昏，以我御穷。
有洸有溃[33]，既诒我肄[34]。
不念昔者，伊余来塈[35]。

我有可口的咸菜，可用来度过寒冬。
你俩新婚多欢乐，忘记了我为你受穷。
春水茫茫好春光，赠我嫩枝表衷肠。
往日旧情全忘光，你曾经爱过我一场。

【注释】

①习习：风声。谷风：山谷狂风。
②以：连词。连接词或词组。
③黾（mǐn）勉：竭力自勉。
④葑（fēng）：蔓菁。菲：萝卜。
⑤以：动词。用。下体：指根。
⑥德音：好听的话。
⑦迟迟：犹豫徘徊的样子。
⑧有违：足欲进而心不忍。
⑨伊：语助词。迩：近。
⑩畿（jī）：门槛；门口。
⑪荼：苦菜。
⑫荠（jì）：甜菜。
⑬泾：水名。泾水清，比喻新人。以：使。渭：水名。渭水浊，比喻自己。
⑭湜湜（shí）：水清的样子。其：代词。指代“渭”。沚：当作“止”。指止水。
⑮屑：洁。以：语助词。
⑯梁：捕鱼的石堰。
⑰笱（gǒu）：捕鱼的竹器。
⑱躬：自己。阅：容纳。
⑲遑：闲暇。恤：担忧。后：指后事。
⑳方：小筏。舟：船。
㉑亡：通“无”。没有。
㉒丧：灾难。
㉓匍匐：爬行。这里形容尽力。

㉔能:犹“而”。乃。慉(xù):养,爱怜。

㉕雠:同“仇”,仇人。

㉖阻:拒绝。

㉗贾(gǔ):卖物。用:因。不售:卖不出去。

㉘育:生计。鞫(jū):穷困。

㉙颠覆:指艰难困苦的日子。

㉚毒:毒虫。

㉛蓄:咸菜。

㉜御:防备。

㉝有洸,即“洸洸”。水波动荡闪光的样子。有溃:即“溃溃”。河水满溢的样子。

㉞诒(yí):送给。肄(yì):嫩枝。

㉟塈(xì):通“愾”。爱。

【评析】

这是弃妇之诗。全诗六章。一章写妇人斥夫变心。二章写妇人被遣返家。三章写妇人被弃之因。四章写妇人勤俭持家。五章写妇人斥夫负恩。六章写回忆过去。此诗讲述了一个悲剧性的婚姻故事。全诗以弃妇的口吻道来,哀婉缠绵,读后令人心碎。

式 微

式微式微①,胡不归?	国势衰微国势衰微,为何还不回故国?
微君之故②,胡为乎中露③!	要不是为了您的缘故,为何在露中歇息?
式微式微,胡不归?	国势衰微国势衰微,为何还不回故乡?
微君之躬④,胡为乎泥中⑤!	要不是为了您的缘故,为何住宿在泥浆?

【注释】

①式:语助词。微:衰微。

②微:非,若不是。

③中露:即露中。

④躬:身。

⑤泥中:泥水中。

【评析】

这是黎国臣子劝黎侯归国之诗。春秋时期,在今山西境内有一个小国黎。因遭受邻国赤狄潞氏的侵犯,黎侯放弃了故国,逃奔到卫国。卫国让黎国君民在两个城邑暂时寄住下来。随着时间的流逝,黎侯复国的念头逐渐淡忘了。于是黎臣便写下这首“劝归之作”。全诗二章。诗的大意是:国势衰微国势衰微,为何还不回归故国?臣民要不是为了您啊,怎么会宿于露中,怎么会宿于泥中。很显然,创作此诗的目的是为了激励黎侯的复国之志。

旄 丘

旄丘之葛兮①,何诞之节兮②! 叔兮伯兮③,何多日也④?	土丘上的葛藤啊,为何枝节那么长? 大国的君臣啊,为何拖延这么久的时光?
何其处也⑤?必有与也⑥。 何其久也?必有以也⑦。	为何安居不出兵?想必是观望等盟军。 为何停留这么久?想必是另外有原因。
狐裘蒙戎⑧,匪车不东⑨。 叔兮伯兮,靡所与同⑩!	狐皮袍子毛纷纷,不见援车向东行。 大国的君臣啊,跟我们不是一条心。
琐兮尾兮⑪,流离之子⑫! 叔兮伯兮,褎如充耳⑬!	国家弱小力不强,流落异国难回乡。 大国的君臣啊,充耳不闻真失望。

【注释】

①旄(máo)丘:前高后低的土丘。

②诞:长。节:藤蔓的节疤。

③叔伯:指大国君臣。

④多日:拖延了很多日子。

⑤处:安居。

⑥与:指盟国。

⑦以:原因。

⑧狐裘:狐皮袍子。蒙戎:乱蓬蓬的样子。

⑨匪:彼。不东:不向东来。

⑩靡:不。所:语助词。与同:与我同心。

⑪琐:猥琐。尾:微小。

⑫流离:流转离散。

⑬褎(xiù):耳聋。充耳:塞耳。耳旁饰物。

【评析】

这是黎国求援无效之诗。上篇已经介绍,赤狄潞氏入侵,黎侯寄寓卫国。黎国的一些爱国之臣便积极活动,图谋复国。他们向大国求救,希望得到支持与援助。然而许多时日不见救兵车来。为此,他们感到失望,于是便唱出了这首悲歌。全诗四章。首章写大国久久不来救援。二章写大国久久不来救援必有原因,想必是在观望等盟军。三章写大国久久不来救援是因为跟我们不同心。四章写大国对我们的求救充耳不闻。诗中始而望之,继而疑之,更感伤之,终怨责之,正是流寓异国者的心情。后来晋国终于出兵打败赤狄潞氏,重立黎侯。

简 兮

简兮简兮[1]，方将万舞[2]。	勇武啊勇武啊，大型舞蹈要开场。
日之方中，在前上处[3]。	一轮红日当头照，舞师领队站前行。
硕人俣俣[4]，公庭万舞[5]。	舞师高大多威武，在公堂前面纵情舞。
有力如虎，执辔如组[6]。	他有力气如猛虎，一把缰绳手中握。
左手执籥[7]，右手秉翟[8]。	左手握着筒管吹，右手拿着鸡毛挥。
赫如渥赭[9]，公言锡爵[10]。	舞罢脸色放光辉，国君赐他酒一杯。
山有榛[11]，隰有苓[12]。	高山有青榛，低地有芳苓。
云谁之思？西方美人[13]。	她思念谁呢？就是那西方的美男人。
彼美人兮，西方之人兮！	那个美男人啊，就是西方的人。

【注释】

①简：勇武的样子。

②方将：即将。万舞：大舞。包括武舞和文舞。武舞手持干戚，文舞手持籥翟。

③在前上处：在队列的前头。

④硕人：高大的人。这里指舞师。俣俣（yǔ）：雄壮英武的样子。

⑤公庭：公堂前的庭院。

⑥执辔：手持马缰。组：编织的丝绳。

⑦籥（yuè）：古乐器。

⑧秉翟（dí）：手执山雉尾羽。

⑨赫：红色。渥（wò）：润湿。赭（zhé）：赤土。

⑩公：指卫君。锡：赐。爵：酒器。

⑪榛（zhēn）：树名。即榛栗。

⑫隰(xí):低湿地。苓:草名。即卷耳。

⑬西方:指西周王室。美人:指舞师。

【评析】

这是女子爱慕舞师之诗。全诗四章。首章写舞师出场。这位舞师威武雄壮。一场大型“万舞”表演即将开始。此时一轮红日当空高悬,舞师站在队列前方领头的位置之上。二章写表演武舞。这位舞师壮美英武。他的动作苍劲有力犹如猛虎,手执缰绳,挥动自如。三章写表演文舞。这位舞师左手握着籥管,右手持着雉羽,动作雍容和谐。表演完毕,他面部赤红若丹。卫君十分欣喜他的舞技,吩咐赐酒嘉奖。四章写女子思念舞师。这位女子观看了这场“万舞”表演,舞师的形象及精湛的舞技给她留下了难忘的印象,并使她萌生了爱慕之情。难怪她脱口而出:“我思念谁呢?就是那西方的美男子。那个美男子,是西方之人。”不用说,这“美人”就是指的那位舞师。女子凝目西眺,穷情思远的神态仿佛可见,其意境圆美而情思隽永。

泉　水

毖彼泉水①,亦流于淇②。	那涌流的泉水,一直流到淇河。
有怀于卫③,靡日不思④。	我怀念故乡,无日不思念祖国。
娈彼诸姬⑤,聊与之谋⑥。	那些美丽的侄娣,姑且去同她们商磋。
出宿于泲⑦,饮饯于祢⑧。	我夜宿在泲地,饯饮在祢邑。
女子有行⑨,远父母兄弟。	女子已经出嫁,远离了父母和兄弟。
问我诸姑,遂及伯姊。	询问从嫁姐妹们,也与我的大姐商议。
出宿于干⑩,饮饯于言⑪。	我在干地夜宿,在言邑饯饮。
载脂载舝⑫,还车言迈。	给车轴涂上油脂,只得掉转车身。
遄臻于卫⑬,不瑕有害⑭。	疾速回到卫国,这又有何不行?

我思肥泉⑮，兹之永叹⑯。	我思念肥泉，更增加长叹。
思须与漕⑰，我心悠悠。	思念须邑和漕邑，我的忧思不断。
驾言出游，以写我忧⑱。	只好驾车出游，为了排解忧烦。

【注释】

①毖：泉水涌流的样子。

②淇：水名。古为黄河支流。

③有：语助词。

④靡：无。

⑤娈（luán）：美好的样子。诸姬：指从嫁的侄娣。

⑥聊：姑且。

⑦泲（jǐ）：地名。

⑧饮饯：设酒宴送行。祢（nǐ）：地名。

⑨有行：出嫁。

⑩干：地名。

⑪言：地名。

⑫载：语助词。脂：油脂。这里用作动词，用油脂涂抹。舝（xiá）：同“辖”。车轴两端的铁键。

⑬遄（chuán）：迅速。臻：至，到。

⑭不：语助词。瑕：胡，何。

⑮肥泉：水名。

⑯兹：通“滋”。增加。永叹：长叹。

⑰须、漕：皆邑名。

⑱写（xiè）：宣泄。

【评析】

这是卫女思归之诗。诗中的主人公想必是一位诸侯夫人。她思归的原因，恐怕与卫国的政局有关。据史书记载，卫懿公在位时，狄人进攻卫国。卫师与狄人战于荧泽，结果卫国大败，卫懿公也战死。在宋国的帮助下，卫国流散的臣民暂时安顿在漕邑，并立新君卫戴公。卫女出于忧国之情，想回卫国去探问亲人。全诗四章。一章写商量回国。卫女的爱国深情就像那涌流的泉水注入淇河，她没有一天不在思念祖国。为此，她与贤惠的众姐妹商量，并决定回国。二、三章写回国受阻。她乘坐马车，朝卫国的方向行进。为了尽快赶路，于是给车轴涂上油脂。就在此时回国受阻。万般无奈，她只得掉转车头而行。四章写出游泄忧。她虽然不能回到卫国，但她的心却早已飞回卫国。她思念卫国的肥泉，不禁一声长叹；她思念卫国的须邑和漕邑，悲伤更是绵绵不断。这满腔的忧思无法排遣，她只得驾车出游以泄忧思。

北　门

出自北门，忧心殷殷[①]。	从北门出来，忧思深重。
终窭且贫[②]，莫知我艰。	家境穷困，没有谁知道我的艰辛。
已焉哉！天实为之，	算了吧，这是命中注定，
谓之何哉[③]！	说它又有何用！
王事适我[④]，政事一埤益我[⑤]。	徭役之事要我办，赋税之事堆我身。
我入自外，室人交遍谪我[⑥]。	办完公事回家门，家人责难语纷纷。
已焉哉！天实为之，	算了吧，这是命中注定，
谓之何哉！	说它又有何用！
王事敦我[⑦]，政事一埤遗我[⑧]。	徭役之事催我办，赋税之事压我身。
我入自外，室人交遍摧我[⑨]。	办好公事回家门，家人嘲讽语不停。
已焉哉！天实为之，	算了吧，这是命中注定，
谓之何哉！	说它又有何用！

【注释】

①殷殷：忧愁深重的样子。

②终：既；已。窭（jù）：住宅简陋。

③谓之何哉：还说什么呢。

④王事：指劳役之事。适（zhé）：推给。

⑤政事：指赋税之事。一：全部。埤（pí）益：加给。

⑥交：更迭。谪（zhé）：责备。

⑦敦：逼迫，催促。

⑧埤遗：留给。

⑨摧：讥讽。

【评析】

这是小吏自叹贫困辛劳之诗。全诗三章。一章前四句写小吏生活困顿。他从北门外出，忧心无比沉重。他愁家里不仅房屋简陋而且经济拮据。更为可叹的是，竟没有人了解他的艰辛。二、三章前四句写小吏公务繁重。劳役之事推给他，赋税之事也全都留给他。这样一来，家庭的生计他全然顾不上。每当他从外面回来，一家老小交相责备他，还纷纷讥讽他，使他心力交瘁，苦不堪言。每章后三句写小吏命苦。无论是生活困顿，还是公务繁重，这一切都是老天爷注定的命运。既然如此，那就算了吧，说它又有何用？这是一种无可奈何、听天由命的悲叹。

北　风

北风其凉，雨雪其雱①。	北风寒凉，大雪纷纷。
惠而好我②，携手同行。	亲朋和好友，携手去投奔。
其虚其邪③，既亟只且④！	不能再磨蹭，情势很吃紧！
北风其喈⑤，雨雪其霏⑥。	北风呼呼响，大雪白茫茫。

惠而好我，携手同归。	亲朋和好友，携手奔他乡。
其虚其邪，既亟只且！	不能再磨蹭，情势很紧张！
莫赤匪狐⑦，莫黑匪乌⑧。	没有红的不是狐狸，没有黑的不是乌鸦。
惠而好我，携手同车。	亲朋和好友，携手快离家。
其虚其邪，既亟只且！	不能再磨蹭，情势很急啦！

【注释】

①雨雪：下雪。雱(páng)：雪盛的样子。

②惠：友爱。好：友好。

③虚：从容不迫。邪：通“徐”。徐缓。

④亟(jí)：急迫。只且(jū)：语气助词。

⑤喈(jiē)：猛烈。

⑥霏：纷飞的样子。

⑦莫赤匪狐：没有红的不是狐狸。

⑧莫黑匪乌：没有黑的不是乌鸦。

【评析】

这是刺虐之诗。全诗三章。诗以北风寒凉而猛烈、雨雪浓密而纷飞，比喻卫国政治黑暗、时局动荡；诗以没有红的不是狐狸、没有黑的不是乌鸦，比喻统治者都是一样残酷暴虐。在这种肃杀的氛围之中，诗人号召相互友爱的人们携手同行，逃离家乡，去寻找自己的生路；不要犹豫，不要徘徊，形势危殆，急不可待。读着此诗，我们仿佛看到在苛政下民众大批出逃的景象。

静 女

静女其姝①,俟我于城隅②。	善良的姑娘多美丽,等我就在城角里。
爱而不见③,搔首踟蹰④。	故意隐藏不见面,急得我徘徊抓头皮。
静女其娈⑤,贻我彤管⑥。	善良的姑娘多俊俏,赠我一把红管草。
彤管有炜⑦,说怿女美⑧。	红草熠熠闪光辉,我爱红草颜色好。
自牧归荑⑨,洵美且异⑩。	从野外赠我红管草,的确美丽又奇异。
匪女之为美,美人之贻。	不是红草有多美,只因它是美人赠送的。

【注释】

①静女:淑女,善良的姑娘。姝(shū):美丽。

②俟(sì):等候。城隅:城角。

③爱:通"薆"。隐藏。

④搔首:抓头。踟蹰(chí chú):徘徊不定。

⑤娈(luán):美丽。

⑥贻:赠送。彤管:红管茅草。即下文的"荑"。

⑦炜(wěi):红而有光的样子。

⑧说怿(yuè yì):喜悦。女:代词。指代"彤管"。

⑨牧:野外。归:通"馈"。赠送。荑(tí):初生的丹茅。

⑩洵(xún):实在,的确。异:奇异。

【评析】

这是情人幽会之诗。全诗三章。一章写按时赴约。一对青年男女按时来到城角。姑娘为了逗乐,故意躲了起来,害得男友焦灼不安,抓着头皮来回走动。这"爱而不见,搔首踟蹰"二句写得极为传神。二、三章写幽会乐趣。姑娘突然露面了,男友顿时转忧为喜。姑娘赠给男友一件礼物——红管茅草。这礼物非同一般,它红光闪闪,鲜艳明丽。男友接过礼物,觉得它美丽无比。这件礼物极其珍贵,因为它是姑娘从野外亲手采摘而来特意赠给男友的。所以男友深情地赞美道:它的确美丽而奇异!并不是礼物有多美,因为它是美人所赠予。这里用否定的形式深化了诗意,使得此诗波澜起伏而又婉转多趣。

新 台

新台有泚①,河水弥弥②。
燕婉之求③,籧篨不鲜④。

新台有洒⑤,河水浼浼⑥。
燕婉之求,籧篨不殄⑦。

鱼网之设,鸿则离之⑧。
燕婉之求,得此戚施⑨。

河边新台红彤彤,河水漫漫多汹涌。
本想找个好丈夫,谁知嫁个丑老公。

河边新台披锦绣,河水茫茫向东流。
本想找个好丈夫,谁知嫁个丑老头。

设网捕鱼一场空,一只鸿雁落网中。
本想找个好丈夫,谁知嫁个驼背公。

【注释】

①新台:新修的楼台。泚(cǐ):鲜明的样子。
②弥弥(mí):水盛的样子。
③燕婉:指容貌美好的爱人。
④籧篨(qú chú):蛤蟆。不鲜:不美。
⑤洒(cuǐ):义同"泚"。
⑥浼浼(měi):水大的样子。
⑦不殄(tiǎn):义同"不鲜"。
⑧鸿:鸿雁。离:通"罹"。网得。
⑨戚施:驼背。

【评析】

这是讽刺卫宣公之诗。此诗包含着一个真实的故事。卫宣公一向荒淫无耻。他同庶母私通，生有一子名伋。太子伋长大后，准备娶齐女为妻。宣公听说儿媳很漂亮，就起了坏心思，想将儿媳占为己有。他恐怕齐女不顺从自己，就在河边修筑了一座新楼台，强行邀集相会，造成既成事实。国人憎恨宣公这一丑行，于是便写了《新台》这首诗来讽刺他。全诗三章。一、二章意思相同。前二句既是赋体，也是兴体。新台鲜明，河水弥漫，相互掩映，环境优美。这两句还是一种反兴，“将物之有，兴起自家之所无”。诗正是以新台鲜明，河水弥漫，反兴自己本想找一个年轻貌美的好配偶，不料却嫁给了一个类似蛤蟆的丑老头。三章前二句也是兴体。诗以“所得过所望”反兴“所得非所求”。诗言“人家设网为捕鱼，竟网得一只大鸿雁”。这是“所得过所望”；诗言“本想找一个年轻貌美的好配偶，不料却得到一个好似蛤蟆的丑老头”。这是“所得非所求”。两相对照，形成一种极大的情感反差，从而表达了诗人所嫁非所愿的怨愤之情。

二子乘舟

二子乘舟①，泛泛其景②。	两位公子乘小船，他俩背影向远方。
愿言思子③，中心养养④。	每当思念兄弟俩，心中一定很忧伤。
二子乘舟，泛泛其逝⑤。	两位公子乘小船，远去的背影向远方。
愿言思子，不瑕有害⑥。	每当思念兄弟俩，究竟因何遭此殃。

【注释】

①二子：指太子伋和公子寿。

②泛泛：漂浮的样子。景：同“影”。身影。

③愿：每，每每。言：语助词。

④养养：忧愁。

⑤逝：指远去的身影。

⑥不瑕(xiá)有害：因何有害。不，语助词。瑕：胡，何。

【评析】

这是感伤之诗。据刘向《新序·节士》记载，卫宣公有三个儿子，太子伋为前母夷姜所生，公子寿和公子朔为后母宣姜所生。寿之母与朔密谋，想杀太子伋而立公子寿，便派人与伋乘船于河中，然后将船弄翻杀死伋。寿得知此事，坚决与伋同船前往。这可作为此诗的本事读。全诗二章。诗言两位公子乘着小船，他俩的背影飘向远方。每当思念兄弟俩，心中就充满了忧伤。在艺术上，此诗言简意丰。它好似一段轻云，一泓绿水，可以激起人们的想象，勾起人们的思念，因而具有浓郁的抒情色调。

鄘 风

柏 舟

泛彼柏舟[①]，在彼中河[②]。
髧彼两髦[③]，实维我仪[④]。
之死矢靡它[⑤]。
母也天只[⑥]，不谅人只！

柏木船儿在漂荡，漂荡在那河中央。
那个头发分披的小伙子，才是我的好对象。
我到死也不会变心肠。
我的天呀我的娘，对我的心思不体谅！

泛彼柏舟，在彼河侧。
髧彼两髦，实维我特[⑦]。
之死矢靡慝[⑧]。
母也天只，不谅人只！

柏木船儿在漂荡，漂荡在那河岸旁。
那个头发分披的小伙子，才是我的好对象。
我到死也不会变主张。
我的天呀我的娘，对我的心思不体谅！

【注释】

①泛：漂浮。
②中河：即河中。
③髧（dàn）：发垂貌。两髦（máo）：男子未成年时头发梳成双髻。
④维：相当于“是”。仪：配偶。
⑤之死：到死。矢：通“誓”：发誓。靡它：无二心。
⑥只：语助词。
⑦特：配偶。
⑧靡慝（tè）：不变心。

【评析】

这是女子忠于爱情至死不渝之诗。全诗二章。诗中的女子在爱情上遇到了巨大的阻力。诗正是以漂浮的柏舟兴比爱情生活的波澜起伏。从诗意来看，这种阻力来自她的父母。这个女孩背着父母，自由恋爱，私订终身。她公开地声言：那个头发分披的小伙子，就是我理想的对象。尽管父母极力反对，但她发誓至死无有二心。可见，她对爱情是何等专一，何等忠贞。正因为她热烈地追求理想的爱情，所以她才敢于责怪父母不体谅自己的心思。不难看出，这是一位性格刚强的女子。她的爱情因遭到父母的极力阻挠而显得异常强烈，就像溪水因受山石的阻挡而激起浪花一样。

墙有茨

墙有茨①，不可埽也②。	墙上有蒺藜，不能扫除走。
中冓之言③，不可道也。	宫中的丑事，不可说出口。
所可道也，言之丑也。	若要说出口，那可真太丑。
墙有茨，不可襄也④。	墙上有蒺藜，不可拔除光。
中冓之言，不可详也。	宫中的丑事，不可详细讲。
所可详也，言之长也。	若要详细讲，那话就太长。
墙有茨，不可束也⑤。	墙上有蒺藜，不可去捆束。
中冓之言，不可读也⑥。	宫中的丑事，不可说清楚。
所可读也，言之辱也。	若要说清楚，那可真羞辱。

【注释】

①茨(cí)：蒺藜。

②埽：义同“扫”。

③中冓(gòu)：宫中密室。

④襄：通“攘”。除去。

⑤束：捆束。

⑥读：诵说。

【评析】

这是揭露卫国宫廷生活腐朽糜乱之诗。全诗三章。此诗在艺术上有两个显著特点：一是以蒺藜隐喻宫中丑事，形象鲜明而又寓意深长。蒺藜满墙，不可除光；宫中丑事，无法细讲。蒺藜满墙，不可捆束；宫中丑事，道来污口。这些揭露真是痛快淋漓，入木三分。二是不言之言，让读者去想象。诗中反复陈说：“中冓之言”“不可道也”、“不可详也”、“不可读也”。这虽未实指其丑事，但却自然而巧妙地揭露了宫中污浊至极、淫秽不堪的实质。

君子偕老

君子偕老，副笄六珈①。	她与夫君要偕老，插发玉簪闪银光。
委委佗佗②，如山如河，	她从容不迫很大方，如山稳重如河宽广，
象服是宜③。	彩绘服饰合身得当。
子之不淑④，云如之何！	这个姑娘不善良，还有什么话可讲？
玼兮玼兮⑤，其之翟也⑥。	鲜明啊鲜明啊，是那绘有野鸡的礼衣。
鬒发如云⑦，不屑髢也⑧。	乌发如云呈秀姿，不戴假发也美丽，
玉之瑱也⑨，象之揥也⑩。	美玉制成的耳环，象牙做成的发簪，
扬且之皙也⑪，胡然而天也⑫！	额头方正又白皙，怎么这样像天仙！
胡然而帝也⑬！	怎么这样像天帝！
瑳兮瑳兮⑭，其之展也⑮。	鲜明啊鲜明啊，是那红绉纱礼衣。
蒙彼绉絺⑯，是绁袢也⑰。	外面罩着葛布衫，贴身衬着白内衣。

子之清扬[18]，扬且之颜也[19]。	她双眼明媚很有神，额头丰满多秀气。
展如之人兮[20]，邦之媛也[21]。	像她这样的人啊，的确是倾国的美人。

【注释】

①副：首饰。类似后世的步摇。笄（jī）：簪子。用以绾发。六珈（jiā）：六种玉饰。

②委委佗佗：雍容自得的样子。

③象服：饰有翟羽之象的衣服。宜：合身。

④不淑：不善。

⑤玼（cǐ）：绚丽鲜明。

⑥翟（dí）：指绣在象服上的山鸡彩羽。

⑦鬒（zhěn）：发黑而稠。

⑧髢（dì）：假发。

⑨瑱（tiàn）：帽子两侧用以塞耳的玉。

⑩象之揥（tì）：象牙制成的发簪之类。

⑪扬：前额。皙（xī）：洁白。

⑫胡然：怎么这样。

⑬帝：天神。

⑭瑳（cuō）：色彩鲜艳。

⑮展：用绛色或白色的绉纱做成的礼服。

⑯蒙：罩着。绉絺：极细的葛布。

⑰绁袢（xiè fán）：贴身的内衣。

⑱清扬：眉清目秀。

⑲颜：指前额丰满。

⑳展：副词。的确。

㉑媛：美女。

【评析】

这是讽刺国君夫人之诗。全诗三章。首章重在写国君夫人仪态之美。因是新婚，所以说她将与国君白头偕老。接着写她头上戴着许多首饰，显得很华美。她举止雍容不迫，显得很尊贵。她穿着彩绘礼服，也正好相配。可是这个美女品行不端，又把她怎么样？二章重在写国君夫人容貌之美。她穿着绣有雉羽的礼服，是多么灿烂鲜明！她的乌发如云，呈现出天然的秀姿。耳边的玉坠、头上的牙簪，耀眼夺目。她的额头晶莹洁白，宛若天仙降世，神女下凡。三章着重写国君夫人衣着之美。她身上穿着三层华装。外面是一层绛色礼服，中间是一层纤细葛衣，里面是一层白色内衣，都非常精致。在三层华装的映衬下，她显得更加晶莹白皙，眉清目秀。诗的结尾赞叹道：这样的人呀，的确是国内罕见的美女。诗的通篇都在描写国君夫人的仪态之美、容貌之美和衣着之美。唯首章末二句“子之不淑，云如之何”透露出诗人的讽刺之意，真可谓“辞益婉而意益深矣”。这位国君夫人是谁可不必深究。古今学者多认为是讽刺宣姜当也可信。宣姜本是卫宣公之子伋的未婚妻，后被宣公霸占。宣公死后，宣姜又与其庶子顽私通。可见，宣姜是个品行有污的女子。于是诗人写此诗对她加以讽刺。

桑　中

爰采唐矣①？沬之乡矣②。	到哪里去采唐？到那沬邑之乡。
云谁之思？美孟姜矣③。	思念谁呢？就是美孟姜。
期我乎桑中④，要我乎上宫⑤，	她约我在桑中幽会，邀我在上宫玩赏，
送我乎淇之上矣⑥。	送我到淇水边上。
爰采麦矣？沬之北矣。	到哪里去采麦？到那沬邑之北。
云谁之思？美孟弋矣⑦。	思念谁呢？就是美孟弋。
期我乎桑中，要我乎上宫，	她约我在桑中幽会，邀我在上宫玩赏，
送我乎淇之上矣。	送我到淇水边上。

爰采葑矣[8]？沬之东矣。
云谁之思？美孟庸矣[9]。
期我乎桑中，要我乎上宫，
送我乎淇之上矣。

到哪里去采葑？到那沬邑之东。
思念谁呢？就是美孟庸。
她约我在桑中幽会，邀我在上宫玩赏，
送我到淇水边上。

【注释】

①爰：语助词。唐：菟丝草。
②沬(mèi)：邑名。
③孟姜：姜家的大姑娘。
④期：等候。桑中：桑林之中。
⑤要：通“邀”。邀约。上宫：地名。
⑥淇：水名。
⑦孟弋(yì)：弋家的大姑娘。
⑧葑：芜菁。
⑨孟庸：庸家的大姑娘。

【评析】

这是青年男女幽会之诗。全诗三章。每章前四句写男子思念女子。从“采唐”、“采麦”、“采葑”等词语来看，这是民间的男女无疑。每章的后三句写甜蜜的幽会。女子约我在桑中见面，又邀我去上宫玩赏，最后送我到淇水边上。须得说明的是，诗中出现三种植物，出现三个地点，出现三个女子。乍一看，这似乎不近情理，但这正是风诗的艺术特点。方玉润《诗经原始》说：“三人、三地、三物，各章所咏不同，而所期、所要、所送之地则一，章法板中寓活。”这就告诉我们，阅读风诗不可过于拘泥，否则就会以辞害意。

鹑之奔奔

鹑之奔奔[1]，鹊之彊彊[2]。	鹌鹑好斗胜，喜鹊喜拼争。
人之无良，我以为兄[3]。	这人不善良，我却把他当兄长。
鹊之彊彊，鹑之奔奔。	喜鹊喜拼争，鹌鹑好斗胜。
人之无良，我以为君[4]。	这人不善良，我却把他当国君。

【注释】

①鹑（chún）：鹌鹑。奔奔：争斗恶视的样子。

②彊彊（jiāng）：拼命相斗的样子。

③兄：兄长。

④君：国君。

【评析】

这是讽刺卫国统治者争权夺利之诗。在卫国历史上，统治者内部的倾轧斗争一度表现得异常尖锐激烈。此诗真实地再现了当时统治者同室操戈、自相残杀的情状。全诗二章。传说鹌鹑好斗，鹊性狂躁，它们之间经常互相啄咬，斗得不可开交。诗以“鹑之奔奔，鹊之彊彊”比喻公室内部相互残杀是很贴切的。争斗的结果往往是：谁凶狠狡猾，手段卑鄙，谁就取胜得势，成为君主。无怪乎诗人反复感叹道：这样一个暴虐之人，我却要以他为兄；这样一个暴虐之人，我却要以他为君。依据诗意，作者是国君之弟无疑。但有人进一步指明作者是谁，那就只能是推测之词了。

定之方中

定之方中①，作于楚宫②。	十月营室星正当空，要在楚丘建新宫。
揆之以日③，作于楚室④。	测量日影定方向，楚室工程即动工。
树之榛栗⑤，椅桐梓漆⑥，	栽上榛树和栗树，还有椅、梓、漆和桐，
爰伐琴瑟⑦。	制作琴瑟庙堂用。
升彼虚矣⑧，以望楚矣。	登上旧城墙，把我楚丘望。
望楚与堂⑨，景山与京⑩，	眺望楚丘和堂邑，还眺望大山和高冈，
降观于桑⑪。	下来观察那蚕桑。
卜云其吉，终焉允臧⑫。	卜卦显示很吉祥，这果然是些好地方。
灵雨既零⑬，命彼倌人⑭：	好雨已降临，命那驾车人：
星言夙驾⑮，说于桑田⑯！	明日天晴早出行，就在桑田把车停。
匪直也人⑰，秉心塞渊⑱，	他不是一位平庸君，治国谋略远且深，
騋牝三千⑲。	良马繁育很繁盛。

【注释】

①定：星名。又名营室星。夏正十月，定星在正中。可依据它定方位，建宫室。

②作：建造。楚宫：楚丘之宫。

③揆（kuí）：测量。

④楚室：楚丘之室。

⑤树：栽种。榛、栗：皆树名。

⑥椅、桐、梓、漆：皆树名。

⑦爰：语助词。伐：砍伐。

⑧升:登。虚:同“墟”。大丘。

⑨堂:堂邑。

⑩景山:大山。京:高丘。

⑪于桑:在桑树林。

⑫允臧:确实很好。

⑬灵雨:好雨。零:降落。

⑭倌人:掌管车马的小臣。

⑮星:雨止星现。夙:早。

⑯说(shuì):停车止息。

⑰匪:同“非”。不。直:特,只。

⑱秉心:操心。塞渊:深远。

⑲騋牝(lái pìn):健壮的母马。三千:极言多。

【评析】

这是歌颂卫文公振兴国家之诗。卫文公继位之后,发愤图强,振兴卫国。此诗正形象地再现了当时卫文公身体力行,重建家园的情景。全诗三章。首章写营建宫室。定星高悬天空,在楚丘兴建新宫。按照日影测定方向,在楚丘建造新房。还在四周栽种了各种树木,以便将来用以制作琴瑟。二章写规划城邑。卫文公登上丘陵,眺望楚丘、堂邑以及大山与高丘。接着他走下山来,察看桑林。他再卜上一卦,卜语吉祥,最终确信这是兴建城邑的好地方。三章写察看农牧。这天一场好雨纷纷降落。当晚卫文公命令倌人备好车马。他说:“明日天晴就早早出发,到桑园农田停车止息。”卫文公不是一位平庸之君,他操心国事,谋略深远。正因如此,卫国良马众多,蕃繁富盛。此诗全用赋体。语言质朴无华,平实自然。诗中没有虚伪的阿谀奉承,没有肉麻的歌功颂德,有的只是对卫文公政绩的具体描写。透过此诗,我们仿佛看到了一位精明务实的古代政治家的形象。

蝃 蝀

蝃蝀在东①，莫之敢指②。
女子有行，远父母兄弟。

朝隮于西③，崇朝其雨④。
女子有行，远兄弟父母。

乃如之人也⑤，怀昏姻也⑥，
大无信也⑦，不知命也⑧。

彩虹出现在东方，没谁敢用手去指。
女子总是要出嫁，远离父母和兄弟。

虹霓升起在西方，整个早上雨不止。
女子总是要出嫁，远离父母和兄弟。

像她这样的人啊，心里只是想婚姻。
抛弃媒妁之言，不听父母之命。

【注释】

①蝃蝀(dì dōng)：虹。
②莫：没有谁。之：指代“蝃蝀”。
③朝：清晨。隮(jī)：升起。
④崇朝：即终朝。整个早上。
⑤乃：语助词。如之人：像这个人。
⑥怀：思。
⑦无信：无媒妁之言。
⑧命：指父母之命。

【评析】

这是批评女子婚姻自主之诗。全诗三章。上古之时，人们认为彩虹是阳性的象征，而围绕虹状似龙的云霓则是阴性的象征。天上如果出现虹霓，那就是阴阳交接之气的显现。于是人们就用虹霓象征人间男女婚姻之事。前二章正是“彩虹出现在东方，没有谁敢用手去指”，兴比女子不能自己去寻找配偶；以“云霓清晨升起在西方，整个早上就雨不停”，兴比女子一定要依礼而成婚。三章批评像这个女子,心里只想着婚姻,而不顾媒妁之言,不听父母之命。不难看出,诗中的女子是一个坚强且有主见的人。她敢于自己选择配偶,一旦以身相许,就不顾社会的嘲讽,勇敢地同她所爱的男子结合。诗中批评她"大无信"、"不知命"显属平庸之见。

相 鼠

相鼠有皮①,人而无仪②。	看老鼠还有皮,人却没有威仪。
人而无仪,不死何为③!	人若没有威仪,不死还有何意义?
相鼠有齿,人而无止④。	看老鼠还有齿,人却没有廉耻。
人而无止,不死何俟⑤!	人若没有廉耻,不死还等何时?
相鼠有体,人而无礼。	看老鼠还有体,人却没有礼义。
人而无礼,胡不遄死⑥!	人若没有礼义,为何不快点去死?

【注释】

①相:看。

②仪:仪表。

③何为:做什么。

④止:容止。

⑤俟(sì):等待。

⑥遄(chuán):快。

【评析】

这是讽刺统治者毫无廉耻之诗。老鼠是一种害人的动物。它不仅肮脏猥琐,而且窃粮毁物,行为丑恶,因而为人厌恶,受人诅咒。俗话说:

"老鼠过街,人人喊打。"这表达了人们对老鼠的切齿之恨。此诗借鼠讽刺不顾礼义廉耻之人,是再恰当不过了。全诗三章。每章均运用反衬手法,将所刺之人与老鼠对比,大有人不如鼠之感。看老鼠还有皮、齿和体,而人却没有礼义。既然如此,还不如早点死去。诗中变换词语,斥责再三,一针见血,从而表达了人们对统治者强烈的憎恨之情。

干 旄

孑孑干旄①,在浚之郊②。	牛尾之旗高高飘,停在浚邑的城郊。
素丝纰之③,良马四之。	缰绳用白丝来编织,四匹良马驾车到。
彼姝者子④,何以畀之⑤?	这样一个贤良的人,用什么赠送才正好?
孑孑干旟⑥,在浚之都⑦。	雄鹰之旗高高飘,停在浚邑的城外。
素丝组之⑧,良马五之。	缰绳用白丝来编织,五匹良马跑得快。
彼姝者子,何以予之?	这样一个贤良的人,用什么赠送才开怀?
孑孑干旌⑨,在浚之城⑩。	羽毛之旗高高飘,停在浚邑的城中。
素丝祝之⑪,良马六之。	缰绳用白丝来编织,六匹良马很轻松。
彼姝者子,何以告之?	这样一个贤良的人,用什么忠告才适中?

【注释】

①孑孑(jié):高高特出的样子。干旄(máo):以旄牛尾为装饰的彩旗。

②浚:邑名。

③纰(pí):编织。

④姝:美好。

⑤畀(bì):赠给。

⑥干旟(yú):一种画有鹰隼的彩旗。

⑦都:城四周用作公卿大夫采邑的地区。

⑧组:编织。

⑨干旌(jīng):用五色鸟羽装饰的彩旗。

⑩城:邑内。

⑪祝:义同“组”。

【评析】

这是召贤之诗。全诗三章。此诗描写的是贤者应召进宫途中的盛大场面。旗杆高高,锦旗飘飘,高头大马清一色,根根缰绳素丝编,显得非常华盛。到达浚邑近郊之后,君主又接二连三地派来迎接的使者,车队显得更荣耀,更气派。人们对这位贤者寄予着厚望,心想那贤良的君子,我们用什么礼物赠送他呢?用什么话语忠告他呢?此诗文笔活泼。同一旌旗,分别用“干旄”、“干旟”与“干旌”来描写,气象显得热烈而华盛。首章言“郊”,二章言“都”,三章言“城”,点明车队由远及近,由郊野至浚邑。首章言“良马四之”,二章言“良马五之”,三章言“良马六之”,暗示迎接的使者络绎不绝,车队愈益盛大。君主的期待、国人的厚望,都通过这热烈的场面显现出来。

载　驰

载驰载驱[①],归唁卫侯[②]。	车轮快转不停留,回到故国吊卫侯。
驱马悠悠[③],言至于漕[④]。	策马奔向那长途,回到漕邑才罢休。
大夫跋涉[⑤],我心则忧。	大夫跋涉来劝阻,我的内心多忧愁。
既不我嘉[⑥],不能旋反[⑦]。	你们都说我不对,我也决不把车头转。
视尔不臧[⑧],我思不远[⑨]。	看你们的主张不高明,我的考虑不迂远。
既不我嘉,不能旋济[⑩]。	你们都说我不对,我也决不渡河回许国。
视尔不臧,我思不閟[⑪]。	看你们的主张不高明,我的考虑不闭塞。

陟彼阿丘，言采其蝱⑫。	登上那座小山岗，把那贝母采一趟。
女子善怀⑬，亦各有行⑭。	女子多愁又善感，也有各自的好主张。
许人尤之⑮，众稚且狂⑯。	许人都来责备我，既幼稚又轻狂。
我行其野，芃芃其麦⑰。	我行驶在故国的郊野，绿油油的麦子翻波浪。
控于大邦⑱，谁因谁极⑲？	我要向大国去赴告，谁可依靠谁会来救亡？
大夫君子，无我有尤⑳。	诸位大夫高贵的官长，不要埋怨我荒唐。
百尔所思，不如我所之㉑。	你们即使有百般计，都不如我选择的方向。

【注释】

①载：语助词。驰、驱：策马飞奔。

②唁：吊问诸侯失国。卫侯：指卫文公。

③悠悠：道路漫长。

④漕：卫国邑名。

⑤大夫：指许国大夫。

⑥嘉：赞同。

⑦旋反：返回许国。

⑧臧：善。

⑨思：考虑。远：迂阔。

⑩旋济：渡河回去。

⑪閟（bì）：闭塞。

⑫蝱（máng）：药名。贝母。据说可治郁闷病。

⑬善怀：容易动情。

⑭行：道理。

⑮尤：责难。

⑯稚：不明事理。

⑰芃芃（péng）：茂盛。

⑱控：赴告，陈述。

⑲谁因：谁可依靠。谁极：谁来救援。

⑳尤：过失。

㉑所之：指所选择的方向。

【评析】

这是许穆夫人回卫国吊问卫文公之诗。许穆夫人是我国历史上第一位有姓名可考的爱国女诗人。她是卫国国君的女儿，嫁给许国穆公为夫人。卫文公刚继位时，国势大衰。她激于爱国之情，决定回卫吊问其兄文公，并出谋划策，为振兴卫国献出自己的力量。全诗四章。一章写她不顾许国大夫的劝阻，毅然长驱返回卫国。二章写她批评许国大夫阻止归国，实为不善之举，并坚信自己的考虑不迂阔，不闭塞。三章写她斥责许国大夫埋怨自己，真是幼稚无知，狂妄自大。四章写她的救国方略是赴告大国，争取外援。不难看出，诗中的爱国情思是深沉的，情与景的结合是自然的，所表现出的政治见识是卓绝的。

卫　风

淇　奥

瞻彼淇奥①，绿竹猗猗②。
有匪君子③，如切如磋，
如琢如磨。
瑟兮僩兮④，赫兮咺兮⑤。
有匪君子，终不可谖兮⑥！

看那淇水岸边，绿竹依依多婀娜。
文采斐然的君子，如牛骨象牙经过切磋，
如美玉宝石经过琢磨。
他态度庄重心胸宽阔，仪表堂堂光明磊落。
文采斐然的君子，终究被人永远记心窝！

瞻彼淇奥，绿竹青青。
有匪君子，充耳琇莹⑦，
会弁如星⑧。
瑟兮僩兮，赫兮咺兮。
有匪君子，终不可谖兮！

看那淇水岸边，绿竹青青长得壮。
文采斐然的君子，晶莹的耳环悬两旁，
帽上宝石灿烂似星光。
他态度庄重心胸宽阔，光明磊落仪表堂堂。
文采斐然的君子，终究不会被遗忘。

瞻彼淇奥，绿竹如箦⑨。
有匪君子，如金如锡⑩，
如圭如璧⑪。
宽兮绰兮，猗重较兮⑫。
善戏谑兮⑬，不为虐兮⑭。

看那淇水岸边，绿竹郁然叶密集。
文采斐然的君子，精纯如金锡，
可贵似圭璧。
他心胸开朗又大气，背靠车旁紧紧倚！
喜欢开玩笑，但又不失礼！

【注释】

①淇奥（qí yù）：淇水弯曲处。

②猗猗：茂盛。
③匪：通“斐”。有文采的样子。
④瑟：态度庄重。僩(xiàn)：胸襟开阔。
⑤赫：光明正大。咺(xuǎn)：仪表堂堂。
⑥谖(xuán)：忘。
⑦琇莹：晶莹的宝石。
⑧会弁(biàn)如星：皮帽缝中饰以珠玉，闪烁如星。
⑨箦(zé)：密集。
⑩如金如锡：比喻精纯。
⑪如圭如璧：比喻可贵。
⑫猗：通“倚”。依靠。重较：卿士所乘之车。
⑬戏谑：开玩笑。
⑭虐：粗暴无礼。

【评析】

这是赞美卫武公之诗。卫武公名和，他在周宣王十六年始为卫侯，曾做过周平王的卿士。传说他立身谨慎，年当九十五岁的高龄，还欢迎朝臣的规谏，并作《懿戒》以自警。全诗三章。每章前二句以淇水岸边的绿竹起兴。一章以绿竹茂盛象征武公学问日进；二章以绿竹青翠象征武公服饰隆盛；三章以绿竹密集象征武公品德成就。每章中五句具体赞美武公。他的学问精湛，犹如牛骨象牙经过切磋，宛若美玉宝石经过琢磨。他服饰美盛，两耳旁边悬系着晶莹的宝石，皮帽上装饰的珠玉像星星般闪闪发光。他道德纯粹，像金、锡一样精纯，像圭、璧一般可贵。他态度庄重而又心胸宽阔、光明磊落而又仪表堂堂。这位文采斐然的君子，终究不会被人忘怀。他背靠车子，显得宽厚轻松，怡然自得。他说话幽默风趣。态度和蔼可亲，绝无粗暴无礼之举。由此可见，武公不失为当时贵族官僚中一位斐然杰出的人物。

考 槃

考槃在涧①,硕人之宽②。
独寐寤言,永矢弗谖③。

一间草棚在山涧,贤者心胸宽无限。
独睡独醒又独言,发誓此乐记心间。

考槃在阿④,硕人之薖⑤。
独寐寤歌,永矢弗过⑥。

一间草棚在山阿,贤者心胸多宽阔。
独睡独醒又独歌,发誓永远不离这山窝。

考槃在陆⑦,硕人之轴⑧。
独寐寤宿,永矢弗告⑨。

一间草棚在山陆,贤者内心乐悠悠。
独睡独醒又独宿,发誓此乐永远不吐露。

【注释】

①考槃(pán):陋室落成。考,成。槃,架木为屋。涧:溪涧。

②硕人:指贤者。宽:宽厚旷达。

③矢:通“誓”。发誓。弗谖:不忘。

④阿(ē):山阿。

⑤薖(kē):义同“宽”。

⑥过:他往。

⑦陆:高平的山野。

⑧轴:义同“宽”。

⑨弗告:不告诉他人。

【评析】

这是隐士之诗。全诗三章。每章意思基本相同。这位隐士居在山林一间草棚之中。他的心胸无限宽阔,虽居陋室,但他感到无比快乐。他每天独睡、独醒、独言、独歌又独宿,并发誓永远不忘此乐,永远不离这山窝,永远不将此乐跟人说。他遁迹山林,独善其身,虽然是一种消极的办法，但是也曲折地透露出他对现实的不满与抗争。

硕　人

硕人其颀[1]，衣锦褧衣[2]。	美女高大似玉立，锦衣上面披外衣。
齐侯之子[3]，卫侯之妻[4]。	她是齐侯的公主，卫侯的娇妻，
东宫之妹[5]，邢侯之姨[6]，	东宫的妹妹，邢侯的小姨，
谭公维私[7]。	谭公是她的妹婿。
手如柔荑[8]，肤如凝脂[9]。	手指像初生茅芽细软，皮肤像凝固膏脂白皙。
领如蝤蛴[10]，齿如瓠犀[11]，	脖子像天牛颈儿柔嫩，牙齿像瓠瓜子儿整齐，
螓首蛾眉[12]。	她前额宽广眉毛秀丽。
巧笑倩兮[13]，美目盼兮[14]。	轻巧一笑现酒窝，眼波流动妩媚无比。
硕人敖敖[15]，说于农郊。	美女身段高又高，马车停留在近郊。
四牡有骄，朱幩镳镳[16]，	四匹公马多肥壮，马嘴红绸轻轻飘，
翟茀以朝[17]。	坐着彩车来上朝。
大夫夙退，无使君劳。	大夫早早就退去，不使国君太疲劳。
河水洋洋，北流活活[18]。	黄河的水一片汪洋，北流的水奔腾激荡。
施罛濊濊[19]，鳣鲔发发[20]。	撒网之声呼呼响，活蹦的鱼儿全落网，
葭菼揭揭[21]。	河边的芦苇挺立青苍。
庶姜孽孽[22]，庶士有朅[23]。	从嫁的姐妹飞彩流光，护嫁的武士器宇轩昂。

【注释】

①硕：高大。颀（qí）：长大的样子。

②褧（jiǒng）：麻布外衣。

③齐侯：指齐庄公。

④卫侯：指卫庄公。

⑤东宫：指齐太子得臣。

⑥邢侯：邢国的君主。

⑦谭公：谭国的君主。私：指庄姜姊妹的丈夫。

⑧荑：初生茅芽。

⑨凝脂：凝固的脂膏。

⑩蝤蛴（qiú qí）：天牛的幼虫。

⑪瓠犀（hù xī）：瓠瓜的子。

⑫螓（qín）：蝉的一种。螓首，形容女子额头广而方。蛾：蚕蛾。蛾眉，形容女子眉毛弯长而秀美。

⑬巧笑：轻巧俏丽的笑。倩（qiàn）：笑时面颊上露出酒窝。

⑭盼：眼珠黑白分明。

⑮敖敖：长大的样子。

⑯朱幩（fén）：以红绸缠马嚼扇汗之用。镳镳（biāo）：装饰美盛。

⑰翟茀（dí fú）：饰有雉羽的彩车。

⑱活活（guō）：流水声。

⑲施罛（gū）：没网。濊濊（huò）：鱼网入水声。

⑳鳣鲔（zhān wěi）：鲤鱼、鲟鱼。发发（bō）：鱼摆尾击水声。

㉑葭菼（jiān tǎn）：芦荻。揭揭：高出的样子。

㉒庶姜：随从的众多齐女。孽孽（niè）：盛饰的样子。

㉓庶士：随从的众多武士。朅（jiē）：威武的样子。

【评析】

这是庄姜初嫁之诗。全诗四章。一章写她身材高大、服饰美盛以及出身高贵。二章写她美丽的容貌。诗中一连运用六个比喻，生动地刻画出她的手、肤、颈、齿、额、眉的美态。尤其是描写她一笑现出的两个酒窝，加之美目流转，波光闪动，则更加妩媚动人。三章写结婚仪式。她在城郊整妆，然后乘坐华丽的车子进入卫宫。各位大夫早早退朝，为的是不使国君过于劳累。四章写送嫁的盛况。诗以黄河水势茫茫，象征送嫁的车队浩浩荡荡；诗以撒网捕得鲜活肥壮的大鱼，象征卫侯夫妇婚姻幸福，欢乐无疆；诗以高大茂密的翠竹青荻，象征随嫁的众多齐女亭亭玉立，送嫁的众多武士英武雄壮。此诗描写女性之美十分出色。二章描写庄姜容貌美丽，宛若一幅美人图。其中“巧笑倩兮，美目盼兮”二句，化静为动，尤为传神。此外，叠字运用也富于特色。四章七句中就有六句连用叠字，这不仅描摹极工，而且音韵和谐，气势生动，情趣洋溢。

氓

氓之蚩蚩[1]，抱布贸丝[2]。
匪来贸丝，来即我谋[3]。
送子涉淇，至于顿丘[4]。
匪我愆期[5]，子无良媒。
将子无怒[6]，秋以为期。

男子满脸笑嘻嘻，抱着布匹来换丝。
他不是来换丝，是来跟我谈婚事。
那天送你过淇水，送到顿丘才转回。
不是我故意延婚期，是因为你不曾请好媒。
请你千万别性急，婚期就订在秋天里。

乘彼垝垣[7]，以望复关[8]。
不见复关，泣涕涟涟[9]。
既见复关，载笑载言。
尔卜尔筮[10]，体无咎言[11]。
以尔车来，以我贿迁[12]。

登上那断墙，向着复关眺望。
看不见你身影，热泪往下淌。
终于看见你来了，又是笑来又是讲。
你求过神问过卦，卦辞卦象都吉祥。
把你的车赶来，把我的嫁妆装。

桑之未落，其叶沃若[13]。
于嗟鸠兮，无食桑葚[14]。
于嗟女兮，无与士耽[15]。
士之耽兮，犹可说也[16]。
女之耽兮，不可说也。

桑树叶儿未脱落，它的叶儿多泽润。
唉！斑鸠啊，千万不要吃桑葚。
唉！女子啊，不要和男子相厮混。
男子相厮混，还能脱开身。
女子相厮混，便会误一生。

桑之落矣，其黄而陨[17]。 桑树的叶儿离了枝，随风飘零色变黄。
自我徂尔[18]，三岁食贫[19]。 打我嫁到你家里，过了三年穷时光。
淇水汤汤[20]，渐车帷裳[21]。 淇河之水浩荡荡，溅到车的帷幔上。
女也不爽[22]，士贰其行[23]。 女子没过错，男子变心肠。
士也罔极[24]，二三其德[25]。 男子没定准，三心二意丧天良。

三岁为妇，靡室劳矣[26]。 三年为妇不算短，一家活儿由我担。
夙兴夜寐，靡有朝矣[27]。 起早睡晚多辛苦，天天如此没个完。
言既遂矣[28]，至于暴矣。 现在生活有好转，竟然把我来摧残。
兄弟不知，咥其笑矣[29]。 哥哥弟弟不知情，个个张口笑得欢。
静言思之，躬自悼矣[30]。 静下心来想一想，独自悲伤心不甘。

及尔偕老，老使我怨。 当初发誓和我过到老，老来反使我更加怨。
淇则有岸，隰则有泮[31]。 淇水总有个岸，低地总有个边。
总角之宴[32]，言笑晏晏[33]。 咱俩童年多欢乐，有说有笑浮眼前。
信誓旦旦[34]，不思其反[35]。 你赌咒发誓多诚恳，不料你违反这誓言。
反是不思[36]，亦已焉哉[37]。 违反誓言不把旧情念，那就算了吧想它也枉然！

【注释】

①氓（méng）：民。此指女子的丈夫。蚩蚩（chī）：嬉笑的样子。
②布：布匹。一说古人以布匹为货币。贸：购买。
③即：就。
④顿丘：地名。
⑤愆（qiān）期：拖延婚期。
⑥将：请。怒：性急。
⑦垝垣（guǐ yuán）：断墙。
⑧复关：地名。氓所居之地。此代氓。
⑨涟涟：泪流不断的样子。

⑩卜:用龟甲占卜。筮(shì):用蓍草占卜。

⑪体:卜辞,卜象。无咎言:无凶辞。

⑫贿:指嫁妆。

⑬沃若:光泽的样子。

⑭桑葚(shèn):桑枣。

⑮耽(dān):沉溺,迷恋。

⑯说;通“脱”。解脱。

⑰陨(yǔn):坠落。

⑱徂(cú):往,出嫁。

⑲食贫:过贫苦的生活。

⑳汤汤(shāng):水盛的样子。

㉑渐:浸湿。帷裳:车的布幔。

㉒爽:差错。

㉓贰:不专一。

㉔罔极:没有准则。

㉕二三其德:三心二意,反复无常。

㉖靡室劳:不仅是室内劳动。

㉗靡有朝:不止一天。

㉘遂:心愿得到满足。

㉙咥(xì):大笑的样子。

㉚躬:自己。悼:悲伤。

㉛泮:通“畔”。水边。

㉜总角:束发。指童年。宴:欢乐。

㉝晏晏:温和。

㉞信誓:发誓。信,通“申”。旦旦:诚恳。

㉟反:违反。

㊱不思:不念旧情。

㊲已:罢了。焉哉:语气词。

【评析】

这是弃妇之诗。全诗六章。一章写甜蜜恋爱。二章写如期结婚。

三章写自陷情网。四章写被弃之因。五章写受夫虐待。六章写痛苦决绝。此诗以弃妇的口吻,讲述了一个哀婉动人的婚姻悲剧故事。这位女子因是始爱终弃,故诗人从两人的恋爱、订婚、结婚一直写到男子变心自己被弃,故事情节比较完整而复杂。诗中的女子性格坚强,她一旦意识到丈夫已经变心,便决心不再回想,并与之一刀两断。更可贵的是,她还总结出这样深刻的教训:"于嗟女兮,无与士耽。士之耽兮,犹可说也。女之耽兮,不可说也。"这是多么沉痛又令人悲伤的心声啊!

竹竿

原文	译文
籊籊竹竿[①],以钓于淇。 岂不尔思?远莫致之[②]。	竹竿长又尖,垂钓淇水边。 难道不想你?路远无法见。
泉源在左[③],淇水在右。 女子有行,远兄弟父母。	泉水在左侧,淇水在右边。 女子出嫁了,离开亲人很遥远。
淇水在右,泉源在左。 巧笑之瑳[④],佩玉之傩[⑤]。	淇水在右边,泉水在左边。 轻巧一笑真够甜,身佩美玉步翩跹。
淇水滺滺[⑥],桧楫松舟[⑦]。 驾言出游,以写我忧[⑧]。	淇水漫漫向东流,我俩曾一起荡过舟。 如今我一人驾车游,借以排遣内心忧。

【注释】

①籊籊(tī):细长的样子。

②致:达到。

③泉源:水名。即百泉。

④瑳(cuō):笑时露齿的样子。

⑤傩(nuó):行有节度。

⑥滺滺：水流的样子。
⑦桧（guì）楫：桧木制的桨。
⑧写：同“泻”。消除。

【评析】

这是男子失恋之诗。全诗四章。一章以垂钓于淇兴比往日的恋事。男子遥对女子说：难道我不想你吗？只是两地相距遥远，不能前往相见。二章说：百泉在左边，淇水在右边。这里正是他俩昔日游赏之地。如今她已出嫁，远离了父母兄弟，岂不令人触景伤情。三章说：淇水在右边，百泉在左边。这次他旧地重游，眼前又仿佛浮现出她那轻巧的笑容，多姿的倩影。四章说：淇水悠悠不停地流，似乎又在同她荡桨划舟。然而现在这只是一个梦。万般无奈，他只好驾车出游，借以排遣内心的忧愁。此诗叙事抒情含而不露，意境优美，做到了情景交融，令人读后觉得情味别致，余意无穷。

芄　兰

芄兰之支①，童子佩觿②。	芄兰的枝条散芬芳，童子佩锥子多漂亮。
虽则佩觿，能不我知③？	他虽佩锥子像个成人样，竟不爱恋我够轻狂。
容兮遂兮④，垂带悸兮⑤。	他的仪容多美盛，下垂的带子在飘扬。
芄兰之叶，童子佩韘⑥。	芄兰的叶儿郁葱葱，童子佩扳指多神勇。
虽则佩韘，能不我甲⑦？	他虽佩板指像个成人样，竟不亲昵我够懵懂。
容兮遂兮，垂带悸兮。	他的仪容多美盛，下垂的带子在飘动。

【注释】

①芄（wán）兰：一种草本蔓生植物。支：通“枝”。
②觿（xī）：用象牙或兽骨制成的饰物。形状似锥。

③能：乃，竟。知：爱恋。

④容：容仪。遂：美盛。

⑤悸：衣带下垂轻轻飘动的样子。

⑥韘(shè)：扳指。射箭时戴在右手大拇指上用以钩弦的象骨套。

⑦甲：通"狎"。亲昵。

【评析】

这是少女埋怨少男之诗。全诗二章。诗以芄兰的枝叶幼嫩，兴比这位少男还很幼稚。他虽然佩戴了锥子和扳指，俨然像个大人样，但是他竟然不爱恋我，竟然不亲昵我，真够轻狂与懵懂。看他仪容美盛，下垂的带子在飘动，这又勾起了少女的思念之情。诗以少女的口吻道来，显得别有风趣。

河　广

谁谓河广？一苇杭之①。	谁说黄河面太宽？一叶扁舟便可渡彼岸。
谁谓宋远？跂予望之②。	谁说宋国路太远？踮起脚尖能望见。
谁谓河广？曾不容刀③。	谁说黄河面太宽？竟然容不下一条船。
谁谓宋远？曾不崇朝④。	谁说宋国路太远，一个早上就能到那边。

【注释】

①苇：扁舟。杭：通"航"。渡。

②跂(qì)：踮起脚尖。予：而。

③曾：副词。竟。刀：同"舠"。小船。

④崇朝：一个早上。

【评析】

这是思乡之诗。全诗二章。此人想必是一个流浪者。他是宋国人，长期侨居卫国。由于思乡心切，于是唱出了这首悲歌。谁说黄河宽广？一叶扁舟就可以横渡过去。谁说宋国遥远？只要踮起脚尖就可以望见。谁说黄河宽广？竟然容不下一只小船。谁说宋国遥远，一个早上就可以回到家园。黄河波涛翻滚，这能说不宽？所谓"一苇杭之""曾不容刀"，只是极力夸张黄河狭窄。宋国千里迢迢，这能说不远？所谓"跂予望之""曾不崇朝"，只是极力夸张宋国很近。此诗不写难归，反而极言其易，正是为了反衬其难，发人深思。

伯　兮

伯兮朅兮①，邦之杰兮。	丈夫真英勇，他是国家的大英雄。
伯也执殳②，为王前驱③。	他手持长柄枪，替国君打仗当先锋。
自伯之东④，首如飞蓬⑤。	自从丈夫去东方，我的头发乱如蓬。
岂无膏沐⑥，谁适为容⑦？	难道没有润发油？丈夫不在为谁来美容？
其雨其雨，杲杲出日⑧。	下雨吧下雨吧，偏出太阳红彤彤。
愿言思伯⑨，甘心首疾⑩。	每当思念丈夫归，心甘情愿任头痛。
焉得谖草⑪？言树之背⑫。	哪儿去找忘忧草？把它栽在北堂上。
愿言思伯，使我心痗⑬。	每当思念丈夫归，使我心忧伤。

【注释】

①朅（jié）：勇武的样子。

②殳（shū）：似矛的兵器。

③王：指国君。前驱：先锋。

④之：往。

⑤首：代指头发。

⑥膏：油脂。此指润发油。沐：洗头。

⑦谁适为：即“为谁适”的倒序。适，语助词。容：修容打扮。

⑧杲杲（gǎo）：明亮。

⑨愿：每。

⑩首疾：头痛。

⑪焉得：怎么得到。谖（xuān）草：又名萱草。忘忧草。

⑫树：栽种。背：北堂。

⑬痗（mèi）：病。

【评析】

这是征妇之诗。全诗四章。一章写丈夫奉命出征。她的丈夫非常勇武，而且是卫国的俊杰。他手持武器，威风凛凛，站在队伍的前列，为国君担当先锋。二章写妇人刻骨思念。自从丈夫出征东方，她的头发乱如飞蓬。难道是没有发油洗头？是因为丈夫不在身边，为谁而修容打扮？三章写妇人盼夫早归。下雨吧，下雨吧，可是偏偏升起一轮红日。诗以此兴比妇人原本盼夫早归，然而至今杳无音信。每当她思念丈夫，便觉得心苦而头痛。四章写妇人忧思难除。哪里可得到忘忧草？把它种在北堂上。每当她思念丈夫，就使她心头疼痛。此诗取材典型。诗中写妇人无心修容的细节，就具有代表性和概括性。比喻也很新奇。诗以“飞蓬”比喻妇人头发纷乱，以“其雨”而“出日”比喻妇人盼夫而不归，就非常生动而贴切。

有　狐

有狐绥绥①，在彼淇梁②。	有只狐狸找配偶，在那淇水桥上走。
心之忧矣，之子无裳。	我的内心多忧愁，这个男子衣裳也没有。
有狐绥绥，在彼淇厉③。	有只狐狸找配偶，在那淇水渡口走。

心之忧矣，之子无带。 我的内心多忧愁，这个男子带子也没有。

有狐绥绥，在彼淇侧。 有只狐狸找配偶，在那淇水岸边走。
心之忧矣，之子无服。 我的内心多忧愁，这个男子衣服也没有。

【注释】

①绥绥：求偶的样子。
②梁：石桥。
③厉：渡口。

【评析】

这是青年男女求偶之诗。全诗三章。诗以“有狐”在石桥、在渡口、在水边徘徊，兴比男子正在求偶。这个男子因为太穷，虽四处寻觅，但至今尚未如愿。可是这个女子却对他很有情意。看见他既无衣裳，又无衣带，她心里充满忧伤。此诗婉转含蓄，富于情趣。这个女子不直说对男子关心与思念，而是托喻于狐；不明说愿意嫁给那男子，而只说“忧其无裳”。因而此诗显得诗意醇厚而又富于形象。

木　瓜

投我以木瓜①，报之以琼琚②。 她送我香甜的木瓜，我用佩玉报答她。
匪报也，永以为好也③。 不是答谢她的礼物，是希望永开同心花。

投我以木桃④，报之以琼瑶⑤。 她送我新鲜的木桃，我还赠她佩戴的琼瑶。
匪报也，永以为好也。 不是答谢她的礼物，是希望永远与相好。

投我以木李⑥，报之以琼玖⑦。 她送我鲜美的木李，我回赠她佩戴的琼玖。
匪报也，永以为好也。 不是答谢她的礼物，是希望永远情深意厚。

【注释】

①投：赠送。木瓜：果类。

②报：回赠。琼：美丽。琚：佩玉。

③好：爱。

④木桃：桃子。

⑤瑶：玉。

⑥木李：李子。

⑦玖：黑玉。

【评析】

这是青年男女互赠礼物之诗。全诗三章。青年男女互赠礼物，作为定情的信物，以表永结同心之好。此诗为男子所唱。她送给我香甜的木瓜、新鲜的木桃、鲜美的李子，我用美丽的佩玉来回报。这不是什么回报，而是为了与她永远相好。须得说明的是，风诗的主题常在首章。二、三章写女子送给男子"木桃""木李"，男子回赠女子"琼瑶""琼玖"，只是为了便于吟唱的需要，而并不是说女子赠送男子三物，男子回赠女子三物。对此，不必过于拘泥。此诗语言珠圆玉润，音韵和谐，诗情精粹要约，便于吟诵。所以千古以来流传不衰。

王 风

黍 离

彼黍离离[1]，彼稷之苗[2]。	小米齐又高，高粱长出苗。
行迈靡靡[3]，中心摇摇[4]。	行走慢腾腾，心中晃摇摇。
知我者谓我心忧，	了解我的，说我心烦恼；
不知我者谓我何求。	不了解我的，问我把什么找。
悠悠苍天，此何人哉[5]！	高远的上天啊，是谁搞得如此糟？
彼黍离离，彼稷之穗。	小米排成队，高粱长出穗。
行迈靡靡，中心如醉。	行走慢腾腾，心中如酒醉。
知我者谓我心忧，	了解我的，说我心烦恼；
不知我者谓我何求。	不了解我的，问我把什么找。
悠悠苍天，此何人哉！	高远的上天啊，是谁搞得如此糟？
彼黍离离，彼稷之实。	小米整齐齐，高粱长出米。
行迈靡靡，中心如噎[6]。	行走慢腾腾，心中如噎气。
知我者谓我心忧，	了解我的，说我心烦恼；
不知我者谓我何求。	不了解我的，问我把什么找。
悠悠苍天，此何人哉！	高远的上天啊，是谁搞得如此糟？

【注释】

①黍(shǔ):小米。离离:行列的样子。

②稷(jì):高粱。

③行迈:行走。靡靡:迟缓的样子。

④中心:心中。摇摇:心神不定。

⑤此何人:这是什么人。

⑥噎(yē):咽喉哽塞。

【评析】

这是忧国之诗。西周末年,犬戎攻入镐京,周幽王被杀,西周从此灭亡。周平王在诸侯援助下迁都洛邑,建立了东周。周大夫行役途经宗周故都,看见宫殿毁坏,长满庄稼,不胜古今之慨。全诗三章。每章前二句写途中所见之景。小米长得整整齐齐,高粱已经出苗,高粱已经抽穗,高粱已经结果。诗人见此荒凉景象,心中充满凄凉之情。每章后六句写满腹忧国之情。诗人徘徊于西京旧址,心里恍惚不定,心里如同酒醉,喉中如同哽塞,久久不忍离去。他边走边想,了解自己的人说是因为内心忧伤,不了解自己的人说是在寻找什么。诗最后对天呼问:遥遥的苍天啊,这种结局究竟是何人造成的呢?此诗每章开端借景抒情,景中含情;中间摹写忧心情态,极为传神;最后直呼苍天,含蓄蕴藉。

君子于役

君子于役①,不知其期。	丈夫当兵上前方,不知日子有多长。
曷至哉②?鸡栖于埘③,	何时才能回家乡?鸡子进了窝,
日之夕矣,羊牛下来。	太阳落西山,羊牛下山冈。
君子于役,如之何勿思④!	丈夫当兵上前方,怎么会不想?
君子于役,不日不月⑤。	丈夫当兵去前线,无日无月无期限。

曷其有佸[⑥]？鸡栖于桀[⑦]，
日之夕矣，羊牛下括[⑧]。
君子于役，苟无饥渴[⑨]！

何时回家能团圆？鸡子进了窝，
太阳下了山，羊牛进了栏。
丈夫当兵上前线，该不会受饥寒！

【注释】

①君子：指丈夫。于：语助词。役：服兵役或劳役。
②曷至：何时回。
③埘（shí）：凿墙做成的鸡窝。
④如之何：怎么。
⑤不日不月：不能用日月计算。
⑥佸（huó）：相会。
⑦桀：木栅栏的鸡舍。
⑧括：会聚。
⑨苟：尚，或许。

【评析】

这是妇人思念征夫之诗。全诗二章。每章前三句写役期之久。丈夫在外服役，不知役期多长，何时才能回家乡？丈夫在外服役，不能用日月计算，何时才能回家团圆？每章中三句写黄昏之景。黄昏时分，落日的余晖映照着山村。这时，鸡子已回了窝，羊牛已进了圈。这是妇人眼中之景，景中含情。鸡、羊、牛尚能按时回窝进圈，而自己的丈夫却久久不能回家。这黄昏之景与妇人盼夫不归的愁绪恰成鲜明的对比。每章末二句写思夫之切。丈夫在外服役这叫她怎能不思念？丈夫在外服役，但愿他无饥无渴。这几句充分表达了妇人对丈夫的深切思念与无限关爱。

君子阳阳

君子阳阳[①]，
左执簧[②]，右招我由房[③]。
其乐只且[④]！

君子陶陶[⑤]，
左执翿[⑥]，右招我由敖[⑦]。
其乐只且！

乐师喜洋洋，
左手拿笙簧，右手招我去游逛。
真是欢乐无疆！

乐师乐陶陶，
左手拿羽毛，右手招我去游遨。
真是快乐逍遥！

【注释】

①君子：指乐师。阳阳：喜洋洋。
②簧：乐器名。
③由房：通“游放”。游乐。
④只且：语气助词。
⑤陶陶：乐陶陶。
⑥翿（dào）：鸟羽之类的舞具。
⑦由敖：通“游遨”。游玩。

【评析】

这是乐师约友出游之诗。此诗当为乐师之友所唱。全诗二章。这位乐师喜气洋洋，他左手拿着笙簧和羽毛，右手招我一同去游逛，真是欢乐无疆！此诗写乐师生活中的一个小镜头。

扬之水

扬之水[1]，不流束薪[2]。	激扬的流水，流不走一捆柴薪。
彼其之子[3]，不与我戍申[4]。	家中的妻子啊，不能和我在申地驻屯。
怀哉怀哉，曷月予还归哉[5]？	怀念啊怀念啊，哪月我才能回家门？
扬之水，不流束楚[6]。	激扬的流水，流不走一捆木棒。
彼其之子，不与我戍甫[7]。	家中的妻子啊，不能和我在甫地驻防。
怀哉怀哉，曷月予还归哉？	怀念啊怀念啊，哪月我才能回家乡？
扬之水，不流束蒲[8]。	激扬的流水，流不走一捆蒲柳。
彼其之子，不与我戍许[9]。	家中的妻子啊，不能和我在许地戍守。
怀哉怀哉，曷月予还归哉？	怀念啊怀念啊，哪月我才能回去与家人聚首？

【注释】

①扬：激扬。

②束：捆。薪：柴。

③彼其之子：那个女子。此指戍卒之妻。

④戍：驻守。申：国名。姜姓。周平王的母家。在今河南唐河县境。

⑤曷：何。

⑥楚：荆条。

⑦甫：国名。即吕国。姜姓。在今河南南阳县境。

⑧蒲：蒲柳。

⑨许：国名。姜姓。在今河南许昌。

【评析】

这是征夫思妻之诗。全诗三章。每章前四句写戍卒与妻分离。激扬之水，不能流走“束薪”、“束楚”、“束蒲”。这可能是当时的俗语，隐喻夫妻间阻，不能团圆。所以诗接着说：那家中的妻子不能与我一同“戍申”、“戍甫”、“戍许”。这“申”、“甫”、“许”虽确有其国，但不必理解为这个戍卒转徙三地。这样写，只是为了重章换韵的需要。每章末二句写戍卒急盼归家。这个戍卒远离亲人，长期驻守，深感孤寂。他深深地叹息道：思念啊，思念啊，我何时才能返回家乡与亲人团聚呢？这说明战争给人民带来的痛苦是多么深重！

中谷有蓷

中谷有蓷①，暵其干矣②。 有女仳离③，嘅其叹矣④。 嘅其叹矣，遇人之艰难矣⑤。	山中有种益母草，遭到旱灾而枯槁。 有个女子被遗弃，只好自叹又长号。 只好自叹又长号，世上好男人实难找。
中谷有蓷，暵其脩矣⑥。 有女仳离，条其歗矣⑦。 条其歗矣，遇人之不淑矣⑧。	山中有种益母草，遭到旱灾而枯焦。 有个女子被遗弃，只好自叹又长啸。 只好自叹又长啸，碰上这男人实在糟。
中谷有蓷，暵其湿矣⑨。 有女仳离，啜其泣矣⑩。 啜其泣矣，何嗟及矣⑪！	山中有种益母草，遭到旱灾而干燥。 有个女子被遗弃，她哭了好几个通宵。 她哭了好几个通宵，现在悲叹太迟了。

【注释】

①蓷(tuī)：益母草。

②暵(hàn)：干枯。

③仳(pǐ)离：分离。特指妻子被弃。

④嘅(kǎi)：叹息的样子。

⑤艰难：指识人不易。
⑥脩：干枯。
⑦条：长。歗(xiào)：同“啸”，叹息。
⑧淑：善。
⑨湿：通“曝”。干枯。
⑩啜(chuò)：哭泣的样子。
⑪何嗟及：即“嗟何及”。悲叹已经来不及。

【评析】

这是弃妇之诗。全诗三章。每章首二句为兴体。诗以山中益母草之枯萎，兴比妇人被弃的不幸遭遇。每章中二句写妇人怨恨之情。妇人被弃，悲叹不已。首章言“叹”，二章言“歗”，三章言“泣”，妇人怨恨一节急似一节。这表明妇人的情感随着诗意的推进而愈益强烈。每章末三句写妇人被弃之因。一章“遇人之艰难”是突出识人之难。二章“遇人之不淑”是突出男子缺德。三章“嗟何及”是突出追悔莫及。诗人把弃妇的遭遇仅仅归结为错嫁的偶然的原因，而没有认识到这是男尊女卑的不合理社会造成的，这是时代的局限。

兔　爰

有兔爰爰①，雉离于罗②。	兔子逍遥自在，野鸡落进网来。
我生之初，尚无为③。	听说我们上代，不用为官府当差。
我生之后，逢此百罹④。	打我来到世上后，遭到种种灾害。
尚寐无吪⑤！	还是睡吧别把口开！
有兔爰爰，雉离于罦⑥。	兔子逍遥自在，野鸡上了圈套。
我生之初，尚无造⑦。	听说我们上代，没有许多骚扰。
我生之后，逢此百忧。	打我来到世上后，遭到种种烦恼。

尚寐无觉！	还是睡吧别再醒了！
有兔爰爰，雉离于罿[⑧]。	兔子逍遥自在，野鸡落入罗网。
我生之初，尚无庸[⑨]。	听说我们上代，劳役有个限量。
我生之后，逢此百凶。	打我来到世上后，千辛万苦备尝。
尚寐无聪[⑩]！	还是睡吧落个耳根清爽！

【注释】

①爰爰(yuǎn)：逍遥自在的样子。

②雉(zhì)：野鸡。离：遭到。罗：网。

③为：指徭役。

④百罹(lí)：多种忧患。

⑤吪(é)：动。

⑥罦(fú)：带有机轮的罗网。古名覆车。

⑦造：义同“为”。

⑧罿(chōng)：捕鸟的网。

⑨庸：劳役。

⑩聪：听觉。

【评析】

这是百姓苦于劳役而思死之诗。全诗三章。每章首二句为兴体。形象鲜明，寓意深刻，发人深思。诗以狡兔逍遥自在，兴比统治者骄奢淫逸；诗以野鸡陷入罗网，兴比老百姓惨遭不幸。每章中三句写怀旧情绪。这是一个动荡而黑暗的时代，百姓在苦难中挣扎呻吟。面对这一切，诗人心里便产生一种怀旧的情绪。他感叹道：往日天下还算无事，可如今却遭到多种忧患。思前想后，这怎么不令人悲伤。每章末句写厌世思死。他继而一想，即使愁思满怀，这又有何用？还不如酣然长睡，不要动，不要醒，不要听。说白了，逃脱苦难的方法只有一条：唯有一死。这是多么令人寒心的事啊！

葛藟

绵绵葛藟[1]，在河之浒[2]。 连绵不断的葛藤，蔓延到河的边涯。
终远兄弟[3]，谓他人父[4]。 既已远离兄弟，就称他人为爸。
谓他人父，亦莫我顾[5]。 就称他人为爸，也没有谁肯牵挂。

绵绵葛藟，在河之涘[6]。 连绵不断的葛藤，蔓延到河的边涯。
终远兄弟，谓他人母。 既已远离兄弟，就称他人为妈。
谓他人母，亦莫我有[7]。 就称他人为妈，也没有谁肯体察。

绵绵葛藟，在河之漘[8]。 连绵不断的葛藤，蔓延到河的边上。
终远兄弟，谓他人昆[9]。 既已远离兄弟，就称他人为兄长。
谓他人昆，亦莫我闻[10]。 就称他人为兄长，也没有谁肯体谅。

【注释】

①绵绵：长而不绝的样子。葛藟(lěi)：葛藤。
②浒：水边。
③终：既，已。
④谓：称呼。
⑤顾：照顾。
⑥涘(sì)：水边。
⑦有：通“友”。友爱。
⑧漘(chún)：水边。
⑨昆：兄。
⑩闻：通“问”。恤问。

【评析】

这是流浪者自我悲叹之诗。全诗三章。每章首二句为兴体。诗以绕根而生的葛藤在那河边，反兴流浪者犹如水面浮萍四处漂泊。每章后四句写流浪生活。他为了生存，不得不远离兄弟，到处乞食。虽称他人为父、为母、为兄，但他人对自己并不照顾，并不亲爱，并不怜悯。不难想象，这个流浪者一定是每天都在忍饥挨饿。读罢此诗，真令人心酸。此诗语言质朴无华，情感真挚沉痛。它是流浪者出自肺腑的呼喊，也是对黑暗社会的控诉与抗争。诗人若不是亲身体验，不可能写得如此生动逼真、感人肺腑。

采 葛

彼采葛兮①，
一日不见，如三月兮！

彼采萧兮②，
一日不见，如三秋兮③！

彼采艾兮④，
一日不见，如三岁兮！

那位采葛的女子，一天不见面，
就像过了三月整！

那位采萧的女子，一天不见面，
就像过了整三季！

那位采艾的女子，一天不见面，
就像过了整三年！

【注释】

①彼：她。

②萧：香蒿。又名荻。

③三秋：三个季节。

④艾：菊科植物。制成艾绒，可以灸病。

【评析】

这是男子相思之诗。全诗三章。他所爱恋的那个女子，采葛去了，采萧去了，采艾去了。他一天不见面，好像分别了三个月，三个季度，三个年头。此诗抓住因离别相思而感觉时间特别久长这一典型心理,用率真的语言反复咏唱。时间由“三月”到“三秋”,由“三秋”到“三岁”,情感的发展也愈益浓烈。诗意单纯明朗而又情致绵长,是典型的民歌风调。“一日三秋”已成为一句成语,至今还经常为人们所运用。

大车

大车槛槛①,毳衣如菼②。 岂不尔思,畏子不敢!	大车行进隆隆响,你身着毛衣颜色亮。 难道我不把你想?怕你出奔没胆量。
大车哼哼③,毳衣如璊④。 岂不尔思,畏子不奔!	大车行进响隆隆,你身着毛衣如玉红。 难道我不把你想?怕你胆怯不敢私奔。
穀则异室⑤,死则同穴⑥。 谓予不信⑦,有如皦日⑧。	活着不能成夫妻,死后同葬在一起。 若说我的誓言不诚信,头上日月可做证!

【注释】

①大车:牛车。槛槛:车行声。

②毳(cuì)衣:古代冕服。毛织衣。菼(tǎn):初生的芦荻,其色淡青。

③哼哼(tūn):车行声。

④璊:红色的玉。

⑤穀:活着。

⑥穴:墓穴。

⑦谓:说。信:诚实。

⑧皦(jiǎo)日:白日。

【评析】

这是女子劝男子出奔之诗。全诗三章。一、二章写女子劝男子出奔。大车行进隆隆响,你身着毛衣颜色亮。难道我不把你想,只怕你出奔没胆量。诗言“畏子不敢”、“畏子不奔”，正是为了激励男子鼓起勇气，冲破阻力，一同出奔异乡。三章写女子表白忠贞的爱情。咱俩活着不能成夫妻，死后也要同葬在一起。如说我的誓言不诚信，有日月可做证。诗中“穀则异室，死则同穴”是我国最早的爱情誓言。它鼓舞着后世青年为争取婚姻自由而斗争。

丘中有麻

原文	译文
丘中有麻，彼留子嗟[①]。	她在丘中麻林里，等候留子嗟这心爱的人。
彼留子嗟，将其来施施[②]。	等候留子嗟这心爱的人，他来时高高兴兴。
丘中有麦，彼留子国[③]。	她在丘中麦地里，等候留子国这心爱的人。
彼留子国，将其来食[④]。	等候留子国这心爱的人，幽会合欢很温馨。
丘中有李，彼留之子。	她在丘中李树下，等候留之子这心爱的人。
彼留之子，贻我佩玖[⑤]。	等候留之子这心爱的人，他赠我佩玉表真情。

【注释】

①留：通“刘”。姓。子嗟：人名。
②将：语气助词。施施：喜悦的样子。
③子国：人名。
④食：幽会合欢的隐语。
⑤贻（yí）：赠。玖：美玉。

【评析】

这是男女幽会之诗。全诗三章。幽会的地点是“丘中”。诗中的“留子嗟”、“留子国”、“留之子”并非三人，而实指一人。从诗意来看，是一位女子正在“丘中”等候情人前来幽会。全诗写了三个画面，画面与画面之间转换自然，能为读者提供想象的空间。一章写女子先来到丘中，她举目远眺，远远看见情人面带笑容朝自己走来。二章写男子来到她的身边，两人互倾情愫，亲热了一番。三章写两人将要分别，男子赠给她一个佩玖，以作为相爱的信物。可见，这的确是一首绝妙的爱情短诗。

郑　风

缁　衣

缁衣之宜兮[①]，敝予又改为兮[②]。 适子之馆兮[③]，还予授子之粲兮[④]。	多么合身的一件黑袍，穿破了再为你做一套。 先到客舍去歇息，回来我给你摆佳肴。
缁衣之好兮[⑤]，敝予又改造兮[⑥]。 适子之馆兮，还予授子之粲兮。	多么好看的一件黑袍，穿破了再为你做一套。 先到客舍去歇息，回来我给你摆佳肴。
缁衣之蓆兮[⑦]，敝予又改作兮。 适子之馆兮，还予授子之粲兮。	多么舒服的一件黑袍，穿破了再为你做一套。 先到客舍去歇息，回来我给你摆佳肴。

【注释】

①缁（zī）衣：黑色的衣服。宜：合身。

②敝：破旧。改为：再做。

③适：往，到。

④授：供给。粲：精米。

⑤好：合体。

⑥改造：义同“改为”。

⑦蓆：宽大。

【评析】

这是赞美郑武公好贤之诗。全诗三章。每章意思大体相同。黑色的衣服穿在身上是多么合身，多么美观，多么舒适，如果破旧了，我为你再做一套新的。你先到客舍去歇息，回来后我还要为你摆上精美的宴席。全诗反复吐露的是厚待贤士的一片殷勤之意。在古代，人们把《缁衣》当作好贤的代表作。如《礼记·缁衣》说："好贤如《缁衣》，恶恶如《巷伯》。"这就明确地道出了《缁衣》的主题是"好贤"。

将仲子

将仲子兮[①]，无逾我里[②]，
无折我树杞[③]。
岂敢爱之？畏我父母。
仲可怀也[④]，父母之言，
亦可畏也。

请求仲子啊，不要翻越我家墙，
不要把墙边的杞树折断。
我岂敢爱惜这小树？实在害怕我父母。
仲子你虽令人怀念，可是父母的言语，
也可怕。

将仲子兮，无逾我墙，
无折我树桑。
岂敢爱之？畏我诸兄。
仲可怀也，诸兄之言，
亦可畏也。

请求仲子啊，不要翻越我家墙，
不要把墙边的桑树折断。
我岂敢爱惜这小树？实在害怕我兄弟发现。
仲子你虽令人怀念，可是兄弟的言语，
也可怕。

将仲子兮，先逾我园[⑤]，
无折我树檀[⑥]。
岂敢爱之？畏人之多言。
仲可怀也，人之多言，
亦可畏也。

请求仲子啊，不要翻越我家墙，
不要把墙边的檀树折断。
我岂敢爱惜这小树，实在害怕外人的闲言。
仲子你虽令人怀念，可是外人的闲言，
也可怕。

【注释】

①将(qiāng):请求,希望。仲子:男子名。

②逾:翻越。里:里墙。

③树杞(qǐ):杞树,杞柳。

④仲:仲子的省称。

⑤园:园墙。

⑥树檀(tán):檀树。

【评析】

这是女子劝告男友之诗。全诗三章。诗中的女子性格柔弱。她的男友冒失地翻越院墙,前来与她幽会。面对男友的这一举动,她非常害怕。于是她劝告男友说:希望你今后不要翻越院墙,不要折断树枝。我岂敢爱惜这些小树,实在是害怕父母诸兄及外人发现。你虽然令人怀念,但是父母、诸兄及外人之言也很可怕。此诗表现的是一种矛盾的情思,一方面怀念男友仲子,另一方面又不赞同他越墙幽会的鲁莽做法。父母、诸兄的责难,社会舆论的压力,像一片乌云笼罩在她的心头。此诗将这种复杂的情感表现得恰到好处。它意脉婉转曲折,反复回环,显得真实自然而又蕴藉动人。

叔于田

叔于田[①],巷无居人。
岂无居人?不如叔也,
洵美且仁[②]。

叔去野外打猎,里巷中便空无一人。
难道真的空无一人?是因为都不如叔,
叔的确俊美又真诚。

叔于狩,巷无饮酒。
岂无饮酒?不如叔也,
洵美且好。

叔去野外打猎,里巷中便无人饮酒。
难道真的无人饮酒?是因为都不如叔,
叔的确俊美又大度。

叔适野，巷无服马[3]。
岂无服马？不如叔也，
洵美且武[4]。

叔去野外打猎，巷中便无人乘马。
难道真的无人乘马？是因为都不如叔，
叔的确俊美又英武。

【注释】

①叔：代称男子。田：打猎。

②洵（xún）：副词。的确，实在。仁：指态度温和。

③服马：驾驭马车。

④武：刚健英武。

【评析】

这是赞美猎人之诗。全诗三章。一章说：叔去野外打猎，闾巷之中便空无一人。难道是真的空无一人？不是的，是因为其他人都不如叔俊美而温和。二章说：叔去野外打猎，闾巷之中便无饮酒之人。难道是真的无饮酒之人？不是的，是因为其他人都不如叔俊美而豪爽。三章说：叔去野外打猎，闾巷之中便无驾车之人。难道是真的无驾车之人？不是的，是因为其他人都不如叔俊美而勇武。诗以“巷无居人”、“巷无饮酒”，“巷无服马”极力形容叔的举止超凡出众。运用这种烘托法，比直接叙述或描写要高明得多。

大叔于田

叔于田[1]，乘乘马[2]。
执辔如组，两骖如舞[3]。
叔在薮[4]，火烈具举[5]。
袒裼暴虎[6]，献于公所。
将叔无狃[7]，戒其伤女！

大叔出外去打猎，四匹壮马拉车跑。
八根缰绳像丝组，两匹骖马像舞蹈。
叔在沼泽地，猎火一齐烧。
赤膊打猛虎，将虎往上交。
请叔别大意，防虎把你咬。

叔于田，乘乘黄[8]。
两服上襄[9]，两骖雁行[10]。
叔在薮，火烈具扬。
叔善射忌，又良御忌。
抑磬控忌[11]，抑纵送忌[12]。

大叔出外去打猎，四马拉车毛色黄。
中间两马领头奔，两匹骖马像雁行。
叔在沼泽地，猎火齐高扬。
叔善于射箭，驾车也高强。
一会勒马放慢，一会纵马奔放。

叔于田，乘乘鸨[13]。
两服齐首[14]，两骖如手。
叔在薮，火烈具阜[15]。
叔马慢忌，叔发罕忌。
抑释掤忌[16]，抑鬯弓忌[17]。

大叔出外去打猎，四马拉车气力足。
中间两马头并头，两匹骖如左右手。
叔在沼泽地，猎火高扬起。
叔马慢下来，发箭逐渐稀。
打开箭筒盖，把弓装袋里。

【注释】

①大叔：代称男子。

②乘（shèng）马：四匹马。

③两骖（cān）：两旁驾车的马。

④薮（sǒu）：草泽之地。

⑤具举：同时举起。

⑥袒裼（tǎn xī）：赤膊。暴虎：空手搏虎。

⑦狃（niǔ）：习以为常，粗心大意。

⑧黄：指黄马。

⑨两服：中间驾辕的两匹马。上襄：在前面驾车。

⑩雁行：像飞雁的行列。

⑪抑、忌：语助词。磬控：掌握马速，控制其快慢。磬：纵马驰骋。控：止马不前。

⑫纵送：开弓射箭。

⑬鸨（bǎo）：黑白间杂的乌骢马。

⑭齐首：齐头并进。

⑮阜:火势旺盛。

⑯释掤(bīng):解下箭筒的盖子。

⑰鬯(chàng)弓:把弓装在囊中。

【评析】

这也是赞美猎人之诗。《叔于田》与此诗是属于同一题材的姊妹篇。上篇重在抒情,概略抽象,单纯短小。此诗重在叙事,描写入微,词藻繁富,篇幅较长。为了区别,故此篇名之为《大叔于田》。全诗三章。首章写大叔徒手搏虎。二章写大叔车上逐射。三章写大叔猎毕还归。此诗描写了大叔出猎的全过程。全诗用笔细腻,刻画入微,使读者仿佛可见大叔超绝的技艺和无畏的英姿。后世写田猎的诗赋,多受它的影响。

清　人

清人在彭①,驷介旁旁②。	清邑士兵驻彭地,披甲四马多强壮。
二矛重英③,河上乎翱翔。	车上长矛饰红缨,在那河上闲游逛。
清人在消④,驷介麃麃⑤。	清邑士兵驻消地,披甲四马个儿高。
二矛重乔⑥,河上乎逍遥。	车上长矛饰红缨,在那河上尽逍遥。
清人在轴⑦,驷介陶陶⑧。	清邑士兵驻轴地,披甲四马多清闲。
左旋右抽⑨,中军作好⑩。	左转车来右抽刀,全军将士在耍闹。

【注释】

①清人:指清地的军人。清,邑名。彭:地名。

②驷介:驾车的四马披甲。旁旁:强壮雄健。

③重英:数层红羽。

④消:地名。

⑤麃麃(biāo):威武的样子。

⑥重乔:数层鸦羽。乔,通“鸦”。

⑦轴:地名。

⑧陶陶:悠闲的样子。

⑨左旋:左转车。右抽:右抽刀。

⑩中军:古代三军为上军、中军、下军,这里以中军代指全军。作好:作乐。

【评析】

这是讽刺高克治军懈怠之诗。高克是郑国的大夫。此人贪财好利,与国君产生了矛盾。当时赤狄侵扰卫国,郑文公趁此机会,派高克率兵于黄河之滨戍守,以防备赤狄。后来赤狄退兵而去,郑文公不让高克班师回朝。年长日久,这支军队纪律涣散,有的开了小差,有的终日嬉游,最终导致崩溃瓦解。这可能就是此诗产生的历史背景。全诗三章。一、二章说:高克率领的军队驻守在彭地,驻守在消地,四匹披甲的战马显得格外强壮。然而全军将士都在河边逍遥游逛。三章说:高克率领的军队驻守在轴地,四匹披甲的战马显得格外清闲。此诗所展现的正是高克的军队溃散前的情状。

羔 裘

羔裘如濡[①],洵直且侯[②]。
彼其之子,舍命不渝[③]。

羊皮袍子真润泽,的确平展又光洁。
他这样的人,献出生命不变节。

羔裘豹饰[④],孔武有力[⑤]。
彼其之子,邦之司直[⑥]。

羊皮袍子饰豹纹,他很威武有力气。
他这样的人,能为国家主正义。

羔裘晏兮[⑦],三英粲兮[⑧]。
彼其之子,邦之彦兮[⑨]。

羊皮袍子真耀眼,三道镶边多鲜艳。
他这样的人,是国家俊杰实罕见。

【注释】

①羔裘:羊皮袄。濡(rú):润泽。
②洵:的确。直:平展。侯:美。
③舍命:舍弃生命。不渝:不改变操守。
④豹饰:袖口上镶以豹皮。
⑤孔武:非常勇猛威武。
⑥邦:国家。司直:主持正直公道的人。
⑦晏:鲜美。
⑧三英:指皮衣上的装饰物。英,即"缨"。粲:鲜明艳丽。
⑨彦:杰出的美男子。

【评析】

这是赞美正直大夫之诗。这位大夫身穿一件羊皮袍子。这件羊皮袍子显得润泽、平展而光洁。在羊皮袍子的袖口上饰以豹纹,袍上还缀以三缨,光彩闪耀。他忠于职守,坚贞不渝;他威武有力,主持正义;他秉公办事,才华出众。总之,这是一位有德有才有力的清官。但此人究竟是谁,则无法确指。

遵大路

遵大路兮①,掺执子之祛兮②。	沿着那大路,拉着你衣袖。
无我恶兮③,不寁故也④,	不要嫌我丑,不要弃故旧。
遵大路兮,掺执子之手兮。	沿着那大路,拉着你的手。
无我魗兮⑤,不寁好也⑥。	不要嫌我丑,不要弃故旧。

【注释】

①遵：沿着。

②掺(shǎn)执：拉住。祛(qū)：袖子。

③无我恶：即"无恶我"，不要以为我丑。恶，丑。这里作意动。

④不寁(jié)：不要立即断绝。故：故人。

⑤䰢(chǒu)：同"丑"。

⑥好：旧好。

【评析】

这是弃妇之诗。全诗二章。她沿着大路旁边，拉着丈夫的袖子，拉着丈夫的大手，苦苦地哀求道：不要嫌我丑，不要弃故旧。诗中虽听不到那男子的反应，但不难看出，那男子是执意要抛妻而去。这是一个不幸女子的痛苦的呼声。此诗用语简练传神。每章前二句写形，每章后二句写言，而那男子的薄情，女子的哀苦，无不从这寥寥数语中显现出来，使人如见其人，如闻其声。

女曰鸡鸣

女曰"鸡鸣"。士曰"昧旦①"。	妻说："鸡已叫了。"夫说："天刚破晓。"
"子兴视夜，明星有烂②。"	妻说："你起床看看天，启明星光闪闪。"
"将翱将翔，弋凫与雁③。"	夫说："我就去游猎，射那野鸭和大雁。"
"弋言加之④，与子宜之⑤。	妻说："你射中野禽，我给你做美肴。
宜言饮酒，与子偕老。	有了美肴好下酒，与你一起过到老。
琴瑟在御⑥，莫不静好⑦。"	你弹琴来我鼓瑟，生活宁静又美好。"
"知子之来之⑧，杂佩以赠之⑨。	夫说："知道你对我殷勤。

知子之顺之[10]，杂佩以问之[11]。知子之好之，杂佩以报之。”

知道你对我情挚柔顺，我赠饰物以表慰问。知道你对我真心好，我赠饰物以作回报。”

【注释】

①昧旦：天色将明未明时。

②明星：启明星。有烂：明亮。

③弋(yì)：用箭射猎。凫(fú)：野鸭。

④言：语助词。加之：射中野禽。

⑤宜之：将野禽做成美味食物。

⑥御：调理。

⑦静好：平静美好。

⑧来：通“勑”。殷勤。

⑨杂佩：各种佩饰之物。

⑩顺：和顺。

⑪问：赠送。

【评析】

这是反映夫妻和美生活之诗。全诗三章。诗中写的是凌晨时猎人夫妻间一场精彩对话。妻子说：“鸡已叫了。”丈夫则说：“天刚破晓。”妻子又催促说：“你起来看看夜空，启明星已经很亮了。”丈夫接着说：“我就起来，到四处去游猎，射那野鸭和大雁。”妻子听罢，便温情脉脉地说：“你射中野禽，我来做成美味菜肴。咱俩一边品尝野味，一边尽兴饮酒，与你白头偕老。愿你我之情如同琴瑟之音那样和谐，永远生活得宁静而美好。”丈夫听到这番甜言柔语，深受感动。他不禁深情地说：“知道你对我盛意相爱，我才赠饰物以表情怀；知道你对我情挚柔顺，我才赠饰物以表慰问；知道你对我真心相好，我才赠饰物以作回报。”此诗采用人物对话的形式，由事入情，浮想联翩，将这对夫妻和谐融洽的生活、情挚意永的恩爱，表现得惟妙惟肖。

有女同车

有女同车，颜如舜华[①]。
将翱将翔，佩玉琼琚[②]。
彼美孟姜[③]，洵美且都[④]！

我与女子同车行。她容貌美丽如舜花。
车行如飞越山野，她身佩美玉闪光华。
她就是那美孟姜，的确美丽又娴雅。

有女同行，颜如舜英[⑤]。
将翱将翔，佩玉将将[⑥]。
彼美孟姜，德音不忘[⑦]！

我与女子同车行，她容貌美丽如舜英。
车行如飞越山野，她身佩美玉响丁丁。
她就是那美孟姜，妙语清音永记心。

【注释】

①颜：容貌。舜华：木槿花。

②琼琚：佩玉之名。

③孟姜：美女之共名。

④都：娴雅，有风度。

⑤舜英：义同"舜华"。

⑥将将（qiāng）：金石撞击声。

⑦德音：美好的言辞。

【评析】

这是男子对同车女子回忆赞美之诗。全诗二章。一个男子与一个女子曾一道同车而行，在车上还有过亲热的交谈。时间虽然暂短，但是那女子如花的容貌、华丽的佩饰、娴雅的风度、美好的言谈却给他留下难忘的印象。过后他回忆起来，还在为那女子赞美不已。至于女子乘车去干什么，诗中未明言，也许是赴幽期密约吧。如此看来，这男子似乎在害单相思。

山有扶苏

山有扶苏①，隰有荷华②。	山上有鲜美的扶苏，洼地有明丽的荷花。
不见子都③，乃见狂且④！	不见子都美男子，却见一个坏娃娃。
山有乔松⑤，隰有游龙⑥。	山上有高大的青松，洼地有鲜红的游龙。
不见子充⑦，乃见狡童⑧！	不见子充美男子，却见一个小顽童。

【注释】

①扶苏：青桑。

②荷华：荷花。

③子都：美男子通称。

④乃：连词。却。狂且(jū)：狂徒。且，通“狙”。猴子。

⑤乔松：高松。

⑥游龙：马蓼。

⑦子充：义同“子都”。

⑧狡童：狡猾的少年。

【评析】

这是女子戏谑男子之诗。全诗二章。每章首二句为兴体。诗以“扶苏”“乔松”与“荷华”“游龙”对举，隐喻男女成双成对。每章后二句为女子戏谑男子之词。诗中的女子也许是前去与男子约会的。见面时不料这男子行为不够检点，言语也不够文雅，于是她半娇半嗔，连戏带骂将男子嘲笑了一番。这女子说道：“不见子都美男子，却碰上个轻狂的坏娃娃！”“不见子充美男子，却碰上个狡猾的坏少年！”这“狂且”“狂童”均为戏谑之语，而并非贬词。当时戏称情人为“狂且”“狂童”似乎是一种习俗。

萚兮

萚兮萚兮[①]，风其吹女[②]。	枯叶啊枯叶，经风一吹就飘起。
叔兮伯兮[③]，倡予和女[④]！	小伙子啊小伙子，你来领唱我和你。
萚兮萚兮，风其漂女[⑤]。	枯叶啊枯叶，经风一吹飘天上。
叔兮伯兮，倡予要女[⑥]！	小伙子啊小伙子，你来领头我随唱。

【注释】

①萚（tuò）：脱落的树叶。

②女：同“汝”。指落叶。

③叔、伯：对青年男子的称呼。

④倡：领唱。和（hè）：随唱。

⑤漂：同“飘”。

⑥要（yāo）：义同“和”。

【评析】

这是女子邀请男子唱和之诗。全诗二章。秋风吹起的落叶，在空中回旋飘荡。这种情景，足以使人产生心动神摇之感。诗借这一形象兴比女子春心萌动。诗中的女子，她那渴望得到爱情的心，宛若翻飞的落叶上下飘扬，久久不能平静。感情的闸门一经打开，她便主动地邀请意中人与自己同歌。她深情地唱道：叔啊伯啊，如果你来领唱，我就随唱。一唱一和，表达了女子对美好爱情的期待以及缔结良缘的愿望。寥寥几笔，便形象地刻画出了这位女子在追求爱情时热情、主动、率直的性格。

狡童

彼狡童兮[1],不与我言兮。	那个小坏蛋,不再跟我说话。
维子之故[2],使我不能餐兮。	因为你的缘故,我连饭也吃不下。
彼狡童兮,不与我食兮。	那个小坏蛋,不再跟我吃饭。
维子之故,使我不能息兮[3]。	因为你的缘故,我连觉也睡不安。

【注释】

①狡:狡猾。

②维:连词。因为。子:代狡童。

③息:安睡。

【评析】

这是女子失恋之诗。全诗二章。此诗虽然短小,但是诗意丰厚,韵味无穷。诗中的一对情人原本情投意合,成天有说有笑,还经常一同进餐,好不亲热。但后来不知何故,那“狡童”一反常态,再也不跟她谈笑了,也不跟她一同吃饭了。为了这个缘故,使她饭也吃不下,觉也睡不好。相思之苦,幽怨之情,便从这“不能餐”、“不能息”中流露出来。另有“谑词”说值得一提。那“狡童”并非真的“不与我言”,“不与我餐”,这只不过是假托男子如此罢了。因此,这“不能餐”、“不能息”,只是女子故作娇态,纯属调谑之语。似乎不如此,就不足以表达她对那“狡童”的挚爱之情。此说很富情趣。郑国的女子在爱情上多热情大胆。为了表达爱情,她们有时故意撒娇,忸怩作态。因而谑词的可能性也是存在的。

褰裳

子惠思我[①]，褰裳涉溱[②]。
子不我思，岂无他人？
狂童之狂也且[③]！

子惠思我，褰裳涉洧[④]。
子不我思，岂无他士[⑤]？
狂童之狂也且！

你要是爱我想我，就提起裤腿蹚过溱河来。
你要是不想我，难道没有别人可爱？
你这个没头脑的傻小崽！

你要是爱我想我，就提起裤腿蹚过洧河来。
你要是不想我，难道没有别人可爱？
你这个没头脑的傻小崽！

【注释】

①惠：爱。

②褰(qiān)：提起。溱(zhēn)：水名。

③狂童：傻小子。也且：语助词。

④洧(wěi)：水名。

⑤士：男子的通称。

【评析】

这是情人相会之诗。全诗二章。诗中写的是一对情人相会的动人情景：脚下清清的河水，将他俩隔在两岸。女子对她的情人说：你要是爱我，就提起裤腿蹚过河来。你如果不想我，难道我就没有他人可爱？你这个头号的大傻瓜。“子不我思，岂无他人”不单是开玩笑，其中还有挑战的意味。这是勇敢而热情的试探，其意是要男子当机立断，明确表态。结尾的“狂童之狂”则是明显的戏谑之语。不难看出，这是一个性格活泼、热情大胆而又诙谐多趣的女子。

丰

子之丰兮[1]，俟我乎巷兮[2]，
悔予不送兮[3]！

你容貌丰润，等我在里弄。
我后悔没有送！

子之昌兮[4]，俟我乎堂兮[5]，
悔予不将兮[6]！

你体魄健壮，等我在中堂。
我后悔没有到场！

衣锦褧衣[7]，裳锦褧裳。
叔兮伯兮，驾予与行。

穿上锦衣罩衣，穿上锦衣罩裳。
小伙子啊小伙子，只要驾车来我就跟你往。

裳锦褧裳，衣锦褧衣。
叔兮伯兮，驾予与归。

穿上锦衣罩裳，穿上锦衣罩衣。
小伙子啊小伙子，只要驾车来我就跟定你。

【注释】

①丰：丰满。
②俟（sì）：等候。巷：门外。
③送：送行。
④昌：健壮。
⑤堂：堂前。
⑥将：义同“送”。
⑦褧（jiǒng）：罩衣。

【评析】

这是男子迎亲而女未随之诗。全诗四章。首二章写女子的悔恨。这对青年男女本来是有情的。这个男子不仅体魄健壮，而且相貌堂堂。这“丰”、“昌”二字从女子口中唱出，说明她很爱这个男子。然而临到男子亲迎时，女方却翻悔了这门亲事。引起婚姻变故的原因，当是由于女子父母变心。就这样，一场美满的婚姻竟被破坏了。女子为此而痛苦，为自己的软弱不能自主而悔恨。她想到男子亲迎时“俟乎巷”、“俟乎堂”的情景，十分懊悔自己未能与他同去。末二章写女子急盼男子再来迎娶。自从男子失望而去之后，这女子成天闷闷不乐。她在闺房里还时不时穿着锦绣的嫁衣。她几乎是向男子呼喊道：“只要你驾车来，我就与你一同归去！”这女子能否如愿，就很难说了。

东门之墠

东门之墠①，茹藘在阪②。 东门外面有广场，茜草长在斜坡上。
其室则迩③，其人甚远。 他家虽在我家旁，那人却像在远方。

东门之栗，有践家室④。 东门外面栗树下，那儿有个好人家。
岂不尔思？子不我即⑤。 难道我不把你想？你却不来我身旁。

【注释】

①墠（shàn）：平坦之地。

②茹藘（lǘ）：茜草。阪（bǎn）：斜坡。

③迩（ěr）：近。

④有践：美好。

⑤即：接近。

【评析】

这是女思男之诗。全诗二章。此诗写得深沉而含蓄。诗中的女子与一个男子相邻近，能经常见到他，并暗暗地爱上了他。她将那男子房屋及其周围环境，看得那么的清，记得那么的深。他住房的前面是一片平坦之地，平地之外有一道斜坡，斜坡上长满茜草，房屋的周围还栽满栗树，这确是一个美好的人家。可是那男子对于她的爱慕之情，毫未觉察。

两人虽近在咫尺，却如同万里之遥。“其室则迩，其人甚远”，这深切的感受，非亲身体验者不能道出。首章虽不露出一个“思”字，但思情仍无处不在。下章正面点出“思”字。“岂不尔思”，直抒胸臆，思之深切可见；“子不我即”，正释“人远”，幽怨之情溢于言表。这几句，表明女子希望男子前来相会、共结良缘的愿望。

风　雨

风雨凄凄[①]，鸡鸣喈喈[②]。
既见君子，云胡不夷[③]？

风吹雨打冷清清，喔喔鸡叫声不停。
已经看见情人到，心头潮水立即平。

风雨潇潇[④]，鸡鸣胶胶[⑤]。
既见君子，云胡不瘳[⑥]？

急风暴雨声潇潇，听见鸡儿喔喔叫。
已经看见情人到，心头百病一齐消。

风雨如晦[⑦]，鸡鸣不已[⑧]。
既见君子，云胡不喜？

一夜风雨黑沉沉，鸡儿喔喔叫不停。
已经看见情人到，喜在眉头笑在心。

【注释】

①凄凄：寒凉。
②喈喈（jiē）：鸡叫声。
③云：语助词。胡：何。夷：平。
④潇潇：风雨声。
⑤胶胶：鸡叫声。
⑥瘳（chōu）：病愈。
⑦晦：昏暗。
⑧不已：不止。

【评析】

这是女子期待情人前来相会之诗。全诗三章。每章意思基本相同，只是意有轻重之别罢了。这次相会约定在晚间。不料刮起了凄风,下起了苦雨。这潇潇的风雨声灌进女子的耳中,真是“别有一番滋味在心头”了。随着沉沉黑夜中风雨的加剧,她在焦灼的期待中又滋生了一些担忧的情绪。她从傍晚一直等到半夜鸡叫,又一直等到天快发亮。就在鸡叫三遍,黑夜将逝的当儿,她突然看见久久盼望的情人来了。刹那间她眼前的愁云消散了,翻滚的思潮平静了,萦回的忧虑解除了,幸福的笑影飞上了眉梢。诗中“云胡不夷”、“云胡不瘳”、“云胡不喜”三句,便将这个女子刹那间的心理变化、感情起伏表达了出来。诗先用“凄凄”、“潇潇”的风雨,“喈喈”、“胶胶”的鸡鸣,渲染出凄苦缠绵的心理氛围,寄托女子的愁思;既而用这种愁思来反衬“既见君子”的欣喜之情,收到了强烈的艺术效果。

子　衿

青青子衿[1],悠悠我心[2]。 纵我不往,子宁不嗣音[3]?	青青的是你的衣领,悠悠的是我的真心。 纵然我没有去找你,你难道就不能捎个信?
青青子佩[4],悠悠我思。 纵我不往,子宁不来?	青青的是你的佩带,悠悠的是我的情怀。 纵然我没有去找你,你难道就不能前来?
挑兮达兮[5],在城阙兮[6]。 一日不见,如三月兮!	走来走去无数趟,在这高城望楼上。 一天不见你的面,如同三月那么长。

【注释】

①子:你。衿(jīn):衣领。

②悠悠:忧思深长的样子。

③宁:副词。难道。嗣音:寄信;捎信。

④佩:佩玉的绶带。

⑤挑、达(tà):来回走动的样子。

⑥城阙:城门楼。

【评析】

这是女子焦灼地等候情人之诗。全诗三章。一、二章写女子思望之情。她在城阙上等了一会儿,但不见情人的身影。她的眼前浮现出情人青青的衣领、青青的绶带,一腔忧思之情不禁油然而生。她心里不免埋怨起情人来了。她想:纵然我没有去,难道你就不能主动捎个信来?纵然我没有去,难道你就不能亲自前来?末章写女子思望之态。她久等情人,还不见来,急得在"城阙"上来回走动。"挑兮达兮"一句,生动地表现了她急切期待、焦躁不安的心情。结尾两句,用夸张的笔墨,抒发了女子深沉的思念之情。一天没见着情人,好似隔了三月之久。这正是欢娱觉时短,忧思恨时长。在表达女子相思之苦上,此诗是很真切自然的。

扬之水

扬之水[①],不流束楚[②]。	激扬的流水,流不走一捆荆棘。
终鲜兄弟[③],维予与女。	没有哥来没有弟,只我和你在一起。
无信人之言,人实迋女[④]。	不要相信他人的话,他人是在欺骗你。
扬之水,不流束薪[⑤]。	激扬的流水,流不走一捆柴薪。
终鲜兄弟,维予二人。	没有哥来没有弟,只我和你两个人。
无信人之言,人实不信。	不要相信他人的话,他人实在不可信。

【注释】

①扬:激扬。

②流:载、负托。束楚:一束荆条。

③鲜：少。

④迂(kuāng)：通“诳”。欺骗。

⑤束薪：一束柴草。

【评析】

这是妻子希望丈夫不要轻信人言之诗。全诗二章。每章首二句为兴体。诗以激扬之水不能流走“束楚”、“束薪”，兴比夫妻关系受到阻碍。此诗中的夫妻关系就发生了破裂，其原因是丈夫听信了外人的谗言。每章后四句是写妻子劝丈夫之词。她动之以情，晓之以理，耐心地劝说丈夫。她深情地说：“我没兄来没有弟，只有咱俩在一起。”这言词是何等恳切，这感情是何等真挚！她是多么希望能和丈夫同舟共济，白头偕老啊！接着她又坦诚地说：“千万莫信他人言，他人是在哄骗你！”这番话入情入理，既戳穿了谗言的欺骗性，同时也表白了她对丈夫的忠贞。如此火热的话语，丈夫听了也许会为之动情。至于后来如何，就只好留待读者自己去想象了。

出其东门

原文	译文
出其东门①，有女如云。	走出东门去踏青，美丽的姑娘如彩云。
虽则如云，匪我思存②。	虽然姑娘如彩云，都不是我的意中人。
缟衣綦巾③，聊乐我员④。	只有那位白衣青头巾，才能使我心欢欣。
出其闉阇⑤，有女如荼⑥。	走出城门去玩耍，美丽的姑娘如茅花。
虽则如荼，匪我思且⑦。	虽然姑娘如茅花，都不是我想念的意中人。
缟衣茹藘⑧，聊可与娱⑨。	只有那位白衣红头巾，才能使我心欢洽。

【注释】

①东门:郑国城门。

②匪:非,不是。思存:想念。

③缟(gǎo):白色。綦(qí):暗绿色。

④聊:姑且。员:语助词。

⑤闉阇(yīn dū):外城的城门。

⑥荼(tú):茅花。

⑦思且:同“思存”。

⑧茹藘(rú lǘ):茜草。

⑨娱:欢娱。

【评析】

这是男子钟情一位女子之诗。全诗二章。此诗所写是诗人春天出游时的所见所感。诗人走出东门一看,出游的女子多极了,宛若天上的云朵。“如云”二字正是形容游女众多。再仔细一瞧,游女岂只是众多,而且如同遍野的白茅花。“如荼”二字正是形容女子貌美。诗人如此运笔,是别有用意的。所以接下去笔锋一转,一个“虽”字便道出了正意。游女虽多且美,但都不是他所思念的人。他在众多的游女之中,只看中了一位衣着朴素的贫女。那位白衣青巾的姑娘,才是他所爱的人,因此愿与她一同游乐。诗用“如云”与“一位”对比,表明他对爱情的专一;用“如荼”与“缟衣綦巾”对比,表明他在爱情选择上的坚贞。运用这种对比手法,使全诗显得形象鲜明,情感真挚。

野有蔓草

野有蔓草①,零露漙兮②。	野外有蔓草,露珠颗颗圆。
有美一人,清扬婉兮③。	有位美女子,水汪一双眼。

邂逅相遇[4]，适我愿兮[5]！	不期而相会，正合我心愿。
野有蔓草，零露瀼瀼[6]。	野外有蔓草，露珠闪银光。
有美一人，婉如清扬[7]。	有位美女子，眼睛水汪汪。
邂逅相遇，与子偕臧[8]。	不期而相会，相爱心舒畅。

【注释】

①蔓草：细长的蔓生草。

②零：落。漙（tuán）：露水结成珠。

③清扬：眼珠灵活有神。婉：美好。

④邂逅（xiè hòu）：偶然碰见。

⑤适：合。

⑥瀼瀼（ráng）：露多的样子。

⑦如：然。

⑧偕臧：相好，相爱。

【评析】

这是男女不期而遇之诗。全诗二章。每章首二句写景。田野里长满蔓草，草上挂满了晶莹的露珠，在旭日拂照下闪闪发光，耀眼夺目。这既是赋，又是兴，以秀美的景色兴比女子貌美。每章中二句写人。这个女子有一对水汪汪的大眼睛，那眼珠儿滴溜溜的，很有神采，如同草尖上的露珠儿，晶莹闪动，漂亮极了。诗仅用“清扬婉”三字便将她的美貌活灵活现地勾勒了出来，真是“以少总多”的传神之笔。每章末二句抒情。这男子一见钟情。偶然相遇，在他的心里就播下了爱情的种子。他暗自想道：“这女子真合我的心愿！”之后，这种爱慕之情愈益浓烈。他便直截了当地向女子表白道：“我们相爱吧！”多么大胆，多么率直！这种求爱方式的原始性，反映了当时郑国的婚姻习俗。

溱　洧

溱与洧，方涣涣兮[①]。	溱水和洧水，波涛正茫茫。
士与女，方秉蕑兮[②]。	小伙和姑娘，手持泽兰香。
女曰："观乎？"	女说："去观赏吧？"
士曰："既且。[③]"	男说："已去好几趟。"
"且往观乎[④]？	女说："再去观赏吧？
洧之外，洵訏且乐！[⑤]"	洧水边上，的确场面大人欢畅。"
维士与女，伊其相谑[⑥]，	小伙和姑娘，有说有笑心花放，
赠之以勺药[⑦]。	将芍药赠对方。
溱与洧，浏其清矣[⑧]。	溱水和洧水，水波泛清流。
士与女，殷其盈矣[⑨]。	小伙和姑娘，来来往往水边游。
女曰："观乎？"	女说："一同游一游？"
士曰："既且。"	男说："已经走了走。"
"且往观乎？	女说："再去走一走？
洧之外，洵訏且乐！"	洧水边上，的确场面大乐悠悠。"
维士与女，伊其将谑[⑩]，	小伙和姑娘，你撩我也逗，
赠之以勺药。	互赠芍药喜心头。

【注释】

①涣涣：水流弥漫的样子。

②秉：手持。蕑（jiān）：泽兰。

③且：同"徂"。往，去。

④且：再。

⑤洵(xún):副词。的确。讦(xū):大。

⑥伊:语助词。谑(xuè):调笑。

⑦勺药:香草名。

⑧浏:水清的样子。

⑨殷:众多。

⑩将:相互。

【评析】

这是女子邀约男友春游之诗。全诗二章。每章前四句写环境之美与场面之大。那溱、洧二水,一到春天就碧绿澄清,浩浩荡荡。这不仅点明了三月桃花水涨的节令,还为春日的盛会添加了壮美的背景。每当此时,青年男女就手持兰草,纷纷从各地赶来。顿时溱洧岸边汇成了一片欢乐的海洋,与"涣涣"、"浏清"的春水交相辉映,好不壮观!中五句写女邀男同往赴会。这是一场精彩的对话。女的说:"去游吧!"男的说:"已游过了。"女的又说:"再去游游吧!洧水边场面大,人多又欢乐!"经女子这么一劝,男子便欣然同往了。每章末三句写男女欢聚的情景。这次游乐,密切了他们的关系,缔结了爱情。他们相互调笑,彼此赠送芍药以作定情的信物。这一结尾,巧妙地揭示了此诗的主题。

齐 风

鸡 鸣

"鸡既鸣矣①,朝既盈矣。②"	女说:"鸡已经叫了,天快要亮了。"
"匪鸡则鸣③,苍蝇之声。"	男说:"不是鸡的叫声,那是苍蝇的声音。"
"东方明矣,朝既昌矣。④"	女说:"东方发白了,天已大亮了。"
"匪东方则明,月出之光。"	男说:"不是东方发白,那是月亮的光华。"
"虫飞薨薨⑤,甘与子同梦。"	男说:"飞虫嗡嗡响,愿与你同梦乡。"
"会且归矣⑥,无庶予子憎⑦。"	女说:"幽会期到我该回去了,望你不要把我恼!"

【注释】

①既:副词。已经。

②朝:早晨。盈:指日光圆满。

②则:犹"之"。

④昌:指日光明亮。

⑤薨薨(hōng):虫子群飞的声音。

⑥会:幽会。且:将要。

⑦无庶:即"庶无"的倒文。希望不要。子:疑为衍字。

【评析】

这是男女幽会之诗。全诗三章。写的是一对恋人幽会将终时窃窃私语,表达了燕尔亲昵难舍难分的热恋之情。一章重在写听觉。女子说："鸡已叫了，天快亮了。"男子说："不是鸡的叫声，而是苍蝇的声音。"二章重在写视觉。女子说："东方发白，天已大亮。"男子说："不是东方发白，而是月亮的光华。"这些对白，道出了这对恋人害怕天明的复杂心理。三章写幽会将终难舍难分。男子说："虫子群飞薨薨响，愿与你一同入梦乡。"女子说："幽会期限已到，我该马上回家，希望你不要恨我。"足见这对恋人情笃意厚，如胶似漆。但女子心有顾忌，又不得不即将分离。

还

子之还兮①，遭我乎猺之间兮②。 并驱从两肩兮③，揖我谓我儇兮④。	你多么敏捷，在猺山之间遇到我。 并肩追逐两只大兽，向我作揖夸我利落。
子之茂兮⑤，遭我乎猺之道兮。 并驱从两牡兮⑥，揖我谓我好兮。	你多么健美，遇到我在猺山之道。 并肩追逐两只雄兽，向我作揖夸我本领高。
子之昌兮⑦，遭我乎猺之阳兮⑧。 并驱从两狼兮，揖我谓我臧兮⑨。	你多么强壮，遇到我在猺山之阳。 并肩追逐两只大狼，向我作揖夸我本领强。

【注释】

①还（xuán）：敏捷。

②遭：相遇。猺（náo）：山名。

③肩：通"豜（jiān）"。三岁的兽。泛指大兽。

④揖：拱手作揖。儇（xuān）：利落。

⑤茂：健美。

⑥牡（mǔ）：雄兽。

⑦昌：强壮。

⑧阳：山的南面。

⑨臧：射艺好。

【评析】

这是歌咏猎人之诗。全诗三章。诗中写了两个猎人。甲猎人称赞乙猎人为“还”，为“茂”，为“昌”。仅此三字便将乙猎人敏捷、健美、强壮的英姿再现了出来。他俩在猺山相遇，并马追逐野兽。打猎结束时，乙猎人拱手作揖，称赞甲猎人为“儇”，为“好”，为“臧”。也仅此三字，便将甲猎人利落、壮美、善射的雄姿勾勒了出来。须得说明的是，类似的场面诗中出现了三次：一次是相逢于“猺之间”，并马追逐“两肩”；一次是相逢于“猺之道”，并马追逐“两牡”；一次是相逢于“猺之阳”，并马追逐“两狼”。如此变换词语，只是为了便于吟唱的需要，并非是说他俩相逢三次，共猎三场。

著

俟我于著乎而①，充耳以素乎而②， 尚之以琼华乎而③。	新郎迎我在门屏间，白丝耳环悬两边， 身上的佩玉格外艳。
俟我于庭乎而④，充耳以青乎而⑤， 尚之以琼莹乎而⑥。	新郎迎我在庭院，青丝耳环悬两边， 身上的佩玉分外鲜。
俟我于堂乎而⑦，充耳以黄乎而⑧， 尚之以琼英乎而⑨。	新郎迎我在堂上，黄丝耳环悬两旁， 身上的佩玉放光芒。

【注释】

①俟（sì）：等候。著：大门和屏风之间的地方。乎而：语助词。

②充耳：帽子两旁的玉制饰物，下垂至耳。素：系玉的白色丝带。

③尚：加。琼：赤玉。华：光彩。

④庭：堂前的平地。

⑤青：系玉的青色丝带。

⑥莹：晶莹。

⑦堂：正房，堂屋。

⑧黄：系玉的黄色丝带。

⑨英：明亮。

【评析】

这是贵族男子迎亲之诗。全诗三章。此诗描写了一位光彩照人的新郎形象。这位新郎的形象，是通过新娘的眼睛打量出来的，是通过新娘的口吻歌咏出来的。因而话语之中饱含叹赏之情，称美之意，读来别有风味。这位新郎帽子两旁垂着彩色丝带，还缀有一种晶莹的红玉。新郎迎亲由门槛至前庭，又由前庭至堂上，愈来愈近，新娘的视线也随之而转移，愈看愈真。通过仔细端详，一位服饰鲜丽、气度华贵的新郎形象就浮现在新娘眼前，难怪她惊喜不已，反复赞美。

东方之日

东方之日兮！	红彤彤的太阳出东方，
彼姝者子[①]，在我室兮。	新娘肤色白如霜，新娘在我房。
在我室兮，履我即兮[②]！	新娘在我房，踩我脚印心花放。
东方之月兮！	月亮从东方已升起，
彼姝者子，在我闼兮[③]。	新娘肤色白皙皙，新娘在我室。
在我闼兮，履我发兮[④]！	新娘在我室，踩我脚印心欢喜。

【注释】

①姝(shū)：美丽。

②履：踏。即：脚印。

③闼(tà):门内。

④发:通“跋”。脚跟。

【评析】

这是新婚夫妻同室欢娱之诗。全诗二章。每章首句分别以日、月比喻新娘貌美。诗中的日、月,不仅比喻新娘貌美,而且还点明了时间。暗示出小俩口朝夕相处,恩爱无比。每章后三句写小俩口尽情欢娱之状。在新房之中,新郎在前面走,新娘在后面跟,真可谓是夫走妻随,形影不离。这里写的虽只是生活中的一个细节,但新婚的和谐幸福也就不言而喻了。

东方未明

东方未明,颠倒衣裳。
颠之倒之,自公召之①。

东方未亮就起床,下穿衣来上穿裳。
衣裳竟然穿颠倒,公侯传令我慌忙。

东方未晞②,颠倒裳衣。
倒之颠之,自公令之③。

东方未亮就起床,下穿衣来上穿裳。
衣裳竟然穿颠倒,公侯传令我慌张。

折柳樊圃④,狂夫瞿瞿⑤。
不能辰夜⑥,不夙则莫⑦。

折断柳条围菜园,监工一旁瞪着眼。
日夜界限不能辨,不是早来就是晚。

【注释】

①公:指王公贵族。召:传令当差。

②晞(xī):天刚发亮。

③令:号令。

④樊:篱笆。此作动词,编篱笆。圃:菜园。

⑤狂夫:监工。瞿瞿(jù):怒视的样子。

⑥辰：司，掌握。

⑦夙：早。莫：同“暮”。晚。

【评析】

这是农奴怨恨官差频繁之诗。全诗三章。一、二章写农奴出工很早。天还未亮，监工就催促农奴起床。他如狼似虎地呼叫，使得农奴一片慌乱，竟连衣服也穿颠倒了。诗人抓住这一典型细节，把官府压榨下农奴夜不安寝的辛劳表现得生动而形象。三章写农奴收工很晚。农奴们紧张地折断柳枝，编扎菜园的篱笆，而监工站在一旁怒目监视，凶神恶煞。直到很晚，监工还不让农奴收工。统治者有意混淆日夜界限，不是失之早，就是失之晚。“不能辰夜，不夙则莫”正是农奴向官府发出的怨恨与控诉的呼声。

南　山

南山崔崔①，雄狐绥绥②。　　南山高又大，雄狐求偶在山下。
鲁道有荡③，齐子由归④。　　齐鲁大道多平坦，文姜由此已出嫁。
既曰归止⑤，曷又怀止⑥？　　文姜既然已出嫁，襄公为何还要怀念她？

葛屦五两⑦，冠緌双止⑧。　　葛布鞋子要成对，系帽带子要成双。
鲁道有荡，齐子庸止⑨。　　齐鲁大道多平坦，文姜由此嫁鲁君。
既曰庸止，曷又从止？　　文姜既然嫁鲁君，襄公为何还要把她缠？

艺麻如之何⑩？衡从其亩⑪。　　种麻怎么样？横的直的把地耙。
取妻如之何？必告父母。　　娶妻怎么样？一定要告知爹和妈。
既曰告止，曷又鞠止⑫？　　鲁君既然告知爹和妈，襄公为何要把鲁君杀？

析薪如之何⑬？匪斧不克。　　劈柴怎么样？没有斧头不能成。

取妻如之何？匪媒不得。　　娶妻怎么样？没有媒人也不行。
既曰得止，曷又极止⑭？　　鲁君既然请媒人，襄公为何杀死鲁君才甘心？

【注释】

①崔崔：高大。

②绥绥：求偶的样子。

③鲁道：由齐至鲁的道路。荡：平坦。

④齐子：指文姜。归：出嫁。

⑤曰、止：语助词。

⑥曷：何，为何。

⑦葛屦（jù）：用葛制成的鞋。五：通“伍”。行列。两：二屦。意为陈鞋必以两为一列。

⑧緌（ruí）：系帽子的带子。

⑨庸：由。

⑩艺：种植。

⑪衡从：即横纵。

⑫鞠（jū）：穷。

⑬析薪：劈柴。

⑭极：同“鞠”。

【评析】

这是讽刺齐襄公淫妹文姜之诗。全诗四章。一章以南山高大比喻襄公地位显赫，以雄狐求偶比喻襄公淫行丑恶。文姜既已出嫁，但襄公依然怀念文姜。二章以葛鞋成对，帽带成双，比喻男女各有配偶，不容紊乱。文姜既已出嫁，但襄公依然跟从文姜。三、四章以种麻要依田亩、劈柴需用斧子，比喻鲁桓公娶妻已告父母，已聘媒人，符合礼仪。鲁桓公发现文姜与襄公私通，斥责文姜几句也理属当然。然而襄公听了文姜的诉说之后，顿生歹心，竟下毒手，指使公子彭生杀害了鲁桓公。此事见于《左传·桓公十八年》载。这一骇人的历史事件，也在此诗中得到了反映。“曷又鞠止”之“鞠”“曷又极止”之“极”，正揭露了襄公穷凶极恶的面目。

甫田

无田甫田①，维莠骄骄②。	不要耕种大片的田，田中的杂草长得高。
无思远人，劳心忉忉③。	不要思念远方的人，忧愁的心儿多烦恼。
无田甫田，维莠桀桀④。	不要耕种大片的田，田中的杂草长得旺。
无思远人，劳心怛怛⑤。	不要思念远方的人，忧愁的心儿多悲伤。
婉兮娈兮⑥，总角丱兮⑦。	幼童年少又俊俏，头上扎辫两边翘。
未几见兮⑧，突而弁兮⑨。	过不多时再见面，忽然戴上成人帽。

【注释】

①田(tián)：耕种。甫田：大田。

②维：代词。相当于“其”。指代“甫田”。莠(yǒu)：杂草。骄骄：高大的样子。

③劳心：忧愁的心。忉忉(dāo)：忧愁的样子。

④桀桀(jié)：挺拔的样子。

⑤怛怛(dá)：悲伤的样子。

⑥婉娈(wǎn luán)：年少而貌美的样子。

⑦总角：把两鬓的头发扎成两髻，状如两角。丱(guàn)：儿童束发如两角的样子。

⑧未几：过不多时。

⑨突而：副词。忽然。弁(biàn)：成人的帽子。

【评析】

此诗可当作哲理诗来读。它寓哲理于形象之中，趣味别致而耐人深思。全诗三章。首二章以种田、思人为喻。不要耕种大田，如果耕种大田而力量不济，田中就会长出高大的杂草；不要思念远人，如果思念远人而人不至，心中就会生出无限的忧伤。这两个比喻，充分说明应从小事做起，从近处着眼，切莫厌小务大，忽近图远。末章以小孩为喻。一位年少而貌美的儿童，头上扎着两个辫髻，可是过不多时再见，他头上忽然戴上成人的帽子。这一比喻，进一步说明小可以长大，只要循序渐进就可以达到预期的目的。

卢　令

卢令令①，其人美且仁②。	猎犬环声铃铃响，猎人英俊又善良。
卢重环③，其人美且鬈④。	猎犬颈环套颈环，猎人英俊又剽悍。
卢重鋂⑤，其人美且偲⑥。	猎犬颈环套双环，猎人英俊又能干。

【注释】

①卢：猎犬。令令：环铃声。

②仁：仁爱。

③重环：子母环，大环贯小环。

④鬈(quán)：通“拳”。勇壮的样子。

⑤重鋂(méi)：一大环贯二小环。

⑥偲(cāi)：多才。

【评析】

这是赞美猎人之诗。全诗三章。每章首句描写猎犬。猎犬颈上套着双环、三环，奔跑起来发出“令令”的声响。写猎犬装饰之盛，是为了衬托猎人的英武。每章末句赞美猎人。这位猎人不仅容貌英俊，而且品德高尚、体态勇壮、技艺高超。寥寥几笔，便将这位猎人的形象勾勒了出来。

敝 笱

敝笱在梁①，其鱼鲂鳏②。
齐子归止③，其从如云。

破鱼篓子在鱼梁，鳊鱼鲲鱼往又来。
文姜出嫁多气派，随从众多如云彩。

敝笱在梁，其鱼鲂鲊④。
齐子归止，其从如雨。

破鱼篓子在鱼梁，鳊鱼鲢鱼多自由。
文姜出嫁多气派，随从众多如雨稠。

敝笱在梁，其鱼唯唯⑤。
齐子归止，其从如水。

破鱼篓子在鱼梁，那些鱼儿自在游。
文姜出嫁多气派，随从众多如水流。

【注释】

①敝笱（gǒu）：破旧的捕鱼竹器。梁：鱼梁，拦鱼的堰。

②鲂：鳊鱼。鳏（guān）：鲲鱼。

③齐子：指文姜。归：出嫁。

④鲊：鲢鱼。

⑤唯唯：鱼相随行、无拘无束的样子。

【评析】

这是文姜出嫁盛况之诗。全诗三章。每章前二句为兴体。诗以破鱼篓中的鱼儿自由穿行，兴比文姜任性放纵之状。每章后二句写文姜出嫁的盛况。文姜出嫁，随从“如云”、“如雨”、“如水”。这三个比喻极言随从之多，气势之大，巧妙地烘托出文姜放荡不羁、骄逸难制的情态。不难看出，文姜出嫁后仍与襄公私通，就绝非偶然了。

载 驱

载驱薄薄[①],簟茀朱鞹[②]。
鲁道有荡,齐子发夕[③]。

车轮滚滚震天响,花席车门红皮帐。
齐鲁大道多平坦,文姜日夜想回乡。

四骊济济[④],垂辔沵沵[⑤]。
鲁道有荡,齐子岂弟[⑥]。

四匹黑马多雄壮,柔软缰绳垂下方。
齐鲁大道多平坦,文姜寻欢乐无疆。

汶水汤汤[⑦],行人彭彭[⑧]。
鲁道有荡,齐子翱翔。

汶水涨满一片汪洋,路上行人熙熙攘攘。
齐鲁大道多平坦,文姜尽兴在游逛。

汶水滔滔,行人儦儦[⑨]。
鲁道有荡,齐子游敖。

汶水涨满浩浩荡荡,路上行人踉踉跄跄。
齐鲁大道多平坦,文姜纵情在游荡。

【注释】

①载:语助词。薄薄:驱车之声。
②簟(diàn):方纹竹席。茀(fú):车帘。朱鞹(kuò):红色兽皮。
③齐子:指文姜。发夕:旦夕。
④骊(lí):黑马。济济:肥壮的样子。
⑤垂辔:下垂的缰绳。沵沵(nǐ):柔和的样子。
⑥岂弟:欢乐和易。此用于贬义。
⑦汶水:水名。流经齐鲁之地。汤汤(shāng):水盛的样子。
⑧彭彭(páng):人众多的样子。
⑨儦儦(biāo):义同“彭彭”。

【评析】

这是讽刺文姜回齐国与襄公私通之诗。全诗四章。每章前二句写文姜车马之盛和随从之众。车是华贵之车,马是高头大马。文姜乘坐马车，在通往齐国的大道上奔驰，车轮发出“薄薄”的声响。文姜随从之多，如同汶水弥漫，滚滚流淌。在光天化日之下，文姜乘坐马车，带着众多随从回齐私会襄公，真是毫无忌惮的非礼行为。每章末二句讽刺文姜淫秽行为。“发夕”即“旦夕”，它与“岂弟”、“翱翔”、“游敖”可互为补充。“岂弟”同“恺悌”，意为欢乐和易，这里用作贬词。这几句是说，文姜在通往齐国的大道上，日夜兼程赶回齐国，寻欢作乐，而无一点惭愧羞耻之色。此诗形容巧妙，含蕴深邃，堪称一首著名的讽刺诗。

猗　嗟

猗嗟昌兮①，颀而长兮②。	啊！少年多健壮，身材高而长。
抑若扬兮③，美目扬兮④。	额头真宽广，眼睛光亮亮。
巧趋跄兮⑤，射则臧兮⑥。	步履多轻盈，射艺很高强。
猗嗟名兮⑦，美目清兮⑧。	啊！少年多健壮，眼睛真清亮。
仪既成兮⑨，终日射侯⑩。	射法很完备，整天在靶场，
不出正兮⑪，展我甥兮⑫！	箭箭中靶框，的确是好儿郎。
猗嗟娈兮⑬，清扬婉兮⑭。	啊！少年多好看，眼睛光闪闪。
舞则选兮⑮，射则贯兮⑯。	舞姿多出色，箭箭能射穿。
四矢反兮⑰，以御乱兮⑱！	四箭中一点，真能御战乱。

【注释】

①猗嗟（yī jiē）：叹词。表示赞叹。昌：健壮。

②颀（qí）：高大的样子。

③抑若：美丽的样子。扬：额头宽阔。

④扬：目动。

⑤巧趋:脚步敏捷。跄(qiāng):行走有节奏。

⑥臧:善,射艺好。

⑦名:通“明”。面色明净。

⑧清:形容目光敏锐、澄清。

⑨仪:射箭的方法。成:完备。

⑩侯:靶。

⑪正:靶心。

⑫展:的确。

⑬娈:俊俏。

⑭清扬:眉清目秀。婉:秀美。

⑮选:才华出众。

⑯贯:穿透。

⑰反:复。指箭先后重复射中原处。

⑱御乱:防御战乱。

【评析】

这是赞美青年射手之诗。全诗三章。每章前几句赞美这个青年的外貌与风度。他身材高大,体魄健壮,额角宽广,一双眼睛炯炯有神。他还很有风度。你看他,步履轻盈,矫若飞燕,好一个风度翩翩的美男子!每章后几句赞美这个青年精湛的射技。由于他射技纯熟,因此他整天射箭,箭箭都能命中靶心。在表演之前,他的舞姿与乐曲完全合拍,这是射箭的准备阶段。他的射技的确高超,不仅能将靶子射穿,而且连射四箭,箭箭从同一孔中射出。此情此景,令人惊叹。无怪乎诗中赞叹道:“他真可以防御战乱!”至于这个青年射手是谁?因诗中只有“展我甥兮”一句,故难以详考,可不必深究。

魏 风

葛 屦

纠纠葛屦①，可以履霜②。	葛布鞋儿丝线绑，穿它能够踏寒霜。
掺掺女手③，可以缝裳。	女子十指根根细，巧手缝出好衣裳。
要之襋之④，好人服之⑤。	缝好腰身缝好领，请出美人试新装。
好人提提⑥，宛然左辟⑦， 佩其象揥⑧。	美人出来斜眼看，扭转身子避一旁， 象牙发簪戴头上。
维是褊心⑨，是以为刺⑩。	因为她的心地窄，因此刺诗写一章。

【注释】

①纠纠：纠结缠绕的样子。葛屦(jù)：葛布鞋。

②履：踏。

③掺掺(xiān)：纤细。

④要：缝衣服的腰身。襋(jí)：缝衣领。

⑤好人：指贵妇人。

⑥提提：斜目而视的样子。

⑦宛然：回转的样子。辟：同“避”。躲闪。

⑧佩：插。象揥(tì)：象牙发簪。

⑨维：因。褊心：心地狭窄。

⑩是以：因此。刺：讽刺。

【评析】

这是婢妾讽刺贵族夫人之诗。全诗二章。诗意紧相承接，一气呵成。这位婢妾勤劳手巧。她制作的葛布鞋，可以践踏寒霜，可见其手工是何等精细。她生就一双纤纤细手，可以缝制各种衣裳。她缝了腰身又缝衣领，一件漂亮的新衣终于缝制完毕。她将新衣送到贵夫人面前，而这个贵夫人不理不睬，先是斜眼而视，然后将身子朝左一扭，悠闲地把一根象牙发簪插在头上，显得非常傲慢。这个婢妾见此情状，内心激起了无比的怨忿。她再也无法忍受，便喊出了“维是褊心，是以为刺”的呼声。

汾沮洳

彼汾沮洳①，言采其莫②。	那汾水浸湿的地带，有人在采莫菜。
彼其之子③，美无度④。	他这个人呀，美得无法衡量。
美无度，殊异乎公路⑤。	美得无法衡量，管公车的官儿哪能比得上。
彼汾一方，言采其桑。	那汾水的一方，有人在采桑。
彼其之子，美如英⑥。	他这个人呀，美得像花一样。
美如英，殊异乎公行⑦。	美得像花一样，管兵车的官儿哪能比得上。
彼汾一曲⑧，言采其藚⑨。	那汾水湾地带，有人在采水舄菜。
彼其之子，美如玉。	他这个人呀，美得如玉一样。
美如玉，殊异乎公族⑩。	美得如玉一样，管公族的官儿哪能比得上。

【注释】

①汾：水名。沮洳(jù rú)：河滩地湿处。

②莫(mù)：野菜名。可食。

③彼其(jì)：那个。

④无度：无比。

⑤公路：官名。掌管国君之路车。

⑥英：花。

⑦公行：官名。掌管国君卫兵的行伍。

⑧曲：河湾。

⑨藚（xù）：药草名。即水舄菜。

⑩公族：官名。掌管国君宗族的事务。

【评析】

这是女子赞美情人之诗。全诗三章。这是一位农家女子，她正在汾水边采摘莫菜、桑叶和蒉菜。突然她想起自己所思慕的男子，就情不自禁地赞颂起来。她心中的那个男子，不仅相貌美得像鲜艳的花，而且品德美得像洁白的玉，真是美得无法形容。诗的最后说这个男子与“公路”、“公行”、“公族”大不相同。这既是对心上男子的赞美，也是对贵族官吏的嘲讽。

园有桃

园有桃，其实之殽[1]。
心之忧矣，我歌且谣。
不知我者，谓我士也骄[2]。
彼人是哉[3]，子曰何其[4]？
心之忧矣，其谁知之！
其谁知之，盖亦勿思。

果园里有桃树，它的果实可以尝。
我的心里真忧伤，把那歌谣来诵唱。
不了解我的，说我骄狂。
那人说得对吗？你以为怎么样？
我的心里真忧伤，有谁能知我心肠？
有谁能知我心肠？干脆别去想。

园有棘[5]，其实之食。
心之忧矣，聊以行国[6]。
不知我者，谓我士也罔极[7]。

果园里有枣树，它的果实可以尝。
我的心里真忧伤，姑且到处去游荡。
不了解我的，说我言行无常。

彼人是哉，子曰何其？	那人说得对吗？你以为怎么样？
心之忧矣，其谁知之！	我的心里真忧伤，有谁能知我心肠？
其谁知之，盖亦勿思。	有谁能知我心肠？干脆别去想。

【注释】

①殽（yáo）：通“肴”，吃。

②士：诗人自称。

③彼人：那人。是：对。

④何其：怎么样。

⑤棘：枣树。

⑥聊：姑且。行国：周游于国中。

⑦罔极：无常。

【评析】

这是贤士忧时伤己之诗。全诗二章。每章首二句为兴体。诗以园中的桃子、枣子可供人食用，反兴自己有德有才而无所用。每章三、四句写诗人心忧。当时魏国政治黑暗，小人当道，贤良被逐，国家的前途不堪设想。诗人为此而忧伤。这满腔的忧愁无法排遣，只得长歌当哭，且歌且谣。然而，歌谣又岂能泄忧？他又只好遍游国中以泄忧愤。每章后六句写知音难得。心中有忧，别人如果理解，还可得到一点宽慰。然而那些“不知我者”，竟说我骄傲，说我无常。对此，诗人表示愤慨。他问道：“那人说得对吗？你说怎么样呢？”最后他完全失望了，只好无可奈何地感叹道：“我的忧心有谁知，干脆再别去想吧！”不想怎么行呢？这不过是忧思难遣时的自慰自解罢了。

陟 岵

陟彼岵兮[①]，瞻望父兮。
父曰："嗟[②]，予子行役，夙夜无已[③]。
上慎旃哉[④]，犹来无止[⑤]！"

登上那草木繁茂的高山，把我的父亲来遥望。
父亲说："唉！我的儿子从军，早晚不停地忙。
你要谨慎呀，回来吧不要停留在他乡。"

陟彼屺兮[⑥]，瞻望母兮。
母曰："嗟，予季[⑦]行役，夙夜无寐。
上慎旃哉，犹来无弃[⑧]！"

登上那光秃秃的山冈，把我的母亲来遥望。
母亲说："唉！我的小儿子从军，早晚都紧张。
你要谨慎呀，回来吧不要离开去流浪。"

陟彼冈兮，瞻望兄兮。
兄曰："嗟，予弟行役，夙夜必偕[⑨]。
上慎旃哉，犹来无死！"

登上那山冈，把我的哥哥来遥望。
哥哥说："唉！我的弟弟从军，早晚跟着大伙忙。
你要谨慎呀，回来吧不要在外把命丧。"

【注释】

①陟（zhì）：登上。岵（hù）：多草木的山。
②嗟：叹息。相当于"唉"。
③夙夜：早晚。无已：不止。
④上：犹"尚"。表示希望的意思。旃（zhān）：之。
⑤犹：还。无止：不要久留在外。
⑥屺（qǐ）：光秃的山。
⑦季：小儿子。
⑧无弃：不要弃家无归。
⑨偕：共同，在一起。

【评析】

这是服役青年怀念亲人之诗。全诗三章。每章首二句写他遥望亲人。他登上山顶,极目远眺,瞻望亲人。尽管山重水复,千里迢迢,肉眼无法看见亲人的身影,但他的心却早已飞到亲人的身边。每章后四句是设想亲人念己之词。他的耳畔响起亲人深情的话语。他设想父亲说:“唉,我的孩子!你行役在外,日夜辛劳不止。你要小心谨慎,还是快点回来,不要久滞异乡。”他设想母亲说:“唉,我的小儿子!你行役在外,早晚不得安睡。你要小心谨慎,还是快点回来,不要弃家不归。”他设想哥哥说:“唉,我的弟弟!你行役在外,日夜勤勉不倦。你要小心谨慎,还是快点回来,不要死在外面。”此诗手法曲致巧妙,委婉动人。诗以设想对方念己,来映衬自己对亲人的思念,要比直接倾吐深沉得多。

十亩之间

寸亩之间兮[①],桑者闲闲兮[②]。 行与子还兮[③]!	十亩桑园之间,采桑女子多悠闲。 我将与你把家还。
十亩之外兮,桑者泄泄兮[④]。 行与子逝兮[⑤]!	十亩桑园之外,采桑女子多从容。 我将跟你回家中。

【注释】

①十亩:形容桑园之大。

②桑者:采桑女子。闲闲:从容不迫的样子。

③行:副词。行将,将要。

④泄泄:义同“闲闲”。

⑤逝:还,回去。

【评析】

这是采桑女子之诗。全诗二章。诗中展现的是这样一幅劳动情景:十亩桑园内外,一群采桑女子来来往往,从容不迫。将要收工时,她们以歌声相互召唤:“将与你一同回去!”诗中的景象是明朗的,诗意是轻松愉快的。全诗运用白描手法,短短几句就勾勒出一幅清新的劳动图景,使人觉得声情并茂,有着浓郁的田园民歌风味。

伐 檀

坎坎伐檀兮[①],	伐檀之声坎坎响,
寘之河之干兮[②],河水清且涟猗[③]。	砍了放在河岸上,河水清清起波浪。
不稼不穑[④],胡取禾三百廛兮[⑤]?	不种不收,为何有那么多粮食进谷仓?
不狩不猎,胡瞻尔庭有县貆兮[⑥]?	不狩不猎,为何院里野味挂成行?
彼君子兮,不素餐兮[⑦]!	你们那些君子啊,哪顿不是白吃饭!
坎坎伐辐兮[⑧],	为做车辐把树砍,
寘之河之侧兮,河水清且直猗[⑨]。	砍了放在河两岸,河水清清浪不翻。
不稼不穑,胡取禾三百亿兮[⑩]?	不种不收,为何粮食多得数不完?
不狩不猎,胡瞻尔庭有县特兮[⑪]?	不狩不猎,为何有大兽挂庭院?
彼君子兮,不素食兮!	你们那些君子啊,哪顿不是白吃饭!
坎坎伐轮兮,	为做车轮把树砍,
寘之河之漘兮[⑫],河水清且沦猗[⑬]。	砍了放在河岸边,河水清清泛浪花。
不稼不穑,胡取禾三百囷兮[⑭]?	不种不收,为何粮食堆满家?
不狩不猎,胡瞻尔庭有县鹑兮[⑮]?	不狩不猎,为何野味庭中挂?
彼君子兮,不素飧兮[⑯]!	你们那些君子啊,哪顿不是把粮食白糟蹋!

【注释】

①坎坎:伐木声。檀:树名。

②寘:同“置”。放置。干:河岸。

③涟:水的波纹。猗:语助词。相当于“啊”。

④稼:种植庄稼。穑(sè):收割庄稼。

⑤胡:为什么。三百:极言多。廛(chán):捆,束。

⑥县:同“悬”。貆(huán):猪獾子。

⑦素餐:白吃饭。

⑧辐:车轮的辐条。

⑨直:水流平直。

⑩亿:同“繶”。捆,束。

⑪特:大野兽。

⑫漘(chún):水边。

⑬沦:水纹。

⑭囷(qūn):义同“廛”“亿”。

⑮鹑(chún):鹌鹑。

⑯飧(sūn):熟食。此指吃饭。

【评析】

这是工匠控诉统治者不劳而获之诗。全诗三章。可分三层来理解。第一层写工匠的劳动。他们正在砍伐檀树,做辐做轮,制成车子,然后放置河边,从水路运到宫中,以供统治者之需。他们的劳作显得紧张而繁忙。第二层写工匠的思考。统治者一不种田,二不打猎,为何粮食堆满仓?为何野味挂满庭?这既是思考,也是质问。经过思考,他们终于觉醒了。原来他们的劳动成果全被统治者剥夺去了。第三层揭露统治者寄生虫本质。结尾“彼君子兮,不素餐兮”显然是一句反话。意思是说:“那些君子们,都是尸位素餐的寄生虫!”这既是辛辣的讽刺,也是强烈的抗议。

硕　鼠

硕鼠硕鼠[①]，无食我黍[②]！	大老鼠啊大老鼠，不要贪吃我的黍！
三岁贯女[③]，莫我肯顾[④]。	多年把你来供养，从不把我来照顾。
逝将去女[⑤]，适彼乐土[⑥]。	发誓将要离开你，前往那乐土。
乐土乐土，爰得我所[⑦]！	乐土啊乐土，才是好去处。
硕鼠硕鼠，无食我麦！	大老鼠啊大老鼠，不要贪吃我的麦！
三岁贯女，莫我肯德[⑧]。	多年把你来供养，从不对我施恩德。
逝将去女，适彼乐国。	发誓将要离开你，前往那乐国。
乐国乐国，爰得我直[⑨]！	乐国啊乐国，才是我应得。
硕鼠硕鼠，无食我苗！	大老鼠啊大老鼠，不要贪吃我的苗！
三岁贯女，莫我肯劳[⑩]。	多年把你来供养，从不把我来慰劳。
逝将去女，适彼乐郊。	发誓将要离开你，前往那乐郊。
乐郊乐郊，谁之永号[⑪]！	乐郊啊乐郊，谁还再哭号？

【注释】

①硕：大。

②黍：小米。

③三岁：多年。贯：侍养，养活。

④顾：顾念。

⑤逝：通“誓”。发誓。去：离开。

⑥适：往。

⑦乐土：安乐之地。爰：语助词。所：处所。

⑧德：恩德，恩惠。

⑨直:同“值”。报酬。

⑩劳:慰劳,抚恤。

⑪之:犹“其”。永号:长叹。

【评析】

这是讽刺统治者横征暴敛之诗。全诗三章。可分两层来理解。第一层揭露统治者贪婪残酷的本性。诗中将统治者比作大老鼠生动而贴切。诗中说:大老鼠啊大老鼠,不要吃我们的粮食。我们侍奉了你多年,而你却不肯照顾我们。这种揭露真是一针见血。第二层抒写农民美好的心愿。农民辛勤劳动,不得温饱,发誓逃奔他乡,去寻找安乐之地,充分表达了农民对理想社会的向往与追求。由于此诗运用了比兴手法,感情强烈而又不直露,意思深厚而又不晦涩,确是一首好作品。

唐　风

蟋　蟀

蟋蟀在堂[①]，岁聿其莫[②]。
今我不乐，日月其除[③]，
无已大康[④]，职思其居[⑤]。
好乐无荒[⑥]，良士瞿瞿[⑦]。

蟋蟀在堂，岁聿其逝[⑧]。
今我不乐，日月其迈[⑨]。
无已大康，职思其外[⑩]。
好乐无荒，良士蹶蹶[⑪]。

蟋蟀在堂，役车其休[⑫]。
今我不乐，日月其慆[⑬]。
无已大康，职思其忧。
好乐无荒，良士休休[⑭]。

蟋蟀在堂角，一年快到末。
今我不行乐，时光便流过。
不要太享乐，当思那工作。
好乐无沉醉，贤士要警觉。

蟋蟀在堂屋，一年快过去。
今我不行乐，时光便无余。
不要太享乐，当思那事务。
好乐无沉醉，贤士要勤苦。

蟋蟀在堂屋，差车已停住。
今我不行乐，时光便溜去。
不要太享乐，当思那忧惧。
好乐不沉醉，贤士要惊惧。

【注释】

①蟋蟀：促织。堂：屋内。
②聿：语助词。其：将。莫：同“暮”。晚。
③除：逝去。
④已：甚。大：同“太”。康：安乐。

⑤职:应当。居:处,所处的职责。

⑥好乐:喜好安乐。荒:过度享乐。

⑦良士:贤良之士。瞿瞿:警惕的样子。

⑧逝:逝去。

⑨迈:义同“逝”。

⑩外:本职以外的事务。

⑪蹶蹶(guì):勤快的样子。

⑫役车:服役的车子。休:停止。

⑬慆(tāo):逝去。

⑭休休:惊惧的样子。

【评析】

这是岁暮抒怀之诗。全诗三章。诗的主人公可能是一位大夫。每章前四句写及时行乐。蟋蟀在堂,预示时序已进入寒冬,岁暮时节已经到来。如果不及时行乐,那么岁月就会像流水一样逝去。每章后四句写好乐无荒。欢乐还是应该的,但不要过度沉醉,要有所节制。应当想想自己的职责,想想本职以外的事务,想想忧患的事情。要像“良士”那样,爱好欢乐而不荒废事务,要百倍警惕,要奋发勤快,要时刻惊惧。只有如此,才能成为一个“好乐无荒”的贤良之士。

山有枢

山有枢①,隰有榆②。	山上有枢树,洼地有榆树。
子有衣裳,弗曳弗娄③。	你有衣裳,不穿也不收。
子有车马,弗驰弗驱④。	你有车马,不驰也不驱。
宛其死矣⑤,他人是愉⑥。	等你死了,他人取得来享受。
山有栲⑦,隰有杻⑧。	山上有栲树,洼地有杻树。

子有廷内，弗洒弗扫。	你有庭堂，不洒也不扫。
子有钟鼓，弗鼓弗考[⑨]。	你有钟鼓，不打也不敲。
宛其死矣，他人是保[⑩]。	等你死了，他人占有乐逍遥。
山有漆，隰有栗。	山上有漆树，洼地有栗树。
子有酒食，何不日鼓瑟？	你有酒食，何不鼓瑟又吹箫？
且以喜乐，且以永日[⑪]。	姑且用它求欢乐，姑且用它度长宵。
宛其死矣，他人入室。	等你死了，他人入室乐陶陶。

【注释】

①枢(shū)：刺榆。

②隰(xí)：低湿之地。榆：白榆。

③弗：不。曳(yè)：拖。娄：通"搂"。拢起。

④驰、驱：马快跑。

⑤宛其：死的样子。

⑥愉：取。

⑦栲(kǎo)：臭椿树。

⑧杻(niǔ)：菩提树。

⑨考：敲击。

⑩保：居有。

⑪且：姑且。永日：消遣岁月。

【评析】

这是讽刺守财奴之诗。全诗三章。诗以山上和洼地有各种树木，兴比富人占有大量资财。但这个富人非常吝啬。他有衣裳不穿不着，有车马不驰不驱，有庭室不洒不扫，有钟鼓不打不敲，有酒食不饮不吃，有琴瑟不弹不奏。这些铺叙，将这个贪婪的守财奴形象刻画得活灵活现。人们极端厌恶这个守财奴，嘲笑地说道："等你死了，这万贯家财就会全让别人占有享用。"

扬之水

扬之水[1]，白石凿凿[2]。	滔滔河水向东流，洁白的石头滑溜溜。
素衣朱襮[3]，从子于沃[4]。	白色内衣红领口，前往曲沃投桓叔。
既见君子，云何不乐？	既已见到那桓叔，怎不乐悠悠？
扬之水，白石皓皓[5]。	滔滔河水向东流，洁白的石头光溜溜。
素衣朱绣[6]，从子于鹄[7]。	白色内衣红袖口，前往鹄地投桓叔。
既见君子，云何其忧？	既已见到那桓叔，还有什么可忧愁？
扬之水，白石粼粼[8]。	滔滔河水向东流，洁白石头多剔透。
我闻有命[9]，不敢以告人。	我听说有秘令，不敢向别人来泄露。

【注释】

①扬：激扬。

②凿凿：鲜明。

③襮（bó）：衣领。

④沃：曲沃。

⑤皓皓：洁白。

⑥绣：绣花的衣袖。

⑦鹄（gǔ）：曲沃邑名。

⑧粼粼：水清石净。

⑨命：倾晋之谋。

【评析】

这是忠臣警诫昭公之诗。此诗涉及晋国的一场权力之争。据《史记·晋世家》记载，晋昭公封他的叔父桓叔于曲沃。桓叔老谋深算，颇得民心，晋国民众多愿依附于他。晋大夫潘父杀了昭公，想迎立曲沃桓叔。此诗所写正是桓叔篡逆前的这一史实。全诗三章。每章首二句为兴体。诗以激扬之水无转石之力，只是使石鲜明洁白，兴比昭公虽居君位但无力箝制桓叔之权，只得坐视其强盛。每章后四句写忠臣警诫昭公。那些身着白绸衣、镶着红花领的士大夫，投奔桓叔到达曲沃。他们见到了“君子”桓叔，一个个欢乐融融，无忧无虑。这表明桓叔已笼络了一些人心。这既暗示潘父之流将叛而归沃，同时也是对昭公的提醒。桓叔得势之后，更加野心勃勃。他在曲沃策划篡晋行动，准备要动手了。在这关键时刻，这位忠臣巧妙地以歌泄密。他唱道：“我闻有命，不敢以告人。”这里的“有命”，就是桓叔阴谋篡晋的密令；“不敢以告人”，正是委婉地通报昭公加以戒备。“不敢”二字是以反语以见正意，并非真的不敢，只是事涉机密，在当时不容明言罢了。

椒　聊

椒聊之实①，蕃衍盈升②。
彼其之子，硕大无朋③。
椒聊且，远条且④！

椒聊之实，蕃衍盈匊⑤。
彼其之子，硕大且笃⑥。
椒聊且，远条且！

一串串花椒子，繁殖满一升。
她这个女子，高大超过人。
一串串花椒啊，香气远扬香芬芬。

一串串花椒子，繁殖满一捧。
她这个女子，高大又诚恳。
一串串花椒啊，香气远扬香喷喷。

【注释】

①椒：花椒。聊：结子成串。
②蕃衍：繁殖。盈：满。
③彼其：那个。子：指女子。

④朋:比。

⑤远条:指香气远扬。

⑥匊:同"掬"。两手合捧。

⑦笃:忠厚。

【评析】

这是赞美女子之诗。全诗二章。每章首二句写花椒结子繁多。花椒结子成球成串,一球之内繁殖的果实可装满一升,可装满一捧。每章中二句写赞美女子。那个女子不仅身材高大无比,而且品性敦厚。每章末二句写花椒香气四溢。花椒的果实香气浓烈,香气远扬。此诗在艺术上很有特点,每章首尾皆为兴体,中间皆为本体。诗以花椒结子繁多,兴比女子体健多子;诗以花椒香气四溢,兴比女子声名远播。诗以花椒比喻女子新奇而贴切。

绸　缪

绸缪束薪①,三星在天②。	紧缠一捆柴草,参星在天空闪耀。
今夕何夕,见此良人③!	今夜是何夜?见这新娘俏。
子兮子兮④,如此良人何!	你呀你呀,把这新娘怎么办才好?
绸缪束刍⑤,三星在隅⑥。	紧缠一捆刍草,参星在屋角闪耀。
今夕何夕,见此邂逅⑦!	今夜是何夜?见这新娘俏。
子兮子兮,如此邂逅何!	你呀你呀,把这新娘怎么办才好?
绸缪束楚⑧,三星在户⑨。	紧缠一捆荆条,参星在门口闪耀。
今夕何夕,见此粲者⑩!	今夜是何夜?见这新娘俏。
子兮子兮,如此粲者何!	你呀你呀,把这新娘怎么办才好?

【注释】

①绸缪(chóu móu):缠绕。束薪:一束柴薪。

②三星:参星。

③良人:指新娘。

④子:指代新郎。

⑤束刍(chú):一束饲草。

⑥隅:角落。

⑦邂逅(xiè gòu):通“解覯”。爱悦。此作名词,指心爱者。

⑧束楚:一束荆条。

⑨户:门窗。

⑩粲者:美人。

【评析】

这是贺新婚、闹新房之诗。全诗三章。每章首句为兴体。诗以紧紧缠绕的“束薪”、“束刍”、“束楚”,兴比男女婚姻之事。每章次句点明时间。参星由高高的天上转到天边,又由天边转到窗户之上。这表明贺新婚、闹新房的人们由黄昏一直到夜深还未散去。每章三、四句是对新娘的赞美。意思是说:“今夜是什么时光呀,遇上了这么个漂亮的新娘!”这是闹房者模拟新郎的话语,因而带有戏谑的意味。每章末二句是闹房者的话语。他们对新郎喊道:“新郎啊,新郎啊,你把这个漂亮的新娘怎么办呢?”话语之中,既含有庆贺新郎之情,也含有戏谑新郎之意。活泼风趣的话语,将新房内欢乐热闹的场景都表现出来了。

杕 杜

有杕之杜①,其叶湑湑②。	挺立的赤棠树,它的叶儿密密地长。
独行踽踽③,岂无他人?	独自徘徊在大道上,难道没人在身旁?
不如我同父④。	都不如同父兄弟好心肠。

嗟行之人⑤，胡不比焉⑥？	唉，那路上的行人，为何不帮帮忙？
人无兄弟，胡不佽焉⑦？	人家没兄弟，为何不帮帮忙？
有杕之杜，其叶菁菁⑧。	挺立的赤棠树，它的叶儿密密地长。
独行睘睘⑨，岂无他人？	独自徘徊在大道上，难道没人在身旁？
不如我同姓⑩。	都不如家人好心肠。
嗟行之人，胡不比焉？	唉，那路上的行人，为何不帮帮忙？
人无兄弟，胡不佽焉？	人家没兄弟，为何不帮帮忙？

【注释】

①杕(dì)：独特的样子。杜：赤棠树。

②湑湑(xǔ)：茂盛的样子。

③踽踽(jǔ)：孤独的样子。

④同父：同父的兄弟。

⑤嗟：叹词。行：行路。

⑥胡：何。比：帮助。

⑦佽(cì)：帮助。

⑧菁菁：树叶茂盛。

⑨睘睘(qióng)：孤独无依的样子。

⑩同姓：同生。同母所生的兄弟。

【评析】

这是流浪者之诗。全诗二章。他走在路上，看见一棵独特的赤棠树，心里便涌起一阵感叹。这棵赤棠树叶叶相覆，枝枝相依，充满了生机。然而，他失去家庭，失去兄弟，连这棵赤棠树也不如，显得孤独而凄凉。“独行踽踽”、“独行睘睘”，正是他在流浪途中孤独无依形象的真实写照。不知经受了多少折磨，不知体味了多少辛酸，流浪的经历使他体会到：外人毕竟是外人，终究不如自己的兄弟。于是他发出了“岂无他人，不如我同姓”的感叹。在诗的结尾，他更是沉痛地问道：“那路上的行人啊，为什么不肯拉我一把呢？人无兄弟，为什么不肯帮忙呢？”这里所表达的，正是“凡今之人，莫如兄弟”之意。

羔 裘

羔裘豹祛①，自我人居居②。	羊皮袍镶着豹皮袖，他对我呀真恶毒。
岂无他人？维子之故③。	难道没有他人爱？只因为你是我故旧。
羔裘豹褎④，自我人究究⑤。	羊皮袍镶着豹皮袖，他对我呀很粗暴。
岂无他人？维子之好⑥。	难道没有他人爱？只因为你是我故交。

【注释】

①羔裘：羊皮袄。豹祛（qū）：镶着豹皮的袖口。

②自：对于。居居：通“倨倨”。傲慢无礼。

③故：故旧。

④褎（xiù）：同“袖”。

⑤究究：通“仇仇”。义同“居居”。

⑥好：情好。

【评析】

这是女子谴责贵族男子之诗。全诗二章。这个贵族男子穿着华贵的羊皮袄，皮袄的袖口上镶着豹皮花边。这个贵族男子与诗中的女子有过一段情缘。可是后来他对这个女子日渐疏远，总摆出一副不理不睬、傲慢无礼的神情。这个女子虽想与他一刀两断，但又念记旧情，不忍猝然分手。“岂无他人，维子之故”正是这种复杂矛盾心情的自白。言下之意，还是希望那贵族男子能回心转意，重和“故好”。

鸨 羽

肃肃鸨羽[1],集于苞栩[2]。
王事靡盬[3],不能蓺稷黍[4]。
父母何怙[5]? 悠悠苍天,
曷其有所[6]!

大雁嗖嗖拍翅膀,落在密密的栎树上。
国家的差遣没个完,不能在家种稻粱。
爹娘靠什么来供养? 高远的苍天啊,
何时才有安身的地方?

肃肃鸨翼[7],集于苞棘[8]。
王事靡盬,不能蓺黍稷。
父母何食? 悠悠苍天,
曷其有极[9]!

大雁嗖嗖拍翅膀,落在密密的枣树上。
国家的差遣没个完,不能在家种稻粱。
用什么来养爹和娘? 高远的苍天啊,
何时才有个好收场?

肃肃鸨行[10],集于苞桑。
王事靡盬,不能蓺稻粱。
父母何尝? 悠悠苍天,
曷其有常[11]!

大雁嗖嗖飞成行,落在密密的桑树上。
国家的差遣没个完,不能在家种稻粱。
用什么来养爹和娘? 高远的苍天啊,
何时才能恢复正常?

【注释】

①肃肃:鸟飞声。鸨(bǎo):一种似雁而大的鸟。

②苞栩(xǔ):丛生的柞树。

③王事:泛指官差徭役。靡盬(gǔ):没有停息。

④蓺:种植。稷黍:泛指庄稼。

⑤怙(hù):依靠。

⑥曷:何时。所:处所,安息之所。

⑦翼:翅膀。

⑧棘:枣树。

⑨极：尽头，止尽。

⑩行(háng)：即“翮”。羽茎。

⑪常：正常。

【评析】

这是农民控诉沉重徭役之诗。全诗三章。每章开头为兴体。诗以鸨鸟栖息树上站立不稳之苦状，兴比农民生活之痛苦，十分耐人寻味。诗接着写造成农民生活痛苦的原因。这个农民长期在外服役，而“王事”又没完没了，因而庄稼不能种，年迈的父母靠什么来供养？最后他悲愤地质问苍天：“何时才有个安身之所？这沉重的徭役何时才是尽头？何时才能过上正常的生活？”三句问语，既是农民对统治者的强烈抗议，也反映了他们对自由生活的渴望。此诗所揭示的现象具有典型性和普遍性，因而能得到后人的同情与共鸣。

无　衣

岂曰无衣七兮①。	难道说没有七章衣裳？
不如子之衣，安且吉兮②！	不如你的衣裳，舒适又吉祥。
岂曰无衣六兮③。	难道说没有六章衣裳？
不如子之衣，安且燠兮④！	不如你的衣裳，舒适又温暖。

【注释】

①七：指七章之衣。

②安：舒适。吉：吉利。

③六：指六章之衣。

④燠(yù)：温暖。

【评析】

这是晋武公请命之诗。据《史记·晋世家》记载，晋武公夺取晋室政权，自立为君之后，心里还不安稳。于是他以各种各样的宝器贿赂周釐王，想以此求得周王朝的正式封命。由于周釐王贪其宝玩，不仅不追究武公篡国之罪，反而封命武公为晋君，列于诸侯。全诗二章。此诗所写正是武公请命一事。按照周朝的礼制，天子的卿士在朝穿六章之衣，出使侯国则加一等穿七章之衣；诸侯在封国穿七章之衣，入朝则减一等，穿六章之衣。所谓“七章”“六章”，是古代官服纹饰的区别。武公夺取了晋室政权，自然拥有七章、六章之衣。但是不经请命便自登国君宝座，就是名不正言不顺。即使穿上七章、六章之衣，也会觉得有刺，只能算是一种僭越。因此，周天子的卿士一来到晋国，武公就开始请命了。他说：“我难道没有七章之衣？只是不如你的七章之衣那样舒适而吉祥啊！难道我没有六章之衣？只是不如你的六章之衣那样舒适而温暖啊！”这样说的意思，是希望得到周王朝的正式封命。“不如”二句正含有请命之意。

有杕之杜

有杕之杜[①]，生于道左[②]。	挺立的赤棠树，生长在道路东。
彼君子兮，噬肯适我[③]？	那个男子啊，是否肯来我房中？
中心好之，曷饮食之[④]？	心中爱着他，何时共餐乐融融？
有杕之杜，生于道周[⑤]。	挺立的赤棠树，生长在道路西。
彼君子兮，噬肯来游？	那个男子啊，是否肯来同游戏？
中心好之，曷饮食之？	心中爱着他，何时共餐心欢喜？

【注释】

①杕(dì):独特孤立的样子。杜:赤棠树。

②道左:道路之东。

③噬(shì):语助词。适:往,到。

④曷:何。

⑤道周:道路之西。

【评析】

这是女子期待男友前来相会之诗。全诗二章。每章首二句以孤生的赤棠树兴比一个还未出嫁的姑娘。每章中二句写女子期待男友到来。不知何因,她的男友有好些天没来聚会了。她自然有些焦急,于是发问道:“我那男友啊,愿意来到我身旁吗?愿意同我游玩吗?”这是忧虑,也是热情的期待。每章末二句写女子的心愿。我真心地喜爱着他,他何时才能前来共进饮食呢。这美好的心愿能否实现就不得而知了。

葛　生

葛生蒙楚①,蔹蔓于野②。	葛藤覆盖着荆树,野草蔓延在野地。
予美亡此③,谁与独处?	我的爱人去世了,没有伴独自住这里!
葛生蒙棘,蔹蔓于域④。	葛藤覆盖着枣树,野草蔓延在墓地。
予美亡此,谁与独息?	我的爱人去世了,没有伴独自歇这里!
角枕粲兮⑤,锦衾烂兮⑥。	角枕多灿烂,绸被闪红光。
予美亡此,谁与独旦?	我的爱人去世了,没有伴独宿到天亮!
夏之日,冬之夜。	悠悠夏日长,漫漫冬夜寒。
百岁之后,归于其居⑦。	但愿百年后,与夫共长眠。

冬之夜，夏之日。	漫漫冬夜寒，悠悠夏日长。
百岁之后，归于其室[8]。	但愿百年后，与夫同墓场。

【注释】

①蒙楚：覆盖在荆树上。

②蔹（liǎn）：一种野草。蔓：蔓延。

③予美：我的爱人。此指丈夫。

④域：墓地。

⑤角枕：用兽角装饰的枕头。粲：鲜明。

⑥锦衾（qīn）：锦面的被子。烂：色彩鲜明。

⑦居：指坟墓。

⑧室：指墓室。

【评析】

这是妻子哀悼亡夫之诗。据史书记载，晋献公是一位好战的国君。他不断地发动战争，致使无数家庭夫妻分离，许多征人甚至抛尸荒野。此诗中妇人的丈夫很可能就是在战乱中不幸丧生。全诗五章。前三章写妻子在郊野哀悼亡夫的情景。她来到郊野举目一望，葛藤盖满了荆树，野草爬遍了原野。见此荒凉景象，她不禁发出“予美亡此，谁与独处”的哀叹。接着她来到坟地，低头一看，葛藤盖满枣树，野草爬满墓地。见此悲凉景况，她不禁发出“予美亡此，谁与独息”的哀叹。此时，她想到家中漂亮的角枕和灿烂的锦被依然还在，又不禁发出“予美亡此，谁与独旦”的哀叹。后两章写妻子思念亡夫。夏日悠悠，冬夜漫漫。这么漫长的岁月，怎么熬得到头啊！她只望百年之后，与亡夫同眠黄泉之下。妻子忠贞纯洁之爱，悲切沉痛之情，显得凄婉感人。

采 苓

采苓采苓[①]，首阳之颠[②]。
人之为言[③]，苟亦无信[④]。
舍旃舍旃[⑤]，苟亦无然[⑥]。
人之为言，胡得焉[⑦]？

采甘草采甘草，在那首阳山之顶。
人家的鬼话，千万不要信。
抛弃它抛弃它，那话违常情。
人家的鬼话，怎么能得逞！

采苦采苦[⑧]，首阳之下。
人之为言，苟亦无与[⑨]。
舍旃舍旃，苟亦无然。
人之为言，胡得焉？

采苦菜采苦菜，在那首阳山之下。
人家的鬼话，千万别理它。
抛弃它抛弃它，那话太虚假。
人家的鬼话，又能得到啥！

采葑采葑[⑩]，首阳之东。
人之为言，苟亦无从[⑪]。
舍旃舍旃，苟亦无然。
人之为言，胡得焉？

采蔓菁采蔓菁，在那首阳山之东。
人家的鬼话，千万别信从。
抛弃它抛弃它，那话把人哄。
人家的鬼话，又能有何用！

【注释】

①苓：甘草。

②首阳：山名。颠：同“巅”，山顶。

③为言：伪言，谗言。

④苟：确实。

⑤舍：弃。旃（zhān）：之。指代谗言。

⑥无然：不要以为是。

⑦胡得：得到什么。

⑧苦：苦菜名。即荼。

⑨无与：不要信从。

⑩葑：萝卜。

⑪无从：不要听从。

【评析】

这是劝人不要听信谗言之诗。全诗三章。每章首二句为兴体。甘草生于湿地而说生在“首阳之巅”，苦菜生于田中而说生在“首阳之下”，萝卜生于园圃而说生在“首阳之东”。诗以此兴比谗言不可相信。每章中二句劝人不要听信谗言。小人的假话，千万不要相信，不要采纳。每章末四句指出制止谗言的方法。大抵进谗言者，不怕别人不相信，而是怕别人能审察。开初别人虽不大相信，但他日益浸润，久而久之，别人就不得不信了。如果认真地审察一番，谗言的虚假便立即暴露出来。这样就能做到舍弃谗言，而那些爱进谗言的人就捞不到什么油水，不得不停止造假了。“人之为言，胡得焉”，正是说的这个意思。

秦风

车邻

有车邻邻[1]，有马白颠[2]。	车声响辚辚，马头白星星。
未见君子，寺人之令[3]。	没有看见那秦仲，只见侍从在传令。
阪有漆[4]，隰有栗[5]。	高坡上有漆树，低湿地有栗树。
既见君子，并坐鼓瑟。	已经看见那秦仲，并排坐着弹琴瑟。
今者不乐，逝者其耋[6]。	现在不行乐，转眼之间发如雪。
阪有桑，隰有杨。	高坡上有青桑，低湿地有绿杨。
既见君子，并坐鼓簧。	已经看见那秦仲，并排坐着吹笙簧。
今者不乐，逝者其亡[7]。	现在不行乐，转眼之间就死亡。

【注释】

①邻邻：车行声。

②白颠：白额。

③寺人：内小臣。

④阪：山坡。漆：漆树。

⑤隰(xī)：低湿之地。

⑥耋(dié)：八十岁曰耋。泛指老。

⑦亡：老死，死亡。

【评析】

这是赞美秦仲之诗。在秦的建国史上，秦仲是一个著名的人物。在他以前，秦作为周的附庸，地盘很小。自秦仲开始，秦的国土逐渐扩大，有了车马、礼乐，还有寺人之官，实际上已有诸侯的气派。因此秦人写了这首诗赞美秦仲的创建之功。全诗三章。首章写秦仲车马之盛和威仪之隆。一位大臣来拜会秦仲，他耳旁听到的是辚辚的车声，眼前见到的是白额的良马。车多而声壮，马多而色齐，足以显示出秦仲气势的显赫。这位大臣来到宫门还不能直入会见秦仲，必由内侍之官传令方可入见。可见，秦仲这时已经俨然以诸侯自居了。二、三章写秦仲与大臣共同行乐之况。每章首二句以地所有之物，兴比秦仲无所不有，富贵豪华。每章后四句写秦仲与大臣一同行乐的情形。他们“并坐鼓瑟”、“并坐鼓簧”，尽情享乐。因为人生易老，一晃就到衰暮之年，如果现在不及时行乐，到那时就享乐不成了。这种“今朝有酒今朝醉”的思想，也是一时上层风尚使然，不足为怪。

驷　驖

驷驖孔阜①，六辔在手②。	四匹黑马很肥大，六根缰绳手中拿。
公之媚子③，从公于狩。	秦公宠爱的臣子，跟他去把冬猎打。
奉时辰牡④，辰牡孔硕⑤。	赶出公兽和母兽，野兽长得很肥大。
公曰左之⑥，舍拔则获⑦。	秦公命车向左拐，发出利箭射中它。
游于北园⑧，四马既闲⑨。	打罢猎来游北园，四匹马儿多悠闲。
𬨎车鸾镳⑩，载猃歇骄⑪。	轻车铃铛挂嚼边，车载猎犬奏凯旋。

【注释】

①驷驖(tiě)：四匹黑色如铁的马。孔阜：很肥大。

②辔：马缰绳。

③媚子:宠爱的臣子。

④奉:驱赶。时:是,此。辰:通“麎”(chén)。母鹿。牡:公鹿。

⑤孔硕:很肥大。

⑥左之:车向左。

⑦舍:放。拔:箭末。此代指箭。获:射中。

⑧北园:秦国囿名。

⑨闲:轻松的样子。

⑩輶(yóu)车:轻车。鸾:车铃。镳(biāo):马嚼子。

⑪猃(xiǎn):长嘴猎犬。歇骄:短嘴猎犬。

【评析】

这是赞美秦襄公狩猎之诗。全诗三章。首章写狩猎阵势之盛。驾车的四匹马,毛色如铁,肥壮剽悍。车把式手握六根缰绳,得心应手,熟练自如。陪同前往狩猎的是襄公的宠爱之臣。次章写狩猎场面。襄公一行来到苑囿,虞人便将藏在草木丛中的母鹿、公鹿驱赶出来,以便襄公射获。这些野兽一匹匹长得膘肥体壮。这时襄公命令车把式将车朝左一拐。他射出去的箭,就射中了野兽的躯体。一场紧张的、扣人心弦的狩猎场面就这样展开了。末章写猎后游园。狩猎完毕之后,襄公一行在北园游览了一阵。此时四匹马显得悠闲而轻松。系在马嚼子上的铃铛随着马的行进发出清脆悦耳的声响。那名叫“猃”和“歇骄”的猎犬也载在轻车之上。此诗层次分明,结构紧凑。首章写猎队进发,次章写入园射获,末章写猎后游园,头绪清楚,环环相扣。

小戎

小戎俴收①,五楘梁辀②。	轻便兵车浅车斗,花皮带子把辕束。
游环胁驱③,阴靷鋈续④。	游环胁驱控四马,靷环阴板引车轴。
文茵畅毂⑤,驾我骐馵⑥。	虎皮毯子铺车上,驾车骏马力气足。

言念君子，温其如玉⑦。	我在家中想丈夫，他性格如玉很温柔。
在其板屋⑧，乱我心曲！	他驻在西戎木板屋，使我思绪乱心头。
四牡孔阜⑨，六辔在手。	四匹骏马很肥大，六根缰绳手中牵。
骐駵是中⑩，騧骊是骖⑪。	两匹红马居中间，两匹黑马夹两边。
龙盾之合⑫，鋈以觼軜⑬。	画龙盾牌置车前，镶金舌环把缰绳连。
言念君子，温其在邑⑭。	我在家中想丈夫，他在西戎很遥远。
方何为期？胡然我念之⑮！	何时是归期？怎不把夫来惦念？
俴驷孔群⑯，厹矛鋈錞⑰。	披甲四马很和洽，长矛柄末放光华。
蒙伐有苑⑱，虎韔镂膺⑲。	杂羽盾牌多美好，虎皮弓袋绣有花。
交韔二弓⑳，竹闭绲縢㉑。	两支弓箭插袋中，弓和弓檠紧紧扎。
言念君子，载寝载兴㉒。	我在家中想丈夫，时睡时起乱如麻。
厌厌良人㉓，秩秩德音㉔。	丈夫神情很安详，通达事理被人夸。

【注释】

①小戎：一种轻小的兵车。俴（jiàn）：浅。收：车斗。

②五楘（mù）：用皮革缠束五圈。梁辀（zhōu）：弯曲的车辕。

③游环：活动的环。以皮革为环，套在两匹服马背上，并连贯两骖马之外辔，以禁其出。胁驱：用皮革前面系在车衡木的两端，后面系在车厢板的两端，在服马的胁外，使骖马不得入内。

④阴：车轼前之板。靷（yǐn）：引车前行的皮带。两匹骖马在旁挽靷助服马。鋈（wù）续：以白铜镀的环紧扣皮带。

⑤文茵：虎皮褥垫。畅毂（gǔ）：长长的车轴。

⑥骐：青黑色而有花纹的马。馵（zhù）：白蹄的马。

⑦温其如玉：性情温和，如同纯洁润泽的美玉。

⑧板屋：陇西一带，山多林木，民以板为室屋。此处以板屋代指西戎。

⑨四牡：四匹雄马。孔阜：很肥壮。

⑩骝（liú）：赤色黑鬣的红马。中：中间的服马。

⑪騧(guā):黑嘴巴的黄马。骊:纯黑的马。

⑫龙盾:画着龙纹的大盾。合:两两扣连在一起。

⑬觼(jué):有舌的环。軜(nà):骖马的内辔。

⑭在邑:在西戎之邑。

⑮胡然:为何这样。

⑯俴驷:四马皆以薄金为甲。孔群:很和谐。

⑰厹(qiú)矛:锋刃为三棱状的长矛。鋈錞(duì):矛柄下端以白金套为饰。

⑱蒙:杂。伐:盾的别名。苑:花纹美好。

⑲虎韔(chàng):用虎皮做的弓套。镂膺:以金镂做弓袋正面的装饰。

⑳交韔:将弓交叉放在弓袋之中。

㉑竹闭:竹制的弓架,用以正弓。绲縢(gǔn téng):用绳捆束。

㉒载:再,又。兴:醒。

㉓厌厌:安详。良人:指丈夫。

㉔秩秩:聪明多智,通达事理。德音:好名誉。

【评析】

这是妇人思念征夫之诗。全诗三章。每章前六句写军容之盛。首章写兵车之美之固。车辕用皮革紧紧缠绕,阴板用白铜为饰,褥垫以虎皮制作,好不气派!次章写战马之美之壮。四马高大肥壮,毛色五彩斑斓,车上配以画龙之盾,好不威武!末章写兵器之利之坚。戈矛以白铜为饰,盾牌绘以五色花纹,弓袋也装饰一新,两弓交叉以绳捆束,好不威风!妇人思念丈夫,眼前自然就会浮现这出征的一幕。每章后四句写妇人思念征夫之情。首章写妇人思绪之乱;次章写妇人盼望丈夫早日归来;末章写妇人起居不宁。这些足见她思念至深。此诗每章前半截咏物,古奥艰涩,以作抒情之发端;每章后半截抒情,含意蕴藉,以为咏物之归宿。从诗本身来看,它很可能是带兵贵族的夫人所作。

蒹 葭

蒹葭苍苍①，白露为霜。	芦苇色苍苍，白露变成霜。
所谓伊人②，在水一方。	所怀念的那个人，在水的另一方。
遡洄从之③，道阻且长。	逆流而上去寻找，道路险阻且漫长。
遡游从之④，宛在水中央。	顺流而下去寻找，她好像在那水中央。
蒹葭萋萋⑤，白露未晞⑥。	芦苇色苍苍，白露还未干。
所谓伊人，在水之湄⑦。	所怀念的那个人，在水的另一端。
遡洄从之，道阻且跻⑧。	逆流而上去寻找，道路险阻高难攀。
遡游从之，宛在水中坻⑨。	顺流而下去寻找，好像在那小岛边。
蒹葭采采⑩，白露未已⑪。	芦苇色苍苍，白露还未收。
所谓伊人，在水之涘⑫。	所怀念的那个人，在水的另一头。
遡洄从之，道阻且右⑬。	逆流而上去寻找，道路险阻且弯曲。
遡游从之，宛在水中沚⑭。	顺流而下去寻找，好像在那水中洲。

【注释】

①蒹葭（jiān jiā）：芦苇。苍苍：茂盛的样子。

②伊人：那个人。

③溯（sù）洄：逆流而上。

④溯游：顺流而上。

⑤萋萋：茂盛的样子。

⑥晞（xī）：干。

⑦湄：岸边。

⑧跻（jī）：地势渐高。

⑨坻(chí):水中小块陆地。

⑩采采:义同"苍苍"、"萋萋"。

⑪未已:未干、未收。

⑫涘(sì):水边。

⑬右:弯曲。

⑭沚:水中小沙滩。

【评析】

这是男子追求女子之诗。全诗三章。每章首二句描写景物。深秋时节,芦苇非常茂盛,清晨白露凝结成霜。时至上午白露还未干,时至中午白露还未收。这凄清的秋景,正好烘托出男子求而不得的惆怅之情。每章后六句写男子执着追求。由于思念"伊人",他从清晨至中午一直在河边寻求。尽管道路险阻而且遥远,道路险阻而且渐高,道路险阻而且弯曲,但他依然沿着河边逆流而上、顺流而下来回寻求。而"伊人"呢,却神奇莫测,来去无踪,变换不定,时而"宛在水中央",时而"宛在水中坻",时而又"宛在水中沚"。一个"宛"字,便将"伊人"闪烁缥缈,难以寻求之状渲染了出来,真是点睛欲飞之笔。在秦风剽悍的时尚中,《蒹葭》以其潇洒的风姿与飘逸的辞采,显出特别的格调,成为《诗经》的名篇。

终　南

终南何有①?有条有梅②。	终南山有什么?有山楸树有梅花。
君子至止③,锦衣狐裘④。	君子来到这里,狐皮袍子丝绸褂。
颜如渥丹⑤,其君也哉⑥!	脸儿红得像涂丹,他实在端庄又闲雅!
终南何有?有纪有堂⑦。	终南山有什么?有杞树有白棠。
君子至止,黻衣绣裳⑧。	君子来到这里,黑青衣衫五彩裳。
佩玉将将⑨,寿考不忘⑩。	身佩美玉叮当响,祝君长寿又安康!

【注释】

①终南:山名。在秦国境内。

②条:山楸树。

③君子:指情人。止:语助词。

④锦衣:彩衣。狐裘:狐皮袍子。

⑤颜:容貌。渥(wò)丹:红润而有光泽的样子。

⑥君:这里指仪貌端庄。

⑦纪:通“杞”。杞树。堂:通“棠”。棠树。

⑧黻(fú):黑与青相间的花纹。

⑨将将:佩玉之声。

⑩寿考:长寿。不忘:不已。

【评析】

这是女子爱慕贵族青年之诗。全诗二章。这个女子家住终南山,这里树木繁多,浓阴覆盖,风景非常优美。一天,有位漂亮的贵族青年突然来到终南山。他身着彩衣,面色红润,腰系佩玉,随着行进的步履发出锵锵的声响。女子不禁脱口夸道:“他的仪貌是多么端庄啊!”并祝他“长寿而安康”。首章的称赞还只是内心的独白,末章的祝福则是当面的颂美了。

黄　鸟

交交黄鸟,止于棘。	交交鸣叫的小黄鸟,落在那棵枣树上。
谁从穆公①? 子车奄息②。	谁陪穆公去下葬? 子车奄息遭了殃。
维此奄息,百夫之特③。	这个奄息呀,一人能抵百人强。
临其穴,惴惴其栗④。	他走近那墓穴,怕得直发慌。
彼苍者天,歼我良人⑤!	那老天爷呀,杀我好人丧天良。
如可赎兮,人百其身⑥。	如果能够赎回他,用百人替代也应当。

交交黄鸟，止于桑。	交交鸣叫的小黄鸟，落在那棵桑树上。
谁从穆公？子车仲行。	谁陪穆公去下葬？子车仲行遭了殃。
维此仲行，百夫之防⑦。	这个仲行呀，一个能把百人当。
临其穴，惴惴其栗。	他走近那墓穴，怕得直发慌。
彼苍者天，歼我良人！	那老天爷呀，杀我好人丧天良。
如可赎兮，人百其身。	如果能够赎回他，用百人替代也应当。
交交黄鸟，止于楚。	交交鸣叫的小黄鸟，落在那棵荆树上。
谁从穆公？子车针虎。	谁陪穆公去下葬？子车针虎遭了殃。
维此针虎，百夫之御⑧。	这个针虎呀，一个能把百人防。
临其穴，惴惴其栗。	他走近墓穴，怕得直发慌。
彼苍者天，歼我良人！	那老天爷呀，杀我好人丧天良。
如可赎兮，人百其身。	如果能够赎回他，用百人替代也应当。

【注释】

①从：从死，殉葬。穆公：秦国国君。

②子车奄息：人名。子车为姓，奄息为名。下文“子车仲行”、“子车鍼虎”同此。

③特：匹敌。

④惴惴（zhuì）：恐惧的样子。

⑤歼：杀害。良人：好人，善人。

⑥人百其身：以一百人赎代其身。

⑦防：比，相当。

⑧御：义同“防”。

【评析】

这是控诉以人殉葬之诗。据《史记·秦本纪》记载，秦穆公死后，竟以177人陪葬，其中就包括“三良”，即子车奄息、子车仲行、子车鍼虎三兄弟。人们哀悼他们，于是就写有《黄鸟》之诗。全诗三章。诗以黄鸟止于树上各得其所，反兴“三良”从穆公殉葬而命归黄泉，大有人命不如黄鸟之感。这“三良”乃国中的俊杰，可与“百夫”相比。这表现出国人对失去“三良”无限惋惜之情。“三良”殉葬之时，下看墓穴，恐惧战栗，显得十分痛苦，使人惨不忍睹。国人亲见“三良”被活埋殉葬，悲苦无告，只好呼天抢地，疾声喊道：“老天爷啊，你为何要杀我良人？如可替换，我们愿以百人赎回他们的生命。”这表现了国人对“三良”的同情和对统治者的愤恨。

晨　风

鴥彼晨风①，郁彼北林②。　鹯鸟迅速地飞行，飞到那北山的密林。
未见君子，忧心钦钦③。　没有看见丈夫归，心中不安定。
如何如何，忘我实多！　怎么办啊怎么办？把我忘记真狠心。

山有苞栎④，隰有六驳⑤。　高山上有栎树，低湿地有梓榆。
未见君子，忧心靡乐⑥。　没有看见丈夫归，心中不欢欣。
如何如何，忘我实多！　怎么办啊怎么办？把我忘记真狠心。

山有苞棣⑦，隰有树檖⑧。　高山上有棣树，低湿地有梨树。
未见君子，忧心如醉⑨。　没有看见丈夫归，忧心如昏醉。
如何如何，忘我实多！　怎么办啊怎么办？把我忘记真狠心。

【注释】

①鴥(yù)：疾飞的样子。晨风：猛禽名。即“鹯(zhān)”。

②郁：茂盛的样子。北林：北山之林。

③钦钦：忧思难忘的样子。

④苞栎：丛生的柞树。

⑤六驳：梓榆。

⑥靡：无。

⑦苞棣（dì）：丛生的棠梨。

⑧檖（suì）：山梨树。

⑨醉：神魂颠倒，昏昏沉沉。

【评析】

这是妇人思念丈夫之诗。全诗三章。首章以飞鸟归林起兴，引起妇人对丈夫的思念。丈夫久不归家，她感到孤单凄苦。她不禁暗自思忖：莫非丈夫把自己忘记了！这正表达了她的忧虑之情。二、三章以山上洼地树木对举，兴比男女或夫妻情事。妇人每当想起丈夫久出未归，内心就觉得没有一点乐趣，甚至于神魂颠倒，昏昏沉沉。一个“醉”字，便见妇人百感交集，忧苦万状。

无　衣

岂曰无衣？与子同袍①。
王于兴师②，修我戈矛，
与子同仇③。

难道说没衣裳穿？与你同披这战袍。
国王要出兵去征讨，赶快修好我戈矛，
咱们同把国土保。

岂曰无衣？与子同泽④。
王于兴师，修我矛戟，
与子偕作⑤。

难道说没有衣裳穿？与你同穿这内衣。
国王要出兵去杀敌，赶快修好我矛戟，
与你一道同抗敌。

岂曰无衣？与子同裳。
王于兴师，修我甲兵⑥，
与子偕行⑦。

难道说没有衣裳穿？与你同穿这衣裳。
国王要出兵去拒敌，赶快修好我刀枪，
与你一起赴前方。

【注释】

①袍:战袍。

②于:语助词。同“曰”。兴师:起兵。

③同仇:共同对敌。

④泽:贴身的内衣。

⑤偕作:共同行动。

⑥甲兵:战甲、兵器。

⑦偕行:一起前往。

【评析】

这是秦国的军歌。全诗三章。每章首二句采用问答的形式。一章说:“难道说没有衣裳,与你同穿一件战袍。”二章说:“难道说没有衣裳?与你同穿一件内衣。”三章说:“难道说没有衣裳?与你同穿一条裤子。”先言“袍”,次言“泽”,再言“裳”,是说内外、上下衣物都可以与战友共用。这表现士兵们同甘共苦,团结一致的战斗意志和乐观精神。每章后三句写国君一旦起兵,士兵们便修理各种武器,同赴战场,英勇杀敌。这表现了士兵们同仇敌忾,慷慨从军的爱国热情。此诗今天读来仍给人以鼓舞的力量。

渭　阳

我送舅氏[1],曰至渭阳[2]。	我送舅父回故乡,一直送到渭水旁。
何以赠之?路车乘黄[3]。	我用什么赠送他?黄马驾着车一辆。
我送舅氏,悠悠我思[4]。	我送舅父回故乡,常常想到我的娘。
何以赠之?琼瑰玉佩[5]。	我用什么赠送他?美石宝玉真多样。

【注释】

①舅氏：指晋公子重耳。他是秦太子罃(即后来的秦康公)之舅。

②渭阳：渭水北边。

③路车：诸侯所乘之车。乘黄：四匹黄马。

④悠悠：思绪绵长。

⑤琼瑰(guī)：美玉。

【评析】

这是秦太子罃送舅念母之诗。秦穆公的夫人是晋献公的女儿，生太子名罃。晋献公有个儿子叫重耳，因遭骊姬之难，先后在齐、楚、秦国流亡多年。周襄王十五年(公元前635)，秦穆公派兵护送重耳回到晋国，立为晋君，是为晋文公。当时罃是秦国的太子。重耳临行时，太子罃去送他，并作此诗。全诗二章。首章写罃送舅至渭阳。当时秦国的都城在雍地，而渭阳地当咸阳附近，两地相距甚远。千里送别，依依不舍，流露出甥舅惜别之情。临别时，太子罃以华美的路车和四匹黄毛大马赠给舅舅，祝愿他回国后立为国君。末章写罃送舅念母的深情。这时太子罃的母亲(重耳的妹妹)已经去世。太子罃送舅舅，自然想起了母亲。今见舅舅，好像母亲就在身边。“悠悠我思”一句，正道出了太子罃这种缠绵悱恻之情。临别之时，太子罃又以美玉赠给舅舅，再次表达了他对舅舅的一片深情。

权舆

於我乎[①]，夏屋渠渠[②]。	唉！我呀，以前住着高屋大房。
今也每食无余。	如今呀每顿无剩汤。
于嗟乎[③]！不承权舆[④]。	唉唉！不像当初那个样。
於我乎，每食四簋[⑤]。	唉！我呀，以前每顿四大碗。

今也每食不饱。 如今呀每顿吃不饱。

于嗟乎！不承权舆。 唉唉！比起当初差远了。

【注释】

①於(wū)：叹词。

②夏屋：大屋。渠渠：深广的样子。

③于嗟：悲叹声。

④承：继承。权舆：当初。

⑤簋(guǐ)：古代食器。

【评析】

这是没落贵族哀叹今不如昔之诗。每章前二句写过去的住食。过去这个贵族住的是高大宽敞的房屋，吃的是四簋盛装的美味佳肴。多么气派，多么富裕。每章后三句主要写如今之食。这个贵族由于日趋破产，几乎到了将要断炊的地步。由以前的“每食四簋”到如今“每食无余”、“每食不饱”，正是他日趋破产的真实写照。难怪他感伤自己不能继续当初的盛况。全诗用今昔对照的手法，表现了没落贵族留恋过去，感伤眼前的颓唐苦楚的心境。

陈　风

宛　丘

子之汤兮①，宛丘之上兮②。	你的舞姿多飘荡，在那宛丘高地上。
洵有情兮③，而无望兮④。	我对你呀确有情，可是没有什么希望。
坎其击鼓⑤，宛丘之下。	咚咚地敲着鼓，在那宛丘的低处。
无冬无夏，值其鹭羽⑥。	不分冬来不分夏，手持鹭羽纵情舞。
坎其击缶⑦，宛丘之道。	敲起盆儿当当响，在那宛丘大道上。
无冬无夏，值其鹭翿⑧。	不分冬来不分夏，手持鹭羽放声唱。

【注释】

①汤：通“荡”。形容舞姿轻盈飘荡。

②宛丘：四周高中间低的场所。

③洵：副词。的确。

④望：指望。

⑤坎：象声词。

⑥值：持。鹭羽：用白鹭羽毛制作的舞具。

⑦缶（fǒu）：瓦罐。

⑧鹭翿（dào）：义同“鹭羽”。

【评析】

这是男子爱慕巫女之诗。陈国巫风颇为盛行。国中有一部分女子专门从事巫术，以舞蹈祭祀神灵。此诗正是写男子钟情一位巫女。全诗三章。首章写男子观望巫女舞蹈的情景。在宛丘之上，一位巫女正在纵情起舞。“子之汤兮”之“汤”极为传神。它将巫女轻盈飘荡的舞姿描摹得活灵活现。男子见到这天仙般的巫女，的确萌生了无限爱慕之情。但继而一想，与她相爱实无指望。这两句正道出了男子既爱慕又失望的复杂心情。二、三章写男子追求巫女的痴情。虽说求之“无望”，但男子终不甘心。巫女手执“鹭羽”、“鹭翿”，合着“坎坎”的鼓缶之声，无冬无夏地在宛丘上下舞蹈。这既表明此女子确是以祀神为职业的巫女，同时也可见出这男子一直都在观看巫女舞蹈，追求的情思未减分毫。不难看出，这确是一首单相思的情歌。

东门之枌

东门之枌①，宛丘之栩②。	东门的白榆，宛丘的柞树。
子仲之子③，婆娑其下④。	子仲家姑娘，树下翩翩舞。
谷旦于差⑤，南方之原。	选一个好时光，到那南边平原上。
不绩其麻，市也婆娑⑥。	她不织那麻，在集上舞一场。
谷旦于逝⑦，越以鬷迈⑧。	吉日那天就前往，男男女女一道逛。
视尔如荍⑨，贻我握椒⑩。	我看你像朵荆葵花，你赠我花椒表衷肠。

【注释】

①枌（fén）：白榆树。

②栩（xǔ）：柞树。

③子仲：姓氏。

④婆娑：舞蹈。

⑤谷旦：吉日良辰。差：选择。

⑥市：集市。

⑦逝：往。

⑧越以：语助词。鬷（zōng）：众，会聚。迈：行。

⑨荍（qiáo）：荆葵花。

⑩贻（yí）：赠送。握：一把。椒：花椒。

【评析】

这是男女相互爱悦之诗。全诗三章。首章点明歌舞之地。东门之外，宛丘之上，榆树、柞树浓阴覆盖，枝条飘拂，风景异常幽美。这正是青年男女聚会歌舞的好地方。一位姓"子仲"的姑娘，正在这天然的舞台上翩翩起舞。这分明是她的情人目中之所见。二章写这对情人邀约同赴舞会。他俩选定一个吉日良辰，同往"南方之原"去聚会歌舞。姑娘放下手中的"绩麻"活计，欢快地舞蹈着通过集市，与情人一道前往南方。舞台由"东门"移到南方之"原"，这暗示出舞台更广阔，歌舞之会更盛大。三章写男女相悦之情。在一个美好的日子，许多对情人偕同前往南方。这对情人来到"原"地，一边纵情歌舞，一边互吐爱悦之情。男子赞美"子仲"姑娘容颜娇美，宛如一朵鲜艳的荆葵花，"子仲"姑娘也一往情深，赠给男子一把花椒，用以作为定情的信物。从诗中"不绩其麻"一语看来，这是一首平民青年男女的恋歌。

衡　门

原文	译文
衡门之下①，可以栖迟②。	横木门下，便可休息。
泌之洋洋③，可以乐饥④。	洋洋泉水，便可疗饥。
岂其食鱼，必河之鲂。	难道吃鱼，一定要吃黄河团头鲂？
岂其取妻，必齐之姜。	难道娶妻，一定要娶齐国姜姑娘？

岂其食鱼，必河之鲤。　　难道吃鱼，一定要吃黄河大鲤鱼？
岂其取妻，必宋之子。　　难道娶妻，一定要娶宋国子氏女？

【注释】

①衡门：横木为门。

②栖迟：游息。

③泌(bì)：泉水名。

④乐：通"疗"。治疗。

【评析】

这是男子追求女子之诗。全诗三章。每章均用比兴手法，新鲜而奇特。首章用"衡门"、"泌"作比。横木简陋，本难安身而偏说可以游息；洋洋泉水，本难饱肚而偏说可以疗饥。诗以此兴比自己所求不高。二、三章用"食鱼"、"娶妻"作比。"鲂"、"鲤"之鱼，体肥味美，谁不爱吃？但这男子却不奢求，即使小鱼他也爱吃；"齐姜"、"宋子"，容貌娇美，谁不乐娶，但这男子却不过望，即使小姓女子他也乐娶。"岂其……必……"句，正是说的这个意思。诗人一连打了六个比方，无外乎是为了向情人表白：贵族女子我不要，唯有你才是我的心上人。这正是"小家碧玉赛过名门闺秀"。这种恋爱观无疑是健康的。此诗笔调轻松活泼，诙谐风趣。读着它，仿佛看到一位男子在面对情人倾吐心曲，谈吐中还带有一种戏谑的意味。

东门之池

东门之池[①]，可以沤麻[②]。　　东门池水清，可把大麻浸。
彼美淑姬[③]，可与晤歌[④]。　　美丽善良的姑娘，正好跟她唱心声。

东门之池，可以沤纻[⑤]。	东门池水清，可把苎麻浸。
彼美淑姬，可与晤语[⑥]。	美丽善良的姑娘，正好跟她去谈心。
东门之池，可以沤菅[⑦]。	东门池水清，可把菅草浸。
彼美淑姬，可与晤言[⑧]。	美丽善良的姑娘，正好跟她诉衷情。

【注释】

①池：池塘。

②沤：浸泡。

③美淑：美丽善良。姬：指姑娘。

④晤歌：聚会唱歌。

⑤纻（zhù）：麻类。

⑥晤语：相互谈心。

⑦菅（jiān）：茅属。

⑧晤言：义同“晤语”。

【评析】

这是男子爱慕女子之诗。此诗的意境与《衡门》相似，并可作为《衡门》的注脚，故可参互阅读。全诗三章。每章前二句以“东门之池”便可浸泡“麻”、“纻”与“菅”，兴比男子所求不高。每章后二句写男子的择偶标准。那美丽善良的姑娘，便可与她对歌、对语、对言。细玩“可以”、“可与”之词，即是《衡门》“可以”、“岂其……必……”之意。这男子也是说娶妻只要“美淑”即可，不必齐姜宋子，阔门闺秀。这“美淑”二字，又恰好给《衡门》中男子所爱慕的女子做了最好的注脚。我们猜想，这两首诗可能是一人所作。

东门之杨

东门之杨，其叶牂牂[①]。	东门外白杨，叶儿青苍苍。
昏以为期[②]，明星煌煌[③]。	约会在黄昏，金星亮堂堂。
东门之杨，其叶肺肺[④]。	东门外白杨，叶儿郁苍苍。
昏以为期，明星晢晢[⑤]。	约会在黄昏，金星闪银光。

【注释】

①牂牂（zāng）：茂盛的样子。

②昏：黄昏。“昏以”即“以昏”的倒文。为期：作为约会之期。

③明星：启明星。煌煌：明亮的样子。

④肺肺：义同“牂牂”。

⑤晢晢（zhì）：义同“煌煌”。

【评析】

这是等候情人之诗。此诗虽短小，但一句一意，言简而意丰。全诗二章。每章前二句点明幽会之地。东门之外，白杨成排，树叶苍郁茂盛，环境异常幽静。在这个地方谈情说爱，该多有诗情画意。每章二句点明幽会之时。约定黄昏为幽会之期。时至黄昏，夜幕已经降临，一层层黑纱笼罩着大地，笼罩着“东门”。在这个时辰幽会密语，更是别有一番滋味。每章末句暗示一方负约不至。一方守信，按时来到幽会之地“东门”，可另一方不知何故却迟迟未来。他（或她）等呵等呵，心中万分焦灼。但又不忍遽然离去，于是从黄昏一直等到夜深人静，“明星煌煌”，爱情之执着于此可见。此诗语言精粹，意境幽美，含蕴深邃。全诗虽重在写景，但诗中“昏以”、“明星”等字眼，却给读者留下了一个广阔的想象的天地。就在景象的变换、时序的推移之中，巧妙地将这个情人焦灼惆怅之情披露了出来，堪称一首抒情佳作。

墓 门

墓门有棘①，斧以斯之②。	墓门有荆棘，用斧头铲除掉。
夫也不良③，国人知之。	那人心肠坏，国人都知道。
知而不已④，谁昔然矣⑤。	知道而不制止，昔日谁像这样糟。
墓门有梅，有鸮萃止⑥。	墓门有梅树，猫头鹰集树梢。
夫也不良，歌以讯之⑦。	那人心肠坏，用歌声来警告。
讯予不顾，颠倒思予。	警告他不理睬，跌倒想我已晚了。

【注释】

①墓门：凶僻之地。棘：荆棘。

②斯：砍。

③夫：指陈佗。

④已：制止。

⑤昔：往日。然：这样。

⑥鸮(xiāo)：猫头鹰。萃(cuì)：聚集。

⑦讯：通“谇(suì)”。警告。

【评析】

这是忠臣规劝陈桓公提防陈佗篡逆之诗。陈佗是陈桓公之弟。此人向有篡逆之心，而其师傅也居心不良，非但不加规劝，反而助之为恶。想必诗人是一位忠臣。他熟知陈佗之为人，深感政局之危殆，于是以诗的方式告诫桓公应及早提防。全诗二章。首章以“墓门有棘”须用斧砍掉，比喻国有不良应该铲除。诗言“夫也不良”之“夫”正是指代陈佗。陈佗不良，“国人知之”，然而桓公不加以制止，昔日谁像这样呢？责怨桓公之意不言而喻。末章以猫头鹰止于梅，比喻陈佗作恶于国。于是诗人将“夫也不良”的实情以歌的方式告诫桓公。但桓公不听忠告，不予理睬，恐怕要到狼狈不堪之时才会想起我来。正像诗人所预料的那样，由于桓公毫无戒备，就在他病危之时，陈佗果然下了毒手，杀死太子，自立为君，最后桓公只落得一个可悲的下场。总之，此诗意在告诫桓公“早为谕教”，消除后患，否则后果将不堪设想。

防有鹊巢

防有鹊巢①，邛有旨苕②。	堤岸有鹊巢，山丘有水草。
谁侜予美③？心焉忉忉④。	谁个欺骗我爱人？我的心里真苦恼。
中唐有甓⑤，邛有旨鹝⑥。	庭道有屋瓦，山丘有水草。
谁侜予美？心焉惕惕⑦。	谁个欺骗我爱人，我的心里真烦恼。

【注释】

①防：堤岸。

②邛(qióng)：山丘。苕(tiáo)：草名。

③侜(zhōu)：欺诳。

④忉忉：忧愁的样子。

⑤中唐：朝堂前和宗庙门内的大路。甓(pì)：古代的砖，用作屋瓦。

⑥鹝(yì)：通“虉”。绶草。

⑦惕惕：忧惧的样子。

【评析】

这是女子忧虑爱人听信谗言之诗。全诗二章。此诗技巧不凡，颇能曲尽其妙。尤其是诗中的兴体，堪称奇绝，它令人回味，发人深思。鹊巢筑在树上，甓砖盖在屋上，苕、鹝之草长在湿地，这是尽人皆知的常理。

然而有人竟说堤上筑有鹊巢，路上垫有甓砖，山丘长有苕、鹝之草，这全是一派胡言。诗以此兴比无根浮词不可轻信，真是再恰切不过了。诗中的女子与其爱人原本情感融洽，相爱甚笃。如今女子觉得爱人对她突然变得冷淡起来，于是她暗自思忖，顿起疑心：这是谁在挑拨离间呢？这一问语含蕴丰厚，既含有对爱人的深深关切，也含有对挑拨者的严厉斥责。她唯恐爱人因受欺诳而致使两人离异，因而内心十分焦灼，无比忧伤。“心焉忉忉”、“心焉惕惕”，正传达出这种隐忧。

月　出

月出皎兮①，佼人僚兮②。 舒窈纠兮③，劳心悄兮④。	月亮出来皎皎的，姑娘容貌娇娇的。 姑娘身段高高的，我的愁思悄悄的。
月出皓兮⑤，佼人懰兮⑥。 舒懮受兮⑦，劳心慅兮⑧。	月亮出来皓皓的，姑娘容貌俏俏的。 姑娘身段高高的，我的愁思慅慅的。
月出照兮，佼人燎兮⑨。 舒夭绍兮⑩，劳心惨兮⑪。	月亮出来耀耀的，姑娘容貌姣姣的。 姑娘身段高高的，我的愁思躁躁的。

【注释】

①皎：清澈明亮。

②佼：通“姣”。美人。僚：娇美。

③舒：步履轻盈。窈纠：身段苗条。

④劳：思念。悄：忧愁的样子。

⑤皓：义同“皎”。

⑥懰（liú）：美好。

⑦懮受：义同“窈纠”。

⑧慅(cǎo):心神不安。

⑨燎:明亮。

⑩夭绍:义同“窈纠”。

⑪惨:同“慅”。心神不宁。

【评析】

这是男子怀念情人之诗。全诗三章。此诗写得相当优美,简直是一幅素洁淡雅的月下美人图。每章首句描写明月。明月刚一露面,便洒下万道银光。这皎洁的月色,更映衬出姑娘貌美。每章二、三句描摹美女。这姑娘眉清目秀,妩媚无比,脸上闪出来的青春光彩,与银色的月光交相辉映更显得艳丽动人。这姑娘还很有风度。她个儿高高,身段苗条,走起路来,步履轻盈,婀娜多姿,宛若天仙一般。一个“舒”字,尽见其态。每章末句抒发情怀。诗人遥对夜空,见月伤怀,愁苦无限。此诗采用亦虚亦实的手法,将明月与美女相互映衬,又将诗人的相思之情融入其间,从而构成一种空蒙飘忽的意境,使人更觉姑娘摇曳多姿,娇美动人。

株　林

胡为乎株林[1],从夏南兮[2]?	为什么往株林,去追踪夏南?
匪适株林[3],从夏南兮!	不是往株林,是去追踪夏南。
驾我乘马[4],说于株野[5]!	驾着他的四匹马,在株野住一晚。
乘我乘驹,朝食于株!	驾着他的四匹马,在株林吃早饭。

【注释】

①胡为:为什么。株林:夏邑郊野。

②夏南:夏征舒,字子南,故称夏南。

③匪:不是。适:往。

④我：犹“其”。相当于“他的”。

⑤说(shuì)：停车歇息。

⑥乘驹：四匹马。

⑦朝食：吃早饭。

【评析】

这是讽刺陈灵公淫于夏姬之诗。据史书记载，夏姬是郑穆公之女，嫁给陈大夫夏御叔为妻。陈灵公与大夫孔宁、仪行父皆与夏姬私通。此诗正是讽刺陈灵公这一秽行。全诗二章。首章以问答的方式，表示将信将疑。灵公为何到株林去追夏南呢？这一设问，语意深婉。因为夏南是夏姬之子，所以“从夏南”即是“从夏姬”。这种言在此而意在彼的写法，比直接披露要诙谐有力得多。诗接着又加以否定：灵公不是到株林去从夏南。这一笔也极妙。不是“从夏南”，那是从谁呢？不用说，就是去“从夏姬”就在不言之中了。末章写灵公在株林住了一宿。灵公乘坐马车，果然到了株林。他还在株林住了一宿。直到第二天吃过早饭才离去。这“说于”、“朝食”二语，正表明灵公在株林确实待了一天一夜。这里再不露“夏南”字样，而“从夏姬”之意由此就已大明。此诗篇幅虽短，但诗意浑厚，写得一波三折，确是一首优秀的讽刺诗。

泽　陂

彼泽之陂①，有蒲与荷②。	在那沼泽水边上，既有蒲草又有荷。
有美一人，伤如之何③！	有位美男子，我对他无奈何！
寤寐无为④，涕泗滂沱⑤。	躺在床上难入睡，涕儿泪儿流成河。
彼泽之陂，有蒲与蕑⑥。	在那沼泽水边上，既有蒲草又有荷。
有美一人，硕大且卷⑦。	有位美男子，个儿高大臂宽阔。
寤寐无为，中心悁悁⑧。	躺在床上难入睡，心中忧闷向谁说。

彼泽之陂，有蒲菡萏[9]。　　在那沼泽水边上，既有蒲草又有荷。
有美一人，硕大且俨[10]。　　有位美男子，个儿高大双下颚。
寤寐无为，辗转伏枕。　　躺在床上难入睡，翻来覆去伏枕卧。

【注释】

①陂（bēi）：水边。
②蒲：水草。
③伤：一作“阳”。女性第一人称代词，相当于“我”。
④无为：无法可想。
⑤涕泗：眼泪鼻涕。滂沱：形容涕泪涌流。
⑥蕑：莲。
⑦卷：勇壮。
⑧悁悁（juān）：忧闷的样子。
⑨菡萏（hàn dàn）：荷花。
⑩俨（yǎn）：双下巴。

【评析】

这是女子思念男子之诗。全诗三章。每章一、二句为兴体。诗以泽畔长有碧绿的水草、青翠的荷叶、鲜艳的荷花，反兴自己尚未得到那美男子的爱情。每章三、四句描写男子的形象。这位男子不仅身材魁伟，体魄勇壮，而且面颊丰满，神采奕奕，难怪这女子日夜想他，想得无可奈何。每章五、六句抒写女子愁怀。这女子始而涕泗涌流，继而忧闷无限，终乃辗转伏枕，相思之苦于此可见。

桧　风

羔　裘

羔裘逍遥[①]，狐裘以朝[②]。
岂不尔思[③]？劳心忉忉[④]。

羔裘翱翔，狐裘在堂[⑤]。
岂不尔思？我心忧伤。

羔裘如膏[⑥]，日出有曜[⑦]。
岂不尔思？中心是悼[⑧]。

穿着羔裘去游遨，穿着狐裘去上朝。
难道我不想念你？我的心里真烦恼。

穿着羔裘去游逛，穿着狐裘去上堂。
难道我不想念你？我的心里真悲伤。

羔裘润泽如脂膏，太阳一出光闪耀。
难道我不想念你？我的心里真苦恼。

【注释】

①逍遥：游逛。

②朝：上朝。

③岂：副词。难道。尔：你。

④忉忉：忧念的样子。

⑤堂：公堂。

⑥膏：油脂。

⑦曜：同“耀”。发光。

⑧悼：哀伤。

【评析】

这是贵妇人因失宠而忧伤之诗。全诗三章。每章前二句写丈夫骄纵之状。这位达官贵人对服饰非常讲究。他所穿的羔裘，质地柔软洁白如同脂膏，太阳出来一照便闪烁着耀眼的光芒。羔裘如此，狐裘想必亦然。平素他穿着羔裘四处“逍遥”与“翱翔”，只是待有政事才穿着狐裘上朝。这“逍遥”、“翱翔”二语，正勾画出这位官人骄奢而放荡的情状。每章后二句抒发忧思。这贵妇人可能是因为失宠而独处异室。丈夫如此薄情，若是一个性格刚强的女子，便会与之决绝，一刀两断。然而这贵妇人却柔情似水，还依然难舍。每当见到丈夫外出“逍遥”或上朝，她总是暗自思念不已，同时又忧伤至极。“岂不尔思？我心忧伤”，正抒发了这种既眷恋又忧伤的复杂情怀。

素冠

庶见素冠兮①， 棘人栾栾兮②，劳心慱慱兮③。	幸见头戴白帽的人， 这人瘦得骨嶙峋，我真为他而担心。
庶见素衣兮， 我心伤悲兮，聊与子同归兮④。	幸见身穿白衣的人， 我真为他而伤心，姑且跟他回家门。
庶见素韠兮⑤， 我心蕴结兮⑥，聊与子如一兮⑦。	幸见身披白裙的人， 我真为他而忧闷，姑且跟他结同心。

【注释】

①庶：幸。

②棘：通“瘠”。瘦弱。栾栾（luán）：瘦弱的样子。

③慱慱（tuán）：忧愁的样子。

④聊：姑且。

⑤韠（bì）：护膝。

⑥蕴结：思不解。

⑦如一：同心。

【评析】

这是女子庆幸丈夫归来之诗。全诗三章。诗中的男子，头戴白色之帽，身穿白色之衣，腿缠白色护膝。这男子出外谋生多年，眼下竟成了一个瘦削不堪的“棘人”了。妇人突然见到丈夫归来，真是悲喜交集。夫妻长久分离今团圆，这怎不叫她欣喜无限！丈夫昔日强壮今枯瘦，这又怎不叫她悲痛万分！尽管丈夫成了一个“棘人”，然而她不但不嫌弃丈夫，反而更加怜悯丈夫。她无限深情地说道：“走吧，与你一道回家，与你同心到老。”情真意切，溢于言表，真令人感动。

隰有苌楚

隰有苌楚①，猗傩其枝②。 夭之沃沃③，乐子之无知④。	低湿地里有羊桃，它的枝儿长得好。 多茁壮呀多光泽，我美慕你忧虑少。
隰有苌楚，猗傩其华⑤。 夭之沃沃，乐子之无家。	低湿地里有羊桃，它的花朵开得娇。 多茁壮啊多光泽，我美慕你拖累少。
隰有苌楚，猗傩其实。 夭之沃沃，乐子之无室。	低湿地里有羊桃，它的果实结得饱。 多茁壮呀多光泽，我美慕你负担少。

【注释】

①苌(cháng)楚：羊桃。

②猗傩(ē nuó)：柔美的样子。

③夭：茁壮。沃沃：光泽。

④乐：羡慕。子：指代羊桃。无知：无知觉。

⑤华：花。

【评析】

这是乱离之世的愁苦之诗。全诗三章。诗人也许正“挈妻抱子”，在逃难的人潮中艰难地行进着。一见到沿途欣欣向荣的羊桃，便触景伤怀，感慨万端，悲叹自己的飘零身世远不如羊桃。首章写羡慕羊桃之“无知”。羊桃“无知”则无忧虑，因而枝繁叶茂，生机盎然。而人有知则有忧愁，因而身心憔悴，日见衰老。两相对照，一荣一枯，难怪诗人要羡慕羊桃之“无知”了。二、三章写羡慕羊桃之“无家”、“无室”。羊桃“无家”、“无室”则无拖累，因而花艳果硕，快乐自在。而人有家有室则有拖累。尤其在国破之秋，就更感拖累之重。由于颠沛流离，难以栖身，根本无法养活妻室儿女，因而成天要为家人的命运而担忧。两相对照，一乐一悲，难怪诗人要羡慕羊桃之“无家”、“无室”了。正是因为诗人忧愁之深，拖累之重，所以一看到羊桃，就能抓住“无知”、“无家”的特征，反复咏叹人不如羊桃，从而羡慕羊桃。这是多么凄苦的事啊！

匪　风

匪风发兮①，匪车偈兮②。	狂风飒飒响，车轮飞一样。
顾瞻周道③，中心怛兮④。	回头望大道，心中多悲伤。
匪风飘兮，匪车嘌兮⑤。	狂风呼呼吹，车轮快如飞。
顾瞻周道，中心吊兮⑥。	回头望大道，心中多伤悲。
谁能亨鱼⑦？溉之釜鬵⑧。	谁会把鱼烹？替他洗锅盆。
谁将西归？怀之好音⑨。	谁将西去归故乡？为我捎个信。

【注释】

①匪：彼，那。发：飘扬的样子。

②偈(jié)：疾驰的样子。

③周道：大道。

④怛(dá)：忧伤。

⑤嘌(piāo)：疾速的样子。

⑥吊：忧伤。

⑦亨：同“烹”。

⑧溉(gài)：洗。鬵(xín)：大锅。

⑨怀：捎。好音：指书信。

【评析】

这是征夫思归之诗。全诗三章。一、二章写思乡之情。一天，狂风大作，这征夫乘坐马车正在大道上飞驰。他也许是从别处刚到桧国，因离西方的家乡愈远而思情愈浓，所以回头望见这条漫长的大道，心中便悲伤不已。一种怀归思乡之情，便从这“顾瞻”二字中含蓄地流露了出来。三章写想托人捎信回家。这次来到桧国，还不知何时能回家与亲人团聚。万般无奈，只好托人捎封家书，聊以宽慰自己。“谁会烹鱼？我愿为他洗锅。”这一表白含有乐于助人之意。他讲这话，其目的无非是为了求得他人也能帮助自己。他询问道：“谁将回归西方？请为我捎封家书向亲人报个平安。”一种强烈的思亲之情由此可见。

曹 风

蜉 蝣

蜉蝣之羽[1]，衣裳楚楚[2]。	蜉蝣的翅膀，漂亮的衣裳。
心之忧矣，于我归处[3]。	我心忧伤啊，快同我共住一房。
蜉蝣之翼，采采衣服[4]。	蜉蝣的羽翼，华丽的外衣。
心之忧矣，于我归息。	我心忧伤啊，快同我一道安息。
蜉蝣掘阅[5]，麻衣如雪。	蜉蜉多光泽，麻衣似白雪。
心之忧矣，于我归说[6]。	我心忧伤啊，快同我一道安歇。

【注释】

①蜉蝣：昆虫名。又名渠略，传说它寿命极短，朝生暮死。

②楚楚：鲜明。

③处：住宿。

④采采：鲜艳。

⑤掘：通“厥”。犹“之”。阅：通“娧”。润泽。

⑥说(shuì)：止息。

【评析】

这是女子爱悦男子之诗。全诗三章。诗以蜉蝣细薄润泽的羽翼，兴比男子华丽鲜洁的衣裳。诗中的女子爱上了这个衣裳楚楚的男子。她由于尚未得到这个男子的爱情，因此内心非常忧伤。于是她呼喊道：“快同我住宿吧!”这种坦直、大胆的态度,完全暴露了这种诗歌的原始性。

候 人

彼候人兮①,何戈与祋②。 彼其之子,三百赤芾③。	那个候人很英俊,肩扛长矛和大刀。 他这个人啊,身披护膝多骄傲。
维鹈在梁④,不濡其翼⑤。 彼其之子,不称其服⑥。	鹈鹕歇在鱼坝上,不曾沾湿它翅膀。 他这个人啊,不配穿着那服装。
维鹈在梁,不濡其咮⑦。 彼其之子,不遂其媾⑧。	鹈鹕歇在鱼坝上,不曾沾湿它嘴唇。 他这个人啊,美满婚姻怎能成。
荟兮蔚兮⑨,南山朝隮⑩。 婉兮娈兮⑪,季女斯饥⑫。	云雾缭绕草木茂,朝霞升起南山头。 既娇小又美好,少女饥饿难忍受。

【注释】

①候人:掌管迎送宾客、巡守道路的小武官。

②何:同“荷”。持,扛。祋(duì):即殳(shū)。古兵器。

③三百:形容服饰美盛。赤芾(fú):红色的皮蔽膝。

④鹈(tí):鹈鹕。喜食鱼的水鸟。梁:鱼坝。

⑤濡:沾湿。

⑥不称:不相称。

⑦咮(zhòu):鸟嘴。

⑧遂:成全,成功。媾:婚姻。

⑨荟、蔚:云雾缭绕,草木丰茂。

⑩隮(jī):云霞升起。

⑪婉、娈:美好的样子。

⑫季女:少女。饥:隐语。比喻对爱情的追求如饥似渴。

【评析】

这是少女爱慕青年武官之诗。全诗四章。首章写“候人”穿着赤芾的盛服,手持武器来回巡逻,迎送宾客,显得十分神气而威武。一位少女暗暗地爱上了他。二、三章写“候人”对少女的爱情毫无觉察。诗以鹈鹕不下水捕鱼,兴比“候人”不主动向少女求爱。他虽然身穿盛服,宛然像个大人,但他的行为不称其服,这哪能成就这门婚事呢?末章以缭绕的云雾、丰茂的草木、灿烂的朝霞兴比少女容貌娇美。这个美丽可爱的少女,她对爱情的向往简直是如饥似渴。一个“饥”字,点出了少女对爱情热切期待之情。

鸤 鸠

鸤鸠在桑①,其子七兮。	布谷鸟筑巢桑树上,把七只小鸟来抚养。
淑人君子②,其仪一兮③,	那位贤德的人啊,他的仪表始终都一样。
其仪一兮,心如结兮④。	他的仪表始终都一样,用心专一多善良。
鸤鸠在桑,其子在梅。	布谷鸟筑巢桑树上,小鸟在梅树间来往。
淑人君子,其带伊丝⑤。	那位贤德的人啊,白色丝带闪银光。
其带伊丝,其弁伊骐⑥。	白色丝带闪银光,青黑皮帽放光芒。
鸤鸠在桑,其子在棘。	布谷鸟筑巢桑树上,小鸟在枣树间来往。
淑人君子,其仪不忒⑦。	那位贤德的人啊,他的仪表真端庄。
其仪不忒,正是四国⑧。	他的仪表真端庄,成为国人的好榜样。
鸤鸠在桑,其子在榛⑨。	布谷鸟筑巢桑树上,小鸟在榛树间来往。
淑人君子,正是国人。	那位贤德的人啊,成为国人的好榜样。

正是国人，胡不万年！　　成为国人的好榜样，祝他的寿命万年长！

【注释】

①鸤鸠：布谷鸟。

②淑人：善人。

③仪：言行，态度。

④心如结：比喻用心专一。

⑤带：一种服饰。丝：指素丝。

⑥弁（biàn）：一种帽子。骐：青黑色。

⑦忒（tè）：差错。

⑧正：法则，榜样。四国：四方之国。

⑨榛：榛树。

【评析】

这是赞美君子之诗。全诗四章。诗以鸤鸠起兴。鸤鸠，又名布谷鸟。传说这种鸟哺育幼鸟，同样看待，平均如一，真可以说是鸟中的“君子”。人间的君子其品性与鸤鸠很相似。他腰系白丝织成的大带，头戴青黑绸制作的帽子，仪表端庄。他公正无私，用心均平；他坚定不移，用心专一；他不改常度，不出差错。只有这样的君子，才能成为各国的榜样，成为国人的楷模。这样的君子，怎不健康长寿。不用说，这是诗人理想中的君子形象。

下　泉

洌彼下泉①，浸彼苞稂②。　　泉水下流多寒冷，大片的莠草被淹尽。
忾我寤叹③，念彼周京④。　　我醒着叹息又呻吟，思念往日那周京。

洌彼下泉，浸彼苞萧⑤。　　泉水下流多寒冷，大片的蓬蒿都灭顶。

忾我寤叹，念彼京周。	我醒着叹息又呻吟，思念往日那周京。
洌彼下泉，浸彼苞蓍⑥。	泉水下流多寒冷，大片的蓍草全无根。
忾我寤叹，念彼京师⑦。	我醒着叹息又呻吟，思念往日那周京。
芃芃黍苗⑧，阴雨膏之⑨。	黄米幼苗长得盛，得到雨露及时润。
四国有王⑩，郇伯劳之⑪。	各国诸侯朝天子，因有郇伯去慰问。

【注释】

①洌：寒冷。下泉：泉水下流。

②苞稂（láng）：丛生的狼尾草。

③忾（xì）：叹息。

④周京：周王朝的京城。

⑤萧：香蒿。

⑥蓍（shī）：筮草。古用以占筮。

⑦京师：犹“周京”。

⑧芃芃（péng）：茂盛的样子。

⑨膏：润泽。

⑩四国：四方之国。有王：朝聘于天子。

⑪郇（xún）伯：文王之子。为州伯，有治诸侯之功。劳：安抚，慰劳。

【评析】

这是乱世思治之诗。据史书记载，重耳流亡至曹，曹共公对他很不礼貌。共公听说重耳腋下肋骨相连如一骨，觉得有趣，很想观赏。待重耳沐浴时，他就靠近偷偷地观看。重耳发觉后从此怀恨在心。后来重耳回到晋国做了国君，为泄私愤，出兵攻入曹国。这可能就是此诗产生的历史背景。全诗四章。前三章写曹人怀念“周京”之明王。诗以旱草遭受寒泉浸湿而被渍死，兴比曹国遭到晋国侵犯而被灭亡。在这亡国之秋，诗人见周室衰微，不能拯救曹国，故而叹息不已，不禁怀念起“周京”之治来。在西周盛世，有明王执政，天下有道，诸侯各国未有敢擅自攻伐他国的。可如今周室没有明王统理诸侯，天下无道，故晋国才敢擅自侵犯曹国。末章写曹人怀念“周京”之贤伯。诗言黍苗茂盛是雨霖滋润的结果，“四国有王”则是郇伯安抚的结果。“郇伯”为文王之子，曾做过州伯，治理一方诸侯颇有功绩。而现在则没有贤伯治理诸侯，致使曹国蒙受如此巨大的灾难。细玩诗意，我们仿佛听到诗人热切怀念明王贤伯的心声。

豳　风

七　月

七月流火[①]，九月授衣[②]。	七月火星向西移，九月派人裁寒衣。
一之日觱发[③]，二之日栗烈[④]。	冬月北风呼呼起，腊月寒气刺骨肌。
无衣无褐[⑤]，何以卒岁？	没有粗布没有衣，怎样挨到今年底？
三之日于耜[⑥]，四之日举趾[⑦]。	正月修农具，二月去耕地。
同我妇子，馌彼南亩[⑧]，	偕同老婆和孩子，将饭带到南田里，
田畯至喜[⑨]。	农官看到非常喜。
七月流火，九月授衣。	七月火星向西移，九月派人裁寒衣。
春日载阳[⑩]，有鸣仓庚[⑪]。	春天日子暖洋洋，黄鹂双双把歌唱。
女执懿筐[⑫]，遵彼微行[⑬]，	姑娘手提深竹筐，走在那条小路上，
爰求柔桑[⑭]。	采摘那嫩桑。
春日迟迟，采蘩祁祁[⑮]。	春天日子长，人们采蘩忙。
女心伤悲，殆及公子同归[⑯]。	姑娘心里多悲伤，怕被公子抢。
七月流火，八月萑苇[⑰]。	七月火星向西移，八月芦苇正茂畅。
蚕月条桑[⑱]，取彼斧斨[⑲]，	养蚕季节去理桑，手持的斧头亮光光。
以伐远扬[⑳]，猗彼女桑[㉑]。	砍伐那高起的枝条，牵引那绿油的嫩桑。
七月鸣鵙[㉒]，八月载绩[㉓]。	七月伯劳在歌唱，八月人们织麻忙。
载玄载黄[㉔]，我朱孔阳[㉕]，	麻线有黑也有黄，红色的麻线很明亮，

为公子裳。

替那公子做衣裳。

四月秀葽[26]，五月鸣蜩。
八月其获[27]，十月陨萚[28]。
一之日于貉[29]，取彼狐狸，
为公子裘。
二之日其同[30]，载缵武功[31]。
言私其豵[32]，献豜于公[33]。

四月远志结子了，五月知了声声叫。
八月开镰去割稻，十月树叶纷纷飘。
冬月去把貉子找，将那狐狸皮剥掉，
替那公子做皮袄。
冬月大伙齐出动，继续操练打猎的技巧。
猎得小猪归自己，大兽献给公府做佳肴，

五月斯螽动股[34]，六月莎鸡振羽[35]。
七月在野，八月在宇，
九月在户，十月蟋蟀入我床下。
穹室熏鼠[36]，塞向墐户[37]。
嗟我妇子，曰为改岁[38]，
入此室处！

五月蚱蜢弹腿响，六月纺织娘抖翅膀。
七月蟋蟀在田野，八月蟋蟀在檐下方，
九月蟋蟀在门旁，十月蟋蟀在我床下藏。
堵墙洞熏老鼠，涂门缝塞北窗。
可怜我老婆和孩子，算是过个年，
只好住进这破房。

六月食郁及薁[39]，七月亨葵及菽[40]，
八月剥枣[41]，十月获稻。
为此春酒，以介眉寿[42]。
七月食瓜，八月断壶[43]，
九月叔苴[44]，采荼薪樗[45]，
食我农夫[46]。

六月吃山楂和葡萄，七月把葵菜豆子来烹调，
八月去扑枣，十月收水稻。
把这甜酒来酿造，乞求老人年寿高。
七月吃瓜类，八月摘葫芦做水瓢，
九月拾麻子把粥熬，采苦菜吃砍臭椿烧，
养活全家老和小。

九月筑场圃[47]，十月纳禾稼[48]。
黍稷重穋[49]，禾麻菽麦。
嗟我农夫，我稼既同[50]，
上入执宫功[51]！
昼尔于茅[52]，宵尔索绹[53]。

九月修好打谷场，十月把庄稼来收藏。
作物有黍米豆麦，还有那稻麻和高粱。
唉，我们这些农夫，庄稼刚收完，
还要到公府去帮忙。
白天割茅草，夜晚搓绳缰。

亟其乘屋[54]，其始播百谷。	急忙爬到屋顶上，转眼间播谷又要忙。
二之日凿冰冲冲[55]， 三之日纳于凌阴[56]。 四之日其蚤[57]，献羔祭韭[58]。 九月肃霜[59]，十月涤场[60]。 朋酒斯飨[61]，曰杀羔羊。 跻彼公堂[62]，称彼兕觥[63]， 万寿无疆！	腊月凿冰冲冲响， 正月把冰窖里藏。 二月行祭礼，献上韭菜和羔羊。 九月天气爽，十月扫谷场。 两杯甜酒来用享，叫我宰杀肥羔羊。 一起登上大厅堂，举起那酒杯， 祝福老爷万寿无疆。

【注释】

①流火：火星向下降落。

②授衣：叫女工裁寒衣。

③一之日：相当于周历正月、夏历十一月。觱发（bì bō）：寒风呼号，触物之声。

④二之日：相当于周历二月、夏历十二月。栗烈：寒冷。

⑤褐（hè）：粗布短衣。

⑥三之日：相当于周历三月、夏历正月。于：修理。耜（sì）：农具。

⑦四之日：相当于周历四月、夏历二月。举趾：举步下地耕种。

⑧馌（yì）：带饭下地。

⑨田畯（jùn）：农官。至喜：非常高兴。

⑩载：开始。阳：暖和。

⑪有：又。仓庚：黄鹂。

⑫懿（yì）筐：深筐。

⑬遵：顺着。微行：小路。

⑭爰：于是。柔桑：嫩桑叶。

⑮蘩：白蒿。祁祁：众多貌。

⑯殆：恐怕。及公子同归：意为被公子强行带走。

⑰萑（huán）苇：芦苇。割芦苇，为养蚕之用。

⑱蚕月:养蚕的月份。指周历五月,夏历三月。条桑:修剪桑枝。
⑲斨(qiāng):一种方孔的斧。
⑳远扬:远而高扬的桑枝。
㉑猗:攀引。女桑:嫩叶。
㉒鵙(jú):伯劳鸟。
㉓载:则,就。绩:纺织。
㉔载:又。玄:黑红色。
㉕孔阳:颜色很鲜明。
㉖秀:生穗结子。葽:远志草。
㉗其获:农作物收获的季节。
㉘陨萚:草木叶子脱落。
㉙于:捕取。貉:似狐的兽。
㉚同:会集在一起。
㉛缵(zuǎn):继续。武功:指打猎。
㉜言:语助词。私其豵:小兽可归自己。豵(zōng):一岁的小猪,泛指小兽。
㉝豜(jiān):三岁的大猪,泛指大兽。
㉞斯螽:蚂蚱。动股:两股摩擦发声。指鸣叫。
㉟莎(suō)鸡:虫名,纺织娘。振羽:振翅而鸣。
㊱穹窒(zhì):堵塞空隙。
㊲向:朝北的窗子。墐(jìn):涂泥。
㊳曰:语助词。改岁:除旧岁,迎新年。
㊴郁:植物名。薁(yù):野葡萄。
㊵亨:同“烹”。葵:冬葵,可食。菽:豆子。
㊶剥:扑,打。
㊷介:求。眉寿:长寿。
㊸壶:葫芦。
㊹叔:拾取。苴(jū):麻子。可食。
㊺荼:苦菜。樗(shū):臭椿树。
㊻食(sì):养活。
㊼场圃:晒粮食的场地。

㊽纳禾稼：把谷物收进仓库。
㊾稷：高粱。重：即“穜”，晚熟的作物。穋（lù）：早熟的作物。
㊿同：收齐，集中。
51上：通“尚”。还。执：执行，指服役。宫功：室内的劳务。
52于茅：去割茅草。
53宵：夜晚。索绹（táo）：搓绳子。
54亟：急忙，赶快。乘屋：上房修理屋顶。
55冲冲：凿冰声。
56纳：藏。凌阴：冰窖。
57蚤：通“早”。早是一种祭祀仪式。
58羔：小羊。羔和韭菜都是祭品。
59肃霜：天高气爽。
60涤场：打扫场地。
61朋酒：两坛酒，两壶酒。飨：同“享”。享用。
62跻：登上。
63称：双手举起。兕觥：古代的酒器。

【评析】

这是反映农奴生活苦状之诗。此诗在国风中篇幅最长，展现的社会生活画面最为广阔，它可以说是那个时代农村社会的一个缩影。全诗八章。一章总写农奴一年的生活苦状。二章写女奴采桑、采蒿，唯恐被公子抢去，不禁暗自悲伤。三章写女奴养蚕、纺绩、漂染，一句“为公子裳”寄寓着女奴的辛酸。四章写农奴的打猎活动。农奴将捕获的野兽“为公子裘”，并将大野兽全部献给王公，再次揭示了人间的不公平。五章写农奴居住的恶劣。寒冬来临，他们赶紧堵空洞，熏老鼠，涂门缝，塞窗户，以便“入此室处”，聊以“改岁”。六章写农奴食物的缺乏。他们只能靠瓜果野菜充饥，而收获的粮食则要为贵族酿酒，以供宴饮取乐。七章写农事完毕，农奴还要替贵族干家务杂活。八章写天寒地冻时，农奴还得为贵族凿冰、储冰。年终还要备酒杀羊，祝福贵族老爷万寿无疆。此诗虽不像《伐檀》、《硕鼠》那样具有强烈的反抗性，但全诗贯穿着一个线索，就是鲜明的阶级对立关系。诗中有意识地将农奴与贵族生活加以对照，从而揭示了那个社会不合理的实质。

鸱 鸮

鸱鸮鸱鸮[①]，既取我子， 无毁我室[②]。 恩斯勤斯[③]，鬻子之闵斯[④]。	猫头鹰猫头鹰，你已夺走了我的儿， 不要再毁我的巢！ 辛苦呀劳累呀，我为养孩儿已病倒。
迨天之未阴雨[⑤]，彻彼桑土[⑥]， 绸缪牖户[⑦]。 今女下民[⑧]，或敢侮予！	趁着老天没阴雨，剥取那桑树的皮， 修补窗子和门户。 现在你们树下的人，可能还会把我来欺侮。
予手拮据[⑨]，予所捋荼[⑩]， 予所蓄租[⑪]，予口卒瘏[⑫]， 曰予未有室家[⑬]。	我的手儿已疲劳，还要捋取那茅草， 我还要积聚那茅草。 我的嘴巴磨破了，我的巢儿还没修理好。
予羽谯谯[⑭]，予尾翛翛[⑮]， 予室翘翘[⑯]。 风雨所漂摇，予维音哓哓[⑰]。	我的羽毛稀又少，我的尾巴已枯焦， 我的巢儿晃摇摇。 猛雨打来狂风飘，吓得我呀喳喳叫。

【注释】

①鸱鸮(chī xiāo)：猫头鹰。

②室：指鸟巢。

③恩、勤：殷勤、辛劳。斯：语助词。

④鬻(yù)：养育。子：指小鸟。闵(mǐn)：病。

⑤迨(dài)：趁着。

⑥彻:通“撤”。取。桑土:指桑树根上的皮。土,同“杜”。

⑦绸缪:缠扎。牖(yǒu):窗。

⑧女:汝,你。下民:树下的人。

⑨拮(jié)据:因劳累手爪不能屈伸自如。

⑩所:还。捋荼(luō tú):捋取茅草。

⑪蓄:积聚。租:同“苴”。茅草。

⑫卒瘏(tú):患病。卒,同“悴”。

⑬未有室家:巢还没有修好。

⑭谯谯(qiáo):羽毛焦枯脱落。

⑮翛翛(xiāo):羽毛干枯无润泽。

⑯翘翘:危险之貌。

⑰哓哓(xiāo):恐惧的叫声。

【评析】

这是首禽言诗。所谓禽言诗,就是模拟鸟禽的语言而成诗,用以表达感情,反映现实。全诗四章。首章写母鸟指责猫头鹰。猫头鹰啊猫头鹰,你已抓走了我的幼子,别再毁坏我的巢!我为了辛勤哺育幼子,已经操劳致病了。二、三章写母鸟自述辛劳。趁着天晴未雨的时节,剥取桑树皮缠扎好门窗。如今你们树下的人,可能还会欺侮我。为了筑巢,捋取杂草,积蓄茅草,劳累不堪,以致手口皆病,而巢还未修好。末章写母鸟自叹处境艰难。我的羽毛稀少,我的羽毛凋零,我的窝巢非常危险,正处在风雨飘摇之中,因而发出凄切而恐惧的呼号。从诗中忧惧危苦之词来看,诗人的寄托是很明显的。诗以母鸟比喻贫苦的妇人,以鸱鸮比喻残暴的统治者。这正是当时人民痛苦生活的形象反映。

东　山

我徂东山[①],慆慆不归[②]。　　我出征前往东山,多年不曾回过家园。

我来自东，零雨其濛[3]。	我从东方归来，遇上蒙蒙细雨天。
我东曰归，我心西悲[4]。	我从东方归来，我心想西方泪如涌泉。
制彼裳衣，勿士行枚[5]。	我要缝制居家日常衣衫，不想参军受熬煎。
蜎蜎者蠋[6]，烝在桑野[7]。	那蠕蠕爬行的野蚕，就在那桑田之间。
敦彼独宿[8]，亦在车下。	那团团独宿的士兵，也蜷缩在战车的下边。
我徂东山，慆慆不归。	我出征前往东山，多年不曾回过家园。
我来自东，零雨其濛。	我从东方归来，遇上蒙蒙细雨天。
果臝之实[9]，亦施于宇[10]。	栝楼结的果实，想必挂在屋檐前。
伊威在室[11]，蠨蛸在户[12]。	土鳖虫在室内爬行，蜘蛛结网在门边。
町畽鹿场[13]，熠耀宵行[14]。	院旁空地鹿儿踏，流萤夜飞光闪现。
不可畏也，伊可怀也！	这种景象不可怕，反而令人很怀念。
我徂东山，慆慆不归。	我出征前往东山，多年不曾回过家园。
我来自东，零雨其濛。	我从东方归来，遇上蒙蒙细雨天。
鹳鸣于垤[15]，妇叹于室。	鹳雀在土堆上鸣叫，老婆悲叹在床前。
洒扫穹窒[16]，我征聿至[17]。	她收拾房间扫庭院，想象丈夫到眼前。
有敦瓜苦[18]，烝在栗薪[19]。	那葫芦圆又圆，就在柴薪的上边。
自我不见，于今三年！	自从我俩不相见，现在整整有三年。
我徂东山，慆慆不归。	我出征前往东山，多年不曾回过家园。
我来自东，零雨其濛。	我从东方归来，遇上蒙蒙细雨天。
仓庚于飞[20]，熠耀其羽。	黄鹂飞鸣声婉转，金色翅膀多鲜艳。
之子于归，皇驳其马[21]。	妻子出嫁那一天，乘坐的车马多灿烂。
亲结其缡[22]，九十其仪[23]。	她母亲把佩巾系胸前，礼节叮嘱了多遍。
其新孔嘉[24]，其旧如之何？	当年新娘很漂亮，如今模样是否像从前？

【注释】

①徂(cú):往。东山:东方山名,战地。

②慆慆(tāo):久久。

③零雨:细雨。濛:细雨貌。

④西悲:西向怀念家乡而悲。

⑤勿士:无事,不用。行枚:古代行军,口衔一短而细的木棒以禁止出声。

⑥蜎蜎(xuān):虫子卷曲爬行貌。蠋(zhú):野蚕。

⑦烝(zhēng):乃。

⑧敦:身体缩成团。

⑨果赢(luǒ):一种植物,又名栝楼。

⑩施:蔓延。宇:檐下。

⑪伊威:土鳖虫。

⑫蠨蛸(xiāo shāo):长脚蜘蛛。

⑬町畽(tīng tuǎn):院旁空地。鹿场:野鹿践踏的地方。

⑭熠(yì)耀:闪烁貌。宵行:一种萤火虫。

⑮鹳(guàn):水鸟名,形似白鹤。垤(dié):土堆。

⑯穹窒:堵塞墙缝和破洞。

⑰聿(yù):语助词。

⑱有敦:团团。瓜苦:即葫芦。

⑲栗薪:即"束薪"。古代举行婚礼永结同心的象征物。

⑳仓庚:黄莺。

㉑皇:黄白色。驳:青白色。

㉒亲:指女子的母亲。缡(lí):佩巾。

㉓九、十:形容繁多。仪:指仪节。

㉔孔嘉:很美,很好。

【评析】

这是士兵庆幸生还之诗。全诗四章。每章前四句完全相同。这个士兵出征"东山",久久不归。如今从东方归来,正碰上细雨蒙蒙。这几句反复咏唱,给全诗染上一层浓郁的抒情色彩。每章后八句全是想象之词。一章是对从军艰辛的回想。二章是对家园荒凉的遥想。三章是对妻子念己的想象。四章是对当年婚礼的追忆。全诗层层深入，将这个士兵归途中的心理活动惟妙惟肖地揭示了出来。

破 斧

既破我斧，又缺我斨①。	我的斧头已砍破，我的方斧也残缺。
周公东征，四国是皇②。	跟随周公去东征，匡正叛乱的各国。
哀我人斯③，亦孔之将④。	可怜我们这些人，能够生还真难得。
既破我斧，又缺我锜⑤。	我的斧头已砍破，我的锯子也残缺。
周公东征，四国是吪⑥。	跟随周公去东征，感化叛乱的各国。
哀我人斯，亦孔之嘉⑦。	可怜我们这些人，能够生还真难得。
既破我斧，又缺我銶⑧。	我的斧头已砍坏，我的凿子也残缺。
周公东征，四国是遒⑨。	跟随周公去东征，稳定叛乱的各国。
哀我人斯，亦孔之休⑩。	可怜我们这些人，能够生还真难得。

【注释】

①斨（qiāng）：方孔的斧头。

②四国：泛指叛周各国。皇：匡王。

③哀：可怜。斯：语助词。

④孔：很。将：大，美。

⑤锜（qí）：锯、凿类工具。

⑥吪（é）：感化。

⑦嘉：美好。

⑧銶（qiú）：斧、凿类工具。

⑨遒(qiú):稳定。

⑩休:美好。

【评析】

这是士兵庆幸生还之诗。全诗三章。每章首二句写从军日久,致使斧头破损,又使锯、凿之类的工具残缺。由此可知,诗人当是在军中担任开路建房一类差事的工兵。每章中二句写周公东征的目的。当时,东方的一些属国相继叛乱,周王室受到严重的威胁。周公兴师东征,就是为了匡正、感化、稳定"四国",使之坚定顺从周王室。每章末二句写士兵庆幸生还。这次战争历时既久,伤亡必多,而自己能死里逃生,那当然是万幸的美事了。从诗中,可以体会到人民对战争的厌烦情绪以及对和平生活的热望。

伐柯

伐柯如何①?匪斧不克②。	砍斧柄怎么样?没有斧头不能。
取妻如何③?匪媒不得。	娶妻怎么样?没有媒人不行。
伐柯伐柯,其则不远④。	砍斧柄砍斧柄,它的榜样在手上。
我觏之子⑤,笾豆有践⑥。	我娶这姑娘,食具排成行。

【注释】

①伐:砍。柯:斧柄。

②匪:通"非"。克:能,成。

③取:通"娶"。

④则:法则,榜样。不远:指手中所持的斧柄。

⑤觏(gòu):通"媾"。婚媾。之子:这个人。

⑥笾(biān):竹制食具。豆:木制食具。践:陈列整齐的样子。

【评析】

这是婚姻礼俗之诗。全诗二章。首章以伐柯需用斧，比娶妻需聘媒。后世称做媒为“伐柯”，就是由此而来。末章以伐柯需有法则，比婚姻需备礼仪。砍伐新斧柄，手中所持的斧柄就是榜样。要成就婚姻之事，也要有一定的规矩。我娶这姑娘，将盛满佳肴的食具陈列得整整齐齐，就合乎礼法。这首诗生动地反映了当时的婚姻礼俗。

九　罭

九罭之鱼[1]，鳟、鲂[2]。 我觏之子[3]，衮衣绣裳[4]。	细网捕得鳟与鲂。 我遇见这个人，身穿绣花的衣裳。
鸿飞遵渚[5]，公归无所[6]， 于女信处[7]。	大雁沿着沙洲飞过，他要归去不知所， 望在我家歇歇脚。
鸿飞遵陆[8]，公归不复， 于女信宿[9]。	大雁沿着河岸飞，他要归去不再回， 望在我家歇歇腿。
是以有衮衣兮[10]，无以我公归兮[11]， 无使我心悲兮。	因此藏起那绣花衣，不让他马上归， 不要使我心伤悲。

【注释】

①九罭(yù)：一种捕小鱼的细网。

②鳟：鲤鱼。鲂：鳊鱼。

③觏：遇见。

④衮(gǔn)衣：画着花纹的衣裳。衮衣绣裳，是贵族的礼服。

⑤鸿：大雁。遵：沿着。渚(zhǔ)：小洲。

⑥公：对贵族男子的尊称。

⑦女:同“汝”。信处:再住两天。

⑧陆:高平之地。此指河岸。

⑨信宿:再过两夜。

⑩有:藏。

⑪无以:勿使。

【评析】

这是女子爱上男子之诗。全诗四章。首章以细网捕得大鱼,兴比女子找到好对象。她的对象是谁?就是那位身穿华丽礼服的美男子。二、三章以大雁沿着沙洲、河岸飞翔,兴比男子就要离去。女子心想:他要归向何方?他何时能够再来?于是她深情地挽留道:“请你再多住几天吧!”四章写女子为了挽留男子,因此把他的礼服藏了起来,并说不要让她的情郎归去,不要使我的心儿悲伤。此诗的语言亲昵,男女情爱的味道很浓,故可断定它是一首情歌。

狼跋

狼跋其胡[①],载疐其尾[②]。 公孙硕肤[③],赤舄几几[④]。	狼向前踩着下巴,狼向后绊住尾巴。 公孙挺着大肚皮,饰金红鞋放光华。
狼疐其尾,载跋其胡。 公孙硕肤,德音不瑕[⑤]。	狼向后绊住尾巴,狼向前踩着下巴。 公孙挺着大肚皮,他的名声却很差。

【注释】

①跋(bá):践踏。胡:颔下垂的肉团。

②载:则,又。疐(zhǐ):踩,绊。

③公孙:指公子王孙。硕肤:肥胖,大肚皮。

④赤舄(xì):红鞋。几几:鞋头尖尖而上翘。

⑤德音。指名声。瑕:通“嘉”。美。

【评析】

这是讽刺公子王孙之诗。全诗二章。每章首二句以老狼作比。狼是一种凶残贪婪的野兽。它向前走踩着了下巴上的肉团,它向后退又踏着了长长的尾巴,真是前后为难,狼狈不堪。诗以老狼比喻“公孙”是再形象不过了。每章后二句直接讽刺“公孙”。这个“公孙”身体肥胖,挺着个大肚皮,脚上穿的是一双红色饰金的鞋子,鞋头尖尖而上翘,显示出身份的高贵。他走起路来,迈着方步,摇摇晃晃,举止迟缓,很像一只老狼。别看他如此斯文,但他品性名声不好。此诗以幽默风趣的笔调,给公子王孙勾画了一个可笑的形象,简直就是一幅绝妙的漫画。

雅

小　雅

鹿　鸣

呦呦鹿鸣①，食野之苹②。	野鹿呦呦地长鸣，吃那原野的青苹。
我有嘉宾，鼓瑟吹笙。	我有一些好客人，弹起瑟来吹起笙。
吹笙鼓簧，承筐是将③。	奏起簧来吹起笙，捧出竹筐赠客人。
人之好我，示我周行④。	客人爱护我，指示大道方向明。
呦呦鹿鸣，食野之蒿。	野鹿呦呦地鸣叫，吃那原野的青蒿。
我有嘉宾，德音孔昭⑤。	我有一些好客人，他们的品德很崇高。
视民不恌⑥，君子是则是效⑦。	指示百姓不轻佻，君子把他们来仿效。
我有旨酒，嘉宾式燕以敖⑧。	我有甜美的醇酒，客人宴饮乐陶陶。
呦呦鹿鸣，食野之芩⑨。	野鹿呦呦地长鸣，吃那原野的青芩。
我有嘉宾，鼓瑟鼓琴。	我有一些好客人，弹起瑟来弹起琴。
鼓瑟鼓琴，和乐且湛⑩。	弹起瑟来弹起琴，大家和乐且尽兴。
我有旨酒，以燕乐嘉宾之心⑪。	我有甜美的醇酒，用来安慰客人的心。

【注释】

①呦呦（yōu）：鹿鸣声。

②苹：藾蒿。

③承：捧。筐：盛币帛的竹器。将：赠送。

④周行：大道。

⑤德音：品德。孔昭：很光明。

⑥视：示。不恌(tiāo)：不轻佻。

⑦是：指示代词。指代“嘉宾”。则、法：效法。

⑧式：语助词。燕：宴饮。敖：快乐。

⑨芩(qín)：蒿类。

⑩湛：尽兴。

⑪燕：安。

【评析】

这是君王宴饮群臣之诗。全诗三章。每章首二句以鹿鸣呼朋食蒿，兴比君王宴饮群臣。每章后六句内容各有侧重。首章重在写君王厚待群臣。群臣刚到，君主便吩咐演奏优美的音乐，以示欢迎。随之捧出盛满币帛的竹筐赠给群臣，以示厚爱。君王如此厚待群臣，意在群臣能指出一条康庄大道。次章写君王盛赞群臣。群臣的道德都很光明，能指示百姓不苟且偷安，因此君子都应效法群臣。宴会伊始，君王举起酒杯，热情地说道：我有甜美的醇酒，让群臣痛饮，心情舒畅。末章写君王燕乐群臣。此时宴会达到了高潮，优美的音乐再次奏起，主宾尽欢，十分融洽。君王又举起酒杯，深情地说道：我有甜美的醇酒，用以宴乐群臣之心。此诗对后世影响很大。无论是外交场合，还是宴请宾客，往往歌《鹿鸣》之诗。

四　牡

四牡騑騑①，周道倭迟②。	四匹公马多匆忙，大路曲折且漫长。
岂不怀归？	我难道不想回家乡？
王事靡盬③，我心伤悲。	官府的差遣没收场，我的心里真悲伤。
四牡騑騑，啴啴骆马④。	四匹公马多匆忙，骆马累得把口张。
岂不怀归？	我难道不想回家乡？

王事靡盬，不遑启处[⑤]。　官府的差遣没收场，哪有空闲坐席上。

翩翩者鵻[⑥]，载飞载下，　鹁鸪翩翩地飞翔，忽上忽下抖翅膀，
集于苞栩[⑦]。　落在茂密的柞树上，
王事靡盬，不遑将父[⑧]。　官府的差遣没收场，哪有空闲把父养。

翩翩者鵻，载飞载止，　鹁鸪翩翩地飞翔，时飞时止四下望，
集于苞杞[⑨]。　落在茂密的杞树上，
王事靡盬，不遑将母。　官府的差遣没收场，哪有空闲把母养。

驾彼四骆，载骤骎骎[⑩]。　驾着那四匹高大的马，加鞭急驰奔前方。
岂不怀归？　我难道不想回家乡？
是用作歌，将母来谂[⑪]。　因此作歌放声唱，把我的母亲来怀想。

【注释】

①四牡：四匹公马。騑(fēi)：马行不止的样子。

②周道：大道。倭(wēi)迟：迂回曲折的样子。

③靡盬(gǔ)：没有停息。

④啴啴(tān)：喘息的样子。骆(luò)：黑鬣的白马。

⑤遑：闲暇。启：跪。处：坐。

⑥鵻(zhuī)：鹁鸪。

⑦苞：丛生。栩(xǔ)：柞树。

⑧将：养。

⑨杞(qǐ)：枸杞。

⑩骤：奔驰。骎骎(qīn)：急驰的样子。

⑪谂(shěn)：思念。

【评析】

这是小吏行役思归之诗。全诗五章。首二章写小吏行役奔波。他驾着四匹公马拉的车子，在迂回曲折的大道上飞驰，马儿跑得气喘吁吁。

难道不想早点回家？只因王事没完没了，没有空闲歇息，因而内心感到无比悲伤。次二章写小吏所见所感。那翩翩飞翔的鹁鸪，时而飞上去，时而又飞下来，纷纷落在柞树上、杞树上。他见此情景，感慨万端。由于王事没完没了，因此没有空闲回家奉养父母。对比之下，人的命运不如小鸟。末章写小吏作诗之由。他驾着那四匹黑鬣的白马，在大道上不停地飞驰。成年累月在外奔波，他感到身心疲惫。难道不想早点回家？于是他写下这首诗，借以思念自己的母亲。此诗有情有景，有起有结。“岂不怀归”在诗中多次出现，构成了贯穿全诗的主旋律。阅读它，可以感受到这位小吏内心深沉的郁愤和忧怨。

皇皇者华

皇皇者华①，于彼原隰②。 駪駪征夫③，每怀靡及④。	花儿开得多漂亮，在那高原低地上。 使臣出行多匆忙，常怕考虑不周详。
我马维驹⑤，六辔如濡⑥。 载驰载驱，周爰咨诹⑦。	我的马是高头马，六根缰绳多柔滑。 驾着车子赶着马，普遍访问每一家。
我马维骐⑧，六辔如丝⑨。 载驰载驱，周爰咨谋。	我的马是黑纹马，六根缰绳如丝滑。 驾着车子赶着马，普遍咨询每一家。
我马维骆⑩，六辔沃若⑪。 载驰载驱，周爰咨度⑫。	我的马是黑鬣马，六根缰绳光滑滑。 驾着车子赶着马，普遍商量每一家。
我马维骃⑬，六辔既均⑭。 载驰载驱，周爰咨询⑮。	我的马是杂色马，六根缰绳多润滑。 驾着车子赶着马，普遍寻问每一家。

【注释】

①皇皇:犹“煌煌”。鲜艳貌。华:同“花”。

②原:广平之地。隰(xí):低湿之地。

③駪駪(shēn):急行的样子。征夫:指使臣。

④每怀:常常担心。靡及:不能完成使命。

⑤驹:本作“骄”。高六尺的大马。

⑥辔:缰绳。濡:光洁。

⑦周:各地。爰:于。咨诹(zōu):咨询访问。

⑧骐:青色有黑纹的马。

⑨如丝:像丝一样柔和。

⑩骆:黑鬣的白马。

⑪沃若:润泽。

⑫咨度(duó):咨询商量。

⑬骃(yīn):浅黑带白的马。

⑭均:谐和。

⑮询:究问。

【评析】

这是使臣博访之诗。全诗五章。首章写使臣忠于职守。鲜艳的花朵,盛开在平原低地。然而因使命在身,他无暇观赏,只顾急急忙忙地赶路。尽管如此,还常常担心完不成使命。后四章写使臣的具体使命。这四章内容基本相同,只是变换了少许词语。他驾着马车,手中的缰绳光洁柔和。他策马急驰,到各地咨询访问。须得说明的是,这个使臣不可能同时驾驹、骐、骆、骃四种马,这显然是学习民歌叠章易字、反复咏叹的写作技巧。

常 棣

常棣之华[①]，鄂不韡韡[②]，	棠棣盛开的花朵，花萼花蒂多艳丽。
凡今之人，莫如兄弟。	如今一般的人，都不如亲兄弟。
死丧之威[③]，兄弟孔怀[④]。	死丧多可怕，只有兄弟很牵挂。
原隰裒矣[⑤]，兄弟求矣。	山川变迁大，只有兄弟来探查。
脊令在原[⑥]，兄弟急难。	鹡鸰鸟在高原，兄弟们救急难。
每有良朋[⑦]，况也永叹[⑧]，	虽有好朋友，只是送来长叹。
兄弟阋于墙[⑨]，外御其务[⑩]。	兄弟有时在家争斗，但能共同抵抗侮辱。
每有良朋，烝也无戎[⑪]。	虽有好朋友，但谁也不相助。
丧乱既平，既安且宁。	丧亡祸乱平定，生活平静安宁。
虽有兄弟，不如友生？	虽有亲兄弟，但不如朋友深情。
傧尔笾豆[⑫]，饮酒之饫[⑬]。	陈列竹碗木碗，宴饮心足意满。
兄弟既具[⑭]，和乐且孺[⑮]。	兄弟今日团聚，互相亲热温暖。
妻子好合[⑯]，如鼓瑟琴。	夫妻意厚情深，如奏琴瑟心相印。
兄弟既翕[⑰]，和乐且湛[⑱]。	兄弟今日团聚，大家和乐且无尽。
宜尔室家，乐尔妻帑[⑲]。	使你的全家和睦，使你的妻儿快乐。
是究是图[⑳]，亶其然乎[㉑]！	要好好体会力行，这话的确不错！

【注释】

①常棣：即棠棣。

②鄂：通“萼”。花苞。不：花蒂。韡(wéi)：繁盛。

③威：畏。

④孔怀：很关心。

⑤裒(póu)：变迁。

⑥脊令：即鹡鸰。

⑦每：虽。

⑧况：增加。永叹：长叹。

⑨阋(xì)：怨恨，争斗。

⑩务：通“侮”。外侮。

⑪烝：语助词。戎：相助。

⑫傧：陈列，摆好。笾(biān)豆：盛水果、菜肴的食器。

⑬之：语助词，无实义。饫(yù)：吃得满足。

⑭具：俱，都已到齐。

⑮孺：相亲，欢愉。

⑯好合：情投意合。

⑰翕(xì)：聚集。

⑱湛：快乐之甚。

⑲妻帑(nú)：妻与子。

⑳究：深思。图：考虑。

㉑亶(dǎn)：确实，诚然。其：指兄弟亲近之理。

【评析】

这是诉说兄弟情谊之诗。全诗八章。首章总写兄弟情谊。常棣的花朵，其花萼、花蒂繁盛，故承受花朵甚力。诗以比兴比骨肉兄弟不可分离，应相互救助。诗接着提出“凡今之人，莫如兄弟”作为一篇之主旨。二至五章具体写兄弟情谊。二章写死丧之可畏，唯有兄弟最关怀，山川之变迁，也只有兄弟来寻求。三章以鹡鸰鸟在高岸相依相护，兴比兄弟如有祸难也会相互急救。当此之时，虽有一些好朋友，只是添加一声长叹而已。四章写尽管兄弟不免同室争斗，但抵御外侮则是一致的。当此之际，虽有一些好朋友，都不肯前来相助。五章写丧乱平定了，生活安宁了，虽有兄弟，但不如朋友。讲这番话语，意在说明在危难之时方见兄弟情谊之可贵。六章写家宴之乐。装满水果、菜肴的食具已摆设成行，兄弟们都已到齐，大家欢聚一堂，开怀畅饮，其乐融融。末二章写美好的祝愿。希望兄弟们要同妻子情投意合，就像弹奏琴瑟一样和谐。兄弟们既已聚集在一起，就该和乐又愉快。还要使你的家庭和睦，使你的妻儿快乐。你们要深思此理，考虑此事，兄弟情谊的确应该如此。

伐木

伐木丁丁①，鸟鸣嘤嘤②。	砍树之声响丁丁，鸟鸣之声响嘤嘤。
出自幽谷，迁于乔木③。	鸟儿从深谷飞出来，飞到高大的树木顶。
嘤其鸣矣④，求其友声。	鸟儿嘤嘤地长鸣，是为了寻求朋友的应声。
相彼鸟矣，犹求友声。	看那鸟儿，还知寻求朋友应声。
矧伊人矣⑤，不求友生⑥？	何况是人呀，怎不知寻求友朋？
神之听之⑦，终和且平⑧。	天神得知此情，也会赐给和乐而安宁。
伐木许许⑨，酾酒有萸⑩。	砍树之声呼呼响，过滤的美酒扑鼻香。
既有肥羜⑪，以速诸父⑫。	已备有肥嫩的小羔羊，请同姓尊长来品尝。
宁适不来⑬，微我弗顾⑭？	宁可恰巧因故不能来，并非我不顾念那尊长。
於粲洒扫⑮，陈馈八簋⑯。	把庭堂打扫得干干净净，八大盘佳肴全摆上。
既有肥牡⑰，以速诸舅⑱。	已备有肥嫩的小公羊，请异姓尊长来品尝。
宁适不来，微我有咎⑲？	宁可恰巧因故不能来，并非我失礼不妥当。
伐木于阪⑳，酾酒有衍㉑。	砍伐树木在坡上，过滤的美酒满杯装。
笾豆有践㉒，兄弟无远。	食具摆成一行行，兄弟们一起都到场。
民之失德㉓，干糇以愆㉔。	有些人伤和气，饮食小事酿祸殃。
有酒湑我㉕，无酒酤我㉖。	有酒就过滤，没酒就去买。

坎坎鼓我[27]，蹲蹲舞我[28]。	咚咚地敲起鼓，翩翩地舞起来。
迨我暇矣，饮此湑矣。	等到我有空闲时，再请诸位喝痛快。

【注释】

①丁丁（zhēng）：伐木声。
②嘤嘤：鸟惊惧声。
③迁：上升。乔木：高木。
④嘤其：嘤嘤。
⑤矧（shěn）：何况。
⑥友生：朋友。生：语助词。
⑦神听：神听到。
⑧终：既。
⑨许许：锯木声。
⑩酾（shī）：滤酒。萸（xù）：酒味美。
⑪羜（zhù）：五个月的小羊羔。
⑫速：召请，邀至。诸父：同姓的长者。
⑬适：恰巧。
⑭微：无。顾：顾念。
⑮於：叹词。粲：明洁，干净。
⑯馈：食物。簋（guì）：食器。
⑰牡：公羊。
⑱诸舅：异姓的长者。
⑲咎：过错。
⑳阪：山坡。
㉑衍：酒满杯的样子。
㉒践：陈列整齐的样子。
㉓失德：特指失去友谊。
㉔干糇：干粮，代指粗陋简单的食物。愆：过错。
㉕湑（xǔ）：澄滤。我：语助词。

㉖酤：买酒。

㉗坎坎：击鼓声。

㉘蹲蹲：舞貌。

【评析】

这是宴请朋友之诗。全诗三章。首章写人当求友。鸟鸣嘤嘤是为了寻找伴侣，何况是人，岂不寻求朋友？天神得知此情，也会降下和平之福。次章写盛情待客。既筛好醇厚的美酒，又备好鲜嫩的肥羊，还摆出八大盘食品，并将屋子打扫得干干净净。一切准备停当，就去邀请"诸父"、"诸舅"前来做客。主人心想，宁可客人恰巧有故不能前来，不要以为我不予顾念，也不要以为我有什么过错。末章写宴饮之乐。杯中斟满美酒，食器摆放整齐。主人深情地说道：兄弟要和睦相处，千万不要疏远。普通人不讲友情，为了干粮不肯分人而获罪过。大家尽情地喝吧，有酒则澄滤，无酒则购买；大家尽情地乐吧，坎坎地击鼓，翩翩地起舞。等到闲暇之时，请大家再来畅饮美酒。主人好客于此可见。

天　保

天保定尔①，亦孔之固②。	上天保佑您，根基很牢固。
俾尔单厚③，何福不除④。	使您更富有，何福不备具。
俾尔多益，以莫不庶⑤。	使您受多益，没啥不丰富。
天保定尔，俾尔戬谷⑥。	上天保佑您，使您有福寿。
罄无不宜⑦，受天百禄⑧。	没啥不相宜，受天百种禄。
降尔遐福⑨，维日不足⑩。	降给您大福，何日不充足。
天保定尔，以莫不兴。	上天保佑您，没啥不兴旺。
如山如阜⑪，如冈如陵，	像高山像土丘，像山陵像山冈。

如川之方至，以莫不增。　　像河水涌来，没啥不增长。

吉蠲为饎[12]，是用孝享[13]。　　清洁酒食香，祭品都献上。
禴祠烝尝[14]，于公先王[15]。　　春夏秋冬祭祀忙，奉祀历代的先王。
君曰卜尔[16]，万寿无疆。　　先君说赐给您，寿命万年长。

神之吊矣[17]，诒尔多福[18]。　　天神降人间，赐您好多福。
民之质矣[19]，日用饮食。　　百姓的根本，是日用饮食足。
群黎百姓[20]，遍为尔德[21]。　　百姓和百官，都托您的福。

如月之恒[22]，如日之升。　　像月亮上弦，像太阳初升。
如南山之寿，不骞不崩[23]。　　像南山高寿，不塌也不崩。
如松柏之茂，无不尔或承[24]。　　像松柏繁茂，无不相继承。

【注释】

①保定：保佑，安定。

②孔：很。固：巩固，牢固。

③俾（bǐ）：使。单厚：强大，富有。

④除：通“涂”。多。

⑤庶：富庶，众多。

⑥戬（jiǎn）谷：福禄，幸福。

⑦罄：无。

⑧百禄：众多之福。

⑨遐：长远。

⑩维：只。

⑪阜（fù）：高大的土山。

⑫吉蠲（juān）：清洁。饎：酒食。

⑬孝享：祭祀祖先。

⑭禴（yuè）：夏祭。祠：春祭。烝：冬祭。尝：秋祭。

⑮公：公侯。

⑯君：先君，指被祭的祖先。卜：赐予。

⑰吊：至，指神灵降临。

⑱诒：通“贻”。给予。

⑲质：根本。

⑳群黎：群众，人民。

㉑为：受。一说感化。

㉒恒：月上弦。

㉓骞：亏损。崩：毁坏。

㉔或：语助词。承：继承，承受。

【评析】

这是尸祝向主人祝福之诗。全诗六章。前三章写上天赐福主人。首章写上天保佑你洪福牢固，使你非常富有。二章写上天保佑你万事顺心，使你享受长远的福禄。三章写上天使你的事业兴旺发达，像大山一样隆起，像江河一样奔流。四、五章写对主人提出的要求。一是要求主人诚心敬事鬼神，四季祭祀祖先的食物要清洁。二是要求主人要立德保民，牢记日用饮食为民之本。这敬事鬼神、立德保民正是上天赐福的条件。末章写尸祝再向主人祝福。祝福主人事业发达，如月上弦，如日东升；祝福主人身体安康，如南山之寿，如松柏繁茂。如此，后人无不继承你的美德和事业。此诗用多重比喻渲染气氛。诗中反复祝愿主人“如山如阜，如冈如陵，如川之方至”，“如月之恒，如日之升，如南山之寿……如松柏之茂”，一共用了九个“如”字，所以又称“天保九如”。

采　薇

采薇采薇①，薇亦作止②。	采薇菜呀采薇菜，薇菜早春刚冒尖。
曰归曰归，岁亦莫止③。	回家吧回家吧，转眼之间到残年。

靡室靡家[4]，猃狁之故[5]。	有家就像没有家，抵御猃狁驻前线。
不遑启居[6]，猃狁之故。	没有空闲歇一下，抵御猃狁驻前线。
采薇采薇，薇亦柔止。	采薇菜呀采薇菜，薇菜晚春还很嫩。
曰归曰归，心亦忧止。	回家吧回家吧，心中很忧闷。
忧心烈烈[7]，载饥载渴。	心中忧闷像火焚，饥难忍来渴难忍。
我戍未定[8]，靡使归聘[9]。	驻防地点未确定，无人回去捎个信。
采薇采薇，薇亦刚止[10]。	采薇菜呀采薇菜，薇菜盛夏粗而老。
曰归曰归，岁亦阳止[11]。	回家吧回家吧，阳春十月又来到。
王事靡盬[12]，不遑启处[13]。	官府差遣无止息，没有空闲歇一宵。
忧心孔疚[14]，我行不来[15]。	忧愁的心儿很痛苦，我们出征谁慰劳。
彼尔维何[16]？维常之华[17]。	那华丽的是什么？是棠棣的花朵在怒放。
彼路斯何[18]？君子之车。	那高大的是什么？是将军的兵车在闪光。
戎车既驾[19]，四牡业业[20]。	兵车已经驾起来，四马高大而雄壮。
岂敢定居？一月三捷[21]。	怎敢安然住下来？一月打三个大胜仗。
驾彼四牡，四牡骙骙[22]。	驾起四马之车，四马威武而强壮。
君子所依[23]，小人所腓[24]。	将军坐在兵车上，士兵靠它来隐藏。
四牡翼翼[25]，象弭鱼服[26]。	四马行进有次序，象牙弓袋鱼皮箭囊。
岂不日戒[27]？猃狁孔棘[28]。	怎不天天警戒？猃狁实在猖狂。
昔我往矣，杨柳依依。	从前我出发时，杨柳轻轻飘荡。
今我来思[29]，雨雪霏霏[30]。	如今我返回家乡，大雪纷纷扬扬。
行道迟迟，载渴载饥。	慢腾腾一路走来，饥难忍来渴难当。
我心伤悲，莫知我哀！	我的内心多凄惨，谁人知道我忧伤。

【注释】

①薇：野豆苗，可食。

②作：出生。止：语助词。

③莫：即“暮”。

④靡室靡家：远离家室，犹如无家室。

⑤猃狁(xiǎn yǔn)：西周时北方的一个游牧民族。

⑥不遑：没有工夫。启居：正常生活。

⑦烈烈：火势很盛貌。

⑧定：安定，定处。

⑨使：使者。聘：探问。

⑩刚：坚硬。

⑪阳：十月。

⑫靡盬：没有停息。

⑬启处：同启居。

⑭疚：病痛。

⑮来：慰勉。

⑯尔：一作“茶”，指花盛的样子。

⑰常：棠棣树。华：花。

⑱路：大。

⑲戎车：兵车，战车。

⑳业业：强壮高大貌。

㉑三捷：多次取胜。

㉒骙骙(kuí)：马壮健的样子。

㉓依：立乘，靠车站着。

㉔腓(fēi)：掩蔽。

㉕翼翼：排列严整。

㉖象弭(mǐ)：以象骨镶饰的弓梢。鱼服：鱼皮制成的箭袋。

㉗日戒：每日都戒备着。

㉘孔棘：指战事很紧急。

㉙思：语助词。

㉚霏霏：雨雪纷飞的样子。

【评析】

这是士兵出征还归之诗。全诗六章。首三章写士兵思归。在出征的日子里，士兵们无时无刻不在思归。他们无室无家，每天出征，又饥又渴，无暇休息，是因为玁狁入侵的缘故。为此，他们内心充满了忧伤和痛苦。更为可叹的是，他们出征日久，竟没有谁来慰问一声。中二章写战斗场面。战车已经出动，四匹公马高大。主帅乘坐在战车上指挥战斗，士兵们则尾随其后隐藏身躯。士兵们全副武装，日夜戒备，随时准备迎击玁狁的侵犯。末章写士兵返家。当年出征之时，正值杨柳依依的春日；现在回家之时，却是雨雪纷纷的冬天。归路漫漫，行走迟缓，还要忍受饥渴，又不禁沉浸在一种深沉的感伤之中。此章“昔我往矣，杨柳依依，今我来思，雨雪霏霏。”被奉为千古写景抒情的佳句。以“依依”形容杨柳，以“霏霏”形容雨雪，得物态之神韵；以杨柳代春天，以雨雪代冬天，正暗示时序之推移；“依依”显别离之难舍，“霏霏”状思绪之纷乱，真可谓景中蕴涵人情。

出　车

我出我车，于彼牧矣①。	出动那兵车，奔向那牧地。
自天子所，谓我来矣②。	从那天子所，命我来这里。
召彼仆夫，谓之载矣③。	召集那御者，命他载武器。
王事多难，维其棘矣④。	国家多患难，此时很紧急。
我出我车，于彼郊矣。	出动那兵车，奔向那荒郊。
设此旐矣⑤，建彼旄矣⑥。	插上龙蛇旗，竿上饰有旄。
彼旟旐斯⑦，胡不旆旆⑧！	龙蛇旗和雄鹰旗，迎风呼呼飘。

忧心悄悄[9]，仆夫况瘁[10]。

我心多忧愁，御者面容憔。

王命南仲[11]，往城于方[12]。
出车彭彭[13]，旂旐央央[14]。
天子命我，城彼朔方[15]。
赫赫南仲，𤞤狁于襄[16]。

天子命南仲，到北方筑城墙。
车队浩浩荡荡，军旗一片辉煌。
天子命令我们，筑城在那北方。
威风凛凛的南仲，把𤞤狁彻底扫荡。

昔我往矣，黍稷方华[17]。
今我来思，雨雪载途[18]。
王事多难，不遑启居[19]。
岂不怀归？畏此简书[20]。

往日我出征打仗，高粱花儿正开放。
如今我回故乡，雨雪洒满道上。
国家多患难，哪有空闲时光。
难道不想回家乡？怕违王命惹祸殃。

喓喓草虫[21]，趯趯阜螽[22]。
未见君子，忧心忡忡。
既见君子，我心则降[23]。
赫赫南仲，薄伐西戎[24]。

草虫喓喓地叫，蚱蜢蹦蹦地跳。
未看见丈夫，心儿如刀绞。
已看见丈夫，心儿放下了。
威风凛凛的南仲，又把西戎来征讨。

春日迟迟，卉木萋萋。
仓庚喈喈[25]，采蘩祁祁[26]。
执讯获丑[27]，薄言还归。
赫赫南仲，𤞤狁于夷[28]。

春天的日子多漫长，草木长得很茁壮。
黄莺喈喈把歌唱，采蘩的人们穿梭忙。
捉到间谍和敌人，将士奏凯回家乡。
威风凛凛的南仲，平定𤞤狁美名扬。

【注释】

①于：往。牧：郊外。
②谓：使。来：指出征。
③谓之载：使之载物载人以行。
④维：语助词。棘：急，军务紧急。
⑤旐（zhào）：绘有龙蛇的旗。
⑥旄：以牦牛尾为饰物的旗。

⑦旟(yú):绘有鹰隼的旗。
⑧胡:何。旆旆,旌旗飞扬。
⑨悄悄:心情忧伤。
⑩况瘁:劳瘁,憔悴。
⑪南仲:周宣王之大臣,一作南中。
⑫城:修筑城防工事。方:地名。
⑬彭彭:形容马壮盛。
⑭旂:绘龙的旗。央央:鲜明的样子。
⑮朔方:北方。
⑯襄:通"攘"。除去,消灭。
⑰华:花,开花。
⑱载涂:满途,满道路。
⑲启居:安居、正常的生活。
⑳简书:军中之法纪、号令。
㉑喓喓:草虫鸣声。
㉒趯趯(tì):跳跃状。阜螽:蚱蜢。
㉓降:放下。
㉔薄:语助词。西戎:西北一游牧民族。一说为玁狁的一部。
㉕仓庚:黄莺。喈喈:鸟鸣声。
㉖祁祁:众多。
㉗讯:通消息的人,指间谍、探子。丑:指敌人。
㉘夷:平定,讨平。

【评析】

这是平定玁狁之诗。全诗六章。此诗完整地记述了这场战争的全过程。首二章写奉命出征。中三章写南仲率军讨伐玁狁和西戎的情景。末章写班师回朝的情景。此诗结构宏大而完整。方玉润《诗经原始》评述说:"此诗以伐玁狁为主脑,西戎为余波,凯还为正意,出征为追述,征夫往来所见为实景,室家思念为虚怀。"诗中三次提到南仲,一是筑城御敌,二是讨平西戎,三是归献俘虏,有格局完整而又自然和谐之妙。在语言上，它大量引用融化当时的熟语成句入诗。四章“昔我往矣”四句与《采薇》六章前四句略同。五章“喓喓草虫”六句引用《召南·草虫》中的现存诗句。六章“春日迟迟”四句的景色在《豳风·七月》中也出现过。诗人在运用这些诗语时，将它们加以陶铸，使之完全融为一体了。

杕 杜

有杕之杜[1]，有睆其实[2]。
王事靡盬，继嗣我日[3]。
日月阳止[4]，女心伤止，
征夫遑止[5]。

孤零零的棠梨树，它的果实溜溜圆。
官府差遣无穷尽，回家日子又拖延。
进了十月到残年，我的心里多忧伤，
丈夫也该有空闲。

有杕之杜，其叶萋萋。
王事靡盬，我心伤悲。
卉木萋止[6]，女心悲止，
征夫归止。

孤零零的棠梨树，它的叶子绿汪汪。
官府差遣无穷尽，我的心里多悲凉。
草木长得很兴旺，我的心里多悲伤，
丈夫也该回家乡。

陟彼北山，言采其杞[7]。
王事靡盬，忧我父母。
檀车幝幝[8]，四牡痯痯[9]。
征夫不远。

登上那北山崖，我把那枸杞采。
官府差遣无穷尽，使我父母愁难解。
檀木车儿已破败，四匹公马也累坏，
丈夫很快会回来。

匪载匪来[10]，忧心孔疚[11]。
期逝不至[13]，而多为恤[13]。
卜筮偕止[14]，会言近止[15]，
征夫迩止[16]。

丈夫没坐车回来，我的心里很悲哀。
归期已过人未回，千忧百虑涌心怀。
又问灵龟又问卦，都说归期已接近，
丈夫马上可回来。

【注释】

①杕(dì)：树木孤生的样子。杜：棠梨树。

②睆(huǎn)：果实浑圆的样子。

③继嗣：延长，继续。

④阳：农历十月。止：语助词。

⑤遑：闲暇。

⑥卉木：各类草木。

⑦言：语助词。杞：枸杞。

⑧檀车：檀木所制的车。幝幝(chǎn)：破旧。

⑨痯痯(guǎn)：疲劳。

⑩匪载匪来：(丈夫)没有坐车归来。

⑪孔疚：很痛苦。

⑫期逝：预定的归期已过。

⑬恤：忧愁。

⑭卜：以龟甲占吉凶。筮：以蓍草占吉凶。

⑮会：合，都。

⑯迩：近。

【评析】

这是妇人思念征夫之诗。全诗四章。前三章写思念之苦。孤独的棠梨树，它的果实浑圆。这表明时序已进入秋天。因为王事没完没了，时间一天天延长。现在已至十月，她的心中充满悲伤。她希望丈夫空闲之时，能回家与亲人团聚。孤独的棠梨树，它的叶子繁茂；各种草木生机盎然，郁郁葱葱。这暗示时序已进入春天。因为王事没完没了，丈夫依然没有回来，因而她的内心非常痛苦。她登上北山，采摘枸杞。她举目远眺，企盼丈夫归来。因为王事没完没了，致使父母非常担忧。她想象丈夫车破马疲，归期该不会远吧！末章写卜问归期。她不见丈夫装车归来，心中更加悲苦。她又是占卜又是算卦，卜辞卦辞都说归期就要到了，丈夫很快就要回来了。妇人卜筮兼问，盼夫归来情切可知。

鱼丽

鱼丽于罶①，鲿鲨②。
君子有酒，旨且多③。

鱼丽于罶，鲂鳢④。
君子有酒，多且旨。

鱼丽于罶，鰋鲤⑤。
君子有酒，旨且有⑥。

物其多矣，维其嘉矣。
物其旨矣，维其偕矣⑦。
物其有矣，维其时矣⑧。

鱼儿进了笼，鲿鱼鲨鱼如穿梭。
君子有酒，不仅甜而且多。

鱼儿进了笼，鲂鱼鳢鱼多悠闲。
君子有酒，不仅多而且甜。

鱼儿进了笼，鰋鱼鲤鱼头碰头。
君子有酒，不仅甜而且足。

食物真丰富，而且还香甜。
食物真香甜，而且还齐全。
食物真齐全，而且还时鲜。

【注释】

①丽于罶(liǔ)：鱼进入捕鱼的竹笼。

②鲿、鲨：鱼名。

③旨：味美。

④鲂、鳢：鱼名。

⑤鰋、鲤：鱼名。

⑥有：多。

⑦偕：齐备。

⑧时：时鲜，应时的菜肴。

【评析】

这是赞美君子富有之诗。全诗六章。前三章写君子鱼多而鲜，酒多而甜。后三章写君子食物应有尽有。君子的食物不仅丰富，而且还香甜;食物不仅香甜,而且还齐全;食物不仅齐全,而且还时鲜。正如朱熹《诗集传》引苏辙的话说:“多而能嘉,旨而能齐,有而能时,言曲全也。”总之是尽善尽美,宾客十分满意。

南有嘉鱼

南有嘉鱼①,烝然罩罩②。	南方有好鱼,鱼儿众多且活跃。
君子有酒,嘉宾式燕以乐③。	主人有美酒,客人宴饮而快乐。
南有嘉鱼,烝然汕汕④。	南方有好鱼,鱼儿众多且逍遥。
君子有酒,嘉宾式燕以衎⑤。	主人有美酒,客人宴饮而欢笑。
南有樛木⑥,甘瓠累之⑦。	南方有弯木,葫芦缠它身。
君子有酒,嘉宾式燕绥之⑧。	主人有美酒,客人宴饮而高兴。
翩翩者鵻⑨,烝然来思⑩。	翩翩鹁鸪,飞来一群群。
君子有酒,嘉宾式燕又思⑪。	主人有美酒,客人宴饮而尽兴。

【注释】

①南:指江汉流域。嘉鱼:好鱼。

②烝然:众多。罩罩:悠闲。

③式:语助词。燕:宴饮。

④汕汕(shàn):逍遥。

⑤衎(kàn):舒畅。

⑥樛(jiū)木:向下弯曲的树木。

⑦甘瓠(hù):葫芦。累:蔓延。

⑧绥(suí):安乐。

⑨鵻(zhuī):鹁鸪。

⑩思:语助语。

⑪又:通“侑”。劝。

【评析】

这是宴饮嘉宾之诗。全诗四章。每章首二句皆为兴体。或既有兴体又有本体,或只有兴体而无本体,但本体可据兴象而补出。一章以南方有好鱼,好鱼众多而悠闲,兴比主人有美酒,嘉宾宴饮而欢乐。二章以南方有好鱼,好鱼众多而逍遥,兴比主人有美酒,嘉宾宴饮而舒畅。三章以南方有樛木,葫芦蔓缠绕着它,兴比主客之间关系亲密,感情深厚。主人有美酒,嘉宾宴饮而安乐。末章以翩翩的鹁鸪鸟,成群地飞过来,兴比尊贵的众嘉宾,纷纷来赴宴。主人有美酒,嘉宾宴饮而尽兴。从诗意来看,它当是宴会上的劝酒歌。

南山有台

南山有台①,北山有莱②。	南山莎草绿,北山灰菜密。
乐只君子,邦家之基。	快乐的君子啊,是国家的根基。
乐只君子,万寿无期!	快乐的君子啊,祝您万寿无期!
南山有桑,北山有杨。	南山有青桑,北山有白杨。
乐只君子,邦家之光③。	快乐的君子啊,是国家的荣光。
乐只君子,万寿无疆!	快乐的君子啊,祝您万寿无疆!
南山有杞,北山有李。	南山有杞树,北山有李树。
乐只君子,民之父母。	快乐的君子啊,是百姓的父母。
乐只君子,德音不已④!	快乐的君子啊,美德传扬不已。
南山有栲⑤,北山有杻⑥。	南山有栲树,北山有杻树。

乐只君子，遐不眉寿[⑦]？	快乐的君子啊，怎不高龄长寿？
乐只君子，德音是茂！	快乐的君子啊，美德如此深厚。
南山有枸[⑧]，北山有楰[⑨]。	南山有枸树，北山有楸树。
乐只君子，遐不黄耇[⑩]？	快乐的君子啊，怎不黄发高寿？
乐只君子，保艾尔后[⑪]！	快乐的君子啊，把后代养育保佑。

【评析】

这是赞美君子之诗。全诗五章。每章首二句以南山、北山有各种草木，兴比朝廷有众多贤臣。每章后四句盛赞君子。诗中赞美他是国家的根基，是国家的荣光；赞美他爱护百姓，美德传扬不已；赞美他勤修美德，养育后代。并祝愿他健康长寿。《左传·襄公二十四年》说："德，国家之基也。……有德则乐，乐则久，诗云：'乐只君子，邦家之基。'有令德也夫！"德是乐的基础，乐是德的结果。可知此诗确是赞美君子之诗。

【注释】

①台：草名。即莎草，可制蓑衣。

②莱：灰菜。嫩叶可食。

③光：光荣。

④德音：好声誉，好名气。

⑤栲：一种乔木，木质坚密。

⑥杻(niǔ)：菩提树。木材可做弓、棺。

⑦遐：何。眉寿：长寿。

⑧枸(jǔ)：拐枣。味甜可食。

⑨楰(yú)：楸树。

⑩黄耇(gǒu)：长寿老人。

⑪艾：养育。

蓼萧

蓼彼萧斯[1]，零露湑兮[2]。 那高大的香蒿，露珠儿晶莹而闪亮。
既见君子，我心写兮[3]。 已经看见那君子，我的心里多舒畅。
燕笑语兮[4]，是以有誉处兮[5]。 宴饮有说又有笑，因而安适乐无疆。

蓼彼萧斯，零露瀼瀼[6]。 那高大的香蒿，露珠儿稠密而发光。
既见君子，为龙为光[7]。 已经看见那君子，像飞龙像太阳。
其德不爽[8]，寿考不忘[9]。 他的德行无过失，长命百岁人不忘。

蓼彼萧斯，零露泥泥[10]。 那高大的香蒿，露珠儿湿润而透亮。
既见君子，孔燕岂弟[11]。 已经看见那君子，他很快乐而安详。
宜兄宜弟，令德寿岂[12]。 如同兄如同弟，品德高尚体安康。

蓼彼萧斯，零露浓浓。 那高大的香蒿，露珠儿浓浓又明亮。
既见君子，鞗革忡忡[13]。 已经看见那君子，缰绳络头光闪闪。
和鸾雝雝[14]，万福攸同[15]。 车马铃声响叮当，万般福禄聚一堂。

【注释】

①蓼（lù）：高大。萧：艾蒿，有香气。

②零露：露水滴落。湑（xǔ）：露水晶莹之貌。

③写：泻，心情舒展、欢畅。

④燕：饮宴。

⑤誉处：欢乐、安适。

⑥瀼瀼（ráng）：露多的样子。

⑦龙：飞龙。光：日光。

⑧不爽：不差，无差错。

⑨忘：亡，中断。

⑩泥泥：露重沾湿的样子。

⑪孔燕：很欢乐。岂弟：恺悌，平易、和乐。

⑫令德：美好的德行。寿岂：长寿、快乐。

⑬鞗(tiáo)革：马勒，马辔。忡忡：饰物下垂的样子。

⑭和鸾：车铃。雝雝：和美之声。

⑮攸同：一起来到，同聚。

【评析】

这是赞美君子之诗。全诗四章。每章首二句以艾蒿上的晶莹露珠，兴比君子仪态优美。每章后四句直接赞美君子。首章写与君子相处的欢悦。已经见到君子，我的心情舒畅。在宴会上有说有笑，喜气洋洋。二、三章写君子的美德。已经见到君子，他真像飞龙真像太阳。他品德高尚，欢乐安详，如同兄如同弟，并祝他长寿安康。末章写君子车马之盛。已经见到君子，他乘坐着华美的车子，马勒、马辔上的饰物下垂，轻轻飘动，铃声悦耳。最后祝愿各种幸福都降临到君子身上。

湛　露

湛湛露斯①，匪阳不晞②。	浓浓的露水，太阳不出不会干。
厌厌夜饮③，不醉无归。	安乐的晚宴，不醉无人还。
湛湛露斯，在彼丰草。	浓浓的露水，落在茂草上。
厌厌夜饮，在宗载考④。	安乐的晚宴，在宗室敲钟哨哨响。
湛湛露斯，在彼杞棘⑤。	浓浓的露水，落在杞棘上。
显允君子⑥，莫不令德。	显贵的君子，无不美德传扬。

其桐其椅[7]，其实离离[8]。　　那桐树那椅树，它的果实累累。
岂弟君子[9]，莫不令仪[10]。　　和乐平易的君子，无不仪容很美。

【注释】

①湛湛：露浓的样子。
②晞：干。
③厌厌：安乐。
④宗：宗室。考：孝。
⑤杞棘：枸杞、酸枣树。
⑥显：显贵。
⑦椅：山桐子树。
⑧离离：繁多的样子。
⑨岂弟：和乐平易。
⑩令仪：美好的举止仪容。

【评析】

这是贵族夜宴之诗。全诗四章。前二章写夜宴的情景。首章以浓浓的露水，不得阳光就不干，兴比欢乐的夜宴，不喝醉就不归。次章以浓浓的露水，落在那丰草上，兴比欢乐的夜宴，在那宗室里举行。后二章写参宴者的道德与举止。三章以浓浓的露水，在那枸杞上，兴比显贵的君子，都有高尚的德行。末章以那桐椅之树，它的果实累累，兴比和乐的君子，都有美好的举止。有的学者认为这是天子设宴款待诸侯之诗，因此"湛露恩"、"湛露泽"，也就成了参与天子宴会所受恩宠的代名词。

彤　弓

彤弓弨兮[1]，受言藏之[2]，　　红弓已松弦，接受就收藏它。

我有嘉宾，中心贶之[3]。	我有好客人，心中喜爱他。
钟鼓既设，一朝飨之[4]。	钟鼓已陈设，这一天宴请他。
彤弓弨兮，受言载之[5]。	红弓已松弦，接受就收起它。
我有嘉宾，中心喜之。	我有好客人，心中喜欢他。
钟鼓既设，一朝右之[6]。	钟鼓已陈设，这一天把酒来劝他。
彤弓弨兮，受言櫜之[7]。	红弓已松弦，接受就装起它。
我有嘉宾，中心好之。	我有好客人，心中赞赏他。
钟鼓既设，一朝酬之[8]。	钟鼓已陈设，这一天把酒再敬他。

【注释】

①彤(tóng)弓：红色的弓。弨(zhāo)：弓弦松弛的样子。

②言：语助词。

③中心：心中。贶(kuàng)：喜爱。

④飨(xiǎng)：设酒大宴宾客。

⑤载：置于弓檠。

⑥右：通“侑”。主人劝酒。

⑦櫜(gāo)：装进弓袋。

⑧酬(chóu)：主人再次敬酒。

【评析】

这是天子赏赐有功诸侯之诗。全诗三章。每章意思基本相同，只是意有轻重之别罢了。前二句指受弓诸侯而言。天子所赐的彤弓已经松弛，嘉宾接受后就将它收藏起来，就将它置于弓檠，就将它装进弓袋。后四句指授弓天子而言。天子对这位嘉宾极为赞赏。他深情地说道：我有嘉宾，心中喜欢他，厚爱他，钟爱他。此时，朝堂上钟鼓已陈设，宴席已摆好，天子在整个早上大宴嘉宾，劝嘉宾畅饮，再次向嘉宾敬酒，宴会气氛显得热烈而隆重。《尚书·文侯之命》、《左传·僖公二十八年》都载有天子赐有功诸侯彤弓之事，可见在周代是一件很重大的举措。

菁菁者莪

菁菁者莪①，在彼中阿②。	萝蒿长得长，在那山湾里。
既见君子，乐且有仪。	已经看见那个人，欢乐而有仪。
菁菁者莪，在彼中沚③。	萝蒿长得长，在那水洲上。
既见君子，我心则喜。	已经看见那个人，我的心里喜洋洋。
菁菁者莪，在彼中陵④。	萝蒿长得长，在那山中央。
既见君子，锡我百朋⑤。	已经看见那个人，赠我贝钱一百串。
泛泛杨舟⑥，载沉载浮⑦。	杨木船儿在漂荡，时而沉下又浮上。
既见君子，我心则休⑧。	已经看见那个人，我的心里多欢畅。

【注释】

①菁菁（jīng）：茂盛的样子。莪：萝蒿。

②阿：山阿。

③沚：水中小洲。

④陵：土山。

⑤锡：通“赐”。赠。百朋：百串贝钱。形容钱币之多。

⑥泛泛：漂荡的样子。

⑦沉、浮：时起时伏。

⑧休：欣喜。

【评析】

这是女子爱恋男子之诗。全诗四章。前三章以“莪”起兴。诗以“菁菁者莪”兴比男子青春貌美。首章说：茂盛的萝蒿，生长在山湾里。既已见到情人，他面带笑容而且彬彬有礼。二章说：茂盛的萝蒿，生长在水中小洲。既已见到情人，她的心里乐悠悠。三章说：茂盛的萝蒿，生长在山谷中。既已见到情人，他赠给的钱币多贵重。末章以“杨舟”起兴。诗以漂浮的杨舟时伏时起，兴比女子的心情激动不已。既已见到君子，她的心里无比欣喜。将《召南·草虫》“亦既见止……我心则说（悦）”、《郑风·风雨》“既见君子，云胡不喜”与此诗“既见君子，我心则喜”加以对比，可见这确是一首情诗。

六　月

六月栖栖[1]，戎车既饬[2]。	六月匆匆忙忙，兵车整顿妥当。
四牡骙骙[3]，载是常服[4]。	四匹公马肥壮，旌旗插在车上。
玁狁孔炽[5]，我是用急[6]。	玁狁非常猖狂，我们必须提防。
王于出征[7]，以匡王国[8]。	天子于是出兵，挽救国家危亡。
比物四骊[9]，闲之维则[10]。	四匹黑马肥壮，操练合乎规章。
维此六月，既成我服[11]。	就在这年六月，制成我的军装。
我服既成，于三十里[12]。	我的军装已制成，急速行军如飞样。
王于出征，以佐天子。	天子于是出兵，辅助天子安邦。
四牡修广[13]，其大有颙[14]。	四匹公马肥壮，身高头大气势雄。
薄伐玁狁，以奏肤公[15]。	讨伐那玁狁，一定成大功。
有严有翼[16]，共武之服[17]。	吉甫威严谨慎，全力对待战争。
共武之服，以定王国。	全力对待战争，才能使国家安稳。
玁狁匪茹[18]，整居焦获[19]。	玁狁真不自量，竟到焦获扩张。
侵镐及方[20]，至于泾阳[21]。	犯我镐京、丰京，一直到了泾阳。
织文鸟章[22]，白旆央央[23]。	旌旗画有飞鸟，飘带多么鲜亮。

元戎十乘[24]，以先启行。 冲锋兵车十辆，冲破敌方阵行。

戎车既安，如轾如轩[25]。 兵车行进稳当，前后一低一昂。
四牡既佶[26]，既佶且闲[27]。 四匹公马健壮，既健壮又俊朗。
薄伐猃狁，至于大原[28]。 讨伐那猃狁，直到大原那方。
文武吉甫[29]，万邦为宪[30]。 能文能武吉甫，他是万国榜样。

吉甫燕喜[31]，既多受祉[32]。 吉甫欢宴在堂，接受赏赐多样。
来归自镐，我行永久。 他从镐京归来，走的时间真长。
饮御诸友[33]，炰鳖脍鲤。 设宴招待众亲友，脍鲤烤鳖味道香。
侯谁在矣，张仲孝友[34]。 谁在这里？孝友张仲在场。

【注释】

①栖栖(xī)：往来忙碌的样子。
②饬(chì)：整治。
③骙骙：马壮健的样子。
④常服：军旗。
⑤孔炽：指势力大，军情紧急。
⑥是用：因此。急：紧急行动。
⑦王：指周宣王。于：语助词。
⑧匡：保卫，救助。
⑨比：选择。骊：毛色纯黑的马。
⑩闲：娴熟。则：法则。
⑪服：军衣，戎服。
⑫于：往。
⑬修广：又长大、又肥壮。
⑭有颙(yóng)：头大的样子。
⑮奏：成。肤公：大功劳。
⑯有严：威武，严整。有翼：谨慎、恭敬。

⑰武之服：用兵征伐之事。

⑱匪茹：不自量力。

⑲整居：以大军占据。焦获：周之地名，在今陕西泾阳境内。

⑳镐(hào)：镐京，武王建都之地。方：丰京，文王建都之地。

㉑泾阳：周之地名。

㉒织文：旗上有图案花纹。鸟章：鸟类的图案。

㉓旆：旌旗下垂的飘带。央央：英英，鲜明。

㉔元戎：大型战车。

㉕轾：车前部低，呈下俯之势。轩：车前部高，呈上仰之势。

㉖佶：健壮。

㉗闲：训练有素，技巧娴熟。

㉘大原：高平之地，指今甘肃固原市北一带。

㉙文武：能文能武。吉甫：尹吉甫，周宣王时之大将。

㉚万邦：天下。宪：榜样、法则。

㉛燕喜：庆贺的宴会。

㉜受祉：受福，指得到周王的奖赏。

㉝饮御：招待、邀请赴宴。

㉞张仲：周大臣，尹吉甫之友。孝友：孝敬父母，友爱兄弟。

【评析】

这是尹吉甫辅佐周宣王征伐玁狁之诗。全诗六章。前三章写宣王率师亲征。兵车已准备妥当，战马威武雄壮，军旗插在车上。玁狁来势凶猛，我们因此及早提防。宣王率师出征，保卫周的国防。次章写选择的黑色战马齐整，这些战马训练有素。士兵们穿上戎装，急速开赴前线。宣王率师出征，辅佐天子安邦。三章写四匹公马高大肥壮，它的头硕大高昂。士兵们讨伐玁狁，决心建立大功。将帅威武严肃，大家共赴国难，使周的天下安定。中二章写交战经过。四章写玁狁不自量力，胆敢占领焦获，进而侵犯镐、丰，一直深入到泾阳。周师战旗飘扬，以十辆大型战车发起冲锋，终于冲破敌阵。五章写乘胜追击。战车时起时伏，行进安稳，奔驰的战马既健壮又熟练，一直追赶敌人到了大原。指挥这次战斗的就是能文能武、堪称万国楷模的大将尹吉甫。末章写班师回朝。尹吉甫在镐京受赏后回到了驻地。他特地举行家宴款待朋友。这次宴会还很丰富。那位以孝著称的张仲，他也在宴席之中。

采 芑

薄言采芑[①]，于彼新田[②]， 于此菑亩[③]。 方叔涖止[④]，其车三千， 师干之试[⑤]。 方叔率止[⑥]，乘其四骐。 四骐翼翼[⑦]，路车有奭[⑧]。 簟茀鱼服[⑨]，钩膺鞗革[⑩]。	采摘那芑菜，在那新辟的田地上， 在这刚垦的田地上。 方叔来到这地方，他的兵车三千辆， 战士们正在练刀枪。 方叔率领军队，驾着那四匹骐马， 四匹骐马排成行，大兵车多堂皇。 竹编车帘鱼纹车厢，马带马辔闪闪亮。
薄言采芑，于彼新田， 于此中乡[⑪]。 方叔涖止，其车三千， 旂旐央央[⑫]。 方叔率止，约軝错衡[⑬]。 八鸾玱玱[⑭]，服其命服[⑮]。 朱芾斯皇[⑯]，有玱葱珩[⑰]。	采摘那芑菜，在那新辟的田地上， 在这乡中的原野上。 方叔来到这地方，他的兵车三千辆， 龟旗龙旗多鲜亮。 方叔率领军队，红毂车花车衡， 八个铃儿响叮当。穿着那御赐的军装， 红色的围裙多堂皇，绿色的佩玉叮当响。
鴥彼飞隼[⑱]，其飞戾天[⑲]， 亦集爰止[⑳]。 方叔涖止，其车三千， 师干之试。	雄鹰快速地飞翔，它飞到那云天上， 军队聚集在这地方。 方叔来到这地方，他的兵车三千辆， 战士们正在练刀枪。

方叔率止，钲人伐鼓[21]，	方叔率领军队，鸣金击鼓震天响，
陈师鞠旅[22]。	摆开阵势气轩昂。
显允方叔[23]，伐鼓渊渊[24]，	声名显赫的方叔，战鼓擂得咚咚响，
振旅阗阗[25]。	操练军队阵堂堂。
蠢尔蛮荆[26]，大邦为仇[27]。	轻举妄动的荆蛮，胆敢把大国来侵犯。
方叔元老，克壮其犹[28]。	方叔是国家的元老，他的谋略很深远。
方叔率止，执讯获丑[29]。	方叔率领军队，俘获敌人万万千。
戎车啴啴[30]，啴啴焞焞[31]，	兵车滚滚奔向前，滚滚向前声震天，
如霆如雷。	像雷霆像闪电。
显允方叔，征伐猃狁，	声名显赫的方叔，征讨了那猃狁，
蛮荆来威[32]。	荆蛮畏服心胆寒。

【注释】

①薄言：语助词，无实义。芑(qǐ)：一种野菜。

②于：在。新田：新垦两年的田。

③菑(zī)：开垦才一年的田。

④方叔：周宣王的卿士。莅(lì)：亲临。

⑤师：军队。干：盾牌，代指武器。试：操练。

⑥率：带领，统率。

⑦翼翼：排列严整的样子。

⑧路车：大车。奭(shì)：红色。

⑨簟(diàn)茀：竹织车帘。鱼服：绘饰鱼纹的车厢。

⑩钩膺：马腹前的钩带。鞗(tiáo)革：马辔，马勒。

⑪中乡：乡野。

⑫旂旐：绘有龙蛇的军旗。央央：鲜明。

⑬约軧(qí)：车毂两端缠上皮革并涂成红色。错衡：车前的横木饰以花纹。

⑭鸾：车马铃。玱玱：金石和美之声。

⑮命服：朝廷赐给的官服。

⑯芾（fú）：皮制的蔽膝。斯皇：辉煌。

⑰有玱：玱玱。葱珩（héng）：一种绿色的佩玉。

⑱鴥（yù）：鸟疾飞的样子。隼：鹰类的猛禽。

⑲戾：止。

⑳集：众鸟落在树上。

㉑钲：一种金属乐器。军中以鸣钲为停止的号令。本句为“钲人鸣钲，鼓人伐鼓”之省。

㉒鞠旅：向军旅宣布、传达命令。

㉓显：英明。允：伟大。

㉔渊渊：鼓声。

㉕振旅：指挥、调动军队行进。阗阗（tián）：步伐整齐、宏大声。

㉖蛮荆：对楚人鄙视的称呼。

㉗大邦：指周王朝。

㉘克：能。壮：宏大。犹：通“猷”。计谋。

㉙执讯获丑：俘虏敌人。

㉚啴啴（tān）：车行声。

㉛焞焞（tūn）：盛大的样子。

㉜威：畏，畏服。

【评析】

这是赞美方叔率军讨伐蛮荆之诗。全诗四章。前二章写军容之盛。主将方叔亲临前线，他统率的战车有三千辆，军队正在操练着武器。方叔率领军队，乘坐在四匹骐马驾驭的高车之上。那马步伐整齐，那车红光闪耀。车上有遮挡车门的纹席，有绘饰鱼纹的车厢，马鞅、马勒鲜明闪亮。车轴包裹着红皮革，车辕雕饰着花纹图案，还有那旌旗飘飘，车铃玱玱。方叔身着官服，红色蔽膝格外耀眼，绿色的佩玉发出悦耳的和鸣之声。主将如此威武，军队如此强盛，这次南征荆楚，一定会大功告成。后二章写伐楚获胜。方叔率领军队，在行进中以鸣金伐鼓指挥大军，列队陈师传达命令。那深沉浑厚的鼓声，那雄壮整齐的脚步声，正是周师南征的进行曲。蛮荆敢与周王朝为仇，真是愚蠢而狂妄！方叔乃朝中元老，又有用兵的雄才大略，因而率领大军，一下子抓获俘虏无数，终于战胜了敌人。战车隆隆，军势浩大，方叔的声威如雷如霆。这位英明而伟大的统帅方叔，他曾经讨伐过猃狁，现在又使蛮荆畏服而归顺朝廷。

车攻

我车既攻①，我马既同②。	我的田车已修牢，我的猎马已选好。
四牡庞庞③，驾言徂东④。	四匹公马多肥壮，驾它奔向那东郊。
田车既好⑤，四牡孔阜⑥。	田车已修好，四匹公马高又大。
东有甫草⑦，驾言行狩。	东方圃田有大片草，驾着车去把猎打。
之子于苗⑧，选徒嚣嚣⑨。	宣王率队去打猎，清点随从声喧喧。
建旐设旄⑩，搏兽于敖⑪。	龟蛇旗杆挂牛尾，打猎就在那敖山。
驾彼四牡，四牡奕奕⑫。	驾着那四匹大公马，四匹公马紧相挨。
赤芾金舄⑬，会同有绎⑭。	红围裙子金黄鞋，朝会的诸侯一排排。
决拾既佽⑮，弓矢既调⑯。	扳指护臂已齐备，弓儿箭儿也调配。
射夫既同，助我举柴⑰。	射手都已配成对，助我获兽一堆堆。
四黄既驾⑱，两骖不猗⑲。	四匹黄马把车驾，两旁骖马不偏斜。
不失其驰⑳，舍矢如破㉑。	奔跑不会乱步伐，射箭就能射中靶。
萧萧马鸣，悠悠旆旌㉒。	萧萧马儿鸣，飘飘旗儿影。
徒御不惊㉓，大庖不盈㉔。	随从很机警，厨房很丰盛。
之子于征㉕，有闻无声。	宣王率队踏归程，只听车声无人声。

允矣君子[26]，展也大成[27]。 他真是一位贤明君，的确大功已告成。

【注释】

①攻：整治，修理。

②同：选齐。

③庞庞：强健有力。

④言：语助词。徂东：向东方去。东，指东都。

⑤田车：田猎的车。

⑥孔阜：很强壮。

⑦甫草：甫田之草。甫田为地名。

⑧之子：指周宣王。苗：打猎。夏猎为苗。

⑨选徒：清点随从。嚣嚣：嘈杂，喧嚷。

⑩建：设置。旐、旄：各类旗帜。

⑪搏兽：薄狩。敖：地名。古有敖山。

⑫奕奕：接连不断。

⑬赤芾：红色蔽膝。金舄（xì）：黄红色的厚底鞋。赤芾金舄，均为诸侯穿用。

⑭会同：诸侯朝会天子。有绎：络绎不绝。

⑮决：拉箭弦的扳指。拾：射箭用的皮制护臂。佽（cì）：具备，齐备。

⑯调：调试。

⑰举柴（zì）：即举胔，相助猎取禽兽。

⑱四黄：四匹黄马。

⑲两骖：两边的骖马。不猗：不偏斜。

⑳驰：指驾车驰逐之法则。

㉑舍矢：射箭。破：被射中。

㉒旆旌：旌旗之类。

㉓徒：步行者。御：驾车者。不：语助词。惊：很机警。

㉔大庖：国君的厨房。盈：很满。

㉕征：指狩猎归来。

㉖允：真是。

㉗展：真乃、确实。大成：很成功。

【评析】

这是宣王田猎之诗。全诗八章。首二章写田猎车马之盛。猎车已经修好，马儿已经选齐。车是好车，马是壮马，现在就要驾着车马前往东都狩猎了。次二章写诸侯会同。出发之前清点随从，人声喧嚷。各种旗帜都已竖起，随风飘扬。队伍出发，前往东都敖山一带狩猎。随驾的诸侯，身着红色蔽膝，脚穿金色靴子，接连不断依次而来。五、六章写狩猎场面。扳指、护臂都已具备，弓矢也已调配适宜，大家齐心协力，猎获了许多禽兽。追逐猎物时，四匹黄马驾驭得很好，两匹骖马也不偏不倚。猎车跑得顺畅，箭也射得很准。末二章写猎毕回归。在回归的路上，但听马儿萧萧地鸣叫，只见旗帜悠悠地飘扬。步卒车夫都很机警，庖厨野味多样充盈。宣王率领猎队归来，纪律严明，只听到行军之声而听不到其他喧哗声。最后诗人赞叹道：宣王真是圣明天子，他确实获得了很大的成功！

吉　日

吉日维戊[①]，既伯既祷[②]。	选择日子戊日好，祭马祖来又祈祷。
田车既好，四牡孔阜。	田车已坚牢，四匹公马大又高。
升彼大阜，从其群丑[③]。	登上那大山，追赶群兽满山跑。
吉日庚午，既差我马[④]。	选择日子庚午好，我的田马已选好。
兽之所同[⑤]，麀鹿麌麌[⑥]。	野兽纷纷在聚拢，公鹿母鹿声声叫。
漆沮之从[⑦]，天子之所。	沿着漆沮去追赶，以便天子好射瞄。
瞻彼中原，其祁孔有[⑧]。	看那辽阔的平原上，肥大的野兽到处有。
儦儦俟俟[⑨]，或群或友[⑩]。	时而奔跑时而行走，有的成群有的结友。

悉率左右[11],以燕天子[12]。　　全都赶到左和右,好让天子乐悠悠。

既张我弓,既挟我矢。　　已拉开我的弓弦,已搭上我的箭头。
发彼小豝[13],殪此大兕[14]。　　发箭射中那小母猪,一箭射死这大野牛。
以御宾客,且以酌醴[15]。　　用它来宴请诸宾客,还斟上大杯的甜酒。

【注释】

①吉日:吉祥的日子。戊:指戊辰。
②既伯:指祭过马祖。天驷星称马祖。
③从:追逐。群丑:指各种野兽。
④差:选择。
⑤同:聚集。
⑥麀(yōu)鹿:母鹿。麌麌(yǔ):兽群聚的样子。
⑦漆、沮:水名。
⑧祁:大,广大。
⑨儦儦(biāo):奔跑的样子。俟俟:行走的样子。
⑩群:三兽为群。友:二兽为友。
⑪悉率左右:全部从两旁驱赶而来。
⑫燕:待。
⑬豝:野猪。
⑭殪:射死。兕(sì):野牛之类。
⑮醴:甜酒。

【评析】

这也是宣王田猎之诗。全诗四章。选择吉日“戊辰”去郊野打猎。已经祭过马祖,祈求神灵保佑。田车已修好,猎马也选齐,然后就要驱车登上山坡,追逐猎取野兽。宣王带着随从,来到野兽出没的地方。这里有多种野兽,其中有麌鹿,有野猪,有野牛。有的慢走,有的疾驰,有的成群,有的为友。随从从两侧将它们赶出来,沿着漆水、沮水驱赶,以待宣王亲自射猎。随从也拉开了弓,将箭拿在手中连连发射,一箭射中那小野猪，又一箭射死这大野牛。宣王命令将这些野味烹制好，以招待宾客。这鲜美的野味正好下酒哩！

鸿 雁

鸿雁于飞[1]，肃肃其羽[2]。 大雁在飞翔，两翅嗖嗖响。
之子于征[3]，劬劳于野[4]。 使臣去远行，郊野苦尽尝。
爰及矜人[5]，哀此鳏寡[6]。 哀及贫苦人，鳏寡更可伤。

鸿雁于飞，集于中泽[7]。 大雁在飞翔，聚在湖中央。
之子于垣[8]，百堵皆作[9]。 使臣去筑墙，筑起百方丈。
虽则劬劳，其究安宅[10]。 虽然吃尽苦，终有安身房。

鸿雁于飞，哀鸣嗷嗷[11]。 大雁在飞翔，悲鸣声嗷嗷。
维此哲人[12]，谓我劬劳。 这些聪明人，说我真辛劳。
维彼愚人[13]，谓我宣骄[14]。 那些糊涂虫，说我太骄傲。

【注释】

①鸿雁：大雁。于：语助词。

②肃肃：鸟拍羽翼之声。

③之子：指使臣。征：远行。

④劬（qú）劳：辛苦劳累。

⑤爰：语助词。矜人：受苦人。

⑥鳏（guān）：老而无妻者。

⑦中泽：水泽之中。

⑧垣（yuán）：筑墙，盖房。

⑨堵：一面墙。

⑩究：终于。安宅：安居之所。
⑪嗷嗷：哀鸣之声。
⑫哲人：指贤明的统治者。
⑬愚人：指昏聩无知的统治者。
⑭宣骄：骄傲。

【评析】

这是使臣安抚流民之诗。全诗三章。每章前二句写流民。一章以大雁急速飞翔，双翅簌簌作响，兴比流民逃往他乡。二章以大雁急速飞翔，聚于水泽中央，兴比流民寄寓荒野。三章以大雁急速飞翔，悲鸣之声嗷嗷，兴比流民急盼救助。每章后四句写使臣。一章写他出使四方，在野外奔波劳累，救济那些受苦之人，同情那些无依无靠的鳏寡孤独之人。二章写他巡视工地，指挥筑墙盖屋。虽然他很辛苦，但是流民终于有了安居之所。末章写他的心理活动。只有通晓事理的"哲人"才说我真辛劳；只有昏聩无知的"愚人"，才说我太骄傲。这四句是使臣的表白，与《魏风·园有桃》"不知我者，谓我士也骄"诗意正同。

庭燎

夜如何其[1]？夜未央[2]， 庭燎之光[3]。 君子至止[4]，鸾声将将[5]。	夜怎么样？夜茫茫。 大烛庭上亮。诸侯们来到了， 铃声响叮当。
夜如何其？夜未艾[6]， 庭燎晣晣[7]。 君子至止，鸾声哕哕[8]。	夜怎么样？夜正长。 大烛微微亮。诸侯们来到了， 铃声铃铃响。
夜如何其？夜乡晨[9]，	夜怎么样？夜刚亮。

庭燎有辉[10]。	大烛在发光。
君子至止，言观其旂[11]。	诸侯们来到了，旗帜在飘扬。

【注释】

①如何：怎么样。

②未央：未到半夜。

③庭燎：庭中大烛。

④君子：指诸侯。

⑤鸾：车铃。将将：车铃声。

⑥未艾：未尽。

⑦晣晣（zhé）：明亮。

⑧哕哕（huì）：铃声渐近而有节奏。

⑨乡晨：向晨，天快亮了。

⑩有辉：烟光相杂的样子。

⑪旂（qí）：绘有龙蛇的旗。

【评析】

这是颂美宣王勤政早朝之诗。全诗三章。每章意思虽基本相同，但有递进之势。宣王问道："夜怎么样了？"侍者答道："未到半夜。"宣王见到庭烛之光，想到诸侯就要来了，仿佛听到车铃锵锵之声。宣王睡了一会，又问道："夜怎么样了？"侍者答道："夜未尽。"宣王见到庭烛之光明亮。想到诸侯就要来了，仿佛听到车铃之声渐近而有节奏。过了一阵，宣王又问道："夜怎么样了？"侍者答道："天快亮了。"宣王见到庭烛闪着最后的烟光，想到诸侯就要来了，仿佛看到那飘扬的旌旗。此诗在艺术上显得细腻而精美。由"夜未央"到"夜未艾"再到"夜乡晨"，写出了时间的推移。由"庭燎之光"到"庭燎晣晣"再到"庭燎有辉"，写出天色逐渐明亮。由"鸾声将将"到"鸾声哕哕"再到"言观其旂"，写出诸侯之车由远及近。这些均刻画生动，层次井然。

沔 水

沔彼流水[1]，朝宗于海[2]。	那漫漫的流水，汇合到大海上。
鴥彼飞隼[3]，载飞载止。	那疾飞的小鹰，时而飞升时而又下降。
嗟我兄弟，邦人诸友，	唉，我的兄弟们，同胞们和朋友们。
莫肯念乱[4]，谁无父母？	不肯平动乱，谁无亲爹娘？
沔彼流水，其流汤汤[5]。	那漫漫的流水，它的水势浩荡荡。
鴥彼飞隼，载飞载扬。	那疾飞的小鹰，时而飞起时而又高扬。
念彼不迹[6]，载起载行。	想起那作乱的人，坐不安稳起彷徨。
心之忧矣，不可弭忘[7]。	心里忧伤啊，不可把它忘。
鴥彼飞隼，率彼中陵[8]。	那疾飞的小鹰，沿着那陵中飞行。
民之讹言[9]，宁莫之惩[10]。	民间的谣言，竟没有谁去澄清。
我友敬矣[11]，谗言其兴！	我的朋友要谨慎，莫让谗言乘隙兴。

【注释】

①沔(miǎn)：江河流水很大很满的样子。

②朝宗：诸侯朝见天子，春为朝，夏为宗。借指百川汇聚入海。

③鴥(yù)：鸟疾飞的样子。隼(sǔn)：一种猛禽。

④念乱：止息、平定动乱。

⑤汤汤(shāng)：水流盛大的样子。

⑥不迹：不遵循正道。

⑦弭(mǐ)忘：消除，忘怀。

⑧中陵：陵中。

⑨讹言：谗言，谣言。

⑩宁：竟。惩：止息。

⑪敬：警惕。

【评析】

这是悯乱忧谗之诗。周幽王继位之后，宠爱褒姒，政治更加黑暗，王室完全失去了作为天下宗主的号召力和凝聚力。加之猃狁入侵，内乱迭生，使西周迅速地走向灭亡。这可能是此诗产生的历史背景。全诗三章。诗以江河流向大海兴比诸侯朝见天子，以江河横溢兴比诸侯强盛纵恣。诗又以疾飞的猛禽时飞时止，时飞时游，沿着山陵中飞翔兴比军事征讨，战争动乱。诗人面对这种政局，忧心如焚。他感叹兄弟、诸友不肯平定动乱。谁无父母，怎能忍心让他们遭殃。他想起那些诸侯不循正道，图谋不轨，更是使他坐立不安，满腹的忧伤不可消除。与此同时，各种谗言四起，竟然没有谁制止它。最后诗人告诫说：我的朋友，你要警惕谗言兴起啊！

鹤　鸣

鹤鸣于九皋①，声闻于野。	白鹤在水泽边鸣叫，它的叫声响彻荒郊。
鱼潜在渊②，或在于渚③。	鱼儿时而沉入深渊，时而又浮出水礁。
乐彼之园④，爰有树檀⑤，	那美丽的园林，既有高大的檀树，
其下维萚⑥。	又有矮小的软枣。
他山之石，可以为错⑦。	其他山上的石头，可以用来磨刀。
鹤鸣于九皋，声闻于天。	白鹤鸣叫在水泽边，它的叫声响彻云天。
鱼在于渚，或潜在渊。	鱼儿时而浮出水面，时而又沉入深渊。
乐彼之园，爰有树檀，	那美丽的园林，既有高大的檀树，
其下维榖⑧。	又有矮小的楮树。

他山之石，可以攻玉⑨。

其他山上的石头，可以用来磨玉。

【注释】

①九皋(gāo)：深远的水泽。

②渊：深潭。

③渚(zhǔ)：此指小洲边的浅水。

④乐：通“铄”。美丽。

⑤树檀：檀树。一种贵重木材。

⑥萚(tuò)：软枣树。

⑦错：磨石。

⑧榖(gǔ)：楮树。

⑨攻：磨制玉器。

【评析】

这是招贤纳士之诗。全诗二章。此诗全用比体。每章首二句以“鹤”设喻。白鹤在深远的水泽边鸣叫，它的叫声传遍四野，响彻云天。诗以此比喻那些身隐名显的贤才。每章三、四句以“鱼”设喻。鱼儿时而沉入深渊，时而又浮出水面。诗以此比喻那些去就无常的奇才。每章中三句以“树”设喻。在美丽的园林中，有各种各样的树木，其中有檀树，有枣树，有楮树等等。高大的檀树可以制轮制车，低矮的枣树可以制橛制桩。诗以此比喻那些可担重任的大才和不可缺少的小才。每章末二句以“石”设喻。其他山上的石头，可制作玉器。诗以此比喻那些为我所用的异国之才。治理国家需要有各种各样的人才。国君若能招贤纳士，让他们各尽其才，就有望治理好国家。

祈　父

祈父①，予王之爪牙②。	司马祈父！我是国王的武士。
胡转予于恤③，靡所止居④？	为何陷我于困境？没有安身的居室。
祈父，予王之爪士。	司马祈父！我是国王的武士。
胡转予于恤，靡所厎止⑤？	为何陷我于困境？没有安身的居室。
祈父，亶不聪⑥。	司马祈父！确实不聪明。
胡转予于恤，有母之尸饔⑦？	为何陷我于困境？不能奉养我母亲。

【注释】

①祈父：官名。即司马，掌管兵马。

②爪牙：武将，武士。

③胡：何，为何。转予于恤：陷我于忧苦之境。

④靡：无。所：住所。止居：安居。

⑤厎（zhǐ）止：义同“止居”。

⑥亶（dǎn）：确实。不聪：糊涂。

⑦尸饔（yōng）：不能奉养。

【评析】

这是斥责祈父之诗。全诗三章。前两章说：祈父，我是周王的武将，你为何使我们陷于困境？使我不能安居？末章说：祈父，你真昏庸，为何使我陷于困境？使我家有老母不得奉养？由此可知，这位祈父不修其职，致使下属受困苦之忧。

白　驹

皎皎白驹①，食我场苗。
絷之维之②，以永今朝③。
所谓伊人④，于焉逍遥⑤？

白生生的小马儿，吃我场上的豆苗。
拴起它系起它，延长欢乐的今朝。
所说的那个人，在哪里逍遥？

皎皎白驹，食我场藿⑥。
絷之维之，以永今夕。
所谓伊人，于焉嘉客？

白生生的小马儿，吃我场上的豆叶。
拴起它系起它，延长欢乐的今夜。
所说的那个人，到哪里去做客？

皎皎白驹，贲然来思⑦。
尔公尔侯⑧，逸豫无期⑨。
慎尔优游⑩，勉尔遁思⑪。

白生生的小马儿，飘然来到这里。
你这高贵的客人，真是欢乐无期。
珍惜你优游的岁月，切莫轻易地别离。

皎皎白驹，在彼空谷⑫。
生刍一束⑬，其人如玉。
毋金玉尔音⑭，而有遐心⑮。

白生生的小马儿，在那深山谷中行。
青青草儿割一把，那人真像玉般洁净。
不要珍惜你的音讯，而有疏远我的心。

【注释】

①皎皎：洁白，光亮。驹：两岁的小马。一说五尺以上的马。

②絷（zhí）：捆住马足。维：拴住马缰绳。

②永：长，多留一些时间。

④伊人：那人，指白驹的主人。

⑤于焉：于何，在何处。

⑥藿：豆叶，豆苗。

⑦贲（bēn）然：奔驰之状。

⑧尔公尔侯：对伊人的尊称。

⑨逸豫：安乐。无期：无极。

⑩优游：逍遥，自由自在。

⑪勉：免。劝止语。遁思：遁世，隐居。

⑫空谷：穹谷，深谷。

⑬生刍：青草，马饲料。

⑭金玉尔音：以尔音为金玉，吝惜你的音讯。

⑮遐心：疏远之心。

【评析】

这是女子怀念男子之诗。全诗四章。前两章写女子的希望。她希望白马少年到自己家里来做客，自己要喂他的白驹，拴住马的缰绳，留客人多住一些时间，在一起度过欢乐的白天和黑夜。然而这位白马少年，他在哪里游玩呢？他在哪里做客呢？后两章写女子的情思。这位白马少年终于被盼到了。他骑着白驹，由远至近，疾驰而来。女子欣喜地说道：你是尊贵的公侯般的贵宾，你的欢乐没有止尽。望你不要游乐无度，不要老想着离开这里。然而在一起的日子总是短暂的。他终于要离开了。他骑着白驹到了空谷之中，还扯了一把青草喂着白驹。男子纯洁如玉的形象，引起女子无穷的怀念。她暗自想道："你要经常以书信传递消息，不要有疏远之心啊！"

黄　鸟

黄鸟黄鸟[1]，无集于穀[2]，	黄鸟呀黄鸟，不要集在楮树上，
无啄我粟。	不要把我的粟啄光。
此邦之人，不我肯穀[3]。	这个地方的人，不肯把我养。
言旋言归[4]，复我邦族[5]。	回去吧回去吧，回到我的家乡。

黄鸟黄鸟，无集于桑，
无啄我粱。
此邦之人，不可与明⑥。
言旋言归，复我诸兄。

黄鸟呀黄鸟，不要集在桑树上，
不要啄我的高粱。
这个地方的人，不可与他们把理讲。
回去吧回去吧，回到我的兄长旁。

黄鸟黄鸟，无集于栩⑦，
无啄我黍。
此邦之人，不可与处。
言旋言归，复我诸父⑧。

黄鸟呀黄鸟，不要集在柞树上，
不要把我的黍啄光。
这个地方的人，相处不能长。
回去吧回去吧，回到我的长辈旁。

【注释】

①黄鸟：黄雀。
②穀（gǔ）：楮树。
③穀：善待。
④旋：还。
⑤复：回到。
⑥明：讲明。
⑦栩（xǔ）：柞树。
⑧诸父：各位长辈。

【评析】

这是弃妇之诗。诗中的女子离开故乡，远嫁异国，结果遭到遗弃。她被弃之因，是因为丈夫变心、另娶新人。全诗三章。每章前三句写弃妇激愤之情。诗以黄鸟不要落在我的树上，不要啄食我的粮食，兴比新人不要占据我的家室，不要侵吞我的家产。每章中二句写丈夫薄情。丈夫变心之后，就一反常态，再也不肯善待自己。夫妻之间本应互敬互爱，白头偕老，然而他喜新厌旧，无故将自己抛弃。像他这种人简直不可理喻，无法讲明夫妇之道。她渐渐觉得再也不能跟他生活在一起。每章末二句写弃妇决心返归。既然丈夫如此薄情，她不愿也不能这样维持下去了。于是她决心返回故乡，回到诸兄、诸父的身边去。

我行其野

我行其野，蔽芾其樗[①]。	我行走在原野上，臭椿长得大又长。
昏姻之故[②]，言就尔居[③]。	为着婚姻的缘故，来和你同房。
尔不我畜[④]，复我邦家[⑤]。	你再不爱我，我只能回家乡。
我行其野，言采其蓫[⑥]。	我行走在原野上，采菜忙又忙。
昏姻之故，言就尔宿。	为着婚姻的缘故，来和你同床。
尔不我畜，言归斯复[⑦]。	你再不爱我，我只能回到原地方。
我行其野，言采其葍[⑧]。	我行走在原野上，采菜忙又忙。
不思旧姻，求尔新特[⑨]。	你不把旧人想，一心求你的新对象。
成不以富[⑩]，亦祇以异[⑪]。	的确不是因为她富有，只是因为她好模样。

【注释】

①蔽芾：枝叶茂盛。樗(chū)：臭椿。

②昏：同“婚”。

③就：前来相从。

④畜：爱。

⑤邦家：父母之家。

⑥蓫(zhú)：羊蹄菜。

⑦复：回老家。

⑧葍(fú)：野菜。

⑨新特：新配偶。

⑩成：的确。以富：因为嫁妆多。

⑪祇：只是。以异：因为相貌美。

【评析】

这是弃妇之诗。全诗三章。这个女子行走在野外，所见非嘉木，所采也非嘉菜。它暗示这场婚姻从一开始就是不幸的。果然，成家以后，这男子就起异心，不念旧情，另求新欢。婚姻破裂的原因不在于新人嫁妆多，而在于新人相貌美。女子容忍不了男子这种无情无义的行为，于是她决定返回自己的家乡去。这就是她最后的抉择。

斯　干

秩秩斯干①，幽幽南山②。 如竹苞矣③，如松茂矣。 兄及弟矣，式相好矣④， 无相犹矣⑤。	涧溪水多清澈，终南山多幽深。 这里绿竹丛生，这里青松茂盛。 哥哥和弟弟，要相互友好， 不要相互欺凌。
似续妣祖⑥，筑室百堵⑦， 西南其户⑧。 爰居爰处⑨，爰笑爰语。	继承先妣先祖，筑成房屋百间。 向西向南开户。 全家来此居住，有说有笑相处。
约之阁阁⑩，椓之橐橐⑪。 风雨攸除⑫，鸟鼠攸去， 君子攸芋⑬。	捆束墙板声阁阁，夯土筑墙声嗒嗒。 风难吹雨难打，鸟飞走鼠搬家， 君子到此来住下。
如跂斯翼⑭，如矢斯棘⑮， 如鸟斯革⑯，如翚斯飞⑰， 君子攸跻⑱。	宫室像巨人般张望，四角像飞箭射四方， 屋宇像大鸟般振翅膀，屋檐像锦鸡般明亮。 这是君子登堂的地方。
殖殖其庭⑲，有觉其楹⑳。	厅堂平正端庄，楹柱高大粗壮。

哙哙其正[21]，哕哕其冥[22]。 君子攸宁。	正室宽敞明亮，内室深邃宽广， 这是君子安居的地方。
下莞上簟[23]，乃安斯寝。 乃寝乃兴[24]，乃占我梦。 吉梦维何？维熊维罴， 维虺维蛇[25]。	下铺蒲席上铺簟，舒舒服服去就寝。 于是休息于是起身，于是占卜我梦境。 好梦是什么？是小熊和大熊， 是虺蜴和长虫。
大人占之[26]： 维熊维罴，男子之祥； 维虺维蛇，女子之祥。	卜人占了梦： 是小熊和大熊，是生男子的预兆； 是虺蜴和长虫，是生女子的预兆。
乃生男子，载寝之床， 载衣之裳，载弄之璋[27]。 其泣喤喤[28]，朱芾斯皇[29]， 室家君王[30]。	如果生下男孩，让他睡在床上， 给他穿上衣裳，给他玩弄玉璋。 他的哭声洪亮，红色围裙辉煌， 将做国家的君王。
乃生女子，载寝之地， 载衣之裼[31]，载弄之瓦[32]。 无非无仪[33]，唯酒食是议， 无父母诒罹[34]。	如果生下女孩，放在地上安睡， 为她裹上褓被，给她玩弄纺锤。 不要擅自作为，只把酒食料理， 不要让父母心碎。

【注释】

①秩秩：水清的样子。干：涧溪。

②幽幽：深远。南山：终南山。

③如：有。竹苞：丛生之竹。

④式：语助词。

⑤犹：欺诈。

⑥似续：继续、继承。妣祖：祖先。

⑦百堵：百间宫室，形容多。

⑧西南其户：向南是正门，东西开侧门。因句式所限，省“东”字。

⑨爰：于是。

⑩约之阁阁：用土筑板墙时，先将筑板捆紧。阁阁：象声词。

⑪椓（zhuó）：捣筑土墙。橐橐：象声词。

⑫攸：所。除：去掉祸患。

⑬芋：宇，住所。

⑭跂：踮起脚跟，耸立。翼：端正。

⑮矢：箭。棘：直而棱角分明。

⑯革：翅膀。

⑰翚（huī）：羽毛华美的山鸡。

⑱跻（jī）：登堂。

⑲殖殖：平正。

⑳有觉：高大。楹：柱子。

㉑哙哙（kuài）：宽敞明亮。正：正堂。

㉒哕哕（huì）：煟煟，宽明之貌。冥：侧室。

㉓莞（guān）：蒲席。簟（diàn）：竹席。

㉔寝：夜眠。兴：早起。

㉕虺（huǐ）：一种毒蛇。

㉖大人：指太卜官，掌管占卜之事。

㉗弄璋：让孩子玩玉璋。

㉘喤喤：哭声洪亮。

㉙朱芾（fú）：红蔽膝。一种礼服。皇：辉煌。

㉚室家：王室，国家。

㉛裼（tì）：婴儿的褓衣。

㉜瓦：纺锤。

㉝无非：不要有过失。无仪：无邪。

㉞诒：贻，给。罹：忧虑。

【评析】

这是庆贺宣王宫室落成之诗。全诗九章。首章写宫室的地理环境。这座宫室，有山有水，有竹有松，环境幽雅，景色宜人。二、三章写宫室落成。这二章描写了宫室恢宏的规模，门户的朝向以及建筑工地一片繁忙的景象。四、五章写宫室的外貌与内形。宫室像巨人一般巍然耸立，屋角像弓箭一般棱角分明，屋宇像大鸟一般奋力振翅，屋檐像锦鸡一般翩翩起舞。这里一连运用四个比喻，将宫室宏伟气势及其建筑风格描写无遗。前厅平平正正，立柱高大粗壮，正寝宽敞明亮，内房深邃宽广。这是王室成员安居的地方。后四章祝贺周王人丁兴旺。周王做了一场美梦。他梦见熊和罴，这是生儿子的吉兆；他梦见虺和蛇，这是生女儿的吉兆。如果生了儿子，就让他睡在床上，给他穿上衣裳，再给他一块玉璋玩。孩子的哭声洪亮，将来长大了，他穿上礼服，做国家的君王。如果生了女儿，就让她睡在地上，给她裹着褓衣，再给她一枚纺锤玩。希望她长大后行为端正，没有过失，操持好酒食等家务，不要让父母担忧。从中可以了解到重男轻女思想的萌芽。

无　羊

谁谓尔无羊？三百维群[①]。	谁说你没有羊？羊群难计数。
谁谓尔无牛？九十其犉[②]。	谁说你没有牛？大牛无数头。
尔羊来思，其角濈濈[③]。	你的羊来了，它们的角儿相互触。
尔牛来思，其耳湿湿[④]。	你的牛来了，它们的耳朵晃悠悠。
或降于阿[⑤]，或饮于池，	有的在下山坡，有的在饮池水，
或寝或讹[⑥]。尔牧来思[⑦]，	有的走动有的在睡。你的牧人来了，
何蓑何笠[⑧]，或负其糇[⑨]。	披着蓑衣戴斗笠，干粮袋子搭在背。

三十维物[10]，尔牲则具[11]。	牛羊毛色三十种，你的祭牲都齐备。
尔牧来思，以薪以蒸[12]， 以雌以雄。尔羊来思， 矜矜兢兢[13]，不骞不崩[14]。 麾之以肱[15]，毕来既升[16]。	你的牧人来了，把粗草嫩草作饲料， 把公的母的交配好。你的羊来了， 竞相奔逐蹦蹦跳跳，不会离群不会乱跑。 牧人把手臂一挥，全都进入那圈牢。
牧人乃梦，众维鱼矣[17]。 旐维旟矣[18]。大人占之[19]： 众维鱼矣，实维丰年。 旐维旟矣，室家溱溱[20]。	牧人做了一个梦，梦见鱼儿和蝗虫， 还有龟旗和鹰旗在飘动。卜人占梦说： 梦见鱼儿和蝗虫，准是人寿又年丰。 梦见龟旗和鹰旗，人丁兴旺日子红。

【注释】

①三百：形容多，非实数。维：其。

②九十：形容多。犉（chún）：大牛。

③濈濈（jí）：聚集的样子。

④湿湿（qì）：牛耳摇动的样子。

⑤或：有的。阿：山坡。

⑥讹：通“吪”。跳动，走动。

⑦牧：牧人。

⑧何：荷，背或戴。

⑨糇（hóu）：干粮。

⑩三十：形容多。物：毛色，种类。

⑪牲：祭祀用的牲畜。具，齐备。

⑫薪：粗草。蒸：细草。

⑬矜矜：众多。兢兢：竞相奔逐。

⑭骞：指牛羊走失。崩：指牛羊散群。

⑮麾：挥。肱（gōng）：手臂。

⑯毕：全部。升：指进入羊圈、牛圈。

⑰众：同“螽”。蝗虫。维：和。

⑱旐：龟旗。旟：鹰旗。

⑲大人：对占卜人的尊称。

⑳溱溱：众多。此指人丁兴旺。

【评析】

这是歌咏牧主牛羊蕃盛之诗。全诗四章。首章写牧主牛羊众多以及牛羊的情态。中二章写放牧的情景。那漫山遍野的牛羊，有的下山，有的饮水，有的睡觉，有的嬉戏。牧人穿蓑戴笠，背着干粮。牧主的牛羊品种齐备，足够祭祀及别的需要。牧人放牧的技术高超，他懂得将草料粗细搭配，并注意区别牛羊的性别，以便适时交配繁殖。在牧人精心管理和调驯下，牛羊都很健壮。它们奔逐竞走，不会走失，不会离群。那牧人一挥手臂，牛羊全都回到圈牢之中。这幅放牧的景象生动活泼，充满了生活情趣。末章写牧人的梦境。他梦见了蝗和鱼，这是丰年的先兆。他梦见了龟旗和鹰旗，这是家庭兴旺的先兆。此章表现了古代人民淳朴的习俗及对美好生活的向往。

节南山

节彼南山①，维石岩岩②。	高峻的终南山，它的石头堆积险峭。
赫赫师尹③，民具尔瞻④，	地位显赫的太师，百姓都在把你瞧。
忧心如惔⑤，不敢戏谈⑥。	忧愁的心像火烧，百姓不敢谈和笑。
国既卒斩⑦，何用不监⑧？	国事已经一团糟，为何无人觉察到？
节彼南山，有实其猗⑨。	高峻的终南山，它有广大的斜坡。
赫赫师尹，不平谓何？	地位显赫的太师，为政不平还说什么？
天方荐瘥⑩，丧乱弘多⑪。	上天正在降灾祸，死亡乱离大且多。
民言无嘉⑫，憯莫惩嗟⑬。	百姓没有好听的话，竟没有谁纠过错。

尹氏大师，维周之氐[14]。　　姓尹的太师，是周家的柱石。
秉国之均[15]，四方是维[16]。　　掌握国家的大权，四方仗他维系。
天子是毗[17]，俾民不迷[18]。　　天子靠他辅佐，使百姓方向不迷。
不吊昊天[19]，不宜空我师[20]。　　不仁慈的上天，不该使我民众穷极。

弗躬弗亲，庶民弗信。　　自己不亲理国政，百姓就不会相信。
弗问弗仕[21]，勿罔君子[22]。　　不询问不任用，不要欺骗好人。
式夷式已[23]，无小人殆[24]。　　应当消除应当制止，不要跟小人亲近。
琐琐姻亚[25]，则无膴仕[26]。　　凡庸的亲戚，不要把高官委任。

昊天不傭[27]，降此鞠訩[28]。　　上天不公平，把这大祸来降临。
昊天不惠[29]，降此大戾[30]。　　上天不怜悯，把这大难来降临。
君子如届[31]，俾民心阕[32]。　　君子如果躬亲，使百姓的心平静。
君子如夷，恶怒是违[33]。　　君子如果公正，使百姓的怒气消尽。

不吊昊天，乱靡有定。　　不仁慈的上天，祸乱还没有平定。
式月斯生[34]，俾民不宁。　　祸乱每月都在发生，使百姓不得安宁。
忧心如酲[35]，谁秉国成[36]？　　忧愁的心像酒醉致病，谁在执掌国家大政？
不自为政，卒劳百姓。　　自己不亲理政事，终究苦了天下百姓。

驾彼四牡，四牡项领[37]。　　驾着那四匹公马，四匹公马颈肥膘壮。
我瞻四方，蹙蹙靡所骋[38]。　　我眺望那四方，局促得没有投奔的地方。
方茂尔恶[39]，相尔矛矣[40]。　　当你恶怒正盛时，就看着戈矛想动手。
既夷既怿[41]，如相酬矣[42]。　　当你心平气和时，如同相互来劝酒。

昊天不平，我王不宁。　　上天不公平，我王不安宁。
不惩其心，覆怨其正[43]。　　他不惩戒自己的心，反怨恨别人对他纠正。

家父作诵[44]，以究王訩[45]。　　家父作了这首诗，借以追究王凶德。

式讹尔心[46]，以畜万邦[47]。 你要改变你的心，才能安抚那万国。

【注释】

①节：高峻。南山：终南山。

②岩岩：山石堆积的样子。

③师尹：指太师尹氏。

④具：俱。瞻：看。

⑤惔（tán）：火烧。

⑥戏谈：放言议论。

⑦卒：完全。斩：断绝。

⑧何用：何以，为何。监：察。

⑨有实：实实，广大。猗：通“阿”。山坡。

⑩荐：屡次。瘥：灾难。

⑪弘多：很多。

⑫民言：指民众的议论。无嘉：不好。

⑬憯（cǎn）：乃，竟。惩：儆戒。嗟：语助词。

⑭氐：根本，基石。

⑮秉：掌握。均：陶钧，国家大权。

⑯维：维持，维系。

⑰毗（pí）：辅佐。

⑱俾：使。

⑲不吊：不淑，不体恤。昊（hào）天：上天。

⑳空：穷，困乏。师：众民。

㉑问：咨询。仕：任用。

㉒勿：不要。罔：欺罔，蒙骗。

㉓夷：消除。已：制止。

㉔殆：亲近。

㉕琐琐：卑微，凡庸。姻亚：亲戚之属。

㉖膴仕：高官厚爵。

㉗傭：公正，均平。

㉘鞠讻：极大的祸乱。

㉙惠：爱护，关怀。

㉚戾：灾难。

㉛届：到、临，指主持政事。

㉜俾：使。阕：平息。

㉝违：清除。

㉞式月斯生：指祸乱每月发生。

㉟酲（chéng）：酒醉致病。

㊱国成：国政。

㊲项领：颈脖肥大，形容健壮。

㊳蹙蹙：局缩，难以舒展。靡所骋：无可驰骋之地。

㊴茂尔恶：当你怨恶正盛时。尔，指尹氏之流。

㊵相尔矛：目视着你的兵器，指以戈矛相加。

㊶夷：指心气平和。怿：和悦。

㊷酬：互劝饮酒。

㊸覆：反而。正：纠正。

㊹家父：诗人名。又作嘉父、嘉甫。作诵：作诗。

㊺讻：凶德。

㊻讹：感化，改变。

㊼畜：安抚。万邦：天下。

【评析】

这是讽刺周幽王重用奸佞师尹之诗。全诗九章。首二章写师尹造成的灾祸。由于师尹为政不公，而且采用高压政策，导致国家的命运完全断绝，致使上天屡次降下灾难。次四章写师尹的弊端。太师是国家的基石，地位显赫，作用重大。但这位师尹却倒行逆施，不亲理国政，排斥贤臣，重用小人，从而给国家造成极大的祸患。下一章写诗人走投无路。当时祸乱频生，使百姓不得安宁。诗人想骑着马儿远走高飞，脱离这动乱纷扰的世道。然而他举目望去，四方都一样动乱，没有可去的地方，这怎不令人悲哀。八章写师尹性情无常。当他怨恶正盛之时,他就看着长矛;当他心平高兴之时,就像宾主相互劝酒一样和气。上天不公平,致使我王不安宁。这位师尹还不警戒自己的心,反而怨恨别人对他的纠正。末章写作诗之由。周大夫家父作这首诗,是为追究周王的凶德,借以改变周王的心肠,从而治理好天下。在诗末自注姓名,表示了诗人光昭日月的志向和无所畏惧的批判精神。

正 月

正月繁霜①,我心忧伤。	四月里来下浓霜,我的心里多忧伤。
民之讹言②,亦孔之将③。	民间谣言四处传,传来传去真夸张。
念我独兮,忧心京京④。	想我如今多孤独,心里忧愁不可忘。
哀我小心⑤,癙忧以痒⑥。	可怜我忧思难消除,愁得病成这个样。
父母生我,胡俾我瘉⑦。	父母生下我来,为何使我苦透?
不自我先,不自我后。	不在我生之前,不在我生之后。
好言自口,莠言自口⑧。	好话出自人口,坏话出自人口。
忧心愈愈⑨,是以有侮⑩。	心里愈来愈愁,因此受到侮辱。
忧心惸惸⑪,念我无禄⑫。	独自心里发愁,想我没有幸福。
民之无辜,并其臣仆⑬。	百姓本无罪过,都将成为奴仆。
哀我人斯,于何从禄⑭?	可怜我们这些人啊,从哪儿得到幸福?
瞻乌爰止⑮,于谁之屋?	看那乌鸦飞来,落在谁的房屋?
瞻彼中林,侯薪侯蒸⑯。	看那森林之中,只有柴薪草丛。
民今方殆,视天梦梦⑰。	百姓正在遭难,看天却是昏昏。
既克有定⑱,靡人弗胜。	上天既有定数,无人可以争胜。

有皇上帝[19]，伊谁云憎[20]？

这个伟大的天帝，他会把谁憎恨？

谓山盖卑[21]，为冈为陵。
民之讹言，宁莫之惩[22]！
召彼故老[23]，讯之占梦[24]。
具曰予圣[25]，谁知乌之雌雄？

说山怎么卑下，仍是高冈大陵。
民间谣言传播，竟然无人查禁。
召那元老询问，再请卜人占梦，
都说自己是圣人，谁知乌鸦的雌雄？

谓天盖高，不敢不局[26]。
谓地盖厚，不敢不蹐[27]。
维号斯言[28]，有伦有脊[29]。
哀今之人，胡为虺蜴[30]！

说天怎么高，不敢不弯腰。
说地怎么厚，走路要轻悄。
人们喊出的这些话，道理真是妙。
可怜如今的百姓，为何像虺蜴东奔西逃？

瞻彼阪田，有菀其特[31]。
天之抓我[32]，如不我克[33]。
彼求我则[34]，如不我得。
执我仇仇[35]，亦不我力[36]。

看那坡上的田地，有棵特出的壮苗。
上天把我摇，唯恐摇不倒。
那人征求我，生怕得不到。
得到我不信用，随后把我抛。

心之忧矣，如或结之[37]。
今兹之正[38]，胡然厉矣[39]！
燎之方扬[40]，宁或灭之[41]？
赫赫宗周[42]，褒姒灭之[43]。

心里真忧伤，像绳子打了结。
今天这政治，为何这么酷烈！
野火烧得旺时，有人把它熄灭。
宗周正在盛时，褒姒把它毁灭。

终其永怀[44]，又窘阴雨。
其车既载，乃弃尔辅[45]。
载输尔载[46]，将伯助予[47]。

既已长久忧伤，又被阴雨阻挡。
车儿已经满载，厢板丢在一旁。
满载货物坠落，才请老兄帮忙。

无弃尔辅，员于尔辐[48]，
屡顾尔仆，不输尔载。
终逾绝险[49]，曾是不意[50]！

不要抛弃厢板，还要加固车辐。
经常照顾车夫，才不会坠落货物。
终究越过险关，岂可大意疏忽！

鱼在于沼，亦匪克乐[51]。	鱼儿游在池里，也没什么快乐。
潜虽伏矣，亦孔之炤[52]。	鱼儿虽潜伏水底，也会被人看见。
忧心惨惨，念国之为虐。	心里凄凄惨惨，想到朝政暴虐。
彼有旨酒，又有嘉肴。	他有美酒，又有佳肴。
洽比其邻[53]，昏姻孔云[54]。	亲近他的邻人，对亲戚关系很好。
念我独兮，忧心殷殷[55]。	想我多么孤单，真是忧心如烧。
佌佌彼有屋[56]，蔌蔌方有谷[57]。	猥琐的人都有大房，鄙陋的人都有食粮。
民今之无禄，天夭是椓[58]。	百姓如今空着肚肠，老天爷降下灾殃。
哿矣富人[59]，哀此茕独[60]。	那些富人多么快乐，孤苦的人只有哀伤。

【注释】

①正月：正阳之月，指夏历四月。

②讹言：谣言。

③孔：很。将：盛。

④京京：深重。

⑤小心：指忧思细密而缠绵。

⑥癙（shǔ）忧：深忧。痒：病。

⑦俾：使。瘉（yǔ）：病痛。

⑧莠（yǒu）：坏话。

⑨愈愈：忧惧。

⑩是以：所以。有侮：受欺侮。

⑪惸惸（qióng）：忧苦的样子。

⑫无禄：不幸。

⑬并：皆。臣仆：奴隶。

⑭从禄：得到幸福。

⑮乌：大赤乌。爰止：落在何处。

⑯侯：语助词。薪、蒸：柴草之类。

⑰梦梦：暗昧不明。

⑱克：能够。有定：安定人间。

⑲有皇：皇皇，伟大。上帝：天帝。

⑳伊、云：语助词。

㉑盖：通“盍”。何。

㉒宁：乃，竟。惩：制止。

㉓故老：元老大臣。

㉔占梦：掌占梦的官。

㉕具：俱。予圣：自以为是，自命为圣贤。

㉖局：曲身，弯腰。

㉗蹐：轻步，小心地走。

㉘斯言：指“谓天盖高”以下四句。

㉙有伦有脊：有道理。

㉚虺（huǐ）蜴：蜥蜴。见人则畏走逃避。

㉛有菀：菀菀，茂盛貌。特：突出之苗。

㉜扤（wù）：摧残。

㉝如：唯恐。克：制服，压制。

㉞彼：指周王。则：语助词。

㉟执：握，指使用。仇仇：同“执执”。持物不力，比喻不受重用。

㊱不我力：不重用我。

㊲结：打结。

㊳正：政治。

㊴胡然：为何如此。厉：暴虐。

㊵燎：山野之火。方扬：正旺盛。

㊶宁：乃。或：有。

㊷宗周：周王朝为天下所宗，故称宗周。

㊸褒姒：周幽王的宠妃，后来立为皇后。

㊹终：既。永怀：忧思深长。

㊺辅：车两旁的厢板。

㊻载：语助词。输尔载：掉下所装载之物。

㊼将：请求。伯：对人的敬称。

㊽员：加固。辐：车轴。

㊾逾：顺利越过。绝险：十分危险的关隘。

㊿曾：岂可。不意：不以为意。

(51)匪：非，不。克：能。

(52)孔：很。炤（zhāo）：明。

(53)洽比：协和，亲近。

(54)昏姻：指有亲戚关系的人。孔云：往来周旋，关系密切。

(55)殷殷：痛心之状。

(56)佌佌（cǐ）：卑琐渺小。

(57)蔌蔌（sù）：鄙陋。

(58)天夭：天上的妖魔，指统治贵族。椓（zhuó）：打击，摧残剥削。

(59)哿（kě）：快活，享乐。

(60)茕（qióng）独：孤独无助。

【评析】

这是周大夫忧时哀民之诗。周幽王是一个昏君。他的罪过主要有两条：一是重用奸佞，二是宠爱褒姒。结果导致政局动荡，国家濒于灭亡。这就是此诗产生的时代背景。全诗十三章。首二章写生不逢时。当时政治混乱，天时不正，使得谣言四起。为此诗人忧心如焚。他埋怨道：父母生我，为何使我如此痛苦？祸难之来不早不晚恰好让自己碰上。三至七章写忧国哀民。三章言国之将亡。传说周朝将兴之时，一只“大赤乌”口衔谷种降临在周王宫室之上。如今那大赤乌还不知落在谁的屋上，可见周朝就要灭亡。四章言朝中无贤。那林中只有薪柴，没有大树，隐喻朝中只有奸佞，没有贤臣。百姓将要遭难，上天却昏昏不明。五章言是非颠倒。有人说山为何如此低，其实它仍是高冈，仍是大陵。可见当时讹言纷纷，是非混淆。六章言处境艰难。天地虽说高厚，但百姓不敢不低头，不敢不轻走，因为社会环境太险恶。七章言不受重用。当天子求我之时唯恐得不到我，可是得到之后只是随便对待，根本就不重用。八至十章斥责时政。八章言亡国之因。熊熊大火竟可被水浇灭，兴盛的周朝竟被褒姒灭亡。国势如此危殆，原来是褒姒干政所致。九、十章言补救之方。诗把周朝比作一辆车子。诗人规劝道：不要抛弃车板（喻贤臣），要加固车轴（喻根基），要照顾车夫（喻百姓），不要让车上的物品失落（喻灭亡）。如果能够这样，那么最危险的关隘也能顺利通过。十一章写畏惧遭祸。此章以鱼自比。想到国家虐政太多，不禁惶恐不安。末二章写贫富不均。富人在享福，穷人在遭罪，这就是当时社会广泛存在的不平现象。

十月之交

十月之交[①]，朔月辛卯[②]。	正当十月之际，在那初一辛卯。
日有食之，亦孔之丑[③]。	又出现了日食，这是不祥之兆。
彼月而微[④]，此日而微[⑤]。	那月亮无光，这太阳不亮。
今此下民，亦孔之哀。	如今这些百姓，也很是悲伤。
日月告凶[⑥]，不用其行。	日月显示凶相，不按常轨运航。
四国无政[⑦]，不用其良。	四方国家动荡，不用它的贤良。
彼月而食，则维其常[⑧]。	那月亮被蚀，这本是正常。
此日而食，于何不臧[⑨]！	那太阳被蚀，为何这样不祥！
烨烨震电[⑩]，不宁不令[⑪]。	电闪雷也鸣，不吉祥不安宁。
百川沸腾，山冢崒崩[⑫]。	百川滚滚沸腾，山顶突然陷崩。
高岸为谷，深谷为陵。	高岸变成深谷，深谷变成山陵。
哀今之人，胡憯莫惩[⑬]！	可怜如今的百姓，为何竟无人自儆！
皇父卿士[⑭]，番维司徒[⑮]，	皇父是卿士，番氏是司徒，
家伯维宰[⑯]，仲允膳夫[⑰]，	家伯是太宰，仲允是膳夫，

聚子内史[18]，蹶维趣马[19]，	聚子是内史，蹶氏是养马夫，
楀维师氏[20]，艳妻煽方处[21]。	楀氏是师氏，褒姒并处而得势。
抑此皇父，岂曰不时[22]。	唉呀这个皇父，难道说不善良？
胡为我作[23]，不即我谋[24]？	为何要我搬家，不来和我商量？
彻我墙屋[25]，田卒汙莱[26]。	拆了我的屋墙，田地完全抛荒。
曰予不戕[27]，礼则然矣。	还说我没害你，道理就是这样。
皇父孔圣[28]，作都于向[29]。	皇父很贤良，建都在那向。
择三有事[30]，亶侯多藏[31]。	选择三个官长，真是个个贪赃。
不慭遗一老[32]，俾守我王[33]。	不肯留一老臣，使他守卫我王。
择有车马，以居徂向[34]。	他选好了车马，把居地迁移到向。
黾勉从事[35]，不敢告劳。	勤恳把事办好，不敢诉苦告劳。
无罪无辜，谗口嚣嚣[36]。	我本没有罪过，谗言众口嗷嗷。
下民之孽，匪降自天。	百姓的灾难，不是从天而掉。
噂沓背憎[37]，职竞由人[38]。	当面讨好背后恨，都是由人所造。
悠悠我里[39]，亦孔之痗[40]。	我的忧思绵长，积忧成病太凄凉。
四方有羡[41]，我独居忧。	四方都在欢乐，我独一人悲伤。
民莫不逸，我独不敢休。	人人都在安逸，我独自一人奔忙。
天命不彻[42]，	天命难以预料，
我不敢效我友自逸[43]。	我不敢效法我友游荡。

【注释】

①十月之交：刚进入十月。

②朔日：初一日。辛卯：辛卯日，正是十月初一。

③孔：很。丑：恶，不祥。

④月微：月昏暗无光，指月食。

⑤日微：即日食。

⑥告凶：显示不祥之凶兆。

⑦无政：政治昏暗而混乱。

⑧常：常事，不足为怪。

⑨不臧：不善，不吉利。

⑩烨烨(yè)：闪电发光的样子。

⑪不宁：不安。不令：不善。

⑫山冢(zhǒng)：山顶。崒(cù)崩：崩裂，崩塌。

⑬胡憯(cǎn)：怎么。惩：警戒。

⑭皇父：人名。卿士：周官名，掌朝政。

⑮番：姓氏，人名。司徒：周官名，掌天下土地及人民。

⑯家伯：人名。宰：周官名，掌王室日常事务。

⑰仲允：人名。膳夫：周官名，掌王之饮食。

⑱聚(zōu)子：人名。内史：周官名，掌爵禄废置诸事。

⑲蹶(guì)：姓氏，人名。趣马：周官名，掌王之马匹。

⑳楀(jǔ)：姓氏，人名。师氏：周官名，掌监察。

㉑艳妻：指褒姒。煽：得势，炙手可热。方处：并处，同在。

㉒时：善。

㉓作：指拆房搬家。

㉔即：就。谋：商量。

㉕彻：撤，拆毁。

㉖卒：完全。汙：指低处积水。莱：荒芜，长了野草。

㉗戕：残害。

㉘孔圣：很圣明。讽刺语。

㉙都：封地内的城邑。向：地名。

㉚有事：有司。

㉛亶(dǎn)：的确，实在。侯：是。多藏：富有。

㉜不慭(yìn)：不肯。遗一老：保留一个老臣。

㉝俾：使。守：保卫。

㉞以居徂向:即“徂向以居”。徂向:往向地。

㉟黾勉:努力。

㊱谗口:谗言。嚣嚣:众口喧嚷的样子。

㊲噂沓:当面投合。背憎:背后憎恨。

㊳职:但。竞:皆,并。

㊴里:悝,忧思。

㊵痗(mèi):病。

㊶羡:指安逸,欢乐。

㊷不彻:难知。

㊸效:模仿。自逸:贪图享乐。

【评析】

这是讽刺群小乱政之诗。全诗八章。首三章写种种灾异。幽王时期,不仅出现月食,而且还出现日食,这是非常丑恶的事情。日月显示凶兆,是它失去常度的结果;四方没有善政,正是不用贤良所致。与此同时,在镐京一带还发生强烈的地震。当时洪水暴涨,激浪翻腾,山峰崩裂,高岸下陷为谷地,深谷上升为丘陵。这是上天在警告世人。中三章追究朝政。四章写群小用事。此章一共列举了七个小人。这些小人都因褒姒得宠并列于朝。他们以褒姒为中心,结成帮伙,将天下搞得动乱不止。五、六章言皇父之恶。七个小人中危害最大的是皇父。他干了两件坏事:一是毁人房屋,荒芜田地。二是逃往向地,不顾天子。他的行动,给王室造成极大的危害。末二章写诗人为国事尽心竭力。他勤勉工作,不敢贪图安逸。可见诗人确是一位忧国忧民的士大夫。

雨无正

浩浩昊天[1]，不骏其德[2]。	苍天广大茫茫，恩德不能久长。
降丧饥馑，斩伐四国[3]。	降下动乱灾荒，残害天下四方。
旻天疾威[4]，弗虑弗图。	上天暴虐疯狂，不考虑不思量。
舍彼有罪，既伏其辜[5]。	舍去那有罪的，把他的罪恶隐藏。
若此无罪，沦胥以铺[6]。	像这无罪的，相率遭到祸殃。
周宗既灭[7]，靡所止戾[8]。	周京已经灭亡，没有安居的地方。
正大夫离居[9]，莫知我勚[10]。	大长官离开京城，无人知道我繁忙。
三事大夫[11]，莫肯夙夜[12]。	三公大夫，不肯日夜自强。
邦君诸侯，莫肯朝夕。	各国诸侯，不肯早晚朝王。
庶曰式臧[13]，覆出为恶[14]。	有幸都说应该从善，反而作恶更加猖狂。
如何昊天，辟言不信[15]！	无奈老天爷呀，善言也不相信。
如彼行迈[16]，则靡所臻[17]。	像那路人远行，就没有个止境。
凡百君子，各敬尔身[18]。	凡是所有的君子，各人都保重自身。
胡不相畏？不畏于天！	为何不相互惧怕？居然不惧怕天神！
戎成不退[19]，饥成不遂[20]。	兵祸没有消除，饥饿无法逃避。
曾我暬御[21]，憯憯日瘁[22]。	我呀是个近臣，愁得身心俱疲。
凡百君子，莫肯用讯[23]。	凡是所有的君子，不肯规劝尽力。
听言则答[24]，谮言则退[25]。	奉承的话就采纳，批评的话就斥退。
哀哉不能言，匪舌是出[26]，维躬是瘁[27]。	可悲呀有话不能讲，不是舌头生疮，只怕自身遭殃。

哿矣能言[28]，巧言如流，	可喜呀有话就能讲，花言巧语如同流水淌，
俾躬处休[29]。	使自己处在高位上。
维曰予仕[30]，孔棘且殆[31]。	虽说在朝居官位，甚感危险和紧急。
云不可使[32]，得罪于天子。	若说坏事干不得，就会得罪天子。
亦云可使，怨及朋友。	若说坏事可以干，朋友会恨我不已。
谓尔迁于王都[33]，曰予未有室家[34]。	叫你搬回京都，你说我屋还未修。
鼠思泣血[35]，无言不疾[36]。	暗自忧愁泪尽血流，没话不遭人嫉妒。
昔尔出居[37]，谁从作尔室？	从前你出外居住，谁给你修了房屋？

【注释】

①浩浩：广大的样子。昊天：上天。

②骏：长久。

③斩伐：残害。四国：天下四方。

④旻（mín）天：上天。疾威：暴虐。

⑤伏：隐藏。辜：罪。

⑥沦胥：相继，连带。铺：通“痡”。受迫害陷于痛苦中。

⑦周宗：指镐京。

⑧靡所：没有地方。止戾：安居。

⑨正大夫：指长官大夫。离居：离开镐京，居住外地。

⑩勚（yì）：劳苦。

⑪三事：三公，居高官者。

⑫夙夜：早晚。

⑬庶：庶几，有幸。臧：行善，从善。

⑭覆：反而。

⑮辟言：合乎法度之善言。

⑯行迈：走路。

⑰靡所臻：毫无目的。

⑱各敬尔身：各自保全其身，即明哲保身。
⑲戎成：敌人侵犯之势已成。
⑳饥成：饥荒已形成。不遂：不安宁。
㉑暬（xiè）御：侍御，周王的近臣。
㉒憯憯（cǎn）：忧愁的样子。瘁：憔悴。
㉓用讯：告诫，劝阻。
㉔听言：顺从、逢迎的话。答：进用，采纳。
㉕谮（zèn）言：谏言，批评劝阻的话。
㉖出：通"疝"。指病。
㉗躬：自身。
㉘哿（gē）：快乐。
㉙俾：使。休：福。
㉚仕：出仕当官。
㉛孔棘：很紧急。殆：危险。
㉜使：顺从，听从。
㉝尔：指离居之正大夫。王都：指镐京。
㉞室家：住室，房舍。
㉟鼠思：忧思。泣血：泪尽继以血。
㊱疾：怨恨。
㊲出居：即离开镐京，到外地居住。

【评析】

这是讽刺幽王及同僚误国之诗。全诗七章。首章借怨天以刺王。浩浩广大的上天，不广施恩德。它降下死亡饥馑，残害四方诸国。这表面是怨恨上天，而实际上是讽刺幽王不施德政。上天多么暴虐，可是幽王既不考虑也不谋划。有罪的不受惩罚，还替他们隐瞒罪行。无罪的反受牵连，陷于苦难之中。二至四章痛斥诸臣逃避自全。镐京即将破灭，长官大人为了避祸而离开镐京，三公大夫不肯早晚尽忠，国君诸侯也不肯朝夕勤政。当时情势危急，战事已成而不罢退，饥馑已成而不消失，时遭多难，人祸天灾迭生。那百官不肯进谏，是因为幽王对奉承的话就采纳，对批评的话就拒绝之故。五、六章诉做官之难。可悲啊不能讲话的人，不是舌头生疮，而是讲了真话只害己身；可喜啊能讲话的人，花言巧语如水流转，从而使他飞黄腾达。至于说做官更是困难重重而且危险。说此事使不得，就会得罪天子；说此事使得，就会怨及朋友。末章望离居诸臣迁回王都。诗人劝诸臣迁回王都，然而他们却借口说没有房子。为此诗人忧思万状，泪尽继之以血。诗人气愤地质问道："当初你们迁出王都，谁随你们去造住房？"篇名《雨无正》不是截取诗中。宋代《韩诗》篇名为《雨无极》。准此，《雨无正》当为《雨无止》之误。"雨无止"与"雨无极"义通，即"淫雨"。诗以此比喻幽王朝政混乱，甚为贴切。

小　旻

旻天疾威[①]，敷于下土[②]。	上天施暴频频，普遍降灾下民。
谋犹回遹[③]，何日斯沮[④]？	如今政策邪僻，何时才能纠正？
谋臧不从[⑤]，不臧覆用。	好政策不采用，坏政策反推行。
我视谋犹，亦孔之邛[⑥]！	我看这政策，有很大的毛病。
潝潝訿訿[⑦]，亦孔之哀。	相随和又相诋毁，这种局面真可悲。
谋之其臧，则具是违[⑧]。	政策相当好，竟然都违背。
谋之不臧，则具是依。	政策非常坏，反而当宝贝。
我视谋犹，伊于胡底[⑨]？	我看这政策，不知把国家往何方推！
我龟既厌，不我告犹[⑩]。	龟甲已厌倦，不再告诉我吉凶。
谋夫孔多，是用不集[⑪]。	谋划的人太多，因此意见难达成。
发言盈庭，谁敢执其咎[⑫]。	发言的人满庭，谁敢担负那责任？
如匪行迈谋[⑬]，	如同那赶路的只同路人商量，
是用不得于道[⑭]。	因此得不到正确的行程。

哀哉为犹，匪先民是程[15]，
匪大犹是经[16]。
维迩言是听[17]，维迩言是争。
如彼筑室于道谋[18]，是用不溃于成[19]。

可悲呀订计划，不把前人来效法，
不经大道来出发。
只把浅言来听从，只把浅言来采纳。
建屋的只同路人商量，建不成高屋大厦。

国虽靡止[20]，或圣或否[21]。
民虽靡膴[22]，或哲或谋，
或肃或艾[23]。
如彼泉流，无沦胥以败[24]。

国家虽然不大，有的聪明有的糊涂。
百姓虽然不多，有的明智有的善谋，
有的严肃有的纯熟。
如那泉水奔流，无不相率而腐臭。

不敢暴虎[25]，不敢冯河[26]。
人知其一，莫知其他。
战战兢兢，如临深渊，
如履薄冰。

不敢空手打虎，不敢徒步过河。
人们只知其一，不知其他的危险多。
恐惧啊谨慎啊，如临深渊恐坠落，
如踏薄冰恐溺河。

【注释】

①旻(mín)天：上天。喻周幽王。疾威：暴虐。
②敷：布，普照。下土：天下。
③谋犹：谋略，政策。回遹(yù)：错误，邪僻。
④沮(jǔ)：停止，改变。
⑤臧：善，正确。
⑥孔之邛(qióng)：有很大的毛病。
⑦潝潝(xì)：相附和，恭维。訿訿(zǐ)：相诋毁，攻击。
⑧具：俱。违：违背。
⑨伊：语助词。底：止境，地步。
⑩犹：指吉凶之道。
⑪是用：是以，因此。不集：没有一致的意见。
⑫执其咎：承担责任。
⑬匪：彼。行迈谋：谋于行迈之人，同路人商量。

⑭不得于道：指无所适从。

⑮先民：古圣贤。程：效法、师法。

⑯大犹：正道，长远的谋略。经：遵循。

⑰迩言：浮浅、只顾眼前的议论。

⑱道谋：在道路上与人谋划。

⑲不溃：不遂，不能成功。

⑳靡止：不大。

㉑否：愚笨。

㉒靡膴：不多。

㉓肃：谦恭，端正。艾：治理。

㉔沦胥以败：相率以至于腐败。

㉕暴虎：空手搏猛虎。

㉖冯河：赤足过黄河。

【评析】

这是评论时局之诗。全诗六章。首二章指出政策的错误。正确的谋略弃而不用，错误的谋略反而采纳。这种错误的政策何时才能得到纠正？当局的政策有很大的毛病，不知要把国家引向何方？三、四章指出错误政策产生的原因。一是因为当局多谋寡断，不敢负责；二是因为背弃先贤，缺乏远见。五章指出纠正错误政策的方法。对待人们的意见要具体分析，同时根据各人的特长，区别任用各类人才。末章指出时局危险。世人只知道“暴虎”、“冯河”的危险，而不知道时局比“暴虎”、“冯河”还要严重。诗人为此而小心翼翼百倍警惕。

小宛

宛彼鸣鸠[1]，翰飞戾天[2]。	那小小的斑鸠，展翅高飞至云天。
我心忧伤，念昔先人[3]。	我的心里多忧伤，想念从前我祖先。
明发不寐[4]，有怀二人[5]。	通宵醒着难入睡，把我父母来怀念。
人之齐圣[6]，饮酒温克[7]。	这人正派又聪明，饮酒温文能适度。
彼昏不知，壹醉日富[8]。	那人糊涂又无知，每日狂饮醉不休。
各敬尔仪[9]，天命不又[10]，	各人敬慎你仪表，否则天命不保佑。
中原有菽[11]，庶民采之。	田野中有大豆，众人去采摘它。
螟蛉有子[12]，蜾蠃负之[13]。	小青虫有幼子，细腰蜂去背负它。
教诲尔子，式穀似之[14]。	教育你的下一代，好品德要继承它。
题彼脊令[15]，载飞载鸣。	小巧的鹡鸰鸟，一边飞来一边鸣。
我日斯迈[16]，而月斯征[17]。	我每天远行，你每月出征。
夙兴夜寐，无忝尔所生[18]。	早起晚睡很辛勤，不要辜负你双亲。
交交桑扈[19]，率场啄粟[20]。	飞来飞去的小青雀，沿着禾场来啄粟。
哀我填寡[21]，宜岸宜狱[22]。	可怜我们贫苦人，还受屈辱下牢狱。
握粟出卜[23]，自何能穀[24]？	抓把粟米去问卜，从哪里才能得到福？
温温恭人[25]，如集于木[26]。	温和而恭敬的人，好像处在树木上。
惴惴小心，如临于谷。	恐惧啊小心啊，好像面临深谷旁。
战战兢兢，如履薄冰。	恐惧啊谨慎啊，好像踏在薄冰上。

【注释】

①宛彼:小的样子。鸣鸠:斑鸠。

②翰飞:高飞。戾:上达。

③先人:祖先。

④明发:自夜达旦。

⑤二人:指父母。

⑥齐圣:正派,聪明。

⑦温克:有涵养,能克制。

⑧壹醉:聚饮而沉醉。富:指酒后骄肆自大。

⑨敬:儆,谨慎。尔仪:你的仪态。

⑩又:通"佑"。保佑。

⑪中原:原中,田野。菽:大豆。

⑫螟蛉:小青虫。

⑬蜾蠃:细腰蜂。负:持。

⑭式:语助词。榖:善。似:嗣,继续。

⑮题(dì):小巧。脊令:鹡鸰鸟。喻兄弟。

⑯迈:远行,行役。

⑰而:尔,你。征:行役。

⑱忝:有愧于。尔所生:你的父母、祖先。

⑲交交:往来飞翔的样子。桑扈:一种小鸟。

⑳率:沿着。

㉑填寡:贫穷困苦。

㉒宜:仍。岸:通犴,乡亭的牢房。

㉓握粟出卜:以小米问卜。

㉔自何:从哪里。榖:福,吉利。

㉕温温:温和。恭人:小心恭谨之人。

㉖集于木:处在高树上,怕坠落。

【评析】

这是乱世告诫之诗。全诗六章。首章写追思前辈祖先。眼前动荡的时局，使得诗人满怀忧伤，彻夜难眠。他追思前辈祖先，是为了发扬遗德，继承宏业。二、三章写恳切的告诫。那些有涵养的智者，饮酒都有所节制；那些昏庸愚昧者，狂饮无度，丑态百出。因此告诫说：各人要敬慎威仪，否则上天不会保佑。由酒醉说到天命，可知告诫的对象当是周王及上层统治者。庶民采集豆种，是为了再种植它；细腰蜂背负青虫子，是为了代养它。诗以此告诫周王及上层统治者要教育好下一代，让他们继承前辈的遗德，这才是王权长存的百年大计。四、五章写勤勉王事与哀怜百姓。那三公大夫不肯早晚尽忠，那国君诸侯不肯朝夕勤政。而我和你每天在外奔波，日夜操劳，为的是不辱没先祖及父母。诗人还哀叹苦难中的百姓，还时常陷入牢狱之中。他们在绝望中占卜：从哪里能够得到幸福？可见忧国忧民在这里融为一体。末章写诗人忧惧的心情。这里既有忧伤国事的成分，也有个人惧祸的成分，二者交织在一起。

小 弁

弁彼鸒斯[①]，归飞提提[②]。	快乐的乌鸦啊，从容群飞返回巢。
民莫不穀[③]，我独于罹[④]。	别人无不幸福，只我独自烦恼。
何辜于天[⑤]，我罪伊何？	我怎么得罪上天？我到底有什么罪过？
心之忧矣，云如之何！	心里忧伤啊，叫我无可奈何！
踧踧周道[⑥]，鞫为茂草[⑦]。	平坦的大道，长满那茂草。
我心忧伤，惄焉如捣[⑧]。	我心多忧伤，就像棒杵捣。
假寐永叹[⑨]，维忧用老[⑩]。	和衣睡长叹，忧伤令人老。
心之忧矣，疢如疾首[⑪]！	心里忧伤啊，发烧头痛如火燎。
维桑与梓[⑫]，必恭敬止。	想到桑树和梓树，我一定肃然而起敬。
靡瞻匪父[⑬]，靡依匪母。	我敬仰的只是父亲，我依恋的只是母亲。

不属于毛[14]，不离于里[15]？
天之生我，我辰安在[16]？

谁不依附父母的形体，谁不继承父母的血气。
上天生下我来，我的好运在哪里？

菀彼柳斯[17]，鸣蜩嘒嘒[18]。
有漼者渊[19]，萑苇淠淠[20]。
譬彼舟流，不知所届[21]。
心之忧矣，不遑假寐！

茂密的柳树上，蝉儿在歌唱。
深深的水潭旁，芦苇多茂畅。
像那船儿在漂荡，不知漂荡到何方。
心里忧伤啊，没空和衣躺。

鹿斯之奔[22]，维足伎伎[23]。
雉之朝雊[24]，尚求其雌。
譬彼坏木[25]，疾用无枝[26]。
心之忧矣，宁莫之知！

鹿儿奔跑忙，脚步飞一样。
雄鸡早上唱，还知求对象。
譬如那病树，枝叶秃光光。
心里忧伤啊，谁知我心肠！

相彼投兔[27]，尚或先之[28]。
行有死人[29]，尚或墐之[30]。
君子秉心，维其忍之[31]！
心之忧矣，涕既陨之！

看那投网的兔，还有人放走它。
路上有死人，还有人埋葬他。
不料君子居心，竟是那样凶狠。
心里忧伤啊，泪儿坠落不停。

君子信谗，如或酬之[32]。
君子不惠，不舒究之[33]。
伐木掎矣[34]，析薪扡矣[35]。
舍彼有罪，予之佗矣[36]！

君子听信谗言，如同接受敬酒。
君子没有慈心，不肯细细推究。
伐木要用绳拉住，砍柴要看那纹路。
放过那些有罪的，强加他人无理由。

莫高匪山，莫浚匪泉[37]。
君子无易由言[38]，耳属于垣[39]。
无逝我梁[40]，无发我笱[41]。
我躬不阅[42]，遑恤我后[43]！

没有高的不是山，没有深的不是泉。
君子不要轻易发言，耳朵就贴在那墙边。
不要前往我的鱼梁，不要打开我的鱼篓。
我自身不为人所容，哪能顾及到我以后！

【注释】

①弁(pán):喜乐。鷽(yù):乌鸦。

②提提(shí):悠闲的样子。

③穀:善,美好。

④罹:遭遇忧患。

⑤何辜:有何罪。

⑥踧踧(dí):平坦。

⑦鞫(jú):尽是,满是。

⑧惄(nì)焉:忧思的样子。捣:敲打。

⑨假寐:不脱衣冠而睡。

⑩用老:因此而衰老。

⑪疢(chèn):发烧。疾首:头痛。

⑫桑、梓:家宅旁常种的两种树。

⑬靡……匪……:否定之否定,表示肯定。瞻:敬仰。

⑭属:连接。毛:外在之形体。

⑮离:附丽,依附。里:内在的气血。

⑯辰:时辰,命运。

⑰菀(yù):茂盛的样子。

⑱嘒嘒:蝉鸣声。

⑲有漼:漼漼,水深的样子。

⑳萑(huán)苇:芦苇。淠淠(pèi):繁茂。

㉑届:至。

㉒奔:觅群,求偶。

㉓伎伎(qì):疾行的样子。

㉔雊(gòu):野鸡叫。

㉕坏木:一作"瘣木",有瘿瘤的树。

㉖用:因。

㉗相:视。投兔:投网之兔。

㉘尚:犹。先之:放开网。

㉙行:道路。

㉚墐(jǐn):埋葬。

㉛其:何其。忍:狠心。

㉜酬:敬酒。

㉝舒究:仔细考察,研究。

㉞掎:以绳索拉住树身或树梢。

㉟析薪:劈柴。杝(chǐ):顺着纹理。

㊱予之佗:强加于别人。

㊲浚:深。

㊳无易由言:不要轻易发言。

㊴耳属于垣:将耳贴在墙上偷听。

㊵逝:往。梁:拦鱼的坝。

㊶发:打开。笱:鱼篓。

㊷阅:为人所容。

㊸遑:何。恤:忧虑、顾及。

【评析】

这是弃妇之诗。全诗八章。首二章写弃妇的忧伤之情。她看到别人的家室和睦美好,唯独自己遭到不幸。自己并无过错,而无故被弃,因而内心无比忧伤。面对这种变故,她心神不宁,坐卧不安,因忧愁而显得憔悴衰老。三、四章写弃妇眷念父母。父母至尊至亲,岂不瞻仰,岂不依仗。可如今父母不在身边,既不附着于父亲之皮肉,也不附于母亲之血气。她见到蝉鸣苇茂的景象,更增添了思家之情。现在她的命运就像一只随波漂流的小船,不知将要流向何方。她因忧伤连和衣假寐也睡不着,可见她思亲是何等殷切。五、六章写弃妇斥夫薄情。原野上的野鹿、野鸡正在求偶。而自己就像一棵病树枝叶枯萎。自己的忧伤难道丈夫真的不知道吗?人都有恻隐之心,对于投网之兔、路毙之人都有人同情,为何对自己却如此狠心!末二章写弃妇被弃之因。家庭破裂是因为丈夫听信谗言,而又不加深究,因而错怪了自己。没有高的不是山,没有深的不是泉。诗以此比喻人心之险犹如山川。因此,君子不要轻易发言,因为耳朵就贴在墙外边。那偷听者必然会迎合其心意,并从中挑拨离间。最后她决绝地说道:不要到我的鱼梁上去,不要动我的捕鱼篓。自己现在尚且不见容,怎能顾及身后之事呢?

巧 言

悠悠昊天①,曰父母且②。	广大遥远的上天,是下民的父母哦。
无罪无辜,乱如此憮③。	我们没罪没过,乱子怎么如此之多。
昊天已威④,予慎无罪⑤。	上天太可怕,我们真的没罪恶。
昊天泰憮⑥,予慎无辜。	上天太暴虐,我们真的没罪过。
乱之初生,僭始既涵⑦。	乱子最初发生,谗言开始入侵。
乱之又生,君子信谗。	乱子一再发生,君子听信谗佞。
君子如怒⑧,乱庶遄沮⑨。	君子如果怒斥谗言,乱子或许很快息停。
君子如祉⑩,乱庶遄已。	君于如果任用贤人,乱子或许很快消尽。
君子屡盟⑪,乱是用长⑫。	君子屡立誓言,乱子因此蔓延。
君子信盗⑬,乱是用暴。	君子听信谗言,乱子因此凶险。
盗言孔甘,乱是用餤⑭。	谗言的确很甜,乱子因此增添。
匪其止共⑮,维王之邛⑯。	小人容貌恭敬,危害君王不浅。
奕奕寝庙⑰,君子作之。	高大的宫室寝庙,是君子精心建造。
秩秩大猷⑱,圣人莫之⑲。	宏大的治国方略,是圣人潜心绘描。
他人有心,予忖度之。	他人有什么心思,我能测度分毫。
跃跃毚兔⑳,遇犬获之。	跳跃的狡兔,遇到猎犬会被捕到。
荏染柔木㉑,君子树之。	柔软的好树,是君子悉心栽培。
往来行言㉒,心焉数之㉓。	口耳相传的流言,心里要辨别真伪。

蛇蛇硕言[24]，出自口矣。	夸夸其谈的假话，出自那张大嘴。
巧言如簧[25]，颜之厚矣。	巧言如同鼓笙簧，厚着脸皮胡乱吹。
彼何人斯？居河之麋[26]。	他是什么样的人？住在河边水草地。
无拳无勇[27]，职为乱阶[28]。	你无力量也无勇气，只是作乱的阶梯。
既微且尰[29]，尔勇伊何？	腿既烂脚又肿，你的勇气在哪里？
为犹将多[30]，尔居徒几何[31]？	你出的诡计可真多，你的同伙有几个？

【注释】

①悠悠：广大，遥远。昊天：皇天。

②且（jū）：语助词。

③怃（hū）：大。

④已威：太暴虐，太可怕。

⑤慎：真、确实。

⑥泰怃：指肆威太甚。

⑦僭：谮、谗言。既涵：开始听取。

⑧怒：指怒责谗言。

⑨庶：庶几。遄（chuán）：快。沮：终止。

⑩祉：指信用贤者。

⑪盟：结盟。

⑫是用：因此。

⑬盗：指谗言者如盗贼。

⑭餤（tán）：增多。

⑮匪：彼。止共：容貌恭敬。

⑯邛（qióng）：病害。

⑰奕奕：高大。寝庙：指宫殿宗庙。

⑱秩秩：宏大。大猷：治国方略、制度。

⑲莫：通“谟”，规划，制定。

⑳跃跃（tì）：跳跃。毚（chán）兔：狡兔。

㉑荏(rěn)染:质地细软。柔木:指善木。

㉒往来:口耳相传。行言:流言。

㉓数:盘算,分辨。

㉔蛇蛇(yí):欺罔,夸大。硕言:大话,假话。

㉕簧:笙簧,乐器。

㉖麋(méi):通“湄”。水边。

㉗拳:武力。

㉘职:只,专。乱阶:祸乱之阶梯,祸乱因彼而来。

㉙微:小腿受伤。尰:脚肿。

㉚犹:谋划,指诡计。将多,很多。

㉛居:语助词。

【评析】

这是斥责小人以谗言乱政之诗。全诗六章。首章写对谗言深恶痛绝。诗人三呼“昊天”,三呼“无罪”,表明诗人遭到谗言的中伤,深受其害,因而有切肤之痛。二、三章写小人进谗之因。祸乱初生,谗言始侵;祸乱又生,君子信谗;君子与小人结盟,祸乱四处蔓延;君子相信谗贼,祸乱愈加暴烈。因此,君子如果怒斥谗言,如果信任贤者,祸乱便可很快平定。四、五章写要识破谗言。那雄伟的宫殿宗庙,是先王建造的;国家的典章制度,是圣人制定的。小人想要破坏国家的根基,就应该认真忖度一番。小人好比狡兔,遇上猎犬也会被擒获。君子要重用贤者,要分辨谗言。如此,小人巧言如簧、厚颜无耻的真面目也就暴露无遗了。末章写痛斥小人。那个住在河边的小人,无才又无勇,惯于兴风作浪,招来祸乱。诗人痛斥道:等你烂腿又肿脚,你还有何勇气?即使你诡计多端,又有几个人跟着你?这一斥责真是痛快淋漓。

何人斯

彼何人斯，其心孔艰[1]。	他是什么样的人？他的心地很凶狠。
胡逝我梁[2]，不入我门？	为何前往我鱼梁，不进我家的大门？
伊谁云从[3]？维暴之云[4]。	他到底想跟谁在一起？这样粗暴怎么成。
二人从行[5]，谁为此祸？	两人以前相依相随，是谁酿成这个祸？
胡逝我梁，不入唁我[6]？	为何前往我鱼梁，不进家来慰问我？
始者不如今，云不我可[7]。	当初不像现在，现在你不再爱我。
彼何人斯，胡逝我陈[8]。	他是什么样的人？为何前往我前庭？
我闻其声，不见其身？	我听见他的声音，而不见他的身影。
不愧于人，不畏于天？	你对人不惭愧，岂不惧怕那天神？
彼何人斯，其为飘风[9]。	他是什么样的人？他像一阵暴风样。
胡不自北[10]？胡不自南？	怎么不来自北方？怎么不来自南方？
胡逝我梁，只搅我心？	为何前往我鱼梁？只会搅乱我心房。
尔之安行[11]，亦不遑舍[12]。	你慢慢地行走，也没空闲歇一晌。
尔之亟行[13]，遑脂尔车[14]。	你快快地行走，抽空涂油在轴上。
壹者之来[15]，云何其盱[16]！	往日你来一趟，我是多么忧伤！
尔还而入，我心易也[17]。	你回来呀进我门，我的心里多舒畅。
还而不入，否难知也[18]。	你回来不进我门，你的心思难猜想。
壹者之来，俾我祇也[19]。	往日你来一道，使我心欢畅。
伯氏吹埙[20]，仲氏吹篪[21]。	大哥吹土埙，二弟吹竹笛。

及尔如贯[22]，谅不我知[23]。　　和你两小无猜忌，你竟不知我底细。
出此三物[24]，以诅尔斯[25]。　　摆出三牲鸡犬豕，和你对天来盟誓。

为鬼为蜮[26]，则不可得[27]。　　是个鬼呀是个魂，很难见到你音容。
有靦面目[28]，视人罔极[29]。　　看你这副丑面孔，表示你对人不公允。
作此好歌[30]，以极反侧[31]。　　创作这首好诗歌，骂你这无情的害人虫。

【注释】

①孔艰：很深，难以猜测。
②逝：走过。梁：鱼梁。
③伊：语助词。谁云从：跟从谁。
④暴：粗暴。
⑤二人：指男子及女友。
⑥唁：安慰、慰问。
⑦不我可：不可我，不喜爱我。
⑧陈：堂下至院门的通道。
⑨飘风：暴风，疾风。
⑩自：在。
⑪安行：缓行。
⑫遑：闲暇。舍：停息。
⑬亟行：快速疾行。
⑭脂尔车：给车加油。
⑮壹者：往日。
⑯盱（xū）：忧愁。
⑰易：轻松，欢悦。
⑱否：语助词。
⑲俾：使。祇（qí）：安心。
⑳伯氏：大哥。埙：古代吹奏乐器。
㉑仲氏：老二。篪（chí）：古之乐器。

㉒及：与。如贯：连在一起。

㉓谅：诚，真。不我知：不知我。

㉔三物：鸡、犬、豕，盟誓所需。

㉕诅：盟誓，对天发誓。

㉖蜮：一种含沙射影的丑类。

㉗不可得：不可测。

㉘有靦(tiǎn)：丑陋。

㉙视：通“示”。罔极：没有准则。

㉚好歌：善意，和好之诗。

㉛极：追究，纠正。反侧：反复无常。

【评析】

这是男女爱情破裂之诗。全诗八章。前四章写男子变心。在此之前，两人相依相随，亲密无间。可现在男子却变了心，多次从她门前走过，也不进门看一眼。这使她痛苦不堪。她暗自想道：他是个什么人呢？心肠这么凶狠。二人感情破裂，究竟是谁的责任？你在人前不觉得羞愧，难道不怕老天爷报应？接着她后悔地说：“我跟从了什么人呀，他是那么粗暴无理！”那男子就像一阵狂风，来去无踪，飘忽不定，搅得她心神不宁。中三章写女子痴情。那男子虽变心，但这女子却痴情依旧。她无时无刻不在盼望男子前来，希望与他重新和好。无论你是慢行还是疾行，你都有空闲前来我家。你往日前来不进我门，我是多么忧愁啊，以至使我生病。你如果回来进我家门，我就无比欢欣；你如果回来不进我门，那就难以猜透你心。我俩还是和好吧，就像兄弟吹奏埙篪一样和谐。恐怕你还不了解我，那就摆出三牲祭品，让我们指天盟誓。末章写女子怨愤。是鬼是蜮，面貌难以看清。一张丑陋的面孔，显示出没有准则的品性。于是就写下这首好诗，用以追究他反复无常的过错。

巷伯

萋兮斐兮[1]，成是贝锦[2]。	条条花呀道道纹，贝纹锦缎已织成。
彼谮人者[3]，亦已大甚[4]！	那造谣的坏东西，他的心肠真太狠！
哆兮侈兮[5]，成是南箕[6]。	张着口大又大，簸箕星儿南天挂。
彼谮人者，谁适与谋[7]？	那造谣的坏东西，你与谁谋划？
缉缉翩翩[8]，谋欲谮人。	附耳私语往来频，想鬼主意害别人。
慎尔言也，谓尔不信。	你说话呀要谨慎，人家会说你不可信。
捷捷幡幡[9]，谋欲谮言。	往来密切都善辩，挖空心思编谎言。
岂不尔受[10]？既其女迁[11]。	难道别人不受骗？随后就把你靠边。
骄人好好[12]，劳人草草[13]。	骄横的人忘了形，劳苦的人愁在心。
苍天苍天，视彼骄人，	青天啊青天！看看那骄横的人，
矜此劳人[14]！	可怜这劳苦的人。
彼谮人者，谁适与谋？	那造谣的坏东西，与谁一起出主意？
取彼谮人，投畀豺虎[15]！	抓住那坏东西，投给豺虎去充饥。
豺虎不食，投畀有北[16]！	豺虎不肯吃，投给北方不毛地。
有北不受，投畀有昊[17]！	北方也不肯接受，投给老天剥他皮。
杨园之道[18]，猗于亩丘[19]，	一条大路通杨园，紧靠亩丘的旁边。
寺人孟子[20]，作为此诗。	我是寺人叫孟子，这支歌儿是我编。
凡百君子，敬而听之[21]。	诸位君子赏个脸，心存儆戒听一遍。

【注释】

①萋、斐(fěi):文采相错的样子。

②贝锦:五彩如贝纹的锦缎。

③谮(zèn):诬陷,中伤。

④大甚:太过分。

⑤哆(chǐ):张嘴。侈:大。

⑥南箕:星名。共四星,排列如簸箕。

⑦适:语助词。犹"是"。

⑧缉缉:附耳私语的样子。翩翩:往来的样子。

⑨捷捷:能言善辩的样子。幡幡(fān):反复的样子。

⑩尔受:受尔,相信你。

⑪既:既而。女迁:迁女,祸及于你。

⑫骄人:指进谗言者。好好:志得意满的样子。

⑬劳人:指被谗者。草草:忧愁的样子。

⑭矜(jīn):怜悯;同情。

⑮畀(bì):给予。

⑯有北:北极不毛之地。

⑰有昊:上天。

⑱杨园:园名。低地。

⑲猗:紧靠。亩丘:丘名。高地。

⑳寺人:宫内侍御小臣。孟子:其名。

㉑敬:儆戒。

【评析】

这是寺人孟子遭谗抒愤之诗。全诗七章。首二章写进谗言者的卑鄙伎俩。大凡进谗言者的伎俩不外编造、夸大两端。花纹交错,就能织成一段美锦;把口张大,就能组成天上的南箕星。这两个比喻非常奇妙。前者比喻小人编造谗言,以假乱真;后者比喻小人搬弄口舌,夸大其词。那进谗言者也太过分了,他们与谁合谋呢?这里对进谗言者直接加以斥责,表现了诗人愤慨的情绪。三、四章写进谗言者的卑劣行为。这些小人来来往往，附耳私语，想阴谋诬陷别人；这些小人反反复复，唧唧喳喳，想阴谋编造假话。诗人警告道：还是谨慎些吧，人们不会相信你们的。也许会暂时相信你们，但最终祸害会落在你们头上。五、六章写进谗言者应当严惩。进谗言者志得意满，而被谗者则忧愁憔悴。如此对比，发人深思。诗人连呼苍天：看看那些进谗言者吧，同情这些遭谗者吧！对那些进谗言者应当严惩。把他投给豺虎，豺虎也不肯吃；把他投给北极不毛之地，北极不毛之地也不肯收留；那么就把他们投给老天严惩吧。末章写作诗之由。杨园之路，近于亩丘。诗以此兴比贱者之言也有补于君子。于是寺人孟子写了这首诗。旨在儆戒君子不要听信谗言而误伤好人。篇名《巷伯》也非截取诗中。“巷伯”就是宫中的内侍，也就是“寺人孟子”，故以此名篇。

谷　风

习习谷风[①]，维风及雨。	大风呼啦啦，风吹雨又打。
将恐将惧[②]，维予与女[③]。	恐怖又可怕，我把你记挂。
将安将乐，女转弃予。	安逸又享乐，你把我抛下。
习习谷风，维风及颓[④]。	大风呼啦啦，旋风又吹来。
将恐将惧，寘予于怀[⑤]。	恐怖又可怕，把我搂在怀。
将安将乐，弃予如遗[⑥]。	安逸又享乐，你把我抛开。
习习谷风，维山崔嵬[⑦]。	大风呼啦啦，山顶上面刮。
无草不死，无木不萎。	无草不吹死，无树不吹垮。
忘我大德[⑧]，思我小怨[⑨]。	忘我大功德，小毛病却记下。

【注释】

①谷风：大风。

②将：且，又。

③与：爱，记挂。

④颓：旋风。

⑤寘(zhì)：放置。

⑥遗：遗忘。

⑦崔嵬：山高峻的样子。

⑧大德：指同患难的功德。

⑨小怨：小毛病。

【评析】

这是弃妇之诗。每章首二句以暴风骤雨兴比婚姻发生了重大的变故。在困苦忧惧的岁月里，这对夫妻相亲相爱，恩爱无比。可是在安乐幸福的日子里，丈夫却变了心，无情地将妻子抛弃。妻子感觉到草死木枯的寒冬已经降临，处境更加艰难。于是她怨恨丈夫只记得小毛病，而忘了共患难的大功德。

蓼　莪

蓼蓼者莪[①]，匪莪伊蒿[②]。	高大的萝蒿，不是萝蒿而是艾蒿。
哀哀父母，生我劬劳[③]。	可悲呀父母，生我多苦劳。
蓼蓼者莪，匪莪伊蔚[④]。	高大的萝蒿，不是萝蒿而是牡蒿。
哀哀父母，生我劳瘁。	可悲呀父母，生我多辛劳。
瓶之罄矣[⑤]，维罍之耻[⑥]。	小瓶子空荡荡，大坛子也没荣光。
鲜民之生[⑦]，不如死之久矣！	孤儿活在世上，死了要比活着强！

无父何怙[8]，无母何恃[9]！	没爹哪依靠？没娘哪依傍？
出则衔恤[10]，入则靡至[11]。	出门含悲伤，进门何所往。
父兮生我，母兮鞠我[12]。	父亲生我，母亲养我。
拊我畜我[13]，长我育我，	抚我爱我，养大我培养我，
顾我复我[14]，出入腹我[15]。	照顾我保护我，出进抱着我。
欲报之德[16]，昊天罔极[17]！	我想报答这恩德，老天呀无准则。
南山烈烈[18]，飘风发发[19]。	南山多高大，暴风呼呼响。
民莫不穀，我独何害[20]！	人们都能养爹娘，我为何独独遭灾殃！
南山律律[21]，飘风弗弗[22]。	南山多巍峨，暴风呼呼响。
民莫不穀，我独不卒[23]！	人们都能养爹娘，我独不能终养真心伤！

【注释】

①蓼(lù)：高大。莪：萝蒿。

②匪：非。蒿：指一般的蒿。

③劬劳：辛苦劳累。

④蔚：牡蒿。

⑤罄：尽，空。

⑥罍：一种大容器，酒坛。

⑦鲜民：不幸的人，孤儿。

⑧怙：依靠。

⑨恃：依靠。

⑩衔恤：含着忧愁、悲伤。

⑪靡至：无家之感。

⑫鞠：养育。

⑬拊：抚摸。畜：爱。

⑭顾：看顾。复：反复，不忍离去。

⑮腹:抱。

⑯之德:这个恩德。

⑰罔极:没有定准。

⑱烈烈:山高险的样子。

⑲飘风:暴风。发发:大风呼啸声。

⑳何害:为何遭此祸害。

㉑律律:同“烈烈”。

㉒弗弗:同“发发”。

㉓卒:终养父母。

【评析】

这是孝子悲叹不得终养父母之诗。全诗六章。首二章写自愧无用。诗以不是莪而是蒿,兴比自己是无用之人。可悲呀父母,生我真辛劳。而自己不得终养父母,深感愧疚。中二章写失去父母的悲痛及父母的养育之恩。诗以小瓶空空使得大坛蒙羞,兴比自己不能赡养父母。父母无人供养,生活维艰,备尝屈辱。孤儿活在世上,还不如早点死去。无父无母,没有依靠,出门含着忧伤,回来也像无家一样。于是诗人情不自禁地想起父母养育之恩。这里连下九个“我”字,几乎一字一泪,感人至深。想报答父母的恩德而不能,诗人怎能不痛苦而呼天呢?末二章写质问皇天。诗人走在险峻的山间,听着悲风的呼啸,不禁发出痛楚的呼号:皇天啊,人家都能终养父母,你为何将祸乱降在我的身上?你为何使我不得终养父母?这是他的质问,也是他的控诉。

大　东

有饛簋飧①,有捄棘匕②。	满盘的熟食可真香,枣木匙子弯又长。
周道如砥③,其直如矢。	大路平坦像磨石,它直得像那箭一样。
君子所履④,小人所视⑤。	官员走在这路上,平民瞪着两眼望。

睠言顾之[6]，潸焉出涕[7]。	回头看到这情景，泪水涟涟往下淌。
小东大东[8]，杼柚其空[9]。	近东远东各城邦，织布机上被刮光。
纠纠葛屦[10]，可以履霜[11]？	稀疏交织的葛布鞋，穿它怎能踏寒霜？
佻佻公子[12]，行彼周行[13]。	公子哥儿多漂亮，走在那边大路上。
既往既来[14]，使我心疚[15]。	一会儿来一会儿往，叫我看着真忧伤。
有洌氿泉[16]，无浸获薪[17]。	旁流的泉水冷又清，别浸湿砍下的柴薪。
契契寤叹[18]，哀我惮人[19]。	愁苦醒来就长叹，可怜我们劳苦的人。
薪是获薪[20]，尚可载也。	砍下来的这些薪柴，还可用车子装载。
哀我惮人，亦可息也。	可怜我们劳苦的人，休息一下也应该。
东人之子，职劳不来[21]。	东人的子弟，劳苦无人赏。
西人之子[22]，粲粲衣服。	西人的子弟，衣服多鲜亮。
舟人之子[23]，熊罴是裘[24]。	西人的子弟，追逐熊罴多风光。
私人之子[25]，百僚是试[26]。	东人的子弟，各种差事都承当。
或以其酒，不以其浆[27]。	有的畅饮美酒，有的喝不上水浆。
鞙鞙佩璲[28]，不以其长[29]。	有的佩玉圆而亮，有的杂佩用不上。
维天有汉[30]，监亦有光[31]。	天上有一条银河，照着人呀在发光。
跂彼织女[32]，终日七襄[33]。	踮起脚的织女星，一天七次移地方。
虽则七襄，不成报章[34]。	虽然七次移地方，织起布来不成章。
睆彼牵牛[35]，不以服箱[36]。	牵牛星呀多明亮，不能驾起那车厢。
东有启明[37]，西有长庚[38]。	启明星呀在东方，长庚星呀在西方。
有捄天毕[39]，载施之行[40]。	天毕星柄弯又长，在空中排列成行。
维南有箕[41]，不可以簸扬[42]。	南边有座箕星，不能用簸来扬。
维北有斗[43]，不可以挹酒浆[44]。	北边有座斗星，不能用来舀酒浆。

维南有箕，载翕其舌[45]。	南边有座箕星，舌头内缩不伸长。
维北有斗，西柄之揭[46]。	北边有座斗星，柄儿高举向西方。

【注释】

①有饛(méng)：装满食物的样子。簋(guǐ)：食器。飧(sūn)：熟食。

②有捄(qiú)：长而曲的样子。匕：匙、勺之类。

③砥：磨刀石。

④君子：指周之官员。履：行走。

⑤小人：指东国的平民。

⑥睠：眷恋。

⑦潸：流泪的样子。

⑧大东：远处的东方诸侯国。小东：较近的东方诸侯国。

⑨杼柚：梭子及转轴，代指织布机。

⑩纠纠：交织的样子。屦(jù)：草鞋。

⑪可以：何以，岂可。

⑫佻佻：轻薄、安逸的样子。

⑬周行：即周道。

⑭既：复。

⑮疚：忧伤。

⑯有洌：寒冷。氿(guǐ)：侧出的泉水。

⑰获薪：已砍的薪柴。

⑱契契：忧苦的样子。寤叹：难以入眠而叹。

⑲惮：通“瘅”。劳苦疾病。

⑳薪：砍伐取木。是：此，这。

㉑职：只。劳：服劳役。来：通“勑”。慰问。

㉒西人：指周人。

㉓舟人：即周人。

㉔熊罴是裘：猎取熊罴。

㉕私人：指东人而沦为周人之奴仆者。

㉖百僚：各种差役。试：充当。

㉗浆：汤水，薄酒。

㉘鞙鞙（juān）：佩玉绶带美而长的样子。璲：瑞玉。

㉙长：长佩。

㉚汉：天河。

㉛监：镜子。

㉜跂：踮起脚。

㉝终日：由旦至暮。七襄：多次更动位置。

㉞报章：经纬交织，指布帛。

㉟睆（huàn）：明亮。

㊱服箱：驾车载物。

㊲启明：金星，日出前在东，称启明星。

㊳长庚：日落后金星在西，称长庚星。

㊴天毕：毕星，由八颗星宿组成，状若长柄猎网。

㊵载：则。施（yì）：斜行。

㊶箕：箕星星座，形似簸箕。

㊷簸扬：扬米以除糠。

㊸斗：北斗星座，形似斗勺。

㊹挹（yì）：以勺舀酒。

㊺翕（xī）：向内缩，若用力吸取。

㊻揭：高举。西柄高举，若将取于东。

【评析】

这是东人怨刺周室之诗。全诗七章。首二章写东人遭受经济剥削。这满盘满盘的熟食，被枣木匙勺舀取干净。这意味着东人的粮食全部被吞食。那周道平坦而笔直，东人的粮食就是通过它源源不断地运往周朝。不仅如此，东人的织物也被洗荡一空。这怎不使诗人的内心感到痛苦与忧伤。三、四章写东人遭受徭役之苦。我们这些疲病之人，真是可哀可叹。我们这些疲病之人，也该休息休息。东人整天劳累不堪，但从来无人慰问；西人的公子身着鲜艳的服装，却无所事事；西人的公子每天追逐野兽而取乐，东人的小民则要充当各种差役。通过对照描写，显示出东人、西人之间劳逸不均。五章写东人、西人贫富悬殊。西人每天痛饮美酒，而东人连汤也喝不上；西人身系贵重的瑞玉之佩，而东人连最普通的长佩也没有。诗人想到这里，他仰首望天，突发奇想，由人间转到天上，生出以下许多光怪陆离的想象。末二章写众星有名无实。织女星虽周行天际，却不能织布；牵牛星虽明亮，却不能驾车。东有启明星，西有长庚星，还有那弯曲的天网星，在空中排列成行，然而又有何用。南箕星虽形状像簸箕，但不能簸米去糠；北斗星虽形状像斗勺，但不能舀取酒浆。诗以众星有名无实兴比周朝统治者徒具虚名，不能解除东人深重的苦难。不但如此，他们像南箕星内缩舌根吞噬东人的血汗，还像北斗星座高扬其柄不停地舀取东人的财物。此诗构思巧妙，想象瑰丽。前四章重在写事，是实写；后三章重在抒情，是虚写。实写与虚写交互生辉，浑然一体。

四　月

四月维夏①，六月徂暑②。	四月是夏天，六月暑气盛。
先祖匪人③，胡宁忍予④？	祖宗非外人，遭祸心何忍？
秋日凄凄，百卉具腓⑤。	秋天西风凉，百草都凋丧。
乱离瘼矣⑥，爰其适归⑦？	乱离多痛苦，我能回何方？
冬日烈烈⑧，飘风发发⑨。	冬天寒气冽，暴风呼呼响。
民莫不穀⑩，我独何害⑪！	别人都幸福，我独为何遭祸殃？
山有嘉卉，侯栗侯梅⑫。	山上有佳木，有栗又有梅。
废为残贼⑬，莫知其尤⑭！	现在全被毁，无人知道他的罪。

相彼泉水[15]，载清载浊。	看那条泉水，时而清来时而浊。
我日构祸[16]，曷云能穀[17]？	我每天遭祸殃，何时才能有福禄？
滔滔江汉，南国之纪[18]。	江汉水荡荡，包容众水在南方。
尽瘁以仕[19]，宁莫我有[20]！	尽力从公已累伤，谁个把我来夸奖。
匪鹑匪鸢[21]，翰飞戾天[22]。	那雄鹰那大雕，展翅高飞至云天。
匪鳣匪鲔[23]，潜逃于渊。	那鳇鱼那鲔鱼，奋力快游到深渊。
山有蕨薇[24]，隰有杞桋[25]。	高山上蕨薇生，洼地里杞桋长。
君子作歌，维以告哀[26]。	君子创作歌来唱，借以倾诉那悲伤。

【注释】

①四月：指夏历。维：是。

②徂暑：已到盛夏季节。

③匪：非。

④胡：为何。忍：忍心。

⑤百卉：百草。腓：枯死，凋零。

⑥瘼：病。

⑦爰：于何。适归：往归，返家。

⑧烈烈：冽冽、严寒。

⑨飘风：大风。发发：风呼啸声。

⑩穀：善，指生活平安。

⑪何害：为何蒙受祸害。

⑫侯：维、是。

⑬废：大。残贼：摧残，损伤。

⑭尤：罪过。

⑮相：视。

⑯构祸：遇到祸患。

⑰曷：何。穀：善，好。

⑱纪:纲纪。

⑲尽瘁:尽心竭力而致憔悴。仕:任职。

⑳宁:而。莫我有:莫友我,不肯以亲善之意待我。

㉑鹑、鸢:指雕、鹰等猛禽,善高飞。

㉒翰飞:高飞。戾:至。

㉓鳣、鲔:均为大鱼。

㉔蕨、薇:野菜名。

㉕杞、桋:树名。

㉖告哀:诉说悲哀。

【评析】

这是大夫行役抒怀之诗。全诗八章。这个时代政局混乱,社会动荡,诗人也遭受到多种祸患。因此,诗人的感情十分复杂:归家之思、畏祸之情、伤时之感、退隐之志,在诗中都有所反映。诗人这次行役时间很长。四月已在征途,很快又到了六月盛暑季节,经过百草凋谢的秋天,直到寒风凛冽的严冬,仍然没有回家。由于长期行役,加上处境凶险,使他的心情特别恶劣。他不断地感叹自己的命运与遭遇:祖先不是外人,我遭祸殃心何忍?因遭乱离而致病,何日才能踏归程?别人生活都平安,为何自己遭不幸?我每天都在遭祸殃,何时才能交好运?诗以佳木被毁,兴比自己遭到摧残;以泉水时清时浊,兴比自己遭祸频繁;以滔滔江汉是南国之纪,兴比自己虽尽力从事但无人善待。于是诗人希望自己像鸟一样高翔云外,像鱼一样潜入深渊,退隐之志隐约可见。最后诗人说:自己写作此诗,是为了倾吐内心的悲哀。

北　山

陟彼北山[1],言采其杞。　　登上那北山,把那枸杞采。

偕偕士子[2],朝夕从事[3]。　　强壮的小官吏,早晚都当差。

王事靡盬[4]，忧我父母。	差遣没个完，使我父母挂心怀。
溥天之下[5]，莫非王土。	普天之下，哪一块不是王的领土。
率土之滨[6]，莫非王臣。	四海之内，哪一个不是王的臣仆。
大夫不均[7]，我从事独贤[8]。	执政大夫不公平，我的工作独劳碌。
四牡彭彭[9]，王事傍傍[10]。	四匹公马多匆忙，官府差遣真紧张。
嘉我未老[11]，鲜我方将[12]。	夸奖我还不老，称道我正强壮。
旅力方刚[13]，经营四方。	体力正刚强，派遣我奔四方。
或燕燕居息[14]，或尽瘁事国[15]；	有的安安逸逸家里躺，有的为国事身累伤。
或息偃在床[16]，或不已于行[17]。	有的仰身睡床上，有的不停奔走大路上。
或不知叫号[18]，或惨惨劬劳[19]；	有的不知道有悲号，有的惨然悲凉在操劳。
或栖迟偃仰[20]，或王事鞅掌[21]。	有的悠悠闲闲睡大觉，有的忙得一团糟。
或湛乐饮酒[22]，或惨惨畏咎[23]；	有的高高兴兴饮美酒，有的惨然害怕祸临头。
或出入风议[24]，或靡事不为。	有的进进出出乱开口，有的大事小事都动手。

【注释】

①陟：登。

②偕偕：强壮。士子：作者自称。

③朝夕：从早到晚。

④靡盬（gǔ）：不停止。

⑤溥（pǔ）：同“普”。

⑥率：沿着。滨：海边。

⑦不均：不公平。

⑧贤：劳累。

⑨四牡：四匹公马。彭彭：不息的样子。

⑩傍傍：忙碌的样子。

⑪嘉：夸奖。

⑫鲜：称道。

⑬旅力：体力。

⑭或：有的，有人。燕燕：安闲的样子。

⑮尽瘁：尽力而致憔悴。

⑯息偃：卧床休息。

⑰不已：不停。行：道路。

⑱叫号：因苦难而呼叫号哭。

⑲惨惨：忧愁。劬（qú）劳：辛劳。

⑳栖迟：游乐。偃仰：安居。

㉑鞅掌：忙碌。

㉒湛（dān）乐：沉醉于享乐。

㉓畏咎：怕犯过失。

㉔风议：发议论。

【评析】

这是小臣苦于劳役之诗。全诗六章。前三章写小臣为王事而辛劳。他驾着马车，从早到晚忙忙碌碌，四处奔波。由于王事没完没了，致使父母非常担心。普天之下，没有不是天子的土地；四海之内，没有不是天子的臣民。大夫为政很不公平，唯独我的事务特别繁重。大夫夸奖我青春年少，赞许我血气方刚。还说我体力充沛，正可以奔走四方。后三章写劳逸不均、苦乐不平。这三章连用了十二个“或”字，作了六次对比：有的人悠闲自在安然在家休息，有的人则尽力国事积劳成疾；有的人无所事事高卧在床，有的人则四处奔波不息于道；有的人养尊处优不知饥寒，有的人则惨愁悲凉艰苦备尝；有的人俯仰自如优哉游哉，有的人则王事堆积工作紧张；有的人参与宴会无比荣光，有的人则忧谗畏讥心绪凄凉；有的人出入庙堂高谈阔论，有的人则事无巨细总在忙碌。诗写到这里戛然而止，不另下结语，显得不同凡响。

无将大车

无将大车[1]，祇自尘兮[2]。 不要推那大型车，只会弄得满身尘。
无思百忧，祇自疷兮[3]。 不要想那多种忧，只会使得病加深。

无将大车，维尘冥冥[4]。 不要推那大型车，只会扬尘天地昏。
无思百忧，不出于颎[5]。 不要想那多种忧，只会使得心烦闷。

无将大车，维尘雍兮[6]。 不要推那大型车，只会扬尘遮路径。
无思百忧，祇自重兮[7]。 不要想那多种忧，只会使得病缠身。

【注释】

①将：推，扶。

②祇：只。自尘：自惹尘土。

③疷（qí）：病患。

④冥冥：昏暗。

⑤颎（jiǒng）：忧伤，烦闷。

⑥雍（yōng）：遮蔽。

⑦自重：自招病累。

【评析】

这是排遣忧愁之诗。全诗三章。每章首二句为兴体，每章后二句为本体。不要推那大型车，否则，就会弄得满身灰，就会弄得天地暗，就会弄得尘遮路。诗以此兴比不要想那多种忧，否则，就会使自己生疾病，心烦闷，病加重。诗人当是一位行役者。他对推车有深切的体会，于是以之为喻，歌其劳苦，抒其忧思。

小 明

明明上天，照临下土。	上天明明亮亮，光辉照耀下方。
我征徂西[①]，至于艽野[②]。	我出差前往西方，一直到那边疆。
二月初吉[③]，载离寒暑[④]。	那时二月上旬，如今寒来暑往。
心之忧矣，其毒大苦[⑤]。	心里多么忧伤，像毒药苦得难当。
念彼共人[⑥]，涕零如雨。	想起那些贤良，泪落像雨一样。
岂不怀归？畏此罪罟[⑦]。	难道不想回乡？怕这天罗地网。
昔我往矣，日月方除[⑧]。	从前我出发前往，日月正在更张。
曷云其还？岁聿云莫[⑨]。	何时能够回家？一年没多时光。
念我独兮，我事孔庶[⑩]。	想我多么孤独，事情非常繁忙。
心之忧矣，惮我不暇[⑪]。	心里多么忧伤，累得我多慌忙。
念彼共人，睠睠怀顾[⑫]。	想起那些贤良，殷殷不断回想。
岂不怀归？畏此谴怒。	难道不想回乡？怕他盛怒模样。
昔我往矣，日月方奥[⑬]。	从前我出发前往，正当春天暖洋洋。
曷云其还？政事愈蹙[⑭]。	何时才能回家乡？公事更加紧张。
岁聿云莫，采萧获菽[⑮]。	一年到了岁尾，采蒿收豆正忙。
心之忧矣，自诒伊戚[⑯]。	心里多忧伤，忧愁独自承当。
念彼共人，兴言出宿[⑰]。	想起那些贤良，起来出外不安床。
岂不怀归？畏此反覆[⑱]。	难道不想回家乡？怕这赏罚太无常。
嗟尔君子，无恒安处[⑲]。	哎！你们这些君子，不要常常处于安乐。
靖共尔位[⑳]，正直是与[㉑]。	谨慎履行你们的职责，要与正直的人交友。

神之听之，式榖以女[22]。　天神听到这事，会赐给你们美德。

嗟尔君子，无恒安息。　哎！你们这些君子，不要常常贪图安逸。
靖共尔位，好是正直[23]。　谨慎履行你们的职责，做人做事要正直。
神之听之，介尔景福[24]。　天神听到这事，会赐给你们福气。

【注释】

①徂：往。
②艽（qiú）野：远方的荒野。
③初吉：上旬之吉日。
④离：经历。寒暑：成年累月。
⑤毒：痛苦，磨难。
⑥共人：恭谨宽厚的人，指后文中的“君子”。
⑦罪罟：法网。
⑧方除：正当除旧岁、迎新春之时。
⑨聿、云：均为语助词。莫：暮。
⑩孔庶：很多。
⑪惮：劳苦。不暇：没有空闲。
⑫睠睠：眷恋。
⑬方奥：转暖。
⑭愈蹙（cù）：更加急迫。
⑮萧：艾蒿。菽：大豆。
⑯诒：留。戚：忧伤。
⑰兴：起来。出宿：不得安卧，起立出外。
⑱反覆：指不测之祸。
⑲恒：常。安处：安逸。
⑳靖共：谨慎履行。
㉑与：相助、亲近。
㉒榖：善。女：汝。

㉓好:爱好。

㉔介:赐,助。景福:洪福,大福。

【评析】

这是大夫行役怀友之诗。全诗五章。前三章写久役的痛苦。这次行役不仅时间久长,而且地点荒远,因而他的内心极为痛苦。三章反复表达的都是忧伤的感情。但一章侧重说行役的痛苦,二章侧重说公务的繁忙,三章侧重说忧愁的深重。在紧张而繁忙的行役生活中,他特别怀念朋友。他因思念而落泪,而回顾,而夜不能寐,表现了他们之间真挚而深厚的情谊。他是多么想归去与亲朋团聚啊!但是他害怕罪网,害怕谴责,害怕不测之祸,欲归而不能。后二章写劝勉朋友。一是劝勉朋友居安思危,不要贪图安逸。二是劝勉朋友与正直的人交往,互相帮助。这是针对当时士大夫苟且偷安、道德沦丧的现实而提出来的。可见诗人确是一位勤勉而正直的士大夫。

鼓　钟

鼓钟将将①,淮水汤汤②, 忧心且伤。 淑人君子,怀允不忘③。	钟儿敲得锵锵响,淮水浩浩荡荡, 心里忧愁又悲伤。 善人君子啊,想念他呀不能忘。
鼓钟喈喈④,淮水湝湝⑤, 忧心且悲。 淑人君子,其德不回⑥。	钟儿敲得当当响,淮水哗哗流淌, 心里忧愁又悲伤。 善人君子啊,他的品德真高尚。
鼓钟伐鼛⑦,淮有三洲, 忧心且妯⑧。 淑人君子,其德不犹⑨。	敲钟击鼓声音响,三洲露出淮水上, 心里忧愁又悲伤。 善人君子啊,他的品德真高尚。

鼓钟钦钦[10],鼓瑟鼓琴,
笙磬同音[11]。
以雅以南[12],以籥不僭[13]。

钟儿敲得响叮叮,弹起瑟来又弹琴,
笙呀磬呀和谐一个音。
奏起雅乐和南乐,吹奏排箫多动听。

【注释】

①鼓钟:敲钟。将将:锵锵。
②汤汤:大水奔流的样子。
③怀:思念。允:语助词。
④喈喈:犹“锵锵”。
⑤湝湝:水流动的样子。
⑥不回:正直,不邪曲。
⑦鼛(gāo):大鼓。
⑧妯(chóu):悲悼,伤痛。
⑨不犹:诚实,不欺诈。
⑩钦钦:犹“锵锵”。象声词。
⑪笙:管乐器。磬:打击乐器。
⑫以:为。雅:京都的乐调。南:南国的乐调。
⑬籥:乐器名。僭(jiàn):乱。

【评析】

这是王公举行音乐盛会之诗。全诗四章。在那水势浩大的淮水旁,在那淮水的三洲上,这位王公举行了一场音乐盛会。顿时,擂起了鼓,敲起了钟,鼓起了瑟,弹起了琴,还有那笙磬同声相应。演出的是什么?有都城的雅乐,有南国的曲调,还有持羽吹籥的文舞。好一幅热闹盛大的场面!诗人参与这种音乐盛会,心情应该是欢乐的。然而他的心中却充满了忧伤。这是为什么呢?原来诗人想起了古代先王圣贤品德高尚。在怀念先王圣贤的美德之中,就寄托了对眼前这位王公的讽喻和批评。

楚 茨

楚楚者茨[1]，言抽其棘[2]。	蒺藜长得密而旺，把那荆棘铲除光。
自昔何为？我艺黍稷[3]。	自古为何这样干？我种那黍子和高粱。
我黍与与[4]，我稷翼翼[5]。	我的黍子一簇簇，我的高粱一行行。
我仓既盈，我庾维亿[6]。	我的仓库已装满，满满的粮囤在场上。
以为酒食，以享以祀。	酿酒做饭可真香，献神祭祖多端庄。
以妥以侑[7]，以介景福[8]。	请尸安坐把酒尝，祈求大福喜洋洋。
济济跄跄[9]，洁尔牛羊[10]，	祭者神情多端庄，洗净牛来洗净羊。
以往烝尝[11]。或剥或亨[12]，	秋祭冬祭到现场。有的剥肉有的炖汤，
或肆或将[13]。祝祭于祊[14]，	有的端盘有的捧上。太祝在庙内求神，
祀事孔明[15]。先祖是皇[16]，	祭典盛大而堂皇。祖宗来到这儿享，
神保是飨[17]。孝孙有庆[18]，	神灵把这祭品尝。主祭者多吉祥，
报以介福[19]，万寿无疆！	报答你大福气，赐给你万寿无疆！
执爨踖踖[20]，为俎孔硕[21]，	掌灶的小心又快当，肥大的肉块放案上，
或燔或炙[22]。君妇莫莫[23]，	烧的美烤的香。妇女们操持细心肠，
为豆孔庶[24]，为宾为客。	席上的菜肴多花样。宾呀客呀请来尝，
献酬交错，礼仪卒度[25]，	主客敬酒来又往。礼节全都合规章，
笑语卒获[26]。神保是格[27]，	谈呀笑呀都恰当。神灵这时已到场，
报以介福，万寿攸酢[28]。	报答你大福气，赐给你长寿而安康！
我孔熯矣[29]，式礼莫愆[30]。	我们很恭敬，礼节无错差。
工祝致告[31]，徂赉孝孙[32]。	司仪宣告神的话，赐给孝孙福气大。

苾芬孝祀[33]，神嗜饮食。
卜尔百福[34]，如几如式[35]。
既齐既稷[36]，既匡既敕[37]。
永锡尔极[38]，时万时亿[39]。

祭品多又香，神灵喜爱把它尝。
赐你福禄有百桩，既按时又恰当。
既迅速又快当，既谨慎又端庄。
永远赐给你大福，是万是亿很久长！

礼仪既备，钟鼓既戒[40]。
孝孙徂位[41]，工祝致告。
神具醉止[42]，皇尸载起[43]。
鼓钟送尸，神保聿归。
诸宰君妇[44]，废彻不迟[45]。
诸父兄弟，备言燕私。

祭祀仪式已齐全，钟呀鼓呀已准备。
孝孙走上主祭位，太祝传达神欣慰。
享祭的神灵都喝醉，皇尸离开那神位。
敲起钟儿送皇尸，神灵们一起都已归。
膳夫和妇女们，撤下祭品快如飞。
叔伯和兄弟们，大家一块赴宴会。

乐具入奏，以绥后禄[46]。
尔殽既将[47]，莫怨具庆。
既醉既饱，小大稽首[48]。
神嗜饮食，使君寿考。
孔惠孔时[49]，维其尽之。
子子孙孙，勿替引之[50]。

乐器移后堂来演奏，享受祭后的福禄。
你的菜肴美又香，没谁抱怨都庆祝。
吃饱了饭喝足了酒，大大小小都叩头。
神对饮食多嗜好，使主人安康又长寿。
很仁惠很善良，样样举止合礼数。
但愿子子孙孙，不要废弃保千秋！

【注释】

①楚楚：丛生的样子。茨：蒺藜。

②抽：除掉。棘：刺，蒺藜。

③艺：种植。

④与与：茂盛。

⑤翼翼：整齐而茂密。

⑥庾：露天谷堆。亿：满，盈。

⑦妥：安坐。侑：劝进酒食。

⑧介：求，赐。景福：大福。

⑨济济:恭敬,严肃。跄跄:行走有节奏的样子。
⑩洁:使清洁。
⑪烝:冬祭。尝:秋祭。
⑫亨:烹调。
⑬肆:陈设。将:端着。
⑭祝:太祝,掌宗庙祭祀的官员。
⑮孔明:很完备。
⑯皇:往,前来。
⑰神保:先祖之神灵。飨:享受祭祀。
⑱孝孙:主祭者,指周王。
⑲介福:求福,赐福。
⑳执爨(cuàn):司厨,炊事人员。踖踖(jí):敏捷而恭谨。
㉑俎:铜制礼器,以盛肉食。孔硕:很大。
㉒燔:烧肉。炙:烤肉。
㉓君妇:群妇。莫莫:恭敬谨慎。
㉔豆:食器名。庶:多。
㉕卒度:完全符合礼仪法度。
㉖卒获:都守规矩。
㉗格:至。
㉘万寿攸酢:酬报以万寿。
㉙孔熯(nǎn):很恭敬。
㉚莫愆:没有差错。
㉛工祝:祝官,太祝。致告:代神致辞。
㉜徂:往。赉:赏赐。
㉝苾(bì)芬:香喷喷。孝祀:祭祀。
㉞卜:赐予。
㉟如几:按时。如式:合乎礼制。
㊱齐:庄重,整齐。稷:敏捷。
㊲匡:端正。敕:严整。
㊳锡:赐。极:好福气。

㊴时：是。

㊵戒：准备。

㊶徂位：回到主祭的位置。

㊷具：俱。

㊸皇尸：装扮祖先之神灵者。

㊹诸宰：指冢宰、家臣之流。

㊺废彻：撤下祭品。

㊻绥：安享。后禄，神赏赐之福。

㊼将：嘉，善。

㊽稽首：叩头跪拜。

㊾惠：仁慈。时：善良。

㊿勿替：不要废弃。引之：长久继续下去。

【评析】

这是周王祭祀先祖之诗。全诗六章。首章写农业丰收。黄米长得很旺盛，高粱长得很茂密，呈现出一派丰收景象。农作物收割，粮仓已装满，粮囤已装满。然后做成酒食，用以供神祭祖。二、三章写祭祀盛况。把牛羊洗得干干净净，烹调停当，端上祭席。太祝在宗庙门内致祭，祭典非常堂皇。有的烧烤，有的煎炒，祭品丰盛。司厨麻利，将肥大的肉块置放案上。群妇敬慎，将丰盛的菜肴装满食器。参与祭祀的宾客相互敬酒，仪表笑语均合法度。先祖神灵到来，将赐给孝孙大福与长寿。四、五章写祭祀获福。太祝传达神灵的话说：你的祭品香喷喷，神灵很爱吃。你的祭祀及时而又符合要求，你的态度严肃而恭谨，神灵将赐给你无穷无尽的幸福。礼仪齐备，钟鼓都已备好，孝孙到了主祭的位置上。太祝又来传话说：先祖神灵已经喝醉了。于是乐队敲钟奏乐，欢送皇尸，神灵也随之归去。诸宰、群妇收拾祭品，家庭私宴即将开始。末章写祭毕私宴。乐器移到后堂演奏，享受祭祀之后的福禄。菜肴又美又香，大家十分满意，毫无怨言。已经喝醉，已经吃饱，大家一齐向周王叩头说道：神灵爱吃你的美食，使你长寿；先祖仁慈善良，将尽量赐福给你。愿你的子孙后代，永远继承发扬，不要废弃美好的传统。

信南山

信彼南山[1]，维禹甸之[2]。	南山原野长又长，夏禹在这儿开过荒。
畇畇原隰[3]，曾孙田之[4]。	高田低地很方正，周王在这儿种食粮。
我疆我理[5]，南东其亩[6]。	整土地划田疆，田地都是东南向。
上天同云[7]，雨雪雰雰，	冬天阴云密布，雪花纷纷飞舞，
益之以霢霂[8]。既优既渥[9]，	加上那毛毛细雨。雨水多雨水沃，
既霑既足，生我百谷。	雨水润雨水足，生长我百谷。
疆埸翼翼[10]，黍稷彧彧[11]。	田埂方方正正，黍米高粱苗壮。
曾孙之穑[12]，以为酒食。	周王收获食粮，做饭酿成酒浆。
畀我尸宾[13]，寿考万年。	献给尸神宾客，寿命万年长。
中田有庐[14]，疆埸有瓜。	田地里有萝卜，田埂上有瓜蔬，
是剥是菹[15]，献之皇祖。	先削后腌渍，把它献先祖。
曾孙寿考，受天之祜[16]。	周王获长寿，受天的福禄。
祭以清酒，从以骍牡[17]，	祭祀用清酒，献上大红牛。
享于祖考。执其鸾刀[18]，	祖宗来享受。操着那尖刀，
以启其毛，取其血膋[19]。	拨开那牛毛，取它的鲜血和脂膏。
是烝是享[20]，苾苾芬芬[21]。	蒸祭品煮祭品，祭品喷喷香。
祀事孔明，先祖是皇[22]。	祭礼很堂皇，先祖来现场。
报以介福，万寿无疆！	报答你大福，赐你万寿无疆。

【注释】

①信:形容山势起伏绵延。南山:终南山。

②甸:治理。

③畇畇(yún):平坦而整齐。

④曾孙:指周王。

⑤疆、理:划田界,修沟渠。

⑥南东其亩:整理田亩。东西向耕,称东亩;南北向耕,称南亩。

⑦同云:被云遮住。

⑧益:加上。霡霂:小雨。

⑨优:充足。渥:润湿。

⑩疆埸(yì):田界。翼翼:整齐。

⑪彧彧(yù):茂盛。

⑫穑(sè):收获谷物。

⑬畀(bì):献给,给予。尸宾:神灵,宾客。

⑭庐:通“芦”。萝卜。

⑮剥:切开,菹(zū):做菜。

⑯祜(hù):福。

⑰骍牡:毛色赤黄的公牛。

⑱鸾刀:对刀的美称。

⑲膋(liáo):脂膏。

⑳烝:蒸。享:烹,煮。

㉑苾苾芬芬:香气四散。

㉒皇:往,前来。

【评析】

这是周天子祭祀先祖之诗。全诗六章。首章写治理田亩。绵延的南山,大禹曾治理过。起伏的田地,曾孙曾耕种过。划定田疆,整治田亩,使那田亩成为南向或东向。次章写雨雪及时。上天阴云密布,瑞雪纷纷扬扬。加之连下小雨,雨水已多已厚,已沾已足,百谷长势兴旺。三章写黍稷茂盛。田界整齐,黍稷茂盛。曾孙收割庄稼,用来做成酒食。

献给神尸和来宾，神灵将会赠给长寿。四章写菜蔬俱备。田中有萝卜，田畔有菜瓜。于是削它腌它，把它献给皇祖。曾孙获得长寿，受到老天保佑。五章写牺牲肥美。祭祀时供以清酒，还献上一头大红牛，请先祖前来享用。操着那带铃的尖刀，割开红牛身上的皮毛，取出它的鲜血和脂膏。末章写祭祀获福。蒸祭品煮祭品，祭品的香气芬芳扑鼻。祭典非常堂皇，于是先祖神灵到来。先祖赐予洪福，并使周王万寿无疆。

甫　田

倬彼甫田①，岁取十千②。	广阔的大田，一年收获万万千。
我取其陈③，食我农人④，	我拿出那陈粮，供我农人把肚填。
自古有年⑤。今适南亩，	自古都是丰收年，周王视察往南边，
或耘或耔，黍稷薿薿⑥。	有的锄草有的肥田，黍米高粱一大片。
攸介攸止⑦，烝我髦士⑧。	周王歇息在田间，召来田官把计献。
以我齐明⑨，与我牺羊⑩，	用我黍米和高粱，以及我的牛和羊，
以社以方⑪。我田既臧⑫，	来祭社神来祭四方。我的田地都种好，
农夫之庆。琴瑟击鼓，	农夫们喜洋洋。弹起琴瑟擂起鼓，
以御田祖⑬，以祈甘雨，	用以祭祀那田祖，用以祈求那好雨。
以介我稷黍⑭，以穀我士女⑮。	用以助长稷和黍，用以养活好儿女。
曾孙来止⑯，以其妇子。	周王来到这田畴，见到农妇和孩子。
馌彼南亩⑰，田畯至喜⑱。	将饭送到田地头，农官见此乐悠悠。
攘其左右⑲，尝其旨否⑳。	周王排开众随从，亲尝饭菜味美否。
禾易长亩㉑，终善且有㉒。	庄稼盖满田和地，长得既好又密稠。
曾孙不怒，农夫克敏㉓。	周王和悦不发怒，农夫干得很迅速。

曾孙之稼，如茨如梁[24]。	周王的庄稼，像屋顶像桥头。
曾孙之庾[25]，如坻如京[26]。	周王的粮囤，像小丘像高丘。
乃求千斯仓，乃求万斯箱。	要准备千个粮仓，要准备万个车厢。
黍稷稻粱，农夫之庆。	黍呀稷呀稻和粱，农夫们呀喜洋洋。
报以介福，万寿无疆！	神灵报答大福气，并赐给万寿无疆。

【注释】

①倬(zhuō)：广阔。甫：大。

②十千：形容多。

③陈：陈粮。

④食(sì)：养。

⑤有年：丰年。

⑥薿薿(nǐ)：茂盛。

⑦攸：语助词。介、止：休息。

⑧烝：召之前来。髦士：英俊之士，指田畯等。

⑨齐(zī)明：祭器中装的谷物。

⑩牺羊：祭祀中用的牛羊。

⑪社：祭土地神。方：祭四方之神。

⑫臧：善，好。

⑬御：祀。田祖：农神，指后稷。一说神农。

⑭介：助长。

⑮穀：养育。士女：庶民，人民。

⑯曾孙：指周王。

⑰馌(yè)：送饭。

⑱田畯：农官。

⑲攘：去除，排开。

⑳旨：味美。

㉑易：禾盛。长：满。

㉒终：既。有：多。

㉓克敏：敏捷，又快又好。

㉔茨：草屋顶。梁：拱桥。

㉕庾：露天的粮囤。

㉖坻：小丘。京：高丘。

【评析】

这是农事之诗。首二章写周王前往南亩祭祀神灵。那是一片广阔的大田，收获的粮食很多，而且每年都是丰收。周王来到南亩，看到农夫有的锄草有的施肥，各种庄稼长势喜人，心里自然很高兴。在休息的时候，周王召来田畯安排农事。接着祭神仪式开始。陈列丰盛的祭品，演奏优美的音乐，先祭祀土地神和四方神，然后祭祀田神，以祈天降甘雨，黍稷丰收，使百姓得以丰衣足食。三章写田间劳动的情景。周王来到田间，看到农妇和孩子将饭送到田头，田畯非常高兴。周王排开左右，亲尝饭菜好否。庄稼盖满田地，长得既好又稠。周王和悦不怒，农夫干活敏捷。这章描写形象传真，富于生活气息。末章写美好的祝愿。祝愿周王的庄稼，堆得像屋顶像桥头；祝愿周王的粮食，堆得像小丘像高丘。准备“千仓”和“万箱”将各种粮食装满。神灵享用祭祀，将赐以洪福，使周王万寿无疆。

大　田

大田多稼，既种既戒①，	大田多种又多收，种子选好农具修，
既备乃事②。以我覃耜③，	各事齐备就动手。用我锋利的犁头，
俶载南亩④，播厥百谷。	开始耕种南边的田畴，播种那各种作物。
既庭且硕⑤，曾孙是若⑥。	既挺立又粗壮，周王的心愿已满足。
既方既皂⑦，既坚既好，	已发芽已出苞，皮既坚实又美好，
不稂不莠⑧。去其螟螣⑨，	没有稂草和杂草。去掉螟虫和螣虫，

及其蟊贼[10]，无害我田稚[11]。
田祖有神[12]，秉畀炎火[13]。

蟊虫贼虫也除掉，别害我田里的幼苗。
田祖真有灵，把它投到火里烧。

有渰萋萋[14]，兴云祁祁[15]。
雨我公田，遂及我私[16]。
彼有不获稚[17]，此有不敛穧[18]；
彼有遗秉[19]，此有滞穗[20]，
伊寡妇之利。

阴云滚滚地飘，好雨徐徐地下。
落在公田里，私田也飘洒。
那里有未割的禾稻，这里有未捆的禾稼；
那里有丢下的禾把，这里有谷穗被抛撒，
施给孤苦寡妇家。

曾孙来止，以其妇子。
馌彼南亩，田畯至喜。
来方禋祀[21]，以其骍黑[22]，
与其黍稷。以享以祀，
以介景福。

周王来到这里，见到农妇和孩子。
将饭送到田埂上，农官见此喜洋洋。
周王正在祭上苍，用那红牛和黑猪，
和那黍米和高粱。恭请天神来品尝，
祈求赐大福。

【注释】

①种：选种。戒：械，修理农具。
②既：已经。乃：然后。
③覃（yǎn）：锋利。耜（sì）：犁。
④俶：开始。载：从事劳作。
⑤庭：挺立。硕：大。
⑥曾孙：指周王。若：顺心。
⑦方：谷粒初成壳。皂（zào）：谷始成形，尚未坚实。
⑧稂（láng）：谷粒有壳无实。莠（yǒu）：禾中的杂草。
⑨螟、螣（tè）：害虫。
⑩蟊、贼：害虫。
⑪稚：禾苗。
⑫田祖：农神。
⑬秉畀炎火：投入火中烧死。

⑭有渰(yǎn):云兴起的样子。萋萋:凄凄。

⑮祁祁:徐徐细雨的样子。

⑯我私:我的私田。

⑰不获稚:未成熟的稻禾。

⑱不敛穧:已割而漏收的谷物。

⑲遗秉:失落的禾把。

⑳滞穗:遗留的稻穗。

㉑禋(yīn)祀:祭天的仪式。

㉒骍黑:红牛、黑猪。

【评析】

这是农事之诗。全诗四章。首章写春天的农事。选好种子,修好农具,一切准备停当,然后用那锋利的犁头,到南亩去播种各种谷物。禾苗长势既挺拔又肥大,这顺了曾孙的心愿。二章写夏天的农事。此章描写了谷粒长出到成熟的全过程。谷粒长壳了,丰满了,坚硬了,成熟了。田中没有瘪谷没有杂草。消灭了各种害虫,不许它们伤害我的禾苗。田祖有灵,把这些害虫投到火里都烧尽。三章写雨水及时。天空乌云密布,甘雨徐徐落下。先落到公田,再惠及私田。那里有未割的禾稻,这里有散落的稻穗;那里有遗下的禾把,这里有留下的禾穗。这些“遗秉”、“滞穗”都是留给寡妇的好处。诗人如此铺张描写,是为了渲染丰收喜悦的气氛。末章写周王巡视。周王来到田间,见到农妇和孩子将饭送到田头,田畯非常高兴。秋收后举行祭天仪式。用那红牛、黑猪以及小米、高粱,祭祀神灵,以求得更大的幸福。

瞻彼洛矣

瞻彼洛矣①,维水泱泱②。　　看那洛水奔流,它的水一片汪洋。
君子至止,福禄如茨③。　　天子来到这里,福禄像屋顶一样。
韎韐有奭④,以作六师⑤。　　皮围裙放红光,号令六军气势壮。

瞻彼洛矣，维水泱泱。 看那洛水奔流，它的水一片汪洋。
君子至止，鞞琫有珌[⑥]。 天子来到这里，刀鞘玉饰多漂亮。
君子万年，保其家室。 天子万岁万万岁，保卫家室万年长。

瞻彼洛矣，维水泱泱。 看那洛水奔流，它的水一片汪洋。
君子至止，福禄既同[⑦]。 天子来到这里，福禄聚集一堂。
君子万年，保其家邦。 天子万岁万万岁，保卫国家万年长。

【注释】

①洛：水名。

②泱泱：水深广的样子。

③如茨：形容堆积之多。

④韎韐（mèi gé）：红色的军服。有奭（shì）：红艳艳。

⑤作：起，号令。六师：六军。

⑥鞞琫（bǐng běng）：玉饰的刀鞘。有珌（bì）：饰纹美丽的样子。

⑦同：聚集。

【评析】

这是赞美周王之诗。全诗三章。每章首二句以洛水浩浩荡荡地奔流，兴比周王的千军万马在前进。周王来到洛水旁边。他身着戎装，那皮制的蔽膝闪着红光，他的佩刀鞘上装饰着美玉。他威风凛凛，正在指挥着六师。寥寥几笔，就描绘出一个声势雄壮的场面，使人仿佛看见周王在洛水之滨检阅着他的千军万马。诗中还祝愿周王福禄无量，江山永保。

裳裳者华

裳裳者华[①]，其叶湑兮[②]。 明丽的花朵在怒放，它的叶子绿汪汪。

我觏之子[3]，我心写兮[4]。　　我遇见了这个人，我的心里真舒畅。
我心写兮，是以有誉处兮[5]。　　我的心里真舒畅，因此有了安乐的地方。

裳裳者华，芸其黄矣[6]。　　明丽的花朵在怒放，它的花朵黄又黄。
我觏之子，维其有章矣[7]。　　我遇见了这个人，他真的很漂亮。
维其有章矣，是以有庆矣。　　他真的很漂亮，因此我内心喜洋洋。

裳裳者华，或黄或白。　　明丽的花朵在怒放，有的白来有的黄。
我觏之子，乘其四骆。　　我遇见了这个人，四匹黑马已驾上。
乘其四骆，六辔沃若[8]。　　四匹黑马已驾上，六根缰绳闪闪亮。

左之左之，君子宜之[9]。　　向左就向左，君子都得体。
右之右之，君子有之[10]。　　向右就向右，君子才横溢。
维其有之，是以似之[11]。　　君子才横溢，因此都适宜。

【注释】

①裳裳：堂堂，明丽。

②湑(xǔ)：茂盛。

②觏：见。

④写：通"泻"。舒畅。

⑤誉处：欢乐、安适。

⑥芸：深黄色。

⑦章：文彩，风华。

⑧六辔：古代一车四马，共六条缰绳。沃若：润泽、柔和。

⑨宜：适宜、得体。

⑩有：有才德、有风度。

⑪似之：做什么，像什么，无不适宜。

【评析】

这是女子爱恋男子之诗。全诗四章。前三章写女子遇见男子时的心理感受。每章首二句均以鲜艳的花朵兴比男子青春貌美。首章说遇见那男子,心中就舒畅,充满了欢乐。二章说遇见那男子,觉得他很有才华,跟他相处,感到愉悦又幸福。三章说遇见那男子,乘坐着马车,手中的缰绳润泽而柔和。末章夸奖男子。这男子左也合适,右也得体。因为他有德有才,所以形之于外,无不表里相符,富有风度。从赞美男子美丽容貌和出众的才华,夸奖男子驾车的姿态和得体的风度,表现了女子对男子衷心的倾慕。

桑扈

交交桑扈①,有莺其羽②。	飞来飞去的小鸟,它的羽毛多漂亮。
君子乐胥③,受天之祜④。	君子喜洋洋,福禄从天降。
交交桑扈,有莺其领⑤。	飞来飞去的小鸟,它的颈毛多漂亮。
君子乐胥,万邦之屏⑥。	君子喜洋洋,他是万国的屏障。
之屏之翰⑦,百辟为宪⑧。	这屏障这栋梁,诸侯以他为榜样。
不戢不难⑨?受福不那⑩?	他宽和他恭谨,受的福气有多样。
兕觥其觩⑪,旨酒思柔⑫。	弯曲的牛角杯,酒儿多香美。
彼交匪敖⑬,万福来求⑭。	他不侮慢不骄傲,万般福禄聚成堆。

【注释】

①交交:往来飞翔的样子。桑扈:小鸟名。

②有莺:莺莺,鸟羽有文采。

③胥:语助词。

④祜(hù):福。

⑤领:颈。

⑥屏:屏障。

⑦翰:即"干"。骨干,中坚。

⑧百辟:诸侯国君。宪:榜样。

⑨不:语助词。戢:宽和。难:恭谨。

⑩那:多。

⑪兕觥:酒器。觩:弯曲。

⑫旨酒:美酒。柔:柔和。

⑬匪敖:不骄傲,不侮慢于人。

⑭求:聚集。

【评析】

这是赞美君子之诗。全诗四章。诗以桑扈羽毛美丽,兴比君子仪表华美。诗人祝福他快乐,并祈求上天赐给他幸福,进而称赞他是国家的屏障和栋梁,堪为诸侯的楷模。他既宽和又恭谨,理应得到许多幸福。在宴会上,大家举起弯角酒杯,畅饮醇厚的美酒。这位君子不侮慢,不骄傲,各种幸福一定会降临在他身上。诗言"百辟为宪",可知这位君子当是周王朝的执政者。

鸳　鸯

鸳鸯于飞,毕之罗之①。	鸳鸯双双飞翔,用大小罗网去网。
君子万年,福禄宜之②。	君子万年长,福禄他来享。
鸳鸯在梁,戢其左翼③。	鸳鸯在鱼梁,收敛它的左翅膀。
君子万年,宜其遐福④。	君子万年长,远福他来享。
乘马在厩⑤,摧之秣之⑥。	马儿在马房,喂它草和粮。
君子万年,福禄艾之⑦。	君子万年长,福禄把他养。
乘马在厩,秣之摧之。	马儿在马槽,喂它粮和草。

君子万年，福禄绥之[8]。

君子万年长，福禄把他保。

【注释】

①毕、罗：捕鸟的网。

②宜：安。

③戢：收敛。

④遐福：长久之福。

⑤厩（jiù）：马棚。

⑥摧：喂草。秣：喂粮。

⑦艾：养。

⑧绥：安。

【评析】

这是庆贺新婚之诗。全诗四章。鸳鸯是一种性喜双栖的鸟，据说雌雄从不分开。自古以来，鸳鸯就是美好夫妻的象征。诗以鸳鸯在空中飞翔，用罗网把它罩住，兴比男女相求而为夫妻，以鸳鸯落在鱼梁上，相栖相依，兴比夫妻情笃意厚。接着写四匹马在槽里，用粗精饲料喂饱它。这暗示出男子即将迎娶新娘。在以鸳鸯兴比夫妻，以秣马暗示迎娶之下，诗人反复祝他幸福永存！

頍弁

有頍者弁[1]，实维伊何[2]？
尔酒既旨，尔殽既嘉。
岂伊异人[3]，兄弟匪他。
茑与女萝[4]，施于松柏[5]。
未见君子，忧心奕奕[6]。

又高又圆的皮帽，为何戴得那么高？
你的酒真醇厚，你的菜肴多美好。
难道他们是外人？哥哥弟弟我同胞。
菟丝子和寄生草，蔓延在松柏一条条。
没有看见君子，忧愁的心摇呀摇。

既见君子，庶几说怿[7]。　已经看见君子，脸上这才有欢笑。

有頍者弁，实维何期[8]？　又高又圆的高帽，为何戴得那么高？
尔酒既旨，尔殽既时。　你的酒真醇厚，你的菜肴多美好。
岂伊异人，兄弟具来[9]。　难道他们是外人？哥哥弟弟都来到。
茑与女萝，施于松上。　菟丝子和寄生草，蔓延在松柏一条条。
未见君子，忧心怲怲[10]。　没有看见君子，忧愁的心真苦恼。
既见君子，庶几有臧[11]。　已经看见君子，心情这才真正好。

有頍者弁，实维在首。　又高又圆的皮帽，应该戴得这么高。
尔酒既旨，尔殽既阜[12]。　你的酒真醇厚，你的菜肴多又好。
岂伊异人，兄弟甥舅[13]。　难道他们是外人？兄弟亲戚都来到。
如彼雨雪[14]，先集维霰[15]。　好像那漫天雪花飘，雪珠首先往下抛。
死丧无日，无几相见[16]。　人生在世无多日，相见又能有几朝。
乐酒今夕，君子维宴[17]。　今宵有酒今宵醉，君子宴饮乐陶陶。

【注释】

①有頍（kuǐ）：戴帽子的样子。弁（biàn）：皮帽。

②实维伊何：是为伊何。

③异人：外人、别人。

④茑（niǎo）：一种寄生植物。女萝：松萝，蔓生于树上。

⑤施（yì）：延伸。

⑥奕奕：心神不宁的样子。

⑦说怿：喜悦，欢喜。

⑧何期：何其、伊何。

⑨具：俱。

⑩怲怲：满怀忧愁的样子。

⑪臧：善，喜事。

⑫阜：盛多。

⑬甥舅：指异姓的亲戚。

⑭雨雪：落雪。

⑮霰：圆形的小雪珠。

⑯无几：没有多少时日。

⑰宴：安乐地饮酒。

【评析】

这是周王宴请兄弟及亲戚之诗。全诗三章。诗首先以那高而圆的皮帽应该戴在头上，兴比王室崇高的地位。接着赞美宴会上的美酒佳肴。酒是醇酒，菜肴既佳美，又时鲜，又丰富。然后强调与宴者与周王亲密的关系。与宴者不是别人，而是周王同姓的兄弟与异姓的甥舅，大家靠血缘联系在一起，不可分离。就好像茑草与松萝依附在松柏树上一样，大家与王室命运相连，生死与共。因此紧接着说没见到周王，我们都心神不定，满怀忧愁；等见到周王，我们的心情就舒畅，充满喜悦之情。最后抒发一种悲凉的心情。当冬天雪花纷纷之前，总要先洒下一阵雪珠。死亡的日子不会远了，再见面的机会也没有几次。在这样的宴会上，还是快乐地喝酒吧！这是“对酒当歌，人生几何”式的人生叹息呢，还是对王室崩溃有一种不祥的预感呢？也许这两种感情兼而有之。

车　舝

间关车之舝兮[1]，思娈季女逝兮[2]。	车轮转动声谐和，去迎美女乐呵呵。
匪饥匪渴[3]，德音来括[4]。	不是饥呀不是渴，想那好人来会合。
虽无好友[5]，式燕且喜。	虽然没有好朋友，大家宴饮且欢乐。
依彼平林[6]，有集维鷮[7]。	平地树林绿苍苍，长尾锦鸡在歌唱。
辰彼硕女[8]，令德来教[9]。	贤惠美丽的大姑娘，诲人美德好心肠。

式燕且誉[10]，好尔无射[11]。　大家宴饮且欢乐，喜欢你呀不能忘。

虽无旨酒，式饮庶几[12]。　虽然酒儿不太好，大家也可喝不少。
虽无嘉殽，式食庶几。　虽然菜儿不太好，大家也可吃个饱。
虽无德与女[13]，式歌且舞。　虽无美德与你配，也唱歌来把舞跳。

陟彼高冈，析其柞薪[14]。　登上那高山岭，劈那柞树当柴薪。
析其柞薪，其叶湑兮[15]。　劈那柞树当柴薪，它的叶子青又青。
鲜我觏尔[16]，我心写兮[17]。　有幸与你成了亲，我的心里多欢欣。

高山仰止[18]，景行行止[19]。　仰望那高山，行走那大道。
四牡骓骓[20]，六辔如琴[21]。　四马多匆忙，缰绳如琴调。
觏尔新昏，以慰我心。　与你成婚多美好，我的心中乐陶陶。

【注释】

①间关：车行进中车轴与车辖的摩擦声。舝：同“辖”。车轴上的键。
②思：语助词。娈：美貌。逝：往，前往迎娶。
③匪：非、不再。
④德音：美德、好名声。括：会合，成亲。
⑤好友：好朋友。
⑥依：林木茂盛。平林：平野之林。
⑦集：栖息。鷮(jiāo)：长尾的锦鸡。
⑧辰：贤惠。硕女：美女。
⑨令德来教：教以妇道之美德。
⑩誉：欢乐。
⑪好尔：爱你。无射：不厌，不衰。
⑫式：语助词。庶几：表示希望。
⑬德与女：德行与你相配。
⑭析其柞薪：劈开、砍伐柞树当柴薪。

⑮湑(xǔ):茂盛。

⑯鲜:善,喜事。觏:遇合、娶亲。

⑰写:泻,欢悦、舒畅。

⑱仰:仰望。止:语助词。

⑲景行(háng):大道。

⑳騑騑:马行不止的样子。

㉑如琴:如琴瑟之和谐。

【评析】

这是迎亲之诗。全诗五章。每章前四句写迎亲之事。男子远望高山,驾着马车奔驰在大道上。四匹马儿跑个不停,车轮发出“间关”的声响。手中的缰绳非常柔和,如同琴瑟一般。他正前往迎娶美丽的新娘。这位新娘不仅容貌美丽,而且品性端庄。这次婚宴并不丰盛,既无美酒,也无佳肴,但希望客人喝得痛快,吃得香甜。诗还以登山砍薪,象征这对男女已成为夫妻。每章末二句写爱慕之情。男子迎娶了这位貌美德贤的新娘,觉得自己有点儿配不上。他反复地说道:我虽然没有好朋友,但客人宴饮且欢乐;我爱你呀到永远;我虽无美德与你配,但也唱歌把舞跳;我已与你成夫妻,感到舒畅,感到甜蜜和安慰。

青　蝇

营营青蝇①,止于樊②。	苍蝇嗡嗡响,歇在篱笆上。
岂弟君子③,无信谗言!	谦和的君子,莫上谣言当。
营营青蝇,止于棘④。	苍蝇嗡嗡响,歇在荆棘上。
谗人罔极⑤,交乱四国⑥!	谗人无准则,惑乱于四方。
营营青蝇,止于榛⑦。	苍蝇嗡嗡响,歇在榛树上。
谗人罔极,构我二人⑧!	谗人无准则,离间咱们俩。

【注释】

①营营:飞鸣声。

②樊:篱笆。

③岂弟:和乐平易。

④棘:荆棘。

⑤罔极:毫无准则。

⑥交乱:挑起矛盾。

⑦榛:灌木名。

⑧构:挑拨离间。二人:指诗人和君子。

【评析】

这是刺谗之诗。全诗三章。诗以苍蝇比喻小人进谗非常贴切。苍蝇生于污秽之地,处在阴暗角落,专以寻脏逐臭为能事,这正好与奸邪小人在幕后进谗,搬弄是非的丑态相似。苍蝇嗡嗡乱飞,聚群趋污,这正与奸邪小人臭味相投、聚众进谗的丑态暗合。营营不已,驱之不去,暗示小人之多,令人防不胜防。每章首二句为兴体。嗡嗡飞叫的苍蝇,落在篱笆上,落在棘篱上,落在榛篱上。诗以此兴比小人靠拢君子,欲进谗言之态。每章后二句写谗言之危害。先告诫君子不要相信小人的谗言,然后揭露谗言的危害。正是这些谗言,挑起纠纷,乱人视听,将邦国搅得乱七八糟,使人们相互猜疑,使得君臣解体,朋友不和,骨肉相残,手足分离。这从一个侧面反映了西周末年动荡不宁的社会现实。它所表现的痛恨进谗小人的主题应该说超越了那个时代,具有更广泛的意义。

宾之初筵

宾之初筵,左右秩秩①。　　客人始入席,左右整齐齐。

笾豆有楚[②]，肴核维旅[③]。	食具都摆开，菜果已堆起。
酒既和旨，饮酒孔偕[④]。	酒味醇又甜，饮酒很齐一。
钟鼓既设，举酬逸逸[⑤]。	钟鼓已悬设，敬酒很有礼。
大侯既抗[⑥]，弓矢斯张。	箭靶已竖起，弓箭瞄准的。
射夫既同[⑦]，献尔发功[⑧]。	射手行对行，显出你射艺。
发彼有的[⑨]，以祈尔爵[⑩]。	一箭中靶心，求杯酒来吃。
籥舞笙鼓[⑪]，乐既和奏。	吹笙击鼓把舞跳，音乐奏起多协调。
烝衎烈祖[⑫]，以洽百礼[⑬]。	娱乐有功的先祖，符合百礼真周到。
百礼既至，有壬有林[⑭]。	各种礼节皆完备，场面盛大气势豪。
锡尔纯嘏[⑮]，子孙其湛[⑯]。	赐你大福气，子孙乐陶陶。
其湛曰乐，各奏尔能。	真快乐呀乐陶陶，各献射技本领高。
宾载手仇[⑰]，室人入又[⑱]。	客人把那对手找，主人也来走一遭。
酌彼康爵[⑲]，以奏尔时[⑳]。	把那空杯来斟满，为那胜者庆功劳。
宾之初筵，温温其恭。	客人始入席，恭敬又和蔼。
其未醉止，威仪反反[㉑]。	他们没喝醉，行为举止多正派。
曰既醉止，威仪幡幡[㉒]。	他们已喝醉，行为举止多轻率。
舍其坐迁[㉓]，屡舞仙仙[㉔]。	坐呀立呀不合礼，七上八下舞起来。
其未醉止，威仪抑抑[㉕]。	他们没喝醉，行为举止多安泰。
曰既醉止，威仪怭怭[㉖]。	他们已喝醉，行为举止就胡来。
是曰既醉，不知其秩[㉗]。	这就已喝醉，不知秩序怎安排。
宾既醉止，载号载呶[㉘]。	客人已喝醉，有的呼有的闹。
乱我笾豆，屡舞僛僛[㉙]。	把我食具都打乱，时时起舞歪歪倒。
是曰既醉，不知其邮[㉚]。	这就已喝醉，他的错误不知道。
侧弁之俄[㉛]，屡舞傞傞[㉜]。	歪戴着那皮帽，时时起舞乱蹦跳。

既醉而出，并受其福。	醉了就出去，宾主受福双方好。
醉而不出，是谓伐德[33]。	醉了不出去，如此败德实在糟。
饮酒孔嘉，维其令仪[34]。	喝酒固然是很好，好的仪态要顾到。
凡此饮酒，或醉或否。	凡是如此来饮酒，有的醉来有的否。
既立之监[35]，或佐之史[36]。	派个酒监来监督，派个御史来记录。
彼醉不臧，不醉反耻[37]。	那醉了本不好，不醉反而觉耻辱。
式勿从谓[39]，无俾大怠[39]。	不要跟着来劝酒，不要使人太糊涂。
匪言勿言，匪由勿语[40]。	不问就不要乱说，无理就不要胡诌。
由醉之言[41]，俾出童羖[42]。	醉话不合理，使你拿出无角公羊怎能够。
三爵不识[43]，矧敢多又[44]！	三杯过后昏昏然，哪里还敢多劝酒。

【注释】

①秩秩：恭敬有礼。

②笾豆：食器名。有楚：整整齐齐。

③肴、核：鱼肉，果品。旅：排列成行。

④孔偕：很齐一。

⑤举酬：举杯敬酒。逸逸：不间断。

⑥大侯：大箭靶。抗：举起。

⑦同：排齐。

⑧献：表现。发功：射箭之能。

⑨有的：箭靶。

⑩祈尔爵：希望射中，罚对方饮酒。

⑪籥舞：一种文舞，秉籥而舞。

⑫烝：进乐。衎(kàn)：娱乐。烈祖：有光辉业绩的祖先。

⑬洽：配合。百礼：各种礼仪。

⑭有壬：宏大。有林：盛多。

⑮锡：赐。纯嘏：洪福。

⑯湛(dān):欢乐。
⑰载:则。手仇:选择赛射的对手。
⑱室人:主人。
⑲康爵:大杯。
⑳奏:进酒。时:指射中者。
㉑反反:庄重、谨慎。
㉒幡幡:轻浮之态。
㉓舍其坐迁:离开坐位,跑到别处。
㉔仙仙:指舞态轻浮。
㉕抑抑:慎重、严谨。
㉖怭怭:轻薄。
㉗秩:规矩、秩序。
㉘呶(náo):喧闹。
㉙僛僛:东歪西倒,站不稳脚。
㉚邮:通“尤”。过失。
㉛侧弁:歪戴帽子。俄:倾斜。
㉜傞傞(suō):醉舞不休止。
㉝伐德:缺德,害人。
㉞令仪:好的仪态。
㉟监:酒监,负责酒宴礼仪。
㊱史:负责酒宴事务,席间的御史。
㊲不醉反耻:醉者以不醉为耻。
㊳从谓:再劝饮酒。
㊴俾:使。大怠:过于懈怠,失礼。
㊵由:理。
㊶由:由于,因为。
㊷俾:使。童羖:无角之公羊。
㊸三爵不识:三杯下肚,则昏昏然。
㊹矧:况且。多又:多劝,多饮酒。

【评析】

这是讽刺贵族酗酒败德之诗。全诗五章。首二章写西周盛世饮酒合礼。首章写射礼之饮。先饮而后射。宾客有秩序地登上筵席,盛满食物的笾豆摆得整整齐齐。酒味醇厚,宾主和谐,钟鼓悠扬,敬酬有序。箭靶既举,弓箭拉开,各找对手,呈献技艺,输者罚酒一杯。场面活跃,而又彬彬有礼。二章写祭祀之饮。先祭而后饮。执籥而舞,笙钟和鸣。敬献先祖,百礼俱备。先祖赐以洪福,子孙充满欢乐。主宾相陪,各逞其能,举起大杯,祝贺胜者。中二章写西周末年饮酒败德。三章言现实中的滥饮。这些人未醉之时,一个个温文尔雅,持重正经;既醉之后,便威仪全失,轻浮孟浪,不能自已。四章言烂醉的种种丑态。宾客喝醉后,真是丑态百出。他们大喊大叫,吵吵嚷嚷;他们打翻食器,扰乱秩序;他们乱蹦乱跳,东倒西歪;他们歪戴帽子,衣冠不整。最后诗人告诫说:饮酒本是件美事,但要讲究礼仪。末章写纠正滥饮颓风的措施。饮酒之时,设立酒监、酒史加以监督;不要与醉者戏语;对醉者的话不要当真;对昏昏然的醉者不要劝饮。此诗善于通过细节描写再现场景和塑造人物形象,从而收到了良好的艺术效果。

鱼　藻

鱼在在藻,有颁其首①。	鱼在哪在藻下,它的头儿大又大。
王在在镐②,岂乐饮酒③。	王在哪在镐京,快乐把酒饮。
鱼在在藻,有莘其尾④。	鱼在哪在藻下,它的尾巴长又大。
王在在镐,饮酒乐岂⑤。	王在哪在镐京,饮酒真开心。
鱼在在藻,依于其蒲。	鱼在哪在藻下,蒲草就是它的家。
王在在镐,有那其居⑥。	王在哪在镐京,住地多安静。

【注释】

①有颁(fén):头大的样子。

②镐(hào):镐京。西周都城。

③岂乐:和乐,岂,同“恺”。

④有莘(shēn):尾长的样子。

⑤乐岂:即“岂乐”。

⑥有那(nuó):安逸的样子。

【评析】

这是赞美周王饮酒欢乐之诗。全诗三章。周王在镐京有一座宫室。这宫室中有一个池塘,池塘中长有蒲藻,蒲藻中有鱼儿在穿行游动。周王在这座宫室中,饮酒观鱼,优哉游哉。每章首二句是赋而兴。一章说鱼在藻中,它的头硕大;二章说鱼在藻中,它的尾巴修长;三章说鱼在藻中,依附于蒲草下。诗人即景起兴,以鱼儿自由自在兴比周王自得其乐。每章后二句写周王在这环境幽雅的宫室中饮酒,既和乐又安逸。

采　菽

采菽采菽[①],筐之筥之[②]。	采大豆呀采大豆,用筐用箩盛装它。
君子来朝,何锡予之?	君子来上朝,用什么赠给他?
虽无予之,路车乘马[③]。	虽没什么赠给他,大车和四马。
又何予之?玄衮及黼[④]。	还用什么赠给他?黑色龙袍和绣裙。
觱沸槛泉[⑤],言采其芹。	喷涌的流泉,采摘那水芹。
君子来朝,言观其旂[⑥]。	君子来上朝,看见那旗影。
其旂淠淠[⑦],鸾声嘒嘒[⑧]。	他的旗帜在飘动,可以听到车铃声。
载骖载驷[⑨],君子所届[⑩]。	骖马驷马奔,君子已来临。

赤芾在股[11]，邪幅在下[12]。	红蔽膝在腿上，裹腿斜着绑。
彼交匪纾[13]，天子所予。	不骄傲不懈怠，天子重重把他赏。
乐只君子，天子命之。	快乐啊君子，天子命他堪承当。
乐只君子，福禄申之。	快乐啊君子，福禄给他真无量。
维柞之枝，其叶蓬蓬。	柞树枝条长，叶儿绿汪汪。
乐只君子，殿天子之邦[14]。	快乐啊君子，镇抚天子邦。
乐只君子，万福攸同。	快乐啊君子，万福一起降。
平平左右[15]，亦是率从。	统领所辖诸侯国，诸侯个个都景仰。
泛泛杨舟，绋缅维之[16]。	杨木船儿在漂荡，绳儿索儿把它绑。
乐只君子，天子葵之[17]。	快乐啊君子，天子称他德才强。
乐只君子，福禄膍之[18]。	快乐啊君子，赐他福禄有分量。
优哉游哉，亦是戾矣[19]。	君子优游而自安，心情舒畅乐无疆。

【注释】

①菽：大豆。

②筥（jǔ）：圆形竹器。

③路车：诸侯所乘之车。乘马：四马。

④玄衮：黑色龙衣。黼（fǔ）：黑白相间的礼服。

⑤觱沸（bìfèi）：涌流的样子。槛：通“滥”。

⑥旂：画龙之旗。

⑦淠淠（pì）：飘动的样子。

⑧嘒嘒：铃声。

⑨骖：驾三匹马。驷：驾四匹马。

⑩届：至。

⑪赤芾（fú）：红色蔽膝。

⑫邪幅：裹腿。

⑬交：骄傲。纾：怠慢。

⑭殿：镇抚。

⑮平平：辨治。左右：所辖连属之国。

⑯绋纚：大索。维：系住。

⑰葵：通“揆”。测度。

⑱膍（pí）：厚。

⑲戾：善。

【评析】

这是赞美天子赐命诸侯之诗。全诗五章。首章写天子赏赐诸侯。诗以“采菽”必以“筐”、“筥”盛之，兴比诸侯来朝必以宝物赐之。下六句正是写天子赏赐这位诸侯“大车与四马”、“黑龙衣与绣黼裳”。将一事分作两层写，这颇能传达出天子的厚意。中三章追述诸侯来朝的情景。二章言其将至。诗以“槛泉”之旁有芹菜可采，兴比诸侯来朝也有容仪可观。只见车上龙旗迎风飘扬，但听车上和铃嘒嘒作响。这表明诸侯就要到达朝廷。三章言其往朝。接着，诸侯步入朝堂拜见天子。他胸前系着一个红围裙，腿绑着一条裹腿布，显得端庄而肃敬。他既不骄傲，也不怠慢，礼恭辞顺兼具，宜为天子所赐予。故天子赐命他为侯伯，赐给他以福禄。四章言其功德。诗以柞树枝叶繁茂，兴比诸侯有贤才之德。他能镇抚天子之国，故万福聚集于其身；他能治理其连属之国，故没有不顺从。末章归美天子。首二句以“杨舟”喻诸侯，以“绋纚维之”喻天子维系诸侯。天子测度诸侯有盛德，故重重地赐福禄于他，并使之优游自安，其乐无穷。天子厚爱诸侯之意溢于辞表。

角弓

骍骍角弓[①]，翩其反矣[②]。	调和自如的角弓，松弛就会向外弯。
兄弟昏姻，无胥远矣[③]。	兄弟和亲戚，不要相互疏远。

尔之远矣，民胥然矣[④]。 尔之教矣，民胥效矣。	你如果主动疏远，人家就会跟你绝交。 你如果教人疏远，人家就会随你仿效。
此令兄弟[⑤]，绰绰有裕[⑥]。 不令兄弟，交相为瘉[⑦]。	这些善良的兄弟，大家相处多宽厚。 那些不善良的兄弟，相互明争与暗斗。
民之无良，相怨一方。 受爵不让，至于已斯亡[⑧]。	有些人不善良，相互抱怨于对方。 贪图禄位不谦让，到头来把仁义都忘光。
老马反为驹，不顾其后。 如食宜饇[⑨]，如酌孔取[⑩]。	老马反像小马样，糟糕的后果它不想。 吃饱了还要把肚胀，喝足了还要把酒尝。
毋教猱升木[⑪]，如涂涂附[⑫]。 君子有徽猷[⑬]，小人与属[⑭]。	不要教猴子把树爬，如同物上涂泥巴。 君子如果有善道，小人也会跟随他。
雨雪瀌瀌[⑮]，见晛曰消[⑯]。 莫肯下遗[⑰]，式居娄骄[⑱]。	雪花在飘洒，见到阳光就融消。 不肯对人示谦让，高高在上多骄傲。
雨雪浮浮[⑲]，见晛曰流[⑳]。 如蛮如髦[㉑]，我是用忧[㉒]。	雪花在飘洒，见到阳光就化消。 如同南蛮和夷髦，我因此成天把心操。

【注释】

①骍骍(xīng)：调和。角弓：两端施以兽角的弓。

②翩：向反面的样子。

③胥：相。

④胥：副词。皆。

⑤令：善。

⑥绰绰：宽裕。

⑦瘉：病。

⑧亡：通“忘”。

⑨饇(yù)：饱。

⑩孔：多。

⑪猱（náo）：猿猴。

⑫涂：泥土。涂附：涂泥粘着。

⑬徽猷：善道。

⑭与：从。属：随。

⑮雨雪：下雪。瀌瀌（biāo）：雪大的样子。

⑯晛（xiàn）：太阳的热气。

⑰下遗：谦虚卑下。

⑱式：语助词。居：指高高在上。娄：通“屡”。

⑲浮浮：义同“瀌瀌”。

⑳流：化水而流。

㉑蛮、髦：皆南方少数民族。

㉒是用：因此。

【评析】

这是刺幽王疏远兄弟亲近小人之诗。全诗八章。前四章刺王疏远兄弟。诗以调和的角弓松弛则向反面弯曲，兴比兄弟亲戚不可疏远。要知道骨肉之亲断断不可疏远。你若疏远，则族人也会与你疏远；你若教人疏远，则族人也会随之而仿效。如果有善良的兄弟，大家相处就会宽厚和睦；如果有不善良的兄弟，彼此之间就会勾心斗角。兄弟要是不善良，就必然会互相指责，抱怨对方。这样的人接受官爵，不肯相让，甚至把仁义忘得精光。后四章刺王亲近小人。由于幽王亲近小人，致使小人得志张狂。这些小人犹如老马，可是反自以为驹，不顾其后能否胜任其职。如同饮食但知遂其饱之欲，喝酒只知多取，乃不知稍加斟量，真可谓贪得无厌。小人之性乐于不善，这如同猿猴善于攀援，污泥善于涂附，不教自能。故诗人陈善道告诫幽王：“如果王有善道，那么小人也会为善相从。”最后以“雨雪”反兴小人骄横莫制。大雪纷飞，见日消融。可是这些小人仍气焰嚣张。他们不肯卑下谦恭，只知高高在上肆意骄横；他们如同“蛮”、“髦”，不知礼义。这一切都是由于幽王不以善政教化小人所致。因此，诗人怀有深忧而不能自解。

菀 柳

有菀者柳[1],不尚息焉[2]? 那茂盛的柳树,谁不想常在下面遮荫?
上帝甚蹈[3],无自暱焉[4]。 上帝变化无常,不要自去亲近。
俾予靖之[5],后予极焉[6]。 当初我为国尽力,后来竟遭重刑。

有菀者柳,不尚愒焉[7]? 那茂盛的柳树,谁不想常在下面乘凉。
上帝甚蹈,无自瘵焉[8]。 上帝变化无常,不要自取灾殃。
俾予靖之,后予迈焉[9]。 当初我为国尽力,后来竟遭流放。

有鸟高飞,亦傅于天[10]。 鸟儿高高飞翔,奋力飞到天上。
彼人之心,于何其臻[11]? 那个人的心啊,何时有个定向?
曷予靖之,居以凶矜[12]! 当初我为国尽力? 后来竟处在凶险的地方。

【注释】

①菀(wǎn):茂盛。

②尚:恒久,常。

③蹈:变动。

④暱:亲近。

⑤俾:使。靖:治理国事。

⑥极:诛罚、放逐。

⑦愒(qì):休息。

⑧自瘵(zhài):自招病灾。

⑨迈:放逐。

⑩傅:至,达。

⑪臻：至。

⑫凶矜：凶险之地。

【评析】

这是被逐朝臣抒怨之诗。全诗三章。前二章写朝臣被逐。诗以枝叶繁茂的柳树谁不想常在它的下面休息，兴比谁不想依附于王室。然而这个周王性情多变，不能跟他亲近。如果跟他亲近，就会自招祸患。想当初周王把治理国家的重任交给他，可是后来却变了卦，不仅重重地惩罚他，而且还把他贬逐到外地。末章写朝臣抒怨。诗以鸟儿高飞至天，兴比朝臣志向远大。因此诗人愤愤地问道：你当初要我治理国家，为何让我居于凶险之地呢？怨愤之情溢于言表。

都人士

彼都人士①，狐裘黄黄。	那个哥儿真漂亮，穿的狐裘黄又黄。
其容不改，出言有章。	他的容貌没改样，说出话来文采扬。
行归于周②，万民所望。	女子出嫁来周京，万人对她都仰望。
彼都人士，台笠缁撮③。	那个哥儿真漂亮，草笠布帽戴头上。
彼君子女，绸直如发④。	那个贵族少女，头发直而长。
我不见兮，我心不说⑤。	我没看见她，我心不欢畅。
彼都人士，充耳琇实⑥。	那个哥儿真漂亮，宝石的耳坠挂耳旁。
彼君子女，谓之尹吉⑦。	那个贵族少女，是尹家吉家的姑娘。
我不见兮，我心苑结⑧。	我没看见她，我心闷得慌。
彼都人士，垂带而厉⑨。	那个哥儿真漂亮，垂下的带子长又长。
彼君子女，卷发如虿⑩。	那个贵族少女，卷发像螫虫一样。

我不见兮，言从之迈⑪。　　我没看见她，想跟她走一趟。

匪伊垂之，带则有余。　　不是他要垂下它，带子本来就很长。
匪伊卷之，发则有旟⑫。　　不是她卷起它，头发自己向上扬。
我不见兮，云何盱矣⑬！　　我没看见她，心里多忧伤！

【注释】

①都人士：美人士。
②行归：女子出嫁。
③台笠：莎草编织的草帽。缁撮：布帽。
④绸直如发：发直如绸丝。
⑤说：欢悦。
⑥充耳：耳旁的装饰物。琇实：美石、玉石。
⑦尹吉：尹氏、姞氏，多与王室联姻。
⑧菀结：郁结，心情不快。
⑨厉：带长的样子。
⑩虿（chài）：卷发上翘的样子。
⑪从之迈：跟着走。
⑫有旟（yú）：向上扬起的样子。
⑬盱（xū）：忧伤。

【评析】

这是王室子弟迎亲之诗。全诗五章。诗中有三个人物形象：一是“都人士”（王室子弟），二是“君子女”（贵族少女），三是“我”（诗人自己）。这个王室子弟，既有美好的容貌，又有优雅的风度。他穿着黄色的狐皮袍子，容态自如，出口成章。他迎亲之时，头戴草笠布帽，耳旁挂有宝石，还身系一条长带。通过这些描写，一个华贵、潇洒的男青年形象就出现在读者眼前。这个男青年，就要做新郎了。这个贵族少女，生就一头秀发。她的头发又直又密，高扬的发髻呈卷曲之美，其容貌俊俏可想而知。这个贵族少女就是那尹氏、吉氏高门望族的姑娘。她出嫁来到周京，万民都在仰望。这两句道出了当时的盛况。诗人也在人潮之中，想一睹这对新人的风采。诗人反复地说道：如果没看见这对新人，心里就不欢畅。这进一步烘托出迎亲的热闹场景。

采　绿

终朝采绿①，不盈一匊②。	整个早上采王刍，王刍不满两只手。
予发曲局③，薄言归沐④。	我的头发卷又曲，我要回家梳洗头。
终朝采蓝⑤，不盈一襜⑥。	整个早上去采蓝，兜起围裙盛不满。
五日为期，六日不詹⑦。	约定五日是归期，过了六天不见还。
之子于狩⑧，言韔其弓⑨。	以后丈夫去打猎，我就跟他装弓箭。
之子于钓，言纶之绳⑩。	以后丈夫去钓鱼，我就跟他理钓线。
其钓维何？维鲂及鱮。	他钓的鱼是什么？是大头鲢和小嘴鳊。
维鲂及鱮，薄言观者⑪。	是大头鲢和小嘴鳊，既多又新鲜。

【注释】

①绿：通“菉”。王刍，可制成染料。

②匊：同“掬”。一捧。

③曲局：卷曲，蓬乱。

④薄言：语助词。归沐：回去洗头。

⑤蓝：染青草，可制染料。

⑥襜(chān)：围裙。

⑦詹：至。

⑧之子：指丈夫。狩：打猎。

⑨韔(chàng)：盛弓的袋子。这里用作动词。

⑩纶：整理钓线。

⑪观：多。者：犹“哉”。

【评析】

这是妻子思念丈夫之诗。全诗四章。前二章写妻子盼望丈夫早点归来。她整个早上采摘王刍，竟然装不满一捧；她整个早上采摘蓝草，竟然装不满一围裙。这是何故呢？原来她无心采摘，站在原野上眺望远方，企盼丈夫早点归来。她突然发现自己的头发卷曲蓬乱，于是便急忙回家去洗头梳理。她不知眺望了多少次，但总不见丈夫的归影。她终于忍不住了，便埋怨道："本来约定五日回家，可是第六天还不回来。"她是多么焦急啊！超过归期一天，便如此思念，足见夫妻感情深厚。后二章写妻子想象丈夫归后渔猎之乐。丈夫归来后，如果他去打猎，我就替他装弓箭；如果他去钓鱼，我就替他理钓线。钓的鱼是什么？是鳊鱼和鲢鱼。所钓的鳊鱼和鲢鱼，是何等的多啊！从这些描写中，可以看出她是多么向往着与丈夫共同劳动、亲密共处的快乐生活。

黍苗

芃芃黍苗①，阴雨膏之②。	蓬蓬勃勃的黍苗，阴雨润泽它。
悠悠南行，召伯劳之③。	长途南行的征人，召伯慰劳他。
我任我辇④，我车我牛。	有挑担的有拉车的，有驾车的有牵牛的。
我行既集⑤，盖云归哉③！	我们的任务已完成，这就准备赶回程。
我徒我御⑦，我师我旅。	有步行的有赶车的，有师队的有旅队的。
我行既集，盖云归处⑧！	我们的任务已完成，赶回家去看亲人。
肃肃谢功⑨，召伯营之。	坚固的谢邑工程，召伯营建它。
烈烈征师⑩，召伯成之⑪。	威武的建筑大军，召伯率领他。

原隰既平，泉流既清。　平原低地已铺平，泉水河流已变清。
召伯有成[12]，王心则宁。　召伯大功已告成，天子心里才安宁。

【注释】

①芃芃(péng)：繁茂。
②膏：滋润。
③召伯：名虎，封于召，又称召穆公。劳：慰劳。
④我：语助词。下“我”同。任：挑担。辇：人推车、拉车。
⑤集：指任务完成。
⑥盖、云：语助词。
⑦徒：步行者。御：驾车者。
⑧归处：回家安居。
⑨肃肃：坚固。谢功：营建谢邑的工程。
⑩烈烈：威武。征师：指建筑谢邑的大军。
⑪成：统率。
⑫成：成功。

【评析】

这是赞美召伯之诗。全诗五章。召伯名虎，又称召穆公。他是宣王时的大臣，因负责营建谢邑建有功勋，于是诗人作此诗赞美他。首章写召伯体恤下民。诗以雨露滋润黍苗，兴比召伯体恤下民。长途南行征役的人，召伯关心慰劳他们。这为全诗赞美召伯奠定了基调。中二章写营建谢邑的情景。参加营建谢邑的劳动大军中，有挑担的，有拉车的，有驾车的，有牵牛的，有步行的，有赶车的，有师队的，有旅队的。由于军民共同奋战，这项工程已经完成，马上就可以回家安居。在这字里行间，跳动着活泼、欢乐的情绪。末二章写召伯的功劳。谢邑严正坚固的工程，是召伯负责营建的；威武雄壮的大军，是召伯统帅的。谢邑的原野，高田低地都已修整平展，泉水河流都已疏通而变清。召伯大功告成，周王的心里才得以安宁。

隰　桑

隰桑有阿[1]，其叶有难[2]。	洼地桑树美，叶儿多柔软。
既见君子，其乐如何！	我看见那个人，心里乐无限！
隰桑有阿，其叶有沃[3]。	洼地桑树美，叶儿绿汪汪。
既见君子，云何不乐！	我看见那个人，心花怎能不开放？
隰桑有阿，其叶有幽[4]。	洼地桑树美，叶儿青黝黝。
既见君子，德音孔胶[5]。	我看见那个人，情话说不休。
心乎爱矣，遐不谓矣[6]？	心里爱着他，何不向他讲？
中心藏之[7]，何日忘之！	心里深藏起，哪天把他忘？

【注释】

①隰桑：低湿地的桑树。有阿：婀娜。

②有难（nuó）：柔软。

③有沃：沃沃，柔嫩、润泽。

④有幽：黝黝，墨绿色。

⑤德音：情话。孔胶：缠绵不断、牢固。

⑥遐：何。谓：告白。

⑦中心：心中。藏：埋藏。

【评析】

这是女子爱慕男子之诗。全诗四章。前三章以桑树起兴。在一片洼地上，长着葱绿的桑树。它的叶子婀娜、柔软、墨绿。诗以此兴比男子相貌堂堂，风度优雅。难怪这女子一见到他就心花怒放，情话不断。末章以赋的手法，直抒主人公的胸臆：既然心里爱着他，为何不明说呢？将这爱深藏在心里，一日也难以忘怀。诗写到这里戛然而止，给人以回想的余味。

白 华

白华菅兮[1]，白茅束兮[2]。
之子之远[3]，俾我独兮。

菅草开白花，白茅捆成团。
这人太疏远，使我很孤单。

英英白云[4]，露彼菅茅[5]。
天步艰难[6]，之子不犹[7]。

轻盈白云飘，覆盖那菅茅。
命运多艰难，这人真不好。

滮池北流[8]，浸彼稻田。
啸歌伤怀，念彼硕人[9]。

滤池水北流，灌入那稻田。
唱支歌儿真伤心，把那美人来怀念。

樵彼桑薪，卬烘于煁[10]。
维彼硕人，实劳我心。

砍那桑枝当柴草，我把它放在灶里烧。
那个美人啊，使我心里真烦恼。

鼓钟于宫，声闻于外。
念子懆懆[11]，视我迈迈[12]。

鼓钟室内敲，声音外传闹嘈嘈。
想念你呀心烦躁，你对我呀恩情少。

有鹙在梁[13]，有鹤在林。
维彼硕人，实劳我心。

秃鹙宿在鱼梁上，白鹤在那林中藏。
那个美人啊，使我心里真忧伤。

鸳鸯在梁，戢其左翼[14]。
之子无良，二三其德。

鸳鸯宿在鱼梁上，收敛它的左翅膀。
这人不善良，三心二意坏心肠。

有扁斯石[15]，履之卑兮[16]。
之子之远，俾我疧兮[17]。

扁扁这石头，踏上它也不高。
这人太疏远，使我生病难治好。

【注释】

①菅（jiān）：一种多年生的草，开白花。

②白茅：一种茅草。束：捆。

③远：疏远，离异。

④英英：轻盈，明洁。

⑤露：覆盖。

⑥天步：命运。

⑦不犹：不好。

⑧滮（biāo）池：滮水。

⑨硕人：美人。

⑩卬（áng）：我。煁（chén）：一种可移动的小灶。

⑪懆懆：忧愁的样子。

⑫迈迈：凶狠发怒的样子。

⑬鹙（qiū）：一种凶猛的水禽。

⑭戢：收敛，相依靠。

⑮有扁：扁扁。

⑯履：践踏。卑：低下。

⑰疷（qí）：忧病。

【评析】

这是弃妇之诗。全诗八章。此诗不重记事，而重抒情。它多以自然之物起兴，构成精美朦胧的意象，而寓情其中，使人感到无限的幽怨。首二章以白茅捆束白华菅，兴比男女结为夫妻；以天上轻盈洁白的云彩覆盖着地上的菅茅，兴比夫妻应该和美相处。然而丈夫却疏远了我，使我陷于孤独！我的命运不好，碰上一个没良心的人！三、四章就眼前事物而抒情。滮池向北流，灌入那稻田，这是眼前景；砍伐那桑柴，我把炉灶烧，这是眼前事。在这之中寄寓了一种寂寞难堪之情。她时而长啸，时而低歌，然而她依然思念那个人。那个人啊，使我心里真烦恼。这表明她既怨恨又思念的矛盾心理。五、六章以“钟鼓”兴比男子无情于内而形之于外，以“鹙”、“鹤”兴比男子近恶（鹙贪恶）而远善（鹤驯善）。这两个兴体仍是为了抒发内心的悲苦之情。七章以“鸳鸯”兴比夫妻应该亲密和好，忠诚不二，而那个人却不忠实，三心二意。八章以扁石被践踏，兴比自己被离弃而忧伤成病。此诗情调哀婉缠绵，兴象隐约迷离，生动地展现了被弃女子矛盾、痛苦的心境。

绵　蛮

绵蛮黄鸟①，止于丘阿②。
道之云远③，我劳如何？
饮之食之，教之诲之。
命彼后车④，谓之载之⑤。

绵蛮黄鸟，止于丘隅⑥。
岂敢惮行⑦？畏不能趋⑧。
饮之食之，教之诲之。
命彼后车，谓之载之。

绵蛮黄鸟，止于丘侧。
岂敢惮行？畏不能极⑨。
饮之食之，教之诲之。
命彼后车，谓之载之。

叽喳小黄鸟，歇在那山窝。
道路很遥远，劳苦算什么！
谁给我吃喝，谁个教诲我，
谁派那副车，使它载着我。

叽喳小黄鸟，歇在那山麓。
哪敢怕行路？担心不能快速走。
谁给我吃喝，谁个教诲我，
谁派那副车，使它载着我。

叽喳小黄鸟，歇在那山旁。
哪敢怕行路？担心不能到那方。
谁给我吃喝，谁个教诲我，
谁派那副车，使它载着我。

【注释】

①绵蛮：鸟鸣声。
②丘阿：丘陵拐弯处。
③云：语助词。
④后车：后面的副车。

⑤谓:使。

⑥丘隅:山丘角落。

⑦惮:畏惧。

⑧趋:疾走,快走。

⑨极:到达目的地。

【评析】

这是士人自抒心志之诗。全诗三章。诗以黄鸟止于山间,兴比士子处在山野。这位士子心中向往京城,希望服务于朝廷。然而道路遥远,他担心去不了,担心不能到达目的地。因此,他的心里希望有人能提携他,照顾他,教导他,送他到京城去。三章反复表达的就是这个意思。

瓠　叶

幡幡瓠叶[①],采之亨之[②]。	瓠叶肥又嫩,采它来煮烹。
君子有酒,酌言尝之[③]。	君子有美酒,斟满品尝香喷喷。
有兔斯首[④],炮之燔之[⑤]。	兔子是白头,烧烤它的肉。
君子有酒,酌言献之。	君子有美酒,斟满献给那宾友。
有兔斯首,燔之炙之。	兔子是白头,烧烤它的肉。
君子有酒,酌言酢之[⑥]。	君子有美酒,回敬主人情意厚。
有兔斯首,燔之炮之。	兔子是白头,烧烤它的肉。
君子有酒,酌言酬之[⑦]。	君子有美酒,斟满再劝那宾友。

【注释】

①幡幡(fān):翻卷的样子。

②亨:同“烹”。烹煮。

③酌：斟酒。

④斯首：白头。

⑤炮：煨熟。燔（fán）：烧烤。

⑥酢：回敬主人酒。

⑦酬：再劝酒。

【评析】

这是宴饮友人之诗。全诗四章。首章说：鲜嫩的瓠叶，是从自家菜园里摘来，然后烹煮成菜。主人有美酒，请客人自酌而品尝吧！后三章说：有一只白头的小兔子，把它杀了，烧成一盘下酒菜。宾主相互酬酢，多饮几杯吧！这次宴会不算丰盛，只有一碗素菜，一盘兔肉。但一只小兔，诗中反复说“炮之”、“燔之”、“炙之”，充满了生活情趣。写饮酒，先说“尝之”，再说“献之”，又说“酢之”，最后说“酬之”，既表现出主人的热情好客，又表现出主客欢洽和谐的气氛。

渐渐之石

渐渐之石[1]，维其高矣。　　峻峭的岩石，它是多么高。
山川悠远，维其劳矣[2]。　　山长水又遥，行军真辛劳。
武人东征，不皇朝矣[3]。　　战士去东征，空闲少又少。

渐渐之石，维其卒矣[4]。　　峻峭的岩石，它是多么峭。
山川悠远，曷其没矣[5]！　　山长水又遥，何时能达到？
武人东征，不皇出矣[6]。　　战士去东征，没空离岗哨。

有豕白蹢[7]，烝涉波矣[8]。　　猪儿是白蹄，众猪水中浸。
月离于毕[9]，俾滂沱矣[10]。　　月亮近毕星，大雨下不停。
武人东征，不皇他矣。　　战士去东征，没空再操心。

【注释】

①渐渐:山石峻险貌。

②劳:辛劳。

③不皇:没有闲暇。朝:早上。

④卒:通"崒"。山石高险。

⑤曷:何。没:尽头。

⑥出:外出。

⑦蹢(dí):蹄。

⑧烝:众。涉波:渡水。

⑨月离于毕:月亮靠近天毕星,大雨的迹象。

⑩俾:使。滂沱:大雨的样子。

【评析】

这是东征将士辛劳之诗。全诗三章。东征将士在崇山峻岭中地行进。他们还要爬高山涉远水,该是多么辛劳!何时才是个尽头天还好一点,如果遇上暴雨,日子就更加难熬。三章所写"白蹄猪涉"月亮靠近毕星"正是暴雨欲来的征候。这时将士们的境况就更加了。除了行军外,还有战事。由于军情紧急,时刻戒备,没有一个早空闲,没有空闲走出军营,没有空闲顾及他事。此诗表现东征将士作战的艰辛,深沉悲壮,具有很强的感染力。

苕之华

苕之华[1],芸其黄矣[2]。 心之忧矣,维其伤矣。	美丽的凌霄花,花儿正鲜黄。 心里真忧愁,心里多悲伤。
苕之华,其叶青青[3]。	美丽的凌霄花,叶儿正青苍。

知我如此，不如无生[4]。	知道我如此，何必来世上。
牂羊坟首[5]，三星在罶[6]。	大头母绵羊，竹笼映星光。
人可以食，鲜可以饱[7]！	人仅能糊口，很少饱饥肠。

【注释】

①苕（tiáo）：凌霄。华：同“花”。

②芸：黄盛的样子。

③青青：通“菁菁”。茂盛。

④无生：不生下来。

⑤牂（zāng）羊：母羊。坟：大。

⑥三星：参星。罶（liǔ）：捕鱼竹笼。

⑦鲜：少。

【评析】

这是叹息年荒人饥之诗。全诗三章。前二章以乐景写哀情。凌霄的花朵金黄灿烂，煞是好看；凌霄的叶子青翠碧绿，一派生机。诗以此反兴人因饥饿而枯瘦。物自盛而人自衰，这种以乐景写哀情的手法非常高明，达到以乐景写哀倍增其哀的艺术效果。经过如此对比，诗人陷入深深的痛苦之中。他绝望地哀叹道：“我的内心多么忧愁，我的内心多么悲伤。早知人生如此困苦，还不如不生在这个世上。”话语之中，饱含着无限的辛酸。末章以哀景写哀情。陆地无草，母羊身体枯瘦，但见它突出的大脑袋；水中无鱼，参星高悬天空，只见它映在捕鱼笼中。这里生动地勾勒出了一幅水陆萧条而凋耗的图景。在这种悲惨的状况中，即使有东西吃的人，也很少能够吃饱。至于一般百姓的命运，就可想而知了。

何草不黄

何草不黄！何日不行！
何人不将[1]！经营四方[2]。

什么草不枯黄？哪天不奔忙？
什么人不出征？征讨走四方。

何草不玄[3]！何人不矜[4]！
哀我征夫，独为匪民[5]。

什么草不腐烂？什么人不成单身汉？
可怜我们出征人，想要像人难上难。

匪兕匪虎[6]，率彼旷野[7]。
哀我征夫，朝夕不暇。

那猛虎那野牛，沿着旷野急奔走。
可怜我们出征人，早不停来晚不休。

有芃者狐[8]，率彼幽草。
有栈之车[9]，行彼周道。

狐狸尾巴多蓬松，沿着青草到处冲。
兵车高又耸，行在大道中。

【注释】

①将：行役。
②经营：征讨。
③玄：赤黑色。
④矜：通“鳏”。成年男子无妻。
⑤匪：非，不。
⑥匪：彼，那。兕（sì）：野牛。
⑦率：沿着。
⑧芃（péng）：蓬松的样子。
⑨栈（zhàn）：高大。

【评析】

这是征夫苦于行役之诗。全诗四章。首二章以草设喻。诗以“哪一种草不枯黄”、“哪一种草不发黑”，比喻征夫面黄肌瘦，疲病不堪。何以至此？诗接着就作了交代。这些征夫哪一天不在奔走，哪个人不在行役，为的是给周王征讨四方。由于长年累月地在野外行役，他们都过着鳏夫般的生活。他们长叹一声："可怜我们这些征夫，难道就不是人吗？"从这凄苦的声音里，我们感到了深深压抑的悲痛和激愤之情。后二章以兽设喻。那些野牛和老虎在旷野里成群地奔跑，比喻这些征夫日日夜夜没有空闲；那些尾巴蓬松的狐狸在草丛中急速地穿行，比喻高大的兵车在那大道上奔驰。这两章将征夫如同野兽般的行役生活形象地描绘了出来，读后令人无比沉痛。

大　雅

文　王

原文	译文
文王在上，於昭于天[1]。	文王神灵在上苍，他的光辉耀天上。
周虽旧邦，其命维新[2]。	岐周虽然是旧邦，它的国运新气象。
有周不显[3]，帝命不时[4]。	岐周前途很光明，上帝命它常兴旺。
文王陟降，在帝左右。	文王时升又时降，紧跟上帝左右旁。
亹亹文王[5]，令闻不已[6]。	勤勤恳恳的文王，美好声誉真久长。
陈锡哉周[7]，侯文王孙子[8]。	施恩布利培周邦，文王子孙都沾光。
文王孙子，本支百世[9]。	文王子孙都沾光，本宗旁支百代长。
凡周之士，不显亦世[10]。	凡是周邦的贤臣，也都代代有荣光。
世之不显，厥犹翼翼[11]。	贤臣世代有荣光，他们的谋略很远长。
思皇多士[12]，生此王国。	这些英俊的人士，在这王国里生长。
王国克生，维周之桢[13]。	王国把他们来培养，是那国家的栋梁。
济济多士[14]，文王以宁。	这些英俊的人士，文王靠他们来安邦。
穆穆文王[15]，于缉熙敬止[16]。	恭敬小心的文王，品德光明行为端庄。
假哉天命[17]，有商孙子。	伟大啊天命，要商的子孙臣服周邦。
商之孙子，其丽不亿[18]。	商朝的那些子孙，它的人数难计量。
上帝既命，侯于周服[19]。	上帝已下命令，要它臣服于周邦。

侯服于周，天命靡常。
殷士肤敏[20]，祼将于京[21]。
厥作祼将，常服黼冔[22]。
王之荩臣[23]，无念尔祖[24]。

商朝臣服于周邦，天命变化本无常。
殷士美善而敏捷，献酒在周京的庙堂。
他们在献酒的时光，头戴礼帽身着礼裳。
他们是王的大臣，要把祖先记在心上。

无念尔祖，聿修厥德。
永言配命，自求多福。
殷之未丧师，克配上帝。
宜鉴于殷，骏命不易[25]。

要把祖先记在心上，把品德呀来修养。
永远配合着天命，自己求得福多样。
殷朝未丧天下时，也能配合上帝的意向。
应以殷亡作明镜，保持大命非寻常。

命之不易，无遏尔躬[26]。
宣昭义问[27]，有虞殷自天[28]。
上天之载[29]，无声无臭。
仪刑文王[30]，万邦作孚[31]。

保持大命非寻常，不要断绝在你身上。
宣扬昭示好声望，把殷亡之鉴来度量。
上天的事情，没有声音没有臭香。
要好好效法周文王，万国信服大周邦。

【注释】

①昭：明。
②维新：乃新，更新。
③不：语助词。显：光耀。
④不：语助词。时：通“持”。持久。
⑤亹亹（wěi）：勤勉。
⑥令闻：好声誉。
⑦陈：布。锡：通“赐”。哉：培植。
⑧侯：语助词。
⑨本：本宗。支：支庶。
⑩亦世：累世。
⑪犹：谋。翼翼：深远。
⑫皇：美。
⑬桢：骨干。

⑭济济：众多。

⑮穆穆：容止端庄恭敬。

⑯缉熙：光明。

⑰假：伟大。

⑱丽：数。

⑲服：归服。

⑳肤：美。敏：疾。

㉑祼(guàn)：灌祭。将：行。

㉒黼(fǔ)：礼服。冔(xǔ)：礼帽。

㉓荩(jìn)：进用。

㉔无：语助词。

㉕骏：大。

㉖遏：断绝。

㉗宣昭：宣扬昭示。义问：善声美誉。

㉘有：通“又”。虞：度，想。

㉙载：事。

㉚仪刑：效法。

㉛孚：信。

【评析】

这是歌颂文王功德之诗。全诗七章。首章总写文王功德。文王耸立上苍，光耀弥天。正因为文王之德昭明显耀，所以受天命而“维新”。从此岐周前途无限光明，上帝赐命持久不息。文王之神时升时降，无时不紧跟在上帝的身旁，足见文王之德与上天合一。二、三章正面写文王功德。勤勉的文王，其善声美誉流传不衰。他布利赐恩精心培植周邦。文王孙子无论本宗还是支庶皆蒙其福泽，世代相袭。凡周之臣也能世代显贵。而这些贤臣，其谋略都很深远。因而，生此王国的众多嘉美之臣均为周之骨干，文王则赖以安宁。四、五章侧面写文王功德。由于文王之德光明恭谨，而武王又能继之，故伟大的天命，使周得有天下。商之孙子虽有亿万，但也不得不归服周朝。岂止如此，这些美善而敏捷的殷士，还得身着礼服，按时助祭于周。于是向时王敲响了震耳的警钟：这些殷士如今皆为王所进用之臣，难道不念您祖文王功德吗？六、七章写要以殷商为鉴以文王为法。要念您祖，就务必自己修德，永远配合天命，自求多福。殷未丧失天下之时，其德也能配合上帝，故应时刻以殷之亡作为镜子，从而明白天命难保的道理，千万不能使天命在您的身上断绝。为此，要宣扬昭示懿德美誉，要自度殷亡之理取决于天意。而那冥冥的上天"无声无臭"，微茫难求，因而唯一的办法就是效法文王之德。只有如此，天下诸侯才会信服。末章正遥应首章文王德配上天作收，章法极为严整。

大　明

明明在下[①]，赫赫在上[②]。	明明白白在下方，显显赫赫在天上。
天难忱斯[③]，不易维王。	天命实在难相信，不容易啊做帝王。
天位殷适[④]，使不挟四方[⑤]。	天立殷商的劲敌，使它不能保四方。
挚仲氏任[⑥]，自彼殷商，	挚国任家二姑娘，从那殷商的地方，
来嫁于周，曰嫔于京[⑦]。	出嫁来到了周家，在京都做新娘。
乃及王季[⑧]，维德之行[⑨]。	她和王季配成双，品德和他一样。
大任有身[⑩]，生此文王。	太任她怀了孕，生下这个周文王。
维此文王，小心翼翼。	这个周文王，小心谨慎又端庄。
昭事上帝[⑪]，聿怀多福。	懂得怎样对待上帝，招来多福万年长。
厥德不回[⑫]，以受方国。	他的德行很完美，接受万国统四方。
天监在下，有命既集。	老天监视那下方，把天命赐给了周邦。
文王初载[⑬]，天作之合。	文王自立的时光，上天为他配成双。

在洽之阳[14],在渭之涘[15]。	在那洽水的北方,在那渭水的岸旁。
文王嘉止[16],大邦有子[17]。	文王举行了婚礼,大国有个好姑娘。
大邦有子,伣天之妹[18]。	大国有个好姑娘,就像天上的女郎。
文定厥祥[19],亲迎于渭。	德行高尚定吉祥,亲自迎她渭水旁。
造舟为梁,不显其光。	排列船只做桥梁,婚礼显得很辉煌。
有命自天,命此文王。	有命从那上天降,命令这个周文王。
于周于京,缵女维莘[20]。	在那周邦的京城,继太任的是莘姑娘。
长子维行[21],笃生武王[22]。	大姑娘德行配文王,生下这个周武王。
保右命尔,燮伐大商[23]。	上天保佑命令你武王,协同诸侯伐大商。
殷商之旅[24],其会如林[25]。	殷商的军队满战场,它的旌旗像树林一样。
矢于牧野[26],维予侯兴[27],	武王誓师在牧野,唯有我能兴旺。
上帝临女[28],无贰尔心[29]。	上帝正在监视你们,不要怀着歹心肠。
牧野洋洋[30],檀车煌煌[31],	牧野战场宽又广,檀木兵车多堂皇,
驷騵彭彭[32]。维师尚父[33],	四匹花马多强壮。这个太师吕尚父,
时维鹰扬[34]。凉彼武王[35],	就像雄鹰在飞扬。辅佐那周武王,
肆伐大商[36],会朝清明[37]。	快速出兵伐大商,一个早上天下就清朗。

【注释】

①明明:明白。

②赫赫:显赫。

③忱:信。

④位:通“立”。适:通“敌”。

⑤挟:拥有。

⑥挚:国名。仲:次女。任:姓。

⑦嫔:成婚。

⑧及：与。

⑨行：齐等。

⑩有身：怀孕。

⑪昭：明。

⑫回：邪僻。

⑬初载：自立之时。

⑭洽：水名。

⑮涘：水边。

⑯嘉：婚礼。

⑰大邦：莘国。

⑱伣（qiàn）：好比。

⑲文：文德。祥：善。

⑳缵：继续。

㉑行：齐等。

㉒笃：语助词。

㉓燮（xiè ）：协和。

㉔旅：师旅。

㉕会：通“旝”。旌旗。

㉖矢：通“誓”。

㉗俟：乃。

㉘临：临视。

㉙贰心：不坚定。

㉚洋洋：广大貌。

㉛煌煌：闪闪发光。

㉜驷：四马。騵（yuán）：赤毛白腹的马。彭彭：强壮。

㉝尚父：姜子牙。

㉞鹰扬：比喻勇猛。

㉟凉：辅佐。

㊱肆：疾。

㊲会朝：一个早上。

【评析】

这是歌颂武王克商功绩之诗。全诗八章。首章写武王克商实乃天意。由于上帝明察显赫，因此上天实不可恃，为君诚然不易。正因为商纣暴虐无道，多行不义，故上天才降立商之劲敌，使之不能保有四方。这为武王伐纣作了铺垫。中五章历叙武王先祖之德。二章写王季、太任之德。这太任配王季，其德等王季。三章写文王之德。文王德贤，盖因圣母太任所生。四章写文王得贤妃。上天监临下土，将天命赐予周邦。当文王自立之年，上天就为他配合佳偶。这佳偶就是莘国长女太姒。五章写文王迎亲。六章写太姒之德。有此圣母生此武王，且又有上天佑助，定能协同诸侯讨伐大商。下文写武王伐纣获胜，正由于周家圣父贤母代代相承所致。末二章写武王伐纣获胜。这二章写得尤为精彩。诗之场面壮阔，人物众多，气势磅礴，真是一幅有声有色的古战图。请看，商之战旗有如森林，兵多将广。请听，武王誓师，言词坚定："唯有我方能振兴，上帝正在监视你们，不要畏惧，不要犹豫。"誓师已毕，周师便勇猛出击。在广阔的"牧野"战场上，周之战车坚固辉煌，驰车之声如同雷鸣；周之战马强壮矫健，奔腾之势好似闪电；周之主帅尚父英武镇定，指挥战斗犹如雄鹰奋翅飞扬。他辅佐武王，疾伐大商，结果一朝会战，商军大败，天下清明，武王由此成为开国英雄。

绵

绵绵瓜瓞[①]，民之初生[②]，
自土沮漆[③]。古公亶父[④]，
陶复陶穴[⑤]，未有家室。

大瓜小瓜蔓延不绝，周人早先开创事业，
开始住在沮漆水侧。古公亶父这个人，
挖地洞和窨穴，那时还没房屋歇。

古公亶父，来朝走马[⑥]。
率西水浒[⑦]，至于岐下。

古公亶公这个人，一大清早赶着马，
沿着西边漆水崖，来到那边岐山下。

爰及姜女[8]，聿来胥宇[9]。	偕同妻子姜姑娘，来到这里想立家。
周原膴膴[10]，堇荼如饴[11]。	岐周平原真肥美，堇菜荼菜像糖浆。
爰始爰谋，爰契我龟[12]。	始与众人来谋划，卜卦开龟示吉祥。
曰止曰时[13]，筑室于兹。	可以住在这地方，可在这里建造房。
乃慰乃止[14]，乃左乃右。	安下来住下来，左边排右边排，
乃疆乃理[15]，乃宣乃亩[16]。	划区域理疆界，通沟渠治草莱。
自西徂东，周爰执事[17]。	从西边到东边，在周原干事多勤快。
乃召司空[18]，乃召司徒[19]，	于是唤来司空，于是唤来司徒，
俾立室家。其绳则直，	派他们把房屋来修。那绳儿拉得直直的，
缩版以载[20]，作庙翼翼[21]。	那束板上下承递，宗庙建成多整齐。
捄之陾陾[22]，度之薨薨[23]。	那盛土之声响陾陾，那投土之声响薨薨，
筑之登登[24]，削屡冯冯[25]。	那捣土之声响登登，那削土之声响冯冯。
百堵皆兴[26]，鼛鼓弗胜[27]。	百面墙壁都筑起，大鼓之声也低沉。
乃立皋门[28]，皋门有伉[29]。	营建王城郭门，那郭门巍峨高耸。
乃立应门[30]，应门将将[31]。	营建王宫正门，那正门堂正严整。
乃立冢土[32]，戎丑攸行[33]。	营建祭神大社，兵众往祭出征。
肆不殄厥愠[34]，亦不陨厥问[35]。	虽未绝灭敌人的怨恨，也不能损失我的名声。
柞棫拔矣[36]，行道兑矣[37]。	柞树棫树很茂盛，道路平坦畅通行。
混夷駾矣[38]，维其喙矣[39]。	混夷纷纷都逃奔，张着大口喘不停。
虞芮质厥成[40]，文王蹶厥生[41]。	虞芮两国息讼争，文王感动了两君的本性。
予曰有疏附[42]，予曰有先后[43]。	我有了率下亲上之臣，我有了辅佐导引之臣，
予曰有奔奏[44]，予曰有御侮[45]。	我有了奔走四方之臣，我有了抵御外侮之臣。

【注释】

①绵绵：不绝的样子。瓞（dié）：小瓜。

②生：犹“造”。

③自：始。土：居。沮、漆：皆水名。

④古公亶父：即“太王”。文王祖父。

⑤陶：通“掏”。挖。复：通“寝”。地室。穴：地洞。

⑥来：语助词。

⑦率：自。浒：水边。

⑧姜女：太王之妃。

⑨胥：相，视。

⑩膴膴（wǔ）：肥沃。

⑪堇、荼：皆苦菜。饴（yí）：糖。

⑫契：刻。

⑬时：此。

⑭慰：安。

⑮疆：划分地界。理：整治田垄。

⑯宣：导其沟洫。亩：治其田亩。

⑰周：周地。爰：于。执事：从事工作。

⑱司空：主营建之官。

⑲司徒：主徒役之官。

⑳缩：束。载：用竖木以制约筑墙之板。

㉑翼翼：严正。

㉒捄（jū）：盛土。陾陾（réng）：盛土声。

㉓度：投土。薨薨：投土声。

㉔筑：捣土。登登：捣土声。

㉕削屡：削平墙土。冯冯：削土声。

㉖堵：墙。

㉗鼛（gāo）鼓：大鼓。

㉘皋门：郭门。

㉙伉：高大。

㉚应门：王宫正门。

㉛将将：庄严堂皇。

㉜冢土：大社。

㉝戎丑：兵众。行：往祭之地。

㉞肆：很久以来。殄：消除。愠：怒。

㉟陨：损失。问：声誉。

㊱柞棫：丛木总称。拔：茂密。

㉗兑：畅通。

㊳駾（tuì）：受惊逃奔。

㊴喙（huì）：喘息。

㊵虞、芮（ruì）：皆古国名。质：平断。成：平。

㊶蹶（guì）：动。生：即“性”。

㊷疏附：率下亲上之臣。

㊸先后：辅佐导引之臣。

㊹奔奏：奔告四方之臣。

㊺御侮：捍卫国家之臣。

【评析】

这是歌颂太王迁岐创业之诗。全诗九章。前七章详叙太王开基之功。一章写太王初至岐山的情景。太王至岐初造，始居沮、漆二水之间。此时尚无房屋，只好住在土洞之中。二章写太王察看地形。一大清早，太王便驱马巡视，选定宫室地址。三章写太王定居周原。岐山之南有一大片土质肥美的“周原”。太王确定止居于此，在此作室。四章写太王规划田亩。在周原之上，从西到东，人们各执其事，井然有序。五章写太王营建宗庙。太王召司空、司徒各执其事，负责营建宫室。先用绳索划定地基，然后构置筑墙之板。宗庙首先建成，其貌端庄严正。六章写营建宫室的情景。此章写得相当逼真，不但绘形，而且摹声，使人有亲临其境之感。那盛土之声、投土之声、捣土之声、削土之声，交织成一曲雄浑高亢的劳动乐章，就连那用以助兴的大鼓之声也被压了下去。七章写营建门社。营建王都郭门，那郭门高大雄伟；营建王宫正门，那正门庄严堂正;营建祭神大社,那大社是兵众往祭之所。太王由豳迁岐之后,励精图治,开创基业,功绩辉煌。这就为文王兴盛奠定了坚实的基础。后二章略叙文王致胜之功。八章写文王威震混夷。由于文王施行德政,归附日众,混夷见状,心怀畏惧,纷纷逃窜,以致气喘吁吁。九章写文王以德化人。虞国、芮国之君相与争田,争讼久而不决,于是去请文王公断。结果文王之德感动了虞、芮二君,终于平息了这场争田风波。从此,文王又有了各类之臣。不难看出,周族的强盛固然始于文王,而奠基实自太王。

棫　朴

芃芃棫朴①,薪之槱之②。	茂密的棫树和枣树,砍伐它堆积它。
济济辟王③,左右趣之④。	威仪赫赫的君王,群臣趋向他。
济济辟王,左右奉璋⑤。	威仪赫赫的君王,文臣捧着玉璋。
奉璋峨峨⑥,髦士攸宜⑦。	捧着玉璋多端庄,俊士操办很得当。
淠彼泾舟⑧,烝徒楫之⑨。	急驶泾水中的船,众船夫两边来划桨。
周王于迈⑩,六师及之⑪。	周王出兵去征讨,六军跟随奔前方。
倬彼云汉⑫,为章于天⑬。	那明亮的银河,一道文采在天上。
周王寿考,遐不作人⑭。	周王命大寿又长,怎不育人成栋梁。
追琢其章⑮,金玉其相⑯。	雕琢那外表,金玉质地良。
勉勉我王,纲纪四方⑰。	勤恳我周王,统理那四方。

【注释】

①芃芃(péng):茂密。棫朴:丛木总名。

②薪:砍伐。槱(yǒu):堆积。

③济济:庄严。辟王:指文王。

④左右:指文王左右的大臣。趣:趋向。

⑤奉:捧。璋:玉器。

⑥峨峨:庄严的样子。

⑦髦士:英俊之士。

⑧淠(pì):船行的样子。

⑨烝:众。徒:指船夫。楫:荡桨。

⑩迈:出征。

⑪及:跟随。

⑫倬:明亮。云汉:天河。

⑬章:花纹。

⑭遐:何,怎。作:造就。

⑮追琢:雕琢。

⑯相:质。

⑰纲纪:统理。

【评析】

这是歌颂文王育贤之诗。全诗五章。前三章写文王贤臣之盛。一章总写文王贤臣之盛。诗以茂密的丛木砍伐它堆积它,兴比文王贤臣之众多。威仪赫赫的文王,贤臣荟萃,济济一堂。二章写文臣之盛。文王祭祀之时,有文臣参与助祭。他们手持璋器,仪态端庄。这些英俊之士才德双全,操办祀事非常周全。三章写武将之盛。诗以众船夫划桨泾流,兴比武将行君军令。文王出征之时,有武将率师跟随。后二章写文王精心育贤。四章写育贤之因。诗言"那明亮的天河,即是上天的文采"。诗以此兴比高龄的文王,德教涵育,岂不造就众多的人才。五章写育贤之精。文王育贤犹如雕琢金玉一般,既琢其章,又美其质,使之文质彬彬,焕发成彩。文王之臣内外皆美,堪称国之精英。正因如此,勤勉的文王能统理四方。文王育贤之效灼然可见。

旱麓

瞻彼旱麓[1]，榛楛济济[2]。
岂弟君子[3]，干禄岂弟[4]。

看那旱山的脚下，榛树楛树长成林。
和乐平易的君子，求取福禄多遂心。

瑟彼玉瓒[5]，黄流在中。
岂弟君子，福禄攸降。

那鲜洁的玉器，盛满黄色的美酒。
和乐平易的君子，福禄降不休。

鸢飞戾天[6]，鱼跃于渊。
岂弟君子，遐不作人。

雄鹰飞上天，鱼儿跃在渊。
和乐平易的君子，怎不育人成中坚。

清酒既载[7]，骍牡既备[8]。
以享以祀，以介景福。

清酒已盛装，红牛已备齐。
祭祀那祖先，祈求大福气。

瑟彼柞棫[9]，民所燎矣。
岂弟君子，神所劳矣[10]。

茂密的柞树和棫树，人们把杂草来焚烧。
和乐平易的君子，神灵下降来慰劳。

莫莫葛藟，施于条枚[11]。
岂弟君子，求福不回。

茂密的野葡萄，蔓延到树枝和树梢。
和乐平易的君子，求取福禄走正道。

【注释】

①旱：山名。麓：山脚。

②榛楛（hù）：泛指林木。

③岂弟：乐易。君子：指文王。

④干：求取。

⑤瑟：鲜洁。玉瓒：盛酒器皿。

⑥鸢（yuān）：鹰类。戾：至。

⑦载：盛装。

⑧骍牡：红色公牛。

⑨瑟：茂密。

⑩劳：犹“佑助”。

⑩条枚：树的枝干。

【评析】

这是歌颂文王祭祀获福之诗。全诗六章。一章写文王求福之自然。诗以旱山脚下林木茂盛，兴比周邦百姓丰乐。正因如此，所以乐易的文王，方得以乐易求福。二章写文王获福之必然。诗以鲜洁的玉器盛上黄色的美酒，兴比文王获福之必然。三章写文王育贤之盛。那蔚蓝的天空，雄鹰奋翅直上云霄；那碧绿的深渊，群鱼摇尾跳跃嬉戏。这“鸢飞”、“鱼跃”的景象正是兴比文王“作人”之盛。四章写文王祭祀获福。文王奉祀，祭品丰备，以求得更大的福禄。五章写文王感神之至深。由于文王精诚格天，故诗言万民保护柞棫而使之茂盛，兴比天神佑助文王而使之获福。六章写文王求福之正。繁盛的葛藟蔓延于树干之上，这是其性使之然；乐易的文王求福纯正不入邪道，也是其性使之然。

思　齐

思齐大任[①]，文王之母。	端庄的太任，是文王的母亲。
思媚周姜[②]，京室之妇[③]。	美好的太姜，是京室的妇人。
大姒嗣徽音[④]，则百斯男。	太姒继承那美德，生下众多的子孙。
惠于宗公[⑤]，神罔时怨[⑥]，	文王孝顺先公，神灵没有怨愤，
神罔时恫[⑦]。刑于寡妻[⑧]，	神灵没有伤痛。示范给他的正妻，
至于兄弟，以御于家邦[⑨]。	影响到他的弟兄，也推行到一国之中。

雍雍在宫[10]，肃肃在庙，	和和雍雍在宫室，恭恭敬敬在宗庙。
不显亦临[11]，无射亦保[12]。	默默监护着子孙，无私保佑着大众。
肆戎疾不殄[13]，烈假不瑕[14]。	巨大灾难不灭绝，功业伟大无毛病。
不闻亦式[15]，不谏亦入[16]。	听到好话就采纳，听到批评也欢迎。
肆成人有德[17]，小子有造[18]。	从政者有德行，青年人有造就。
古之人无斁[19]，誉髦斯士[20]。	文王爱才无厌倦，乐于选择这新秀。

【注释】

①齐：庄敬。

②媚：美盛。周姜：太王之妻。

③京室：王室。

④嗣：继承。徽音：德音。

⑤惠：孝顺。宗公：祖庙中的先公。

⑥罔：无。时：所。

⑦恫：痛恨。

⑧刑：通“型”。示范。寡妻：正妻。

⑨御：进而。

⑩雍雍：和悦。

⑪不显：指幽暗处。

⑫无射：无厌倦。

⑬肆：故今。戎疾：大灾难。殄：绝灭。

⑭烈假：功烈伟大。瑕：缺点。

⑮式：用。

⑯入：纳。

⑰成人：指从政者。

⑱小子：指青年人。有造：有所造就。

⑲古之人：指文王。

⑳誉：通“豫”。快乐。髦：选择。

【评析】

这是歌颂文王美德之诗。全诗五章。首章写文王美德之由成。庄敬的太任是文王的母亲，美好的周姜是太王的媳妇。而文王之妃太姒能兼继太任、周姜之美德，故而生下“百斯男”。诗首言“周室三母”，一则以见文王有圣母之教，二则以见文王有贤妃之助。如此说来，文王美德之形成绝非偶然。二章写文王美德之施予。文王美德，施予甚广，事神治人两尽其道。文王孝祀祖庙先公，先公之神无所怨恨。文王示范于正妻，示范于宗族兄弟，示范进及于国家。足见文王之美德流播深广。三章写文王美德之纯粹。文王在宫室和颜悦色，在宗庙肃穆恭敬，这是美德之表征。文王在幽暗处也如同有人在监视，对臣民爱之无厌也要慎重自保，这是美德之内涵。四章写文王美德之见于事。大患难虽然不绝，然而文王功烈伟大无缺点可寻。文王听到善言就采纳，听到批评也欢迎。这足见文王之德的确美盛。五章写文王美德之化人。由于文王德盛，潜移默化，故一时人才蔚起。士大夫皆有德行，青年人也有所造就。文王爱才无厌，故乐于选择这些英俊之士。

皇　矣

皇矣上帝①，临下有赫。	伟大啊上帝，临下眼明亮。
监观四方，求民之莫②。	观察那四方，求民安定的地方。
维此二国③，其政不获④。	想这周和商，政治不一样。
维彼四国，爰究爰度⑤。	想着那四方，寻求又度量。
上帝耆之⑥，憎其式廓⑦。	上帝送给他，增大那土疆。
乃眷西顾，此维与宅⑧。	关心向西望，把这岐山给太王。

作之屏之[9]，其菑其翳[10]。	砍伐它铲除它，那枯树那死树。
修之平之，其灌其栵[11]。	修剪它理齐它，那灌木那小树。
启之辟之，其柽其椐[12]。	芟除它整理它，那河柳那灵寿。
攘之剔之[13]，其檿其柘[14]。	砍齐它剔理它，那山桑那柘树。
帝迁明德，串夷载路[15]。	上帝迁明君在这里，混夷满路而逃去。
天立厥配[16]，受命既固。	上天立他做配手，太王受命已牢固。
帝省其山，柞棫斯拔[17]，	上帝视察岐山，柞树棫树茂密，
松柏斯兑[18]。帝作邦作对[19]，	松树柏树笔直。上帝兴周邦选明王，
自大伯王季。维此王季，	从太伯王季相让那时光。这个王季呀，
因心则友[20]，则友其兄，	依本心友爱兄长。王季友爱那兄长，
则笃其庆[21]。载锡之光，	就增厚那吉祥。上天赐他那荣光。
受禄无丧，奄有四方[22]。	接受福禄不丧亡，广有那四方。
维此王季，帝度其心，	这个王季呀，上帝度量他的心，
貊其德音[23]。其德克明[24]，	他的道德很清明。他能明是非，
克明克类[25]，克长克君[26]，	善恶能辨清，能做师长能做人君。
王此大邦，克顺克比[27]。	统治这个大国，能慈善和顺能上下相亲。
比于文王[28]，其德靡悔[29]。	一直传到文王，他的美德无穷尽。
既受帝祉，施于孙子。	已接受上帝福禄，还要传给后代子孙。
帝谓文王，无然畔援[30]，	上帝告诉文王：不要这样跋扈，
无然歆羡[31]，诞先登于岸[32]，	不要这样妄想，要先登上高地方。
密人不恭[33]，敢距大邦[34]，	密人不安本分，胆敢抗拒大邦，
侵阮徂共[35]。王赫斯怒，	侵略阮国直到共地方。文王勃然大怒，
爰整其旅，以按徂旅[36]，	于是整顿武装，把入侵的敌人阻挡。
以笃于周祜[37]，以对于天下[38]。	上可厚周家之福，下可符百姓厚望。

依其在京[39]，侵自阮疆[40]，
陟我高冈。无矢我陵[41]，
我陵我阿。无饮我泉，
我泉我池。度其鲜原[42]，
居岐之阳，在渭之将[43]。
万邦之方[44]，下民之王。

屯驻大军在京都，息兵于阮疆，
登上我高冈。不要陈兵我山陵，
我山陵我高冈。不要饮我泉水，
我泉水我池塘。度量那鲜原，
住在岐山的南方，停在渭水的边上。
做那万国的榜样，做那百姓的君王。

帝谓文王，予怀明德[45]。
不大声以色[46]，不长夏以革[47]。
不识不知，顺帝之则。
帝谓文王，询尔仇方[48]，
同尔弟兄。以尔钩援[49]，
与尔临冲[50]，以伐崇墉[51]。

上帝告诉文王：我把明德来怀想，
不要把声色来张扬，不要崇尚鞭和棒。
不逞能来不弄巧，遵守上帝的规章。
上帝告诉文王：和你的盟国来商量，
还有你的弟弟和兄长。用你爬城的云梯，
把你的战车也加上，去攻打崇国的城墙。

临冲闲闲[52]，崇墉言言[53]。
执讯连连[54]，攸馘安安[55]。
是类是祃[56]，是致是附[57]，
四方以无侮。临冲茀茀[58]，
崇墉仡仡[59]。是伐是肆[60]，
是绝是忽[61]，四方以无拂[62]。

临车冲车很熟练，崇国城墙入云端。
审讯俘虏不间断，割敌左耳万万千。
又祭马神又祭天，归还土地抚百姓，
四方不敢再横蛮。临车冲车多强壮，
崇国城墙在摇晃。去讨伐去袭击，
去根除去扫荡，四方不敢再违抗。

【注释】

①皇：伟大。

②莫：安定。

③二国：指商，周。

④不获：不一样。

⑤究、度：考虑。

⑥耆：致。

⑦憎：通“增”。式廓：疆土。

⑧宅：居。

⑨作：砍伐。屏：去掉。

⑩菑（zī）：直立已死之树。翳：通“殪”。倒在地上之树。

⑪灌：灌木丛。栵：斩而复生之木。

⑫柽：河柳。椐：灵寿木。

⑬攘、剔：修剪。

⑭檿（yǎn）：山桑。柘（zhè）：黄桑。

⑮串夷：即混夷。载路：满路而逃。

⑯配：指配天命者。

⑰拔：茂密。

⑱兑：笔直。

⑲对：指明君。

⑳因心：天性。

㉑笃：厚。

㉒奄：尽。

㉓貊（mò）：清明。

㉔克明：能明察是非。

㉕克类：能分善恶。

㉖克长：诲人不倦。克君：能尽君德。

㉗顺：慈和。比：上下相亲。

㉘比于：传及。

㉙悔：通“晦”。尽。

㉚畔援：跋扈。

㉛歆羡：羡慕。

㉜诞：语助词。岸：高位。

㉝密：密须国。

㉞距：即“拒”。

㉟阮、共：皆古国名。

㊱按：阻击。

㊲祜：福。

㊳对：遂，安。

㊴依：通“殷”。盛貌。

㊵侵：疑作“寝”。息兵。

㊶矢：陈兵。

㊷鲜原：地名。

㊸将：旁边。

㊹方：法则，榜样。

㊺怀：知。

㊻声：言。色：貌。

㊼不长：不崇尚。夏、革：威力。

㊽询：咨询。仇方：友邦。

㊾钩援：云梯。

㊿临、冲：战车。

51崇：古国名。墉：城。

52闲闲：熟练。

53言言：高大貌。

54讯：俘虏。连连：不绝貌。

55馘(guó)：敌人的左耳。安安：多貌。

56类：祭天。祃：祭马神。

57致：归还土地。附：安抚百姓。

58茀茀：盛貌。

59仡仡：高耸貌。

60肆：袭。

61忽：义同“绝”。

62拂：违背。

【评析】

这是歌颂文王伐密伐崇之诗。全诗八章。首二章写太王的功德。商、周二国，其政截然不同。上帝公正，经过一番考虑，决定将岐山赐予太王。二章写太王开发岐山。此章真切地描绘出太王辟草莱、育林木的兴旺景象。上帝迁明德之君于此，混夷便落荒而逃；上帝立他为配天之人，其承受天命固若磐石。中二章写王季的功德。上帝兴周邦，立明君，自太伯、王季相让始。这个王季，生性友爱其兄，故上帝既增厚其福禄，又赐予其荣光。他所受福禄没有丧失，于是广有四方。四章写王季盛德。王季道德非常完美，能明是非，能辨善恶，能作师长，能为人君，统治这个大国，也能上下相亲，慈和顺善。传至文王，其令德不已。既已承受上帝的福禄，还要传给后代子孙。后四章写文王伐密伐崇。五、六章写伐密。密国自傲不恭，竟敢侵犯周邦。文王勃然大怒，立即整顿军队，去阻击密军。文王的这一举动，上可承天意以厚周家之福，下可符民望以答天下之心。这次战争，其果是周师大获全胜。在班师途中，文王登上高冈，豪情荡胸，踌躇满志。征服密国之后，文王以“鲜原”作为周京，使这里成了万国的榜样，人民所归往的地方。七、八章写伐崇。文王遵循上帝的法则，去跟大国商量，去与小国联合。准备好云梯及战车去讨伐崇国。尽管崇国城墙高大，然而也挡不住周军的猛烈攻击。经过多次激战，终于灭掉了崇国，取得了彻底胜利，这样四方之国再也不敢违抗周邦了。

灵 台

经始灵台[①]，经之营之。	兴建那灵台，设计很精心。
庶民攻之[②]，不日成之。	百姓勤劳作，几天就建成。
经始勿亟[③]，庶民子来[④]。	兴建不急躁，百姓更来奔。
王在灵囿[⑤]，麀鹿攸伏[⑥]。	王在灵囿逛，母鹿地上躺。
麀鹿濯濯[⑦]，白鸟翯翯[⑧]。	母鹿多肥壮，白鹤多漂亮。
王在灵沼[⑨]，於牣鱼跃[⑩]。	王在灵沼上，满池鱼跳荡。

虡业维枞[11]，贲鼓维镛[12]。	木架横花板，悬着大鼓钟。
於论鼓钟[13]，於乐辟廱[14]。	和谐钟鼓声，快乐水上宫。
於论鼓钟，於乐辟廱。	和谐钟鼓声，快乐水上宫。
鼍鼓逢逢[15]，矇瞍奏公[16]。	鼍鼓响逢逢，盲人奏鼓钟。

【注释】

①经：经营。始：通“治”。治理。

②攻：造。

③亟：急。

④子：通“兹”。更。

⑤灵囿（yòu）：园名。

⑥麀（yōu）：母鹿。

⑦濯濯（zhuó）：肥泽。

⑧白鸟：白鹤。翯翯（hè）：洁白。

⑨灵沼：沼名。

⑩牣（rèn）：满。

⑪虡（jù）：悬编钟编磬的木架。业：鼓架。维：和。枞（cōng）：悬大钟的架。

⑫贲（fén）鼓：大鼓。镛（yōng）：大钟。

⑬论：通“伦”。鼓钟之声有序。

⑭辟廱（pì yōng）：游乐宫。

⑮鼍（tuó）：鳄鱼。逢逢：鼓声。

⑯矇（méng）、瞍（sǒu）：皆盲人。奏公：演奏乐器。

【评析】

这是颂美文王游观之诗。全诗四章。前二章写文王游观台池苑囿。一章写文王游观“灵台”。文王兴建“灵台”，工地一片繁忙，有的在测量地基，有的在设计蓝图，百姓则在尽力劳作，进度极为神速，不几天一座雄伟的“灵台”就宣告建成。由于文王爱惜民力，不欲急于求成，故民情踊跃，反而蜂拥而至。此时，文王站在“灵台”之上，观赏四方风物，心中好不欢悦。诗人见此情景，自然想起文王兴建“灵台”的一幕。二章写文王游观“灵囿”与“灵沼”。文王来到“灵囿”，观赏飞禽走兽。那母鹿体态肥泽，正伏卧于地悠然自得；那白鹤羽毛洁白，正蹒跚地来回踱步。继而文王又来到“灵沼”，观赏游鱼嬉戏。那满池的鱼儿正在跳跃嬉乐。此章着墨不多，但写得很有情趣。这鹿“伏”鱼“跃”的情态，正好烘托出文王游观时的欢乐心情。后二章写文王游观“辟雍”。文王最后来到“辟雍”，欣赏优美的音乐。此时，乐架已经备好，鼓、钟已经挂上。顿时，钟鼓齐鸣，乐音和谐，节拍井然，配以“鼍鼓”嘭嘭之声，使音乐更增添几分壮美的色彩。最后点明演奏者全是盲人乐师。

下　武

下武维周[①]，世有哲王。	周一代继一代，世世代代有贤君。
三后在天[②]，王配于京[③]。	三后在天上，武王配合于镐京。
王配于京，世德作求[④]。	武王配合于镐京，继承先祖好德行。
永言配命，成王之孚[⑤]。	长久配合那天命，能成王者之诚信。
成王之孚，下土之式[⑥]。	能成王者之诚信，是那天下之准绳。
永言孝思，孝思维则[⑦]。	长久行孝道，行孝是标准。
媚兹一人[⑧]，应侯顺德[⑨]。	爱戴武王这一人，把先人功业来完成。
永言孝思，昭哉嗣服[⑩]。	长久行孝道，贤君善继承。
昭兹来许[⑪]，绳其祖武[⑫]。	贤君这武王，继承先祖的足迹。
於万斯年，受天之祜。	祝他基业万年长，接受天赐大福气。
受天之祜，四方来贺。	接受天赐大福气，四方一起来朝贺。

於万斯年，不遐有佐⑬。　　祝他基业万年长，远夷也都来辅佐。

【注释】

①下：后。武：继。
②三后：指太王、王季、文王。
③王：武王。京：镐京。
④作：起。
⑤孚：信。
⑥式：法则，榜样。
⑦则：准则。
⑧媚：爱。兹：此。一人：指武王。
⑨应：当。侯：语助词。
⑩昭：贤明。嗣服：继承先人事业。
⑪来许：后辈。
⑫绳：继。武：迹。
⑬不：语助词。遐：远。佐：助。

【评析】

这是歌颂武王圣德之诗。全诗六章。首章总写武王之德。后人能继先祖者唯周家最盛，故世世代代都有明哲之君。“三后”死后升天，武王又能德配“三后”于镐京。二章写武王善继文德。周家世世积有美德，而武王能继先祖之德。唯如此，才能长配天命，才能成王者之信于天下。三章写武王能奉孝。“孝”是美德的重要标志。由于武王能长久奉孝，并以“孝”作为行动的准则，故能成王者之信，能成为天下的楷模。四章写武王善继武功。天下之民皆爱戴武王一人。这是因为贤明的武王，能顺先人之心，能继祖考之事，完成了天下一统的大业。五章写武王长寿获福。由于武王能继先祖之业，故赞美其寿考“万斯年”，永远受天之福。六章写武王坐朝万国诸侯来贺。武王胜殷之后，四方皆来朝贺，呈现出一派升平的景象。

文王有声

文王有声[1]，遹骏有声[2]。	文王有好名声，大有好名声。
遹求厥宁，遹观厥成。	他求得天下安宁，他盼望天下太平。
文王烝哉[3]！	文王真是伟大英明啊！
文王受命，有此武功。	文王接受天命，有了这样的武功。
既伐于崇，作邑于丰。	已讨伐邘国和崇国，建立都城于丰。
文王烝哉！	文王真是伟大英明啊！
筑城伊淢[4]，作丰伊匹[5]。	挖起沟来筑起城，建立丰邑很相称。
匪棘其欲[6]，遹追来孝。	不是急于为自己，把先人美德来继承。
王后烝哉！	文王真是伟大英明啊！
王公伊濯[7]，维丰之垣[8]。	文王功业真辉煌，丰邑筑起百面墙。
四方攸同，王后维翰[9]。	四方国家都归向，文王就是那栋梁。
王后烝哉！	文王真是伟大英明啊！
丰水东注[10]，维禹之绩[11]。	丰水流向那东方，夏禹功劳堪夸奖。
四方攸同，皇王维辟[12]。	四方国家都归向，武王是他们的君王。
皇王烝哉！	武王真是伟大英明啊！
镐京辟廱，自西自东，	镐京讲武在离宫，从那西边到东方，
自南自北，无思不服[13]。	从那南边到北方，没有人不归降。
皇王烝哉！	武王真是伟大英明啊！
考卜维王[14]，宅是镐京。	问卦的是武王，可否定居在镐京。

维龟正之[15]，武王成之。
武王烝哉！

龟甲呈现出吉祥，武王建好这都城。
武王真是伟大英明啊！

丰水有芑[16]，武王岂不仕[17]，
诒厥孙谋[18]，以燕翼子[19]。
武王烝哉！

丰水旁边芑草长，武王怎不把功业放心上？
他为子孙来设想，保护后代永安康。
武王真是伟大英明啊！

【注释】

①声：声誉。
②遹(jù)：语助词。骏：大。
③烝：叹词。隆盛。
④伊：为。淢(yù)：护城河。
⑤匹：配。
⑥棘：急。
⑦濯：显耀。
⑧垣：墙。
⑨翰：栋梁。
⑩丰水：水名。
⑪绩：通“迹”。
⑫辟：君。
⑬思：语助词。
⑭考：问。
⑮正：定。
⑯芑(qǐ)：菜名。
⑰仕：事。
⑱诒：遗留。
⑲燕：安。翼：庇护。

【评析】

这是歌颂文王都丰、武王都镐之诗。全诗八章。前四章写文王都丰。文王有美誉,这美誉不仅被于一方,而且流播于天下。他只求百姓安定,只望天下太平,这道出了都丰之由。文王接受天命,“有此武功”。既已讨伐了邘国、崇国,文王便作都邑于丰。这既点明了文王都丰实乃天意,同时也点明了都丰的时间。筑城墙,挖城池。所作丰邑,其大小与此城、池正相称。文王此举绝非是急于满足一己之欲,而是为了继承先人的美德。丰邑建成,功绩辉煌。四方之国纷纷归服,皆以文王为栋梁。后四章写武王都镐。夏禹治水,使丰水入渭东注入河。这“丰水”实乃丰、镐两京之枢纽。武王都镐,四方之国纷纷归服,皆以武王为君王。镐京建有“辟雍”。这标志着武王文治武备益发隆盛,因而四方之国无不悦服。武王都镐极为慎重。首先卜卦谋居镐京,结果龟兆吉祥,最后武王才建成镐京。武王都镐实为子孙,谋划深远。武王遗其子孙以善谋,以保安翼助其子孙。这足见“诒谋”对后世子孙治国安邦是何等重要。此诗每章末句反复叹美“文王真是个好王”、“武王真是个好王”,大大增强了诗的抒情色彩。

生　民

厥初生民[①],时维姜嫄。	那当初生人者,这就是那姜嫄。
生民如何?克禋克祀[②],	生人怎么样?她能祭祀天,
以弗无子[③]。履帝武敏歆[④],	消除无子的遗憾。踏帝脚印腹中动,
攸介攸止[⑤],载震载夙[⑥],	从此别居而止息。胎儿震动胎儿平息,
载生载育,时维后稷。	胎儿生长胎儿发育,这就是后稷。
诞弥厥月[⑦],先生如达[⑧]。	姜嫄怀足了月份,生下头胎非常快。
不坼不副[⑨],无菑无害[⑩]。	胞衣不破不裂开,没有痛苦没有害。
以赫厥灵,上帝不宁?	显出那样的灵异,是上帝不安在作怪?

不康禋祀，居然生子[11]。	对我的祭祀不开怀，居然生下个肉蛋来。
诞寘之隘巷，牛羊腓字之[12]。	把他扔在小狭巷，保护他的有牛羊。
诞寘之平林，会伐平林[13]。	把他扔在树林里，恰逢人们伐树忙。
诞寘之寒冰，鸟覆翼之。	把他放在寒冰上，鸟儿覆盖用翅膀。
鸟乃去矣，后稷呱矣[14]。	鸟儿飞去后，后稷呱呱泪汪汪。
实覃实讦[15]，厥声载路。	哭声大而长，声音很洪亮。
诞实匍匐[16]，克岐克嶷[17]，	后稷刚会爬，智慧真不差，
以就口食[18]。艺之荏菽[19]，	竟会种庄稼。种上那大豆，
荏菽旆旆[20]，禾役穟穟[21]，	大豆密麻麻，禾苗很挺拔，
麻麦幪幪[22]，瓜瓞唪唪[23]。	麻麦密匝匝，还有累累的大瓜和小瓜。
诞后稷之穑，有相之道[24]。	后稷种庄稼，相地有方法。
茀厥丰草[25]，种之黄茂[26]。	拔除杂草一把把，种下一片好庄稼。
实方实苞[27]，实种实褎[28]，	种子吐芽又含苞，苗儿短来苗儿高，
实发实秀[29]，实坚实好，	茎儿拔节抽穗早，茎儿坚呀茎儿好，
实颖实栗[30]。即有邰家室[31]。	穗儿下垂谷粒饱。他到邰地立家了。
诞降嘉种，维秬维秠[32]，	上天降下好种子，是黑黍和双米黍，
维穈维芑[33]。恒之秬秠[34]，	是红粱和白粱。黑黍和双米黍种满地，
是获是亩[35]，恒之穈芑，	收割完毕后放地上。红粱和白粱种满地，
是任是负[36]，以归肇祀[37]。	把它抱起肩上扛，回去祭祀报神主。
诞我祀如何？或舂或揄[38]，	我们的祭祀怎么样？有的在舂米有的舀米忙，
或簸或蹂[39]，释之叟叟[40]，	有的在搓米有的扬米糠。淘米之声嗖嗖响，
烝之浮浮[41]，载谋载惟[42]，	蒸米之气正飞扬。出主意细思量，
取萧祭脂[43]，取羝以軷[44]。	取来萧脂祭上帝，路祭取来公绵羊。
载燔载烈，以兴嗣岁。	又是烧来又是烤，祈求明年更兴旺。

卬盛于豆[45]，于豆于登[46]。	我把祭品盛木器，木器瓦器全摆上。
其香始升，上帝居歆[47]，	那香气开始升上天，上帝欣然来用享。
胡臭亶时[48]。后稷肇祀。	浓郁的气味的确香，后稷开始祭上苍。
庶无罪悔，以迄于今。	幸无过错挂心肠，直到现在都一样。

【注释】

①民：人。
②禋祀：祭祀。
③弗：通"祓"。除灾。
④武：迹。敏：拇。歆：动。
⑤介、止：休息。
⑥震：动。夙：息。
⑦弥：满。
⑧先生：初生。达：滑利。
⑨坼(chè)、副(pì)：裂开。
⑩菑(zāi)：同"灾"。
⑪居然：惊惧。子：卵。
⑫腓(féi)：庇护。字：哺乳。
⑬会：适逢。
⑭呱(gū)：哭。
⑮覃(tán)：长。讦(xū)：大。
⑯匍匐(púfú)：爬行。
⑰岐：知。嶷：识。
⑱就：成。
⑲艺(yì)：种植。荏菽：大豆。
⑳旆旆(pèi)：茂盛。
㉑穟穟：禾穗成熟的样子。
㉒幪幪：茂盛的样子。
㉓瓞(dié)：小瓜。唪唪(běng)：累累。

㉔相：观看。道：方法。

㉕茀(fú)：拔除。

㉖黄茂：泛指五谷。

㉗方：始吐芽。苞：含苞。

㉘种：苗短。褎(yòu)：苗长。

㉙发：禾茎长。秀：禾穗。

㉚颖：禾穗下垂。栗：谷粒饱满。

㉛邰：地名。

㉜秬(jù)：黑黍。秠(pī)：双米黍。

㉝穈(mén)：赤粱粟。芑：白粱粟。

㉞恒：遍地。

㉟亩：把作物堆在田亩。

㊱任：抱。负：背。

㊲肇祀：开始祭祀。

㊳揄(yóu)：舀。

㊴蹂：通“揉”。以手揉米使糠米分开。

㊵释：淘米。叟叟：淘米声。

㊶烝：即“蒸”。浮浮：热气上腾。

㊷谋、惟：计划筹谋。

㊸脂：指牛羊等的脂肪。

㊹羝(dī)：公羊。軷(bá)：祭路神。

㊺卬(áng)：我。豆：木盘。

㊻登：瓦器。

㊼歆：享受。

㊽臭(xiù)：气味。亶(dǎn)：真。时：善。

【评析】

这是歌颂周始祖后稷之诗。全诗八章。此诗富有浓郁的神话色彩，诗中所塑造的后稷形象实为一位神化了的英雄。诗以“赫厥灵”为纲，从不同侧面描写后稷的神异。前三章写后稷诞生前后的神异。一章写后稷在母体孕育的神异。姜嫄在郊野祭祀上帝，以消除无子之疾。她踏在上帝足印的拇指处，结果身动如孕。此后，她独自别居止息。胎儿在她的腹中渐渐发育，这就是后稷。二章写后稷诞生的神异。姜嫄怀足了月份，生下头胎非常顺利。衣胞不破不裂，无灾无害。姜嫄以为上帝不安享她的祭祀，才居然生下这么个圆球形的肉体，难怪她惊惧不已。三章写后稷被弃不死的神异。先弃之小巷，谁知有牛羊跑来庇护哺乳；继而弃之树林，谁知又恰逢人们前来砍伐木材；最后弃之寒冰，谁知更有鸟儿飞来用翅膀覆盖。后稷得到鸟伏的暖气，便破胞而出，显出了婴儿的原形。他的哭声又长又大，传满道路，震荡四野。姜嫄得知此情，遂收而养之。中三章写后稷艺农的神异。四章写后稷幼时艺农的神异。后稷刚会匍匐爬行时，就有知有识，聪慧异常，竟会种植庄稼，所种庄稼无不繁茂。五章写后稷成人后艺农的神异。他懂得相地之宜，铲除杂草，精选良种，播上金黄色的谷物。因后稷艺农有功，故受封于邰而立国。六章写后稷率民稼穑的神异。由于上帝佑助后稷，故而降下许多良种。后稷率民遍地种上良种，待到作物成熟，又率民收割，然后回家举行祭祀。末二章写后稷率民祭祀的神异。七章写后稷率民准备祭品。八章写后稷率民举行祭祀。从后稷开始祭祀，世世代代均无过错，以至于今世。

行　苇

敦彼行苇①，牛羊勿践履。	道上的芦苇多茂盛，牛羊不要把它侵。
方苞方体②，维叶泥泥③。	刚含苞来刚长茎，它的叶子绿而嫩。
戚戚兄弟④，莫远具尔⑤。	相亲相爱的兄弟，不要疏远要亲近。
或肆之筵⑥，或授之几⑦。	有的为他铺筵，有的为他设几。
肆筵设席，授几有缉御⑧。	铺筵又设席，授几有侍者来相继。
或献或酢⑨，洗爵奠斝⑩。	主人敬酒客还礼，洗尽酒杯都摆起。

醓醢以荐[11]，或燔或炙。	肉酱连汤齐捧上，烧的烤的菜多样。
嘉肴脾臄[12]，或歌或咢[13]。	牛胃牛舌美又香，有的唱歌有的击鼓响。
敦弓既坚[14]，四鍭既钧[15]。	画弓强劲又漂亮，四支箭儿都一样。
舍矢既均[16]，序宾以贤[17]。	发出箭儿中靶上，评宾本领谁最强。
敦弓既句[18]，既挟四鍭[19]。	画弓拉得满月样，四支箭儿已发放。
四鍭如树[20]，序宾以不侮。	四支箭儿竖靶上，评宾本领都高强。
曾孙维主[21]，酒醴维醹[22]。	曾孙有那主人样，清酒甜酒味醇良，
酌以大斗，以祈黄耇[23]。	用那大斗舀酒浆，祈求老者都安康。
黄耇台背[24]，以引以翼[25]。	黄发老者是驼背，能引导能辅翼。
寿考维祺[26]，以介景福[27]。	这些寿星很吉利，能为主人祈求大福气。

【注释】

①敦(tuán)：聚集的样子。行：道路。

②方：始。苞：含苞。体：长茎。

③泥泥：茂盛。

④戚戚：亲爱。

⑤尔：通“迩”。亲近。

⑥肆：陈设。筵：席。

⑦几：矮桌。

⑧缉：连续。御：侍候。

⑨酢：回敬。

⑩爵：酒杯。奠：放置。斝(jiǎ)：酒杯。

⑪醓醢(tǎn hǎi)：有汁的肉酱。

⑫脾：牛胃。臄(jué)：牛舌。

⑬咢(è)：击鼓而不歌唱。

⑭敦弓：画弓。

⑮鍭:箭名。钧:谓箭一样。

⑯均:皆中。

⑰序宾:评定宾客的成绩。贤:射中多者。

⑱句:通“彀”。张弓以上弦。

⑲挟:手持弦矢。

⑳树:立。

㉑曾孙:主席者之称。

㉒醹(yú):醇厚的酒。

㉓黄耇(gǒu):长寿者。

㉔台背:驼背。

㉕引:导引。翼:辅助。

㉖祺:吉祥。

㉗介:求。景:大。

【评析】

这是周王族宴之诗。全诗七章。首章写族宴之缘由。道旁长有一簇一簇的芦苇,牛羊不去践踏它。所以这芦苇能得以含苞长茎,其叶茂盛。诗以此兴比亲爱的同族兄弟,千万不要疏远,而要彼此亲近。二、三章写族宴之隆盛。开宴之前,执事者或铺竹席,或设矮桌。对年幼者,只铺竹席而已,而对年长者,不仅设席授桌,而且还派有专人侍奉。宴会伊始,主人向客人敬酒,客人向主人回敬。之后,主人又洗净酒杯,再次酬客。客人饮毕,便将酒杯置于几上。继而献上肉酱、烧肉、烤肉及牛胃、牛舌,佳肴极为丰盛。为了助兴,有的在合乐歌唱,有的在奋力击鼓,宴会气氛显得十分热烈而和谐。四、五章写较射之精彩。宴礼之中,还兼行射礼。四人一组,轮番较射。那画弓强劲有力,那四支箭完全相同。号令一下,四箭齐发,每箭皆中,射者均贤,难分高下。那画弓拉满有如弯月,那四支箭已紧绷在弦。号令一下,四箭齐发,每箭中的,射者均贤而“不侮”。六、七章写优老之至诚。在较射之时,主人对老者尤为优厚。主人所献酒醴,醇厚清香,酌以大斗,特为老者祝福。而这些老者德高望重,能以善道辅引,故这些吉祥的寿星,能为主人祈求更大的福禄。

既 醉

既醉以酒，既饱以德。 酒已喝个醉，又饱受恩惠。
君子万年，介尔景福。 君子万万岁，祈福一大堆。

既醉以酒，尔肴既将[1]。 酒已喝个醉，菜肴很精纯。
君子万年，介尔昭明[2]。 君子万万岁，赐给你光明。

昭明有融[3]，高朗令终[4]。 光明照四方，高明而善终。
令终有俶[5]，公尸嘉告[6]。 善终又善始，公尸致词颂。

其告维何，笾豆静嘉[7]。 祝告怎么样？祭品美而洁。
朋友攸摄[8]，摄以威仪。 朋友来相助，相助有美德。

威仪孔时[9]，君子有孝子。 威仪很美好，君子是孝子。
孝子不匮[10]，永锡尔类[11]。 孝子行善不停止，永赐好处多可喜。

其类维何，室家之壸[12]。 那好处怎么样？室家定昌盛。
君子万年，永锡祚胤[13]。 君子万万岁，永赐福禄给子孙。

其胤维何，天被尔禄。 那子孙怎么样？上天把福禄赏。
君子万年，景命有仆[14]。 君子万万岁，大命一桩又一桩。

其仆维何，釐尔女士[15]。 一桩一桩怎么样？赐给你女子和男丁。
釐尔女士，从以孙子[16]。 赐给你女子和男丁，接着有子又有孙。

【注释】

①将：美。

②昭明：光明。

③融：长远。

④高朗：高明。令终：善终。

⑤俶：始。

⑥尸：代祖先受祭的人。嘉告：祝福之辞。

⑦静嘉：食物美好。

⑧摄：佐助。

⑨时：善。

⑩匮：竭。

⑪锡：通“赐”。类：善。

⑫壸（kǔn）：广。

⑬祚：福禄。胤（yìn）：后代。

⑭仆：连续不绝。

⑮厘：赐予。女士：女与男。

⑯从：随。

【评析】

这是公尸向时王致祝辞之诗。全诗八章。前三章为群臣颂王之词。周王在祭祖之后，照例要举行一次宴会。在宴会上，群臣饮美酒而既醉，食佳肴而情欢。群臣受此恩惠，感激不尽，故祝愿时王享万年之寿，祝愿祖先赐您大福，赐您明德。祖先既赐您光明之德，而这光明之德又能久长，故您的高明之誉定能善始而善终。后五章为公尸祝福词。这几章运用的是设问修辞格。首先设问公尸祝告什么呢？回答是：食器所盛祭品，清洁而嘉美，以见祭之诚；群臣助祭，威仪显赫，以见祭之敬。不仅如此，主祭时王的威仪也很美好，这实在是一个孝子。而孝子的孝是没有穷尽的，所以祖先之神将永远赐给孝子以福禄。其次设问那福禄是什么呢？回答是：使您的室家日渐光大，永久赐给您的子孙以福禄。接着设问那子孙怎么样呢？回答是：上天加给您福禄，所赐大命属而不绝，您的子孙也将受大命无穷无尽。最后设问那属而不绝又怎么样呢？回答是：上天赐给您男女，接着有孙又有子。总之，诗的前三章言德，后五章言福。唯有“昭明”之德，方能受福博大；唯有“令终”之誉，方能受福久长。群臣颂德，公尸祝福，可谓相得益彰。

凫 鹥

凫鹥在泾[①]，公尸来燕来宁。	野鸭白鸥在水上，公尸宴饮多安详。
尔酒既清，尔肴既馨[②]。	你的酒清澄澄，你的菜喷喷香。
公尸燕饮，福禄来成[③]。	公尸来品尝，福禄双双降。
凫鹥在沙[④]，公尸来燕来宜[⑤]。	野鸭白鸥在沙滩上，公尸宴饮吃得香。
尔酒既多，尔肴既嘉。	你的酒品类多，你的菜也多样。
公尸燕饮，福禄来为[⑥]。	公尸来品尝，福禄多多降。
凫鹥在渚[⑦]，公尸来燕来处[⑧]。	野鸭白鸥在洲上，公尸宴饮且徜徉。
尔酒既湑[⑨]，尔肴伊脯[⑩]。	你的酒滤清爽，你的菜干肉香。
公尸燕饮，福禄来下[⑪]。	公尸来品尝，福禄纷纷降。
凫鹥在潨[⑫]，公尸来燕来宗[⑬]。	野鸭白鸥在高地上，公尸宴饮喜洋洋。
既燕于宗[⑭]，福禄攸降。	在宗庙已宴饮，福禄齐下降。
公尸燕饮，福禄来崇[⑮]。	公尸来品尝，福禄重重降。
凫鹥在亹[⑯]，公尸来止熏熏[⑰]。	野鸭白鸥在水旁，公尸宴饮乐无疆。
旨酒欣欣[⑱]，燔炙芬芬。	美酒多芬芳，烧肉烤肉扑鼻香。
公尸燕饮，无有后艰[⑲]。	公尸来品尝，没有灾难挂心肠。

【注释】

①凫(fú):野鸭。鹥(yī):水鸥。泾:水中。

②馨:香。

③成:就。

④沙:水边。

⑤宜:乐。

⑥为:加。

⑦渚:水中高地。

⑧处:安谧。

⑨湑:清。

⑩脯:干肉。

⑪下:降下。

⑫潨(cóng):水会合处。

⑬宗:通“悰”。快乐。

⑭宗:宗庙。

⑮崇:增高。

⑯亹(mén):水旁。

⑰熏熏:和悦。

⑱欣欣:香气浓盛。

⑲艰:灾难。

【评析】

这是周王祭毕宴请公尸之诗。全诗五章。每章首句以野鸭、水鸥在某地,兴比公尸在宗庙宴饮。每章次句写公尸宴饮时的心境。公尸宴饮之时,其心境安宁而舒适,快乐而和悦。每章三、四句写宴席之丰盛。宴席之上酒美且多,公尸饮之,心中欢乐;宴席之上佳肴多样,香气浓郁,公尸食之,心中舒畅。每章五、六句写宴饮公尸而获福。由于周王与公尸宴饮,因此祖考降下众多福禄,从此以后再无什么灾难。

假　乐

假乐君子[①]，显显令德[②]。	赞美快乐的君子，美德昭显放光辉。
宜民宜人[③]，受禄于天。	能安民能用人，接受上天的禄位。
保右命之，自天申之[④]。	保佑他命令他，从天降下福累累。
干禄百福[⑤]，子孙千亿。	求禄得百福，子孙千亿很兴旺。
穆穆皇皇[⑥]，宜君宜王。	既肃敬又堂皇，配做君配做王。
不愆不忘[⑦]，率由旧章[⑧]。	没过错没遗忘，遵循那旧规章。
威仪抑抑[⑨]，德音秩秩[⑩]。	仪表气度美，言语多清朗。
无怨无恶，率由群匹[⑪]。	没怨恨没憎恶，和群臣来商量。
受福无疆，四方之纲。	接受福禄大无疆，是那四方的纪纲。
之纲之纪，燕及朋友[⑫]。	治四方理四方，使群臣都安康。
百辟卿士，媚于天子[⑬]。	诸侯和群臣，爱戴周成王。
不解于位，民之攸塈[⑭]。	你的职位莫废荒，百姓全都会归往。

【注释】

①假：嘉、美。

②显显：昭明。

③宜：善于。

④申：引而长。

⑤干：求。

⑥穆穆：肃敬。皇皇：堂皇。

⑦愆：过失。

⑧率：遵循。

⑨抑抑：严肃。

⑩秩秩：有常。

⑪群匹：群臣。

⑫燕：安。朋友：群臣。

⑬媚：爱。

⑭塈（jì）：息。

【评析】

这是歌颂成王美德之诗。全诗四章。首章写成王受天之福禄。上天赞美成王有光明的道德，他善于安民，善于用人，从上天那里承受福禄。这上天保安他，佑助他，赐命他，故从天上降下重重福禄。二、三章写成王受福之由。二章写成王能法祖训。成王求禄而得百福，故子孙蕃衍以千亿。成王神情肃敬，仪表堂堂，善于为君，善于为王。他没有过错，没有疏漏，一切遵循先王的旧章。三章写成王能通下情。成王立朝，威仪美盛；成王谈吐，言语清朗。他能与群臣商量政事，故天下乐仰其德，毫无一点怨言。正因如此，成王能受福无疆，成为四方的榜样。四章写成王能安民。成王能统理四方，而群臣也赖以安宁。所以诸侯、群臣皆爱戴成王。唯欲成王莫懈于职位，天下百姓方能有所依归。诗至末尾微露戒意，诗人爱王之心甚为至诚。

公　刘

笃公刘[1]，匪居匪康[2]。	忠厚的公刘，不敢安居把福享。
乃埸乃疆[3]，乃积迺仓。	分田界划田疆，粮堆场粮入仓。
乃裹糇粮[4]，于橐于囊[5]，	包裹那干粮，袋里盛囊里装，
思辑用光[6]。弓矢斯张，	百姓和睦光大周邦。把箭搭在弓弦上，
干戈戚扬[7]，爰方启行[8]。	干戈戚斧肩上扛，这就出发迁他方。

笃公刘，于胥斯原[9]。	忠厚的公刘，察看这块大地方。
既庶既繁[10]，既顺迺宣[11]，	人口多物产旺。民心归顺情舒畅，
而无永叹[12]。陟则在巘[13]，	再无长叹把心伤。登上那山冈，
复降在原。何以舟之[14]，	又下到平原上。他佩带着什么？
维玉及瑶，鞞琫容刀[15]。	美玉宝石挂腰上，玉饰刀鞘闪银光。
笃公刘，逝彼百泉[16]，	忠厚的公刘，去看那百泉流淌，
瞻彼溥原[17]。迺陟南冈，	把那广阔的平原眺望。登上南边的山冈，
乃觏于京[18]。京师之野[19]，	看见京这个地方。京师的原野上，
于时处处[20]，于时庐旅[21]，	有的就住在这地方，有的就寄寓这地方，
于时言言[22]，于时语语[23]。	有的在这里把话说，有的在这里把话讲。
笃公刘，于京斯依[24]。	忠厚的公刘，安居在京这地方。
跄跄济济[25]，俾筵俾几[26]。	威仪端庄人满堂，设席设几多繁忙，
既登乃依，乃造其曹[27]。	登上竹席靠几旁，大家排在座位上。
执豕于牢[28]，酌之用匏[29]。	捉那猪儿在猪圈，用瓢舀那醇酒浆。
食之饮之，君之宗之[30]。	给他们饮给他们尝，做他们君王做宗长。
笃公刘，既溥既长。	忠厚的公刘，开辟的土地广又长。
既景迺冈[31]，相其阴阳[32]。	测日影登高冈，看哪阴来看哪阳，
观其流泉。其军三单[33]，	看那泉水的流向。把军队三分来垦荒，
度其隰原[34]，彻田为粮[35]。	把那高原平地来测量，治理田亩种食粮。
度其夕阳[36]，豳居允荒[37]。	测量那西边的山冈，豳的居地的确宽广。
笃公刘，于豳斯馆[38]。	忠厚的公刘，在豳地建宫室。
涉渭为乱[39]，取厉取锻[40]。	用船横渡那渭水，取来磨石和锻石。
止基乃理[41]，爰众爰有[42]。	宫室基础已治理，人口众多财充实。
夹其皇涧[43]，溯其过涧[44]。	有的夹着皇涧住，有的面向过涧息。

止旅迺密[45]，芮鞫之即[46]。　　居住人口渐稠密，湾里湾外都聚集。

【注释】

①笃：忠厚。

②匪居匪康：匪康居，意为不安居。

③埸（yì）：田界。

④糇（hóu）粮：干粮。

⑤橐（tuó）：无底口袋。囊：有底口袋。

⑥辑：和睦。光：光大。

⑦戚：斧子。扬：大斧。

⑧方：开始。启行：出发。

⑨胥：察看。

⑩庶、繁：指人物众多。

⑪顺：归顺。宣：舒畅。

⑫永：长。

⑬巘（yǎn）：小山。

⑭舟：通“周”。环绕。

⑮鞞琫（bǐng béng）：刀鞘上的装饰物。容刀：装饰过的佩刀。

⑯逝：往。

⑰溥：广阔。

⑱觏（gòu）：看见。京：地名。

⑲师：京都。

⑳处处：居住。

㉑庐旅：暂居。

㉒言言：畅所欲言。

㉓语语：无所不语。

㉔依：安居。

㉕跄跄济济：群臣威仪端庄肃穆。

㉖俾：摆设。

㉗造：犹“比”。排位。曹：众宾。

㉘牢：猪圈。

㉙匏（páo）：用葫芦做的瓢。

㉚君：当君王。宗：当宗主。

㉛景：同“影”。测日影。

㉜阴：山北。阳：山南。

㉝单：通“禅”。轮流代替。

㉞隰：低湿地。

㉟彻：治。

㊱夕阳：山的西面。

㊲允荒：实在大。

㊳馆：建房舍。

㊴乱：横流而断。

㊵厉：磨刀石。锻：锻石。

㊶理：治理。

㊷众：人多。有：财足。

㊸皇涧：水名。

㊹溯：面向。过涧：水名。

㊺旅：寄居。

㊻芮（ruì）：水边向内凹处。鞫（jú）：水边向外凸处。即：就。

【评析】

这是歌颂公刘由邰迁豳之诗。全诗六章。首章写准备出发。忠厚的公刘，不敢安居。他率民整治田亩，囤积粮食。为供移民途中急需，将干粮盛满口袋；为鼓舞士气，号召周族团结一心从而光大周邦；为防意外，命令士兵肩扛武器。一切准备就绪，于是开始出发。二章写察看平原。一到豳地，公刘便察看平原。随来之民众多，其心归顺，其情舒畅，而无长叹之声。公刘身体力行，不惮操劳，时而登上山顶，时而又下至平原。他身系美玉，腰佩容刀，显得非常英武。三章写安顿百姓。公刘经过视察，选定“京”这个地方。有的在此定居，有的在此寄居，有的在此欢歌，有的在此笑语，民情欢洽，气氛极为活跃。四章写庙成庆典。公刘在“京”首先营建宗庙。宗庙始成，即举行庆典，宴饮群臣。群臣皆有威仪，公刘使之按尊卑次序入席就座。公刘请他们食肉，请他们饮酒；做他们的君王，做他们的宗主。五章写拓垦田亩。已开垦的土地又长又大。为了继续拓垦田亩，公刘又测量日影以定方向，登上高冈以望远方。他察看山北山南，看是否寒暖得宜，以便耕稼；他考察河流泉水，看是否地势适中，以便灌溉。公刘将军队分成三批，轮番服役，去测量地势低洼的平原，整治田亩生产粮食。为了扩大耕地，还必须勘测山西面的土地。至此，豳的居地的确广大。六章写营室定居。公刘在豳地修建房舍。为此，用船截流横渡渭水，去取来粗石与砧石。房舍已经建成，百姓更多，财物益足。有的在“皇涧”两岸住着，有的面向“过涧”住着。诗写至此戛然而止，余味无穷。不难见出，公刘之国已初具规模，而且还大有日进无疆之势。公刘真不愧为周朝历史上一位伟大的英雄。

泂　酌

泂酌彼行潦①，挹彼注兹②， 可以餴饎③。 岂弟君子，民之父母。	远远取那沟中的活水，那里舀来这里倒， 可用来蒸米饭真是好。 和乐平易的君子，是百姓的父母都称道。
泂酌彼行潦，挹彼注兹， 可以濯罍④。 岂弟君子，民之攸归。	远远取那沟中的活水，那里舀这里倒， 可用洗酒壶真是好。 和乐平易的君子，百姓纷纷来投靠。
泂酌彼行潦，挹彼注兹， 可以濯溉⑤。 岂弟君子，民之攸塈⑥。	远远取那沟中的活水，那里舀这里倒， 可用来洗酒器真是好。 和乐平易的君子，百姓赖以安息乐陶陶。

【注释】

①泂(jiǒng):远。行:通“洐”。水沟。潦:积水。

②挹(yì):舀。

③餴(fēn):蒸。饎(xī):饮食。

④濯:洗涤。罍(léi):酒器。

⑤溉:盛酒的漆器。

⑥塈(xì):息。

【评析】

这是歌颂时王功德之诗。全诗三章。每章前三句为兴体。远远地取那沟中的活水,盛之于大器而注之于小器,便可用来蒸米饭、洗酒器及洗漆器。诗以此兴比时王有惠于民。每章后二句歌颂时王。由于这位和乐的时王爱民如子,故百姓乐于归往,并赖以栖息。

卷 阿

有卷者阿①,飘风自南②。
岂弟君子③,来游来歌,
以矢其音④。

弯弯曲曲的山陵,旋风从南边飘过。
和乐平易的君子,一边游玩一边唱歌,
放开嗓门来吟哦。

伴奂尔游矣⑤,优游尔休矣⑥。
岂弟君子,俾尔弥尔性⑦,
似先公酋矣⑧。

你潇洒地游玩,你优闲地养神。
和乐平易的君子,能充足美好的品性,
先公的事业你继承。

尔土宇昄章⑨,亦孔之厚矣⑩。
岂弟君子,俾尔弥尔性,
百神尔主矣。

你的疆域和版图,辽阔无边际。
和乐平易的君子,能充足美好的品性,
百神你主祭。

尔受命长矣，茀禄尔康矣[11]。
岂弟君子，俾尔弥尔性，
纯嘏尔常矣[12]。

你接受天命很久长，获福禄而安康。
和乐平易的君子，能充足美好的品性，
大福常在你身旁。

有冯有翼[13]，有孝有德，
以引以翼[14]。岂弟君子，
四方为则。

满心忠诚貌端庄，道德完美很善良，
神情肃敬令人仰。和乐平易的君子，
四方以他为榜样。

颙颙卬卬[15]，如圭如璋[16]，
令闻令望。岂弟君子，
四方为纲。

貌堂堂气昂昂，像玉圭像玉璋，
好声誉好威望。和乐平易的君子，
四方以他为纪纲。

凤凰于飞，翙翙其羽[17]，
亦集爰止[18]，蔼蔼王多吉士[19]，
维君子使，媚于天子[20]。

凤凰在飞翔，翅膀翙翙响，
降落在一方。众多贤士满朝堂，
听从天子来使唤，无不爱戴周君王。

凤凰于飞，翙翙其羽，
亦傅于天[21]。蔼蔼王多吉人，
维君子命，媚于庶人。

凤凰在飞翔，翅膀翙翙响，
奋力飞天上。众多贤士满朝堂，
听从天子的命令，无不把百姓挂心上。

凤凰鸣矣，于彼高冈。
梧桐生矣，于彼朝阳[22]。
菶菶萋萋[23]，雝雝喈喈[24]。

凤凰在鸣叫，在那高冈上。
梧桐在生长，朝向那太阳。
叶儿茂枝儿壮，声雍和而响亮。

君子之车，既庶且多[25]。
君子之马，既闲且驰[26]。
矢诗不多[27]，维以遂歌[28]。

君子的车驾，既多又堂皇。
君子的良马，既熟练又快当。
献的诗不多，只进此诗来高唱。

【注释】

①卷:曲。阿:山陵。

②飘风:旋风。

③岂弟:乐易。

④矢:陈述。

⑤伴奂:盘桓。

⑥优游:闲暇。

⑦俾:使。弥:充足。

⑧似:通“嗣”。继承。酋:通“猷”。谋,即事业。

⑨土宇:疆域。昄(bǎn)章:版图。

⑩孔:很。

⑪茀:通“福”。

⑫纯嘏(gǔ):大福。

⑬冯:满。翼:盛。

⑭引:通“寅”。敬。翼:义同“引”。

⑮颙颙(yóng):肃敬。卬卬:器宇轩昂。

⑯圭、璋:皆礼器。

⑰翙翙(huì):鸟飞声。

⑱爰:犹“而”。

⑲蔼蔼:犹“济济”。吉士:贤臣。

⑳媚:爱。

㉑傅:至。

㉒朝阳:山的东面。

㉓菶菶(běng)、萋萋:皆茂盛的样子。

㉔雝雝、喈喈:皆鸟鸣声。

㉕庶:众。多:通“侈”。富丽堂皇。

㉖闲:熟练。

㉗矢:陈述、陈列。

㉘遂:进。

【评析】

这是召康公从成王出游之诗。全诗十章。首章写作诗之由。蜿蜒曲折的山陵，旋风从南边吹来。这里风光秀美，凉爽宜人。和乐平易的成王，一边游览，一边唱歌，好不欢悦。由于成王唱出了他的歌，故召康公借游陈词，作此诗以答成王。二至六章歌颂成王之德。前三章写德之内蕴。三章言善继。成王潇洒地游览，优闲地休憩。和乐平易的成王，能充足其性，善继先公之业。二章言奉祀。周之疆宇版图，辽阔无边。和乐平易的成王，能充足其性，为百神之祭主。四章言获福。成王受天命而久长，获福禄而安康。和乐平易的成王，永享千秋之大福。这"似先公"、"主百神"、"常纯嘏"正是歌颂成王德之内蕴。后二章写德之外著。五章言"为则"。成王忠诚满于内，威仪盛于外。正因为成王有美德，故其威仪端庄肃敬。成王的威仪可成为四方的准则。六章言"为纲"。成王神情肃敬，器宇轩昂，其德如圭璋般圣洁可贵，其善声美誉流播于四海。成王的盛德可成为四方的纪纲。这"为则"、"为纲"正是歌颂成王德之外著。七至九章歌颂贤臣之盛。七章言贤臣忠君。凤凰展翅飞翔，其羽"翙翙"作响，纷纷集于所止之处。诗以此兴比成王贤臣济济一堂。这些贤臣为王驱使，奉职尽力，无不爱戴天子。八章写贤臣爱民。凤凰展翅飞翔，其羽"翙翙"作响，纷纷向上直薄云天。诗以此兴比贤臣奋发有为。这些贤臣听王使命，不失其职，无不爱护百姓。九章写贤臣之盛。在那高冈之上，凤凰正在鸣叫，其声悦耳动听；在那山的东面，梧桐巍峨高耸，其貌青葱繁茂。此章全为喻体，寓意深长。"梧桐生"喻明君出，"菶菶萋萋"喻君德盛。"凤凰鸣"喻贤臣众，"雝雝喈喈"喻贤臣和。凤凰毕集于梧桐，正暗喻贤臣咸附于明君。末章歌颂车马之盛。成王之车，既众多又堂皇；成王之马，既熟练又轻快。此与首章"游"字正遥相呼应。召康公自谓：陈诗不多，唯以此诗作为进献君王之歌。此照应首章"以矢其音"作收，章法极为严谨。

民 劳

民亦劳止！汔可小康[①]。	百姓已劳苦不堪，只求少许的安康。
惠此中国[②]，以绥四方[③]。	爱护京城百姓，可安抚那四方。
无纵诡随[④]，以谨无良[⑤]。	不要放纵骗子手，谨防他们心不良。
式遏寇虐[⑥]，憯不畏明[⑦]。	制止他们逞凶暴，竟然不怕那法网。
柔远能迩[⑧]，以定我王。	亲近远人爱近旁，安定我们的君王。
民亦劳止！汔可小休。	百姓已劳苦不堪，该让他们稍微休息。
惠此中国，以为民逑[⑨]。	爱护京城百姓，可把天下百姓聚集。
无纵诡随，以谨惛怓[⑩]。	不要放纵骗子手，谨防他们喳叽叽。
式遏寇虐，无俾民忧。	制止他们逞凶暴，莫使百姓心忧戚。
无弃尔劳[⑪]，以为王休[⑫]。	莫把你的前功弃，成就君王的政绩。
民亦劳止！汔可小息。	百姓已劳苦不堪，该让他们歇一歇。
惠此京师，以绥四国。	爱护京城百姓，可安定四方之国。
无纵诡随，以谨罔极[⑬]。	不要放纵骗子手，谨防他们无准则。
式遏寇虐，无俾作慝[⑭]。	制止他们逞凶暴，莫让他们作罪孽。
敬慎威仪，以近有德。	敬慎你的威仪，亲近贤人治好国。
民亦劳止！汔可小愒[⑮]。	百姓已劳苦不堪，该让他们歇一歇。
惠此中国，俾民忧泄。	爱护京城百姓，可使百姓忧愤泄。
无纵诡随，以谨丑厉[⑯]。	不要放纵骗子手，谨防他们心恶邪。
式遏寇虐，无俾正败[⑰]。	制止他们逞凶暴，莫使正道中途绝。
戎虽小子[⑱]，而式弘大[⑲]。	你虽然很年轻，但作用重大要懂得。

民亦劳止！汔可小安。
惠此中国，国无有残。
无纵诡随，以谨缱绻[20]。
式遏寇虐，无俾正反。
王欲玉女[21]，是用大谏。

百姓已劳苦不堪，该让他们稍平安。
爱护京城百姓，国家不致有破残。
不要放纵骗子手，谨防他们老纠缠。
制止他们逞凶暴，莫使是非弄相反。
君王啊我热爱你，故作此诗来规劝。

【注释】

①汔(qì)：庶几。
②中国：京师。
③绥：安。
④诡随：欺诈。
⑤谨：谨防。
⑥式：用。遏：制止。寇虐：残害。
⑦憯(cǎn)：曾，乃。
⑧柔：安抚。迩：近。
⑨逑：聚合。
⑩惛怓(hūn náo)：喧哗。
⑪劳：功劳。
⑫休：美。
⑬罔极：无法纪。
⑭慝(tè)：邪恶。
⑮愒(qì)：休息。
⑯丑厉：丑态。
⑰正：正道。
⑱戎：你。
⑲式：用。弘：大。
⑳缱绻(qiǎn quǎn)：固结不解。
㉑玉：爱。

【评析】

这是召穆公谏厉王之诗。全诗五章。周厉王是一位贪暴之君。他重用小人，钳制言论，滥杀无辜。结果导致国家大乱，诸侯离心，国人反叛，最后厉王只落得“流于彘”的可悲下场。《民劳》、《板》、《荡》、《桑柔》诸篇均是在这种历史背景下产生的。每章前四句谏王安民。百姓已劳瘁不堪了，庶几可望稍事安息。因此，爱护京城百姓，便可安抚四方；爱护京城百姓，便可聚集天下之民；爱护京城百姓，便可安定四方之国；爱护京城百姓，便可使民排除忧愁；爱护京城百姓，便可使国家不致遭到败亡。京城为国之心脏，“惠中国”以安天下实乃良策。每章中四句谏王防奸。不要放纵“诡随”之人，要谨防他居心不良，谨防他喧嚣胡言，谨防他无恶不作，谨防他丑态多端，谨防他反复纠缠。唯有“无纵”、“以谨”，方可用以遏止“寇虐”。这样便可出现一个好的政治局面：使小人知畏明法，使百姓没有忧愁，使小人不敢作恶，使政治不致败坏，使是非不会颠倒。每章末二句谏王修德。要悦近怀远，以定王室；无弃前功，以成其美；敬慎威仪，接近有德。您虽年轻，作用甚大，关系天下安危，民生休戚，故德不可不修。最后倾吐忠言：“君王啊，我衷心热爱您，故作此诗来规劝。”诗旨至此而大明。

板

上帝板板[①]，下民卒瘅[②]。	上帝行为多乖张，下面百姓尽遭殃。
出话不然[③]，为犹不远[④]。	说出话来不像样，订的谋略不久长。
靡圣管管[⑤]，不实于亶[⑥]。	漠视圣人自放纵，一点诚信也不讲。
犹之未远，是用大谏。	谋略订得不久长，因此劝告把话讲。
天之方难，无然宪宪[⑦]。	老天正在降灾殃，不要这样喜若狂。
天之方蹶[⑧]，无然泄泄[⑨]。	老天正在大动荡，不要这样哇哇讲。

辞之辑矣[10]，民之洽矣[11]。	政教如宽缓，百姓就舒畅。
辞之怿矣[12]，民之莫矣[13]。	政教如败坏，百姓就遭殃。
我虽异事[14]，及尔同寮[15]。	我的职务虽不一样，和你都在朝廷上。
我即尔谋[16]，听我嚣嚣[17]。	我来跟你同谋划，你却不肯听我讲。
我言维服[18]，勿以为笑。	我的话儿都实在，不要以为是谈笑。
先民有言，询于刍荛[19]。	古人曾说过：要向樵夫来请教。
天之方虐，无然谑谑[20]。	老天正在逞凶暴，不要这样乐陶陶。
老夫灌灌[21]，小子蹻蹻[22]。	老夫诚恳来忠告，小子气扬多骄傲。
匪我言耄[23]，尔用忧谑[24]。	不要以为我老糊涂，把我的话儿当笑料。
多将熇熇[25]，不可救药。	你如作恶像烈火，那真正是不可救药。
天之方懠[26]，无为夸毗[27]。	老天正在发脾气，不要夸谈喳叽叽。
威仪卒迷[28]，善人载尸。	乱七八糟没礼仪，好人如尸把口闭。
民之方殿屎[29]，则莫我敢葵[30]。	百姓正在叹着气，没谁敢把我护庇。
丧乱蔑资[31]，曾莫惠我师[32]。	天灾人祸没生计，竟没谁肯把大众来救济。
天之牖民[33]，如埙如篪[34]，	老天诱导那百姓，如埙如篪相和鸣。
如璋如圭，如取如携。	如璋如圭配得紧，如取物携物在手心。
携无曰益[35]，牖民孔易。	携物莫说有阻碍，诱导百姓容易得很。
民之多辟[36]，无自立辟[37]。	百姓多干邪僻事，是因擅自立法不合情。
价人维藩[38]，大师维垣[39]。	掌军权者是藩篱，掌政权者是围墙。
大邦维屏[40]，大宗维翰[41]。	天子之邦是屏障，天子之宗是栋梁。
怀德维宁，宗子维城[42]。	若怀明德天下安，天子就是那城墙。
无俾城坏，无独斯畏。	不要使那城墙坏，不要独居太恐慌。
敬天之怒，无敢戏豫[43]。	要敬畏老天的怒气，不敢随便地嬉戏。

敬天之渝[44]，无敢驰驱。 要敬畏老天的变异，不敢成天奔驰急。
昊天曰明，及尔出王[45]。 老天明察秋毫，监视你前往娱乐地。
昊天曰旦[46]，及尔游衍[47]。 老天明察秋毫，监视你出外去游戏。

【注释】

①板板：乖戾。
②卒瘅（dàn）：劳瘁病苦。
③不然：不对。
④犹：谋。
⑤靡圣：目无圣人。管管：无所依据的样子。
⑥亶（dǎn）：诚信。
⑦宪宪：通“欣欣”。喜悦。
⑧蹶（guì）：动。
⑨泄泄：喋喋不休。
⑩辞：政令之辞。辑：缓和。
⑪洽：和谐。
⑫怿（yì）：通“殬”。败坏。
⑬莫：通“瘼”。病。
⑭异事：职务不同。
⑮同寮：即“同僚”。
⑯即：就。
⑰嚣嚣：不肯受言的样子。
⑱服：用。
⑲询：问。刍荛：樵夫。
⑳谑谑（xuè）：喜乐。
㉑灌灌：诚恳。
㉒蹻蹻：骄傲。
㉓耄（mào）：老人。
㉔忧谑：嬉戏。

㉕熇熇(hè):炽盛。

㉖懠(qí):愤怒。

㉗夸毗(pí):说大话。

㉘迷:乱。

㉙殿屎:呻吟。

㉚葵:庇护。

㉛蔑资:无财物。

㉜惠:体恤。师:民众。

㉝牖(yǒu):诱导。

㉞埙(xūn):土制乐器。篪(chí):竹管乐器。

㉟益:通"隘"。阻碍。

㊱辟:邪僻。

㊲辟:法。

㊳价人:指卿士掌军事者。藩:篱笆。

㊴大师:最高的执政者。垣:墙。

㊵大邦:周邦。屏:屏障。

㊶大宗:周宗。翰:栋梁。

㊷宗子:周天子。

㊸戏:嬉戏。豫:通"娱"。快乐。

㊹渝:变,灾异。

㊺王:通"往"。

㊻旦:明。

㊼游衍:游逛。

【评析】

这是凡伯刺厉王之诗。全诗八章。一、二章斥王慢天违圣。上帝乖戾,使百姓劳瘁不堪。这是轻慢上天所造成的恶果。厉王出言不合情理,为谋也不远长;漠视先圣,言行不一;目光短浅,"是用大谏"。上帝正在降灾,而您还如此欣喜;上帝正在作乱,而您还如此夸耀。若政教宽缓,则百姓和谐;若政教败坏,则百姓疾苦。这二章造语犀利,促人猛醒。

三、四章斥王不听善言。您是君，我是臣，虽然职事不同，但同治天下则无异。我竭力出谋献策，而您却高傲自大，充耳不闻。我的话句句实在，不要以为是谈笑。古人说过："樵夫之言尚可询。"上帝正在暴虐，您不要如此喜乐。我诚恳忠告，而您却趾高气扬。不要以为我老昏而妄言，将我的话当作儿戏。您如行恶如炽盛之烈火，那将真正不可救药。这二章针砭入髓，意欲厉王猛醒。五、六章斥王不恤民情。如今百姓正在痛苦中呻吟，也没有谁敢庇护我。时遭丧乱，财用匮竭，乃不能救济苍生。其实上天诱民极其容易。如今百姓之所以多行邪僻之事，是因为厉王擅自制定了不合理的法律。七、八章谏王修德敬天。掌军权者是天下的藩篱，掌政权者是天下的围墙，天子之邦是天下的屏障，天子之宗是天下的栋梁。天子若怀明德，则天下太平。所以天子实乃天下的城墙。千万不能使城墙毁坏。若"城"坏，则"藩"、"垣"、"屏"、"翰"也就随之而坏。于是规劝厉王务必修德，不要成为孤家寡人，独居而可畏。诗人见微知著，可谓有识。至于天变，尤当敬畏。要敬畏上天的盛怒，不敢嬉戏游乐；要敬畏上天的变异，不敢驾马驱车。上天明察秋毫，实在可畏。您出行、游逛，上天无时无刻不在监视。若要回天。务必敬天，此言此语，足以唤得人醒。厉王若还执迷不悟，那只能说是咎由自取。

荡

荡荡上帝①，下民之辟②。	恩德广大的上帝，是下民的君王。
疾威上帝③，其命多辟④。	性情暴虐的上帝，他的命令多乖张。
天生烝民⑤，其命匪谌⑥。	上天生下众百姓，他的命令不可信。
靡不有初，鲜克有终。	无不有个好开头，很少能够有善终。
文王曰咨⑦，咨女殷商。	文王说：唉！唉，你这殷商。
曾是强御⑧，曾是掊克⑨，	怎么这样暴虐凶狂，怎么这样搜刮一光？

曾是在位，曾是在服[10]。
天降慆德[11]，女兴是力[12]，

怎么让他们高高在上？怎么让他们大权独掌？
上天降下缺德之人，你竟助之兴风作浪。

文王曰咨，咨女殷商。
而秉义类[13]，强御多怼[14]。
流言以对[15]，寇攘式内[16]。
侯作侯祝[17]，靡届靡究[18]。

文王说：唉！唉，你这殷商。
掌权者都是坏心肠，强暴者多遭怨谤。
柔恶者把流言进上，国内出现偷和抢。
百姓诅咒这世道，没有尽头没收场。

文王曰咨，咨女殷商。
女炰烋于中国[19]，敛怨以为德[20]。
不明尔德[21]，时无背无侧[22]。
尔德不明，以无陪无卿[23]。

文王说：唉！唉，你这殷商。
你咆哮在国内多张狂，怨声载道还恃强。
你的品德不光明，不知恶人在身旁。
你的品德不光明，没有贤臣来相帮。

文王曰咨，咨女殷商。
天不湎尔以酒[24]，不义从式[25]。
既愆尔止[26]，靡明靡晦[27]。
式号式呼，俾昼作夜。

文王说：唉！唉，你这殷商。
老天不让你贪酒浆，做那坏事更不当。
你的容止哪像样，不分黑夜和天亮。
又是叫来又是嚷，黑夜当作大天光。

文王曰咨，咨女殷商。
如蜩如螗[28]，如沸如羹。
小大近丧，人尚乎由行[29]。
内奰于中国[30]，覃及鬼方[31]。

文王说：唉！唉，你这殷商。
乱得像小蝉鸣大蝉嚷，像水儿滚汤儿扬。
小小大大近丧亡，你还把乱政来推广。
在国内怨声如沸汤，进而波及到鬼方。

文王曰咨，咨女殷商。
匪上帝不时[32]，殷不用旧[33]。
虽无老成人，尚有典刑[34]。
曾是不听，大命以倾。

文王说：唉！唉，你这殷商。
不是上帝不善良，是殷不用旧规章。
虽然没有老成人，还有典型可效仿。
这些你都不听从，国家命运该灭亡。

文王曰咨，咨女殷商。

文王说：唉！唉，你这殷商。

人亦有言，颠沛之揭[35]，
枝叶未有害，本实先拨[36]。
殷鉴不远，在夏后之世。

人们也曾这样讲：树木颠倒根儿扬，
枝枝叶叶没损伤，根儿首先离土壤。
殷朝的镜子并不远，就在夏后怎么亡。

【注释】

①荡荡：广大。

②辟：君。

③疾威：暴虐。

④辟：邪僻。

⑤烝：众。

⑥匪谌（chén）：不信。

⑦咨：叹词。

⑧强御：暴虐。

⑨掊（póu）克：横征暴敛。

⑩服：政事。

⑪慆（tāo）德：无德。

⑫兴：助。

⑬义类：邪曲。

⑭怼（duì）：怨恨。

⑮对：应答。

⑯攘：盗。

⑰侯：语助词。作、祝：诅咒。

⑱届：极。究：穷。

⑲炰烋（páo xiāo）：同“咆哮”。

⑳敛怨：积怨。

㉑不明：昏暗。

㉒时：是。背、侧：指恶人。

㉓陪、卿：指善人。

㉔湎：沉溺。

㉕式：法。

㉖愆（qiān）：过错。止：举止。

㉗晦：指黑夜。

㉘蜩（tiáo）：蝉。螗：蝉的一种。

㉙尚：还。

㉚奰（bì）：盛怒。

㉛覃（tán）：延。鬼方：远方。

㉜时：善。

㉝旧：指旧有的典章制度。

㉞典刑：即典型。

㉟颠沛：倒下。揭：树根翘起的样子。

㊱本：树根或主干。拨：断绝，败坏。

【评析】

这是召穆公刺厉王之诗。全诗八章。此诗格局尤奇，除首章直斥厉王外，其余各章均为文王叹殷之词。这种奇特的格局，在《雅》诗中实属罕见。这是因为厉王之恶类似商纣，所以文王嗟叹商纣，即等于诗人讽刺厉王。这种托古讽今、指桑骂槐的手法，颇为别致。首章斥王失德慢天。上帝反复无常，是由厉王失德慢天所致。上天生下众民，其命令难以相信，正是因为厉王不能以善道自终。二章斥王贪婪暴戾。厉王所用皆强暴之人，皆聚敛之辈。上天降下这些缺德之人，而您竟助之为恶。三章斥王任用小人。厉王所用皆邪恶小人。强暴者鱼肉百姓，故多遭怨恨；柔恶者爱进谗言，故贼寇滋生。对此，百姓只有诅咒，且无穷无尽。四章斥王善恶不明。厉王骄横咆哮，不但不以积怨为恶，反而以之为德，真是昏聩至极。他善恶不明，良莠不辨。明有"背仄"之小人，厉王谓之"无"而加以重用；明有"陪卿"之贤人，厉王谓之"无"而加以摒弃，这岂不昏庸透顶。五章斥王沉湎于酒。上天不让沉湎于酒，可是厉王不畏天命，偏偏纵酒逸乐，荒淫无度。他饮酒败仪，无时不醉，叫号狂呼，"俾昼作夜"，昏昏沉沉真是到了无以复加的地步。六章斥王怙恶不悛。朝政无论大小皆临近丧亡。因此民情激愤，怨声载道。这怨叹之声如蝉之鸣,如羹之沸,整个中国无静之时,无宁之所。开始不过内怒于中国,继而延及鬼方。远近皆怒,如火蔓延,岂可扑灭。七章斥王废弃旧典。旧典乃治国之宝,可是厉王却弃而不用。国中虽无"老成人",但还有"典刑"可资效法。您怎么这样置若罔闻,不肯听从。既然如此,那国家的命运必将倾覆。八章斥王败坏本根。道德是国君的本根。厉王失德,根本已坏,若不修德,国之必亡。结尾规谏厉王改图,莫蹈纣王覆辙。这一告诫何其深切。

抑

抑抑威仪①,维德之隅②。	慎密的威仪,是道德的表征。
人亦有言,靡哲不愚。	人们也这样说过:没有聪明人不装愚蠢。
庶人之愚,亦职维疾③。	一般人愚蠢,也常是一种通病。
哲人之愚,亦维斯戾④。	聪明人愚蠢,也是为了避免罪刑。
无竞维人⑤,四方其训之⑥。	为政莫如得人,四方都会效法他。
有觉德行⑦,四国顺之⑧。	德行光明正大,四国都会顺从他。
讦谟定命⑨,远犹辰告⑩。	制大谋定号令,制远谋时宣告。
敬慎威仪,维民之则。	谨慎你的仪表,百姓就会仿效。
其在于今,兴迷乱于政⑪。	就在如今这时辰,小人搞乱这国政。
颠覆其德,荒湛于酒。	败坏那德行,成天把酒饮。
女虽湛乐从,弗念厥绍⑫。	你只把欢乐去追寻,不把先人的传统记在心。
罔敷求先王⑬,克共明刑⑭。	不广求先王的治国之道,把光明的法度来推行。
肆皇天弗尚⑮,如彼泉流,	如今老天不保佑,如同泉水急奔流,
无沦胥以亡⑯。夙兴夜寐,	都相率沉没不回头。早早起迟迟睡,

洒扫廷内，维民之章。	打扫厅堂和室内，做那百姓的表率，
修尔车马，弓矢戎兵[17]。	修好你的车马，还有弓箭和刀枪。
用戒戎作[18]，用逷蛮方[19]。	用以制止战争，用以驱逐蛮邦。
质尔人民[20]，谨尔侯度[21]，	告诫你的百姓，谨守你的法度，
用戒不虞[22]。慎尔出话，	用以防止意外变故。你说话要谨慎，
敬尔威仪，无不柔嘉[23]。	你态度要恭敬，这就处处安宁。
白圭之玷[24]，尚可磨也。	白玉上的污点，还可以磨掉。
斯言之玷，不可为也。	这话语的毛病，那就改变不了。
无易由言[25]，无曰苟矣[26]。	不要轻易发言，允诺不要随便。
莫扪朕舌[27]，言不可逝矣[28]。	没有谁按住舌头，话一出口不可回收。
无言不雠[29]，无德不报。	凡话皆有反响，凡德皆有影响。
惠于朋友，庶民小子。	要施惠给朋友，以及广大民众。
子孙绳绳[30]，万民靡不承[31]。	子孙连绵不断，万民无不顺从。
视尔友君子，辑柔尔颜[32]，	对待你的好友，态度容颜要和柔，
不遐有愆[33]。相在尔室，	就不会有何过咎。看你一人在室内，
尚不愧于屋漏[34]。无曰不显，	暗角里也不会有愧疚。不要说这里不明显，
莫予云觏[35]，神之格思[36]，	没人能把我看透。神灵降临呀，
不可度思，矧可射思[37]。	不能够揣度，岂可厌倦不把德修。
辟尔为德[38]，俾臧俾嘉[39]。	你要修明德行，使它完善美好。
淑慎尔止[40]，不愆于仪。	谨慎你的仪表，不要失去礼貌。
不僭不贼[41]，鲜不为则。	不犯错不残暴，很少不为人仿效。
投我以桃，报之以李。	投给我木桃，我用李来回报。
彼童而角[42]，实虹小子[43]。	说那小羊生了角，这实在是骗人瞎胡闹。
荏染柔木[44]，言缗之丝[45]。	那坚韧的柔木，安上丝线可做琴。

温温恭人，维德之基。
其维哲人，告之话言[46]，
顺德之行。其维愚人，
覆谓我僭[47]，民各有心。

那温和恭敬的人，是道德的根本。
他若是个聪明人，告诉他善言，
就能顺着正道行。他若是个愚蠢人，
反说我言不可信，人们各有不同的心。

於乎小子，未知臧否。
匪手携之，言示之事[48]。
匪面命之，言提其耳。
借曰未知，亦既抱子。
民之靡盈[49]，谁夙知而莫成[50]。

唉，小子！好坏都不知。
不但用手携着他，还要告诉他事多。
不但当面教训他，还要提着他耳朵。
你借口说没知识，也已抱上了儿子。
人们要是不自满，谁会早知而成功迟。

昊天孔昭[51]，我生靡乐。
视尔梦梦[52]，我心惨惨[53]。
诲尔谆谆，听我藐藐[54]。
匪用为教[55]，覆用为虐[56]。
借曰未知，亦聿既耄[57]。

老天很明白，我活着不舒畅。
看你昏昏沉沉，我的心无比愁闷。
教导你一遍又一遍，而你却充耳不闻。
不用善言施教，反而用它开玩笑。
借口说没知识，也已七十又八老。

於乎小子，告尔旧止[58]。
听用我谋，庶无大悔[59]。
天方艰难，曰丧厥国。
取譬不远，昊天不忒[60]。
回遹其德[61]，俾民大棘[62]。

唉，小子！告诉你旧规章。
你若听从我主张，该不至于大懊丧。
老天正在降灾殃，说不定国家会灭亡。
我的举例在眼前，上天办事很恰当。
你的德行多邪僻，致使百姓遭大殃。

【注释】

①抑抑：慎密。

②隅：方正。

③职：主，常。疾：毛病。

④戾：善。

⑤无竞:莫强。

⑥训:效法。

⑦觉:正直。

⑧顺:服从。

⑨讦:大。谟:谋略。定命:确定政令。

⑩远犹:远大计谋。辰告:按时宣告。

⑪兴:皆,都。

⑫绍:继。

⑬敷:广。

⑭克:能。共:通“拱”。执行。明刑:英明的法典。

⑮肆:如今。尚:保佑。

⑯沦胥:沉没。

⑰戎兵:指武器。

⑱戒:警戒。戎:战争。作:兴。

⑲逷(tì):驱除。

⑳质:告戒。

㉑度:法度。

㉒不虞:意外之变。

㉓柔:安。嘉:善。

㉔玷(diàn):斑点。

㉕无易:不要轻易。

㉖苟:随便。

㉗扪(mén):按住。朕:我。

㉘逝:追。

㉙雠:应答。

㉚绳绳:连绵不断。

㉛承:顺。

㉜辑:和。

㉝遐:通“何”。愆:过错。

㉞屋漏:室之深暗处。

㉟云：语气词。觏：看见。

㊱格：至。

㊲矧（shěn）：况且。射：通"斁"。厌倦。

㊳辟：彰明。

㊴臧、嘉：皆善。

㊵止：行为，举止。

㊶僭：谮。贼：残害。

㊷童：秃。

㊸虹：惑乱。

㊹荏染：柔弱。

㊺缗：安上弦。

㊻话言：善言。

㊼覆：反。僭：欺妄。

㊽示：告示。

㊾盈：满。

㊿莫：即"暮"。晚上。

51昭：明察。

52梦梦：不明。

53惨惨：忧闷。

54藐藐：轻视。

55用：以。

56虐：戏谑。

57耄（mào）：老。

58旧止：指先王的礼法。

59悔：过失。

60忒（tè）：差错。

61回遹（yù）：邪僻。

62棘：急难。

【评析】

这是卫武公告诫周平王之诗。全诗十二章。前八章写德之当修。

一章言仪、德要相符。缜密的威仪是德的表征。表里皆美，仪、德才能相符。二章言有德必有应。人君德行正大光明，则四国都会顺从他。要制定宏图大略，没有光明的德行断然不成。三章言不要逸乐怠政。如今小人皆迷乱政事，败坏道德，沉溺于酒。而您也唯“湛乐”是从，既不思念继承先人之业，也不广求先王之道，这岂能推行光明的法度？四章言修内以治外。您要勤勉修内，做人民的表率。您要整顿军队，用以制止战争，用以驱逐蛮邦。五、六章言说话要谨慎。说话要谨慎，态度要恭敬。白玉上的污点，还可以磨掉。这言语上的毛病，那就不可改变。因此，不要轻易说话，更不要随便允诺。凡话皆有反响，凡德皆有影响。要施恩于朋友及广大民众。如此，您的子孙将连绵不断，万民无不顺从。七章言要修谨独之功。对待朋友要和颜悦色，这就不会有什么过错。尤其是要看一人在室中，于黑暗角落也无有惭愧。切莫说这里不明亮，没有谁能看见我。殊不知神灵降临，不可揣度，岂可厌倦而不修德。八章言要修德行。您要修明德行，使之日臻完美；您要谨慎举止，不要损害威仪。只要无过错，无伤害，就很少不为人所效法。后四章写要听善言。九章说：若是一个聪明人，告诉他善言就会顺着正道行；若是一个愚蠢人，反而诬我是欺妄。这真是人心各不相同。十章说：您这小子，还不知道好与坏。不但要用手携着他，还要用事指示他；不但要当面告诫他，还要提着耳朵警醒他。不要托言年幼无知，须知您已抱上了儿子。要是不自满自盈，哪里会早知而晚成？十一章说：我诚恳地教诲您，您却充耳不闻。您不用善言来施教，反而用它开玩笑。您借口说年幼无知，反谓我老迈昏庸不用我言。十二章说：您这小子，告诉您先王旧礼。若听从我的主张，就不会有什么懊丧。上天正在降下灾殃，说不定国家就会灭亡。这里以天将丧国示警，这足以感悟时主要及早修德。

桑柔

菀彼桑柔[①]，其下侯旬[②]。
捋采其刘[③]，瘼此下民[④]。
不殄心忧[⑤]，仓兄填兮[⑥]。
倬彼昊天[⑦]，宁不我矜[⑧]。

桑树枝叶绿汪汪，下面阴浓好乘凉。
采摘它摧残它，害得下民苦难当。
心里不断地忧伤，凄凉充满我胸膛。
那英明的老天爷，竟对我们不怜伤。

四牡骙骙[⑨]，旟旐有翩[⑩]。
乱生不夷[⑪]，靡国不泯[⑫]。
民靡有黎[⑬]，具祸以烬[⑭]。
於乎有哀，国步斯频[⑮]。

四匹马儿多匆忙，旌旗呼呼在飘扬。
乱子发生不太平，没有一地不动荡。
百姓本来已不多，兵连祸结都丧亡。
唉，多悲伤，国家命运很紧张。

国步蔑资[⑯]，天不我将[⑰]。
靡所止疑[⑱]，云徂何往。
君子实维[⑲]，秉心无竞[⑳]。
谁生厉阶，至今为梗。

国家命运无依仗，老天不把我抚养。
没处能够定下来，想往又去啥地方？
君子暗地来思量，我们持心不逞强。
谁个生下这祸根？至今还在把人伤。

忧心殷殷[㉑]，念我土宇。
我生不辰，逢天僤怒[㉒]。
自西徂东，靡所定处。
多我觏痻[㉓]，孔棘我圉[㉔]。

我的心里多忧伤，想到我们的土疆。
我生下来不逢时，老天发怒正碰上。
从西边到东方，没块安定的地方。
处处看到是创伤，很危急呀我们的边防。

为谋为毖[㉕]，乱况斯削。
告尔忧恤[㉖]，诲尔序爵[㉗]。
谁能执热[㉘]，逝不以濯[㉙]。
其何能淑[㉚]，载胥及溺[㉛]。

要是当初计划周，或许可免这祸殃。
告诉你忧国又恤民，教诲你用人要恰当。
谁个患有那热病，不用凉水洗一场。
这样怎能好起来，皆会落水遭灭亡。

如彼溯风[32]，亦孔之僾[33]。
民有肃心[34]，荓云不逮[35]。
好是稼穑，力民代食[36]。
稼穑维宝，代食维好。

就像迎着风一样，呼吸起来很不畅。
百姓本有进取心，使他们不敢向前方。
他爱好这食粮，派农官搜刮光。
只知食粮是个宝，只知把农官来嘉奖。

天降丧乱，灭我立王[37]。
降此蟊贼[38]，稼穑卒痒[39]。
哀恫中国，具赘卒荒[40]。
靡有旅力[41]，以念穹苍。

老天降下这祸殃，灭我在位的君王。
蟊虫贼虫往下降，庄稼一起都受伤。
可悲痛呀中国，举国上下都荒凉。
唯恨无力去挽救，只好呼喊那上苍。

维此惠君，民人所瞻。
秉心宣犹[42]，考慎其相[43]。
维彼不顺，自独俾臧[44]。
自有肺肠[45]，俾民卒狂。

这个贤明的君王，百姓都向他瞻望。
持心正大又光明，谨慎选用那辅相。
那个昏庸的君王，独断专横自张扬。
他有坏心肠，使得百姓都发狂。

瞻彼中林，甡甡其鹿[46]。
朋友已谮[47]，不胥以穀[48]。
人亦有言，进退维谷。

看那林中道路上，群鹿奔驰忙。
朋友已经在猜忌，不以善道相互帮。
人们也曾这样讲：进退两难都败伤。

维此圣人，瞻言百里。
维彼愚人，覆狂以喜。
匪言不能，胡斯畏忌[49]。

这个聪明人，一眼看到一百里。
那个愚蠢人，反而狂妄而自喜。
并不是不能言，为何这样大畏忌。

维此良人，弗求弗迪[50]。
维此忍心，是顾是复[51]。
民之贪乱，宁为荼毒[52]。

这些贤良的人，不寻求不睬理。
那些忍心的人，却照顾而包庇。
百姓被迫来作乱，宁愿造出这毒液。

大风有隧[53]，有空大谷。
维此良人，作为式穀[54]。

凡大风必迅速，凡大谷必空旷。
这些贤良的人，做事合法合规章。

维彼不顺，征以中垢[55]。	那些横蛮的人，走在尘土飞扬的道路上。
大风有隧，贪人败类[56]。	凡大风皆迅速，凡贪人必败类。
听言则对[57]，诵言如醉[58]。	恭维的话就答对，批评的话就装醉。
匪用其良，覆俾我悖[59]。	不用那些贤良人，反而使我正颠沛。
嗟尔朋友，予岂不知而作[60]。	哎呀朋友，我难道不知你的作为。
如彼飞虫，时亦弋获[61]。	就像那鸟儿空中飞，有时也被箭射坠。
既之阴女[62]，反予来赫[63]。	我本来是在庇护你，你反而对我发虎威。
民之罔极[64]，职凉善背[65]。	百姓无准则，由于你刻薄背常理。
为民不利，如云不克[66]。	做事对民无利益，好像还怕不能胜利。
民之回遹[67]，职竞用力[68]。	百姓犯上作乱，由于你使用了暴力。
民之未戾[69]，职盗为寇。	百姓不安定，由于你抢夺而胡行。
凉曰不可[70]，覆背善詈[71]。	我说刻薄不可以，反而骂我不肯听。
虽曰匪予[72]，既作尔歌。	虽然你在诽谤我，我终于唱出了这歌声。

【注释】

①菀(yù)：茂盛。

②旬：荫浓。

③捋采：摘取。刘：剥落。

④瘼：病。

⑤殄(tiǎn)：绝。

⑥仓兄(kuàng)：即“怆怳”。悲怆。填：久。

⑦倬：明亮。

⑧宁：乃。矜：哀怜。

⑨骙骙(kuì)：马驰不息的样子。

⑩旟旐(yú zhào)：旗子。翩：飞扬的样子。

⑪夷：平。
⑫泯：乱。
⑬黎：众多。
⑭烬：灰烬。
⑮国步：国家的前途。频：危殆。
⑯蔑资：无依靠。
⑰将：助。
⑱疑：定。
⑲维：思。
⑳秉心：持心。无竞：无争。
㉑殷殷：忧甚的样子。
㉒倬(dàn)怒：盛怒。
㉓痻(mín)：痛苦。
㉔棘：急。圉(yǔ)：边疆。
㉕毖：谨慎。
㉖忧恤：忧患。
㉗序爵：依贤能安排官位。
㉘执热：热病。
㉙濯：洗。
㉚淑：善。
㉛胥：皆。
㉜溯风：逆风。
㉝僾(ài)：呃住。
㉞肃：进。
㉟荓(pīng)：使。逮：及。
㊱力民：田畯。代食：代蚀。
㊲立：位。
㊳蟊贼：吃庄稼的害虫。
㊴卒：尽。痒(yáng)：病。
㊵赘：连属。荒：荒芜。

㊶旅力:体力。
㊷宣犹:明哲。
㊸相:辅佐之人。
㊹臧:善。
㊺肺肠:心肠。
㊻甡甡(shēn):众多。
㊼谮:不信。
㊽穀:善。
㊾胡:大。畏忌:害怕。
㊿迪:进用。
51顾:照顾。复:通“覆”。包庇。
52荼毒:毒害。
53隧:迅疾。
54式:法。穀:善。
55征:行。中垢:指坏事。
56类:善。
57听言:好听之话。对:应对。
58诵言:谏言。
59悖:通“沛”。颠沛。
60作:为。
61弋(yì)获:用箭射得。
62阴:覆盖。
63赫:威吓。
64罔极:没有法则。
65职:主。凉:刻薄。善背:善于欺违。
66克:胜。
67回遹(yù):邪僻。
68力:暴力。
69戾:定。
70曰:说。

⑦¹詈(lì):骂。

⑦²匪:通"诽"。诽谤。

【评析】

这是芮伯刺厉王之诗。全诗十六章。此诗当作于厉王奔彘之后。由于厉王无道,变更周法,推行暴政,弄得民不聊生,终于在公元前842年爆发了一次震撼一代的国人大暴动。厉王闻风逃到彘(今山西霍县)后,起义的怒火仍在各地蔓延。此诗正生动地再现了这一段历史。首章写国家大乱之由。诗以柔桑采摘过甚而枝叶剥落,兴比百姓病困是由于厉王残酷盘剥所致。这道出国家大乱的根本原因。二至四章写贵族逃散的情景。义军攻克镐京之后,起义的怒火仍在四方蔓延。京城附近君国的贵族们无不纷纷逃窜。乱子一旦发生就不会立即平静,没有哪一个国家不处于动乱之中。百姓都在起义,贵族们俱为祸乱所毁。国家的前途异常危殆,四方皆乱,逃无归所。诗人所见,乱象环生;诗人所感,悲怆凄苦。厉王往日的所作所为顿时涌上心头。五至十四章写厉王的种种政治弊端。五章斥王为政不公。六章斥王好利贪财。七章斥王重用小人。八章斥王不用贤者。九章斥王离群索居。十章斥王目光短浅。十一章斥王善恶不明。十二章斥王怙恶不悛。十三章斥王不讷善言。十四章斥王滥施威力。末二章写百姓作乱之因。百姓作乱,其因有二:一是因为厉王暴虐,二是因为厉王聚敛。我曾说这样不可,你反而在背地骂我。尽管你如此诽谤我,我终于作了这首歌。

云 汉

倬彼云汉①,昭回于天②。	天上银河多明亮,清光回旋在天上。
王曰於乎,何辜今之人③。	周王说:唉!现在人有何罪状?
天降丧乱,饥馑荐臻④。	老天把这祸乱降,饥饿灾荒连成双。

靡神不举[5]，靡爱斯牲[6]。	没有神灵不祭上，不敢爱惜这牛羊。
圭璧既卒[7]，宁莫我听。	敬神圭璧已用光，竟然不肯听我讲。
旱既大甚，蕴隆虫虫[8]。	旱灾太严重，暑气蒸人多郁闷。
不殄禋祀[9]，自郊徂宫。	不停祭祀忙，从郊野到宫中。
上下奠瘗[10]，靡神不宗[11]。	设酒埋玉祭天地，没有神灵不敬奉。
后稷不克[12]，上帝不临[13]。	后稷不能救灾荒，上帝也不来过问。
耗斁下土[14]，宁丁我躬[15]。	糟蹋下界各地方，竟把灾难降我身。
旱既大甚，则不可推[16]。	旱灾太严重，不能把它送。
兢兢业业[17]，如霆如雷。	多恐怖多危险，像霹雳像雷霆。
周余黎民，靡有孑遗[18]。	周地余下众百姓，哪里还有余剩。
昊天上帝，则不我遗[19]。	老天呀上帝呀，不对我们来慰问。
胡不相畏，先祖于摧[20]。	先祖为何不畏惧？来到这里视灾情。
旱既大甚，则不可沮[21]。	旱灾太严重，不能把它来阻挡。
赫赫炎炎，云我无所。	旱气盛热气腾，我没地方去躲藏。
大命近止，靡瞻靡顾。	生命接近了死亡，不照顾不探望。
群公先正[22]，则不我助。	大公爵们和官长们，也不来帮我忙。
父母先祖，胡宁忍予[23]。	父母亲和祖先们，哪能忍心到这样？
旱既大甚，涤涤山川[24]。	旱灾太严重，山光光来河不动。
旱魃为虐[25]，如惔如焚[26]。	旱神正在逞凶暴，像火燎像火烧。
我心惮暑[27]，忧心如熏。	我心害怕那暑热，心里愁得像煎熬。
群公先正，则不我闻[28]。	大公爵们和官长们，不对我们来过问。
昊天上帝，宁俾我遁[29]。	老天呀上帝呀，竟使我们陷困顿。
旱既大甚，黾勉畏去[30]。	旱灾太严重，勉力想把灾荒送。
胡宁瘨我以旱[31]，憯不知其故[32]。	为何害我以旱荒？竟不知何因也没法讲。

祈年孔夙，方社不莫[33]。	早想祈求大丰年，已经祭过土地和四方。
昊天上帝，则不我虞[34]。	老天呀上帝呀，就不为我们想一想。
恭敬明神，宜无悔怒。	这样恭敬那神灵，不当恨我怒气张。
旱既大甚，散无友纪[35]。	旱灾太严重，法纪散乱无纪纲。
鞫哉庶正[36]，疚哉冢宰[37]。	穷了啊大官长，苦了啊大首长。
趣马师氏[38]，膳夫左右[39]。	管马官和侍卫长，亲近臣和膳夫长。
靡人不周[40]，无不能止。	没人不为救旱忙，可是不能止灾荒。
瞻卬昊天，云如何里[41]。	对着老天来仰望，怎样才能够收场！
瞻卬昊天，有嘒其星[42]。	对着老天来仰望，那星儿多明亮。
大夫君子，昭假无赢[43]。	官儿们和大人们，敬天祭祀没偏向。
大命近止，无弃尔成[44]。	生命虽然近死亡，不要放弃你厚望。
何求为我，以戾庶正[45]。	祈求哪是为了我？是想安定百姓和官长。
瞻卬昊天，曷惠其宁[46]。	对着老天来仰望，何时能赐我安康？

【注释】

①倬：明亮。云汉：天河。

②昭：阳光。回：旋转。

③辜：罪。

④荐：重。臻：至。

⑤举：指祭祀。

⑥牲：牺牲。指祭祀时所用的牛羊等。

⑦卒：尽。

⑧蕴隆：暑气郁积而隆盛。虫虫：热气蒸熏的样子。

⑨殄（tiǎn）：绝。

⑩奠：陈列祭品以祭天。瘗（yì）：埋玉于地以祭地。

⑪宗：尊敬。

⑫克:能。

⑬临:降临。

⑭耗斁(dù):损失,败坏。

⑮丁:当,遭遇。

⑯推:排除。

⑰兢兢:恐惧。业业:危险。

⑱孑遗:剩余。

⑲遗:恤问。

⑳摧:至。

㉑沮:止。

㉒群公:先代诸公。先正:先代的公卿大夫。

㉓忍:忍心。

㉔涤涤:光秃的样子。

㉕魃(bá):旱神。

㉖惔(tán):燎。

㉗惮:怕。

㉘闻:恤问。

㉙遁:逃。

㉚黾勉:勉力事神。

㉛瘨(diān):害。

㉜憯(cǎn):曾。

㉝方:祭四方之神。社:祭土神。莫:即"暮"。晚。

㉞虞:助。

㉟友:通"有"。

㊱鞫:穷。庶正:六官之长。

㊲疚:忧虑。冢宰:相当于后世的丞相。

㊳趣马:掌马之官。师氏:掌兵守王城者。

㊴膳夫:掌王宫饮食。

㊵周:通"赒"。拯救。

㊶里:通"已"。止。

㊷嘒：明亮。

㊸昭假：祷告。无赢：无差错。

㊹成：通"诚"。

㊺戾：安定。庶正：庶民百官。

㊻曷：何时。惠：赐。

【评析】

这是歌颂宣王禳灾之诗。全诗八章。宣王之世，连年发生严重的旱灾。当时整个中国赤地千里，土焦金流，哀鸿遍野，呈现出一种悲惨的景象。为此，宣王忧心如焚，食不甘味，睡不安寝。在一个晴朗的夜晚，宣王向上天祈祷，为民禳灾。此诗言旱甚，喋喋不休；言求神，反复致意；言心忧，反反复复。可见宣王忧国恤民之至诚。首章写宣王晴夜向上天祈祷。二章写宣王祭祖祀神。三章写宣王求先祖救灾。四章写宣王求群公先正救灾。五章写宣王求上帝消灾。六章写宣王责怨上帝。七章写宣王望群臣合力救灾。八章写宣王大夫君子通力救灾。不难见出，此诗充满浓郁的迷信色彩，且将饥荒仅仅归咎于上天，这显然有其历史的局限性。但诗中真实地描绘出了旱灾严重的实况，可补史书记载的不足。同时诗中体现出的宣王忧国恤民的思想也具有一定的进步性。因而此诗仍不失为一篇佳作。

崧　高

崧高维岳①，骏极于天②。	四岳高又大，耸立云天上。
维岳降神，生甫及申③。	四岳降神灵，生下甫申俩。
维申及甫，维周之翰④。	申伯和山甫，是周的栋梁。
四国于蕃⑤，四方于宣⑥。	四国他俩做屏障，四方他俩来宣扬。
亹亹申伯⑦，王缵之事⑧。	勤恳的申伯，周王任他治南邦。

于邑于谢[9]，南国是式[10]。
王命召伯[11]，定申伯之宅。
登是南邦[12]，世执其功[13]。

建座城邑在南阳，南国以他为榜样。
周王命令那召伯，建筑申伯的住房。
升他做南国的首长，世世代代把权柄掌。

王命申伯，式是南邦。
因是谢人[14]，以作尔庸[15]。
王命召伯，彻申伯土田[16]。
王命傅御[17]，迁其私人。

周王命令那申伯，做那南国的榜样。
利用南阳这些人，靠他们建筑你城墙。
周王命令那召伯，治理申伯的土疆。
周王命令臣长，把他家人迁到新地方。

申伯之功，召伯是营。
有俶其城[18]，寝庙既成，
既成藐藐[19]。王锡申伯，
四牡蹻蹻[20]，钩膺濯濯[21]。

申伯的功业，是召伯为他开创。
那城墙很壮美，宗庙已建成，
其貌多堂皇。周王把申伯来赐赏，
四匹公马多强壮，缨带金钩闪闪亮。

王遣申伯，路车乘马[22]。
我图尔居，莫如南土。
锡尔介圭[23]，以作尔宝。
往近王舅[24]，南土是保。

周王把申伯来遣送，车子大马儿强。
我为你居处来设想，处处都不及那南方。
赐给你大圭玉，做你的宝物手中掌。
去吧我的舅父，好好保卫那南方。

申伯信迈[25]，王饯于郿[26]。
申伯还南，谢于诚归。
王命召伯，彻申伯土疆。
以峙其粻[27]，式遄其行[28]。

申伯的确已前往，周王在郡县摆酒浆。
申伯转身往南方，他的确回到那南阳。
周王命令那召伯，治理申伯的土疆。
为他准备好食粮，以便急行充饥肠。

申伯番番[29]，既入于谢。
徒御啴啴[30]，周邦咸喜，
戎有良翰[31]。不显申伯，
王之元舅[32]，文武是宪[33]。

申伯容貌多英俊，已经进入这南阳。
人呀车呀拥道旁，全国人都喜洋洋，
你们有了好栋梁。显赫的申伯，
是周王的大舅，是文臣武将的好榜样。

申伯之德，柔惠且直。	申伯的品德，和气仁爱又端庄。
揉此万邦㉞，闻于四国。	安定这天下万邦，声誉传播到四方。
吉甫作诵，其诗孔硕，	吉甫写下这首诗，诗的词句真漂亮。
其风肆好㉟，以赠申伯。	诗的风格真悠长，赠给申伯添荣光。

【注释】

①崧：高大。岳：四岳。
②骏：高大。极：至。
③甫：仲山甫。申：申伯。
④翰：栋梁。
⑤蕃：屏障。
⑥宣：宣导。
⑦亹亹（wěi）：勤勉。
⑧缵（zuǎn）：任用。
⑨谢：地名。在今河南南阳市。
⑩式：法。
⑪召伯：召虎，即召穆公。
⑫登：升。
⑬功：政事。
⑭因：用。
⑮庸：城。
⑯彻：治。
⑰傅御：申伯家臣之长。
⑱俶（chù）：壮美。
⑲藐藐：高大。
⑳蹻蹻（jiǎo）：强壮。
㉑钩膺：即樊缨，马颈腹上的带饰。濯濯（zhuó）：明亮。
㉒路车：即“辂车”，诸侯乘坐之车。乘马：四马。
㉓介圭：大圭。

㉔迈(jì):语助词。

㉕信:的确。

㉖饯(jiàn):摆酒送行。郿:地名。

㉗峙(zhì):聚积。粻(zhāng):粮食。

㉘遄(chuán):迅速。

㉙番番:英俊。

㉚啴啴(tān):人多的样子。

㉛戎:你。

㉜元:大。

㉝宪:效法。

㉞揉:安。

㉟风:曲调。肆好:极好。

【评析】

这是尹吉甫送申伯就封于谢之诗。全诗八章。申伯是宣王之舅,原为申国之君。因贤,后入为周之卿士。继而宣王又命他为牧伯,总理南国政事。就在宣王为申伯饯行之时,尹吉甫作此诗以送之。首章写申伯德才之盛。四岳大山,高耸云天。这四岳降下神灵,生下仲山甫及申伯。这"申"与"甫"均为周之栋梁。他俩足可捍患难于四国,宣德泽于四方。可见此章实为申伯封谢而张本。中四章写申伯受封。二章言封谢之意。勤勉的申伯,宣王任命他统理南国政事。在"谢"地建城邑,做那南国的榜样。宣王命召伯前往谢地"定宅",以安申伯之居。三章言封谢之命。宣王赐命申伯,做那南国的榜样。并赐命申伯就用那谢人建筑谢城。接着宣王命召伯前往谢地治理田亩,以为申伯久居之粮。四章言封国建成。申伯的工程,是召伯负责经营。谢邑既成,其城壮美;宗庙既成,其貌深广。就国之前,宣王赏赐有加。五章言申伯即将就国。宣王遣送申伯就国,赐给他大车与四马。宣王宽慰申伯说:"我谋划你居处,都不如谢邑好。"接着又赐给申伯一枚大圭玉,以作为传世珍宝。最后宣王说:"去吧,舅父,保卫好那南方的国土。"话语之中寄托着殷切的期望。六、七章写申伯就国。六章言宣王饯行。申伯果然起程,于是宣王在郿县设宴饯行。申伯转向南行，确实向谢邑归往。七章言申伯入谢。申伯勇武，已进入谢邑。遍国之人皆大欢喜，相互祝贺。并赞颂申伯文武兼备，文臣武将皆效法申伯。末章写作诗之由。申伯德行温柔慈惠而又耿直。他安定了天下万邦，其声誉传播于四方。于是尹吉甫作诗加以颂扬，这诗意味深长，曲调优美，特用以赠给申伯以壮行色。古人作诗就已经知道自己欣赏如此。

烝　民

天生烝民[①]，有物有则。	老天生下众百姓，有事物就有法则。
民之秉彝[②]，好是懿德[③]。	百姓顺着那常性，爱好这美德。
天监有周[④]，昭假于下[⑤]。	老天监视周邦，能把光明照耀下土。
保兹天子，生仲山甫。	上天保护这天子，生下贤相仲山甫。
仲山甫之德，柔嘉维则。	仲山甫的美德，以柔和为原则。
令仪令色[⑥]，小心翼翼。	好仪表好容貌，小心谨慎无烦恼。
古训是式[⑦]，威仪是力[⑧]。	先王遗典他仿效，勤修威仪态度好。
天子是若[⑨]，明命使赋[⑩]。	天子选择他，明命要他去传达。
王命仲山甫，式是百辟[⑪]。	周王命令仲山甫，做那百君的榜样。
缵戎祖考[⑫]，王躬是保。	继承你先祖的事业，保卫我周王。
出纳王命[⑬]，王之喉舌。	总揽周王的命令，宣传周王的主张。
赋政于外[⑭]，四方爰发[⑮]。	颁布政令向外扬，一直施行到四方。
肃肃王命，仲山甫将之[⑯]。	严肃的周王命令，仲山甫把它来奉行。
邦国若否，仲山甫明之。	国事好与坏，仲山甫分得清。
既明且哲，以保其身。	既开明又聪明，保他身子多安宁。

夙夜匪解，以事一人。	早早晚晚不懈怠，小心侍奉天子一人。
人亦有言，柔则茹之[17]，	人们也有这样的话，软的就吞下它，
刚则吐之。维仲山甫，	硬的就吐出它。只有仲山甫，
柔亦不茹，刚亦不吐。	软的也不吞下它，硬的也不吐出它。
不侮矜寡，不畏强御。	从不欺侮那鳏寡，强暴的人也不怕。
人亦有言，德輶如毛[18]，	人们也有这样的话，德行轻得像毛发，
民鲜克举之。我仪图之[19]，	人们很少能举起它。我现在揣度它，
维仲山甫举之，爱莫助之。	只有仲山甫能举起它，虽爱他却不能帮助他。
衮职有阙[20]，维仲山甫补之。	龙袍上面有破绽，只有仲山甫能缝补它。
仲山甫出祖[21]，四牡业业[22]。	仲山甫出行在道上，四匹马儿多强壮。
征夫捷捷[23]，每怀靡及。	随行的多快当，心里还怕跟不上。
四牡彭彭[24]，八鸾锵锵[25]。	四匹马儿多匆忙，八只铃儿响当当。
王命仲山甫，城彼东方[26]。	周王命令仲山甫，建筑城邑在东方。
四牡骙骙[27]，八鸾喈喈[28]。	四匹马儿奔不停，八只铃儿响丁丁。
仲山甫徂齐[29]，式遄其归[30]。	仲山甫往齐国，盼他快些转回程。
吉甫作诵，穆如清风[31]。	吉甫写下这首诗，和美如同那清风。
仲山甫永怀，以慰其心。	仲山甫在外常挂念，用歌安慰他的心。

【注释】

①烝：众。

②秉：赋有。彝（yí）：常。

③懿（yì）：美。

④监：视。

⑤昭：明。假（gé）：至。

⑥令：美好。

⑦古训:先王的遗典。式:效法。

⑧力:勤修。

⑨若:选择。

⑩赋:颁布。

⑪式:法。辟(bì):诸侯。

⑫缵(zuǎn):继承。戎:你。

⑬出纳:总揽。

⑭赋政:颁布政令。

⑮发:施行。

⑯将:奉行。

⑰茹:食,吞。

⑱輶(yǒu):轻。

⑲仪图:揣度。

⑳衮(gǔn)职:王职。阙:通“缺”。过失。

㉑祖:通“徂”。行。

㉒业业:马高大。

㉓捷捷:敏捷。

㉔彭彭:马奔驰的样子。

㉕鸾:车铃。锵锵:铃声。

㉖城:筑城。东方:指齐国。

㉗骙骙(kuí):马奔驰的样子。

㉘喈喈:铃声。

㉙徂:往。

㉚遄(chuán):急。

㉛穆:和美。

【评析】

这是尹吉甫送仲山甫城齐之诗。全诗八章。首章写仲山甫出生非凡。天生众民,有事物就必有法则。百姓赋有常性,皆喜欢美好的德行。上天监察周邦,以昭明之德施及下土。由于上天宠爱这宣王,故而生下贤相仲山甫。中五章写仲山甫德职相称。二章言德。仲山甫之德以“柔嘉”为准则。他仪容端庄，面色和善，持身谨慎，从政谦恭，表里皆美。他效法故言遗训，学问精湛，勤修威仪，举止有度。于是宣王选择他担当重任，将“明命”使之布于四方。三章言职。他外则做“百辟”的榜样，内则保卫天子一身；入则总领王室政令，出则布政于外。仲山甫能担当“外”、“内”、“入”、“出”诸职，足见其才德兼备。四章言尽职。庄严的王命，仲山甫去奉行它；国事的好坏，仲山甫去明辨它。他既明于理，又察于事，因而他能顺理以守身，不致造成过失。他早晚不懈，事奉宣王。五、六章再言德。他不欺鳏寡，不畏强暴，其德可谓纯正。德轻有如鸿毛，但人们少能举起它，唯仲山甫能够举起它。至于王职有过失，也唯有仲山甫能够匡正。末二章写仲山甫城齐及作诗之由。前面言德职相称为城齐之命必副张本。仲山甫出往东方，四马高大强壮，随从步履迅疾。尽管如此，仲山甫还唯恐不及于事。于是又催马扬鞭，兼程前进，筑城于东方。诗人深知，仲山甫虽奉命城齐，然而他的心仍系王室，必有所怀思，故作诗以安慰其心。

韩奕

奕奕梁山[1]，维禹甸之[2]。	高大的梁山，夏禹曾治理过它。
有倬其道[3]，韩侯受命。	周王政治多清明，韩侯入朝受提拔。
王亲命之：缵戎祖考，	周王亲自命令他：把先祖的事业来光大，
无废朕命。夙夜匪解，	我的命令要记下。早早晚晚莫拖沓，
虔共尔位[4]。朕命不易[5]，	要敬供职位守国法，我的命令没变化。
干不庭方[6]，以佐戎辟[7]。	纠正不朝的国家，辅佐你王治天下。
四牡奕奕，孔修且张[8]。	四匹马儿多高大，身体修长且又壮。
韩侯入觐[9]，以其介圭[10]，	韩侯入朝拜天子，手持大圭到殿堂。

入觐于王。王锡韩侯，
淑旂绥章[11]，簟茀错衡[12]，
玄衮赤舄[13]，钩膺镂钖[14]，
鞹鞃浅幭[15]，鞗革金厄[16]。

入朝拜见周君王。周王把韩侯来赐赏，
画龙之旗多漂亮，席车门彩横木，
黑龙衣红鞋帮，马头马身闪金光，
兽皮蒙在车轼上，马缰马鞑多堂皇。

韩侯出祖，出宿于屠[17]。
显父饯之[18]，清酒百壶。
其肴维何？炰鳖鲜鱼[19]。
其蔌维何[20]？维笋及蒲[21]。
其赠维何？乘马路车。
笾豆有且[22]，侯氏燕胥[23]。

韩侯出行在道上，歇在那个屠地方。
显父为他来送行，百个壶儿盛酒浆。
那吃的肉是什么？烤鳖美鱼片香。
那吃的菜是什么？是笋儿嫩蒲菜长。
那赠送的东西是什么？车儿大马儿壮。
盘盘菜肴花样多，诸侯宴饮喜洋洋。

韩侯取妻，汾王之甥[24]，
蹶父之子[25]。韩侯迎止，
于蹶之里[26]。百两彭彭，
八鸾锵锵，不显其光。
诸娣从之[27]，祁祁如云[28]。
韩侯顾之，烂其盈门。

韩侯娶的那姑娘，是汾王的甥女，
是蹶父的女儿。韩侯亲自来迎亲，
到那蹶氏的家乡。百辆车儿奔驰忙，
八只铃儿响当当，多么辉煌多么荣光。
姐妹陪着她，簇拥新娘像云一样。
此时韩侯一回顾，满门灿烂多辉煌。

蹶父孔武，靡国不到。
为韩姞相攸[29]，莫如韩乐。
孔乐韩土，川泽讦讦[30]，
鲂鱮甫甫[31]，麀鹿噳噳[32]，
有熊有罴，有猫有虎。
庆既令居[33]，韩姞燕誉[34]。

蹶父这人很勇武，没他不到的地方。
他为韩姞选对象，都不如那韩国强。
很快乐呀韩地方，河湖宽又广，
鲂鳊大而长，母鹿多而壮，
还有熊和罴，还有猫虎真多样。
庆贺她有这好地方，韩姞安居喜洋洋。

溥彼韩城[35]，燕师所完[36]。
以先祖受命，因时百蛮[37]。

那广阔的韩城，燕民修好这城墙。
用你先祖受封的礼，命他做那百蛮长。

王锡韩侯，其追其貊[38]。 周王封赐那韩侯，统理追国貊国这地方，
奄受北国，因以其伯[39]。 拥有北方诸国家，充当他们的首长。
实墉实壑[40]，实亩实籍[41]。 筑城墙挖池沟，治田亩收地租。
献其貔皮[42]，赤豹黄罴。 献上那白狐皮，还有赤豹黄罴样样有。

【注释】

①奕奕：高大貌。

②甸：治理。

③倬：明貌。

④虔：敬。共：奉。

⑤易：更改。

⑥干：正。不庭：不朝。

⑦辟：君王。

⑧修：长。张：大。

⑨觐：诸侯秋朝天子曰觐。

⑩介：大。

⑪淑旂：画龙之旗。绥章：文章斐然。

⑫簟(diàn)茀：遮蔽车厢的竹席。错衡：饰以花纹的车辕前的横木。

⑬玄：黑色。赤舄：红色的鞋。

⑭钩膺：马颈腹上的带饰。镂：刻。钖(yáng)：马额头上的金色装饰物。

⑮鞹(kuò)：去毛的兽皮。鞃(hóng)：轼上所蒙兽革或漆布。浅：浅毛虎。幭(miè)：轼上的覆盖物。

⑯鞗(tiáo)：马缰绳。金厄：黄金色的轭头。

⑰屠：地名。

⑱显父：人名。

⑲炰(páo)：烹煮。

⑳蔌(sù)：蔬菜。

㉑蒲：香蒲。

㉒且：多貌。

㉓燕：即“宴”。胥：语助词。

㉔汾王：厉王。

㉕蹶(guì)父：周王卿士。

㉖里：里邑。

㉗娣：同夫之妾。

㉘祁祁：多貌。

㉙韩姞：韩侯之妻。

㉚讦讦(xù)：广阔貌。

㉛甫甫：多貌。

㉜麀(yōu)：母鹿。噳噳(yǔ)：鹿群相聚貌。

㉝庆：庆贺。令：美好。

㉞燕誉：安乐。

㉟溥：广阔貌。

㊱燕师：燕国的民众。完：筑完。

㊲因：凭借。

㊳追、貊：皆夷狄国名。

㊴以：为。伯：长。

㊵实：是。墉：筑城。壑：挖沟。

㊶亩：治田亩。籍：订立税收。

㊷貔(pí)：猛兽。

【评析】

这是赞美韩侯入朝受命之诗。全诗六章。首章写韩侯受命。诗以禹治梁山除水患比喻宣王平大乱命诸侯。宣王的命令简洁而庄严：你要继承先祖之业，不要背弃我的命令。早晚不要懈怠，而要竭尽全力供职。我的命令不会改变。定要纠正那些背叛不朝之国，以期辅佐我。二章写韩侯受赐。韩侯乘坐马车，手持大圭入朝拜见宣王。宣王既赐命他为侯伯，又赏之以诸种珍贵之物。三章写韩侯返国。韩侯出行在道，歇息在“屠”。宣王特派卿士“显父”为他设宴饯行。这次宴会极为丰盛。在京未去之诸侯皆来与宴，这更见饯行之殷勤。四章写韩侯娶妻。韩侯之妻是厉王的外甥女，是蹶父的姑娘，出身高贵。韩侯迎亲，婚礼隆盛。诸侯侄娣陪出嫁，簇拥韩姞如云彩，此时韩侯一回顾，满门生辉多灿烂。五章写蹶父择婿。蹶父其人非常勇武，他为周之卿士，奉王命出使四方无国不到。他为女儿选择对象，都不如韩国的好。这快乐的韩土，河湖广阔，物产丰富。特庆贺韩姞居住在这美好的国土，并祝愿她永远安适而快乐。六章写韩侯政绩。那广大的韩城，是燕国之民筑就。因韩侯先祖曾受王命做“百蛮”之长，故宣王又赐予“追”、“貊”之国，并享有北土，仍做侯伯。为了不负王命，韩侯广修内政。他高筑城墙，深挖壕沟，整治田亩，征收赋税。这实乃治理北方之良策。末以贡献方物作收，足见韩侯忠于朝廷之心。

江　汉

江汉浮浮①，武夫滔滔②。	江汉浩浩荡荡，战士斗志昂扬。
匪安匪游，淮夷来求③。	不敢安逸不敢游逛，去奔赴淮夷战场。
既出我车，既设我旟④。	我的兵车已出动，我的军旗已飘扬。
匪安匪舒，淮夷来铺⑤。	不敢安逸不敢迟缓，去讨伐淮夷那地方。
江汉汤汤，武夫洸洸⑥。	江汉汪汪洋洋，战士多么雄壮。
经营四方，告成于王。	讨伐那四方，捷报告诉周王。
四方既平，王国庶定⑦。	四方已经平定，国家幸而安定。
时靡有争，王心载宁。	这就没有战争，周王心里安宁。
江汉之浒，王命召虎⑧：	在那江汉水旁，周王命令召虎：
式辟四方⑨，彻我疆土⑩。	你去开辟四方，整治我的土疆。
匪疚匪棘⑪，王国来极⑫。	不要伤民不要急躁，要以王国作为榜样。
于疆于理⑬，至于南海。	整田地划田疆，一直到那南海旁。

王命召虎：来旬来宣[14]；	周王命令召虎：你要广泛宣扬。
文武受命，召公维翰[15]。	当初文武受命，召康公是栋梁。
无曰予小子，召公是似[16]。	不要归功于我，要学召公好榜样。
肇敏戎公[17]，用锡尔祉[18]。	迅速敏捷建大功，赐给你福禄去用享。
釐尔圭瓒[19]，秬鬯一卣[20]。	赐给你圭柄玉瓒，一樽黍酒真香甜。
告于文人[21]，锡山土田。	告祭你文德的祖先，赐给山川和土田。
于周受命，自召祖命[22]。	在那岐周受命，用你祖先封典。
虎拜稽首[23]，天子万年。	召虎叩头行礼：祝福天子万年。
虎拜稽首，对扬王休[24]。	召虎叩头行礼，颂扬周王的美德，
作召公考[25]，天子万寿。	召公簋上作铭文，天子长寿万万年。
明明天子，令闻不已。	勤勉不倦的天子，美好声誉无限。
矢其文德[26]，洽此四国[27]。	布施天子美德，协和四方诸国。

【注释】

①浮浮：水盛的样子。

②滔滔：众强的样子。

③来：语助词。无义。求：征讨。

④旟（yú）：军旗。

⑤铺：讨伐。

⑥洸洸（guāng）：威武。

⑦庶：幸而。

⑧召虎：召穆公。

⑨式：语助词。辟：开辟。

⑩彻：整治。

⑪疚（jiù）：病。棘：急。

⑫极：准则。

⑬疆：修治边疆。理：整治土地。

⑭来：语助词。旬：周遍。宣：宣布。

⑮召公：召康公，名奭，召虎之祖。翰（hàn）：骨干。

⑯似：继承。

⑰肇敏：迅速敏捷。戎：大。公：功。

⑱祉：福。

⑲釐（lí）：赐予。圭瓒（zàn ）：玉勺。

⑳秬鬯（jù chàng）：香酒。卣（yǒu）：酒器。

㉑文人：有美好德行之人。

㉒自：用。祖命：祖业。

㉓稽首：叩头。

㉔对：答。扬：赞扬。休：美。

㉕考：即“簋（guǐ）”。古食器。

㉖矢：施。

㉗洽：协和。

【评析】

这是召虎所记簋铭之诗。全诗六章。首二章写宣王命召虎征讨淮夷。“江汉”一泻千里，奔腾不息；王师浩浩荡荡，威武雄壮。召虎率师出征，不敢安逸，不敢游览，日夜兼程前进，去讨伐淮夷。兵车已经出动，战旗已经树起。如此军队出征，定然是大获全胜。自此，天下已经清平，王国幸而安定。这就再没有战争，宣王之心就可安宁。中三章写宣王的命词。三章命召虎善后安民。平定淮夷之后，宣王命召虎从江汉之边去开辟四方，整理疆界。但不要病之以急切之政，只是使其以王国为准则。于是召虎前往叛国，治其田亩，一直延至南海之滨。四章命召虎再立新功。宣王命召虎广泛地宣布王政。往昔文王、武王受命，以召康公为骨干。如今天下清平，不要说此功是我的，实乃你能继承你祖召康公而敏捷迅速成其大功。我将论功行赏，赐你福禄。五章言宣王赏赐召虎。宣王赏赐召虎勺儿玉柄以及香酒一樽，用以告祭有文德之祖。宣王又赏赐召虎山川土田，以广其居。宣王为尊显召虎，特令召虎到岐周受命，并用其祖召康公受封之礼。为此，召虎感激不已，立即叩头拜谢，祝福天子长寿。末章写召虎作器铭恩。召虎再次叩头拜谢，报答称扬宣王的美意。为了铭恩记荣，召虎制成召公簋，以刻宣王册命之词，并祝福天子长寿，颂美天子“令闻不已”，布施美德，协和天下。

常 武

赫赫明明[①]，王命卿士[②]，
南仲大祖[③]，大师皇父[④]：
整我六师[⑤]，以修我戎[⑥]。
既敬既戒[⑦]，惠此南国[⑧]。

多威武呀多英明，王命卿士这南仲，
在那太祖的庙庭，还命皇父随军行：
整顿我的六军，修缮我的甲兵。
已警惕呀已戒备，就向这南国挺进。

王谓尹氏[⑨]，命程伯休父[⑩]：
左右陈行[⑪]，戒我师旅[⑫]。
率彼淮浦[⑬]，省此徐土[⑭]。
不留不处[⑮]，三事就绪[⑯]。

王派近臣尹吉甫，去命那程伯休父：
把军队左右排成行，告诫我军要提防。
沿着那淮河的岸旁，视察这徐国的土疆。
不要停留不要安处，三帅安排已妥当。

赫赫业业[⑰]，有严天子[⑱]。
王舒保作[⑲]，匪绍匪游[⑳]。
徐方绎骚[㉑]，震惊徐方。
如雷如霆，徐方震惊。

多威武呀多勤勉，这是威严的君王。
周王稳步向前方，不敢继以去游荡。
徐方相继而骚动，大军震动那徐方。
如雷震如霆响，徐方震动又惊慌。

王奋厥武，如震如怒。
进厥虎臣，阚如虓虎[㉒]。
铺敦淮濆[㉓]，仍执丑虏[㉔]。
截彼淮浦[㉕]，王师之所。

周王奋扬那威武，发了威呀发了怒。
派遣猛将去开道，呼啸前进如哮虎。
大军屯集淮水旁，屡抓俘虏来归降。
整个淮水的边上，成了王师驻扎的地方。

王师啴啴[㉖]，如飞如翰[㉗]。

王师非常盛壮，疾如猛禽飞翔，

如江如汉，如山之苞[28]。	势如江汉浩荡，稳如高山坚强，
如川之流，緜緜翼翼[29]。	固如河水流淌，连绵不断有序不慌，
不测不克[30]，濯征徐国[31]。	不可测度不可阻挡，把那徐国扫荡。
王犹允塞[32]，徐方既来。	周王谋略真周到，徐方已经投降了。
徐方既同[33]，天子之功。	徐方已经归顺了，这是天子的功劳。
四方既平，徐方来庭[34]。	四方已经平定，徐方来到王庭。
徐方不回[35]，王曰还归。	徐方再不敢违命，王说班师回营。

【注释】

①赫赫：威武。明明：明察。

②卿士：执政大臣。

③南仲：人名。大祖：指太祖庙。

④大师：即太师，主管军事。皇父：人名。

⑤六师：泛指军队。

⑥戎：武器。

⑦敬：警觉。戒：戒备。

⑧惠：加恩。

⑨尹氏：大臣。

⑩程伯休父：人名，大司马。

⑪陈行：列队操练。

⑫戒：告诫。

⑬率：沿着。淮浦：淮水之边。

⑭省：视察。

⑮不留：不停留。不处：不安处。

⑯三事：主六师的三帅。

⑰业业：勤勉。

⑱严：威严。

⑲舒：徐缓。保：安。作：行。

⑳绍：继。游：遨游。

㉑绎：续。骚：骚动。

㉒阚（hǎn）：虎叫声。虓（xiāo）：虎怒吼。

㉓铺敦：陈兵屯集。濆：水边。

㉔丑：众。

㉕截彼：整齐。

㉖啴啴（tān）：众盛的样子。

㉗翰：凶猛之鸟。

㉘苞：本。

㉙緜緜：不断。翼翼：有序。

㉚测：测度。克：胜。

㉛濯：洗。

㉜犹：谋略。允：的确。塞：坚实。

㉝同：归顺。

㉞来庭：来王庭朝王。

㉟回：违。

【评析】

这是歌颂宣王亲征淮徐之诗。全诗六章。首二章写宣王命将出征。一章命主将。宣王威武而明察。出征前，他在太祖庙命卿士南仲为主将，又命皇父监抚众军。宣王接着命令：要整顿好六军，要修理好武器。既已警惕，又已戒备，就去施惠于南国。二章命副将。宣王使近臣尹氏命程伯休父为副将。接着部署部队左右陈列，并命令军队沿着淮水边进发，去视察徐土。不要停留，不要安处，现在六军之三帅已安排就绪，于是就开始出征。中三章写宣王亲征淮徐。三章言宣王亲征。宣王威风凛凛，率师亲征，镇定自若，循序安行，不敢继以遨游。由于宣王以重兵压境，徐方诸夷闻风丧胆，相继而骚动。王师声威如雷如霆，徐方见而惊恐，先声早已夺人。四章言宣王亲征淮夷。宣王奋扬其威，勃然大怒。宣王遣虎臣开道，呼啸前进有如猛虎怒吼，势不可挡。不多时，王师就一举拿下淮夷，以重兵屯守淮水岸边，并抓获淮虏无数。此时，整个淮河岸边成了王师驻扎之所。五章言宣王亲征徐国。此章描写军势之盛尤为精彩。王师之盛，疾如飞鸟，众如江汉，稳如山岳，固如川流，连绵不绝，井然有序，不可测度，不可战胜。如此军队出征，定能洗净徐国，不留后患。末章写宣王凯旋。宣王的谋略的确坚实。由于宣王命将得当，用兵得法，故很快平定了淮、徐。徐方已经投降，徐方已经归顺，这是天子亲征之功。四方已经清平，徐方来到朝廷，徐方再不敢反叛，于是宣王下令：班师回朝。这里一连用了四个“徐方”字样，充分体现出了胜利后的喜悦之情。篇名《常武》不是截自诗中。“常”通“尚”。“常武”即“崇尚武力”之谓。这与此诗颂美宣王炫耀武力，平治淮徐之功正相吻合。

瞻　卬

瞻卬昊天①，则不我惠②。	仰望那苍天，竟不爱护我。
孔填不宁③，降此大厉④。	很久不安宁，降下这大祸。
邦靡有定，士民其瘵⑤。	国家不安定，士民都累病。
蟊贼蟊疾⑥，靡有夷届⑦。	害虫吃庄稼，哪里有休停。
罪罟不收⑧，靡有夷瘳⑨。	刑网不收起，哪里有清平。
人有土田，女反有之⑩。	别人有田地，你反占有它。
人有民人，女复夺之。	别人有人民，你反夺取他。
此宜无罪，女反收之。	这人本没罪，你反拘捕他。
彼宜有罪，女复说之⑪。	那人该有罪，你反放过他。
哲夫成城⑫，哲妇倾城⑬。	聪明男子筑起城，聪明妇人毁坏城。
懿厥哲妇⑭，为枭为鸱⑮。	那个聪明的妇人，是枭是鸱发怪声。
妇有长舌，维厉之阶⑯。	妇人有个长舌头，是那祸害的根由。
乱匪降自天，生自妇人。	祸乱不是从天降，生自妇人这一方。

匪教匪诲，时维妇寺[17]。	没人教来没人诲，只是亲近妇人旁。
鞫人忮忒[18]？谮始竟背[19]。	害人诡计真多端，开始诽谤后背叛。
岂曰不极[20]，伊胡为慝[21]。	难道说这还不够？为何作恶总不断。
如贾三倍[22]，君子是识。	像那商人多获利，君子知道那盘算。
妇无公事，休其蚕织[23]。	妇人本无朝中事，蚕桑纺织都不干。
天何以刺[24]，何神不富[25]。	老天为何责备你？神灵为何不佑你？
舍尔介狄[26]，维予胥忌[27]。	你废弃大道和远虑，只是对我来妒忌。
不吊不祥[28]，威仪不类[29]。	不仁慈不善良，面貌仪表不像样。
人之云亡，邦国殄瘁[30]。	好人多死丧，国家会败亡。
天之降罔[31]，维其优矣[32]。	老天降罗网，它是多么宽广。
人之云亡，心之忧矣。	好人多死丧，心里多忧伤。
天之降罔，维其几矣[33]。	老天降罗网，它是多么细密。
人之云亡，心之悲矣。	好人多死丧，心里多悲戚。
觱沸槛泉[34]，维其深矣。	沸腾的槛泉水，它是多么深。
心之忧矣，宁自今矣。	心里忧伤啊，为何始自今？
不自我先，不自我后。	不在我前出现，不在我后产生。
藐藐昊天[35]，无不克巩[36]。	那高远的上天，能控制人间的事情。
无忝皇祖[37]，式救尔后[38]。	不要辱没你祖宗，还要救救你子孙。

【注释】

①卬（yáng）：同“仰”。

②惠：爱。

③孔填（chén）：很久。

④厉：灾祸。

⑦瘵（zhài）：病。

⑥蟊(máo)贼：害虫残害。蟊疾：义同“蟊贼”。

⑦夷届：终极。

⑧罪罟(gǔ)：罪恶之网。

⑨瘳(chōu)：病愈。

⑩有：占有。

⑪说：通“脱”。开脱。

⑫哲夫：聪明的男子。

⑬哲妇：特指褒姒。

⑭懿：叹息之声。

⑮枭：恶鸟。鸱(chī)：猫头鹰。

⑯阶：阶梯，根源。

⑰寺：亲近。

⑱鞫(jū)：奸。忮(zhì)：巧。忒(tè)：恶。

⑲谮(zèn)：谗毁。竟：终。

⑳极：甚。

㉑胡：什么。慝(tè)：邪恶。

㉒贾(gǔ)：商人。

㉓休：止。

㉔刺：责备。

㉕富：通“福”。

㉖舍：丢掉。介狄：大道远虑。

㉗胥：相。忌：恨。

㉘吊、祥：皆善。

㉙类：善。

㉚殄(tiǎn)瘁：病困。

㉛罔：网。

㉜优：宽大。

㉝几：细密。

㉞觱(bì)沸：泉水涌出的样子。槛泉：四溢的泉水。

㉟藐藐：高远。

㊱巩:控制。

㊲忝(tiǎn):有愧。皇祖:祖先。

㊳后:后代子孙。

【评析】

这是刺幽王宠爱褒姒致乱之诗。全诗七章。幽王是一个荒淫无道的昏君。据史料记载,幽王亲近小人虢石父,特别宠爱褒姒。为了博取褒姒的欢心竟然废弃申后及太子宜臼,更立褒姒,并立褒姒子伯服为太子。结果酿成大乱,申侯、缯侯联络犬戎向周室进攻,遂杀幽王于骊山之下,俘虏褒姒,尽取周赂而去,西周从此灭亡。首二章斥责弊政。幽王即位之后,政治极端黑暗。诗人无所归咎,只好仰天呼诉:老天不爱我们。由于幽王倒行逆施,致使祸乱不已。当时,社会动荡,大祸迭至;国无宁日,"士民"劳病。幽王害民如同蟊虫残害禾稼一样无休无止。幽王还撒下刑网,拘捕无辜,并张而不敛,无有止息。更有甚者,他还侵占别人的"土田",抢夺别人的"民人",这真是无法无天。这人无罪,他反而拘捕;那人有罪,他反而宽赦,这真是善恶不明。幽王如此行政,必然造成诸侯离心,百姓怨恨。三、四章追溯祸源。幽王推行苛政,是由于褒姒干政所致。聪明的男子则成国,聪明的女子则败国。通过这样鲜明的对比,更突出了"哲妇"干政的危害性。那"哲妇"褒姒,就是不祥鸟,就是猫头鹰。这个长舌妇善为谗言,正是祸乱的根源。因此,乱子并非降自上天,而是生于妇人。没有谁教王为恶,这是亲近妇人之故。正因为幽王如此宠爱褒姒,她才有恃无恐,胡作非为。她害人诡计多端,手段毒辣,始则谗毁,终则背弃,无所不用其极。难道说这还不够吗?为何还要继续为恶?她为恶至极,如同商贾索利三倍,凡君子皆知之。妇人本无"公事",然而她却停止蚕织,去干预朝政。如此,国家岂不败坏!五、六章哀朝无贤。王无过恶,老天何以责备你?神灵何以不佑你?弄得天怨神怨,盖由幽王行恶政之故。遭此凶灾,还不思修德,反而废弃大道远虑,唯贤者是忌。既"不吊不祥",又不修威仪,"望之不似人君"。眼下朝中没有贤人,国家将要败亡,这岂不悲哉!天降罗网,又宽又密,这实在可畏!朝中没有贤人，国家难以挽回，这实在可悲！末章写望王改悔。诗以"槛泉"之深喻心之忧非常贴切。诗人慨叹自己生不逢时。尽管祸乱至极，但高远的上天可以控制。故诗人期望幽王能改过自新，挽回天意。如此，既不辱没祖先，又可救其子孙。但幽王不听忠告，最后只落得身死国亡的可悲下场。

召旻

旻天疾威[1]，天笃降丧[2]。	老天暴虐又疯狂，把这多灾祸降。
瘨我饥馑[3]，民卒流亡[4]。	饥饿使我们都病伤，百姓都在流亡。
我居圉卒荒[5]。	我的边疆一片荒凉！
天降罪罟[6]，蟊贼内讧[7]，	老天降下法网，权贵内部闹嚷嚷。
昏椓靡共[8]，溃溃回遹[9]，	昏乱诋毁不供职，乱七八糟多放荡，
实靖夷我邦[10]。	真想把国家来灭亡。
皋皋訿訿[11]，曾不知其玷[12]。	尔虞我诈互攻讦，竟然不知那污点。
兢兢业业[13]，孔填不宁[14]，	多恐惧呀多危险，很久不安宁，
我位孔贬[15]。	我的地位还在贬。
如彼岁旱，草不溃茂[16]，	就像那大旱荒年，野草不能繁盛，
如彼栖苴[17]。我相此邦[18]，	也像那枯草一片凋零。我看这个国家，
无不溃止[19]。	无不溃败令人痛心。
维昔之富不如时[20]，	昔日之富不像今日之贫，
维今之疚不如兹[21]。	今日之贫未有如此之甚。
彼疏斯粺[22]，胡不自替[23]？	粗粮细粮应分清，为何自己不退引？

职兄斯引[24]。	还要把祸乱去延伸。
池之竭矣，不云自频[25]。	池塘干枯了，是因外面不入。
泉之竭矣，不云自中[26]。	泉水干竭了，是因里面不出。
溥斯害矣[27]，职兄斯弘[28]，	这普遍的灾害，还会不断地延伸，
不烖我躬[29]。	哪能不殃及我身！
昔先王受命，有如召公[30]，	昔日祖先接受天命，有如召公这样的贤臣。
日辟国百里[31]，今也日蹙国百里[32]。	每日开疆一百里，如今每日收缩国土一百里。
於乎哀哉，维今之人，	哎呀可悲啊！如今的人，
不尚有旧[33]。	不尊重元老旧臣。

【注释】

①旻(mín)天：上天。疾威：暴虐。

②笃：厚。

③瘨(diàn)：病。

④卒：尽。

⑤圉(yǔ)：边区。荒：空。

⑥罟(gǔ)：网。

⑦蟊(máo)贼：吃庄稼的害虫，喻危害国家的上层权贵。讧(hòng)：争乱。

⑧昏椓(zhuò)：昏乱谗毁。靡共：指不供职事。

⑨溃溃：昏乱。回遹(yù)：邪僻。

⑩靖：图谋。夷：诛灭。

⑪皋皋：欺骗。訿訿：诽谤。

⑫玷(diàn)：污点。

⑬兢兢：恐惧。业业：危险。

⑭孔填：很久。

⑮贬：低落。

⑯溃：茂盛。

⑰栖苴：枯草。

⑱相：视。

⑲溃：崩溃。

⑳时：是、此。

㉑疚：穷困。

㉒疏：糙米。粺：精米。

㉓替：废退。

㉔职：此。兄：通“况”。情况。引：延长。

㉕频：水边。

㉖中：地中。

㉗溥：普遍。

㉘弘：扩大。

㉙烖：同“灾”。

㉚召公：指召穆公。

㉛辟：开辟。

㉜蹙：收缩。

㉝尚：尊重。旧：指元老旧臣。

【评析】

这是刺幽王任用小人致乱之诗。全诗七章。首章写上天降灾。上天暴戾，屡降灾祸。上天降饥饿病困于下民，故百姓流亡，饿殍遍野，从国中到边疆一片荒凉。这是上天对幽王的警告。二、三章写群小为恶。由于幽王失道，放逐贤臣，任用小人，故上天降下罪网予以惩罚。幽王任用的小人为数不少。他们如同蟊贼在朝中竞相为恶，极尽昏乱谗毁之能事。他们荒废职守，唯邪是行，这实是图谋诛灭国家。这些小人气焰极为嚣张，成天干着欺骗诽谤的勾当，竟然不知自己的污点。为此，诗人深感恐惧与危殆，好久不得安宁，自己的地位还有贬低的危险。四至六章写国之将倾。那旱岁之草，不能茂盛；那木上之草，萎黄枯败。诗以比喻国之将倾既形象又深刻。故诗人发出“我相此邦”无不溃乱的慨叹。事实正是如此，往日之富未尝如今日之贫，今日之贫未有如此之甚。造成这种国困民疲的局面，就是因为这些小人从中作梗的缘故。那小人如同糙米，这君子如同精米，君子与小人精粗之不同极为分明，为何小人还不自废替？依然如此延长祸乱！矛头所向直刺幽王不该任用这些小人。要知道，那池之竭是由外之不入，那泉之竭是由内之不出。国家祸乱之兴也如池泉枯竭一样有其原因。若不革除弊政，这普遍的祸害还会扩大延伸。这国家大厦一旦覆倾，岂不殃及我身！末章写望王改图。往日宣王受命中兴，任贤臣召虎，每日辟国百里之遥。今则不然，幽王任用小人，每日失国百里之远。两相比较，岂不令人悲哀。如今这些人中，还有故旧老臣。惜乎幽王弃而不用。结果招致国灭身亡之灾，可悲可叹。

颂

周 颂

清 庙

於穆清庙①，肃雍显相②。	多美啊清明的庙庭，助祭诸侯神情和敬。
济济多士③，秉文之德④。	参祭执事仪态肃整，奉行高尚的德行。
对越在天⑤，骏奔走在庙⑥。	仰对在天的神灵，在庙中竭力急奔。
不显不承⑦，无射于人斯⑧。	道德光明永继承，乐之无厌沁人心！

【注释】

①於(wū)：叹词。穆：美。清：清静。

②肃：敬。雍(yōng)：和。显相：指助祭诸侯。

③济济：威仪赫赫貌。

④秉：奉行。文：美好，高尚。

⑤对：报答。越：于。

⑥骏：迅疾。

⑦不：通“丕”。大。显：昭明。承：继承。

⑧射：通“斁(yì)”。厌倦。

【评析】

这是祭祀文王之诗。全诗一章八句。首句写庙，辞清意美。多美啊，清静之庙。一个“清”字尽见精神，它可谓对文王之德作了最好的概括。中五句写祭祀时庄严肃穆的气氛。前来助祭的诸侯，一个个神情肃静，仪态雍和；参与祭祀的执事，一个个也是威仪赫赫，无不奉行高尚的道德。唯有如此，这些“多士”方能报答文王在天之灵，而“骏奔走在庙”。“骏奔走”三字极为传神，它将“多士”操持祀事尽心竭力，无限虔诚，周旋趋跄尚恐不及的情态活画了出来。末二句承上总言。“显”是说文王之德清明，昭显不昧；“承”是说继承文王之德，永勿废替。最后以对文王之德乐之无厌作收，诗意隽永，余味无穷。

维天之命

维天之命①，於穆不已②。
於乎不显③，文王之德之纯④。
假以溢我⑤，我其收之⑥。
骏惠我文王⑦，曾孙笃之⑧。

那上天的旨意，啊，美得无穷无尽。
啊，多光明呀，文王的道德多纯净。
文王以美德赐给我，我要将它永继承。
大顺我文王之德，世代子孙要推行。

【注释】

①命：旨意。

②穆：深远。不已：不息。

③显：光明。

④纯：纯粹。

⑤假：嘉美。溢：赐予。

⑥收：接受。

⑦惠：顺从。

⑧曾孙：主祭者自称。也泛指后王。笃：厚。

【评析】

这也是祭祀文王之诗。全诗一章八句。前四句写文王之德可配天命。那上天之命，不但深远，而且恒久不息。正因为文王之德昭明显耀，博大精深，故足可承受天命。后四句写文王之德泽及子孙。文王以嘉美之德赐予我们，我们则将它接受下来。唯有如此，方能兴周，光大王业。因此，要大顺我文王之德，曾孙永远笃厚之。

维 清

维清缉熙[①],文王之典[②]。	清明长久而广大,文王的法典犹存。
肇禋[③],迄用有成[④],	从开始祭祀神灵,直到大功告成。
维周之祯[⑤]。	这是周家的吉征。

【注释】

①清:清明。缉:长久。熙:广大。

②典:法典。

③肇:开始。禋:祭祀。

④迄:至。有成:即有天下。

⑤祯:吉祥。

【评析】

这也是祭祀文王之诗。全诗一章五句。首二句颂美文王之典。文王的法典,清明、长久而广大。因文王圣德寓于法典之中,故这"典"也就兼具"清"、"缉"、"熙"的品性了。后三句颂美文王之典可以戡乱而政治。"典"的内涵固然很多,但在这里专指祭典则无疑。"肇禋"一句正是对"文王之典"的申补。正因为"文王之典"清明、长久而广大,武王继之,得有天下,永清大定。无怪乎诗之结尾要咏叹"文王之典"实为周家之吉祥了。

烈 文

烈文辟公[①],锡兹祉福[②]。	有功有德的诸侯,祖宗赐给这福禄。

惠我无疆[3]，子孙保之。	给我们的恩惠无穷尽，子子孙孙要保有。
无封靡于尔邦[4]，维王其崇之。	你们在国内不要犯大罪，千万要尊崇周君王。
念兹戎功[5]，继序其皇之[6]。	要牢记这些大功劳，要继承并光大发扬。
无竞维人[7]，四方其训之[8]。	恭谦有礼对待人，四方就会来效仿。
不显维德，百辟其刑之[9]。	你们如果能修德，诸侯就会来模仿。
於乎前王不忘[10]。	啊，先王对此也不忘！

【注释】

①烈：功。文：德。

②锡：通“赐”。赐给。兹：此。祉：福。

③惠：恩惠。

④封靡：大罪。

⑤戎：大。

⑥继序：继承。皇：光大。

⑦无竞：莫强。

⑧训：效法。

⑨刑：模仿。

⑩前王：先王。

【评析】

这是成王戒勉助祭诸侯之诗。全诗一章十三句。首四句写烈祖赐予洪福。成王对助祭诸侯说：“你们这些有功有德的诸侯，烈祖既赐予这洪福，而且对我们的恩惠无穷无尽，子子孙孙要保住它。”中四句写成王戒勉助祭诸侯。戒则戒助祭诸侯在国内不要犯大罪，要尊重王室。勉则勉助祭诸侯要牢记佐定天下之功，要继续发扬光大。末五句写成王以前王治国之道教示助祭诸侯。前王的治国之道有两条：一是得贤人，二是修明德。能得贤人，四方就会效法；能修明德，百君就会模仿。对此前王念念而不忘。成王在这里打出祖宗“前王”的旗号教示助祭诸侯是很有说服力的。成王讲这番话语，意在期冀助祭诸侯能用贤修德，成为“四方”、“百辟”的楷模。

天　作

天作高山①，大王荒之②。
彼作矣③，文王康之④。
彼徂矣⑤，岐有夷之行⑥。
子孙保之。

老天创造这高山，大王率众来垦荒。
百姓营建这宫室，文王使民得安康。
万民纷纷来归往，岐山道路多康庄，
子孙保它万年长。

【注释】

①作：生。高山：指岐山。

②大王：即太王。文王的祖父古公亶父。荒：治理。

③作：兴建。

④康：安定。

⑤徂（cú）：往。

⑥夷：平坦。行：道理。

【评析】

这是祭祀岐山之诗。全诗一章七句。岐山，在陕西省岐山县境内。它是周族的发祥之地，故后王祭祀岐山完全可能。前三句写太王赖岐山以开基。“天作高山”，造语雄峻。这“高山”似乎非自然形成，乃由上天造作。这不仅点明了祭祀的对象，而且还给岐山蒙上一层神秘的色彩。“大王荒之”，笔墨凝练。太王由豳迁岐，励精图治，开山创业，功勋卓著。诗仅用一个“荒”字便将太王开创周族基业之功囊括无遗。“彼作矣”是过渡之句。意思是说“太王率领百姓营建宫室”。百姓定居，周业已创，这就为周族的兴旺奠定了基础。中三句写文王赖岐山以致盛。诗由“彼作矣”陡接“文王康之”，行文一波三折，跌宕顿挫。这是说百姓已经定居，文王则能安定他们。正因如此，岐山有平坦之道，四方百姓无不向往而归附之。末句“子孙保之”戒勉后王永保周业，其意深长。总之，此诗写太王光前开基，文王裕后致盛，皆赖岐山之灵秀，祭祀岐山之意于此可见。此诗环环入扣，真可谓“峰峦起伏，绵亘万里，绝世奇文”。

昊天有成命

昊天有成命①，二后受之②。
成王不敢康③，夙夜基命宥密④。
於缉熙⑤，单厥心⑥。
肆其靖之⑦。

上天早就有定命，文王武王接受了它。
成王不敢安乐，日夜奉持天命不拖沓。
啊！要继承并光大，尽心竭力治国家，
因而他能安天下。

【注释】

①昊(hào)天：上天。成命：定命。

②二后：指文王、武王。

③康：安乐。

④夙夜：日夜。基命：奉持天命。宥(yòu)：通“有”。密：通“勉”。勤勉，努力。

⑤缉：继承。熙：光大。

⑥单(dàn)：尽。厥：其。

⑦肆：故，所以。靖：平定。

【评析】

这是颂美成王功德之诗。全诗一章七句。首二句颂美成王谦让的品德。上天早有定命，文王、武王接受了它。诗不言成王接受天命，正好体现出成王谦让的品德。中二句颂美成王勤勉的精神。成王深知，开创王业不易，固守王业更难。所以成王不敢安逸。于是成王日夜奉持天命，勤勉不懈，继承文王、武王之业。末三句颂美成王辉煌的功绩。文王有大德而功未就，武王有大功而治未成，而这治理天下的大任就由成王来完成。成王能继承并光大王业，能竭尽全力平治天下，因而治国有成。这“靖之”二字正隐含着西周初年的政治局势。武王死后，成王嗣位，因为年幼，周公摄政。不久，管叔、蔡叔发难，淮夷背叛，局势动荡。于是周公东征，历时三年，终于平息了这场叛乱。自此之后，天下清平，为成康之治奠定了基础。成王的功绩可谓卓著。

我　将

我将我享[①]，维羊维牛。	我奉上我献上，有牛又有羊，
维天其右之[②]。	请上天尝一尝。
仪式刑文王之典[③]，日靖四方[④]。	效法文王法典，每天安定四方。
伊嘏文王[⑥]，既右飨之[⑥]。	伟大的文王，也请您尝一尝。
我其夙夜，畏天之威，	我将日日夜夜，敬畏上天的威严，
于时保之[⑦]。	于是按时祭上天。

【注释】

①将：奉。享：献。

②右：享用。

③仪式刑：效法。典：法典。

④靖：平定。

⑤嘏（gǔ）：通“假”。伟大。

⑥右飨：享用。

⑦于时：于是。

【评析】

这是祭祀上帝以文王配享之诗。全诗一章十句。首三句写祭祀上帝。我们奉献牛羊，请上帝享用这丰盛的祭品。中四句写祭祀文王。效法文王的法典，每日平定天下。伟大的文王，也请您享用这丰盛的祭品。末三句写祭者本旨。我将日夜小心谨慎，敬畏上帝的威严，于是按时祭祀上帝，不敢有半点懈怠。

时　迈

时迈其邦[1]，昊天其子之[2]，
实右序有周[3]。薄言震之[4]，
莫不震叠[5]。怀柔百神[6]，
及河乔岳[7]。允王维后[8]。
明昭有周[9]，式序在位[10]。
载戢干戈[11]，载櫜弓矢[12]。
我求懿德[13]，肆于时夏[14]。
允王保之。

按时出巡各地方，上天把君位赐武王，
这实在是佑助我周邦。武王动之以军威，
天下没谁不震惊。祭祀安抚那百神，
以及大河与高陵。武王真是个好国君。
上天明告我周邦，要安排好诸侯在位上。
把那干戈来收藏，把那弓箭装在囊。
我将追求那美德，散布到中国各地方。
周王保天命而久长。

【注释】

①时：按时。迈：行。邦：国。
②子之：以武王为子。
③右序：佑助。
④薄言：语助词。震：动。
⑤莫：没有谁。叠：惧怕。
⑥怀柔：安抚。
⑦乔岳：高山。
⑧后：君。
⑨明昭：明白告示。

⑩序：安排。

⑪戢（jí）：收藏。

⑫櫜（gāo）：盛盔甲、弓矢之囊。此用作动词，即储藏。

⑬懿：美。

⑭肆：陈。时：是，此。夏：中国。

【评析】

这是武王巡狩祭祀山川百神之诗。首五句写武王巡狩之事。武王克商之后，按时巡狩诸侯各国。上天以武王为儿子，这确实是上天在佑助我周邦。武王巡狩之时，动之以威，声势极其显赫。为此，天下诸侯无不慑服此威。由此可以想见，当年之武王是何等威严！中四句写武王祭祀山川百神。武王在巡狩途中，祭祀安抚百神以及大河高山。诚哉武王为天下之君！末七句写武王政教并修。上天明显地告示我周朝，要赏罚分明，安排好天下诸侯；要偃武修文，收藏干戈，储藏弓矢；还要施行美德，并将它散布到中国各个地方去。以上之善声美政，诚然是武王保守天命之道。此诗以武王巡狩邦国为主线，以武王受天命而做天子，敬天命而祀百神，保天命而修政教为核心，结构严谨，整然有序，确不失为一首好诗。

执　竞

执竞武王①，无竞维烈②。	勇猛强悍的武王，其功勋无法估量。
不显成康③，上帝是皇④。	成王业多么显耀，连上帝也大加赞扬。
自彼成康，奄有四方⑤，	从那成王业安天下之后，他尽有天下四方，
斤斤其明⑥。钟鼓喤喤⑦，	其成就无比辉煌。钟鼓之声响喤喤，
磬筦将将⑧，降福穰穰⑨。	磬管之声响将将，福禄多多降。

降福简简[10]，威仪反反[11]。	福禄大大降，威仪端庄又大方。
既醉既饱，福禄来反[12]。	酒已足饭饱肠，福禄双双降。

【注释】

①执：通“鸷”。勇猛。竞：通“勍”。强悍。

②无竞：无疆。烈：功勋。

③成康：成功安定。

④皇：赞美。

⑤奄：尽。

⑥斤斤：明著。明：成就。

⑦喤喤：钟鼓合鸣声。

⑧磬(qìng)：打击乐器。管：管乐器。将将：磬管和鸣声。

⑨穰穰(ráng)：众多。

⑩简简：大。

⑪反反：秩序有度。

⑫反：同“返”。报答。

【评析】

这是祭祀武王之诗。全诗一章十四句。前七句颂美武王功勋。勇猛强悍的武王，他的功勋真是无法估量。武王的功勋非同一般，可谓无与伦比。武王的功勋辉煌显耀，他成就了王业，安定了天下。自那成王业安天下之后，尽有四方。不难见出，武王开国创业之功烈，真可谓明著无已。后七句写祭祀获福。在祭祀之时，不仅供有丰洁的祭品，而且还伴有优美动听的音乐。请听，钟鼓之声和谐而洪亮，磬管之声幽雅而悠扬。真是不祭则已，祭必获福。请看，降福众多而且无疆。降福愈是硕大无朋，祭者的威仪愈益谨重。这样，受祭之神欣然享用祭品，既醉以酒又饱以食，将会以福禄源源不断地报答后王。这一节诗意回环反复，且一层深似一层，道尽了主祭者的款款心曲。

思 文

思文后稷[①]，克配彼天[②]。	具有文德的后稷，能与上天配享。
立我烝民[③]，莫匪尔极[④]。	使我众民得有食粮，无不以你为榜样。
贻我来牟[⑤]，帝命率育[⑥]。	遗留我们小麦和大麦，上帝命他把百姓供养。
无此疆尔界，陈常于时夏[⑦]。	不要分彼界此疆，把种田的方法推广到四方。

【注释】

①思：语助词。文：指文德。后稷：周的始祖。

②克：能。

③立：通“粒”。谷粒。烝：众。

④莫：没有谁。匪：非，不。极：准则。

⑤贻(yí)：遗留。来：小麦。牟(móu)：大麦。

⑥率：皆，普遍。育：养育。

⑦陈：布施。常：典。此指种田方法。于时：于是，在此。夏：中国。

【评析】

这是郊祀后稷以配天之诗。全诗一章八句。首二句盛赞后稷美德。这两句文词虽简直，但含蕴却丰厚。怀有文德的后稷，他能配享上天。这“配天”一语正含后稷、上天并祭之意。中六句极言后稷之功。后稷之功可用“养民”二字括之。后稷使我众民得有食粮，普天之下无不以你后稷为准则。上帝赐瑞麦于周族，命令后稷普遍养育下民。末二句为主祭者的诫勉之词。上帝“率育”之命不可违，要一视同仁，不分时地，凡民皆养；后稷艺农之典不可废，要把它推广到中国各地去，使农业得到普遍发展。后稷其人，既有文德，又有丰功。此德此功，足以配天。

臣工

嗟嗟臣工[①],敬尔在公。
王釐尔成[②],来咨来茹[③]。
嗟嗟保介[④],维莫之春[⑤],
亦又何求[⑥]? 如何新畲[⑦]?
于皇来牟[⑧],将受厥明[⑨]。
明昭上帝[⑩],迄用康年[⑪]。
命我众人[⑫],庤乃钱镈[⑬]。
奄观铚艾[⑭]。

啊啊你们群臣百官,要把公事办理妥当。
周王赐给你们规章,你们要询问要度量。
啊啊你们这些农官,现在正是暮春时光。
你们还有什么要求? 田里的庄稼长得怎样?
啊,美好的小麦和大麦,它将要抽出那穗芒。
光明显著的上帝,将以一个丰年赐赏。
命令我的众农夫,准备铲锄把杂草除光。
不久又要视察割麦忙。

【注释】

①嗟嗟:叹词。臣工:群臣百官。
②厘(lí):赐。成:成法。
③来:语助词。咨:询问。茹:度量。
④保介:农官。
⑤莫:同“暮”。
⑥又:通“有”。
⑦新:耕过两年的田。畲(yú):耕过三年的田。
⑧皇:美好。
⑨受:通“抽”。明:通“芒”。
⑩明昭:光明显著。
⑪迄:通“乞”。赐。用:以。
⑫众人:农夫。
⑬庤(zhì):准备。钱:铲子。镈(bó):锄头。
⑭奄:忽而,不久。铚(zhì):镰刀。艾:通“刈(yì)”。镰刀。

【评析】

这是成王举行籍礼之诗。此诗一章十五句。首四句为周公告诫群臣百官之词。你们要恭敬地筹办好籍草典礼，要遵循周王赐给你们的成法行事，若有不明之处，便要询问请示。中八句为周公与农官的问答之词。周公问道："现在正是暮春时，你于农事还有什么要求？田里的麦苗生长得如何？"足见周公对农事是何等关切。农官答道："麦苗生长得非常旺盛，再过些时就要抽穗了。光明显著的上帝，又将以一个好年景赐予我们。"这期间正是锄草的时令，周王在此时举行籍礼，劝农之用心显而易见。末三句为周公告诫农官之词。你去命令众农奴，赶快准备好铲子与锄头，不久周王又将视察挥镰割麦哩！"命众人"，"庤钱镈"，正与籍礼合。至于"奄观铚艾"为顺及之语，它只是预示着在挥镰割麦时，周王还要举行收割典礼。

噫　嘻

噫嘻成王①，既昭假尔②。	啊啊我们的成王，已经告谕你们这些工头。
率时农夫③，播厥百谷④。	要率领这些农夫，播种百谷到田间地头。
骏发尔私⑤，终三十里⑥。	赶快分发你们农具，耕完三十里田畴。
亦服尔耕⑦，十千维耦⑧。	做好你们督耕的职责，万张犁杖都要装好犁头。

【注释】

①噫嘻：赞叹声。

②昭假：明白告谕。尔：指农官。

②时：此，这些。

④厥：其，那。

⑤骏：迅疾。发：颁发。私："耜"字之误。即农具。

⑥终：耕完。

⑦服：从事。

⑧耦：两个犁头。

【评析】

这是周成王举行籍田典礼之诗。所谓“籍田”，就是天子借用民力以耕种公田。全诗一章八句。全诗均为周公向农官传达成王的命令之词。啊啊成王，既已明白告谕你们这些农官。你们要率领这些农夫，去播种那各种谷物。赶快颁发耕具，将三十里田亩耕完。还要从事自己的督耕工作，要在一万张犁杖上都装上两个犁头。不用说，这完全是为了提高生产效率，能尽快将三十里田亩耕完。这“十千维耦”正描写出在“三十里”田野上大规模集体生产的盛况。

振　鹭

振鹭于飞①，于彼西雍②。
我客戾止③，亦有斯容④。
在彼无恶⑤，在此无斁⑥。
庶几夙夜⑦，以永终誉⑧。

白鹭成群地飞翔，在那西边的大池上。
我的客人来助祭，他的容貌多漂亮。
在宋国不要被怨恨，在周朝不要被讥谤。
差不多日日夜夜，要永葆美名天下扬。

【注释】

①振：群飞的样子。鹭：白鹭。于：语助词。

②雍（yōng）：即“辟雍”。大池。

③戾：至。

④斯：指白鹭。

⑤彼：指宋国。恶：怨恨。

⑥此：指周朝。斁（yì）：讨厌。

⑦庶几：差不多。夙夜：早晚。

⑧永终：长葆。誉：美好的声誉。

【评析】

这是宋公微子朝周助祭之诗。全诗一章八句。前四句美微子之仪容。鹭是一种水鸟，它栖息水边，善于捕鱼，羽毛洁白，可为舞仪。“西雝”即“辟雝”。这“辟雝”正是白鹭所集之所，同时也是祭祀之地。诗人就地取景，以白鹭在“辟雝”上面展翅飞翔，兴比“我客”微子前来助祭“亦有斯容”。鹭羽洁白，喻微子身着白服；“鹭于飞”，喻微子仪态万千，楚楚动人。这真可谓妙喻解颐。后四句告诫微子永葆美德。你在国内要勤政修德，不要被国人怨恨；在周朝要心服忠顺，不要被周人讨厌；并要早晚谨慎，永葆美好之声誉。

丰 年

丰年多黍多稌[①]，亦有高廪[②]，	丰年小米稻谷多，高大粮仓一座座，
万亿及秭[③]。	千千万万难以数。
为酒为醴[④]，烝畀祖妣[⑤]。	酿成清酒和甜酒，献给祖宗来享受。
以洽百礼[⑥]，降福孔皆[⑦]。	以合祭神各种礼，神灵降福遍九州。

【注释】

①黍：小米。稌（tú）：稻谷。

②廪：粮仓。

③秭（zǐ）：十亿。

④醴：甜酒。

⑤烝：献。畀（bì）：给予。祖妣：历代男女祖先。

⑥洽：合。

⑦孔：甚，很。皆：普遍。

【评析】

这是周王丰收后祭祖祀神之诗。全诗一章七句。前三句写丰收景象。丰年黍多稻多。盛粮之廪可以说是高大无比。这高廪绝非只有一座,定是座座并耸,鳞次栉比。不然,那"万亿及秭"的粮食岂能盛装得下?后四句写祭祖祀神。农业丰收了,周王自然不会忘记祖宗与百神。于是用新谷酿成清酒,酿成甜酒,用来祭祖宗,祀百神。末句点明祭祀缘由。即报功今年,且祈福来岁。秋祭主要是酬报神助,而祭祖之意不重,只不过是配以祀百神而已。

有瞽

有瞽有瞽①,在周之庭②。
设业设虡③,崇牙树羽④。
应田县鼓⑤,鞉磬柷圉⑥。
既备乃奏,箫管备举⑦。
喤喤厥声⑧,肃雝和鸣⑨,
先祖是听。我客戾止⑩,
永观厥成⑪。

盲乐师呀盲乐师,在那周家庙庭里。
设横板来设直架,雕花板上插彩羽。
有小鼓大鼓和县鼓,有摇鼓石磬腰鼓和伏虎。
乐器备齐就演奏,排箫笛子发清音。
乐声清脆而洪亮,优雅悦耳在和鸣,
先祖正在倾耳听。我的客人也来临,
永观乐曲演奏成。

【注释】

①瞽:双目失明的乐官。

②庭:庙庭。

③设:陈列。业:悬鼓的木架。虡(jù):悬编钟、编磬的木架。

④崇牙:锯齿,用以悬挂乐器。树羽:插上五彩羽毛。

⑤应:小鼓。田:大鼓。县鼓:周鼓。

⑥鞉(táo):摇鼓。磬:用玉石制作的乐器。柷(zhù):木制敲击乐器,用以引

乐。圉(yǔ):木制状似伏虎的乐器,用以止乐。

⑦箫:类似今之排箫。

⑧喤喤:乐声清脆洪亮。

⑨肃雝:乐声幽雅悦耳。

⑩戾:至。

⑪成:乐曲终结。

【评析】

这是周王大合乐于宗庙祭祀祖先之诗。全诗一章十三句。首二句总叙其事。双眼失明的乐师,在周朝的庙庭里。这预示着一场合奏乐曲祭祀祖先的音乐盛会即拉开帷幕。中九句为诗之主体。首言置备乐器。悬挂乐器的木架显得十分典雅,所备乐器品类繁多,应有尽有。凡乐必有器,一器不备难成乐。次言演奏乐章。现在乐器已备齐,演奏就要开始。顿时,钟鼓齐鸣,箫管并奏。这乐声清脆而洪亮,和谐而悦耳。它不仅在庙庭中回旋飘荡,而且上达于天庭。于是先祖之灵闻之欣然,纷纷倾听这优美的乐曲。末二句写请客观乐。参与合乐助祭者当有公卿诸侯之属。这里的"我客"当指殷后微子。请客观乐,用意尤深。请客观乐,意在施行教戒,使"客"深感和乐,走上正道,终无过错,永远忠顺周朝。在"永观乐曲奏成"的话语之中,正包含着教戒"我客"永不萌生图谋复辟的异志。

潜

猗与漆沮[①],潜有多鱼[②]。	啊漆沮二水域,椮中藏有多种鱼。
有鳣有鲔[③],鲦鲿鰋鲤[④]。	有鳣鱼和鲔鱼,还有鲦鱼鲿鱼鰋鱼和鲤鱼。
以享以祀[⑤],以介景福[⑥]。	用鱼献祭祖先,以求更大的福。

【注释】

①猗与:叹词。漆沮(jū):岐周二水名。在陕西省境内。

②潜:通"椮"。水中积柴以养鱼。

③鳣(shān):大鲤鱼。鲔(wěi):似鲤。

④鲦(tiáo):白条鱼。鲿:黄颡鱼。鰋(yǎn):鲇鱼。

⑤享:献。

⑥介:求。景:大。

【评析】

这是周王用鱼祭祀祖先之诗。全诗一章六句。前四句写鱼之品类繁多。漆、沮二水流经岐周地段均设有"潜"。这"潜"中有很多鱼。诗一共列举了名鱼六种:有鳣鱼,有鲔鱼,有鲦鱼,有鲿鱼,有鰋鱼,有鲤鱼。后二句写用鱼祭祖。祭品既已备齐,祭祖即将开始。用鱼祭祀祖先,以求更大的福禄。这种用鱼祭祖的礼俗,历代沿用不衰。直到今天,有些地区祭祖之时仍在香案上供着鱼,想必就是周礼的沿袭吧。

雍

有来雍雍①,至止肃肃②。	祭者仪态和睦,到庙神情端庄。
相维辟公③,天子穆穆④。	助祭者是诸侯,天子容貌堂堂。
於荐广牡⑤,相予肆祀⑥。	啊,献上肥大牛羊,助我把祭品陈上。
假哉皇考⑦,绥予孝子⑧。	伟大啊我的父皇,安抚我心情舒畅。
宣哲维人⑨,文武维后⑩。	聪明智慧是伟人,文武兼备为君王。
燕及皇天⑪,克昌厥后。	既能告慰上天,又能使后代兴旺。
绥我眉寿⑫,介以繁祉⑬。	赐我寿命长,助我福多样。
既右烈考⑭,亦右文母⑮。	既请父亲尝尝,也请母亲尝尝。

【注释】

①雍雍：和睦。

②肃肃：肃敬。

③辟公：诸侯。

④穆穆：庄严肃穆。

⑤於：叹词。荐：进献。广牡：肥大的雄兽。

⑥相：助。肆：陈列。

⑦假：伟大。皇考：指文王。

⑧绥：安。

⑨宣哲：明智。

⑩后：君。

⑪燕：安。

⑫绥：赐。眉寿：长寿。

⑬介：助。祉：福。

⑭右：通“侑”。义同“飨”。烈考：指文王。

⑮文母：指文王妃太姒。

【评析】

这是武王祭祀文王之诗。全诗一章十六句。首四句写祭者之容。助祭诸侯来时仪态柔和，到宗庙时神情肃敬，主祭者武王容止庄严而肃穆。次四句写祭品之丰。助祭诸侯献上硕大肥腯的雄牲以助武王祭祀。而伟大的文王享用这丰洁的祭品，以安抚孝子武王之心。下四句写文王功德。文王为人不仅明智，而且德才兼备。他既能安及上帝，又能光大其后。末四句写祭祖获福。文王赐武王以长寿，助武王以多福。故武王“既请文王尝尝祭品，也请太姒尝尝祭品”。由“既……亦……”句式可知此诗主要是祭祀文王，而以文王妃太姒配享。

载　见

载见辟王①,曰求厥章②。
龙旂阳阳③,和铃央央④。
鞗革有鸧⑤,休有烈光⑥。
率见昭考⑦,以孝以享。
以介眉寿,永言保之。
思皇多祜⑧,烈文辟公⑨。
绥以多福,俾缉熙于纯嘏⑩。

当初诸侯朝成王,大家来求那典章。
蛟龙旂旗多鲜明,车上铃儿响丁当。
缰绳缀玉声玱玱,真漂亮呀放光芒。
率领诸侯到庙堂,来祭祀来献享。
求那寿命长又长,永保先王无穷业。
获福又大又多样,有功有德的诸侯。
祈求赐福多又广,使我光明把大福享。

【注释】

①载:始。辟王:指成王。

②章:典章法度。

③阳阳:鲜明。

④和:车轼上的铃。铃:车衡上的铃。央央:铃声。

⑤鞗(tiáo)革:马缰绳。鸧:通"玱"。玉石相击声。

⑥休:美。烈:明亮。

⑦率:领。昭考:指武王。

⑧皇:大。祜:福。

⑨烈文:有功有德。

⑩俾:使。缉熙:光明。纯:大。嘏(gǔ):福。

【评析】

这是成王率领来朝诸侯祭祀武王之诗。诸侯来朝拜见成王,意在咨询典章制度。这些有功有德的诸侯,正端坐在华美的车上向周京急驰。只见车上龙旗色彩鲜明,随风飘扬;但听轼前衡上的铃铛,随着车的行进发出丁当丁当的声响。那缰绳之上缀以宝石,随着马的奔驰玉石相击玱玱有声,而且闪闪发光。诸侯们盛饰车服,纷纷朝周,大有“葵藿倾太阳”的升平气象。后八句写成王率领诸侯祭祀武王。成王率领诸侯至武王之庙,开始祭祀武王。成王祭祀武王,是为了祈求长寿,永保先王无穷之业,从而获得更大更多之福。诸侯祭祀武王,是为祈求赐以多福,并使之前程光明远大。

有　客

有客有客,亦白其马。	客来了客来了,骑着那白马。
有萋有且①,敦琢其旅②。	随从很隆盛,彬彬有礼陪车驾。
有客宿宿③,有客信信④。	客住两夜还安心,客住四夜想回家。
言授之絷⑤,以絷其马⑥。	给他一根绳,拴住他的马。
薄言追之⑦,左右绥之⑧。	设宴欢送他,大臣安慰他。
既有淫威⑨,降福孔夷⑩。	你有好品德,降福会很大。

【注释】

①萋、且:隆盛。

②敦琢:治玉之名。喻彬彬有礼。

③宿宿:住两夜。

④信信:住四夜。

⑤絷:绳索。

⑥絷:用绳索绊住。

⑦薄言:语助词。追:送。

⑧绥:安。

⑨淫威:大德。

⑩孔夷:很大。

【评析】

这是颂美宋公微子朝周助祭之诗。全诗一章十二句。首四句写客至。据史书记载，殷人尚白。由此可知那骑着白马的“有客”定是宋公微子。在微子的身旁还有众多随从。这些随从一个个威仪隆盛，彬彬有礼。中四句写留客。由于微子大贤，周王惧其离云，故而挽留再三。微子一行已住了一夜二夜，已住了三夜四夜，但周王还唯恐微子猝然离去，依然盛意相留。这“授绳绊马”的细节非常生动，非常典型。它不仅衬托出微子德贤，而且还描绘出了周王厚爱微子的挚情。末四句写送客。周王设宴为微子饯行。微子即将离去之际，周王之臣又安抚微子，还以美好的祝词“你既有大德，将获大福”赠给微子。

武

於皇武王①，无竞维烈②。	啊，伟大的武王，其功勋无法估量。
允文文王③，克开厥后④。	确有文德的文王，能为后代把事业开创。
嗣武受之⑤，胜殷遏刘⑥。	武王继承文王的基业，止住了杀戮战胜了殷商。
耆定尔功⑦。	实现了文王伟大的理想。

【注释】

①於(wū)：叹词。皇：伟大。

②无竞：无疆。烈：功勋。

③允：的确。文：文德。

④厥：其。

⑤嗣：继承。之：指代文王的功业。

⑥遏：止住。刘：杀戮。

⑦耆(zhǐ)：致，达到。定：实现。尔：指代文王。功：事业。

【评析】

这是歌颂武王伐纣获胜之诗。全诗一章七句。啊,伟大的武王,其功勋无法估量!这并非虚语。武王克商之举,合乎民心,顺乎潮流,故八方诸侯如响之应,如影之从。武王率师亲征,大战牧野,会朝清明。武王的功勋可谓卓著。然而,武王克商兴周之业实由文王奠定。饮水思源,岂能忘怀文王开创之功。文王受命之后,便积极准备伐商,相继灭掉了一些商之属国,为武王伐商扫清了道路。所以诗中横插“确有文德的文王,能为其后代开创基业”一笔,盛赞文王辉煌的功业。这一基业由嗣继武王接受了下来。武王继承父志,恭行天讨,吊民伐罪,牧野一战,终于战胜了商纣,止住了杀戮。这确是一项伟大的事业,它对于推动历史向前发展具有重大的意义。诗的结尾庄严宣告:“武王完成了您(指文王)的事业。”胜利的喜悦溢于言表。

闵予小子

闵予小子①,遭家不造②,	可怜呀我这小子,家门不幸遭凶丧,
嬛嬛在疚③。	孤独无依很忧伤。
於乎皇考④,永世克孝⑤。	啊我的父亲周武王,终生能把孝道扬。
念兹皇祖⑥,陟降庭止⑦。	想念祖父周文王,能以直道治民事上苍。
维予小子,夙夜敬止⑧。	我这小子,日夜谨慎怀恐慌。
於乎皇王⑨,继序思不忘⑩。	啊,我的祖父和父王,我继承王业永不忘。

【注释】

①闵(mǐn):忧伤。小子:成王自称。

②不造:不幸。

③嬛嬛(qióng):孤独无依的样子。疚:忧病。

④於乎：叹词。皇考：指武王。

⑤永世：终生。克：能。

⑥兹：此。皇祖：指文王。

⑦陟降：上下。庭：直。

⑧敬：谨慎。

⑨皇王：指文王和武王。

⑩序：绪，事业。

【评析】

这是成王居丧朝庙之诗。全诗一章十一句。首三句写成王悲痛之情。我是多么忧伤啊，遭到父王崩殂凶丧之事。因而他深感孤独，成天处于忧病之中。中四句写成王不忘先王之德。成王虽幼，但很有志向，不以居丧而忘先王之德。前二句为成王念武王之词。诗言“啊，父亲武王，一生能行孝道。”言下之意，自己也要像父亲那样奉行孝道。后二句为成王念文王之词。诗言“想念祖父周文王，上上下下行直道”，言下之意，自己也要像祖父那样事天治民以直道。末四句写成王矢志不忘先王之业。成王日夜谨慎，不敢懈怠，始终奉守善道，矢志不忘继承祖考之王业。成王当年还是一位幼冲小子，竟能如此深谋远虑，后来成为圣世明王就绝非偶然了。

访　落

访予落止①，率时昭考②。	我开始谋政在庙堂，追随英明的父王。
於乎悠哉③，朕未有艾④。	父王的谋略太深远，我哪里能够追得上。
将予就之⑤，继犹判涣⑥。	扶助我呀靠近它，继承谋略要久长。
维予小子，未堪家多难⑦。	我这小子，家里多祸难承当。
绍庭上下⑨，陟降厥家⑨。	继承直道于上下，升降俯仰于周邦。

休矣皇考[10],以保明其身[11]。 伟大啊我的父王,保佑其身安泰健康。

【注释】

①访:商议。落:开始。

②率:遵循。时:是,此。昭考:武王。

③悠:远大。

④艾:尽。

⑤将:扶。就:靠近。

⑥犹:谋略。判涣:舒展不尽。

⑦多难:众多患难。

⑧绍:继承。庭:直。

⑨陟降:俯仰。

⑩休:美。

⑪明:察。

【评析】

这是成王谋政群臣于武王庙之诗。全诗一章十二句。成王开始谋政群臣于武王之庙,立志追随英明的父王。然而追随父王又谈何容易。武王之道"巍巍乎高远不可及",方值幼冲之成王,岂能一蹴而就。追随父王之道,"我未有竟止之期",正表露出成王意欲追慕而恐不及的这种心境。正因为武王之道悠远难终,故成王才延访群臣于庙,并期冀群臣竭力扶助,以便尽快靠近武王之道,永远继承武王之道。尤其是在这多事之秋,成王仰慕父王善道之情更显得急切。一句"未堪家多难"该倾吐出多少忧虑与苦衷。由"未堪"转化为"可堪",唯一的法宝就是要效法武王继承直道于上下,陟降俯仰于其家。只有如此,才能像武王那样保其身无危亡之忧,明其身无昏塞之患。这样,庶几能涉过深渊,渡过难关,然后再图大业。

敬 之

敬之敬之[1]，天维显思[2]。	谨慎呀谨慎呀，上天眼睛很明亮。
命不易哉[3]，无曰高高在上[4]。	天命不易保有啊，不要说它高高在上方。
陟降厥士[5]，日监在兹[6]。	万事由它来升降，每天在此勤观望。
维予小子，不聪敬止[7]。	我这小子，既不聪明又不稳当。
日就月将[8]，学有缉熙于光明[9]。	只有日积月累，学问才能积渐广大而放光芒。
佛时仔肩[10]，示我显德行[11]。	你们要助我勇担当，指示我美德记心上。

【注释】

①敬：谨慎。

②显：明察。

③易：容易。

④无曰：不要说。

⑤士：事。

⑥监：察。

⑦聪：明。

⑧就、将：积累。

⑨缉熙：积渐广大。

⑩佛：通“弼”。辅助。仔肩：重任。

⑪示：指示。

【评析】

这是成王自戒之诗。全诗一章十二句。前六句写成王敬畏天命。周家圣圣相传，唯在奉行一个“敬”字。诗以“敬之”发端，其意甚为警切。因为上天显赫明察，天命不易保有。如果稍有懈怠，天命就有可能得而复失,"殷鉴不远",岂不警戒!成王深知此理,彻悟此道,于是警戒自己:切莫说上天高高在上,离人甚远而不敬畏,其实上天无时不在升降其事,无日不在监临下土,主宰人间的一切。正因如此,为人君者不可不敬啊!后六句写成王戒勉自己。成王自谓性既不聪,行又不敬,但愿奋发学习。只要日积月累,学习渐进而广大,便可达到光明的境界。然而要实现这一宏愿,尚赖群臣辅助担当重任,并指示以光明的德行。只有如此,才能使自己"聪"而"敬",从而永保上天之"命"。不难看出,诗之上下两节前后呼应,意相连续,浑然一体,确为成王敬天勉己之词。值得一提的是,诗中"日就月将,学有缉熙于光明"之语,可谓"《三百篇》言'学'之始"。后世文人墨客引以劝学者颇多,它成为激励后人勤奋学习的座右铭。

小　毖

予其惩[①],而毖后患[②]。	我要惩戒呀,谨慎防后患。
莫予荓蜂[③],自求辛螫[④]。	无人牵引我,苦事自己揽。
肇允彼桃虫[⑤],拚飞维鸟[⑥]。	开始确是那小鹪鹩,翻飞终于成大鸟。
未堪家多难,予又集于蓼[⑦]。	正不堪家多难,我又陷困境心发焦。

【注释】

①惩:惩戒。

②毖:谨慎。

③莫:没有谁。荓(pēng)蜂:联绵词。牵引。

④辛螫(shì):辛苦之事。

⑤肇:始。允:信。桃虫:即"鹪鹩"。小鸟。

⑥拚(fān):通"翻"。飞翔。

⑦集:会。蓼(liǎo):苦菜。比喻困境。

【评析】

这是成王惩管、蔡之乱而自儆之诗。全诗一章八句。“惩”、“毖”二字为全诗主脑。成语“惩前毖后”就是由此演变而成。成王“惩”些什么呢？首先是惩不要自讨苦吃。往日之事没有谁牵引我，而是自求苦事。由于成王误信流言，怀疑周公，为此周公一度避嫌居东，从而致使管叔、蔡叔之辈得意张狂。这实乃酿成后来大祸之根由，教训深刻，不可不戒。其次是惩不要忽略小患。桃虫始小而终大，这与俗语所说“向为鼠，后为虎”之意正同。这一比喻深刻说明小事不慎终成大祸。事实正是如此。当初管、蔡流言，武庚“小腆(殷之余孽)”，只是犹如“桃虫”之小。可是对流言而未慎思，对武庚而未提防，曾几何时，武庚恃管、蔡反叛，结果酿成大祸，恰如桃虫翻飞终成大鸟。这一血的教训，岂可不戒。末二句蕴含“毖后”之意。成王自谓：正不堪家难，继而又处苦境(指淮夷反叛)，真是祸患迭至。鉴此，为“毖后患”而切望群臣助己。此意虽未明言，但已溢于言表，诗之含蓄于此可见。此诗情致缠绵，哀音动人，文词古奥，设喻奇巧，堪称《颂》之佳品。

载芟

载芟载柞①，其耕泽泽②。	铲野草砍树林，耕地发出泽泽声。
千耦其耘③，徂隰徂畛④。	千对农夫清株根，前往新田和田埂。
侯主侯伯⑤，侯亚侯旅⑥，	有天子有公卿，有大夫有士人，
侯强侯以⑦。有嗿其馌⑧。	有老弱有壮丁。饭送田头吃得香，
思媚其妇⑨，有依其士⑩。	那农妇多漂亮，那男子多健壮。
有略其耜⑪，俶载南亩⑫。	那犁头多锋利，开始耕种南田庄。
播厥百谷，实函斯活⑬。	播下那各种作物，种子发芽始生长。
驿驿其达⑭，有厌其杰⑮。	那破土之苗不间断，那特出之苗多茁壮。

厌厌其苗[16]，绵绵其麃[17]。
载获济济[18]，有实其积[19]，
万亿及秭。为酒为醴，
烝畀祖妣，以洽百礼。
有飶其香[20]，邦家之光。
有椒其馨[21]，胡考之宁[22]。
匪且有且[23]，匪今斯今[24]。
振古如兹[25]。

那一般之苗排成行，锄草仔细苗未伤。
收获粮食可真多，满满堆在禾场上，
万亿亿亿来计量。酿成清酒和甜酒，
献给祖宗来受享，以合祭礼有多样。
酒醴香气多芬芳，为我周家增荣光。
酒醴香气多浓郁，赐给我们长寿与安康。
不但这里是这样，不但今天是这样，
自古至今都一样。

【注释】

①芟(shān)：除草。柞(zhà)：砍树。
②泽泽：通"释释"。起土声。
③耘：清除残存的草木根株。
④徂：往。隰(xí)：新开田。畛(zhěn)：田间小路。
⑤侯：语助词。主：天子。伯：公卿。
⑥亚：大夫。旅：士。
⑦强：强劳力。以：弱劳力。
⑧嗿(tǎn)：众人饮食之声。馌(yè)：田间。
⑨媚：美。
⑩依：通"殷"。盛壮。
⑪略：锋利。
⑫俶：始。载：从事。
⑬实：种子。函：含。
⑭驿驿：苗出土的样子。达：破土之苗。
⑮厌：美好。杰：先出之苗。
⑯厌厌：整齐。
⑰绵绵：仔细精密。麃(biāo)：除苗间杂草。
⑱济济：众多。

⑲实：充满。

⑳飶：通“苾”。芬芳。

㉑椒：通“淑”。浓郁。馨：香。

㉒胡考：长寿。

㉓匪：通“非”。且：此。

㉔斯：语助词。

㉕振古：自古。

【评析】

这是周王举行籍田典礼或祭祖祀神之诗。全诗一章三十一句。这是《周颂》中最长的一首诗。前二十一句写一年的农政。首先写垦荒耕地的情景。为辟新田，农夫们正在除草砍木，深耕土地，清除耕过的土壤中残存的草木根株。由“耕”至“耘”，表明耕作更为精细。参加耕作者有天子，有公卿，有大夫，有士，有强劳力，有弱劳力。这与籍田典礼合。时至中午，农妇们将饭送到田头。农夫们吃起饭来“噴噴”有声，觉得格外香甜，并倍感其妇温柔可爱。这虽是一段小插曲，但很富有生活情趣。午饭刚过，农夫们又开始深耕南亩的成田。其次写播种、耘草、收获的情景。南田已经耕毕，播种即将开始。撒播在酥松土壤中的种子，饱含生气，很快发芽，那禾苗长势喜人。锄草之人小心翼翼，仔细精密。由于田间管理得法，故喜获丰收。后十句写祭祖祀神。为祈求神灵佑助，周王用新谷酿成清酒，酿成甜酒，先到宗庙祭先祖，后到郊外祀百神。所进酒醴香气芬芳，为我们邦家增添荣光；所奉酒醴香气浓郁，请赐予我们长寿与安康。这种祭祀自古有之，非自今始，因此要长保享祀，永勿废替，以祈求更大的福禄。

良　耜

畟畟良耜①，俶载南亩。　　犁头多锋利，开始耕种南田庄。

播厥百谷，实函斯活。	播种那各种作物，种子发芽始生长。
或来瞻女[②]，载筐及筥[③]。	有人来看望你们，提着方筐和圆筐。
其饟伊黍[④]，其笠伊纠[⑤]。	食物是黄米饭，纠状斗笠很别样，
其镈斯赵[⑥]，以薅荼蓼[⑦]。	那锄头真锋利，把杂草都铲光。
荼蓼朽止，黍稷茂止[⑧]。	杂草已腐烂，黍米高粱长得旺。
获之挃挃[⑨]，积之栗栗[⑩]。	收割之声嚓嚓响，堆起的粮食像山冈。
其崇如墉[⑪]，其比如栉[⑫]。	高得像城墙，密得像竹篦样。
以开百室，百室盈止，	打开百室来储藏，百室都装满，
妇子宁止。杀时犉牡[⑬]，	后妃王子喜洋洋。杀这黄牛肥又壮，
有捄其角[⑭]。以似以续[⑮]，	它的角儿弯又长。继续往古祭祀事，
续古之人[⑯]。	继承古人遗志永不忘。

【注释】

①畟畟（cè）：锋利。

②或：有。瞻：探视。女：通“汝”。指农夫。

③筥（jǔ）：圆竹器。

④其：将。饟（xiǎng）：同“饷”。送来的食物。黍：黄米饭。

⑤纠：编织的样子。

⑥镈（bó）：锄具。赵：通“削”。锋利。

⑦荼蓼（tú liǎo）：杂草。

⑧黍稷：泛指庄稼。

⑨挃挃（dié）：收割庄稼的声音。

⑩栗栗：众多。

⑪墉（yōng）：城墙。

⑫比：排列。栉：今名篦子。

⑬时：是。犉（chún）：大黄牛。牡（mǔ）：雄兽。

⑭捄（qiú）：弯曲。

⑮似：嗣续。继承。

⑯续古之人：这种祭祀是继续古人的做法。

【评析】

这是周王秋报社稷之诗。全诗一章二十三句。前十九句写一年农政。首言耕播。农夫们推起锋利的犁头，开始深耕南亩。南亩已经耕毕，便播下那各种谷物。种子播入土中，吸收了水分，饱含生气，很快发芽。时至中午，农妇们提着筐篓，将饭送到田头，头上戴着纠状草笠很是别致。次言耘草。午饭过后，农夫们又手挥锋利的锄头，铲除杂草。杂草铲除后，腐烂变成肥料，以助庄稼生长，故黍稷长得非常茂盛。末言秋收。收割的声音嘁嘁嚓嚓，堆积的粮食密密麻麻。粮垛高得像城墙，密得像竹篦。脱粒归仓，百室盈满，后妃与王子非常喜悦。后四句写报社稷。为了酬答神灵的佑助，周王宰杀角儿弯曲的大黄牯，以祀社稷之神。这种祭祀古已有之，非自今始，因此要继承古人报祭社稷之举。

丝　衣

丝衣其紑①，载弁俅俅②。
自堂徂基③，自羊徂牛④。
鼐鼎及鼒⑤，兕觥其觩⑥，
旨酒思柔⑦，不吴不敖⑧。
胡考之休⑨。

穿的祭服多鲜洁，戴的礼帽多端庄。
从堂上到墙根，从壮牛到肥羊。
摆设大鼎和小鼎，牛角酒杯弯又长。
酒既柔和又甜香。不傲慢不喧嚷，
祈求长寿与安康。

【注释】

①丝衣：祭服。紑（fóu）：鲜洁。

②载：戴。弁（biàn）：圆顶帽子。俅俅：端庄。

③基：墙根。

④徂：到。

⑤鼐(nài):大鼎。鼒(zī):小鼎。

⑥兕觥(sì gōng):状似兕牛的酒器。觩(qiú):弯曲。

⑦柔:酒味柔和。

⑧吴:喧哗。敖:傲慢。

⑨胡考:长寿。休:美。

【评析】

这是周王祭祀之诗。全诗一章九句。前二句写助祭者的服饰。他们身着鲜洁的祭服,头戴端庄的圆帽,足见其敬慎不苟之容。中六句写备礼与祭祀。助祭者从堂上到墙根来回奔忙。祭器有大鼎和小鼎,祭品有壮牛和肥羊,还备有状如兕牛的酒杯,里面盛满味道醇正柔和的美酒。祭祀时,气氛肃然,既不大声喧哗,又不傲慢无礼,显得非常虔诚。末句写祭将获长寿之福,点明祭祀缘由。

酌

於铄王师①,遵养时晦②。	啊强盛的文王军队,在黑暗时代养精蓄锐。
时纯熙矣③,是用大介④。	光明的时刻已到来,于是做好充分的准备。
我龙受之⑤,蹻蹻王之造⑥。	我恭敬地接受了他们,这支英武的文王军队。
载用有嗣⑦,实维尔公⑧,	我将率领他们出征,以彰显父王的光辉,
允师⑨。	啊,雄威的军队。

【注释】

①铄(shuò):强盛。

②遵养:保养实力。时晦:黑暗时代。

③纯熙:光明。

④大介:大发甲兵。

⑤龙：通“龏”。恭敬。

⑥蹻蹻：英武。造：通“曹”。众多将士。

⑦载用：乃用于。有嗣：指武王。

⑧尔：指文王。公：通“功”。

⑨允：信，的确。

【评析】

这是武王准备伐纣之诗。全诗一章九句。发端盛赞文王之师：“啊，强盛的文王军队！”这赞语出自武王之口，足见其内心充满着必胜的信念。然而，在当时商强周弱的情势下，武王还不敢贸然一试，只得韬光养晦，等待时机。此后，武王经过几年充分的准备，觉得时机已经成熟，光明的时刻已到来，于是便将王师全副武装起来，准备出征伐纣。此时此刻，武王的心情异常激动，他仰对文王之灵，好像是在默默地念道：“英武的文王之师，我恭敬地接受了他们。现在我就用于出征伐纣，这实在是师法您的武功。”结尾“允师”一句再次盛赞文王之师，这与首句正好呼应。由此可见，此诗实为武王伐纣的前奏曲。篇名《酌》不是截自诗中。“酌”含“酌时宜”之意，它与此诗的内容正密合无间。

桓

绥万邦①，娄丰年②。
天命匪解③。桓桓武王④，
保有厥士⑤，于以四方⑥，
克定厥家⑦。於昭于天⑧，
皇以间之⑨。

平定了天下四方，每年粮食装满仓。
天命绵绵很久长。威风凛凛的武王，
拥有英勇的兵将，他用以征讨四方，
终于缔造了周邦。他的品德昭著于天，
天以武王替代殷商。

【注释】

①绥:安定。

②娄:通“屡”。

③解:同“懈”。

④桓桓:威武。

⑤士:指将士。

⑥以:用。

⑦家:即“国”。

⑧昭:明。

⑨皇:天。间:代。

【评析】

这是武王克商后呈现太平景象之诗。全诗一章九句。首二句写太平景象。“绥万邦”,是说安定了天下;“娄万年”,是说连连获得丰收。仅一个“绥”字、一个“娄”字,便将武王功德描绘了出来。中五句写呈现太平景象之因。“天命匪解”一句至关重要。正因为天命之于周,久而不厌,故武王保有将士,用于征讨四方,于是才奠定了王业,呈现出这种太平景象。末二句以赞语总收。武王之德昭著于天,故天以武王代纣。诗意由表及里,层层深入,寥寥几笔,道尽了武王的圣德及武功。

赉

文王既勤止[①],我应受之。	文王创业多么勤苦,我应当继承他的事业。
敷时绎思[②],我徂维求定[③]。	使之光大连续不绝,为了求得安定前往南国。
时周之命,於绎思。	这周邦所受的天命,永远不会枯竭。

【注释】

①勤：劳。

②敷：布。时：是，此。绎：连续不断。

③徂：往。

【评析】

这是武王经营南国之诗。全诗一章六句。首句颂美文王经营南国之功。诗言"既勤止"，正表明文王已经营过南国。文王遗留下来的这份基业极其宝贵，所以武王无限感激地说道："我应当继承下来。"不仅如此，武王还决心使文王的事业连续不绝，发扬光大。武王经营南国，其目的非常明确，就是为了求得天下安定。当时，东方仍为殷孽武庚的势力范围。武王唯恐武庚心不诚服，于是便着手巩固南方。只有如此，方能震慑东方，以防有变，从而求得天下安定。不难看出，武王的谋略可谓深远。诗的结尾以"天命"作收，余味无穷。武王深知，得天下靠的是"天命"，这安天下靠的也是"天命"。正是基于这种观念，故而才发出"这周所受的天命，永无止境"的咏叹。"天命"之于周既然永无止境，那么周朝定能长治久安。篇名《赉》不是截自诗中。"赉"即"赐"意，意谓"上天赐命武王"。这与此诗的内容正相吻合。

般

於皇时周①，陟其高山。	啊，伟大的周邦，武王登到高山上。
嶞山乔岳②，允犹翕河③。	那小山和大山，紧密连接黄河多雄壮。
敷天之下④，裒时之对⑤，	普天之下的万国诸侯，都聚集在此报答称扬，
时周之命。	这周邦所受的天命源远流长。

【注释】

①皇：伟大。

②隋(duò)：小山。乔岳：大山。

③允犹：诚又。翕(xī)：合。

④敷：通"普"。

⑤裒(póu)时：聚此。之对：以答。

【评析】

这是武王克商后班师回朝之诗。前四句写班师途中所见之景。发端总赞周土山川之美："啊，这伟大的周国！"武王登上高山，便脱口发出这一赞语，真是"登山则情满于山"。武王站立山巅，放眼四顾，那狭长的小山，那巍峨的大山，那奔腾的黄河，尽收眼底。这三句写尽了周土的山川形胜。读者可以想象，一条宽广的黄河横贯周土的东西，那西边的岍山、岐山，那东边的华岳、秦岭皆连接着黄河，这该是一幅多么壮美的图画。不用说，这众山皆合于河的壮观，正好衬托出武王班师回朝时的那种豪情。后三句写回镐后万国朝贺的情景。武王奏凯回镐之后，定要举行一次庆功祝捷盛会。此时，普天之下，万国诸侯皆聚集于镐京，以报答称扬武王所受的天命。可见，周之开国，其气象甚为隆盛。篇名《般》也非截自诗中。"般"有"还"义，这正好揭示了此诗的主题。

鲁 颂

駉

駉駉牡马[①]，在坰之野[②]。
薄言駉者：有驈有皇[③]，
有骊有黄[④]，以车彭彭[⑤]。
思无疆[⑥]，思马斯臧[⑦]。

肥壮的高大马，在遥远的原野上戏耍。
那成群的肥壮马，有驈马有皇马，
有骊马有黄马，有力把车拉。
思虑无限量，马儿皆优良。

駉駉牡马，在坰之野。
薄言駉者：有骓有駓[⑧]，
有骍有骐[⑨]，以车伾伾[⑩]。
思无期[⑪]，思马斯才[⑫]。

肥壮的高大马，在遥远的原野上戏耍。
那成群的肥马，有骓马有駓马，
有骍马有骐马，勇猛把车拉。
思虑无穷尽，马儿皆灵敏。

駉駉牡马，在坰之野。
薄言駉者：有驒有骆[⑬]，
有骝有雒[⑭]，以车绎绎[⑮]。
思无斁[⑯]，思马斯作[⑰]。

肥壮的高大马，在遥远的原野上戏耍。
那成群的肥壮马，有驒马有骆马，
有骝马有雒马，急速把车拉。
思虑不厌倦，马儿皆熟练。

駉駉牡马，在坰之野。
薄言駉者：有骃有騢[⑱]，
有驔有鱼[⑲]，以车祛祛[⑳]。
思无邪[㉑]，思马斯徂[㉒]。

肥壮的高大马，在遥远的原野上戏耍。
那成群的肥壮马，有骃马有騢马，
有驔马有鱼马，气足把车拉。
思虑无邪杂，马儿皆壮大。

【注释】

①駉駉(jiōng):马肥壮。牡:指壮大之马。

②坰(jiōng):遥远。

③驈(yù):腹胯间有黑毛的白马。皇:黄白兼有的马。

④骊(lí):纯黑色的马。黄:黄色马。

⑤以:驾,拉。彭彭:形容有力有容。

⑥无疆:无限。

⑦臧:美好。

⑧骓(zhuī):毛色苍白相杂的马。駓(pī):毛色黄白相杂的马。

⑨骍(xīn):赤色马。骐:青黑马。

⑩伾伾(pī):形容勇猛矫健。

⑪无期:义同“无疆”。

⑫才:灵活。

⑬驒(tuó):有鳞状黑斑纹的青毛马。骆:白身黑鬣的马。

⑭骝(liú):赤身黑鬣的马。雒(luò):黑身白鬣的马。

⑮绎绎:疾驰的样子。

⑯无斁:不厌倦。

⑰作:娴熟。

⑱骃(yīn):浅黑带白的杂毛马。騢(xiá):赤白色的杂毛马。

⑲驔(diàn):白豪脚杆马。鱼:双眼发白的马。

⑳祛祛(qú):形容气力充足。

㉑无邪:不邪曲。

㉒徂:通“驵”。马壮大。

【评析】

这是颂美鲁僖公牧马蕃盛之诗。全诗四章。每章首二句总写马之蕃盛。茫茫原野,水草丰茂。成群的壮马,或饮或食,或戏或逐,生气盎然。仅此二句便勾勒出一幅壮美的牧马画图。每章中四句写马之精良。这里一共描写了十六种毛色各异的良马。这十六种马骠肥体壮,拉起车来有力有容,勇猛矫健,迅疾如飞,气力充足。每章末二句颂美僖公牧马之功。由于僖公思虑深远，思虑远长，思虑详审，思虑纯正，故马儿皆美好，皆灵活，皆娴熟，皆肥壮。总之，由于僖公重视马政，因此牧马兴旺。

有 駜

有駜有駜①，駜彼乘黄②。
夙夜在公③，在公明明④。
振振鹭⑤，鹭于下。
鼓咽咽⑥，醉言舞⑦。
于胥乐兮⑧！

肥壮啊肥壮，拉车的黄马多肥壮。
早早晚晚在公府，尽心竭力事君王。
众多的白鹭羽，时而升起时而降。
击鼓之声咚咚响，喝醉边舞边歌唱。
君臣全都乐无疆！

有駜有駜，駜彼乘牡⑨。
夙夜在公，在公饮酒。
振振鹭，鹭于飞。
鼓咽咽，醉言归。
于胥乐兮！

肥壮啊肥壮，拉车的黑马多强壮。
早早晚晚在公府，群臣纵情饮琼浆。
众多的白鹭羽，好像在飞翔。
击鼓咚咚响，喝醉而归往。
君臣全都乐无疆！

有駜有駜，駜彼乘駽⑩。
夙夜在公，在公载燕⑪。
自今以始，岁其有⑫。
君子有穀⑬，诒孙子⑭。
于胥乐兮！

肥壮啊肥壮，拉车的青马多健壮。
早早晚晚在公府，君臣纵情饮琼浆。
从现在开始，年年粮满仓。
国君有美德，留给子孙国运昌。
君臣全都乐无疆！

【注释】

①駜（bì）：马肥壮。

②乘：四马曰乘。黄：指黄毛马。

③公：办公之所。

④明明：通“勉勉”。勤勉。

⑤振振：群飞的样子。鹭：指鹭羽。

⑥咽咽：鼓声。

⑦言：犹“而”。

⑧于：语助词。胥：皆。

⑨牡：公马。

⑩駽(xuān)：青黑色的马。

⑪载：则。燕：通“宴”。宴饮。

⑫有：丰年。

⑬穀：善。

⑭诒：留给。

【评析】

这是鲁国君臣宴饮公室庆贺丰年之诗。全诗三章。每章首二句写群臣乘坐马车上朝的情景。每章中六句写君臣宴饮庆贺丰年。群臣早兴夜寐侍奉国君，在公府尽力操办公事。这天，国君在公府宴请群臣。宴会伊始，舞师们手持鹭羽，和着“咽咽”的鼓声，跳着欢快的乐舞。他们时而俯仰上下，时而如鹭飞翔，以助其兴。酒过数爵，君臣陶醉宴乐之中，为尽其欢，便起而醉舞。本有醉意，参与舞蹈，真不知手之舞之，足之蹈之。酒既足饭既饱，欢既尽乐既极，最后才醉而归。为何如此狂欢呢？原来是在庆贺丰年。更为可贺的是，国君有美德留给后代子孙。唯如此，才能永保“岁其有”。每章结尾反复咏叹君臣同乐之情，有力地渲染了宴会的热烈气氛。

泮　水

思乐泮水①，薄采其芹②。　　清澈的泮池水，采摘那水芹。

鲁侯戾止[3]，言观其旂[4]。	鲁侯已来临，看见那旗旌。
其旂茷茷[5]，鸾声哕哕[6]。	那旗子在飘扬，铃儿响丁丁。
无小无大[7]，从公于迈。	不分小官和大官，跟随鲁侯向前行。
思乐泮水，薄采其藻[8]。	清澈的泮池水，采摘那水藻。
鲁侯戾止，其马蹻蹻[9]。	鲁侯已来临，他的马儿壮又高。
其马蹻蹻，其音昭昭[10]。	他的马儿壮又高，他的声音多清妙。
载色载笑[11]，匪怒伊教[12]。	面色温润且带笑，从不发怒只教导。
思乐泮水，薄采其茆[13]。	清澈的泮池水，采摘莼菜香味厚。
鲁侯戾止，在泮饮酒。	鲁侯已来临，在泮宫饮美酒。
既饮旨酒，永锡难老[14]。	已饮那美酒，永远赐长寿。
顺彼长道[15]，屈此群丑[16]。	沿着那大道，征讨这群丑。
穆穆鲁侯[17]，敬明其德。	肃敬的鲁侯，品德勤自修。
敬慎威仪，维民之则[18]。	谨慎那威仪，给百姓带好头。
允文允武，昭假烈祖[19]。	能文又能武，明告那先祖。
靡有不孝[20]，自求伊祜[21]。	无事不效法，自求那福禄。
明明鲁侯[22]，克明其德。	勤勉的鲁侯，品德能修明。
既作泮宫[23]，淮夷攸服[24]。	已建那泮宫，淮夷就归心。
矫矫虎臣[25]，在泮献馘[26]。	勇猛的将士，在泮宫献上敌耳数不清。
淑问如皋陶[27]，在泮献囚。	审问像皋陶，在泮宫献上俘虏一群群。
济济多士[28]，克广德心。	贤士聚一堂，心胸多宽广。
桓桓于征[29]，狄彼东南[30]。	威武去出征，扫荡东南方。
烝烝皇皇[31]，不吴不扬[32]。	人滔滔气昂扬，不喧哗不飞扬。
不告于讻[33]，在泮献功。	不呼喊不叫嚷，在泮宫献功一桩桩。

角弓其觩[34]，束矢其搜[35]。
戎车孔博[36]，徒御无斁[37]。
既克淮夷，孔淑不逆[38]。
式固尔犹[39]，淮夷卒获。

角弓弯又长，束箭嗖嗖响。
兵车排成行，步兵车夫斗志旺。
已打败那淮夷，敌人不敢再违抗。
所订谋略很周详，淮夷终于来归降。

翩彼飞鸮[40]，集于泮林。
食我桑黮[41]，怀我好音[42]。
憬彼淮夷[43]，来献其琛[44]。
元龟象齿[45]，大赂南金[46]。

翩飞的猫头鹰，聚在泮宫那树林。
吃我桑树果，赠我以好音。
觉悟的淮夷，来献那珍品。
大龟和象牙，还有大玉和黄金。

【注释】

①思：语助词。乐：通“铄”。美，清澈。
②芹：水菜。
③鲁侯：指僖公。戾：至。
④言：语助词。旂：旗。
⑤茷茷(pèi)：旗飘动的样子。
⑥鸾：车铃。哕哕(huì)：铃声。
⑦小：指小官。大：指大官。
⑧藻：水藻。
⑨蹻蹻：马强壮。
⑩昭昭：洪亮。
⑪载：则。色：和颜悦色。
⑫伊：是。教：教导。
⑬茆(máo)：水草。
⑭锡：赐。难老：长寿。
⑮顺：沿着。
⑯屈：征服。丑：指淮夷。
⑰穆穆：肃敬。
⑱则：榜样。

⑲昭假：明白告谕。
⑳孝：效法。
㉑祜：福。
㉒明明：通“勉勉”。勤勉。
㉓作：修复。泮宫：泮水之宫。
㉔攸：犹“乃”。
㉕矫矫：勇武。
㉖馘（guó）：指敌尸左耳。
㉗淑：善。问：审问俘虏。皋陶（yáo）：尧舜时的狱官。
㉘济济：众多。
㉙桓桓：威武。
㉚狄：通“剔”。除。
㉛烝烝皇皇：美盛。
㉜吴、扬：大声。
㉝告：通“嗥”。呼叫。于：与。讻：通“訩”。喧哗。
㉞觩（qiú）：弯曲。
㉟搜：矢疾。
㊱孔博：很多。
㊲斁：厌倦。
㊳孔淑：甚善。不逆：顺利。
㊴式：乃。尔：指僖公。犹：谋。
㊵翩：飞的样子。鸮（xiāo）：猫头鹰。
㊶桑黮（shèn）：桑实。
㊷怀：赠。
㊸憬（jǐng）：觉悟。
㊹琛：珍宝。
㊺元龟：大龟。象齿：象牙。
㊻大赂：赂，通“璐”。大玉。南金：南方之金。

【评析】

这是颂美鲁僖公修泮宫平淮夷之诗。全诗八章。前三章写僖公举行“泮宫”落成庆典。每章首二句以采摘美莱兴比僖公取善政于烈祖。修复“泮宫”正属善政之一端。首章写僖公前往泮宫的情景。僖公乘坐华美的马车，国之群臣，不分尊卑，皆簇拥僖公前往。次章写僖公来到泮宫的情景。僖公话音洪亮，面色温润，且带笑容，从不发怒，总是谆谆教诲。寥寥几笔的勾勒，一位贤君的形象便跃然纸上。三章写僖公举行庆典。僖公高举酒杯，与群臣畅饮美酒，庆贺泮宫修复，祈祷“难老”长寿，谋划平淮之策。中四章写僖公平治淮夷大获全胜。四章写僖公能明其德，能效其祖。僖公表里皆美，堪称民之楷模。他能文能武，故内能治国，外能克敌。他事事效法先祖，自己求得福禄。五章写僖公能以德服人。僖公能修文德以怀来远人。他“作泮宫”之举，淮夷闻之而慑服。勇武的“虎臣”，时而“献馘”于宫，时而“献囚”于宫，并如狱官皋陶审讯战俘。这表明初战告捷。六章写僖公将士勇猛无敌。他们出征斗志高昂，军容肃整，纪律严明。如此军队出征，定然是再战告捷：“在泮献功”。七章写僖公武器精良，士卒耐战。士卒拉满弓弦，箭矢如飞。战车滚滚急驰，士卒毫无倦容。如此军队出征，必然是大获全胜。末章写淮夷来献宝物。诗以“飞鸮”“集林”兴比淮夷归服；以“飞鸮”“食桑黮”、“怀好音”兴比淮夷被感化而报恩。于是觉悟了的淮夷前来奉献珍宝：大龟、象牙、大璐与黄金。此章收得堂皇典重，雍容大雅，充分体现出战胜国坐受方物的豪迈气象。

閟宫

閟宫有侐[①]，实实枚枚[②]。 姜嫄庙庭多静谧，既广大又细密。
赫赫姜嫄[③]，其德不回[④]。 威灵赫赫的姜嫄，她的品德不邪僻。
上帝是依[⑤]，无灾无害。 上帝对她很眷顾，无祸害无灾异。
弥月不迟[⑥]，是生后稷， 怀足月份不迟延，这就生下小后稷。

降之百福，黍稷重穋[7]，
稙穉菽麦[8]。奄有下国[9]，
俾民稼穑。有稷有黍，
有稻有秬[10]。奄有下土，
缵禹之绪[11]。

上天给他降多福，降下高粱和黍米，
降下大豆和麦粒。后稷尽有那邦国，
教民耕种有饭吃。高粱黍米长得旺，
稻谷黑黍长得齐。后稷尽有那土地，
把夏禹事业来承继。

后稷之孙，实维大王[12]。
居岐之阳[13]，实始翦商[14]。
至于文武，缵大王之绪，
致天之届[15]，于牧之野。
无贰无虞[16]，上帝临女[17]。
敦商之旅[18]，克咸厥功[19]。
王曰：叔父[20]，建尔元子[21]，
俾侯于鲁。大启尔宇[22]，
为周室辅。

后稷的远孙，就是这太王。
住在岐山之阳，开始图谋伐商。
到了文王和武王，把太王的事业来发扬，
执行上天诛讨命，在那牧野的地方。
不要二心不要彷徨，上帝监视你在天上。
攻击殷商的军队，能成大功豪气壮。
周王说：叔父，策封你的长子，
使他为侯在鲁邦。大大开拓你疆土，
作为周家的屏障。

乃命鲁公，俾侯于东。
锡之山川，土田附庸[23]。
周公之孙，庄公之子，
龙旂承祀[24]，六辔耳耳[25]。
春秋匪解[26]，享祀不忒[27]。
皇皇后帝[28]，皇祖后稷。
享以骍牺[29]，是飨是宜[30]。
降福孔多，周公皇祖，
亦其福女[31]。

于是就命那鲁公，使他为侯在远东。
赐他山川和土田，附属小国在其中。
周公的孙子，庄公的儿子，
竖起龙旗祭祖宗，六根缰绳似花容。
春季秋季不懈怠，祭祀礼节考虑周。
伟大的上帝，始祖是后稷。
献上肥壮红色牛，请光顾请享受。
福禄降不休，那周公皇祖，
也把你保佑。

秋而载尝[32]，夏而楅衡[33]。

秋天举行祭祀，夏天就把横木绑在牛角上。

白牡骍刚[34],牺尊将将[35]。
毛炰胾羹[36],笾豆大房[37]。
万舞洋洋[38],孝孙有庆[39]。
俾尔炽而昌[40],俾尔寿而臧[41]。
保彼东方,鲁邦是常[42]。
不亏不崩[43],不震不腾[44]。
三寿作朋[45],如冈如陵。

白牛红牛毛色亮,牛形酒器响将将。
带毛熟猪肉汁汤,食具木格把祭品装。
文舞武舞多美盛,孝顺儿孙有吉祥。
使你强盛又兴旺,使你长寿又健康。
保有那东方,守住那鲁邦。
不亏损不崩溃,不震动不摇荡。
和三类老人做朋友,像山陵像山冈。

公车千乘,朱英绿縢[46]。
二矛重弓[47]。公徒三万,
贝胄朱綅[48],烝徒增增[49]。
戎狄是膺[50],荆舒是惩[51],
则莫我敢承[52],俾尔昌而炽,
俾尔寿而富。黄发台背[53],
寿胥与试[54]。俾尔昌而大,
俾尔耆而艾[55]。万有千岁,
眉寿无有害。

鲁公兵车有千辆,红缨带和绿绳索,
系在矛上缠在弓上。鲁公的战士有三万,
红线缀贝的头盔闪红光,大军滔滔奔前方。
戎狄被击破,荆舒被惩创,
没谁敢把我抵抗。使你强盛又兴旺,
使你富有而寿长。黄头发驼背梁,
高寿与此很相当。使你光大而兴旺,
使你年高而寿长。活到一万又千岁,
健康长寿无灾殃。

泰山岩岩[56],鲁邦所詹[57]。
奄有龟蒙[58],遂荒大东[59]。
至于海邦,淮夷来同[60]。
莫不率从[61],鲁侯之功。
保有凫绎[62],遂荒徐宅[63],
至于海邦。淮夷蛮貊[64],
乃彼南夷[65],莫不率从。
莫敢不诺[66],鲁侯是若[67]。

泰山多高大,鲁国疆域广。
尽有龟山和蒙山,直到极东的地方。
直到那海邦,淮夷来朝堂。
没谁不顺从,鲁侯功勋多辉煌。
保有凫山和绎山,直到徐州的地方,
直到那海邦。淮夷南蛮和东貊,
和那南夷各邦,没谁不来降。
没谁不应诺,鲁侯之命不敢再违抗。

天锡公纯嘏[68]，眉寿保鲁。 上天赐公大福禄，长寿而保鲁。
居常与许[69]，复周公之宇。 居住常邑和许邑，恢复周公的疆土。
鲁侯燕喜[70]，令妻寿母[71]。 鲁侯宴饮多欢欣，爱妻子敬母亲。
宜大夫庶士[72]，邦国是有。 善待那些官吏们，国家因而得长存。
既多受祉[73]，黄发儿齿。 已受福禄多又多，头发黄来齿重生。

徂徕之松[74]，新甫之柏[75]。 徂徕山上松青翠，新甫山上柏高大。
是断是度[76]，是寻是尺[77]。 砍伐它锯断它，测量它计算它。
松桷有舄[78]，路寝孔硕[79]， 松木椽子直而长，正寝多宽敞，
新庙奕奕[80]。奚斯所作[81]， 新庙多漂亮。奚斯写下这诗章，
孔曼且硕[82]，万民是若[83]。 诗很美又很长，万民都把它赞赏。

【注释】

①閟(bì)宫：姜嫄庙。侐(xù)：清静。

②实实：广大。枚枚：细密。

③赫赫：显赫。姜嫄：后稷之母。

④回：邪。

⑤依：眷顾。是：指代姜嫄。

⑥弥月：满月。

⑦重：通“穜”。先种后熟的农作物。穋(lù)：后种先熟的农作物。

⑧稙：早种的谷类。稺：晚种的谷类。

⑨奄：尽。

⑩秬(jù)：黑黍。⑪缵：继续。绪：事业。

⑫大王：即太王古公亶父，为后稷十二代孙。

⑬岐：岐山。阳：山的南面。

⑭翦：除掉。

⑮致：执行。届：诛罚。

⑯贰：三心二意。虞：畏惧。

⑰临:注视。女:指战士。

⑱敦:攻击。旅:军队。

⑲克:能。咸:犹“成”。

⑳王:成王。叔父:周公。

㉑建:立。元子:长子伯禽。

㉒启:开创。宇:疆域。

㉓附庸:城郭。

㉔承祀:继承祭祀先祖之礼。

㉕辔:缰绳。耳耳:华美。

㉖解:通“懈”。怠惰。

㉗忒(tè):差误。

㉘后帝:上帝。

㉙骍(xīn)牺:赤色的牲畜。

㉚飨:以饮食献神。宜:以肉类献神。

㉛女:指代僖公。

㉜载:则。尝:秋祭名。

㉝楅(bì)衡:把横木缚在牛角上,以免牛角碰坏。

㉞白牡:白色公牛。骍刚:赤色公牛。

㉟牺尊:铜质牛形酒器。将将:碰杯之声。

㊱毛炰(bāo):带毛烧熟的猪。胾(zì)羹:肉汤。

㊲笾、豆:皆盛器。大房:盛大块肉的木格。

㊳万舞:大舞,包括文舞和武舞。洋洋:盛大。

㊴孝孙:指僖公。

㊵炽:盛。

㊶臧:善,健康。

㊷常:守。

㊸亏、崩:皆毁坏。

㊹震:动荡。腾:沸腾。

㊺三寿:上寿九十,中寿八十,下寿七十。作朋:做僖公的朋友。

㊻朱英:红缨。绿縢:绿绳。

㊼重弓：两张弓。

㊽贝胄：饰以贝壳的头盔。朱綅：红线。

㊾烝：众。增增：犹层层。

㊿膺：击。

51惩：罚。

52承：抵挡。

53台背：驼背。

54胥：相。试：比。

55耆：老。艾：久。

56岩岩：高峻。

57詹：至。

58龟：山名。在今山东新泰市西南。蒙：山名。在今山东蒙阴县南。

59荒：至。大东：极东之地。

60同：朝会。

61率从：相继服从。

62凫（fú）：山名。在今山东邹县西南。绎：山名。在今山东邹县东南。

63徐宅：徐国。

64蛮貊（mò）：南方或北方的少数民族。

65南夷：南方少数民族。

66诺：应诺。

67若：顺从。

68纯嘏（gú）：大福。

69常：地名。在今山东蒙阴县西北。许：地名。在今山东临沂县西。

70燕：安。

71令：善，贤。

72宜：善待。

73祉：福。

74徂徕：山名。在今山东泰安市东南。

75新甫：山名。在今山东新泰市西北。

76度：通“剫”。伐木。

⑰寻：八尺。尺：一尺。寻、尺在此用作动词，谓锯成八尺或一尺长的木料。

⑱桷（jié）：方形椽子。舄（xì）：大的样子。

⑲路寝：正寝。孔硕：很大。

⑳新庙：即“闷宫”。奕奕：高大美盛的样子。

㉑奚斯：大夫公子鱼。所作：指作《闷宫》诗。

㉒曼：长。

㉓是：指代此诗。若：善。此句意谓“万民以为惬意”。

【评析】

这是颂美僖公修庙之诗。全诗八章，凡一百二十句，是《诗经》中最长的一首诗。首三章历叙僖公之远祖。一章写姜嫄生后稷。后稷继承夏禹之业，尽有天下，并教民稼穑，种植百谷，从而使周族得以繁衍兴旺。这姜嫄、后稷正是僖公之始祖。二章写太王、文王、和武王的兴周之功。三章写鲁之立国及僖公祭祀而获福。中四章详叙僖公祭祀而获多福。四章写僖公祭祀的情景。这一章为下三章写获多福作了铺垫。五章写僖公出征而获胜。六章写僖公保鲁土而永固。七章写僖公收土而复宇。末章写僖公修庙之事及奚斯作诗之因。松柏良木取自“徂徕”、“新甫”之山。工匠按“寻”“尺”标准锯成木料以备修庙之用。“闷宫”修成，方形松椽长大，增益之正寝非常空阔，经过修葺的姜嫄“新庙”重放异彩。这与首章“闷宫有侐，实实枚枚”二句正遥相呼应。修复“闷宫”于鲁国来说确是一件盛事。于是奚斯作此长诗，颂美僖公修庙功德，以顺万民之望，以合万民之心。

商 颂

那

猗与那与[①]，置我鞉鼓[②]。 这音乐多美盛！摇鼓手中握。
奏鼓简简[③]，衎我烈祖[④]。 咚咚在击鼓，娱乐我先祖。
汤孙奏假[⑤]，绥我思成[⑥]。 汤孙正祈祷，赐给我大福。
鞉鼓渊渊[⑦]，嘒嘒管声[⑧]。 摇鼓声细长，箫管声远闻。
既和且平，依我磬声[⑨]。 既协调又和平，还依随那磬声。
於赫汤孙[⑩]，穆穆厥声[⑪]。 啊，显赫的汤孙，那乐音真好听。
庸鼓有斁[⑫]，万舞有奕[⑬]。 大钟大鼓在交响，万舞豪壮而轻盈。
我有嘉客，亦不夷怿[⑭]。 我有好客人，无不很高兴。
自古在昔，先民有作[⑮]。 从往古从前，这音乐先民就作成。
温恭朝夕，执事有恪[⑯]。 终日温和又恭敬，执事参祭很谨慎。
顾予烝尝[⑰]，汤孙之将[⑱]。 请先祖光临我祭祀，汤孙献上那祭品。

【注释】

①猗、那：美盛。

②置：通"持"。握。鞉(táo)鼓：摇鼓。

③简简：鼓声。

④衎(kàn)：乐。

⑤汤孙：主祭时王。奏假：祈祷。

⑥绥：通"遗"。赐予。思：语助词。成：犹"福"。

⑦渊渊:鼓声。

⑧嘒嘒:箫管之声。

⑨依:依随。

⑩於:叹词。赫:显赫。

⑪穆穆:美。

⑫庸:大钟。斁:音乐美盛。

⑬奕:舞态美盛。

⑭亦不:即“不亦”的倒语。夷怿:喜悦。

⑮作:指作乐。

⑯恪(kè):敬谨。

⑰顾:光顾。烝、尝:时祭名。

⑱将:奉献。

【评析】

这是祭祀成汤之诗。全诗一章二十二句。一层四句写将祭。一声“猗”、“那”,抒发了赞叹音乐美盛之情。将祭之时,乐师们手持摇鼓准备引奏。顿时,摇鼓齐奏,鼓声雍和。这是为了娱乐“烈祖”成汤。二层四句写方祭。时王“汤孙”向烈祖祈祷,请求赐予福禄。此时摇鼓之声“渊渊”而远闻,箫管之声“嘒嘒”而细长。正式祭祀业已开始。三层八句写正祭。摇鼓、箫管之声既协调又和平,还与清柔玉磬之声相依合拍。显赫的汤孙,所奏乐音是多么优美!继而,大钟大鼓在交响,节奏明朗而和谐。舞师们和着钟鼓的节拍,跳起了大型的“万舞”。前来助祭的“嘉客”观之无不欢悦异常。四层四句写传恭。早在古代,先民便作了此乐。祭时终日恭敬,“执事”荐馔敬慎。先王传恭,时王受之,不言而喻。五层二句写冀享。这二句有如后世乐曲的和声,也是当时祭祀的套语。期冀“烈祖”光顾我们的祭祀,欣享“汤孙”奉献的祭品。

烈　祖

嗟嗟烈祖①，有秩斯祜②。
申锡无疆③，及尔斯所④。
既载清酤⑤，赉我思成⑥。
亦有和羹⑦，既戒既平⑧。
鬷假无言⑨，时靡有争⑩。
绥我眉寿⑪，黄耇无疆⑫。
约軧错衡⑬，八鸾鸧鸧⑭。
以假以享⑮，我受命溥将⑯。
自天降康⑰，丰年穰穰⑱。
来假来飨⑲，降福无疆。
顾予烝尝，汤孙之将。

啊，有功德的先祖，赐给大福无法数。
福禄一再往下降，落在君王的住所。
清酒已摆设，赐我福不少。
也有调好的汤，已备齐已装好。
汤孙祷告默无言，此时乐器停奏静极了。
赐给我长寿，白发转黄寿无疆。
红毂车花车衡，八只铃儿响叮当。
又迎神又奉享，我受天命大而长。
上天把福往下降，丰年粮食装满仓。
神来临神来享，降下福禄无法量。
神灵光顾我祭祀，汤孙献上祭品请神尝。

【注释】

①嗟嗟：叹美之词。
②秩：大。祜：福。
③申：重，一次又一次。
④尔：指主祭时王。斯所：此处。
⑤清酤：清酒。
⑥赉（lài）：赐予。成：犹福。
⑦和羹：调好的肉汤。
⑧戒：备。平：成。
⑨鬷（zǒng）假：犹“奏假”。祷告。
⑩争：通“铮”。乐器之声。

⑪绥：赐。

⑫黄耇（gǒu）：长寿。

⑬约：用革缠束。軝（qí）：车轴两端伸出轮外的部分。错：花纹。衡：驾马轭头。

⑭鸾：铃。鸧鸧：铃声。

⑮假：至。享：献。

⑯溥：广。将：大。

⑰康：幸福。

⑱穰穰：谷多。

⑲假：指神至。享：指神享祭。

【评析】

这是祭祀成汤之诗。全诗一章二十二句。一层四句写奉祭之由。发端“嗟嗟”，抒发了深深的赞美之情。这“烈祖”、“成汤”犹如大河的源头，蓄积着博大的福禄。他源源不断地将福禄赐予后代没有期限，现降及到主祭时王的身上。对先祖的这种无穷恩德，岂可忘怀而不常祀？这正点了奉祭之由。二层八句写奉祭获福。既献上清酒，以祈求先祖赐予福禄；又献上和羹，其五味兼备，先祖食之定会欢欣。祭祀之时，主祭时王默默地祷告，人皆肃敬；一切乐器都停止演奏，寂然无声。这二句极为传神，它不仅渲染了一种静谧的氛围，同时还描绘出主祭时王端庄肃穆的仪态神情。主祭时王如此虔诚地奉祭，默默地祷告，原来是为了祈求先祖赐予长寿，返老还童。三层四句追叙时王前往奉祭。时王所乘之车，轴端缠有红皮，轭头饰以花纹，显得雍容华贵。随着四马八鸾的“鸧鸧”铃声，时王来到宗庙。一到宗庙，时王便迎神，便奉享，为的是承受天命广大而久长。四层四句再写奉祭获福。从天上降下安乐之福，连连喜获丰收。先祖之灵飘然降下，欣享祭品，从而又赐福无疆。五层二句写冀享。其文词与《那》篇结尾全同，故这里不复赘述。

玄 鸟

天命玄鸟[①]，降而生商[②]，	上天命令燕子，降下卵来生商，
宅殷土芒芒[③]。古帝命武汤[④]，	定居的殷地一片茫茫。上帝命令成汤，
正域彼四方[⑤]。方命厥后[⑥]，	征伐占有那四方。普遍策封那诸侯，
奄有九有[⑦]。商之先后，	尽有九州的地方。商朝的先王，
受命不殆[⑧]，在武丁孙子[⑨]。	受命不懈怠，在武丁时更兴旺。
武丁孙子，武王靡不胜[⑩]。	那武丁孙子，成汤的事业能担当。
龙旂十乘，大糦是承[⑪]。	龙旗车子有十辆，丰盛酒食供奉上。
邦畿千里[⑫]，维民所止[⑬]。	国家疆域有千里，民有住所得安康。
肇域彼四海[⑭]，四海来假[⑮]。	开始占有那四方，四方诸侯来朝王。
来假祁祁[⑯]，景员维河[⑰]。	朝拜的诸侯多又多，聚集京都颂殷商。
殷受命咸宜，百禄是何[⑱]。	殷商受命多适合，蒙受福禄有百样。

【注释】

①玄鸟：燕子。

②商：指契（xié）。

③宅：定居。

④古帝：上帝。武汤：成汤。

⑤正：通“征”。征伐。域：有。

⑥方：遍。后：诸侯。

⑦奄：尽。九有：九州。

⑧殆：通“怠”。懈怠。

⑨武丁：高宗。

⑩靡：无。

⑪糦：同“饎”。酒食。承：供奉。

⑫畿(jī)：边境。

⑬止：居。

⑭肇：始。域：有。

⑮假：至。

⑯祁祁：众多。

⑰景：山名。商都之地。员：四周。

⑱何：通“荷”。蒙受。

【评析】

这是合祭先祖之诗。全诗一章二十二句。一层三句写契祖诞生。契祖诞生具有神话色彩。上天命令燕子降下卵来，契母简狄得而含之，误而吞之，于是生契。后来契为尧的司徒，因有功而封于商。这商地范围宽广，为商族的勃兴奠定了基础。二层七句写成汤立国。成汤为商之始祖十四代孙。成汤之时，夏朝政治腐败，夏桀为人残暴。当此之际，上帝赐命成汤，去征讨无道，结果据有四方。成汤立国之后，普遍册封各地诸侯，因而尽有九州国土，从而商朝始兴。商之先王，受天命而不怠，因有武丁这样的孙子存在。三层十句写武丁中兴。武丁为商之始祖二十二代孙，为商之一代贤君。有武丁这样的孙子存在，无不胜任“武王”成汤之业。武丁负荷汤业，复兴商朝，似有三举。一是承祭祀。武丁建有“龙旂十乘”，驱车前往祭祀，向先祖供奉酒食。二是拓疆土。武丁驱逐了鬼方，国境千里，又始有那四海之地，恢复了汤的旧土，从而使商朝得以复兴。三是朝诸侯。武丁讨伐了鬼方，从此声威大振，天下慑服，四海诸侯无不纷纷前来商都“景”地朝会贡奉。四层二句写本其天意。殷王受天命处处适合，承受福禄无穷无尽。由此看来，这是一首合祭契、成汤及高宗之诗。

长 发

濬哲维商[1]，长发其祥[2]。
洪水芒芒，禹敷下土方[3]。
外大国是疆[4]，幅陨既长[5]。
有娀方将[6]，帝立子生商。

聪明智慧是商王，长久呈现那吉祥。
洪水一片白茫茫，夏禹治水到四方。
划分大国的边疆，土地版图广又长。
简狄姑娘正少壮，上帝立她为帝喾妃而生商。

玄王桓拨[7]，受小国是达[8]，
受大国是达。率履不越[9]，
遂视既发[10]。相土烈烈[11]，
海外有截[12]。

玄王英明又刚强，接受小国能通畅，
接受大国能通畅。沿着大道没偏向，
巡视各地把教化扬。功勋赫赫多威武，
海外同心来归往。

帝命不违，至于汤齐[13]。
汤降不迟[14]，圣敬日跻[15]。
昭假迟迟[16]，上帝是祗[17]。
帝命式于九围[18]。

上帝命令不违抗，直到成汤国兴旺。
成汤降生多适当，德智天天都向上。
虔诚祷告不停息，一心敬奉那上苍。
上帝命他做九州的榜样。

受小球大球[19]，为下国缀旒[20]。
何天之休[21]，不竞不絿[22]，
不刚不柔。敷政优优[23]，
百禄是遒[24]。

接受小法规和大法规，做那下国的榜样。
承受上天所赐的美德，不急躁不逞强，
不柔软不刚强。施行政令很宽和，
百般福禄聚一堂。

受小共大共[25]，为下国骏厖[26]。
何天之龙[27]，敷奏其勇[28]。
不震不动，不戁不竦[29]，
百禄是总。

接受小法规和大法规，做那下国的屏障。
承受上天所赐的荣光，施展勇猛和刚强。
不震惊不动荡，不畏惧不慌张，
百般福禄聚一堂。

武王载旆[30]，有虔秉钺[31]。
如火烈烈，则莫我敢曷[32]。
苞有三蘖[33]，莫遂莫达[34]，
九有有截[35]。韦顾既伐[36]，
昆吾夏桀[37]。

成汤战旗迎风飘，手持大斧威风扬。
其势如同烈火旺，没谁敢把我抵抗。
一棵树根有三杈，不让它生不让它长。
九州同心归顺商，韦国顾国已讨伐，
还把昆吾夏桀也灭亡。

昔在中叶[38]，有震有业[39]。
允也天子[40]，降予卿士[41]。
实维阿衡[42]，实左右商王[43]。

从前在商的中叶，有过一段危险期。
的确是个好天子，上天赐他好官吏。
就是那伊尹，辅佐商王有伟绩。

【注释】

①濬(ruì)哲：明哲。商：指契。
②祥：吉兆。
③敷：治。
④外：王畿以外。
⑤幅陨：版图。
⑥有娀：指有䖒氏之女简狄。将：壮。
⑦玄王：指契。桓拨：英明。
⑧达：通达。
⑨率：循。履：通“礼”。
⑩发：行。
⑪相土：契孙。烈烈：威武。
⑫截：整齐。
⑬齐：通“济”。成。
⑭不迟：恰当其时。
⑮圣：通达。敬：谨慎。跻：升。
⑯昭假：祷告。迟迟：不息。
⑰祗：敬。
⑱式：法。九围：九州。

⑲球：指法度。

⑳缀旒（liú）：表率。

㉑何：通“荷”。承受。休：美德。

㉒竞：争。絿：急躁。

㉓敷政：施政。优优：宽和。

㉔遒：聚集。

㉕共：也指法度。

㉖骏厖：庇荫。

㉗龙：即宠。

㉘敷奏：施展。

㉙戁（nǎn）：恐。竦（sǒng）：惧。

㉚武王：指汤。旆：大旗。

㉛虔：威猛。钺：大斧。

㉜曷：通“遏”。阻止。

㉝苞：本。喻夏桀。蘖：旁生新芽。喻韦、顾、昆吾。

㉞遂：生。达：长。

㉟九有：九州。

㊱韦：国名。顾：国名。

㊲昆吾：国名。

㊳中叶：指汤的前世。

㊴业：危险。

㊵允：诚然。

㊶卿士：指伊尹。

㊷阿衡：即伊尹。

㊸左右：通“佐佑”。辅佐。

【评析】

这是大禘之诗。全诗七章。首章写契祖封商。契祖明哲，故商早有为王的吉兆。他佐禹治水建有大功。他实乃天之骄子，难怪他如此灵异而贤能。二章写相土显威。契非常英明，受封小国、大国都能通达其教令。因此，百姓无不依礼而行，不敢越轨一步。契遍视其国，教令尽皆施行。契孙相土，绳其祖武，入为伯长，出领诸侯，威风凛凛，四海之外皆归从而服帖。中四章写成汤立国。三章总写成汤受命立国。契之子孙不敢有违帝令，至于成汤终成大业。汤之降生不迟不早，恰当其时。由于成汤德智日进，虔诚敬奉上帝，祷告久而不息，因此上帝命成汤为九州的榜样。四、五章分写成汤治国之法。成汤从上帝那儿接受各种法规章程，以此作为下国的表率，作为下国的庇荫。这是承受上天所赐的美德，承受上天赐予的荣光。他的治国之法是恩威并施，刚柔相济。这一切为灭夏桀在政治上做了充分的准备。六章写成汤的武功。成汤手握大斧，挂旗出征，其势如火之猛，谁也不敢阻挡。他先砍树杈，不让它萌发；后砍树本，不让它生长。从此，九州同心归顺了商朝。既灭了韦国和顾国，又灭掉了昆吾与夏桀，这正反映了成汤先砍“三蘖”后砍“苞”的战略部署。末章写伊尹佐汤。在汤之前世，由于有君衰微，因而有过一段震危时期。在这震威之秋，成汤的确为天所爱，于是降下贤佐伊尹以辅佐成汤。正是在伊尹的辅佐下，成汤灭夏之举才得以成功。

殷　武

挞彼殷武[①]，奋伐荆楚[②]。	勇武的高宗武丁，奋威讨伐荆楚。
罙入其阻[③]，裒荆之旅[④]。	深入那险阻，抓到荆楚众俘虏。
有截其所[⑤]，汤孙之绪[⑥]。	所征之地都服帖，成就汤孙的功业。
维女荆楚，居国南乡。	你这个荆楚，居在我国的南方。
昔有成汤，自彼氐羌[⑦]，	从前有成汤，自那氐羌，
莫敢不来享[⑧]，莫敢不来王[⑨]，	没谁敢不来进贡，没谁敢不来朝王，
曰商是常[⑩]。	只崇尚我殷商。

天命多辟[11]，设都于禹之绩[12]。
岁事来辟[13]，勿予祸适[14]，
稼穑匪解[15]。

上天命令众诸侯，建都在夏禹治水的地方。
只要岁时来朝王，就不会遭祸殃，
劝民稼穑多打粮。

天命降监[16]，下民有严[17]。
不僭不滥[18]，不敢怠遑[19]。
命于下国，封建厥福[20]，

上天时常向下望，下面百姓多端庄。
不过分不过度，不敢怠惰和废荒。
上天赐命这下国，把那福禄往下降。

商邑翼翼[21]，四方之极[22]。
赫赫厥声[23]，濯濯厥灵[24]。
寿考且宁，以保我后生[25]。

商朝京都多堂皇，在那四方的中心。
那政教多显赫，那威望多隆盛。
商王长寿又安宁，保佑我们的后生。

陟彼景山[26]，松柏丸丸[27]。
是断是迁，方斫是虔[28]。
松桷有梴[29]，旅楹有闲[30]。
寝成孔安[31]。

登上那景山，松柏直而大。
砍伐它搬运它，锯断它削平它。
松木椽子长又壮，横梁立柱粗又大。
寝庙建成神灵很欢洽。

【注释】

①挞(tà)：勇武。殷武：指高宗武丁。

②荆楚：荆州之楚国。

③罙：即“深”。

④裒(póu)：俘获。旅：众。

⑤截：齐一。所：处。

⑥汤孙：指高宗。绪：业。

⑦氐(dǐ)、羌：西方少数民族。

⑧享：献。

⑨王：朝见。

⑩常：通“尚”。崇尚。

⑪多辟：众诸侯。

⑫绩:通“迹”。地方。

⑬辟:朝见。

⑭予:施行。适:谴责。

⑮匪解:不懈怠。

⑯监:注视。

⑰严:通“俨”。肃敬。

⑱僭:过分。滥:过度。

⑲遑:暇。

⑳封:大。建:立。

㉑翼翼:繁盛。

㉒极:准则。

㉓声:政声。

㉔濯濯:隆盛。灵:威望。

㉕后生:后人。

㉖陟:登。景山:山名。

㉗丸丸:直。

㉘方:犹“是”。斫:砍。虔:削。

㉙桷:方形椽子。梴(chān):长大。

㉚旅:通“梠”。楣。楹:柱。闲:大。

㉛寝:寝庙。

【评析】

这是立庙祭祀高宗之诗。全诗六章。首章写伐楚之功。高宗即位之后,这位勇武的殷王,便奋扬其威讨伐荆楚。王师英勇无畏,深入险阻,攻城略地,所向披靡,俘虏荆楚士兵无数。所征之地无不服帖,从而成就了汤孙高宗的事业。二章写戒楚之义。荆楚居中国之南,距殷邑不远,义不当背叛。往时成汤之时,连西方的远夷氐羌也诚服于殷,以时朝拜贡奉,并崇尚商朝。这是告诫荆楚不要再犯龙颜。三章写诸侯来朝。高宗讨伐荆楚,声威大振,于是诸侯纷纷来朝。借此机会,高宗打出“天命”的旗号安抚诸侯。众多诸侯设都于夏禹治水之所,这是“天命”,理应悦服于商，不得有违。只要按时来朝以尽其忠，劝民稼穑以尽其职，殷王就不会责备你们。四章写中兴之故。上天监察，下民肃敬。高宗施政，赏不过分，罚不过严，酌情适中，不敢懈怠。故上天赐命下国并大降其福。五章写中兴之盛。商之都邑异常繁盛。商邑地处国之中央，可作为四方的准则，从而构成众星拱月之势。高宗之政教极其显赫，高宗之威望极为隆盛，足可引以自豪，高宗既长寿又安宁，以此保佑我后世子孙。末章写立庙安神。景山松柏粗壮笔直，时王指派工匠伐它搬它，砍它削它，用以修建新庙。寝庙落成，非常壮观。松木椽子又长又大，横梁立柱浑圆光滑。末以“寝庙建成很安宁”作收，点明立庙安神祭祀之旨。